# 사랑 없는 사람들의 사랑 이야기

## vol.1

# 사랑 없는 사람들의 사랑 이야기 vol.1

| | |
|---|---|
| 발행일 | 2019년 5월 24일 |
| 지은이 | NorthWind |
| 펴낸이 | 유영학 |
| 펴낸곳 | 코핀 커뮤니케이션즈 |
| 출판등록 | 2019년 1월 4일 제 25100-2019-000007호 |
| 주소 | 서울시 구로구 디지털로31길 12, 본관2층 넥스트데이 11호 |
| 홈페이지 | www.copin.co.kr |
| 이메일 | book@copin.co.kr |
| 전화번호 | 02-6406-7479 |
| 팩스번호 | 02-853-3878 |

| | |
|---|---|
| 편집/디자인 | (주)북랩 |
| 제작처 | (주)북랩 www.book.co.kr |

| | |
|---|---|
| ISBN | 979-11-966710-7-5 04810 (종이책) |
| | 979-11-966710-6-8 04810 (세트) |

이 도서의 국립중앙도서관 출판예정도서목록(CIP)은 서지정보유통지원시스템 홈페이지(http://seoji.nl.go.kr)와
국가자료공동목록시스템(http://www.nl.go.kr/kolisnet)에서 이용하실 수 있습니다.
(CIP제어번호: 2019019237 )

# 사랑 없는 사람들의 사랑 이야기

*vol.1*

NorthWind
장편소설

몸과 마음이 다르게 원하는 욕구와
사랑에 뒤틀린 사람들의
숨겨진 이야기들

코핀북스

# contents

# 처음

선생님이랑 잤다.

고등학교 때 동아리 담당 선생님이었던 그녀가 티셔츠를 걸쳐 입으며 내 쪽은 쳐다보지도 않은 채 말했다.

"처음이었니."

조금 전의 여운 때문에 부끄러움은 조금 늦게 찾아왔다. 왜 부끄러워야 했는지 몰랐으니까, 대답이 필요한 질문이 아니었는데도 대답을 갈등했다. 나는 침대에 발가벗은 채 누워 멍하니 그녀를 바라봤다.

역시 대답이 필요하지는 않았던 모양이다. 그녀는 여전히 나를 돌아보지 않고 그녀에게 필요한 행동을 했다. 불편한 걸 닦아내고 속옷을 찾아 입은 그녀가 나를 돌아보자마자 시선을 다시 거뒀다. 벌거벗고 있는 모습을 보이는 것보다 부끄러운 게 있다는 사실이 신기했다. 난 최대한 담담한 척 말하려고 노력했다.

"그럼 이제 처음이 아니네요."

그녀가 어떤 표정을 지었는지 볼 수 없는 게 아쉬웠다. 수많은 남학생을 설레게 했으며 지금도 거리에서 마주친 남자들을 설레게 하고 행복하게 하는 미모의 그녀가, 지금 이 순간 어떤 표정을 지었는지 볼 수 없다는 건 아쉬운 일이다. 그녀의 뒤에서 그녀의 허리를 안았다.

침대 위로 그녀를 눕히고 그녀의 아름다운 얼굴을 감상했다. 그러나 그녀는 무표정한 얼굴로 나를 올려다보고 있었다. 그런 그녀의 눈에서 눈을 떼고 싶지 않았다. 한참 그렇게 나를 무심코 바라보던 그녀가 한숨을 내쉬고 고개를 돌렸다. 고개를 돌린 그녀의 옆모습도 놓치고 싶지 않았지만, 그녀의 티셔츠를 벗기려면 잠시 참아야 했다.

티셔츠를 벗기며 흐트러진 그녀의 머리칼이 그녀의 예쁜 얼굴을 가렸고, 나는 그런 그녀의 머리칼을 쓸어 넘겨 예쁜 얼굴이 드러나게 했다. 그녀는 다시 무표정한 얼굴로 나를 바라보고 있었다. 나는 그런 그녀의 입술에 입 맞추려 했지만, 그녀가 고개를 돌려 피했다.

그런 그녀의 뺨에라도 키스하려다 그만두고 아래로 손을 뻗어 남은 걸 벗겼다. 다시 그녀의 안에 들어갔을 때 입술에 키스할 수 있었다. 이제 처음이 아니다.

나는 고등학교 때 그녀를 만났다. 한수진 선생님은 우리 학교에 부임하자마자 편집부의 담당 선생님이 되셨고, 나는 편집부에 들어갔을 때 선생님과 가까워졌다. 원래 편집부 담당 선생님은 젊은 남자 선생님이었는데 그분이 담임을 맡기 시작하면서 새로 온 한수진 선생님이 편집부를 맡았다.

방송부나 편집부처럼 교사가 대외적인 책임을 져야 하는 동아리는 담임을 맡지 않는 선생님이 담당하셨고, 대체로 새로 부임한 젊은 선생님이 맡는 편이었다.

기존에 편집부를 담당하시던 젊은 남자 선생님과 친했던 여자 선배들은 약간 불만을 품었다. 덕분에 여자 선배들은 한수진 선생님과의 관계가 조금 불편했고, 아무래도 여자 선배들의 눈치를 봐야 했던 남자 선배들도 한수진 선생님과의 관계가 편하지는 않았다. 그래서 한수진 선생님은 신입생들과 친했다.

편집부에 지원한 신입생 중에 선배들이 고른 인원을 담당 선생님께 알리면, 마지막으로 담당 선생님이 선택하는 것이었으니, 나는 한수진 선생님이 나를 뽑은 것이라 생각했다.

시집의 제목도 기억이 안 나는 한 시인의 인터뷰를 준비하면서, 한수진 선생님과 처음으로 단둘이 있을 기회가 생겼었다. 원래 편집부 동기 여자애와 같이 인터뷰를 하러 가야 했는데, 그 여자애가 발목을 다치는 바람에 한수진 선생님과 가게 됐다.

나는 기사를 쓰고 편집하는 일은 재미있어도 시문학 쪽으로는 별 관심이 없었다. 그래서 한수진 선생님의 도움을 많이 받아야 했다. 이런저런 준비를 마치고 시인의 인터뷰를 하러 가는 길에 한수진 선생님께 질문했다.

"선생님은 왜 저를 뽑으셨어요?"
"내가 뽑은 거 아니야. 네 선배들이 결정해서 나한테 통보했어. 난 그냥 알았다고 했지."

한수진 선생님은 그렇게 대답하고 꽤 씁쓸한 표정으로 창밖을 바라봤다. 잘은 몰라도 선배들이 새로 부임한 선생님을 무시했던 것 같았다. 나는 괜한 질문을 해서 분위기를 망쳤다는 생각에 마음이 불편해졌는데, 선생님이 어깨를 으쓱해 보이더니 말했다.

"원래 그렇다더라. 동아리를 새로 담당하면 기존에 있던 학생들이 텃세를 부리는 게 보통이래."
"그래도 그건 선생님 권한인데 그렇게 한 건 심한 것 같아요."
"뭐~ 정해져 있는 권한이 아니니까. 뭐랬더라. 딱히 뽑을 만한 애들이 없었다더라고~ 그래서 대강 골라왔다는데 내가 뭐라고 말하기가 곤란하잖아."

"아…. 그럼 이제 제가 씁쓸한 표정을 지을 차례인 건가요?"

"아~ 설마 정말 뽑을 만한 애들이 없어서 대강 골라 온 건 아니겠지. 내 권한을 무시하고 싶어서 그런 게 맞네."

그렇게 말한 한수진 선생님이 나를 보며 웃었다. 그녀가 자주 웃는 사람은 아니었던 것 같다. 보통의 사람들도 그리 자주 웃지 않는 걸 생각하면, 그냥 나는 그녀의 미소가 보기 좋았던 모양이다.

그 아름다운 미소 때문에 선생님을 사랑하거나 그랬던 건 아니다. 미녀를 발견한 세상의 모든 남자와 같았을 뿐이다. 그녀가 아무것도 하지 않아도 호감이 생겼고, 단지 악인이 아니라는 이유로 천사로 보였다.

교사와 제자라는 위치를 차치하더라도 특별히 친해질 이유는 없었다. 선배들과의 불편한 관계 때문에 그녀와 내가 조금 더 가까웠을 뿐이라 생각했다. 젊은 여교사와 남학생이 많은 대화를 나눈다는 사실이 특별하지는 않았다. 고등학생 때는 이성에 대한 호기심을 넘어 이해에 대한 궁금증이 많던 시절이었다.

오래 알고 지내던 여자애에 대한 감정을 질문하면 한수진 선생님은 꽤 친절하게 자기 생각을 전해주셨다. 사랑이라는 모호한 감정에 대해서는 그녀도 잘 모르는 것이라며 솔직한 대화를 나누곤 했다. 이성에 대한 감정과 욕구의 차이에 대해서도 어차피 서로 결론을 내릴 수 없는 얘기들을 주고받았다.

"걔한테 딱히 어떤 감정이 있고 그런 건 아니에요. 그냥 뭐랄까 궁금증 같은 거죠. 걔한테는 남자친구가 있으니까 둘이 만나서 뭘 하고 있을까. 다른 얘기들은 쉽게 하면서 왜 남자친구 얘기는 거의 하지 않는 걸까. 뭐 그런 것들이 궁금하고 그런 거예요."

"네가 걔한테 그런 감정이 있는 거야. 뭘 하고 있는지 궁금하고 잘 지내고 있는지 궁금한 감정이 있는 거잖아. 걔의 남자친구에 대한 질투도 하고 있는 거잖아."

"아뇨. 그 애를 좋아한다는 생각은 전혀 들지 않아요. 사람을 사랑하면 막 보고 싶어지고 안고 싶어지고 그런 거 아니에요? 그런 건 아니거든요. 그냥 오래 알고 지냈던 사람에 대한 관심 같은 거죠."

"그런 거니? 사실 나도 잘 모르는 거라서 정확히 말하긴 어려운데, 꼭 그런 애틋한 감정이 들어야만 좋아하는 건 아닐 거야."

어쩌다 이런 대화를 나눌 기회가 있었다. 이런 골치 아픈 주제를 그다지 자주 다룬 건 아니었어도 가끔은 이성에 대한 궁금함을 얘기했다. 보통은 내가 질문을 하는 쪽이었지만, 한수진 선생님도 대답 같은 질문을 했었다.

그렇다고 우리 사이에 개인적인 친분이 있다고 생각하지는 않았다. 젊은 미녀 교사와 가까워지고 싶어 하는 건 학생들뿐만이 아니었다. 단순히 한수진 선생님과 대화를 나눴다는 이유만으로 나는 다른 교사들의 표적이 되기도 했다. 그래서 가능하면 가까워지지 않는 쪽이 편하다고 생각될 정도였다.

편집일이 아니라면 딱히 마주치지 않으려 했지만, 선배들과 불편한 한수진 선생님의 상황 때문에 아주 가끔 따로 만났다. 물론 대단한 건 아니고 학보나 교지 때문에 만났다가 약간의 잡담을 나누는 수준이었다.

그러다 졸업을 했고, 한수진 선생님이 졸업한 편집부원들과 함께 술을 마시며 서로 불편함을 하소연하기도 했다. 그 술자리에서는 한수진 선생님과 내가 대화할 기회가 거의 없었는데, 선배들은 나보고 한수진 선생님을 모셔다드리라고 했다. 다른 사람들은 내가 한수진 선생님과 상당히 친하다고 봤던 모양이다.

한수진 선생님의 집으로 향하는 길에 선생님이 의외의 말을 했다.

"네 덕분에 다른 친구들이랑 친해졌어. 네 덕분에 그 술자리에도 갈 수
있었고, 네가 있어서 편했어. 고마워."
"저요? 제가 뭐 한 게 있나요? 저하고는 오늘 얘기도 거의 못했잖아요?"
"네 졸업한 선배들이 회식에 몇 번이나 초대했는지 알잖아? 오늘은 네가
있어서 나간 거야."
"그래요? 왜요?"
"그러게. 왜 그랬을까?"

난 대학 신입생답게 바빴다. 골치 아픈 일도 많았고, 딱히 한수진 선생님
이 생각나지 않을 정도로 바빴다. 그러던 중에 선생님이 늦은 시간에 전화
했다. 난 친구와 술을 마시다 말고 선생님께 갔고, 이미 잔뜩 취한 선생님
을 집에 모셔다드렸다. 그냥 그뿐이었다. 선생님에게 무슨 힘든 일이 있었
던 것 같긴 한데, 나와 대화를 나눌 수 있는 상태가 아니었다.

이제 대학교에도 친한 친구들이 생기고 대단찮은 대학 생활에 그럭저럭
적응할 무렵에 또 선생님에게서 전화가 왔다. 선생님은 나에게 뜬금없이 바
다를 보러 가지 않겠냐고 했다. 좋다고 했더니 선생님이 차를 몰고 오셨다.
우리는 한수진 선생님의 차에 타고 영동고속도로를 달렸다. 석양을 뒤로
하고 달리는 기분이 정말 좋았다. 서로의 대학 생활에 대해서 재잘거리는
것도 즐거웠다. 선생님도 자신의 대학 생활을 추억하며 대화는 끊임없이
이어졌다.

"참 걔는 어떻게 지내?"
"걔? 아~ 민아요? 뭐 같은 동네에 살고 부모님들이 친하니까 가끔은 보는

데, 별거 없어요. 민아는 예전 남자친구를 다시 만나는 거 같아요."

"아~ 다시 만나는구나. 신경 많이 쓰이겠네."

"아뇨. 별로."


고교 시절에는 동네 이성 친구에 관한 얘기를 많이 나눴는데, 한수진 선생님이 다시 그 여자애 얘기를 꺼내는 바람에 들뜬 기분이 조금 가라앉았다. 난 별로 그 여자애 얘기를 하고 싶지 않았고, 선생님도 더 말하지 않았다.

불과 몇 주 전에 그 여자애와 같은 길을 달리고 있었다. 고속버스를 타고 있었고 아침이었지만, 역시 바다가 보고 싶다던 그 여자애와 강릉에 갔었다. 지금과는 반대로 석양이 내릴 때 돌아왔었다.


그랬기에 대단찮게 생각했는지도 모르겠고, 한수진 선생님과 여행이 어색하지 않았던 모양이다. 몇 주 전에 그 여자애와 그랬던 것처럼 강릉의 바닷가에서 시간을 좀 보내고 돌아오게 될 줄 알았다. 선생님의 자가용을 타고 가는 것이라서 마음이 좀 더 편한 줄만 알았다. 자가용이 있으니까 시간에 구애받지 않고 돌아올 수도 있으리라 생각했다.

밤의 경포대 바닷가는 낮과는 많이 달랐다. 파도 소리도, 거니는 사람들도, 조명들도, 하늘의 달과 별도, 달빛을 받은 구름도….

그렇게나 다를 줄은 몰랐다. 그리고 선생님과 자게 될 줄은 몰랐다.

송민아.

민아는 어릴 때부터 친구였다. 유년의 기억이 남아있는 시점부터 친구였으니, 거의 20년 가까이 지낸 여자애다. 초등학교를 같이 다니면서 항상 붙어 다녔고, 여자애랑 붙어 다닌다고 놀리던 친구들도 인정할 정도로 친하게 지냈다.

다른 친구들과 어울리면서도 틈틈이 서로를 찾았다. 민아는 다른 애들과 친해지면 내게 소개했고, 나도 내 친구들을 민아에게 소개하면서 우리의 우정에는 변함이 없을 것 같았다.

중학교에 가면서 학교를 따로 다니게 되고, 사춘기를 겪으면서 서로 조금 어색해지긴 했어도 부모님들이 친하고 한동네에 살았기에 자주 만났다. 민아에게 남자친구라는 존재가 생기기 전까지는 마냥 어린애처럼 친구로 남을 줄 알았다.

민아에게 남자친구가 생기면서 좀 불편해졌다. 부모님들이 민아네 집에서 술을 마시게 되면 민아가 우리 집에 놀러 오곤 했는데, 남자친구가 있는 민아와 단둘이 있는 게 불편했다.

어쩐지 섭섭했다. 나는 잘 모르는 것을 민아만 알고 있다는 기분이 들었고, 그런 민아가 내게 가르쳐주지 않는다는 게 섭섭했다. 민아 혼자만 먼저 어른이 되어버린 것 같았고, 실제로 민아는 남자친구를 사귀면서 상당히 어른스러워졌다. 정신적인 것뿐만 아니라 신체적으로도 내가 알던 동네 친구 민아와는 달랐다.

길을 가다 우연히 앞서가는 민아를 발견하면, 몰래 다가가서 목을 조르거나 엉덩이를 때리고 달아나는 짓거리는 도저히 할 수 없게 되었다. 누가 먼저 그러지 말라는 말을 했던 것도 아닌데, 서로가 그런 장난을 전혀 하지 않게 되었다.

그래도 사이가 나빠진 건 아니다. 고등학교에 가서도 서로 술을 좋아하시는 부모님들 덕분에 민아가 우리 집에 올 일이 있었고, 내가 민아네 집에 가야 할 때도 있었다. 어릴 때처럼 장난을 치고 노는 대신에 마주 보고 앉아서 공부를 같이했다. 어른들처럼 서로의 근황 정도는 이야기했다.

난 편집부에 관한 얘기를 주로 했고, 민아는 남자친구와 싸운 얘기를 많이 했다. 민아의 얘기를 듣다 보면 남자친구라는 그 형과는 항상 싸우는 것 같은데, 왜 헤어지지 않는 것인지 이해하기 어려웠다. 민아가 그랬다.

"넌 나중에 여자친구 생기면 힘들다는 얘기는 최대한 자제해라. 서로가 힘든데 자꾸 힘들다는 걸 확인시킬 필요는 없잖아."

"그 형이 자꾸 그러면 헤어지는 게 낫지 않아? 왜 계속 만나?"

"좋아하는데 어떻게 헤어지니? 힘든 것도 좋아하니까 힘든 거잖아."

"그~ 게 힘든 거야? 왜 힘들게 좋아해?"

"음…. 너도 나중에 누굴 좋아하면 알게 될 거야."

잘은 몰라도 대강은 이해할 수 있었다. 누굴 좋아하면 힘들어질 수 있다는 사실 정도는 동화책이나 소설책으로도 배울 수 있다. 그리고 나도 조금은 힘들어 봤었다.

민아 덕분에 이성에 관한 관심이 덜하긴 했어도 마음에 들었던 여자애가 없었던 것은 아니다. 나도 사춘기를 겪으면서 좋아하게 된 여자애가 있었고, 한 번 말을 걸었다가 소문이 나버렸다. 모르는 여자애와 가까워지는 일 자체가 쉽지 않다는 걸 알게 된 이후로, 민아가 내 여자친구였다면 어땠을까 하는 상상도 했었다.

내가 어떤 여자애를 좋아했다는 걸 안 민아가 좀 놀리긴 했어도, 전보다는 서로 편해진 것 같았다. 언젠가부터 민아가 이런 말을 가끔 했다.

"뭘 봐?"

시선을 느꼈더라도 좀 모른 척해줬으면 좋으련만, 민아는 딱 꼬집어서 내 본능적인 시선을 나무랐다. 그렇지만 '깊게 파인 티셔츠 사이로 드러난 네 도도하고 음란한 가슴골을 보고 있었다.'라고 솔직히 말하거나 '너무 짧은 반바지를 입고도 양반다리를 하고 앉은 네 팬티가 혹시 보이지 않을까 관찰했다.'라고 대답해줄 수는 없는 노릇이었다.

그저 모른척하며 시선을 거두고 다른 얘기를 꺼내며, 또 내 눈알이 제멋대로 움직이는 걸 제어했다. 그래도 민아가 계속 나무라지는 않았다. 처음에는 민아도 조금 부끄러워하고 차림새를 단정하게 하려는 듯했지만, 나중에는 말로만 나무랄 뿐 이해할 수 있다는 표정으로 나를 비웃었다.

민아를 점점 이성으로 느끼면서 민아와 사귄다는 그 형을 무척 부러워했다. 그러면서 민아가 그 형과 싸웠다는 얘기를 들으면 좋았었는데, 민아가 힘들어하는 모습에 마음이 아프기도 했다.

헤어졌다는 얘기를 들었을 때는 내 감정을 어떻게 표현해야 할지 어려울 정도로 복잡했었다. 그러나 곧 다시 만나기로 했다는 얘기를 들어야 했고, 또 헤어졌다는 말을 들었다.

이런 민아에 대해 한수진 선생님께 몇 번 했다. 물론, 민아에 대한 미묘한 감정은 쏙 빼고 얘기했다.

"또 헤어졌다더라고요."

"또?"

"네. 그런데 이번엔 좀 심각한 거 같아요. 전처럼 그 형 욕을 하지도 않고요. 뭐랄까 쓸쓸해하는 것처럼 보였어요."

"전에도 비슷한 말을 들었던 거 같은데."

"아뇨. 이번엔 좀 달랐어요. 별로 화내지도 않더라고요. 전에는 짜증도 내고 그랬는데."

"좀 성장했을지도 모르지. 그럴 나이잖아."

그 정도였다. 한수진 선생님과는 우연한 잡담을 나누는 정도였다. 서로 시간을 따로 내어서 대화를 나눈 일도 없었다. 어쩌다 한수진 선생님과 단 둘이 있게 될 기회가 있으면 민아 얘기를 꺼내곤 했다. 민아에 대한 얘기를 할 만한 사람이 한수진 선생님 말고는 없었다. 그뿐이었다.

민아가 정말로 헤어진 것 같았을 때는 고등학교를 졸업하고 대학에 갔을 때였다. 편집부 졸업생 회식에서 만난 선생님이 내게 먼저 민아의 근황을 물어봤다.

"지금 걔는 헤어진 상태야? 아니면 또?"

"민아요? 헤어진 지 꽤 오래됐어요."

"그래. 그럼 너랑은 어떻게 지내."

"신입생들답게 서로 바빠요."

한수진 선생님께 그렇게 대답하긴 했어도 민아랑 많이 가까워졌었다. 남자친구랑 헤어진 대학생 민아는 나랑 영화도 같이 보고 딱히 약속하지 않고도 만나서 밥도 먹고 그랬다. 그러던 중에 민아가 바다를 보러 가고 싶다고 했었다.

아침 일찍 고속버스를 타고 강릉에 갔다. 경포대 해수욕장 근처를 같이 걷다가 커피도 마시고 또 나와서 산책로를 걷다가 민아의 손을 잡았다.

민아는 조금도 놀라거나 어색해하지 않고 내 잡은 손을 그대로 뒀다. 우리는 그렇게 손을 잡고 걷다가, 바닷가에 해변이 보이는 모텔 앞을 지나게 됐었다. 내가 별로 음흉한 생각은 아니었는데 음흉하게 들릴 수밖에 없는 말을 했다.

"저런 데서 자면 밤새도록 파도 소리를 들을 수 있겠다."

말을 하자마자 실수했다는 걸 알았다. 민아는 아무런 대답도 하지 않았고 조금 더 걷다가 슬며시 내 손을 놓았다. 민아가 웃으며 배가 고프다고 했었다. 우리는 근처의 초당순두부집에서 밥을 먹고 돌아오는 고속버스를 탔다.

서울에 거의 다 도착했을 즈음에 민아가 그 형이랑 다시 만나게 되었다는 얘기를 했다. 많이 고민하고 다시 만나기로 했다면서 이제 나를 자주 만나기 힘들겠다고 했다. 그래서 나랑 여행을 오고 싶었다는데, 난 그런 민아를 도무지 이해할 수 없어서 화가 났다.

몇 주 전에 민아와 같이 걸었던 경포대 바닷가를 한수진 선생님과 걷게 되었다. 내가 손을 잡을 생각을 하기도 전에 선생님이 먼저 내 손을 잡았다. 선생님과 손을 잡는다는 게 어색했어도 기분은 좋았다. 나보다 8살이나 많은 선생님이지만, 우리를 보는 그 누구도 교사와 제자 사이라고 생각하지는 못했을 것이다. 내가 늙어 보인다기보다 한수진 선생님이 나이를 분간하기 힘들 만큼 미인이었다. 다들 나를 부러워하는 눈빛이었다.

이슬만 먹고 산다고 해도 상당히 설득력 있어 보이는 데다, 뭔가 먹고 배설한다는 걸 상상하기 어려운 한수진 선생님이 배가 고프다고 했다.

"뭘 먹을까? 회 좋아하니?"
"아뇨. 전 별로 상관없어요."

회를 별로 좋아하진 않지만, 근처에 다른 종류의 식당을 찾기가 어려웠다. 그냥 아무 횟집이나 들어가 회를 주문했다. 선생님이 이슬을 주문했을 때, 상황이 예상 밖으로 돌아가고 있다는 생각은 했었다.

난 건강한 남자애였고, 미모의 한수진 선생님을 상대로 부적절한 상상을 못 할 정도로 멍청하지도 않았다. 되레 친해지고 나서야 죄책감 때문에 상상을 자제했을 뿐이다.

그 와중에도 순진하게 강릉에서 서울까지의 대리 비용을 걱정했지만, 쓸데없는 수많은 걱정 거리들과 마찬가지로 필요 없는 일이었다.

한수진 선생님과 나는 소주 한 병만 비우고 식당을 나왔다. 다시 바닷가를 조금 걸어서 선생님의 차가 주차된 곳에 도착했다. 차에서 가방을 꺼낸 선생님과 나는 다시 경포대 바닷가를 걸었다. 대화는 거의 하지 않았다. 대신 파도 소리가 있어서 괜찮았다.

바로 몇 주 전에 민아와 함께 걷다가 발견했던 바닷가의 모텔을 만났다. 나도 모르게 모텔의 간판을 바라보다가 한수진 선생님의 시선을 뒤늦게 발견했다. 선생님이 무표정한 얼굴로 나를 바라보더니 앞장서서 모텔로 향했다.

경포대 바닷가가 내려다보이는 모텔 방에 한수진 선생님과 함께 들어갔다. 이제부터 뭘 하게 될지 상상하느라 머릿속이 굉장히 분주했고, 뭐부터 해야 할지 몰라서 어색했는데 선생님이 갑자기 생각났다는 듯 말했다.

"이 앞에 편의점 있더라. 난 씻고 있을 테니까. 맥주 좀 사와."

맥주를 사러 나가면서 내 머릿속에는 한수진 선생님이 씻고 있겠다는 말만 맴돌았다. 맥주를 사 왔을 때도 선생님은 씻고 계셨고, 욕탕에서 나온 선생님은 실망스럽게도 옷을 전부 입고 있었다. 상상과는 달랐다.

선생님이 맥주 캔을 따려는 내게 손이라도 씻으라고 했고, 나도 샤워를 하고 나왔다. 선생님은 의자에 앉아 TV를 보며 맥주를 마시고 있었다. 나도 마주 앉아 맥주를 마시려는데, 선생님이 남은 맥주를 마시고는 침대 위에 누워 말했다.

"운전도 하고 많이 걸었더니, 피곤하다. 나 먼저 잘게."
"저는요?"
"알아서 해."

같이 침대에 누워도 괜찮은 건지 물어보고 싶었다. 나는 맥주를 마시며 TV를 보고 있었지만, 한수진 선생님이 누워있는 침대에 같이 누워도 괜찮은지 고민하느라 TV의 내용은 눈에 들어오지도 않았다.
상당히 길었던 고민을 마치고 일어나 한수진 선생님의 곁에 누웠고, 선생님을 안으며 가슴을 만졌다. 내 심장이 박살 날 것처럼 뛰고 있었는데 선생님은 내 손을 잡으며 담담하게 말했다.

"아파."

한수진 선생님은 차분히 일어나 앉아서 옷을 벗었다. 그 어떤 사진이나 영상으로 보던 것들보다 아름다운 것을 볼 수 있었고, 난 그 아름다운 것을 만지고 사랑하고 싶었다.
이런 관계에 문제가 없는지 아주 잠깐 갈등했지만, 이런 순간에 멈출 수 있는 자제력 따윈 없었다. 사랑하지도 않는 사람과 이래도 괜찮은 것인지도 걱정했는데, 본능 앞에 사랑은 사소한 걸림돌이었다. 스승과 제자 따윈 아무래도 좋았다.

처음이라 애를 조금 먹긴 했어도 할 수는 있었다.

# 인연이란

　강릉 경포대 바닷가의 모텔에는 파도 소리가 멈추지 않았다. 반쯤 열린 창문 밖에는 잠시도 쉬지 않는 바다가 있었다. 그리고 파도처럼 드나드는 그 덕분에 내뱉은 거친 숨소리들이 파도 소리를 삼켰다.

　남자친구랑 모텔에서 나오다가 소꿉친구를 만났다.
　내가 가장 오래 알고 지냈던 남자애가, 입은 반쯤 벌리고 눈꺼풀을 쉴 새 없이 깜빡이며 나와 내 남자친구를 돌아보다 말했다.

　"아… 여긴 우리 편집부 선생님…."

　이제 내가 입을 반쯤 벌리고 눈꺼풀을 쉴 새 없이 깜빡일 차례였다. 내 소꿉친구가 자신의 곁에 있는 키 큰 여자를 고등학교 때 선생님이라고 소개했다. 모텔 앞에서 서로를 소개하는 일 자체가 믿기지 않았으니까, 그 여자가 녀석의 선생님이라는 충격은 조금 늦게 받았다.
　여기가 모텔 앞이라는 사실과 녀석의 곁에 여자가 선생님이라는 사실이 더해지니까, 어쩐지 나도 내 남자친구를 소개해야겠다는 결론에 도달하게 되었다.

　"어… 여긴 내 남자친구… 예요. 안녕하세요?"

　선생님이라니까, 인사를 해야 하는 게 맞는 것 같긴 한데, 막상 인사를 하고 나니까 더더욱 어색해졌다. 내 남자친구도 조금은 당황한 표정으로 인사했는데, 내 소꿉친구의 선생님이라는 여자는 담담한 표정으로 고개를 가볍게 끄덕였다.

자신의 학생과 모텔에서 나오면서도 전혀 당황하지 않는 선생님. 아니, 그 여자 덕분에 나도 가까스로 침착성을 되찾을 수 있었다. 소꿉친구의 앞이긴 하지만, 나는 내 남자친구와 모텔에서 나오는 것이고 저쪽은 교사와 제자의 관계이니까, 내가 조금 더 당당해도 괜찮겠다는 생각을 했다.

그래서 나는 최대한 당당하고 침착한 목소리로 말하려 했다.

"어~ 그러니까. 두 사람은~ 두 분은? 음…. 어떤? 사이… 예요?"

실패했다. 내 목소리는 잘 봐줘도 자다가 방금 일어나자마자 전화 받은 사람의 목소리였다. 울면서 말하는 것처럼 들리지나 않았으면 다행이겠다. 초여름 햇살이 반짝이는 경포대 해변의 모텔 앞에서 어울리는 질문이길 바랐다.

그래도 내 질문에 소꿉친구 녀석이 조금 당황하는 표정을 보였지만, 녀석의 선생님이라는 여자는 오히려 조금 미소 지어 보이며 무슨 그런 질문을 하냐는 표정이었다. 찰나의 순간에 나는 매우 무례한 철부지가 된 기분이 들었는데, 그 여자가 고개를 갸웃하며 말했다.

"혹시. 민아 씨 맞나요. 아. 역시 그럴 것 같았어요. 얘기 많이 들었어요."

완전히 당했다. 그 여자는 선생님이라면서도 내게 존대하며 또 내 이름까지 알고 있었다. 나도 모르게 미간을 찌푸리며 소꿉친구 녀석을 노려봤더니, 녀석은 혼이 나간 사람 같아 보였다. 나를 돕기는커녕 도무지 나설 수 있는 상태가 아니었다. 그리고 내 남자친구란 인간은 이 상황이 흥미진진한 것으로 보였다.

이 상황은 분명히 혼자 타개해야 하는 게 맞겠는데, 딱히 꺼낼 만한 말이 떠오르지 않았다. 무슨 말을 꺼내도 질 수밖에 없겠다는 상황이 마음에 들지 않았다.

제자였던 남학생과 지난밤에 좋은 시간을 보내셨냐고 질문할 수 있다면 상당히 성공적이겠고, 어쩌다 영계가 취향이 되셨냐고 물어볼 수 있다면 속이 시원하겠지만, 언제나 그렇듯 자폭은 최후의 수단이 되어야 한다. 지금은 퇴로를 찾아야만 했다.

그 순간, 내 남자친구가 나섰다. 다행히 나도 혼자가 아니었다.

"혹시 아침 드셨어요? 안 먹었으면 같이 먹으러 가실래요?"

당연한 얘기지만, 차라리 혼자인 게 나았겠다.

차라리 혼자인 게 낫겠다는 생각을 처음 한 건 아니다. 내 평생에 유일했던 남자친구와 사귀다 헤어지기를 반복하면서 몇 번이나 했었는지 셀 수도 없다.

박해진.

이 오빠를 처음 만난 건 중학생 때였다. 당시 여중을 다니던 발랄한 내 주변에 남자라고는 여드름으로 얼굴의 대부분을 채우기 시작한 소꿉친구뿐이었다. 단지 지루하다는 이유만 가지고도 목조를 수 있었으며, 서로의 엉덩이를 발로 차줄 수 있는 소꿉친구를 절대로 남자로 보기는 어려웠던 시절이었다.

학원에서 만난 해진이 오빠는 인기인이었다. 큰 키에 맑은 피부를 가진 해진이 오빠는 학원의 여고생들뿐만 아니라 여중생들에게도 상당히 인기가 있었다. 훌륭한 외모를 가졌는데 아무하고도 그 어떤 썸도 없다는 사실은 하루하루 인기를 더해줬다.

게다가 공부도 잘하고 교우관계도 좋은 데다 정의롭기까지 하다는 평판은 뭇 여학생들의 가슴을 떨리게 하는 데 부족함이 없었다.

학원의 중학생 자습실은 고등학생 자습실과 마주 보고 있었는데, 중학생 자습실에서 애들이 소란스럽게 굴면 언제나 찾아와 조용히 시키는 사람은 해진이 오빠였다. 중학생 남자애들은 해진이 오빠에게 감히 대들 생각을 못 했고, 여학생들은 남자애들이 떠들어서 해진이 오빠가 자습실에 찾아오길 기대하는 게 일상이었다. 일부러 남자애들이 좋아할 만한 게임이나 스포츠에 관한 얘기를 꺼내주고 슬쩍 빠져주면 해진이 오빠가 찾아와 조용히 하라고 했다.

별로 큰 소리로 고함을 치지 않았고, 이런저런 잔소리를 늘어놓지도 않았다. 해진이 오빠는 살짝 인상을 쓰면서 조용히 좀 하라는 말을 하고는 자습실을 나갔다. 그럼 여자애들은 해진이 오빠의 인상 쓴 모습에 감탄하며, 다른 표정들도 보고 싶다는 잡담을 나누곤 했다.

그런 해진이 오빠가 내게 먼저 말을 걸었다.

"송민아. 네가 송민아지? 이 필통 네 거야?"

난리가 났다. 해진이 오빠가 내 잃어버린 필통을 찾아준 사건은 삽시간에 학원 전체에 소문이 났다. 여고생 언니들 몇몇이 찾아와 일부러 필통을 흘린 건 아니냐는 추궁을 했고, 내 친한 친구들마저 보기보다 여우 짓을 할 줄 안다며 나를 칭찬했다.

그런 사건이 일어난 지 일주일도 채 지나기 전에 해진이 오빠가 내게 다시 말을 걸었다.

"그~ 뭔가 찾아주면 말이야. 약간의 고마움을 표시하는 게 보통이라더라."

많은 여학생은 그들이 보고 싶었던 해진이 오빠의 다른 표정을 볼 수 있었다는 사실에 감탄하며, 그 대상이 자신이 아니라는 사실에 분노했다. 해진이 오빠는 평소 절대로 볼 수 없었던 매우 어색한 표정으로 내게 말을 걸었다. 나는 그 표정이 너무 귀여워서 참을 수 없었고, 솔직하게 대답할 수밖에 없었다.

"그럼 제가 밥이라도 살까요?"

학원을 그만두게 되었다. 대신에 해진이 오빠는 내 남자친구가 되었다.
중학생과 고등학생이 자주 만나기는 어려웠다. 어쩌다 시간이 생기면 간신히 만나서 군것질을 같이하고 영화를 보는 정도가 전부였다. 그래도 그 순간순간이 행복했고 해진이 오빠와 함께하는 모든 시간이 소중했다.
그러던 중에 내 소꿉친구 유성현이 내 학원 친구의 친구에게 고백했다는 소문을 듣게 되었다. 남녀공학에 다니던 여드름이 바글바글한 소꿉친구 유성현이 여자애에게 고백했다는 얘기에 너무 놀랍기도 하고 기특하기도 했다.
그래서 놀리기로 했다.

"있잖아. 내 친구의 친구 중에 한 아이가 이미 남자친구가 있는데, 어떤 귀여운 남자애가 고백했다더라? 아~ 물론 외모가 귀여웠다는 건 아니고~ 남자친구가 있는지 어떤지도 확인도 안 한 데다가 더듬더듬거리는 목소리로 시간 좀 있냐고 했대~. 시간이 없는 사람이 어디 있니? 웃기지? 시간이야 어차피 있는 건데 뭘 어쩌겠다는 건지 너무 귀여웠다더라고~."

"그 형은 너한테 뭐라고 해서 사귀기로 한 건데?"

"형? 아. 해진이 오빠? 어~ 너? 알아? 알고 있었어?"

"잘나가던 고등학생이 여우 같은 여중생에게 홀려서 사귀고 있다는 소문은 들었어."

본전도 찾지 못했다. 어릴 때 나한테 맞아서 코피를 흘렸던 것으로 놀려도 끄떡없었던 소꿉친구 유성현이었는데, 나랑 눈도 마주치지 않으면서 가시 돋친 대답을 했다. 성현이가 그러는 건 평생 처음 봤다. 그날 이후로도 본 적이 없었다.

아무리 친한 친구여도 연애에 관한 것으로 놀려서는 안 되는 모양이다. 남자애도 마찬가지인 걸 몰랐다. 그런데 마음의 상처가 꽤 큰 줄 알았는데, 나중엔 성현이가 먼저 내가 해진이 오빠랑 사귀는 걸 가지고 놀리곤 했다. 단지 처음만 어려웠다. 처음이라는 것들이 대체로 그렇다.

이상하게 내가 더 불편했다. 성현이는 내가 놀려도 별로 신경 쓰지 않는 분위기였는데, 나는 성현이가 놀리는 게 점점 더 불편해졌다. 해진이 오빠랑 더 가까워질수록 성현이가 해진이 오빠를 언급하는 게 싫었다.

해진이 오빠랑 영화를 보러 가다가 친구들과 함께 있는 성현이를 봤다. 내가 성현이를 보고 인사하기 어색했는데, 성현이가 나를 보고도 무시하고 지나는 모습은 신경 쓰였다. 성현이가 내게 인사했어도 불편했겠지만, 그래도 인사를 받지 못한 건 섭섭했다.

영화를 보고 나와서 해진이 오빠는 평소처럼 우리 집 앞 놀이터까지 데려다줬다. 나란히 벤치에 앉아 이런저런 얘기를 나누다가 갑자기 대화가 끊겼다. 갑자기 할 말이 별로 떠오르지 않았고, 이상한 기분이 들었는데 해진이 오빠가 내 손을 잡았다. 사실 평소에 기대했던 일이었는데, 성현이 때문에 기분이 좋지 않아서 손을 뺐더니 오빠가 말했다.

"우리 아직 손도 못 잡는 거니?"

겨우 손을 잡지 못했다는 걸로, 해진이 오빠가 그렇게 나에게 정색할 줄은 몰랐다. 오빠는 매우 실망했다는 표정으로 잘 들어가라는 말도 하지 않고 가버렸다. 순간 눈물이 나올 것 같을 정도로 억울했다.

가만히 앉아서 생각하면 생각할수록 점점 더 억울해지고 어이도 없고 화도 나려 했다. 가슴에 뭐가 탁 막힌 것 같아 차라리 울어버릴까 생각하는데….

"어~이. 남자친구도 있는 여자가 왜 혼자서 청승이야~."

유성현이었다. 이런 순간에 또 만났다. 사실은 아무 일도 없었던 거나 마찬가지인데도 창피했다. 그런 내 기분을 아는지 모르는지 성현이가 앉아있는 내 앞으로 다가와 계속 말했다.

"야. 나 PC방에서 돈을 다 써버렸거든? 그런데 떡볶이가 먹고 싶어."
"어쩌라고?"
"사달라고~."

나는 유성현의 복부에 있는 힘껏 주먹을 날렸다. 그 시절만 하더라도 이제 막 성현이가 내 키를 겨우 추월했을 때였다. 성현이를 쓰러뜨리고 나니까 기분이 조금 풀리는 것 같았다. 성현이는 신음하며 떡볶이를 외쳤고, 그 간곡함에 떡볶이를 사줄 수밖에 없었다.

그때는 아직 어렸다.

이번엔 겨우 손만 잡고 그런 게 아니었다. 해진이 오빠는 모텔에서 밤새 나를 괴롭혔다. 불과 한 시간 전에도, 자다 일어난 해진 오빠가 내 안에 있었다. 어릴 때처럼 울고 싶었던 기분도 아니었다.

그래도 유성현의 복부에 있는 힘껏 주먹을 날리면 좋겠다는 생각이 들었다.

❦

절대다수의 여자들이 경험하는 일이겠지만, 내 남자친구도 사귀기 전과 많이 달랐다.

공부를 열심히 하는 편이었어도 잘하는 건 아니었고, 못된 성격은 아니었어도 생각 없이 내뱉는 말들 때문에 친구들 사이에서 조금은 밉상인 데다, 정의롭기보다는 참견을 잘하는 성격이었다.

나를 설레게 했던 남부럽지 않은 외모야 지금도 부족함이 없겠지만, 덕분에 신경 쓰일 일들은 더 많았다. 대부분의 시간을 떨어져 있어야 하는 학생이었기 때문에 들려오는 소문들에 민감해질 수밖에 없었는데, 그러다 보니 어떤 언니나 여자애가 해진이 오빠와 얘길 나누는 모습을 목격했다는 제보를 자주 받아야 했다.

그건 매우 스트레스받는 일이었는데, 그런 사실을 솔직하게 오빠에게 말하기엔 자존심이 상했다. 그래서 가급적 완곡하고 대수롭지 않은 듯 들리게 말하곤 했다.

"연주 언니랑 좀 친한가 봐?"
"응? 연주 누나? 아~ 친구 누나니까 뭐. 그런데 네가 연주 누나를 어떻게 알아?"

잘못된 정보였다. 대강 얼버무리며 화제를 돌리느라 고생 좀 해야 했었다. 물론 꼭 잘못된 정보만 있었던 건 아니었다. 가끔은 정말 의심이 될 만한 소문도 있었는데, 딱히 트집을 잡아서 추궁하기는 어려운 것들이었다. 잘생긴 외모 덕분에 생길 수 있는 일들을 나무랄 수는 없었다.

그런 사소한 불편함이 쌓이다 보면 서로의 감정에 작은 틈이 생기기 마련이고, 감정의 틈이라는 것들은 곪아 터지기 전까지는 절대로 아물지 않는다.

"오빠. 지난주 토요일에는 친구들이랑 농구한다고 하지 않았어?"

"농구했지. 농구하고 친구들의 친구들이랑 만난 거야. 개 중에 여자애들이 있을 줄 내가 알았겠냐?"

"누가 뭐라고 했어?"

"야. 너무하는 거 아니냐? 너 또 어디서 이상한 소문만 듣고 내가 다른 여자애들이랑 어울린다고 의심하는 거잖아."

"그런데, 꼭 처음 보는 여자애 옆에 앉아서 얘기를 해야만 하나?"

"농구하고 힘든데 그럼 나만 서서 얘기하냐? 야, 너~ 위험해. 의처증이 있는 중학생이라니 심각한 거 아니냐?"

"와~ 의처증이래. 아니, 그럼 왜 농구하고 여자애들하고도 어울렸다고 말을 안 해?"

"피곤하잖아. 여자애들이랑 어울렸다고 하면 네가 꼬치꼬치 캐물을 거 아냐? 지금처럼!"

이렇게 가끔 싸웠어도 참을 만했다. 오빠가 실제로 다른 여자애에게 관심이 있는 것처럼 보이지는 않았고, 말은 짜증을 내면서도 내가 지한테 관심을 갖는 걸 은근히 바라는 것 같기도 했다. 내가 정말로 의심스러운 상황에는 아무 말도 못 하는 걸 알고 미리 이실직고하기도 했는데, 일부러 내가 소문을 들을 수 있는 상황에 여자들과 어울리는 것 같았다.

남자친구가 있었던 친구에게 물었더니, 해준다는 조언이···.

"너랑 자고 싶은 거잖아."

"아~ 이 진짜?"

"너 아직 키스도 안 했다며? 연애가 장난이야? 소꿉놀이하냐? 기브 앤드 테이크 몰라? 관심을 달라고 신호를 보내는 거잖아~. 왜 그러겠니? 이미 사귀고 있는 사이에?"

"하아~ 그거 네 경험이야?"

"응? 아니. 책에서 읽었어."

아직 키스도 하지 않았다. 몇 번인가 오빠가 시도했는데, 처음엔 내 입 냄새가 걱정되었다. 그날 이후로는 오빠를 만나기 전에 양치질을 열심히 했는데도 하지 않았다. 첫 키스를 하기엔 날씨가 너무 구질구질했던 것도 있었고, 언젠가는 대낮이라 부담스러웠고, 또 한 번은 초승달이 뜬 날에 첫 키스를 하면 재수 없다는 미신 때문에 안 했고, 그리고 또 아무튼 여러 가지 이유로 거부했었다.

우리 부모님이 성현이네 부모님이랑 친해서 가끔 성현이네 집에서 술을 마실 때가 있다. 그러면 성현이가 우리 집에 와서 공부하다가 가곤 했었는데, 그날은 성현이에게 PC방 갈 돈을 줘서 내보냈었다. 그리고 해진이 오빠를 집에 불러서 첫 키스를 했다.

효과가 있었던 모양인지, 오빠가 다른 여자들과 어울렸다는 소문을 전혀 들을 수 없었다. 게다가 원래 알고 지내던 언니들하고도 멀리한다는 소문이 들렸다.

전에 상담했던 친구가 내게 물었다.

"잤냐?"

"아~ 이. 진짜."

"그럼? 왜? 뭐가 바뀐 건데? 오빠가 다른 여자랑 만나면 죽이겠다고 했어? 아니, 죽겠다고 했어? 아니면? 헤어질 거라고는 안 했을 거잖아."

"…뽀뽀만 했어."

"뽀뽀? 어디에다? 입술만? 혀는? 어떻게 했는데? 자세히 불어."

"아니~ 그냥 아무튼…. 그래 키스했다. 찐하게."

"이제 자겠네."

"아~ 이. 진짜."

"피임해라."


별로 대단치 않았던 일들로도 가끔은 싸우던 해진이 오빠와 사이가 좋아졌다. 전처럼 만나서 군것질을 하고 영화를 보고 조금 걷다가 기회가 생기면 오빠와 키스를 했다. 마치 처음부터 다시 시작한 기분도 들었다. 아니, 진짜 연애는 이제 시작한 것 같았다.

그리 오래 버티지는 못했다. 군것질하고 영화를 보는 대신에 키스하는 시간이 길어지고 이런저런 요구에 하나둘씩 허락하다가 해진이 오빠와 처음으로 했다. 그날도 성현이에게 PC방 갈 돈을 쥐어줬던 날이었다.

그날 이후로 해진이 오빠는 만나면 하고 싶어 했다. 하지만 학생들이 하고 싶다고 할 수 있는 기회는 별로 없었다. 우리 부모님이 성현이네 집에 술을 마시러 가는 날이면 오빠를 집에 불러들였다. 오빠는 많이 부족했던 모양이다. 성현이네 부모님이 우리 집으로 술을 마시러 오는 날에는, 오빠가 실망하곤 했었다.

성현이네 부모님이 우리 집으로 술을 마시러 오시면, 내가 성현이네 집으로 갔다. 전에는 내가 남자친구를 사귀는 것으로 자주 놀리고 그랬는데, 이제는 좀 컸는지 내 남자친구에 대한 얘기는 거의 꺼내질 않았다. 아니, 전보다 말 수 자체가 많이 줄어들었는데 뜬금없이 안 하던 말을 했다.

"내 친구가 너 아직도 그 형 만나냐고 물어보더라?"
"그래? 번호표 줄까?"
"…뭐 걔는 진심인가 봐. 너…. 예뻐졌다더라."
"뭘~ 새삼스럽게. 훗. 야~ 유성현. 네가 보기에도 그래?"
"너야 뭐 원래…."
"원래~ 뭐? 오오~ 너도 누나의 미모를 알아보고 있었구나?"

성현이가 갑자기 짜증을 내더니 PC방에 다녀오겠다고 나가버렸다. 성현이네 집에서 혼자 있던 나는 못된 생각을 하게 되었고, 나중엔 성현이를 PC방에 보내고 성현이네 집으로도 해진이 오빠를 불렀다.

그랬는데, 참 좋았는데 세상의 모든 좋은 시간처럼 길지는 않았다. 내가 고등학생이 되었을 때 오빠는 수험생이었는데, 나 때문에 공부하기가 너무 힘들다고 했다. 나를 만나는 걸 자제해야겠다고 했다. 인생에 가장 중요한 시기였으니, 나도 이해해야만 했고 이해할 수 있었다.

그러나 해진이 오빠가 공부 때문이 아닌, 다른 언니 때문이었다는 사실을 알게 되었고 결국 헤어졌다. 하지만 해진이 오빠가 수능을 보기 직전에 나를 다시 찾아왔다. 내게 용서를 빌며 자기가 실수했다고 다시 만나자고 했다.

멍청하게 빌기까지 하는 해진이 오빠가 불쌍하기도 했고, 얼굴값을 했다는 생각에 오빠를 용서하고 다시 사귀기로 했다. 그 덕분인지 그 때문인지 해진이 오빠는 결국 대학진학에 실패하며 재수를 했고, 나도 이제 수험생인데 재수하며 스트레스를 받는 오빠 때문에 많이 힘들었다.

전에는 해진이 오빠가 나랑 만나면 하고 싶어 하는 걸 나쁘게 생각하지 않았는데, 그때부터는 오빠가 사랑 때문이 아니라 스트레스를 해소하려고 나랑 관계하려는 것 같아서 싫었다. 결국 그런 것들을 견디지 못하고 다시 해진이 오빠랑 헤어졌었다.

두 번이나 헤어졌었는데도 대학에 간 오빠가 내게 다시 연락했을 때 기뻤다. 해진이 오빠는 자기가 재수하는 동안 너무 힘들어서 이기적이었다며 다시 용서해달라고 했다. 다른 여자를 만난 것도 아니고, 단지 서로 힘들어서 그랬으니까 이제 달라질 것이라 했다. 나는 수험생활 중에 자꾸 해진이 오빠가 떠오르는 게 힘들어 결국 다시 또 만났다.

다행히 대학생이 된 해진이 오빠는 달랐다. 투정만 부리던 남자애가 아니라 사내처럼 행동하려는 노력이 보였다. 재수했던 노하우로 수험을 준비하는 나를 많이 도와줬고, 덕분에 난 그럭저럭 원하던 대학에 진학할 수 있었다. 해진이 오빠가 처음엔 그런 나를 무척 대견해하고 축하해줬는데, 대학에 가서 남자애들이랑 어울리게 된 나를 단속하려 했다.

"여자애가 무슨 자취냐?"

"지하철로만 한 시간이 넘게 걸리는데 어떻게 매일 통학해."

"여자애가 자취하면 남자애들이 쉽게 보고 껄떡거린다고~ 차라리 어디 하숙을 해라. 여성 전용 하숙집 같은 데 있잖아."

"그렇게 걱정되면 오빠가 와서 같이 살던가?"

나를 걱정해서 그런 건 아니었다. 해진이 오빠가 자취하는 언니들과 만나고 있었다. 얼마나 깊은 관계였는지는 몰라도 또 헤어질 생각을 하니까 머리가 아팠다. 헤어져도 또 만나게 될 것 같다는 두려움이 생겼다. 그러나 정말 더는 만날 수 없었다. 다른 여자와 함께 있는 오빠가 자꾸 떠올라서 헤어져야만 했다.

이미 여러 번 헤어졌지만, 이번엔 진짜였다. 이번엔 진짠데도 유성현은 시큰둥했었다. 전에는 위로도 해주고 같이 그 오빠 욕을 해주기도 했는데, 이번엔 정말로 헤어졌다고 말했더니 성현이가 그랬다.

"그럼 이번엔 어떤 이유로 다시 만날 건데?"

"야~ 이. 진짜. 자취하는 여자의 집에 들락거렸다니까? 그런 놈이랑 어떻게 다시 만나?"

"그게 뭐. 너도 우리 집에 들락거리잖아."

"야~ 이. 진짜. 이거랑 그거랑 같아? 어휴~ 하긴 네가 뭘 알겠냐?"

"정말 헤어졌으면 번호표 줘."

"이건 또 무슨 강아지풀 뜯어 먹는 소리니?"

"친구가 뭘 모르는 거 같으면 가르쳐줘야 하지 않겠냐?"

"…응? 꺼져"

성현이가 신경이 쓰였다. 아니, 사실은 훨씬 전부터 신경 쓰이긴 했지만, 해진이 오빠와 사귀고 있었으니 일부러 마음을 피하기도 했다. 그러나 이제 정말 헤어진 마당에 소꿉친구라고 가까워지지 말라는 법은 없었다.

그러나 성현이랑 진지하기 어려웠다. 거의 평생을 알고 지내온 남자애랑 어른스러운 상상을 할 수 없었다. 해진이 오빠와 했던 것을 성현이랑 한다는 건 불가능할 것 같았다. 아무래도 평생 친구로 지내게 될 것 같았다.

왜냐하면… 난 또 해진이 오빠를 만났기 때문이다. 이번엔 정말 만나지 않으려고 했는데, 해진이 오빠가 우리 학교까지 찾아와서 (언제 나올지도 모르는 나를) 정문 앞에서 기다리고 있었다. 해진이 오빠가 나를 보자마자 다른 친구들이 보는 앞에서 무릎을 꿇었다. 너무 창피해서 얼른 조용한 곳으로 데리고 갔다. 얘기나 들어볼 심산이었는데….

해진이 오빠가 군대에 간다고 했다. 그러면서 자기가 대학에 와서 실수로 만난 여자에 대해 솔직하게 말했다. 처음엔 술을 마시다가 실수를 했는데, 그 여자가 자기랑 사귀기로 한 거 아니냐면서 사귀는 게 아니라면 강간이냐고 몰아붙였단다. 이제는 그 여자와의 관계가 정리되었고, 그 여자를 보기도 싫어서 군대에 간다고 했다.

내가 다시 받아주지 않더라도 괜찮다며, 그동안 고마웠다는 해진이 오빠 앞에서 눈물을 참았다. 그대로 있으면 눈물이 날 것 같아서 해진이 오빠를 안았다.

다시 사귀자는 말은 서로 하지 않았다. 내가 해진이 오빠를 안았어도 오빠를 자취방으로 불러들이지 않았다. 내겐 시간이 필요했고 해진이 오빠도 그런 나를 이해하는 것 같았다.

내게 필요했던 시간은 소꿉친구 유성현에 관한 것이었다. 유성현에 대한 내 감정이 신경 쓰였다. 절대로 연애할 수 있는 감정이 아니었는데, 성현이가 나를 좋아하고 있는 것 같다는 점이 어쩐지 신경 쓰였다. 그래서 성현이와 여행까지 다녀오고서야 우정을 확인할 수 있었다. 성현이와 손까지 잡았었는데, 정말 아무 느낌도 없었다. 되레 이 녀석이 나랑 손을 잡았다고 음흉한 생각을 한다는 것에 흠칫 놀랐다.

해진이 오빠와 다시 사귀자는 말을 하지는 않았어도, 다시 사귀기로 한 것 같았다. 해진이 오빠가 군대 가기 전에 여행을 다녀오자고 했다. 내가 왜 그랬는지 전에 성현이와 갔던 강릉을 가자고 했고, 성현이가 음흉한 생각을 했을 게 분명한 그 모텔에서 해진이 오빠와 머물렀다.

그 죗값으로 소꿉친구 성현이를 모텔 앞에서 만나야 했다.

인연일까, 대가를 치른 것일까.

# 불운의 반대편

여자친구가 자취방에서 남자랑 나오는 걸 봤다.

남자를 보내고 여자친구를 기다려 만났다. 5년을 만난 여자친구가 귀신을 본 것 같은 얼굴로 나를 바라봤다. 짜증과 분노로 울리는 이명 때문에 여자친구가 하는 말을 잠깐 듣지 못했다. 여자친구가 말하고 있었다.

"아니. 어떻게 연락도 없이 왔어? 휴가 나온 거야?"

놀란 것 같았던 여자친구의 얼굴은 어느새 침착해졌고, 뻔뻔한 말을 꺼내고 있었다. 나는 군화를 신은 채 여자친구의 방으로 들어가려 했다. 여자친구가 그런 나를 막아서며 이제야 사태를 파악했다는 태도로 신경질을 냈다.

"뭐 하는 거야? 왜 이래 오빠!"

밀치고 들어가려다 그만뒀다. 지금 여자친구를 건들면 돌이킬 수 없는 실수를 저지를 것 같다. 대신 고개를 숙여 호흡을 길게 내뱉고 다시 고개를 들어 여자친구의 뻔뻔한 얼굴을 봤다. 내 분노한 시선과 마주한 여자친구가 침착하게 말했다.

"오빠도 알잖아? 내 소꿉친구야. 전에 봤었잖아?"

그래 아는 얼굴이다.

내가 군대에 가기 전에 만난 적이 있었다. 입대 전에 여자친구와 여행을 갔다가 우연히 만났던 여자친구의 동네 친구였다. 이제야 뭔가 퍼즐이 맞아가는 것 같다. 왜 그때 여자친구가 그렇게 당황했는지 알겠다.

여자친구는 나와 모텔에서 나오다가 친구를 만난 것 때문에 당황한 게 아니었다. 동네 친구로 지내던 남자애가 다른 여자와 있는 모습에 질투한 것이었다. 어쩐지 이상했다. 우리가 한두 해 사귄 것도 아닌데, 모텔에서 함께 나오다가 지인을 만났다고 당황한 것치고는 과했다.

이야기가 어떻게 된 걸까. 여자친구는 동네 친구로 지내던 남자애에게 어떤 감정을 가지고 접근한 것일까. 아니, 그 훨씬 이전부터 이미 깊어진 관계였을까. 내가 군대 간 사이에 동네 친구와 자취방에서 동거를 하다니, 흔해 빠진 이야기다.

여자친구가 뭔가 설명하느라 떠들고 있었는데, 잘 들리지 않았다. 어쩌다 이렇게 되었나. 이젠 정말 끝인가.

고등학교 때 학원에서 만난 민아는 중학생이었다. 처음에는 중학생인 줄 몰랐다. 외모뿐만이 아니라 행동거지가 중학생으로는 보이질 않았다. 민아가 친구들과 나누는 말투도 손짓도 걸음걸이도 또래와는 달랐다.

송민아를 보고 싶어서 중학생 자습실에 자주 기웃거렸고 일부러 필통을 훔쳐서 돌려주기도 했다. 우연을 가장한 인연을 만들고 싶었고, 그 나이에는 그리 어려운 일이 아니었다. 다행히 민아도 내게 호감이 있었던 모양이다. 처음이 그리 어렵지는 않았다.

여자와 사귀게 되면, 하루하루가 행복하고 매일매일 보고 싶고 그럴 줄 알았는데 그렇지는 않았다. 민아는 분명히 매력적인 여자애였고 나를 좋아하는 게 분명한데, 예쁜 여자애가 나를 좋아한다는 사실이 놀랍거나 대단하지는 않았다. 난 그럭저럭 인기가 있는 편이었고, 민아와 사귀게 되면서 다른 여자애들도 눈에 들어오기 시작했다.

그냥 만나서 함께 시간을 보내는 것만으로는 충분하지 않았다. 벌써 여자 경험이 있다는 녀석들은 하루가 멀다 하고 얼마나 진도가 나갔는지 물어보곤 했었다.

"수녀님이랑 승려가 만나는 게 아니잖아. 손을 잡고 키스도 하는 게 훨씬 정상이야."

"아직 중학생이잖아. 천천히 기다리다 보면 때가 되겠지."

"그렇지. 기다려주던 세상의 수많은 남자가 어떤 결과를 얻었는지 너도 곧 알 수 있겠지."

"에이~ 민아는 그런 애가 아니야."

"오우~ 나도 줄리엣이 담 넘어온 로미오랑 그날 밤에 떡칠 줄은 몰랐어. 이몽룡이 성춘향을 기다려줬으면 어떻게 됐을까? 줄리엣이랑 성춘향이 그때 몇 살이었게?"

"옛날얘기잖아."

"20년쯤 지나면~ 아니 10년만 지나도 지금이 옛날얘기가 되겠지. 그리고 넌 누군가에게 옛날에 있었던 아쉬움을 떠들고 있겠지. 로미오랑 이몽룡은 진도를 빨리 뺏기 때문에 전설이 된 거라고~."

"진도 빨리 나가면 힘들잖아, 자식아."

"바보냐? 힘든 만큼 얻는 결과는 달콤하다는 걸 누구나 알잖아?"

쓸데없는 줄 알았던 친구들의 조언은 그럭저럭 도움이 되었다. 질투를 유발하는 방법은 확실히 효과가 있었고, 한번 빼기 시작한 진도는 거침없이 다음 단계로 이동할 수 있게 했다. 아무리 두꺼운 책이라도 재미만 있다면 순식간에 읽을 수 있다. 처음 사귀게 된 여자애의 몸이라는 건 책 따위와 비교할 수 있는 게 아니었다.

게다가 민아는 내가 생각했던 것보다 나를 좋아했다. 단지 막연한 두려움이 걸림돌이었던 모양이다. 우리 사이의 관계에 두려움을 치우니, 민아도 나만큼이나 호기심으로 가득한 사람이었다는 걸 알 수 있었다.

민아네 집이 비면 어떻게든 민아와 함께 시간을 보냈다.

정말 적극적인 아이였다. 그래서 두려울 정도였다. 진도를 너무 빨리 빼다 보면 제대로 가고 있는 것인지 걱정이 되는 것과 같았다. 책을 너무 빨리 읽다 보면 내가 이해하고 있는 게 맞는지 의심이 되기도 했다.

과연 민아에게 나뿐일까?

아무리 생각해도 민아에게 다른 남자가 생길 것이라는 의심을 하긴 어려웠다. 민아에게 소꿉친구가 있긴 했어도, 그 소꿉친구라는 남자애의 집에서도 나와 관계를 할 정도였다. 사실 민아가 걱정할 만한 여자애는 아니라는 걸 나도 충분히 알 수 있었는데, 상상은 언제나 자극적인 방향으로 이어지게 마련이다.

내가 아니라 다른 남자와 함께 있는 민아를 상상하면 열 받는데, 언젠가는 그렇게 될 것이라는 상상을 멈출 수 없었다. 지금의 나와 민아의 관계가 영원할 것이라는 상상이 더 비현실적이었다. 이미 여자친구와 헤어진 경험이 있는 친구에게 물었다.

"나는 민아랑 어떻게 될까?"

"응? 아~ 너랑 민아가 서로만 사랑하다가 결국 결혼하고 아이도 낳고 함께 늙어갈 수 있겠냐는 거야? 피임은 하고 있냐?"

"무슨 소리냐?"

"그런 고민을 한다는 건, 이미 다 경험했다는 말이잖아? 미래에 대한 특별한 변화를 기대하긴 어렵다는 얘기지. 그렇다면 서로 사랑에 의지해야 한다는 건데, 과연 그럴 수 있을까?"

"무슨 말을 그렇게 끔찍하게 하냐?"

"현실은 원래 끔찍한 편이지. 로미오나 이몽룡은 소설이니까. 죽을 만큼 끔찍이 사랑해야 일어날 수 있는 얘기라는 거야. 너 민아를 죽을 만큼 사랑해? 아닐 거야. 당장 네 목에 칼을 대고 민아랑 헤어지라고 하면 슬퍼하며 헤어지겠다 말하고 머릴 굴리겠지. 슬퍼하는 쪽이 현실이 아니라 머리를 굴리는 쪽이 현실이거든."

"어렵네."

"사랑하면 어렵지 않겠지. 갈등하고 있으니까 어려운 거야. 뭐~ 부끄러울 필요는 없어. 네가 정상이야. 바람을 피울 거라면 걸리지 말든가, 깔끔하게 헤어지고 진짜 사랑을 찾아 헤매든가~ 물론 둘 다 어려워. 관계에 쉬운 게 있긴 하냐?"

"흠. 넌 그런 말들을 어디서 읽은 거냐?"

"베르사유의 장미였나? 아니, 은하철도 999였나? 클래식 애니메이션들은 대사들이 쓸 만해."


정말 다행스럽게도 난 수험생이었다. 민아와의 관계에 대한 쓸데없는 고민보다 미래에 대한 걱정에 신경 써야 할 상황이었다. 원하는 대학은 아니더라도 창피하지 않을만한 대학에 가려면 공부를 해야 했다. 민아와의 진도는 뺄 만큼 뺐는데, 정작 진짜 학업을 위한 진도는 정체되어 있었다. 민아를 만나는 걸 잠시 참기로 했었다.

단호하게 내렸던 금욕 결정은 실패했다. 그 나이에 그런 결정은 실패할 수밖에 없었다. 차라리 조심스럽게라도 계속 관계를 했다면 어땠을까. 나는 자존심 때문에라도 민아에게 다시 해소가 필요하다는 요구를 할 수 없었고, 쌓인 욕구는 다른 여자애들이 눈에 들어오게 했다.

원래 좀 놀던 혜주라는 여자애가 있었다. 내가 아는 것만 이미 두 번의 남자친구를 사귀었던 여자애였고, 내게도 호감을 보였지만 난 민아랑 사귀고 있었으니까 만나지는 않았었다. 토요일 자율학습이 끝나고 친구들과 노래방에 갔다가 혜주와 다른 여자애들을 만났다. 오랜만이라며 반가워하는 혜주를 따라 다른 친구들과 함께 놀았다.

다른 놈들은 민아 얘기만 자꾸 꺼내는데, 혜주는 민아 얘기는 전혀 꺼내지 않아서 좋았다. 친구들과 헤어져서 집으로 가다가 혜주에게 전화를 걸었고 다시 만났다. 혜주가 나를 보자마자 물었다.

"너 아직 헤어진 건 아니지?"

"아. 알고 있었구나?"

"당연하지. 모를 리가 있니? 뭐~ 나도 남자친구 있으니까 상관없나?"

"남자친구 있는 거야?"

"뭐~ 또 헤어질 거 같으니까. 괜찮아. 넌 어떤 거 같아?"

"뭐가?"

"헤어질 거 아니야? 그래서 나한테 전화한 거 아니었어?"

"아니. 아직 그런 거 아니야."

"뭐니? 그럼 왜 불렀어? 아. 그렇구나…. 그럼 할래?"

화를 낼 줄 알았는데, 혜주는 나를 데리고 다른 허름한 노래방으로 갔다. 혜주는 방에 들어가자마자 노래들을 예약하고 노래를 부르기 시작했다. 내가 가만히 듣고 있으니까 리모컨을 주면서 나보고도 예약을 하라고 했다. 한 곡을 예약했더니, 더 많이 예약하라고 말하고 계속 노래를 했다.

내가 아무 곡이나 예약하고 있는데, 혜주가 간주 중에 내 허벅지를 쓰다듬었다. 노래가 끝나고 마이크를 내게 넘긴 혜주가 치마 속으로 손을 넣어 팬티를 내렸다. 내가 가만히 보고만 있으니까, 혜주가 한숨을 내쉬더니 '위에도 벗어?'라고 말하며 윗옷도 벗었다. 혜주는 예상대로 가슴이 컸다.

치사한 놈들이 소문을 내버렸는지, 아니면 혜주가 소문을 냈는지는 알수 없었다. 민아의 귀에도 소문이 들어가 버렸고, 민아는 내게 헤어지자고했다.

처음엔 괜찮았다. 내가 민아를 사랑하는지 의심스럽기도 했고, 정말 헤어진 게 맞는지 실감하기도 어려웠다. 어차피 최근에는 만나고 있지 않았으니까, 이렇게 끝난 것인지 별로 느껴지지 않았다.

이왕 이렇게 된 마당에 혜주를 마다할 이유가 없었다. 이제는 기회가 생기면 혜주를 만났다. 서로 사귀자는 말도 하지 않았지만, 혜주는 딱히 나를 거부하지도 않았다. 그렇게 몇 번 만났고 만날 때마다 했다. 그러다 한번은 혜주가 오늘은 안 된다고 했다.

"오늘은 남자친구랑 만나기로 했어. 미안~."
"뭐? 헤어진다고 하지 않았어?"
"헤어질 거 같다고 했지, 헤어진다고 하진 않았잖니? 너도 나랑 사귀는것도 아니잖아?"

어이가 없었다. 하지만, 혜주를 만나려고 자율학습도 땡땡이를 쳤는데별로 할 일이 없는 게 더 짜증 났다. PC방에 가서 게임이나 하려고 했는데, 날라리 놈들이 모여 있었다. 놈들은 나를 보고 반가워하더니 같이 여자애들이나 만나서 놀자고 했다. 내 얼굴이 여자애들에게 먹어주는 편이긴 했다.

날라리 놈들을 따라서 여자애들을 만나 노래방에 갔다. 전에 혜주와 처음 갔던 노래방처럼 허름한 곳이었다. 이놈들은 노래방에 들어가자마자 담배를 피우면서 옆에 여자애들 하나씩 끼고 노래를 부르기 시작했다. 여자애들에게 장난을 치다 욕을 처먹는 놈은 있었어도 별로 음탕한 분위기는 아니었다.

그러던 중에 한 놈이 화장실에 다녀오더니, 엄청난 걸 봤다고 했다.

"옆방에서 떡 치는데?"

애들은 거짓말하지 말라고 했고, 한 놈이 나갔다 오더니 그냥 노래 부르고 있는데 무슨 헛소리냐며 욕했다. 다른 놈들도 한 명씩 나가서 확인하고 돌아와 처음 말했던 그 녀석을 때렸다. 여자애들도 그놈에게 짜증 난다며 뭐라고 했지만, 그 녀석은 자기가 진짜 봤다며 억울해했다.

다시 노래를 부르며 놀다가 나도 화장실에 다녀왔다. 다녀오는 길에 호기심에 옆방을 몰래 들여다봤는데, 정말로 여자애가 남자의 위에 앉아서 엉덩이를 흔들고 있었다. 그런데, 그 여자애는 혜주였다. 어두운 조명에 투명하지 않은 유리라서 잘 보이지는 않았어도, 어스름히 몸만 봐도 알 수 있었다.

더럽고 짜증 나는데도 눈을 뗄 수 없었다.

벌써 끝났는지, 혜주가 남자의 품에 안겨서 움직이지 않고 있었다. 더 훔쳐보고 있다가는 들킬 것 같아서 우리 방으로 돌아갔다. 사실, 혜주와 나는 아무 사이도 아니었다. 아무 사이도 아닌데 그랬을 뿐이었다.

노래할 기분이 아니었다. 담배를 한번 피워보려다 목이 아파서 그만두고 일어났다. 분위기를 망칠까 봐 한 놈에게 조용히 먼저 가겠다고 말하고 나왔다.

혜주가 있던 방의 문이 열려 있었다. 볼일 다 보고 나간 줄 알았는데, 화장실에서 혜주가 나오고 있었다. 혜주는 나를 보고도 전혀 놀라는 표정이 아니었다. 무표정하게 모른 척 지나는 혜주의 뒤에서 남자 둘이 따라 나왔고, 한 놈이 나를 보고 씩 웃었으며 지나쳤다.

쓰레기에 파리가 꼬인다. 난 쓰레기일까 파리일까.

소꿉친구와 동거하다가 남자친구인 내게 걸린 민아의 표정. 그래 아는 얼굴이다.

몇몇 여자애들을 만나면서 이미 많이 봤던 얼굴이다. 여자애들은 남자 앞에서 진짜 당황해야 할 순간에는 절대로 표정에 드러내지 않았다. 여자들은 필요한 순간에만 당황할 수 있는 존재들이라, 도움이 필요하거나 귀여움이 필요하거나 약해질 필요가 있을 때만 당황했다. 외부의 문제에는 당황할 수 있어도 본인의 문제에는 당황하지 않는 게 여자들이다.

민아가 전에 강릉에서 동네 친구를 만났을 때 당황했던 건, 본인의 문제가 아니었기 때문이다. 그리고 자취방에서 그 동네 친구와 동거하다가 나에게 걸렸는데 당황하지 않는 건, 본인의 문제이기 때문이다.

멍하니 민아를 바라봤다. 민아는 여전히 침착한 얼굴로 나를 보고 있었다. 뭔가 설명하던 걸 이제야 멈춘 모양이다. 가슴속에 응어리진 말의 덩어리들이 생각을 거치지 않고 나오려는 걸 가까스로 참았는데, 민아가 다시 말하기 시작했다.

"오빠가 생각하는 그런 사이 아니라고."
"그래…. 뭐 대단한 사이겠냐. 그냥 같이 자는 친구겠지."
"못 믿는구나."
"아무에게라도 물어봐라. 믿는 사람이 있겠냐."

"오빠. 내가 오빠에 대한 소문들을 죄다 믿었으면 좋겠어? 난 그래도 오빠를 믿었어."

"아… 역시. 그렇구나. 내가 그래서 너도 그런 거구나? 너도 쓰레기네?"

나도 쓰레기다. 내가 쓰레기였다. 그래서 민아도 쓰레기가 된 모양이다.

민아와 난 여러 번 헤어졌고, 죄다 내가 문제였다.

혜주를 만났다가 걸려서 헤어졌을 때는 실수였다. 민아의 소중함을 모르고 멍청한 호기심에 잘못된 선택을 했다. 수능을 코앞에 두고 민아를 찾아가 용서를 빌었다.

다시 민아와 만날 수 있었지만, 혜주를 만난 대가를 치러야 했다. 난 대입에 실패하고 재수를 했다.

많은 사람이 재수에 실패하는 건, 유치원 입학 이후로 인생에서 처음 겪게 되는 자유 때문이다. 원하는 모든 시간을 내 것으로 만들 수 있다는 건, 자신이 자유롭다는 걸 안다는 건, 확실히 성공과 거리가 멀어지는 걸 의미한다.

거의 모든 시간에 민아를 만나고 싶었다. 아니, 거의 모든 시간에 관계를 갖고 싶다는 생각을 했다는 게 맞겠다. 민아가 자율학습을 땡땡이치게 하고 학원을 가야 할 시간에도 불러내서 만나려 했다. 원하면 할 수 있는 여자애라고 생각했다.

사랑 따윈 떠올려 본 적도 없었다. 고등학교 시절에는 민아의 집이 비거나 하는 기회를 사용했다면, 재수하면서는 강제되지 않는 민아의 모든 시간을 기회로 만들었다.

처음엔 민아를 불러내 노래방에 가서 했다. 너무 자주 그러기엔 돈이 부족했고, 나중엔 인적이 뜸한 장소를 찾아서 민아를 설득했다. 어떤 건물의 옥상에서도 했고, 옥상으로 향하는 문이 잠긴 건물의 계단에서도 했다. 내가 맛을 알게 된 이후엔, 민아와 몸을 섞는 일이 질리지가 않았다.

　민아는 나와 달랐다. 그렇게 지내다 보면 혜주처럼 스스로 원하게 될 줄 알았는데, 민아는 그렇지 않았다. 교복을 입은 채로는 만나지 않으려 했고, 밖에서 나를 만나는 걸 꺼렸다. 그래도 민아의 부모님이 집을 비우면 나를 불렀다. 민아가 나랑 하는 게 아주 싫진 않았던 모양이다.

　부모님이 집을 비운다고 해서 부리나케 민아를 만나러 갔는데, 민아의 부모님이 아직 집을 나서지 않았다고 했다. 급했던 나는 민아와 함께 민아네 집 계단 위에서 기다리고 있었다. 민아의 부모님이 금방 나가실 줄 알았는데 너무 오래 걸렸다.

　계단이 방화문으로 닫혀있는 구조였고, 당연히 모든 주민은 엘리베이터를 이용하기 때문에 비상계단에 있다가 걸릴 염려는 없었다. 계단에 앉아 민아의 부모님이 나가길 기다리다가 민아를 만지작거렸다. 민아가 처음에는 조금만 참으라며 거부했는데, 나중엔 소리가 샐까 봐 자기 입을 막느라 정신이 없었다.

　당장에 하고 싶었다. 전에 허름한 건물의 계단에서 이미 했던 경험이 있었지만, 여기는 민아의 부모님이 계신 집의 비상계단이라 그럴 수 없었다. 대신 민아에게 손으로 해달라고 했다. 민아는 인상을 찌푸리면서도 손으로 도와줬다.

　민아의 휴대폰이 울렸다. 다행히 진동이긴 했어도 비상계단이라 소리가 크게 울렸다. 민아가 급하게 전화를 받았는데, 나는 민아의 다른 손이 계속 나를 돕게 했다.

　[응. 엄마. 오늘 성현이네 집에 가는 거 알아. 응. 나는 조금 있다가 집에 갈 거야. 성현이? 성현이는 모르겠네? 알아서 하겠지, 뭐.]

여자친구가 엄마랑 통화하면서 나를 만지고 있다는 사실이 흥분되었다. 내 걸 만지고 있는 민아의 손을 붙잡아 세게 흔들었다. 민아가 내게 미간을 찌푸려 보이며 가까스로 통화를 마쳤고, 나는 그 순간 만족할 수 있었다.

민아가 나를 뿌리치려는데, 아래서 현관문이 열리는 소리가 들렸다. 민아의 부모님이 나와서 엘리베이터를 기다리고 계셨다. 엘리베이터가 도착하고 다시 내려가는 순간까지 일부러 민아의 몸을 괴롭혔다. 민아가 들킬까 봐 자신의 입을 막고 괴로워하는 모습을 보는 게 재미있었다.

좋아하는 줄 알았는데, 민아가 울기 시작했다. 너무 펑펑 울어서 우리가 비상계단에 있다는 걸 이웃들에 들킬 것 같았다. 민아를 달래며 집으로 들어갔는데도 민아는 계속 울었다. 그래도 하고 싶어서 민아를 달랬지만, 민아는 도무지 울음을 그칠 기미가 보이지 않았다.

그날 이후로 민아는 한동안 내 전화를 받지 않다가, 헤어지자고 했다.

민아와 헤어지고 공부를 열심히 하는 대신 재수학원에 다니는 여자애들을 만나고 다녔다. 처음엔 어색하고 어려웠는데, 한두 번 성공하고 나니까 너무 쉬웠다. 덕분에 재수 생활은 망쳤고 적당히 점수에 맞춰서 대학에 진학했다.

허접한 대학의 학생들은 수준이 낮았다. 멍청이들과 어울리려니까 도무지 재미가 없었다. 날라리도 아니었으면서 날라리였던 척하는 놈들과 운이 없어서 이런 대학에 온 줄 아는 나 같은 녀석들로 가득한 대학이었다. 여자애들 한두 명 건드렸더니, 금방 소문이 나버려서 나는 왕쓰레기가 되어있었다. 대단찮은 것들이 조신하게 구는 꼴들이 같잖았다.

심심해서 민아에게 연락했는데, 역시 반응은 냉랭했다. 그냥 포기하려다 혹시나 하는 마음에 미안하다는 얘기를 구구절절 흥미진진하게 아주 소설을 써서 메일로 보냈는데, 의외로 먹혔다. 그렇게 민아를 다시 만나다가 또 다른 여자를 만나서 헤어지고 또 만났다.

헤어지고 다시 만나는 게 어렵지 않았다. 전보다 더 큰 용서를 빌면 다시 만날 수 있었다. 진심이 아니었기에 용서를 비는 연기도 훨씬 자연스러웠다. 그럼 착한 민아는 그런 나를 용서해주고 다시 만났다. 약간의 소설을 집필하면 민아의 마음을 돌릴 수 있었다.

그런데 웃긴 건, 그런 민아에게 점점 정이 든다는 거였다. 내가 민아를 많이 속이고 못되게 굴었어도 나를 또 용서해주고 받아주는 민아에게 정이 들었다. 어쩌면 이런 게 정말 사랑일지도 모른다는 생각도 했다. 정확히 사랑이 뭔지는 몰라도 이렇게 인연이 오래되면 그게 사랑이 아닐까 생각했다.

민아 덕분에 정신을 차린 것 같다. 군대에 다녀와서는 좀 인간답게 살고 싶었다. 지금의 내 모습은 원래의 내가 아니었다. 그러려면 내게는 착한 민아가 꼭 필요했다.

쓰레기 같은 내 모습으로 변한 민아가 아니라 원래의 착한 민아이길 바랐다.

"민아, 너도 변하는구나."

"아니야, 오빠."

"아니겠지. 나도 아닌 줄 알았거든. 뭐 내 탓도 있으니까 이해해야지. 미안하다."

마음의 여지를 남기려고 또 소설을 쓴 건 아니었다. 정말 오랜만에 진심을 얘기했다. 이렇게 변해버린 민아에게 미안했다. 내 것인 줄 알았던 여자를 빼앗긴 건 정말 열 받지만, 그게 민아라는 사실은 어쩌면 이런 운명이었는지도 모르겠다. 우연이 인연이 되고 운명이 될 수는 있어도 사랑은 아니었던 모양이다.

민아가 남자애와 동거를 한다는 사실을 가르쳐줬던 친구 놈에게 전화를 걸었다. 녀석은 어떻게 되었냐며 물어보고는 나를 위로했다.

[민아 걔가 너 같은 쓰레기랑 참 오래 엮였지 뭐. 내 탓은 하지 마라. 우연히 본 걸 친구로서 너한테 가르쳐준 거니까.]

[언제부터 동거한 거 같냐?]

[내가 그걸 어떻게 아냐? 그냥 민아가 남자애랑 장 봐서 자취방으로 들어가는 걸 본 거야.]

[여자애가 자취를 하면 다 이렇게 되는 건가?]

[너 같은 쓰레기의 눈으로 보면 그럴걸? 내가 한잔 살 테니까 마시고 차라리 개가 되어라. 어차피 인간이 되긴 어려운 놈이니까 개라도 될 수 있다면 괜찮겠지.]

[멍멍.]

녀석이랑 만나서 술을 마시러 갔다. 오랜만에 마시는 술인데 기분이 너무 엉망이었다. 이제 민아를 잊으려면 술을 진탕 마셔야 할 텐데, 개라도 되려면 술을 좀 마셔야겠는데, 술맛이 영 좋지 않았다.

역시 여자 문제는 여자로 풀어야 했다. 여자는 여자로 잊는 거다. 우리처럼 둘이 술을 마시러 나온 여자애들이 있었다. 그중에 한 명은 꽤 매력적인 외모였고, 내가 그 여자애들을 보고 있으니까, 내 친구가 말했다.

"개가 똥을 끊지. 아~ 드디어 개가 된 거냐? 나를 위해 실력 발휘 좀 해봐."

여자애들이 둘이라는 사실이 친구도 마음에 들었던 모양이다. 나는 헌팅에는 이골이 난 몸이다. 재수생 시절부터 군대를 가기 직전까지 수도 없이 많은 헌팅을 했었다. 물론 실패가 없었던 건 아니지만, 상당히 높은 수준의 성공률을 보였다.

헌팅은 야구의 타격과 비슷했다. 3할만 성공해도 좋은 타자로 볼 수 있다는 얘기다. 7할의 실패에는 좋은 타격에 성공하고도 정면으로 가는 타구도 있었고, 루상에 주자가 없었다면 내야안타가 될 수 있었던 타구도 느림보 주자 때문에 아웃이 되기도 했었다.

또한 나는 삼진이 매우 적은 타자였고, 상당수의 안타는 홈런으로 만들었던 거포였다. 그냥저냥 보통의 3할 타자가 아니라는 말이다. 게다가 난 돔구장에서는 거의 타격 기계에 가까웠다. 야간의 돔구장이라면 타율이 7할에 육박했고, 밖에 비가 내리는 경우로 한정한다면 신의 경지에 오를 수준이었다.

밖에는 부슬부슬 비가 내리기 시작한 저녁이었고, 실외에 있는 술집이 아니었다. 헌팅에 실패할 이유가 희박했다.

"우리가 다 같이 어울릴 필요는 없잖아? 비도 오는데 여럿이 있으면 더 습해. 뽀송뽀송하게 흩어질 필요가 있지 않겠어? 그래야 더 재미있지."

타격에는 이미 성공했고, 홈런의 여부를 가릴 시간이었다. 여자애들도 웃으며 따로 파트너를 정해서 나가자고 했다. 당연히 내가 처음 노렸던 그 여자애와 파트너가 되어서 술집을 나올 수 있었다.

타구는 놀라울 정도로 빨랐다. 쏜살같이 날아가는 타구가 홈런이라는 사실을 직감했다. 나와 함께 나온 여자애랑 어느새 근처 모텔에서 대화하게 되었다. 여자애가 별로 웃지 않아서 조금은 수고할 줄 알았는데, 냉랭한 표정이 오히려 매력적으로 느껴질 정도로 진도가 빨랐다.

"웃으면 예쁠 것 같은데 왜 웃지 않아?"
"별로 웃을 기분은 아닌데?"
"아까 친구분이 효정이라고 부르던데, 성은?"
"민."
"아~ 민효정. 예쁜 이름이네."
"그래. 넌 이름이 뭐니?"
"나? 난 군인이야. 군인에게 이름 따윈 사치지."
"아~ 군인이라고 했지? 그럼 급하지 않아?"

홈런을 치고 조금 느리게 달린 모양이다. 빨리 홈으로 들어오란다.

# 낙서에 먹을 칠해 덮다

원나잇 했던 남자를 또 만났다.

몇 년 만이더라, 아무튼 꽤 오래전에 하룻밤을 보냈던 남자가 나를 알아보고 다가왔다. 제발 그가 나를 못 알아보길 바랐지만, 보통의 바람들이 그런 것처럼 이뤄지지 않았다.

"저 알죠? 아~ 역시~ 이름이…. 민효정 씨?"

"누구시죠?"

사실 내가 먼저 발견했다. 훤칠한 키와 저런 얼굴에 시선이 가지 않으면 시력에 문제가 있거나 여자도 아니다. 보자마자 알아차려 버린 데다 눈이 마주쳤다. 급하게 술잔으로 시선을 옮겼지만, 술잔을 뚫어져라 바라보는 건 역시 자연스럽지 못했다.

뒤늦게 모른 척하는 것도 마찬가지였다. 내 자연스럽지 못한 태도에 그가 피식 웃어 보이며 계속 말을 걸었다.

"아~ 기억 못 하시는구나. 우리 그때 말도 놓기로 하지 않았나? 음~ 그날도 오늘처럼 비가 내렸고? 휴가 나온 군인."

"아아~ 군인."

"에이~ 이제야 기억나시나? 우리 둘 다 좋아하는 사람이 다른 사람이랑 동거한다고 해서 얘기가 통하지 않았어?"

"그런 거 같기도 하고~."

생생히 기억난다. 그날이 내 첫 원나잇이었다. 좋아하는 남자애가 다른 여자애와 동거를 한다는 사실을 알게 되었던 그날이었다. 내 삶의 많은 방식들이 바뀌기 시작했던 날이었다. 굉장히 위험하고 스스로에게 폭력적인 선택을 했었던 날이었고, 위험하고 폭력적인 일일수록 자극적이라는 사실을 알게 된 날이다.

나쁘지 않았다. 외모도 괜찮았고 매너나 성격도 재미있었다. 그가 경험이 많아 보였다는 사실은 오히려 장점이 되었던 날이었다. 그는 충분히 나를 존중해주면서도 심심하지 않게 나를 도왔다. 조금 자극적인 음식 같았지만, 심심한 건강식을 원했던 날은 아니었다.

건강식 같은 친구가 있었다. 고등학교 편집부에서 만난 아이인데, 착하고 모범적인 데다 순진했던 남자애가 있었다. 나랑은 모든 게 다른 아이였다. 화목하고 유복한 집안에서 자란 아이처럼 모든 일들에 침착하고 여유가 있었다. 그 나이의 다른 남자애들처럼 끓어오르는 호르몬을 억제 못 해서 이리저리 튀는 아이가 아니었다.

그 애랑 있으면 내가 부자연스러워 보이곤 했다.

난 이혼한 엄마의 손에 자라며 홀로 지내는 시간이 많았던 여자애였고, 이미 중학생 때 남자 경험이 있었던 여자애였다. 그렇다고 날라리는 아니었지만, 학교의 노는 애들도 나를 건들지 못할 정도로 성질머리가 더러워서 친구도 별로 없던 여자애였다.

고등학교에 가서는 그런 칙칙한 학창 생활을 정리하고 새로운 인생을 살고 싶었다. 다른 많은 애들이 그랬던 것처럼 나도 바뀌는 환경에서는 달라지고 싶었다. 그래서 편집부 같은 동아리 활동도 시작했다.

선배들이긴 해도 어린애들 같은 편집부 선배들이나 친구들과 친해지는 일은 어렵지 않았다. 나는 고개를 숙였을 때 얻을 수 있는 것들을 미리 보고 선택할 수 있는 영리한 여자애였다. 어수룩하게 마냥 고개를 숙이지도 않았고, 교활하게 이득을 계산할 만큼 멍청하지도 않았다.

공부를 도와주는 남자 선배의 어깨에 실수인 척 기댈 줄 알았고, 내게 도움이 되지 않을 선배에게도 커피를 뽑아 줄 수 있었다. 여자 선배들이 있는 앞에서는 절대로 남자 선배들에게 먼저 말을 걸지 않았지만, 멀리서 여자 선배를 보면 먼저 다가가서 웃으며 인사를 했다.

그런데, 그 애랑 있으면 내 모습이 그렇게 어색하고 불편하게 느껴졌다. 그리고 난 그런 그 애랑 있는 게 좋았다. 그런 내 어색하고 불편한 마음이 좋았다. 인터뷰를 준비하느라 둘이 있었는데, 그 애가 말했다.

"음~ 난 괜찮은데, 우리 지금 너무 가까이 붙어 있지?"

"!?"

"내가 더 벽 쪽으로 가려면, 이제 벽을 밀어야 할 거 같거든."

황급히 물러나 앉았다. 그 애는 벽에 기대서 나를 보며 멋쩍게 웃더니 다시 인터뷰 질문을 작성하기 시작했다. 조금 전에는 아무런 일도 없었던 것처럼, 그 애는 그냥 그렇게 사람을 불편하게 했다.

내가 선배들에게 공부에 대한 도움을 많이 받는다는 걸 알고, 자기가 공부했던 노트를 내밀어 참고해보라는 말도 했다.

"너무 공부 잘하는 선배들에게만 부탁하는 거 아니야? 내 노트도 좀 참고해줘~"

"왜…"

"내가 잘하고 있는 건지 궁금하거든. 선배들이랑 나랑 비교 좀 해주면 좋겠는데."

"어~ 난 진도가 좀 늦어서 잘…"

"그러니까 더 도움이 되지~. 아~ 널 무시하는 거 아니야. 내 생각에 네가 곧 나보다 더 잘할 거 같거든. 넌 정말 머리가 좋은 거 같아. 그래서 그러는 거야."

같이 인터뷰를 가기로 한 날에 노트를 돌려달라고 했다. 그 애의 노트는 당시 내 학업 수준으로도 이해하기 편할 정도로 정리가 잘 되어있었다. 글씨가 깨끗하고 예쁜 건 아니었지만, 그 애의 글씨라는 게 마음에 들었다. 작은 낙서가 발견되면 너무 기뻐서 몇 번이나 다시 보고 또 보기도 했다.

그 애의 노트를 복사하려면 지하철역 근처까지 나와야 했다. 우리 집은 언덕 높은 곳에 있어서, 지하철역까지 나오려면 골목 계단을 한참 내려와 마을버스를 타고 가야 했다.

날씨가 좋으면 걸어서 다녀올 만도 했지만, 그날은 비가 내리고 있어서 마을버스를 탔다. 그 애의 노트가 젖을까 봐 봉투에 담아 들고 있었는데, 마을버스에서 내리다가 봉투가 문에 걸려서 찢어졌다.

노트를 급하게 잡으려다 빗물에 미끄러졌다. 노트를 떨어뜨리고 발목도 다쳤다. 발목을 삔 것 같은데, 내 발목이 아픈 것보다 그 애의 노트가 걱정되었다. 우산부터 폈어야 했는데, 노트부터 집어 들다가 내리는 비를 다 맞아야 했다.

그 애의 노트는 복사하기 힘들 만큼 젖어버렸고, 난 발목을 다쳐서 그 애와 함께 인터뷰를 갈 수 없었다.

어쩌다 그 애를 좋아하게 되었는지, 그 애를 생각하면 마음이 아팠다. 다친 건 발목인데 마음이 아팠다. 그렇게 아픈 적이 없을 만큼 마음이 아팠다. 마음이 너무 아프니까 사람이 멍청해지는 것 같았다.

울어보고 떼쓰고도 싶었다. 나중엔 미워하고 원망도 해보고 싶었다. 그러나 너무 늦었다. 사람과 사람의 관계에서 더 좋아하는 사람이 더 힘들어질 수밖에 없다는 걸 이미 알았기에 아팠다.

그 애를 편하게 보고 싶었는데, 절대로 그럴 수 없었다.

기다린다고 오는 게 아니라는 걸 알면서도 기다릴 수밖에 없었다. 최소한 그 애가 하는 만큼은 공부도 하고 싶었고, 그 애의 곁에서 맴돌 수라도 있으면 좋겠다고 생각했다. 기다리고 기다리게 되었다. 고등학교를 졸업하고 대학에 가서도 그 애를 기다렸다. 미쳤던 모양이다.

그렇게 기다리다 그 애가 나보다 먼저 알았고, 더 친하게 지냈던 여자애와 동거를 한다는 사실을 알게 되었다. 그 길었던 기다림의 끝에 기다리고 있던 건 이런 거였다.

죽을 만큼 괴롭거나 하지는 않았다. 너무 오래 기다린 덕분에 내 심장은 단단해져 있었다. 딱히 삐뚤어지고 싶다는 생각을 한 건 아니었어도, 드디어 기나긴 기다림의 끝이 왔다는 홀가분한 기분이 들기는 했었다.

수능이 끝났을 때처럼, 이제부터 내 인생이 어떻게 될지 궁금하기도 했고 조금은 걱정도 되었다. 일단은 그 애를 잊고 싶었는데, 그 기나긴 시간 기다려오면서도 끊임없이 잊고 싶어 했다는 나 자신에 서러워졌다. 끝이 났어도 나는 같은 걸 하고 있었다.

어느새 대학도 졸업하고 직장인이 되었는데, 이제는 정말 다 잊은 줄 알았는데, 단 하룻밤 시간을 같이 보냈던 그를 다시 만나니까, 그 애가 생각났다. 그 애가 다른 여자와 동거를 한다는 사실에 포기하고 만났던 첫 남자였을 뿐인데, 그냥 하룻밤을 보냈던 남자일 뿐인데, 그날 이후로 얼마나 많은 남자를 만났는데, 또 그 애를 떠올렸다.

이 자극적인 남자는 그날의 나에게 나쁘지 않았다. 외모나 성격뿐만 아니라, 휴가 나온 군인이었다는 사실도 마음에 들었었다. 내게 홀가분한 즐거움을 안겨줬던 남자였다.

"왜 혼자 마시고 있어? 나 기다리고 있었어?"
"아쉽겠지만, 아니야. 군대는 다녀온 거야?"
"언제적 얘기를 하는 거야? 지금 몇 년이나 지났는지 알긴 해? 정말 기억 못 했구나? 섭섭한데?"
"미안. 이렇게 반말로 인사를 나누는 것도 어색해."
"난 우리가 어색해지지 않을 방법을 아는데~."

사실 혼자 술을 마시고 있기도 했었고, 지겹게 치근덕거렸던 놈들에 지루해지기도 했었다. 몇 번 만났던 녀석들 중에는 내 마음도 가지려는 놈들이 있어서 피곤했다. 약간의 새로움을 기대하며 이렇게 혼자 술을 마시고 있었다.

잠깐은 그냥 이 남자랑 또 한 번의 하룻밤을 보낼까도 생각했다. 내 몸이 기억하는 그는 그리 나쁘지 않았다. 그러나 한 번은 한 번으로 남을 수 있지만, 두 번은 세 번째와 네 번째를 만든다는 사실이 떠올랐다. 남자들은 원래 그런 족속들이라는 걸 알고 있었다.

내가 조금은 귀찮다는 태도를 보였는데 그가 자리를 비키지 않았다. 어차피 이 술집에서는 글렀다는 생각에 자리에서 일어났는데도 그가 나를 따라 나왔다. 좋은 추억을 좋은 추억으로 남길 줄 모르는 보통의 남자들과 똑같았다.

조금 정색하며 말했다.

"이런 스타일은 아닌 줄 알았는데?"
"아니지. 아닌데도 이럴 정도로 마음에 들었다는 얘기지."
"다들 그렇게 말하더라."
"이야~ 역시 내 눈에만 보석이 아니었네?"

이제는 정색하며 화를 내려 했는데, 또 아는 사람을 만났다. 지저분한 비가 내리는 날처럼 운이 없는 날이었던 모양이다. 다행히 이번엔 과거의 망령이 아니었다. 우리 사무실의 차 과장님이었다.

세상의 많은 남자처럼 내게 잘해주는 사람이었고, 예의는 바른 대신에 시선은 음흉한 보통의 남자였다. 난 차 과장님에게 반갑게 인사하며 그를 보낼 수 있었다. 그는 마치 나와 오래 알고 지냈던 친구가 내게 섭섭해 하는 표정으로 돌아섰다.

차 과장님은 그가 내 친구가 아니란 걸 눈치챈 것 같았다.

"친구 아니지? 젊은 여자가 혼자 술 마시고 있으니까 저런 놈들이 붙지."

저 남자는 아니지만, 저런 놈들이 붙으라고 혼자 마신 거라는 대답을 할 수는 없었다. 대신 별로 힘들지도 않았던 회사 생활에 대해 토로해야 했고, 누구에게나 있을법한 일상과 삶에 대한 고뇌를 늘어놔야 했다.

그래서 차 과장님과 단둘이 술을 마시게 되었다. 자신이 매우 어른이라 생각하는 차 과장님의 비위를 맞춰주려 고민을 만들었다. 순전히 내 과소비 때문에 생긴 금전적 어려움은 생활고로 둔갑했고, 내가 나서서 만나고 다녔던 남자들에 대한 지겨움은 스토킹 피해자로 변해있었다.

차 과장님은 술이 그다지 센 편이 아니었다. 조금 취한 채 대화하다 말고 그랬다.

"아. 미안. 내가 너무 취했나 봐."
"…"

대답하지 않았다. 차 과장의 손이 내 허벅지를 더듬고 있었다는 걸 내가
모를 리가 없으니까, 난 그냥 가만히 있었다. 내가 대답이 없으니까, 차 과
장이 내 허벅지에서 손을 치우지 않았다. 난 술에 취한 척 고개를 숙이고
있었다.

난 아까 그놈이랑 차 과장을 비교했다. 차라리 그놈이랑 두 번째를 만드
는 게 나았을까? 직장 상사와의 첫 번째가 괜찮은 걸까?

미혼의 차 과장은 바람둥인데 소문이 돌진 않아 괜찮은 남자였다. 누구
나 바람둥이라는 걸 알지만, 딱히 소문이 없다는 건 현명하다는 얘기다.
그로 인해 회사 생활이 편해질 수도 있겠다는 그런 멍청한 생각들을 한 것
은 아니다. 단지 새로운 자극을 원하고 있었다. 기다리던 그 애를 잊을 만
한 도구가 필요했다. 지저분한 비가 내리는 날이었고, 나는 결정했다.

"이러지 마시고… 여기서 나가요."

차 과장이 비틀거리기라도 했으면, 난 그대로 도망갔을 것이다. 역시 차
과장은 괜찮은 남자였다. 언제 술에 취했냐는 태도로 술값을 계산하고 앞
장섰다.

직장 상사랑 잤다.

# 형의 여자

형이 내 여자친구와 함께 있었다.

여자친구가 불러서 나간 자리에 형이 같이 있을 줄은 몰랐다. 아니, 그래야 할 이유가 하나도 없었다. 우연이라도 이럴 필요는 없다. 게다가 여자친구는 나를 보자마자 일어나며 말했다.

"두 분이 얘기 좀 하셔야겠어요."

그러더니 여자친구가 바로 돌아서 걸었다. 내가 붙잡으려 했지만, 형이 먼저 일어나며 내 여자친구를 불렀다.

"야, 한수진!"

내 여자친구의 이름을 불렀을 뿐인데, 온몸의 신경들이 곤두서며 어금니를 물었다. 친형이 내 여자친구의 이름을 부를 수는 없다. 형을 노려보느라 커피숍을 나가는 여자친구를 잡을 생각은 전혀 하지 못했다. 형도 자신의 실수를 직감하고 인상을 찌푸리며 다시 자리에 앉았다.

앉아서 한숨을 내쉰 형이 여태 서 있던 나를 올려다보며 앉으라고 턱짓을 했다. 나는 여자친구가 앉아있었던 자리에 앉아, 여자친구가 한 모금도 마시지 않은 아이스커피를 마셨다. 그래도 모자라 얼음을 씹었다.

형이 무슨 말이라도 먼저 꺼내길 바랐지만, 답답한 사람은 나였다. 내가 먼저 말해야 했다.

"그래서 그랬구나."

한수진이라는 여자를 만났다. 거래처에서 소개해준 결혼정보업체 매니저를 통해 선을 봤고, 그 매니저라는 사람에게 사례라도 하고 싶을 정도로 괜찮은 여자를 만났다. 나이보다 훨씬 어려 보이는 데다 늘씬하고 미인인 여교사를 소개받을 수 있을 줄은 몰랐다.

약간은 거래처의 의도가 의심될 정도로 쉽게 가까워졌고, 어느새 진지한 미래를 고민할 정도의 관계가 되어있었다. 그래도 형에게 소개할 생각은 없었다. 결혼식 날짜라도 잡히면 통보나 할 생각이었다. 난 친형과 사실상 의절한 사이였다.

⌒⫯⌒

형은 내가 짝사랑하던 대학교 친구랑 사귀었다. 나만 호감이 있었으니까, 화가 나도 참아야 했다. 그런데, 내가 군대에 갔을 때 그 여자애와 결혼하더니, 내가 대학을 졸업하기도 전에 이혼했다. 잠시나마 친구가 형수가 되었다며 말장난을 나누던 그 여자애와 멀어졌다.

왜 이혼을 했는지는 나중에 알게 되었다. 형은 형수의 친구도 아니고 친구의 동생을 건드렸다. 그러니까 나도 알고 있던 그 여자애 친구의 동생과 만났다는 얘기다. 설명하기도 짜증 나는 그런 관계가 실제로 일어났다는 사실도 끔찍했고, 그 주인공이 내 형이라는 사실은 역겨웠다.

그때 이미 루비콘강을 건넌 것이나 마찬가지였다. 형이 이혼하고, 집으로 돌아와 같이 사는 것도 더러워서 내가 나가 살기로 했다. 그런데도 가족이기 때문에 아예 안 볼 수는 없었다. 형의 그런 더러운 행실들을 부모님에게는 비밀로 했으니까, 부모님의 생신이나 조부모님들의 제삿날에는 만나야 했다.

　교사인 형이 제자도 건드릴지 모른다는 생각을 안 한 것은 아니었다. 그래도 설마 그러기까지 하겠냐는 생각으로 더러운 상상이 현실이 되지 않길 바랐는데, 아버지 생신날에 일찍 집에 갔다가 여학생과 함께 있는 형을 만났다.

　쓰레기라는 말도 아까운 인간이다.

　한수진과 진지하게 발전하면서 한수진의 부모님을 만나고, 우리 부모님께도 소개하기로 했다. 일부러 형이 집에 있을 시간을 피해 약속을 잡았는데, 부모님이 형을 불렀다.

　형은 한수진을 만나자마자 당황한 표정이 역력했고, 한수진은 애써 표정을 감추는 것 같았다. 한수진이 너무 미녀라서 어린 여자라면 환장하는 형이 당황한 줄 알았고, 한수진은 우리 가족을 만나는 부담감 때문인 줄 알았다.

　창피하겠지만, 나는 한수진에게 주의를 주고, 형에게는 경고할 생각이었다. 둘 다 교사라고 해도, 두 사람이 아는 사이일 것이라는 생각은 전혀 못했다. 형은 중학교 교사이고 한수진은 고등학교 교사인 데다, 이 나라에 교사가 얼마나 많은데….

　그랬던 모양이다. 두 사람이 알고 있었던 모양이다. 절대 진실이 아니길 바라는 마음으로 사실을 물어야 했다.

　"알고 있었어?"
　"교생 실습을 우리 학교로 왔었다."

당장 남아있던 아이스커피를 형에게 던지고 테이블을 발로 차고 싶었다. 아니, 달려들어 내 주먹으로 면상을 뭉개버리면 좋겠지만, 그냥 자리에서 일어나 커피숍을 나왔다. 설명은 들을 필요도 없었고, 듣고 싶지도 않았다.

한수진이 어제 부모님과 함께 만나면서 보였던 태도와 어제부터 여태 연락을 받지 않다가 갑자기 불러서 형과 얘기 좀 하라는 걸로 모든 게 설명되었다. 때려죽이고 싶은 형의 표정과 알고 있었다는 대답으로 충분했다.

내 모든 사랑은 그렇게 끝났다.


애초에 연애를 별로 하지도 못했다. 남중남고를 거치면서 기회조차 별로 없었고, 어쩌다 마음에 들었던 여자애들은 이미 남자친구가 있었다. 처음으로 가까워졌던 여자애는 젠장. 그렇게 대학 생활을 망쳤고, 직장 생활을 시작했다. 그리고 만난 몇 번의 여자들과는…. 헤어진 모든 관계들이 그렇듯 그 끝이 좋지 못했다.

한수진과 헤어진 이후로 어쩔 수 없이 선을 보거나 하긴 했어도, 진지하게 여자를 만나지는 못했다. 대신 여자랑 자게 될 기회는 더 많아졌다.

전에는 거래처 사람들과 업소에 가는 걸 꺼렸는데, 이제는 내가 나서서 가고 싶은 티를 냈다. 선을 보게 되더라도 만나자마자 의사를 물었다.


"술이나 한잔하고 싶은데 어때요?"


싫다는 여자의 앞에서는 하품이나 하다가 헤어지면 그만이었다. 씁쓸하게 웃으며 그러자는 여자와 술을 마시면 십중팔구 모텔에서 헤어지게 되었다. 두 번 만난 여자는 없었다. 여자들도 그걸 원하지 않았고 나도 딱히 그럴 필요를 느끼지 못했다.

사랑하지 않으면 여자를 만나기 쉬웠다. 포기도 쉽고 아쉽지도 않은 여자들이라 쉽게 느껴졌겠지만, 감정을 빼고 일하는 것처럼 목표를 정하고 계획적으로 진행하면 여자와 잘 수 있었다. 사랑을 하지 않으니, 목표를 설정하기 편했고 실수를 수정하는 것도 쉬웠다. 일을 할 때 불가능한 일에 도전하지 않고 가능한 일에만 시간을 투자하는 것처럼, 여자도 그렇게 대할 수 있었다.

　문제는 일이 계속 쉬워질 리는 없다는 것이다. 나는 점점 나이가 들었고, 어느새 과장이 되었다. 상식적으로 불가능한 여자들이 점점 많아지게 되었다. 내 마음에 드는 예쁘고 어린 여자들이 나를 만날 이유가 별로 없었다.
　다행히도 일을 계속하겠다는 의지가 있으면, 타개할 방법은 나오기 마련이다. 슬럼프는 그리 길지 않았다. 늙어가는 나이를 대신할 내 위치와 재력을 활용할 방법을 찾을 수 있었다.

　내게 선 자리를 제공해주던 거래처와의 미팅에 노골적으로 여직원이 나오길 원했다. 한두 번의 만남이면 거래처에서도 내 의도를 알아챘고, 나와 만난 여직원들도 딱히 질척거리지 않는 내게 반감을 갖지 않았다. 사람을 일로 대하면, 상대도 나를 일거리로만 생각해주는 편이었다. 애초에 이런 현실에 반감이 있는 사람은 만나지도 않았고, 거래처에서도 그런 여직원을 나와 두 번 만나게 하지 않았다.
　아무리 그렇게 일처럼 여자를 만나도 완전히 숨길 수 있는 건 아니다. 내 행실을 의심하는 직원들이 있었고, 그중에 꽤 당돌한 녀석도 있었다.

　"차 과장님. 홍보실 윤 대리랑 친해요?"
　"아~ 윤 대리? 친하지. 전에 윤 대리 오빠 결혼식에 갔었는데, 윤 대리 오빠가 내 대학 후배더라고~ 윤 대리가 나한테 여자 소개해준다고 했는데~ 소식이 없네?"
　"그래요? 저는 차 과장님이 윤 대리랑 개인적으로 친한 줄 알았어요."

"응? 뭐야~ 내가 윤 대리랑 사내연애라도 하는 줄 알았어? 이야~ 그럼 좋겠다. 우리 나이 차이가 있는데~ 그게 말이나 되냐? 왜? 윤 대리한테 관심 있구나?"

이 녀석이 윤 대리에게 관심이 있다는 사실은 윤 대리와 모텔의 침대에 누워서 들었다. 하루가 멀다 하고 윤 대리의 SNS에 들락거린다고 했다. 자신의 SNS에는 윤 대리가 좋아하는 것들로 채우고, 윤 대리의 반응을 살피느라 곧 사진작가가 될 지경이란다. 평생 그렇게 인터넷에 갇혀 살아주길 바란다.

요즘 젊은 애들은 다루기 편했다. 남자애들은 죄다 인터넷 속에 있고 여자애들은 밖에 있으니 나 같은 남자에게는 더할 나위 없이 좋은 세상이다. 거래처의 여직원들로 쌓인 경험은 사내 여직원들에게도 통했다. 물론, 가장 중요한 건 이룰 수 있는 목표에 있는 사람이냐는 것인데, 이제는 그런 걸 확인할 필요도 없었다. 그냥 보면 보인다.

될 여자는 눈만 마주쳐도 알 수 있었다.

그랬는데, 그 짓거리도 회사를 옮기지 않는다면 유한한 것이다. 이따위로 살아가기 위한 철칙 중에 가장 중요한 게, 질척거리지 않아야 한다는 점이라 스스로를 관리하기 힘들었다. 나이가 들수록 자신을 관리하기 힘들어진다는 건, 체력과 더불어 인내심에도 문제가 생긴다는 것이다.

어릴 때는 멍청한 인내심으로 시간을 낭비하면서 스스로의 인내심을 과소평가하고, 나이가 들어갈수록 인내심을 활용할 방법을 알면서도 게으름에 인내심이 사라져 간다. 결국 인간에게 인내심은 평생의 문젯거리가 된다.

딱 보면 알았는데, 애매한 여자애가 있었다.

"이번에 온 신입 어떤 거 같아?"

"민효정 씨요? 좋죠. 그 몸매에 그 얼굴이라니~ 놀랍지 않습니까?"

"아니~ 일 잘 적응하냐고~ 요즘이 어떤 세상인데 그런 소릴 하나? 큰일 날 친구네?"

"아! 일이요? 일이라~ 흠. 네~ 뭐."

일을 어떻게 잘 적응하는지 보일 리가 없다. 민효정이라는 신입의 사수라는 녀석이 일을 가르칠 생각은 안 하고 야근을 자청하면서 일을 도맡고 있다. 이 녀석이 민효정과 가까워질 일은 없을 것 같았다. 이미 마음을 빼앗긴 녀석은 별 볼 일 없다.

모든 일이 그렇듯 기다리면 기회가 생기기 마련인데, 문제는 이 민효정이라는 여자애가 가능한 목표에 있는 그런 여자인지 알기가 애매하다는 것이었다. 어쩐지 두 번째 만남을 기대하는 질척거리는 그런 기분이 들었다. 그러나 아무리 생각해도 전혀 기억에 없던 여자애였다.

감을 많이 잃은 것 같아서, 오랜만에 홍보실 윤 대리를 만났다. 한번이 아니었던 여자를 만나보기로 했다. 적당히 회사에서 멀리 떨어진 곳에서 만나 괜찮은 식사를 마치고 이런저런 잡담을 나누다 말했다.

"오늘 어때?"

"어? 지금요? 에이~ 그러려면 왜 밥 먹자고 했어요. 저 있다가 남친 만나기로 했는데~ 과장님이 만나자고 해서 회식 있다고 거짓말했단 말이에요. 회식 중간에 나간다고 얘기해뒀어요."

"남친 있었어?"

"몰랐어요? 아니, 왜 평소 과장님답지 않게 밥을 먹자고 해서. 난 진짜 밥만 먹자는 얘긴 줄 알았는데~"

감이 많이 떨어진 모양이다.

비도 내리는데 질척거리면 더 우울해질 테니까, 혼자 술이나 한잔하고 들어갈 생각이었다. 혼자 술을 마시기 좋은 술집으로 향하다가 민효정을 만났다.

# 자신은 남들과 다른 줄 안다

난 이미 시선으로 강간을 당했다.

3미터는 떨어진 곳에 앉아있는 학생 주임이 나를 위아래로 꼼꼼하게 훑어보며 기다리고 있었다. 충분히 나를 살피고 나서야 왜 아직 거기 서 있냐는 표정으로 내게 말했다.

"한수진 선생님. 이리 좀 와 봐요."

듣기 싫은 말이다. 차라리 진작 가까이 갈 걸 후회했다. 저 빌어먹을 더러운 시선에 나도 모르게 멀찌감치 서버렸고, 듣기 싫은 말을 듣고 더 가까이 다가가게 되었다. 학생 주임은 자신의 책상에 더 가까이 다가온 나를 다시 꼼꼼히 살폈다. 그 역겨운 시간을 견디다 못해 왜 불렀냐고 묻고 싶었지만, 학생 주임이 다시 입을 열었다.

"편집부 애들이랑은 좀 친해졌어요? 어떤 거 같아요?"

짜증에 아득해지는 정신을 붙잡아야 했다. 기껏 불러서 꺼낸 학생 주임의 말에 어이가 없어졌다. 학생 주임이 평소 편집부에 별로 관심이 있지도 않았고, 동아리 학생들이랑 담당교사가 친해졌는지 물어볼 만한 이유도 없었다. 상식적으로 아직 친해졌다, 어쩌다 할 만한 시간도 지나지 않았다.

그냥 나를 보고 싶었던 것이다. 지난주 금요일 밤에 있었던 일 때문에 주말 내내 학생 주임의 전화를 받지 않았던 나를 살필 구실을 만든 것이다.

나름 단정하게 입고 있어도 몸매가 드러날 수밖에 없는 내 몸을 살피고 싶었겠지. 다른 교사들도 업무를 보고 있는 교무실인 데다 옷을 다 입고 있는데도 몸을 가리고 싶은 기분이 들었다.

앉아있는 학생 주임은 내 몸을 다시 살피고 있었다. 어느새 복부를 지난 시선이 서서히 가슴 위를 지나쳐 내 눈과 마주쳤다. 나는 분명히 미간을 찌푸리고 있었겠지만, 학생 주임은 무표정한 눈빛으로 대답이 없는 내게 다시 말했다.

"편집부 몇몇 애들이 담당교사를 바꿔 달라는 요청을 했어요. 제가 전 담당 교사에게 말을 해뒀으니까, 적당히 달래줄 겁니다. 친해지기 어려울 것 같으면, 적당히 관리만 하세요. 어차피 애들끼리도 잘할 수 있는 동아리니까 너무 신경 쓸 필요는 없습니다."

괜히 부른 것은 아니었다. 아직 편집부 담당교사가 된 지 한 달도 채 되질 않았는데, 편집부 애들이 담당교사를 바꿔 달라고 한 모양이다. 이제 더 이상 학생 주임의 시선은 신경 쓰지 않게 되었다.

학생 주임은 몇몇 편집부 애들이 작성했을 종이를 불만스럽게 펄럭거리다 말고 서랍에 넣었다. 그리고는 대단찮은 일이라며 나를 위로했다. 편집부 같은 동아리의 담당교사가 바뀌면 이런 일이 가끔은 있는 편이라 했다.

"요즘 애들은 참 대단해요. 자기들이 불편함을 느끼면 곧바로 행동한다는 게 신기해요. 우리 때는 상상도 하지 못했던 일인데, 한수진 선생님은 어때요? 그래도 저보다는 아직 학생들이랑 가까울 나이잖아요?"

"제가 애들을 불편하게 하지는 않았던 거 같은데요. 아니, 제가 아직 뭘 하지도 않았어요. 애들이 모일 때 가서 제 소개를 했던 거 말고 뭘 하긴 했는지도 모르겠네요."

"알아요. 그래도 잘 아시지 않습니까? 한수진 선생님 정도 되는 미모라면 그냥 숨 쉬는 것만으로도 시기 받을 수 있다는 걸? 아마 좀 더 바보같이 행동하고 빈틈을 많이 보여줘야 할 겁니다. 뭐~ 제가 말하지 않아도 아시죠?"

알고 있다. 이미 아주 어릴 때부터 알게 되었던 사실이다. 남자들의 시선을 느끼기 시작한 그 시절부터 나는 친구들의 눈치를 봐야 했다. 다른 애들과 똑같이 행동하면 재수 없는 여자애가 되어 있었고, 조금만 짜증을 내도 마녀 비슷한 평가를 받아야 했다.

말도 안 되는 소문 따위가 변명할 여지도 없이 사실이 되기도 했고, 많은 남자애들의 상상력에 내가 도움을 주고 있다는 소문을 끊임없이 들어야 했다.

약간은 허술해 보여야 했고, 때로는 멍청해 보여야 했으며, 잘할 수 있는 것들도 서투른 척해야 했었다. 그러면 나도 보통의 친구들과 어울릴 수 있었고 평범한 여자애가 될 수 있었다. 멀쩡하게 생긴 애가 왜 그러느냐는 질문은 받을 정도가 되어야 평범하게 지낼 수 있었다. 그래야 편했다.

좀 부족하고 어리바리하지만 예쁘니까 봐줄 수 있다는 소리를 듣든가, 아니면 성질대로 사는 마녀가 되든가, 완벽한 사람이 되어 천사가 되어야 했다. 천사가 되기엔 너무 피곤했고 마녀가 되기엔 악랄함이 부족했으니, 멍청이가 되는 수밖에 없었다.

최소 학창 시절엔 그래야 편했는데, 대학을 졸업하고 교사가 되었더니 다시 멍청이가 되어야 하는 모양이다. 다시 학생들과 어울리려면 그래야 하나 보다.

편집부 애들과 만났을 때, 내 치마에 커피라도 쏟아야겠다는 생각을 하는데 학생 주임이 말을 더했다.

"참. 금요일 있었던 일은 뭐~ 없던 일로 합시다. 토요일이었나?"

안심하고 돌아서는 사람의 뒤통수를 내려치는 것 같았다. 황망함에 다리가 풀릴 지경인데도 혹시 다른 교사들이 듣지는 않았을까 걱정을 했다. 지난 주말 내내 전화를 받지 않으면서, 또 지금의 대화를 나누면서 이미 지난 일로 치부했던 사실에 뒤통수를 맞았다.

그런데도 정말 휘청거리거나, 놀란 표정으로 돌아보거나, 다른 교사들의 눈치를 살피지는 않았다. 그러지 말아야 한다는 정도는 알고 있었다. 차분하게 알았다는 표정으로 돌아보며 고개를 끄덕이고 자리로 돌아가 앉았다.

그제야 다리가 풀리며 정신도 풀려버리는 것 같았다. 손이 떨리는 것 같아 마주 잡아 주무르는데 누가 말을 걸었다. 제발 충혈된 눈이거나 놀란 표정이 아니길 바라며 돌아봤다.

"수업 안 가요?"

아 수업이 있구나. 맞다 수업을 하러 가야 한다. 그때는 수업을 받으러 가야 했다. 그때도 지금과 같은 기분이기는 했었다.

교생 실습을 나갔을 때였다. 걱정했던 것보다 훨씬 힘들었던 와중에 친해진 남교사가 있었다. 선배들에게 그렇게나 많이 잔소리를 들었고, 걱정스러운 조언을 들었음에도 친해졌던 남자 선생님이 있었다.

다시 만날 가능성이 작다는 점은 아쉬움과 함께 상당한 가능성을 열어두게 되었었다. 남자친구가 군대에 가서 휴가를 나온 지도 어느새 다섯 달이나 지난 상태였고, 그 틈을 노리는 수많은 남자애에게 시달리고 시달리다 이제 곧 지쳐 두 다리 들기 직전이었다. 아니, 두 팔 들기 직전이었다.

인생에 미련을 두지 않으면 삶이 편해진다는 그의 흔한 철학이 마음에 들었고, 사실은 돌싱이었다는 솔직함도 마음에 들었다. 나를 꽤 마음에 들어하면서도 그 속내를 잘 감추고 여학생 다루듯 편하게 다가오는 말투도 괜찮았다.

그런 그와 자고 나서야, 평생 겪지 못했던 긴장감으로 인한 스트레스와 욕구불만이 더해져 상당히 심각한 실수를 저질렀다는 걸 알 수 있었다. 세상의 모든 잘못처럼, 저지르고 나서야 그 심각함을 알게 되었다. 선배들이나 다른 친구들이 왜 그렇게 많은 잔소리를 했는지도 알았고, 엄마가 아무리 조심하라고 잔소리해봤자 평생 넘어지지 않는 사람은 없다는 사실도 깨달을 수 있었다.

사귀지도 않는 사람과 잤다는 것.

"수업 안 가요?"

그는 나와 잔 다음 날 마치 아무 일도 없었던 것처럼 나를 대했다. 멍하니 앉아있는 내게 수업에 갈 시간이라며 가르쳐주며 웃었다. 나는 너무 떨려서 도무지 그의 얼굴을 볼 수 없었는데, 그는 마치 내 엉덩이라도 토닥거려주고 싶다는 태도였다.

나는 그에게 전혀 특별하지 않았다. 그가 만났던 수많은 여자 중의 하나였을 뿐이었다. 내가 그에게 몇 번째 여자였을까? 열 번째? 아니, 그보다는 훨씬 많을 것이다. 설마 백 명이 넘지는 않았을까? 그런 그가 나를 다른 여자들과 비교하지는 않을까.

그는 내가 그를 피한다는 사실에도 전혀 동요하지 않았다. 교생 실습이 끝나는 마지막 날까지 평소와 다름이 없었고, 한참이 지나고 나서야 오랜

친구에게 전화 걸듯 내게 연락해 안부를 물었다. 하마터면 내가 먼저 만나서 밥이라도 같이 먹자는 말을 하고 싶어질 정도로 친근했다.

　사랑을 하긴 했을까.
　죄책감은 내 남자친구를 사랑했는지 의문을 가져오게 했다. 사랑 자체에 의혹을 품게 되었고, 사람과 사랑 중에 좋아했던 게 무엇이었는지 고민했다. 뭐든 할 수 있는 게 사랑이라면, 난 절대로 사랑하고 있지 않았다. 내 남자친구를 위해서 목숨은커녕 사소한 자유마저도 포기하고 싶지 않았다. 난 남자친구라도 갑자기 만나자는 연락이 오면 불편하다는 걸 노골적으로 표현했다.
　내 남자친구니까 나를 위해 미리 약속을 잡고 준비해주길 기대했다. 내가 그를 위해 해줄 수 있는 것들의 가치는 소중했고, 그가 나를 위해 해줄 수 있는 것들은 당연하게 생각했다. 내 남자친구는 나를 사랑하니까 그래야만 했다. 그런데 나는?

　결국 남자친구가 군 복무를 마치기 전에 헤어졌다. 나를 사랑하던 남자 중에 적당한 사람을 골라 만나던 것은 그만두기로 했다. 내가 더 사랑할 수 있는 사람을 찾길 원했다.
　교생 시절의 그 교사와도 몇 번 더 만났지만, 사랑할 수 있는 사람은 아니었다. 대신 다른 걸 배울 수는 있었다. 나를 시시하게 생각한다는 생각에 오기로 만났다는 후회를 조금은 했어도, 삶에 꼭 사랑이 필요하지는 않겠다는 걸 배웠다.
　언제라도 내가 원하면 만날 수 있는 친구들은 만나지 않았다. 피하고 거절할수록 내 가치가 오르는 상황에 딱히 남자애들과 사랑을 고민할 필요는 없었다. 언제라도 사랑할 기회가 오면 선택할 수 있었다.

대신 우주선 같은 승용차를 몰고 다니는 사업가와 만나고, 많은 여자애가 동경하는 유명인도 만났다. 당연히 내가 마음을 써야 하는 관계들이었지만, 그런 노력을 경험하는 일이 나쁘진 않았다. 결과에 대한 미련이 없다면 모든 과정은 재미가 될 뿐이다. 그래도 역시 그들을 사랑할 수는 없었다. 그들에겐 나와 만나서 이룰 수 있는 결과가 이미 정해져 있었고, 나는 전혀 특별하지 않았다.

나를 특별하게 하는 사람과도 만났다. 그냥 나를 아는 친구들 중에 골라서 만날 수도 있었겠지만, 내가 원한 건 그런 특별함이 아니었다. 나를 절대로 꿈도 꿀 수 없었던 사람의 여신이 되어보고 싶었다.

교수님과 만났다. 약간의 노력으로도 교수님과 술자리를 가질 수 있었는데, 교수님은 내 의도를 잘못 알았던 모양이다. 교수님은 마치 딸에게 조언하듯 나를 타이르셨다. 영원하지 않을 젊음을 낭비하지 말라고 했다. 뭘해도 좋을 능력이 있다며, 괜한 실수는 하지 말라고 하셨다. 재미로만 삶을 살기엔 너무 아깝다고 하시기에 물었다.

"재미가 아닌데요. 뭐가 더 중요한 건지 찾고 싶은 거예요."
"나도 재미로 사는 게 아니니까. 난 뭐가 더 중요한지 이미 찾았어. 그러니까 같이 찾을 수 있는 사람을 알아보는 게 좋겠지."

시시했다. 교수님에게는 아내와 가족이 더 중요했다. 나에게는 뭐가 더 중요할 수 있을까. 가족? 우리 아빠는 나보다 두 살 많은 여자와 만나고 있고, 우리 엄마는 그런 아빠를 대신할 남자친구가 있다. 그래도 내 부모를 이해하는 편이고 소중하긴 하지만, 내 삶보다 중요하긴 할까?
교수님 덕분이기도 했고, 애초에 교사가 될 생각이기도 했으니까, 한동안 남자를 만나지 않았다. 교사가 되고도 적응하느라 시간이 필요했다. 그리고 하필….

처음엔 학생 주임이 교수님과 같은 사람인 줄 알았다. 미국에 있는 아내와 딸을 그리워하는 기러기 아빠였다. 나와는 달리 가족에 대한 사랑으로 가득한 그런 보통 사람이라고 생각했다. 평소 나를 보던 그 눈빛도 이해할 수 있었다. 어차피 많은 남자는 나와 마주치자마자 내 머리끝부터 발끝까지 샅샅이 훑어보는 게 보통이었다.

회식이 끝나고 뜬금없이 잘 들어갔냐는 전화가 왔을 때, 한잔 더 하시겠냐는 말을 먼저 한 건 나였다.

가족에 대한 그리움으로 가득한 기러기 아빠와 술 한잔해줄 생각이었다. 전에 교수님은 나와 술을 마시는 것만으로도 즐거워하셨고, 아무런 요구도 없이 내 졸업과 교사가 되는 걸 도와주셨다. 교수님은 그저 나와 마주하는 걸로도 젊음을 선물 받으셨다 했고, 충분하다셨다.

학생 주임에게는 충분하지 못했던 모양이다.

난 취했고, 좀 기대고 싶었고, 학생 주임도 취해서 그랬으리라.

막연하게 교사가 되면 좋겠다는 생각을 했다. 교사가 되고 싶어 했던 다른 친구들처럼 특별한 계기나 의지가 있었던 건 아니다. 방학이 있다는 게 매력적이라는 생각은 했어도, 딱히 그런 이유로 목표를 삼거나 하지는 않았다. 어쩐지 나와 어울리겠다는 생각을 했고, 좋은 타이틀이라는 것도 괜찮았다.

당연히 누구에게도 그런 말을 하지는 않았다. 가장 친한 친구에게도 교사가 가질 수 있는 자부심이나 바른 교육에 대한 열의를 말했다. 한때는 모델이나 연예인이 되는 것도 상상하기는 했지만, 불확실한 미래에 대한 걱정도 귀찮았고 알아보는 사람들이 많아진다는 것도 불편했다.

어릴 때 생각했던 것보다는 쉽지 않았어도 교사가 될 수는 있었다. 그리고 막상 교사가 되고 나니까, 대부분의 교사도 나처럼 사명감 따위는 없어 보였다. 돌이켜봐도 교육에 대한 진정성을 가지고 노력했던 친구들은 아직 교사가 되지 못했다. 다른 교사들도 그냥 회사에 출근하는 사람들로 보였다.
어떻게든 귀찮은 일들을 피하고 싶어 하고, 학생들을 위한 노력보다는 자신을 위한 노력에 훨씬 많은 시간을 소비했다. 물론, 존경받을 선생님들도 계셨고 그런 분들은 다른 교사들에게도 존경을 받는 편이긴 했는데, 자신의 삶을 방해받지 않는 범위 안에서였다.

내가 교사 생활을 오래 할 것 같지 않다는 말을 듣긴 했어도 별로 신경 쓰지 않았다. 어차피 사람들은 타인에 대해 깊이 생각하지 않으며 아무 말이나 꺼내는 편이다. 타인을 자신처럼 생각하는 사람이라면 타인에 대한 평가를 자제하기 마련이고, 무관심하다는 소릴 듣게 된다. 관심과 무관심은 사실 별로 대단한 차이가 아니다.
보통 문제가 많은 사람이 관심을 많이 받는 편이고, 호기심을 살 만한 태도를 보이지 않는다면 관심을 받지 못한다. 나는 남다른 외모에 호기심을 살 만한 문제가 있어 관심을 많이 받았다. 사람들은 관심이 가는 사람에게 하지 않아도 될 말을 한다.

"선생님이 너무 예뻐서 그럴 거예요."
"아~ 고마워."

유성현. 얘도 내게 관심이 있는 걸까. 평생에 걸쳐 충분히 많이 들었어도 듣게 되면 기분이 좋아지는 말을 했다. 기분이 좋아지는 게 불편하다는 걸, 아는 사람들이 있을 것이다. 기분은 좋은데 어떤 반응을 보여야 할지 난감해지는 경우가 있다.

담당한 편집부의 학생이 내게 할 수 있는 말이긴 했어도, 할 필요는 없는 말이었다. 예쁘다는 말을 듣고 정색할 수는 없으니, 웃어 보여야 하는데 남자들에게 미소를 보이는 일 자체가 피곤한 일이다. 가끔은 쓸쓸하게 웃는 방법을 연습할 생각도 했다.

애는 내 웃음을 어떻게 해석할까. 웃기는 일이지만, 그런 궁금증은 내가 관심이 있는 남자를 생각하는 방식이었다. 관심이 없으면 내 미소를 가지고 자기 바지 속에 손을 넣더라도, 눈앞에서만 아니라면 상관하지 않았다. 내게 고백하거나 시간이 있냐고 묻지만 않으면 괜찮았다.

남자들이 내게 관심을 보이는 거야 흔해 빠진 일이지만, 내가 애한테 관심이 생기는 것은 재미있는 일이었다. 나보다 어린 남자애. 게다가 제자인 남학생에 대한 호기심이다. 그래서 나도 하지 않아도 될 말을 했다. 관심이 있으니까.

"넌 나를 어떻게 생각하는데."

"전 괜찮다고 생각해요. 선생님이 뭘 하셔도 이상할 거 같아요. 시간이 해결해주지 않을까요?"

"아~ 그러니."

"선배들은 원래 담당 선생님이랑 친했겠죠. 그런데 갑자기 담당 선생님이 바뀌었고, 너무 예쁜 분이 오셨으니까, 다들 선생님만 보게 되는 거잖아요. 어쩔 수 없어요. 선생님에게 익숙해지려면 시간이 필요해요."

"시간이 지나면 익숙해진다는 게~ 그런 거니?"

바보 같은 생각을 했다. 어린애를 보통의 남자처럼 상대해버렸다. 교사와 학생이라는 관계를 무시하고 얘가 내게 갖는 관심을 착각했다. 얘는 그냥 새로 만난 선생님에 관한 관심을 보인 것이다. 얘한테 나는 그저 예쁜 여교사일 뿐이었다.

게다가 이 아이는 나와 조금씩 친해지면서 이성에 대한 고민을 늘어놓기까지 했다. 성현이는 어릴 때부터 친한 여자애가 있었고, 그 여자애에게 남자친구가 생기면서 자신에게 생긴 감정의 변화를 고민하고 있었다. 나도 잘 모르는 사랑에 대해 질문하는 건 곤혹스러웠다.

"흔히 사랑에 빠진다고 하잖아요. 왜 그럴까요? 뭐가 사람을 그렇게 만들까요? 민아는 남자친구가 있는데, 사랑에 빠진 사람처럼 보이지는 않거든요. 좀 특별해 보일 줄 알았는데, 둘이 싸운 얘기밖에 안 해주더라고요. 남들에겐 보이고 싶지 않은 건가요?"

"아마~ 좋아하니까 더 사랑받고 싶어서 투정 부리는 게 싸움이 되는 게 아닐까. 짝사랑이라면 좋아만 할 수 있겠지만, 사귀는 사이니까, 내가 좋아하는 만큼 사랑받고 있는지 확인하고 싶은 거겠지. 그리고 그런 감정은 창피하니까 감추고 싶겠지."

"그래요? 선생님도 그랬어요?"

나? 나도 그랬던 것 같다고 얼버무렸다. 누군가 사랑하긴 했나? 처음 만났던 남자애는 모든 부분에서 흠잡을 곳이 없었던 녀석이었다. 내게 고백했던 남자애 중에 가장 괜찮은 녀석을 골랐다. 그 애를 사랑했는지는 잘 모르겠다.

언제라도 보고 싶으면 볼 수 있었으니, 그립거나 그런 감정은 없었다. 언제나 나를 위해 최선을 다해주고 있다는 걸 알았으니, 투정할 일도 없었다. 뚜렷하게 떠오르는 감정은 지루함이었다. 항상 신선한 재미를 찾고 싶었고, 호기심이 생기지 않는 일에는 금방 지루해졌다.

그와 헤어지기 전에 교생 실습을 나가서 만난 교사가 있었고, 또 다른 남자들을 만나면서도 헤어지는 것과 만남이 특별히 구분되지 않았다. 누구와 헤어지고 누굴 새로 만나는 일이 겹치고 섞였다. 여름에도 쌀쌀하면 긴 옷을 꺼내 입고, 겨울에도 포근하면 가벼운 옷을 입는 것과 별로 다르지 않았다.

그래도 학생 주임과의 관계는 꽤 큰 실수였다. 교생 때 만난 교사처럼 헤어질 사람도 아니었는데, 계속 다녀야 할 직장의 상사와 비슷한 위치에 있는 학생 주임과 자는 건 아니었다. 퇴근하려는데 학생 주임에게 문자가 왔다.

〈저녁에 시간 있나요?〉
〈없어요. 다른 직장을 알아봐야 해서 바빠요.〉
〈농담이시죠?〉
〈아니요.〉

학생 주임이 멍청한 사람은 아니었다. 잃을 게 많은 사람이 누구인지 확실히 알고 있는 사람이었다. 나는 약간의 평판 말고는 별로 잃을 게 없었다. 그리고 평판 따위를 회복하는 일에도 전혀 어려움이 없는 나이와 능력을 갖추고 있었다.

애초에 다른 직장을 알아볼 생각은 없었다. 치근덕거리는 남자는 수도 없이 많이 만나봤다. 게다가 자기 전보다 자고 나서 더러운 기분이 드는 남자가 원래 더 많았다. 나는 어느새 학생 주임을 활용할 궁리를 했다. 그리고 그런 내가 싫었다.

내가 담당하는 동아리의 유성현이라는 아이를 보면, 지금의 나와는 다른 나를 찾을 수 있었다. 딱히 이 아이에게 호감이 있진 않았다. 성현이랑 대화를 나누는 건, 다른 남자들과 대화를 최소화했던 내 삶의 보충제 같은 기분이었다. 보통의 남자들과는 대화를 적게 나눌수록 정신적 우위를 점할 수 있어 내가 편했는데, 성현이와는 그럴 필요가 없어 좋았다.

"선생님. 운동장에 노을이 지는 걸 보고 있으면 괜히 두근두근해지는 그런 기분이 들지 않나요? 어릴 때 동네 놀이터에서 놀고 있으면 아빠가 저를 데리러 오던 기분이나, 친한 친구랑 같이 놀다가 노을 색깔을 따라 세상이 변하는 걸 얘기하던 기분이요."

"그 친구가 민아니? 걔는 좋겠다. 이렇게 어릴 때 추억을 기억해주는 친구도 있고."

"선생님은 어릴 때부터 친했던 친구 없어요?"

"있었던 것 같은데, 계속 만나는 친구는 없어. 새로 친구들을 사귀면 또 바빠지고 그러니까 점점 잊히더라고 누구나 너처럼 오래 만나는 친구가 있는 건 아니야."

"아마…. 선생님은 인기인이라서 그럴 거예요. 계속 사람들이 선생님과 만나고 싶어 하니까요. 전 새로 사람들을 만나면 어렵더라고요. 뭘 좋아할지도 모르겠고, 자꾸 신경 쓰이고 그러니까 오래 만난 친구가 편해요."

성현이가 졸업할 때까지는 새로운 사람을 만날 필요를 느끼지 못했다. 남자랑 자지 않더라도 교감을 나눌 수 있다는 건 좋은 일이었다. 남자에게 내가 뭘 하지 않아도 괜찮았고, 신경 쓰지 않아도 편했다. 성현이랑 나누는 잡담들이 그랬다.

약간의 질투가 느껴지는 일도 즐거웠다. 분명히 성현이가 마음에 두고 있는 민아라는 여자애를 질투했고, 또 성현이를 좋아하는 여자애도 질투했다. 같은 동아리에 있는 여자애가 성현이를 좋아하고 있다는 걸 알고 있었다.

학생 주임을 몇 번 더 만나줬다. 현명한 학생 주임은 내게 감사해했고, 내게 먼저 연락해서 치근덕거리는 실수를 저지르지 않았다. 학생 주임이 교감이 되면서 내 교사 생활이 더 편해진 건 덤이었다. 키는 아직 내가 잡고 있다고 믿었다.

그러나 막상 학생 주임과 자고 나오면 더러워지는 기분은 어쩔 수 없었다. 혼자 술을 마시다 치근덕거리는 몇몇 남자들을 보내고 성현이에게 연락했다. 대학생이 된 성현이는 보기 좋은 남자가 되어가고 있었지만, 여전히 좋은 사람이었다. 술에 취한 척 말이 없는 나를 곱게 집에 바래다줬다.

한때는 제자였던 남자애를 유혹하려 했던 나를 나무라고 싶었다. 어느새 내가 나이가 들어 이렇게 어린 남자에게는 어울리지 않겠다는 생각을 지우려면, 차라리 자책하는 편이 나았다.

선을 보기 시작했다. 남는 모든 시간에 스케줄을 잡을 수 있었고, 공부하는 것처럼 남자들을 만났다. 선으로 만난 남자들은 어차피 모두 다시 만나고 싶어 했으니, 내가 남자를 보는 눈을 기를 수 있기만 하면 괜찮았다. 처음 남자친구를 고를 때와는 달랐다. 같이 자는 상상을 할 수 있는 남자 대신에 착하고 심심하지만 똑똑한 성현이 같은 남자를 찾았던 것 같다.

차준호라는 남자가 있었다.

"어쩌다 이런 자리에 나오셨는지 모르겠지만, 너무 실망하지 않으셨으면 좋겠네요. 갑자기 바쁜 일이 생겨서 일어나셔야 해도 괜찮아요."

"그럼 일어날까요."

"아. 이런 얘기하고 싶지는 않은데, 잠깐만 그냥 앉아 있어 주시면 안 될까요? 귀찮게 하지 않을게요. 그냥 보고만 있으려고요."

"부담스러운데요."

"역시 그렇군요. 어떻게든 잡고 싶은데, 제가 어떻게 해야 할지 모르겠다는 게 너무 괴롭네요. 뭐~ 이런 저 같은 사람 만난 게 실망스러우시겠지만, 그~ 제가 이렇게 횡설수설하는 걸 이해 좀 해주세요. 다른 남자들은 한수진 씨에게 어떻게 접근하나요?"

"횡설수설해요."

"다행이네요."


이런 남자가 처음도 아니었고 전혀 새롭지 않았기에, 익숙함이 느껴지는 것이라 생각했다. 그러나 그런 익숙함과는 다른 편안함이 있었다. 몇 번 더 만났을 뿐인데, 굉장히 오래 알고 지낸 사람처럼 느껴졌고 어느새 이 남자는 나를 사랑하고 있었다. 아니, 다른 남자들처럼 처음부터 사랑했을지도 모르겠다.

적당하다는 생각을 했었다. 평생은 아니더라도 꽤 긴 시간을 함께해도 괜찮을 것 같았다. 차준호와 자고 나도 더럽지 않았다. 그걸로 충분하진 않았지만, 어릴 때부터 친구였던 것 같은 편안함으로 부족한 부분을 채울 수 있었다. 차준호가 예정된 청혼을 해왔고, 나는 승낙했다.

그리고 그의 형이 내가 교생실습 때 만났던 그 교사라는 걸 알게 되었다. 왜 그렇게 익숙한 느낌이 들었는지 알겠다.

형제에게 상황을 설명하고 싶지 않았다. 형제를 만나게 해줬다.


나는 성현이에게 연락했다. 성현이를 차에 태우고 바다를 보러 가자고 했다.

# 소년의 끝

중학생 민아가 빨개진 얼굴로 나왔다.

함께 숫자와 한글을 배우고, 같이 초등학교를 다니고, 서로의 아이스크림을 뺏어 먹던 동네 친구 송민아가 흐트러진 앞머리를 정리하며 말했다.

"유성현! 너 왜 전화 안 받아?"

"아~ 전화했었어?"

자기 집 문 앞을 막고 서있는 민아가 눈살을 찌푸리며 짜증을 냈다. 자전거를 타고 오느라 휴대폰이 울리는 걸 몰랐을 뿐인데, 내가 전화 좀 받지 않은 게 화를 낼 만한 일인지 모르겠다. 그보다 이 더위에 자전거를 타고 오느라 땀에 젖은 채 문 앞에 서 있는 게 더 짜증 났다.

어서 민아네 집으로 들어가 좀 씻고 선풍기 바람이라도 쐬고 싶었는데, 민아는 문 앞을 가로막고 비켜주지 않았다. 좀 비키라는 뜻으로 자전거 바퀴를 문 쪽으로 들이밀었더니, 민아가 어딜 들어 오냐는 표정으로 막아서며 말했다.

"안 돼!"

"왜!"

난 또 민아가 괜히 심통을 부리는 줄 알았다. 민아가 중학생이 되면서부터 내게 괜한 짜증을 내는 일이 많아졌고, 남자친구가 생긴 다음부터는 조금 나아지긴 했어도 이해할 수 없는 태도는 더 잦았다.

또 남자친구와 싸운 줄 알았다. 그렇게 자주 싸우려면 왜 사귀는 건지 모르겠지만, 왜 싸웠는지 내게 설명도 하지 않고 괜한 짜증을 냈었다. 가 끔은 우리 집에 와서도 나보고 좀 나가있으란 적도 있었다. 또 그런 일인 줄 알았는데 집에 민아 혼자 있는 게 아니었다.

민아의 남자친구가 같이 있었던 모양이다. 민아는 이제 난처한 표정으로 말했다.

"미안한데 너 PC방에 좀 있다가 오면 안 돼?"
"아…. 그래. 자전거 좀 놓고 가도 돼? 열쇠를 가져오지 않아서."

그제야 민아가 알았다며 문에서 비켜섰다. 민아네 집에 올 때는 자전거 열쇠가 필요 없었지만, PC방에 가려면 열쇠가 있어야 했다. 자전거를 민아 네 집 현관 안쪽에 밀어 넣고 나오려는데, 민아가 내게 5천 원을 내밀며 말 했다.

"이걸로 부족하니?"
"아니. 그런데, 나 돈 있는데?"
"그럼 더우니까 이걸로 음료수라도 사 먹어."

민아의 얼굴은 많이 빨갰다. 뭘 하고 있었기에 얼굴이 빨개지고 머리칼 이 흐트러졌는지 상상할 수밖에 없었다. 나도 모르게 민아의 차림새를 살 폈다. 민아는 여름이라 얇고 짧은 반바지에 어깨가 드러나는 민소매 티를 입고 있었다. 나와 있을 때랑 별로 다를 게 없는 모습인데, 오늘따라 무척 야하다는 느낌이 든다.

요 몇 년 사이에 민아가 많이 어른스러워졌다. 물론 외모에만 해당하는 말이긴 하지만, 정신적으로는 이미 어릴 때부터 나보다 어른스러웠다. 무심코 민아의 가슴 언저리를 보게 되는 일이 많아졌고, 되게 부드러울 것 같은 민아의 허벅지에도 시선을 빼앗기곤 했다.

민아가 뭘 보냐며 내 이마를 가볍게 때리면 내 얼굴이 빨개지곤 했는데, 지금은 민아의 얼굴이 훨씬 더 빨갰다. 더위 속에 자전거를 타고 달렸던 나보다 더 빨갰다.

자전거를 맡기고 민아네 집에서 나왔다. 근처 편의점에 들러 하드를 하나 사서 먹으며 민아네 집 불 켜진 창문을 바라봤다. 창문에는 아무것도 보이지 않았고, 모기들이 달려들어 PC방에 가야 했다.

우리 부모님과 민아네 부모님은 나랑 민아가 태어나기 전부터 알던 사이라고 했다. 나랑 민아는 두 달 차이로 태어나서 함께 자랐고, 거의 남매 비슷하게 지냈다. 민아가 나보다 늦게 태어났지만, 기억이 닿는 시절부터 민아가 거의 누나 행세를 했다. 초등학교에 같이 입학해서도 민아가 한동안 나를 데리고 다녔다.

양쪽 부모님들은 서로가 사돈지간이 될 걸 거의 기정사실처럼 여기는 것 같았지만, 당연히 우리들의 의견은 전혀 그렇지 않았다. 초등학생 민아는 나 같은 애한테 어떻게 시집가냐고 화를 냈었고, 나는 나대로 마녀에게 장가갈 수 없다고 말했다가 민아한테 맞았다.

초등학교 고학년이 되면서 부모님들이 우리에게 그런 장난을 치는 시기는 지났다. 민아가 조금씩 까칠해지기 시작했고, 나보다 키가 컸던 민아는 신체의 다른 부분에서도 변화가 시작되고 있었다. 민아가 나를 완전히 어린애 취급했고, 내가 봐도 민아는 나랑은 달라 보였다.

조금 날라리 같았던 녀석들이 나보고 민아의 가슴을 만져보라고 말했었다. 나도 만져보고 싶긴 했지만, 그랬다가 죽도록 맞을 게 두려웠다. 그럴 수 없다는 내게 성교에 대한 음란한 말들을 했었는데, 그때의 내가 이해할 수 있는 얘기들이 아니었다. 뭔가 대단하긴 했어도 그 시절의 내게는 모호한 것들이었다.

중학교를 따로 진학하면서 조금 서먹해지긴 했다. 부모님들 덕분에 자주 만날 수 있었는데도 내가 이성에 눈을 뜨면서 약간은 어색해졌다. 어릴 때는 내 앞에서도 편하게 입고 있었는데, 중학교에 가면서부터는 민아가 내 눈빛을 의식하는 것 같았다. 여름에도 소매가 있는 옷을 챙겨 입고 나랑 있을 때는 반바지를 입지 않았다.

우리 부모님과 민아네 부모님은 자주 만나서 술을 마셨다. 어릴 때는 우리를 방에 몰아넣고 TV를 보게 하거나 게임을 하게 했었는데, 중학생이 되면서부터는 양쪽 집을 오가며 공부하게 했다.

왜 그랬는지, 민아는 자기 방이 있으면서도 내가 오면 거실에서 같이 공부를 했다. 내가 TV를 보거나 게임을 하지 못하게 했고, 내가 얼마나 공부하고 있는지 확인하곤 했었다. 덕분인지 내 성적은 상당히 괜찮은 편이었는데, 이상하게 민아의 성적은 그리 좋지 못했다.

부모님들이 보통 주말에 술을 마셔서, 내가 민아네 집에서 자기도 했고 민아가 우리 집에서 자기도 했다. 남들이 들으면 이상하게 생각할 걸 알았으니까, 누구에게도 말하지 않았다. 민아는 항상 자기 방문을 잠그고 들어가서 잤고, 나는 거실에서 잤다. 그 시절 친구들을 통해 봤었던 야동의 상황은 있지 않았다. 그래도 언제부터인가 민아를 상대로 엄청나게 음란한 상상을 하기 시작했다. 당연히 상상만 했다.

민아는 누가 봐도 예쁜 여자애였다. 특히나 교복을 입고 있을 때는 너무 예뻐서 안아보고 싶다는 생각을 수천 번은 했었을 것이다. 그랬던 민아를 다른 남자가 안는 것을 볼 수 있었다.

어스름한 놀이터에서 민아가 어떤 남자의 품에 안겨 있었다. 상당히 먼 거리였어도 민아라는 걸 확신할 수 있었다. 잠시 남자의 품에 안겨있던 민아가 그 남자의 가슴을 밀어내며 떨어졌는데, 그 남자는 다시 민아를 꼭 안았다가 놔줬다. 그리고 둘은 매우 아쉬워하는 몸짓으로 인사하고 헤어졌다.

민아가 같은 학원에 다니는 고등학생 형이랑 사귄다는 소문은 들었지만, 민아가 누구랑 사귄다는 소문이 처음도 아니었고 나하고도 사귄다는 소문이 돌았으니까 별로 신경 쓰지 않았었다. 그러나 직접 목격하고 나니까 되게 뭐랄까 설명하기 힘든 기분이었다.

주변들 둘러보면 좀 예쁘고 잘난 애들이 다들 첫 연애를 시작하는 것 같았다. 어쩐지 연애하지 못하는 나 같은 애들은 못난이 같았고, 누군가의 두 번째나 세 번째가 될 수도 있겠다는 생각이 들었다. 그때는 왜 그렇게 처음이 중요하게 생각되었는지, 민아의 첫 번째 남자가 될 기회는 이미 빼앗겼다는 생각도 했다.

나도 연애하고 싶어서 여자애를 찾았는데, 민아를 기준으로 하니까 눈에 들어오는 여자애가 별로 없었다. 최소한 민아보다 괜찮은 여자애를 만나고 싶었지만, 눈을 낮추지 않으면 어려운 일이라는 사실에 화가 났다. 내 머릿속에 담긴 민아의 이미지를 깎아내려야 할 필요가 있었다.

"송민아! 너 왜 자꾸 사람 짜증 나게 하냐?"

"이게 뭘 잘못 먹었나. 뜬금없이 귀신 본 강아지처럼 짓고 그래?"

"?! 아니! 네 방에 들어가서 공부해도 되잖아! 꼭 이렇게 마주 앉아야 해?"

"…너도 너희 집에서 방에 들어가지 않잖아? 아~ 너. 흠. 누나 때문에 힘드냐?"

"뭐…. 뭐가?"

"유성현. 정~ 힘들면 말해라. 누나가 좀 도와줄 수 있어."

이미 민아는 내가 상대할 수 있는 수준이 아니었다. 고등학생 남자친구가 생긴 민아는 나를 대하는 게 점점 여유로워졌고, 내 기준에는 상당히 곤혹스러울 수 있는 말을 스스럼없이 내뱉고는 비웃기까지 했다.

가까스로 좀 괜찮은 여자애를 발견했는데, 혹시 누가 먼저 그 여자애와 사귈까 봐 급하게 말을 걸었다. 당연히 결과는 좋지 못했고 하필이면 그 소문이 민아의 귀에도 들어가게 되었다. 내가 말을 걸었던 그 여자애가 민아랑 같은 학원에 다니는 여자애였다.

민아가 그 사실을 가지고 나를 놀리기에, 나는 민아가 고등학생 남자친구를 만나는 걸 가지고 놀렸다. 민아가 조금이라도 부끄러워했다면 차라리 좋았겠는데, 민아는 대수롭지 않게 생각하는 것 같았다. 민아는 내가 모르는 여자애에게 말을 걸었던 걸 가지고 수도 없이 놀렸다.

그러면서 우리 사이는 오히려 더 편해졌다. 민아는 점점 나를 더 동생 취급하기 시작했다. 다시 초등학교 시절처럼 옷을 대충 입고 다니기도 하고, 내 앞에서 별로 가리지도 않았다. 나도 모르게 민소매 티를 입은 민아의 가슴팍 근처를 보고 있으면…

"뭘 봐?"

그리고 잠시 옷매무새를 단정하는 것 같았지만, 이내 또 방심하고 나를 무시했다. 그러면 난 또 민아를 보면서 민아가 만나는 그 형이 민아를 만지는 상상을 했다. 그 고등학생 형 대신에 내가 민아를 만질 수 있으면 좋겠다는 생각을 수도 없이 했고, 민아는 그런 나를 무시했다.

내 앞에서 교복 치마를 벗기도 했다. 민아가 치마 지퍼를 내리기에 놀라서 눈을 떼지 못했는데, 민아가 그런 나를 보며 빙긋 웃더니 치마를 벗어버렸다.

"짠!"

치마 속에는 이미 반바지를 입고 있었다. 짧은 반바지이긴 했어도 속옷은 아니었다. 내가 놀란 가슴을 쓸어내리며 가까스로 인상을 찌푸리는 연기를 했지만, 민아는 내 속이 훤히 들여다보인다는 표정으로 기대했냐는 둥, 그렇게 보고 싶으냐는 둥 나를 놀렸다.

그랬던 민아가 그 고등학생 형을 집으로 불러들이고 나를 PC방에 보냈다. 둘이 집에서 뭘 할지 많은 상상을 하느라 게임을 하는 것도 엉망이었다. 민아는 그러면서도 성적은 오히려 올랐다. 나도 딱히 성적이 나빠지지는 않았지만, 기대했던 것만큼 좋아지지도 않았다.
나중엔 민아가 우리 집에 와서도 나를 보내고 그 형을 불러들였다. 어이가 없는 일이지만, 딱히 따질 만한 말도 떠오르지 않았고, 어쩐지 속 좁은 인간이 되고 싶지는 않았다. 두 사람이 남의 집에서 뭔 일을 하고 있는지 궁금하기만 했다.

민아는 흔적을 남기지 않았다. 처음엔 항상 내가 나갔을 때와 똑같은 상태 그대로였다. 그러다가 긴 머리카락을 몇 번 흘리고 가더니, 나중엔 쓰레기통에서 콘돔을 발견했다.
상상이 현실이 되던 날이었다.

그렇게 내 소년의 시간은 끝났다.

# 남녀의 시간은 다르게 흐른다

유성현이 어처구니없다는 얼굴로 나를 보고 있었다.

분명히 조금 전까지 탁자에 엎드려 잠자고 있던 녀석이 언제 그랬냐는 자세로 앉아있는 것도 기절하겠는데, 유성현은 무슨 징그러운 벌레를 보는 것 같은 표정으로 나를 보고 있었다. 아무래도 꽤 오래 지켜보고 있었던 모양이다. 유성현이 입을 열었다.

"그거 혹시 그러니까 그걸 연습하는 거냐?"

대강 잡히는 걸 들어 유성현에게 던졌고, 당연히 피할 줄 알았다. 유성현이 피하지 않고 그대로 맞는 걸 보고 나서야 내가 던진 게 필통이라는 걸 알았다. 무슨 말이라도 꺼내기만 하면 실컷 두들겨 패줄 생각이었지만, 유성현은 아무 말도 하지 않았다.

그러니까…. 그걸 연습하고 있던 게 맞다. 나는 사귀고 있던 오빠와 곧 하게 될 게 분명한 일종의 인생에 한 번뿐인 특별하고 은밀하며 조심스러워야 할 그 어떤 사교적 영역의 정점에 도달할 예정이었다. 그러니까~ 이미 그걸 위한 사전작업은 모두 완료된 상태였으며 반복 학습으로 인한 피로가 쌓이고 있었고, 한 걸음 더 내딛지 않으면 더 이상 앞으로 나갈 수 없는 상태였다.

해진이 오빠의 손이 내 속옷을 헤집은 건 이미 두 달 전의 일이었고, 나도 오빠의 중요한 부위의 모양을 충분히 기억할 만큼 만진 것도 오래였다. 지난

주에는 서로의 소중한 곳을 대고만 있겠다던 오빠가 문지르는 바람에 기절할 뻔했다. 다음에 기회가 생기면 반드시 하게 될 거라는 걸 알고 있었다.

오늘은 하필이면 해진이 오빠가 가족 모임이 있다고 했다. 우리 부모님이 성현이네 집에 가서 술을 마시는 날이라 은근 긴장하고 있었는데, 난 오빠가 오지 못해서 조금 실망했고 성현이는 PC방에 가지 못해서 실망한 것 같다.

최근 유성현은 나를 만나면, 일단 연애는 잘하고 있냐며 나를 놀리고 나는 성현이가 까인 걸 가지고 놀리며 반격했다. 그리고 나서야 책을 펴고 각자의 학업 진도에 대한 잔소리를 조금 나누고 각자 공부를 하는 편이었다. 그런데 오늘은 모처럼 같이 공부하는 날이었는데도 성현이가 나를 놀리지 않았고 책도 펴지 않았다.

유성현은 책들을 적당한 높이로 탁자 위에 쌓더니 머리를 기대고 자기 시작했다. 정말 자려는 것인지 궁금해서 시비를 걸어보려다 그만뒀다. 유성현이 눈을 감고 자는 모습이 해진이 오빠를 떠올리게 했다. 남자들의 자는 모습은 다 똑같은 걸까? 아빠가 자는 모습을 봤을 때도 느꼈던 것처럼 뭔가 아련하게 느껴지는 그런 게 있다.

해진이 오빠가 영화관에서 잠든 일이 있었다. 난 영화 대신 해진이 오빠의 자는 모습을 보다가 영화가 끝났다. 그날 처음 오빠의 손이 내 속옷 안으로 들어오는 걸 허락했다.

성현이가 자는 모습을 보니까 나의 자는 모습은 어떤지 궁금했다. 눈을 감고 셀카를 찍다 보니까 내가 해진이 오빠의 품에서 흥분했을 때의 얼굴도 알고 싶어졌다. 손거울을 들고 이런저런 표정을 지어봤지만, 역시 만족스럽지 못했다. 전혀 자연스럽지 못한 내 표정이 이상해서 여배우들처럼 입술을 살짝 벌려보기도 했다. 여전히 어색한 내 표정을 살려보려고 내 가슴을 만지려다 이상한 기분이 들어 고개를 들었더니…. 유성현이 나를 보고 있었다.

평소의 유성현답게 나를 놀리거나 이상한 웃음소리로 웃으면 차라리 나았겠다. 유성현은 내가 던진 필통을 주워 내게 밀어주고 책을 폈다. 짜증 나지만 내가 먼저 입을 열지 않으면 이 어색함이 거실을 떠날 것 같지 않았다.

"야. 유성현. 소희가 그러던데, 너 그날 이후로 말도 한 번 걸지 않았다며? 누나가 자리 한번 마련해줄까? 소희도 은근히 기다리는 거 같던데?"
"나 PC방에 보내고 둘이 하는 걸 연습까지 필요한 거냐?"
"…그런 거 아니거든?"
"PC방에 가야겠다. 요즘 습관이 돼서 그런지 공부하기 힘드네. 다녀올게."
"돈 있어?"
"…나 3천 원만."

성현이가 나가고 다시 거울을 들어 내 얼굴을 살폈다. 아까와는 달리 꽤 만족스러운 표정을 지을 수 있었다. 그래도 조금은 부족한 것 같아 내 방으로 들어가 문을 잠그고 내 몸을 만지며 거울을 봤다. 표정은 오히려 더 이상해진 거 같았지만, 기분은 좋아서 머리가 아팠다.

해진이 오빠랑 첫 경험을 하고 나서는 한동안 유성현과 마주치는 일이 불편했다. 내색은 하지 않았지만, 성현이도 해진이 오빠와 같은 남자라는 사실이 부담스러웠다. 그래도 그런 불편함이 길지는 않았다. 해진이 오빠를 만나느라 유성현과 마주칠 일이 그리 많지도 않았고, 유성현도 별다른 내색을 하지 않아서 다행이었다.

내가 고등학교에 진학했을 때, 해진이 오빠는 이제 수험생이라 많이 힘들어했다. 보통은 학생들이 연애하면 여학생 쪽이 성적이 떨어지는 편이라던데, 나는 성적이 오르고 해진이 오빠가 성적이 떨어져서 미안했다.

나름의 이유를 찾고 오빠를 위로한다는 생각으로 오빠가 요구하는 걸 많이 들어줬다. 관계할 때 내가 더 많이 움직이는 쪽으로 신경 쓰기도 하고 입으로도 해줬다. 오빠가 성현이네 집에서 관계하면 더 좋아하는 거 같아서, 성현이네 부모님이 우리 집으로 올 때면 반드시 성현이를 PC방에 보냈다.

우리 집이 아니었으니까 나는 뒤처리에 더 신경 쓰일 수밖에 없었다. 가능하면 머리카락 한 올도 남기지 않으려 했었는데, 횟수가 늘어날수록 관계가 길어져 시간이 부족했다. 내가 씻는 동안 오빠에게 뒤처리를 맡기기도 했다. 내가 씻은 흔적도 남기고 싶지 않아 욕탕을 깨끗이 닦고 나와서 해진이 오빠에게 물었다.

"오빠 다 치웠어?"

"응? 어~ 이제 갈까?"

"어휴~ TV 보고 있어? 뭐야~ 여기 내 머리카락 있잖아."

"어? 거기에도 있을 줄은 몰랐네. 오늘도 나 먼저 집에 가?"

"응. 난 성현이 집에 오면 보고 가야지. 그래야 덜 이상하지 않겠어?"

"에이~ 걔도 알 거 다 알 텐데 뭘 그러냐? 너? 설마~ 걔랑? 에이~ 아니지?"

"무슨 소리야? 정신 나간 소리 하고 있어. 걔는 아직 애야. 그런 소리 한 번 더 하면 화낸다?"

그때 전화가 왔다. 성현이가 자기 집에 들어가도 되겠냐고 했다. 나는 얼른 오빠를 내보내고 다시 뒤처리를 확인해야 했는데, 기다리는 성현이에게 미안해서 들어오라고 했다. 하필이면 성현이의 침대에서 그랬던 날이라 해진이 오빠를 내보내고 급하게 성현의 침대를 살폈다. 손으로 침대보를 만져 봐도 별다른 온기가 느껴지지 않았고 다행히 특별한 흔적도 없어 보였다.

집에 들어온 성현이는 돈이 다 떨어져서 PC방에 더 있지 못했다며 미안해했다. 난 괜찮다며 대강 인사하고 우리 집으로 돌아갔는데, 우리 집은 여전히 술판이 끝나지 않았다. 부모님들은 동네 사람들이 민원을 넣지 않는 게 이상할 정도로 시끄럽게 떠들며 술을 마시고 있었다.

술에 취한 아빠가 나를 발견하고 큰 소리로 말했다.


"우리 딸! 왔어! 미안하다! 오늘 우리가 너~무 기분이 좋아서 너무 많이 마셨어!"

"오늘만 기분이 좋으시겠어요?"

"하하하! 그렇긴 하지! 그런데 우리 딸 오늘 집에서 잘 수 있겠냐?"


아빠라는 사람이 나랑 동갑인 남자애가 혼자 있는 집에 가서 자는 게 낫지 않겠냐고 했다. 오히려 나를 걱정한 건 성현이네 엄마였고, 우리 엄마라는 사람은 내가 성현이한테 시집가는 게 좋지 않겠냐는 소리를 하고 있었다.

간혹 성현이네 집에서 자고 오기도 했지만, 지금 내가 해진이 오빠와 이러고 있는 마당에 성현이네 집에서 자고 오고 싶지는 않았다. 나는 괜찮다며 방으로 들어가 귀마개를 하고 침대에 누웠다. 그래도 부족해서 헤드폰까지 했는데 소용없었다. 거실에서 부모님들이 시끄럽게 떠드는 소리를 자장가 삼아 잠들어야 했다.


그 시절이었다. 성현이의 말 수가 확 줄어들었다. 재잘거리는 게 보통의 여자애들만큼이나 말이 많았던 녀석이었는데, 뒤늦게 중2병에 걸린 아이처럼 무뚝뚝해졌다. 동갑이긴 해도 평생 동생처럼 느꼈는데, 갑자기 키가 커졌다는 게 새삼 느껴질 정도로 제법 남자 같아지고 있었다.

녀석이 떠들지 않으니까, 내가 대신 재잘거려야겠다는 의무를 느꼈던 것 같다. 성현에게 해진이 오빠에 대한 얘기들을 전보다 많이 하게 되었고, 성현은 가끔 쓸모 있는 조언을 해주기도 했다.

"그 형이 너랑 만나는 걸 자제해야겠다고 말했다는 거지? 그런 게 가능하긴 해? 공부 때문에? 만나는 걸 자제하면 네 생각이 나서 공부가 되겠어?"

"으이구~ 좀 어른이 돼라. 남자가 이루고 싶은 목표가 있으면 자제할 수도 있어야 하는 거란다."

"남자가 뭔가 이루고 싶은 게 뭐 때문일 거 같은데? 남자들 머릿속에 뭐로 가득 차 있는지 모르는 거야? 내 말은~ 이유가 공부 때문은 절대로 아니라는 거야. 정말 공부 때문이라면 너랑 만나는 시간에도 더 최선을 다하고 공부도 더 열심히 하는 게 맞겠지."

"유성현. 다들 너 같다고 생각하는 거야? 이 색골아?"

"남자는 다 똑같아. 그리고 누가 누구보고 색골이라고 하는 거야?"

말문이 막혔다. 성현이는 내가 해진이 오빠랑 둘이 뭘 하는지 알고 있을 것이다. 아무리 둔한 녀석이라도 지금쯤이라면 눈치채는 게 정상이었다. 요즘은 내가 하는 말에 거의 단답형으로 대답하다가 오랜만에 재잘거린 유성현이 자신이 쓸데없는 소릴 했다고 후회하는 표정이 귀여웠다. 녀석이 이제는 누나를 가르치려 들었다.

그걸 자제하더라도 영화 정도는 볼 수 있다고 생각했다. 나는 해진이 오빠가 불편해할까 봐 걱정했는데, 오빠는 오히려 반가워하며 영화를 보러 가자고 했다. 나랑 관계는 자제하자면서 영화라도 봐야 스트레스가 풀리겠다는 말이 이상하긴 했지만, 영화가 시작되고 나니까 이해할 수 있었다.

왜 그렇게 구석 자리를 예매하나 했는데, 나는 영화를 거의 볼 수 없었다. 남들에게 들킬까 봐 긴장되었지만, 오빠가 많이 쌓였다고 생각하기로 했다.

영화를 보고…. 아니, 아무튼 영화가 끝나고 나와서 손을 씻으러 화장실에 가다가 성현이를 만났다. 성현이가 어떤 여자애랑 같이 있었다. 나를 발견한 성현이는 나보다 더 놀란 것 같았다. 아니, 손을 씻고 싶었던 내가 훨씬 더 놀랐겠다. 그래도 난 반갑게 인사했다.

"안녕? 유성현을 여기서 만날 줄은 몰랐네?"

"어… 그러니까 얘는 아니, 그러니까 얘는 나랑 같은 동아리. 편집부 친구야. 같이 영화를 보러 온 건 아니고~ 나는 내 친구들이랑 영화를 보려고 왔다가 약속이 깨졌고 우연히 혼자 온 우리 동아리 친구…그러니까 얘랑 기왕 이렇게 된 거 같이 영화를 보는 게 좋겠다는 대화를 방금 끝내고~ 너를 만났네?"

유성현이 과묵한 콘셉트를 오래 유지하지 못할 것 같긴 했었다. 다시 말수가 늘어난 건 나쁘지 않았지만, 무슨 소리를 하는 건지 알아듣긴 힘들었다. 유성현다운 재잘거림을 회복하려면 시간이 필요하겠다.

알았다며 대강 고개를 끄덕여주고 좋은 시간 보내라 했다. 대수롭지 않다는 얼굴로 화장실에 들어가 손을 씻었다. 정말 지저분했다. 기분은 나쁘지 않았다. 그게 지저분했다는 얘기다. 내가 기분이 나빠질 이유는 없었다.

정말이다.

유성현이 집에 없었다. 성현이네 집 비밀번호를 알고 있어도 초인종을 눌렀는데, 한참을 기다려도 나오질 않아서 일단 문을 열고 들어갔다. 들어가고 나서야 성현이에게 문자할 생각을 했다.

〈ㅇㄷ?〉
〈ㄱㅂ〉
〈들어와〉

전화가 왔다. 유성현이 오늘은 데이트 안 하냐고 물어보기에 항상 그런 건 아니라고 했더니, 요즘은 항상 그러지 않았냐고 했다. 난 그냥 들어오기나 하라고 말하며 전화를 끊었다. 전화를 끊자마자 다시 문자가 왔다. 한 판 더 하고 들어오겠단다. 나 때문에 PC방에 너무 자주 들락거리는 건 아닌지 미안해졌다.

내 코가 석 자라는 생각은 안 하고 유성현이 공부를 잘하고 있는지 궁금했다. 대수롭지 않게 드나들었던 성현이의 방이고 지지난 주말에는 여기에서 해진이 오빠랑…. 그랬는데 공부를 잘하고 있는지 둘러보려니까 좀 새로웠다.

참고서 몇 개를 뒤적거려봤더니, 내가 걱정할 필요는 없겠다. 남자애가 필기도 꼼꼼하고 문제집을 풀이한 흔적을 봐서는 수학만큼은 나보다 나은 거 같다. 참! 성현이의 문제집들을 뒤적거리기 전에 이미 유성현의 컴퓨터 전원을 눌러놨다. 책상 근처에 오면 컴퓨터 전원을 누르는 게 자연스럽다.

어느새 켜진 컴퓨터를 내가 왜 켰는지 바라보다 이미 마우스를 잡고 있었다. 나도 모르게 인터넷의 최근 방문목록을 확인했지만, 검색사이트와

미미한 색골 사이트 정도를 드나들었을 뿐이었다. 어쩌다 보니 폴더들을 뒤적이게 되었다. 자연스러운 일이다.

이 꼼꼼하지 못한 녀석은 대놓고 뜬금없는 위치에 동아시아근현대사라는 제목의 폴더를 만들어 뒀다. 음악 폴더와 인터넷 강의 폴더 사이에 전혀 어울리지 않아 열어볼 수밖에 없었다. 동아시아근현대사가 참 버라이어티한 모양이다. 어마어마하게 많은 양의 동영상들이 있었다.

유성현의 취향을 엿볼 수 있는 공간이었다. 유성현이 하는 게임의 한판이라는 게 얼마나 걸릴지 몰라도 차마 재생할 수는 없어서, 제목들만 살펴보려 했는데 그것도 무리였다. 뭐 이렇게 많아. 수십 개는 족히 넘을 폴더들 안에 또 엄청난 양의 동영상들이 있었다. 언제 유성현이 도착할지 모르니 감상은 포기하고 이제 그만 컴퓨터를 끄려고 했는데, '쏭'이라는 제목의 동영상이 눈에 띄었다.

나를 가끔 '쏭'이라고 부르긴 했다. 세상의 모든 송 씨들은 아마 비슷하게 불려본 경험이 있을 것이다. 어느새 이미 영상이 재생되고 있었다. 나도 모르게 더블클릭을 했던 모양이다.

음. 같은 여자라는 사실을 제외하면 나랑 별로 닮지 않았다. 이 여자의 눈 화장을 지우면 나보다 눈도 작겠고, 좀 뚱뚱하고 나이 들어 보였다. 입고 있는 교복도 우리 학교 교복과 색상만 닮았다. 그리고 더 보기는 힘들었다. 모자이크가 있어서 역겹지는 않았지만, 남자가 둘이었다.

좀 더 보면 나랑 비슷한 구석이 있을지도 모른다는 생각에 약간만 더 보려 했는데, 아무래도 그건 아닌 거 같았다. 영상을 빨리 넘기면서 보니까 여자의 연기가 너무 과장된 거 같다. 전에 친구들이랑 봤던 것보다 화질은 좋았는데, 배경 같은 게 너무 현실적이라 오히려 이상했다. 뭔가 빠진 거 같아서 보니까 음 소거가 되어있었다. 어떤지 들어보고 끌 생각으로 소리를 키워봤더니, 여자의 목소리도 나와 절대로 전혀 닮지 않았다. 여자 한 명이 남자 둘과 저럴 수 있다는 게 신기해서 조금만 더 보려다 기분이 이상해져서 그만뒀다.

다행히 성현의 컴퓨터를 끄고 거실에 나와 있는데, 유성현이 돌아왔다.

"쏭! 혼자 왔으면 그냥 혼자 있다가 갈 것이지~ 뭘 또 부르냐"

"야! 유성현! 너 내가 쏭이라고 부르지 말랬지"

"그랬어? 언제? 쏭을 쏭이라 부르지 그럼 뭐라고 불러?"

"아무튼! 하지 말라면 하지 마! 참! 너 그때 걔가 여자친구야?"

"뭔 소리야?"

"무슨 소리는~ 전에 영화관에서 만난 애. 분위기 좋던데?"

"말했잖아. 동아리 친구라고~ 우연히 영화관에서 만나서 그냥 같이 영화를 본 거야."

"오~ 그래? 우연히 영화관에서 만날 수도 있구나? 세상 참 좁아? 신기해?"

"시끄러워. 그리고 너 말이야. 나 없을 때 내 방에 들어가지 마라. 지킬 건 지키자?"

"넌 6학년 때 내 속옷 서랍 뒤졌잖아?"

"…그건! 그래서 넌 내 방에서… 아니다 됐다. 왜 오라고 했냐. 쏭."

"내가 쏭이라고 부르지 말랬지!"

오랜만에 같이 공부나 좀 하려고 했는데, 도무지 그러기 힘들었다. 유성현에게 게임은 적당히 하고 공부 좀 하라며 잔소리를 하고 일어났다. 성현이는 누구 때문에 PC방에 다니게 된 줄 아냐며 어이없어했다. 내가 나가려니까 더 어이없다는 표정으로 물었다.

"쏭. 어디가?"

"PC방."

나는 정말로 PC방에 갔다. 이 시간에 학생이 갈 만한 곳이 없었다. 할 줄 아는 게임이 없어서 성현이가 자주 가는 미미한 색골 사이트에 들어갔다. 기대보다 음란한 게시물이 많지는 않았고, 그나마도 차마 PC방에서 클릭하기엔 부담스러웠다.

키보드로 세상이 바뀌길 바라는 사람들과 좀 모자란 사람들의 게시물들로 가득했다. 내가 봐도 낚시 게시물이라는 걸 알겠는데 친절하게 분노해주는 바보들로 넘쳐났다. 멍청이들아 조금이라도 생각을 할 수 있으면 무시하라고! 라고 댓글을 달아주고 싶었지만, 나는 아이디도 없었고 그런 댓글을 달면 나도 똑같은 멍청이가 된다. 바보들과 낚시꾼들이 그 안에 모여서 떠들며 세상을 평가하게 돼야 했다.

참 시시한 사이트인데, 성현이는 왜 이런 곳을 자주 들락거리는지 궁금해서 좀 살피다 보니까, 나도 참지 못하고 로그인을 하고 싶어졌다. 그런데 한 달 후에나 게시물 작성 권한이 생긴단다. 뭐 이런 개똥 말코 같은 사이트가 다 있나 싶었는데, 벌써 청소년은 PC방에서 꺼지라는 안내방송이 나오고 있었다. 시간 참 빠르다.

성현이가 집 앞에 나와 있었다. 유성현이 전에 영화관에서 본 그 여자애와 대화를 나누고 있었다. 토요일 밤의 이 시간에 만나는 여자애가 아무 사이도 아니라니, 재미있네.

해진이 오빠는 이제 정말 만나는 걸 자제해야겠다고 했다. 수능이 이제 코앞인데 나를 만나면 만날수록 공부하기 힘들다고 했다. 그럴수록 더 만나야 덜 그리워질 것 같은데, 남자는 좀 다른 모양이다.

이번에는 성현이네 집에서 부모님들이 모인다는 얘기를 들었다. 성현이가 오면 해진이 오빠의 태도에 대해서 얘기 좀 하고 싶었는데, 성현이가 오질 않아서 전화를 걸었다. 성현이는 편집부원들의 전체 회식이 있는 날이라고 했다. 그럼 그 여자애도 같이 있겠군.

우리 엄마가 위장병이 생겨서 한동안 부모님들이 술을 마시지 않게 되었다. 술을 마신 건 보통 우리 아빠고, 엄마는 거의 술을 마시지 않는데 위장병은 아빠 대신에 엄마가 생겼다. 덕분에 성현이를 만날 기회가 딱히 없었다.

아픈 엄마를 신경 쓰느라 또 엄마가 해주던 것들을 스스로 해결하느라 해진이 오빠를 많이 그리워하지는 않았다. 성현이네 엄마가 반찬 같은 것을 가져다주시고 국도 끓여 주러 오시곤 했지만, 딱히 성현이에 대한 얘기를 듣지는 못했다. 오히려 성현이 엄마는…:

"민아는 남자친구 있는데, 요즘 못 만난다며?"

"아~ 네. 이제 곧 수능이라서요. 성현이가 그런 얘기도 해요?"

"성현이는 항상 민아 얘기밖에 안 하는데~ 민아는 성현이 얘기를 한 번도 안 하더라?"

"성현이도 여자친구 생기지 않았어요?"

"그래? 난 못 들었는데~"

이 자식이 나를 팔아서 자기가 만나는 여자애 이야기는 하지 않는 모양이다. 생각보다 영악한 녀석이다. 내 이야기를 떠들어대면 자기 여자친구 얘기는 하지 않아도 부모님과 대화를 할 수 있을 것이다. 자기 여자친구 대신에 내 이름만 집어넣어서 얘기해도 괜찮았겠지. 내가 해진이 오빠 대신에 성현이로 많이 비유해서 잘 안다.

성현이가 나에 대해 어떤 이야기를 하는지 좀 더 들어보려 했는데, 성현이 엄마가 말했다.

"참. 우리 성현이는 내일 소풍 가는데, 민아네 학교는 언제가?"
"저도 내일 가는데요?"
"그래? 어디로? 성현이네는 네버랜드로 간다는데?"
"저희도요…."

중학교 때도 성현이네 학교와 같은 날 같은 장소로 소풍을 가서 만난 일이 있었다. 이 지역의 학교들이 소풍을 몰아서 가는 경향이 있는 건지 잘 모르겠지만, 장소는 수도랜드 아니면 네버랜드로 정하는 게 보통이었다.

우리나라에서 가장 큰 놀이공원이라는데, 유성현을 만나는 건 그리 오래 걸리지 않았다. 나는 전에 봤던 그 여자애와 함께 있는 유성현을 발견하고 별로 놀라지 않았지만, 유성현은 놀란 표정을 감추지 못하고 있었다. 이런 일이 있을 것 같다는 느낌이 들었어도, 놀릴 생각은 안 했는데 막상 만나니까 그게 쉽지 않았다.

"같이 영화도 보고 놀이공원에서도 같이 다니는데 사귀는 건 아니라는 사이는 뭐니?"
"너랑도 같이 영화 보고 놀이공원도 같이 다녔잖아?"
"죄다 초등학교 다닐 때네? 몰랐는데 우리 그때 사귄 거 같다?"
"왜 시비냐? 얘한테 물어봐라. 우리가 사귀는 사이인가?"

그래. 둘이 사귀는 건 아니더라도 저 여자애가 성현이를 좋아하는 건 분명히 알 수 있겠다. 유성현의 동아리 친구라는 저 여자애 눈에 슬픔이 스치는 걸 놓치지 않았다. 저 둔하고 멍청한 데다 덜 자란 유성현은 아직 모르는 것 같은데, 나는 저 여자애가 나를 보는 눈빛만으로도 알겠다.

그래서 환하게 웃으며 그 여자애에게 인사했다.

"우리 전에도 영화관에서 봤지? 난 성현이랑 원수로 지내는 송민아."

내가 무척 친절하게 인사했는데도, 그 여자애는 내게 인사하지 않고 유성현에게 눈빛을 보내는 여우 짓을 했다. 유성현이 그런 여자애의 눈치를 보며 대신 말했다.

"얘는 우리 편집부 민효정."

성현이가 내게 말했지만, 나는 민효정이라는 여자애에게 눈을 떼지 않은 채 말했다.

"우리 성현이가 여자랑 말할 때 가슴을 보면서 말하는 버릇이 있어도 성격은 괜찮은 편이지?"
"나는…. 다른 애들도 그래서 별로 모르겠어."

오호~ 그래 너 가슴 크다. 이 계집애야라고 말하지는 않았다. 보통내기가 아니라는 걸 알았는데, 맞불을 놨다가는 내 이미지만 엉망이 될 것이다. 대신 크게 웃어줬다. 유성현 이 자식이 내게만 당혹스럽다는 표정을 짓고 있어서 짜증이 났다. 급하게 웃음기를 지우고 말했다.

"남녀공학은 부럽네. 우리는 이렇게 여자애들끼리 다녀야 하는데 말이야."
"쏭. 넌 남자친구도 있으면서 뭐가 부럽냐?"

"쏭이라고 부르지 말랬지. 나 저 롤러코스터 타고 싶은데, 같이 타줄 사람이 없어서 말이야."

나랑 같이 있던 친구 중에 한 애가 자기도 타고 싶다는 말을 꺼냈지만, 다른 눈치 있는 친구에게 입이 막혀 끌려갔다. 적당한 시점에 내 친구들이 자리를 피해줬으니, 나는 본격적으로 훼방을 놓기로 했다.

"썽현. 너가 나랑 같이 좀 타주라. 민효진? 너도 같이 탈래?"
"아니, 난 별로. 너희 둘이 타고 와"

고수였다. 억지로 참고 같이 탔다가 창백해진 얼굴을 보여주기 싫다는 것이겠지. 첫눈에 알아봤지만, 만만치 않은 상대였다. 왜 내가 이러는지는 잘 모르겠으니까, 고민은 나중에 하기로 하고 저 무서운 롤러코스터를 탈 걱정을 해야 했다.

나의 오랜 친구인 유성현 군께서는, 같이 타지 않더라도 민효정이 심심할 테니까 줄은 같이 서자고 말했다. 덕분에 롤러코스터에 대한 공포는 지워졌다. 밑에서 보면 무서워 보여도 막상 타보면 재미있을 것 같은 롤러코스터였다. 딱히 무슨 감정이 있어서 그런 건 아니다. 정말 재미있겠다.

정말이다.

〰✧〰

날씨가 나빴던 소풍도 간혹 있었다. 부슬부슬 비가 내리는 날에도 소풍이 연기되지 않았던 적이 있었고, 바람이 몹시 부는 날도 있었다. 학년이 올라갈수록 소풍을 별로 기대하지 않았다. 그저 수업이 없는 날이었고, 단

어장을 들고 가기도 했다.

딱 하나 변하지 않는 게 있다면, 차림새가 신경 쓰인다는 것이다. 엄마가 모든 걸 책임져 줄 때부터 내가 옷을 고르기 시작하는 지금까지 그랬다. 제일 예쁜 옷을 골라 입었고, 소풍에 입을 옷을 쇼핑하는 게 당연한 일이 었다.

물론, 학년이 올라가며 친구들 사이에서 튀지 않으면서도 예쁜 옷을 고르는 일이 골치 아프긴 했다. 뭔가 편하게 입은 것처럼 보이는데 미묘한 특별함을 가질 만한 선택을 한다는 게 쉽지 않았다. 그렇게 고심해서 입고 나와도 친구들을 만나면 또 신경 쓰이는 게 내 차림새였고, 나를 살피는 일에도 바빴는데 지금은 민효정만 보였다.

민효정은 하얀 티셔츠에 하늘색 남방을 걸치고 청바지에 운동화 차림이 었다. 단정하지 못한 몸매를 가릴 만한 차림새이긴 했어도 고르고 고른 옷은 아닌 게 분명했다. 운동화만 새로 산 것 같은데, 그나마도 고급 브랜드는 아니다. 이쯤에서 민효정을 그만 살피기로 했다. 이런 거로 위안받을 만큼 멍청해지고 싶지 않았다.

롤러코스터를 타려면 오래 기다려야 하니까, 마실 게 필요했다. 유성현이 나와 민효정을 돌아보며 자기가 다녀와야 하냐는 표정을 지었지만, 우리 둘 중에 누굴 보내기도 곤란해 보였다. 우리 둘을 남겨두고 다녀와야 한다는 사실이 부담스러웠는지, 내게 미간을 찌푸려 보이며 주의 주는 시선이 귀여웠다. 성현이의 걱정을 덜어주려 말했다.

"걱정 마. 9살 때 바지에 오줌 싼 얘기는 안 할게."

"…야~ 이."

"어머? 미안. 아무 말도 안 하고 있을게!"

귀여운 성현이는 내가 자기를 흉볼 거라고 생각하는 모양이다. 어찌나 생각이 얕으면 저럴 수 있는지 귀여워서 볼을 꼬집어 주고 싶다. 내가 민효정에게 우리의 추억을 떠들어 줄 이유가 없었다. 그리고 궁금한 게 많은 건 내가 아니다. 민효정이 내게 물었다.

"어릴 때부터 친했나 봐?"
"그렇긴 한데, 성현이는 지금도 어려서 별로 오래된 거 같지가 않아."

이제 어떻게 얼마나 친했는지를 물어보면, 간단하게 나와 성현이의 관계를 설명할 수 있는 얘기들을 해줄 생각이었다. 불과 몇 달 전에도 성현이네 집에서 잤다고 그러는 건 조금 과한 거 같으니까, 지지난달에 성현이가 우리 집에 와서 자고 갔다는 말을 해줄까 생각했다. 탁자 위에 엎드려서 잔 것도 자긴 잔 것이니까.

대강 자극적일 만한 사실들을 흘려주고, 어제는 성현이네 엄마가 내 밥도 해줬다는 얘기 정도면 괜찮을 것이라 생각하고 있는데 민효정이 말했다.

"남자친구가 있다고…."
"응? 어."
"그러면 성현이를 어떻게 생각해?"
"어떻게 생각하고 할 뭐가 있니? 그냥 오래된 친구야. 뭐랄까 가족 같은?"
"그래. 알았어. 나 유성현을 좋아해."

초등학교 5학년 때였다. 나는 갑작스레 변하기 시작할 무렵이었고, 유성현은 악랄한 초딩의 정점에 있던 시기였다. 뭐 때문에 싸웠는지는 잘 기억이 안 나지만, 분명히 유치한 일 때문에 다툼이 있었다. 난 평소처럼 어린애 다루듯 유성현의 머리에 꿀밤을 때렸는데, 유성현이 내 가슴에 주먹을 휘둘렀다.

아마 처음이자 마지막으로 유성현의 앞에서 펑펑 울었을 것이다. 처음엔 가슴이 너무 아파서 눈물이 났는데, 나중엔 내가 유성현의 앞에서 눈물을 보였다는 게 억울했다. 그날 이후로 유성현은 절대로 내 몸에 손대지 않았다.

내가 발로 차고 똥침을 놔줘도 도망을 가거나 욕을 했다. 뭐 차라리 때리는 게 낫겠다 싶은 욕을 하기도 했지만, 아무튼 나를 건들지는 않았다.

그때처럼 가슴이 아팠다. 이미 예상했던 말인데, 민효정이라는 이 여자애가 유성현을 좋아하고 있다는 것쯤은 눈치챌 수 있었는데, 눈물이 날 것처럼 가슴이 아팠다. 더 울고 싶어지는 기분이 들었던 건, 내 표정을 살피는 민효정의 눈빛이었다. 내 머릿속을 파고드는 것 같은 그 눈빛이 싫었다. 차라리 울어버리고 싶어지려는데 성현이가 음료를 가지고 돌아왔다.

유성현은 음료만 가지고 돌아온 게 아니었다. 다른 떨거지들도 달고 왔다. 나와 민효정 사이에서 혼자 버티는 건 무리였는지, 다른 친구들을 데려와 내게 소개했다. 그 애들도 이 롤러코스터를 같이 타고 싶다기에 뒤에 가서 줄을 서라고 말했다. 내 뒤에 줄을 선 사람들이 내 단호함에 감명받은 표정들이었지만, 난 그 애들이 유성현과 민효정이 사실상 사귀는 사이라고 여기며 떠드는 게 싫었다.

민효정은 이왕 자기도 줄을 선 김에 같이 롤러코스터를 타겠다고 했다. 그런 민효정에게 괜찮겠냐고 물어보는 유성현이 웃겼다. 자기도 나만큼이나 롤러코스터를 무서워하면서 강한 척하는 꼴이라니…. 그럼.

"그럼 나는 누구랑 타? 나 혼자 타?"
"아니. 내가 혼자 탈게"

다시 난처한 표정을 짓는 유성현을 걸어 차주고 싶었다. 당연히 내가 먼저 타자고 했으니까, 나랑 타는 게 맞는데 혼자 타게 될 민효정에게 미안해하는 꼴이 보기 싫었다.

롤러코스터가 움직이기 시작하자마자 긴장한 유성현의 손이 떨리는 것같았다. 애써 침착한 척하고 있지만, 유성현이 침을 삼키는 소리가 레일 위를 움직이는 소리를 뚫고 들릴 지경이었다. 롤러코스터가 정상에 다다르고 이제 추락을 시작하려는 시점에 유성현의 손을 잡았다. 유성현도 내 손을 꽉 붙잡고 놓지 않았다.


나랑 유성현은 딱히 얼굴을 거울로 확인하지 않아도 엉망이 되었을 텐데, 민효정은 방금 자전거를 타고 온 여자애보다도 침착해 보였다. 롤러코스터가 포토존을 지날 때 찍힌 사진들을 보니까, 민효정은 앞에 앉아있는 우리를 보고 있었다. 우리야 뭐 눈을 감고 있었다.

이제 난 퇴장해야 할 시간인데, 유성현의 떨거지들이 내 친구들과 같이 있었다. 남녀공학에 다니는 것들이 왜 내 친구들과 있는 거냐.

유성현의 떨거지들은 확실히 여고에 다니는 친구들이 훨씬 여성스럽다는, 너구리 라면에 계란 넣는 소리를 하고 있었다. 사라져달라는 무언의 신호를 보내긴 했는데, 남자애들이 알아먹을 리 없다. 어쩔 수 없이 녀석들과 통성명을 하는 중에 누군가 나를 알아봤다.


"송민아? 송민아지? 해진이 형이랑 사귀던 송민아잖아?"

"웅. 알아들었으니까 이름은 한번만 불러주렴. 부담스럽잖니. 그런데 사귀던? 왜 과거형이니? 해진이 오빠를 알아?"

"우리 형이랑 친구거든. 어라? 지금도 사귀고 있어? 헤어진 줄 알았는데? 아닌가?"

"그건 또 무슨 소리니?"

확실히 남자애들은 언어능력이 떨어지는 게 맞다. 그 녀석이 꽤 횡설수설하며 무슨 연예인들의 스캔들을 말하는 것처럼 떠들었다. 당사자가 바로 앞에 있다는 생각은 전혀 하지 못하고, 해진이 오빠가 다른 여자를 만나고 있다는 얘기를 소문으로 들었다는 걸 사실처럼 말했다.

하필이면 이런 이야기를 듣는 게 성현이랑 민효정이라는 여자애의 앞에서라는 사실이 끔찍하기도 했고, 내 친구들을 비롯한 성현이의 떨거지들이 너무 흥미진진해하는 것 같아 끊어줄 필요가 있었다.

"어렵겠지만, 정리 좀 하자. 그러니까 해진이 오빠가 어떤 언니. 아 그래. 이름이 혜주라고? 그 언니랑 단둘이 노래방에 가는 걸 네 형이 봤다는 거야? 아니면 누군가 그걸 봤다는 소문을 네 형이 듣고 그걸 또 형이라는 사람이 동생에게 얘기해줘서 지금 나한테까지 전해졌다는 거야?"

"아…"

"여전히 어렵니? 네 형이 그 소문을 들었다는 얘기야. 아니면 네 형이 그걸 봤다는 거야?"

"어… 그 혜주라는 누나가 소문이 장난 아니거든. 완전 걸, 아니, 날라리래."

"하아~ 익스큐즈 미? 웨얼아유 푸럼? 한국말이 어렵지?"

다행히 내 친구들도, 유성현의 떨거지들도 웃었다. 이럴 때는 내가 개그맨이 될 필요가 있었다. 스캔들의 당사자가 되거나 피해자가 되는 건 너무 불편하다. 그래도 속은 썩어 들어가고 머리는 아파오는 걸 참아가며 차분히 정리하려는데, 유성현의 눈길을 느꼈다.

유성현이 걱정스럽게 날 바라보고 있었다. 엄마를 걱정하는 아들의 눈빛을 봤을 때, 이런 기분이 들까? 애써 담담한 척해보려는데 성현이의 눈을 보니까 무너질 것 같다. 그제야 여기에 모인 애들이 웃고 있어도, 전부 내 눈치를 보고 있다는 걸 알 수 있었다.

날씨가 너무 좋았다. 햇살은 눈이 시릴 정도였고, 하늘엔 구름 한 점 없었다. 너무 밝은 세상에 현기증이 느껴졌다. 어디 그늘에라도 좀 앉아서 쉴 수 있으면 좋겠다. 유성현이 민효정에게 뭔가 말하는 거 같더니, 내게 다가와 말했다.

"동네 친구 찬스를 사용할 시간이다."
"그런 게 있었나?"
"너 헤어질지도 모르는 거 아니냐? 정말 흥미진진하잖아. 나도 좀 끼워줘."
"이게 재미있냐?"
"드라마에서나 보던 일이 실제로 일어나고 있다는데, 당연한 거 아니야?"

유성현을 발로 차주려다 민효정의 눈치를 보고 참았다. 당연히 유성현의 도움을 받을 일은 없었다. 같이 놀자고 찡얼거리는 유성현과 내 친구들을 노리는 것 같은 유성현의 떨거지들을 보내고 친구들과 남게 되었다.
내 친구들이라는 것들도 남자애들과 어울리지 못해서 아쉬워하는 것 같은데, 애써 의리를 지키겠다는 태도를 보였다. 근처에 지나는 남학생들을 기웃거리는 친구들을 통제해야 했다.

"뭘 해야 할지 다들 알지? 아는 친구들의 오빠들 죄다 동원해서 박해진의 행적을 추적하는 거야. 평소 연락하기 싫었던 오빠일수록 연락해봐야 한다? 3분 내에 박해진의 이름을 꺼내는 것들은 여자도 아닌 거야. 충분히 대화를 나누고 자연스럽게 내 욕을 하면서 박해진의 행보를 캐는 거야. 알겠지? 이해 못 한 사람 손."
"난 너 앞에서 욕하기가 좀 그런데…."
"괜찮아. 너도 여자잖아? 절대 진심일 리가 없잖니? 걱정 안 해도 돼. 그리고 또 없어? 응? 넌 왜?"

"난 전화할만한 남자가 없는데…."

"지지난 주에 학원에서 중학생이랑 얘기하는 거 봤거든? 갑자기 생각났다고 해. 아니, 잘 지내냐고 말해."

"걔가 해진이 오빠를 알까?"

"야, 나 송민아야. 걔 어디서 전학 왔니? 걔도 남자애잖아. 나를 모르겠어?"

내 친구들이 나를 욕하기 용이해진 모양이다. 몇몇 친구들은 진심이 담긴 표정으로 눈살을 찌푸리며 전화를 걸거나 문자를 보내기 시작했다. 당연히 모두가 원하는 정보를 얻을 수도 없었고, 내 인지도가 생각보다 훨씬 못하다는 걸 알게 되었다. 몇몇 친구들은 송민아가 누구냐는 대답을 얻었지만, 그래도 수확은 얻을 수 있었다.

해진이 오빠가 혜주라는 여자와 어울렸던 건 확실해졌다. 목격자가 한 명이면 의심을 하고 두 명이면 확신하며 세 명이면 돌이킬 수 없는 사실이 된다. 두 명의 목격자를 찾을 수 있었고, 아까 유성현의 떨거지까지 합치면 셋이 되었다.

결국 해진이 오빠와 헤어졌다.

슬픔은 혼자 가져야 할 것이라지만, 유성현이라면 조금 덜어내 줄 수 있을 것 같았다. 유성현을 만나서 박해진을 욕하고 더불어 성현이도 괴롭힐 수 있으면 조금은 괜찮아질지도 모른다. 사실, 위로보다는 나를 놀려줄 유성현이 필요했다. 그런 걸 기대했다.

"쏭! 헤어졌어?"

"그래. 뭐. 왜? 재미있냐?"

"그럼 이제 번호표 뿌리냐? 누구부터 만나볼 거야?"

기대했던 것보다 충분히 피곤해지겠다는 생각에 잠시 즐거웠는데, 유성현의 휴대폰이 울렸다. 유성현이 내 눈치를 보며 전화를 받았다. 민효정 그 여자애인 모양이다. 역시나 그랬고, 유성현은 잠깐 기다리라며 전화를 끊고 내게 말했다.

"효정이가 우리 집 앞에 왔대~ 나 좀 나갔다가 올게."
"왜? 들어오라고 해. 내가 나갈게. 찬스잖아?"
"내가 너냐?"

농담이고 장난이겠는데, 생각보다 말이 먼저 나오는 유성현이라는 걸 잘 아는데, 별로 틀린 말이 아니라는 것도 알겠는데, 유성현이 나가고 좀 울 수 있어 다행이었다.

헤어져서 슬픈 거다. 정말이다.

# 나눌 수 없다

민아는 잘 모르겠다고 했다. 나를 다시 만나도 괜찮은 건지, 그래도 우리가 괜찮은 건지, 내가 수능이 코앞이라 미안함이 생긴 건지 모르겠다고 했다. 여태 전화도 받지 않고 집 앞에서 기다려도 나오지 않았던 민아가 그랬다.

"나 해진 오빠를 좋아한 게 맞는지 잘 모르겠어."

이미 미안하다는 말은 여러 번 했고, 다시는 그런 실수를 하지 않겠다는 말도 충분히 많이 했다. 민아는 나와 헤어지고 엄청 괴롭거나 그렇지는 않았다고 했다. 내가 많이 그립고 그럴 줄 알았는데, 그저 평소와 같았고 어쩐지 다시 돌아올 것 같았단다.

너무 아무렇지 않아서 나를 좋아한 게 맞는지 의문이 생길 정도라고 했다. 우리가 어떻게 만났고 어떻게 지냈는지 떠올리면, 상당히 먼 추억 같다고 했다.

민아에게 무슨 말을 더 하기는 어려웠다. 한 발자국 더 다가가도 물러서지 않는 민아의 어깨를 잡았고, 그래도 여전히 나를 바라보고 있는 민아를 안았다. 그렇게 민아는 나를 용서했다.

누가 지나갈지 모르는 동네 놀이터였는데 민아에게 키스했다. 실제로 누가 지나가는 소리가 들렸지만, 난 민아의 입술을 집요하게 탐했다. 동네 어른이 혀를 차는 소리가 들렸는데도 아랑곳하지 않았다. 대신 민아가 내 가슴을 밀며 도리질을 했다.

민아를 데리고 버스에 탔다. 민아가 어디로 가냐는 눈빛을 보내긴 했어도 말은 하지 않았다. 사람들이 많이 다니는 번화가에 내려서 민아의 손을 잡고 한참을 걸었다. 무작정 여기저기 걷다가 전에 혜주와 같이 갔던 노래방에 들어갔다. 민아가 내게 의심스러운 표정을 지어 보였지만, 딱히 거부하지는 않았다.

방에 들어가자마자 노래를 마구잡이로 예약하고 시작시켰다. 민아는 그런 나를 의아한 표정으로 바라보고 있었다. 몇 곡의 노래들을 더 예약하고 민아에게 키스했다. 처음엔 민아가 어색한 듯 가만히 입술만 받았는데, 곧 두 팔로 내 목을 두르고 같이 키스하기 시작했다.

그런 민아의 허리를 만지며 바지의 단추를 풀려고 했더니, 민아가 깜짝 놀라며 나를 밀어내고 말했다.

"누가 지나가다 보면 어떻게?"
"이쪽으로 오면 어두워서 안 보일 거야. 이리로 와."

나는 노래방 소파를 문 쪽으로 당겨서 벽의 그림자 아래로 민아를 데려갔다. 민아는 불안한 표정을 지었는데, 콘돔을 꺼내 보여주니까 어이가 없다는 표정으로 말했다.

"뭐야, 오빠 정말 용서받으려고 온 거 맞아?"
"용서해주면 꼭 하고 싶었어."

틀어놓은 반주 소리가 엄청 크게 울리는데도 민아는 자기 입을 막고 있었다. 충분하다 싶어 입으로 해달라고 했더니, 아무런 거부도 없이 해줬다. 처음에는 그렇게 싫어했는데 이젠 꽤 잘한다.

민아는 정말 여기에서 하냐는 표정으로 나를 바라보면서도 힘없이 다리를 벌렸다. 민아의 안에 들어가 윗옷도 벗기려 했는데, 강하게 거부해서 그러지는 못했다. 움직이기 시작하며 민아가 내게 매달리니까 자세도 바꾸고 그랬다. 내가 눕고 민아가 위에서 하게 되었는데, 갑자기 민아가 움직임을 멈추고 내게 안기며 말했다.

"바⋯. 밖에서 누가 봐."

그런 민아의 아래서 허리를 움직여 괴롭혔다. 고개 들지 못하는 민아를 들고 앉았더니, 매달린 민아가 나를 조였다. 오랜만에 민아랑 해서 그런 건지, 상황 때문인지 정말 장난 아니었다. 민아가 내 품에 거친 숨을 내뱉었다. 끝나고도 잠시 민아의 안에 머물렀다.

한 번 더 하려고 화장실에 갔다가 나오는데, 낯익은 녀석들이 가로막고 말을 걸었다.

"어라? 너 박해진 아니냐? 안에는 누구야? 혜주는 아닌 거 같던데, 원래 사귀던 애랑 다시 만나는 거냐?"

"나 알아? 윽!"

녀석들을 막 알아볼 것 같았는데, 내 복부에 주먹이 박혔다. 숨이 막혀서 헐떡이는 와중에 놈들의 얼굴이 기억났다. 전에 혜주와 같이 있던 놈들이다. 고개를 들려는데 발이 얼굴로 날아와 다시 숙여야 했다. 그 발이 내 얼굴을 차지는 않았다. 겁만 주려는 것이었다.

다시 고개를 들어보니까 한 놈이 씁쓸하게 웃으며 말했다.

"고삐리가 어디서 반말이야. 야! 너 내 허락도 없이 혜주 먹었다며? 어린 놈이 남의 여자나 따먹고 다니고 말이야. 뭐로 갚을래? 안에 쟤 맛있냐?

같이 먹자."

위험한 놈들이다. 지금 잘 판단하지 못하면 더 위험해질 수도 있는 상황이었다. 나는 죄송하다고 말하며 일어나 상황을 설명했다. 어수룩하게 굴면 안 될 것 같았다. 최대한 비열하게 들리길 바라며 말했다.

"아~ 죄송해요. 예. 죄송합니다. 근데~ 안에 쟤는 아직 쫌 그래요. 내 잘못이 있으니까 나중에 기회를 드릴게."
"그래?"

다시 주먹이 날아왔다. 이번엔 피하며 반격할 생각을 했는데, 주먹을 멈춘 놈이 웃으며 말했다.

"웃기고 있네. 우리가 호구로 보이냐? 어린놈이 어디서 못된 것만 배워가지고~ 뭘 드려 자식아. 저 여자애가 네 물건이냐? 넌 여기 있어. 우리가 들어가서 일 보고 나올게."
"안 돼! 이 색히들아!"

주먹을 멈췄던 놈이 내 어깨를 잡았고, 다른 놈의 주먹이 내 복부를 때렸다. 그리고 옆구리로 다른 주먹이 날아들었다. 나는 숨을 쉬기가 어려웠다. 놈들을 막아야 하는데 그럴 힘이 없었다. 어떻게든 막아볼 궁리를 하는데 놈이 다시 말했다.

"비웃신. 왜? 우리가 쟤랑 강제로 할 거 같아? 놀린 거다 개자식아. 내가 형님 같아? 너랑 동갑이야 색히야. 우리도 낼 모레 수능 봐~ 쥐뿔도 아닌 게 어디서 양아치처럼 굴고 있어? 좀빵 새끼가."

"왜… 왜?"

"너 같이 생긴 것들이 싫거든. 그냥 좀 패주고 싶은 얼굴이야. 알겠냐? 앞으로 조심하고 살아."

미쳐버릴 것 같다. 다행스럽다는 생각보다 창피하고 열 받아서 돌아버릴 것 같았다. 놈들이 나가고 다시 손을 씻었다. 방에 돌아갔더니, 민아는 한가롭게 노래를 부르고 있었다. 좀 우울한 노래였는데….

그런 민아를 일으켜 노래방 탁자에 엎드리게 했다. 당황하는 민아의 바지와 팬티를 한 번에 벗겼다. 급하게 민아가 마이크를 끄는 사이에 들어갔다. 민아는 아까처럼 벽의 그림자 속으로 숨으려 했지만, 허릴 붙잡아 움직이지 못하게 했다. 이번에는 아무라도 지나가면서 볼 수 있는 탁자 위에서 했다.

"오빠. 다시는 절대로 그러지 마."

"그래도…. 되게 자극적이지 않았어?"

"그런! 아니. 아무튼 오늘만 봐준 거니까 절대로 그러지 마. 싫어."

"손님도 별로 없는 노래방이었잖아. 결국 아무도 지나가지도 않았고"

"오빠. 나 진짜 진지하게 말하는 건데, 또 이러면 하아~ 진짜. 미쳤어?"

내 머릿속에는 수능이 끝나면 민아랑 어디에서 뭘 어떻게 할 생각으로 가득했다. 혜주를 겪고 나니까 민아가 나랑 훨씬 더 잘 맞는다는 걸 알겠다. 다른 여자와 비교할 일이 없었는데, 비교를 하고 나니까 민아가 더 좋아졌다.

결국 그해 수능은 완전히 망했다. 원래 공부를 아주 잘하는 편은 아니었지만, 그래도 꽤 한다고 생각했는데 상위 10% 안에도 들지 못했다. 어차피 내가 뭘 하고 싶은 건지도 잘 모르겠는 상황에서 차라리 잘되었다는 생각도 들었다.

그래서 아예 대학원서도 쓰지 않았다. 민아는 자기에게도 책임이 있다며 나를 위로했고, 내가 재수를 하면 자신의 공부에도 도움이 되겠다고 말해줬다.

재수학원들이 개강하려면 시간이 좀 남았다. 그동안 하고 싶은 게 뭔지 고민해보기로 했었다. 물론 당연히 그런 게 갑자기 떠오를 리 없었고, 다른 친구들에게 물어봐도 특별히 인생을 결정한 녀석은 거의 없었다. 차라리 대학보다 일을 할 생각도 해봤지만, 벌써 세상에 나가기는 또 두려웠다. 곧 군대도 가야 한다는 사실도 거슬렸다.

솔직히 난 잘하는 게 없다. 재수를 한다고 해도 올라갈 수 있는 내 성적의 한계는 잘 알고 있었다. 그런 성적으로 갈 수 있는 대학을 나와 뭘 할 수 있을지 전혀 떠오르지 않았다. 대학에 가서도 취직을 걱정할 것이고, 대부분의 사람처럼 삶의 목표 따위는 잊은 채 먹고 살기 위해 어디론가 일하러 가겠지.

같은 고민을 계속하면 스트레스가 점점 배가된다. 결국 고민을 피하고 싶어지고 당장에 하고 싶은 것과 지금 할 수 있는 것에만 관심을 두게 된다.

나는 이런 미래에 대한 스트레스를 민아와 관계로 풀었다. 민아는 내가 우울해하는 걸 이해해주려 애썼다. 그래서 내가 요구하는 것들을 거부하지 못했다.

"머릿속이 완전히 비는 것 같아!"
"오빠. 꼭 이래야 그 머릿속이 비워져? 머릿속에 뭐가 들어있긴 했던 거야?"
"민아야. 말이 좀 심하다? 너도 좋았잖아?"
"미안한데~ 나는 방에서 하는 게 더 좋거든?"

한번은 한적한 건물의 옥상에서 내리는 눈을 맞으며 했다.
민아와 시립도서관에서 만나 공부를 하다가 나왔다. 커피를 마시며 뭘 공부했는지 얘기를 했다. 민아는 나와 달리 공부를 열심히 하는 여자애였고 서로 대화가 통할 정도로 진도가 빨랐다. 내가 막힌 과정에 대해 곤란함을 호소하면 동감해주고 약간의 도움을 주기도 했다. 그리고 내가 너무 힘들어하면 같이 도서관을 나와 조금 걷기도 했다.

그날은 눈이 내리는 날이었다. 민아랑 한적한 건물의 옥상에 올라갔는데, 옥상 문이 열려 있었다. 우리는 한겨울 옥상의 구석에서 했다. 근처에 높은 건물이 없어서 누가 볼 일 없다고는 했지만, 누가 올라올지도 모르는 옥상에서 민아와 관계하는 건 정말….

옥상의 처마가 작아서 내리는 눈발을 완전히 피할 수 없었다. 따뜻한 민아의 엉덩이에도 눈이 내렸고, 어느새 내 어깨와 민아의 등에도 눈이 쌓였다. 우리는 추위를 느낄 여유가 없었다. 민아는 이런 곳에서 하는 게 싫다고 말하면서도 막상 상황이 닥치면 별로 거부하지는 않았다. 내가 공원의 화장실에서 하고 싶다고 말하면 싫어했지만, 길 가다 마주친 한적한 공원의 화장실에 데리고 들어가면 말없이 따라왔다.

다들 한 여자랑 관계를 많이 하면 점점 질린다고들 하는데, 민아는 어떻게 된 게 점점 더 예뻐지고 나와 더 잘 맞았다.

나에겐 미래 따위는 아무래도 좋았다. 한번 헤어졌다가 다시 만난 민아는 내 모든 것이었고 당장에 쉽게 얻을 수 있는 즐거움이었다. 그래서 민아를 사랑하느냐고 누가 물어보면 당연히 사랑한다고 대답할 것이다. 그래야 지금 내가 즐거울 수 있으니까.

믿음. 희망. 사랑? 지금 내가 즐겁지 않으면 그게 다 무슨 소용인데? 미래를 위해 지금은 고통으로 버텨야 하나? 평생을 고뇌하는 철학자나, 일생을 지키는 종교인이나, 미래를 개척하는 과학자들도 당장에 즐겁길 바란다.

그렇다면 다행이고, 그러면 충분했다.

# 냄새가 난다

내 몸에 닿는 시선들을 느낄 수 있다.

다른 여자애들처럼 교복 치마를 많이 줄이지 않았어도, 상의를 타이트하게 입지 않아도 남자애들의 힐끗거리는 시선들을 느낄 수 있다. 거리를 지나다 마주치는 아저씨들처럼 노골적으로 바라보는 건 아니었어도, 남자애들의 시선들이 내 몸에 멈추는 순간들을 알고 있다.

언제부터였더라.

아는 사람들은 아는 비밀의 시간에 가지고 있던 마법을 잃었다. 미래를 보거나 시간을 멈추게 하던 능력을 잃고 영원한 시간에 갇혔다. 절대로 죽을 수밖에 없는 우리가 영원해질 순간이 준비되었다. 간혹 보였던 미래가 보이지 않았고, 때때로 멈추던 시간이 더 이상 멈추지 않았다.

그때부터였다. 모자라 보였던 남자애들의 시선이 느껴졌다. 어른들의 시선에선 다른 걸 느낄 수 있었고, 남자들이 내게 원하는 게 있다는 걸 알게되었다.

가끔 미래를 볼 수 있었다. 그 순간이 오기 전까지는 그랬다. 간혹 먼 미래부터 바로 앞의 순간들까지도 보이곤 했다. 고백해봐야 변하는 건 없다는 걸 알기에 보이는 미래를 외면했다. 보였던 미래를 바꿀 수 있는 소녀는 마녀가 되거나 정신병을 얻는 게 보통이다.

시간을 멈출 수 있었다. 영원을 준비하기 전까지는 그랬다. 멈춰진 시간 속에서 할 수 있는 게 없다는 걸 아니까, 아무에게도 말하지 않았을 뿐이다. 멈춘 시간의 고요와 공포를 알고 있었다. 멈춘 시간 속에서 자유로웠던 소녀는 다시 자신의 세계로 돌아올 수 없다.

여자들에게만 오는 비밀의 시간을 마법이라 부르는 게 아이러니했다. 그 시간부터 마법을 잃게 되었는데, 여자들의 그날을 마법이라 불렀다.

마법이 멈춘 그날이니까, 그렇게 불러도 괜찮은지 모르겠다는 생각을 하는데 한 녀석이 내 뒤에 바짝 붙었다. 매점에서 줄을 서고 있었는데 뒤에 있던 녀석이 내 엉덩이를 건드렸다. 실수인 척 건드렸지만, 절대로 실수가 아니라는 걸 경험으로 알고 있다. 내가 신경질적으로 녀석을 밀었더니 주절거렸다.

"민효정! 생리 하냐? 나도 밀린 거잖아! 아~ 짜증 나네."

사실이긴 한데, 내 엉덩이를 건들 정도로 밀리지도 않았겠고 밀고 지나간 녀석도 한 패거리다. 너무 뻔하고 한심한 수준이라 장난보다 성추행으로 느껴졌다.

붐비는 매점에서 남자애들이 이런 장난을 치는 건, 중학교 때도 비난받을 짓이다. 초등학교 때나 두들겨 맞을 걸 각오하고 하던 장난이었다. 고등학교에서 이런 짓을 하는 건 몹시 한심하다는 걸 본인들도 아니까, 뻔뻔하게 거짓말을 하고 있었다.

다행히 혼자가 아니었고, 주변의 여자애들이 모여들었다. 같은 학교의 여자애들에게 매장당하지 않으려면 이쯤에서 물러나는 게 맞을 텐데, 이런 놈들과 어울리는 여자애들이 문제였다.

"민효정 뭐야? 왜 그렇게 까칠해? 사고잖아. 얘가 너 일부러 만졌어?"

이렇게 말하고 여럿이 깔깔거리며 웃어버리니, 나만 바보 꼴이 되었다. 내 편을 들어주려던 여자애들도 날라리들에게 맞설 생각은 별로 없어 보였고, 남자애들까지 같이 있으니 여기에서 싸우면 꼴이 우스워질 상황이었다.

일부러 내게 시비를 걸었다는 걸 알겠다. 남자애들이 문제가 아니라, 같이 있는 여자애들이 문제였다. 어디 한번 나대보라는 듯 나를 노려보고 있는 여자애가 있었다. 걔는 나랑 같은 중학교를 나온 여자앤데, 내 과거를 알고 있어서 저러는 것이다.


중학교 때 날라리들에게 몇 번의 고백을 받고도 아무하고도 사귀지 않았더니, 몇몇 날라리 같은 여자애들이 시비를 걸곤 했었다. 남자애들의 사주를 받고 그랬다는 걸 알게 되었고, 걔들과 어울리고 싶지 않았던 나는 당하는 것보다 차라리 내가 괴롭히는 쪽을 선택했었다.

일부러 담배를 배웠고, 남자애들에게 욕을 하고 시비가 붙은 여자애의 머리카락을 왕창 뽑아버렸다. 뺨에 칼 맞을 각오를 하니까 모든 게 쉬웠다. 담배를 피우다 선생님에게 걸려서 혼나는 일이나, 나를 노려본 날라리에게 의자를 집어던졌다가 엄마가 학교에 불려오는 정도는 견딜 수 있었다.

편했다. 사고만 치지 않으면 아무도 내게 신경 쓰지 않았고, 대부분의 애들은 나와 눈도 마주치지 않았다. 어떤 선생님과 가까워지면서 더더욱 나를 건드는 애들은 없었다.


"그러니까⋯. 슬리퍼를 민경이 입에 넣었다고?"

"헛소리를 못 하게 하려고 그랬어요."

"⋯전에는 의자를 던졌잖아."

"의자를 던져도 입은 계속 떠들더라고요. 또 엄마 불러야 하나요?"

"어머님이 오시려면 일을 빠져야 하잖아. 힘들지 않겠니. 민경이에게 진심으로 사과할 수 있겠어?"

"그러면 또 저를 만만하게 보고 괴롭힐 거예요. 이미 악순환이죠."

"아니. 네가 사과하면 내가 널 책임지고 지켜줄게."

그런 게 가능하겠냐고 대답하지는 않았다. 일단 불쌍한 우리 엄마를 부르지 않겠다는 말에 선생님의 말을 듣기로 했다. 난 민경이에게 사과했고, 그런 나를 비웃던 민경이는 선생님과 따로 상담했다. 그리고 우리 엄마 대신에 민경의 엄마가 학교에 불려왔다. 다른 날라리들의 엄마들도 줄줄이 학교로 불려왔고, 선생님이 어떻게 하셨는지 어느새 우리 학교 날라리들이 정리되었다.

너무 궁금해서 선생님께 물어봤다.

"어떻게 하신 거예요?"

"너 따라 해봤어."

"저를요?"

"칼 맞을 각오하면 모든 게 쉽다며? 교사 그만둘 생각하니까 쉽더라."

"그래도 그게… 그렇지 않잖아요?"

"너도 진짜 칼 맞을 생각을 한 건 아니잖아? 그보다 너 말이야. 성적이 왜 이 모양이냐?"

"예?"

인문계로 진학할 생각이라면, 지금 성적으로 무슨 의미가 있겠냐고 했다. 머리는 좋아 보이는데 왜 공부를 안 하냐는 흔한 얘길 했다. 학원은커녕 학습지도 마음껏 구입하기 힘든 내 사정을 설명하지는 않았다. 스트레스받을 일이 줄었으니, 공부에도 신경을 쓰겠다고 했다.

선생님이 그런 내게 학습지를 골라주셨고, 나를 따로 불러서 진도를 확인하기도 했다. 그렇게 젊은 남자 선생님과 너무 가까워지는 건 불편한 소문을 만들었다.

"선생님. 요즘 우리가 사귄다는 소문이 돌고 있어요."
"그런 거 신경 쓰는 타입이었어?"
"근거가 약하면 금방 사그라지는 게 소문이죠."
"똘똘하네. 신경 쓸 필요 없어. 참. 너희 어머니 주말에도 일 나가시지? 주말에 집에서 혼자 뭐하니?"
"…공부하죠."
"웃기시네. TV만 볼 생각하지 말고 도서관이라도 가."
"도서관에 어떤 중학생들이 모여 있는지 전혀 모르시는구나."
"그 정도니? 하긴, 뭐 우리 때도…. 그럼 우리 집에 와서 공부해."
"선생님 집이요? 제가 선생님 집까지 들락거리면, 근거가 생기는 건데요?"
"나는 혼자 사는 게 아니니까 괜찮아."

선생님이 혼자 사는 게 아닌 건 사실이었다. 하지만 내가 선생님 댁에 갔을 때마다 혼자 계셨다는 게 문제였다. 거의 단둘이 있었고, 어른들이 남녀가 한방에 단둘이 있지 못하게 하는 이유가 있었다.

내가 선생님을 사랑했는지는 잘 모르겠다. 이미 서로를 가진 이후에 내가 사랑한다고 믿으려 애쓰기는 했었다. 나를 돌봐주는 남자에 대한 고마움에 가까운 감정이었겠지만, 호감이나 사랑과 별로 구분하기는 어려웠다. 어차피 죄다 잘 모르는 감정들이다.

이후로 대부분의 시간에 관계를 공부했지만, 인문계 고등학교는 진학할 수 있었다. 다행히 서로가 지저분해지기 전에 헤어졌고, 이별에 대한 슬픔보다는 나를 돌봐주던 남자가 사라졌다는 아쉬움이 더 컸다.

나에 대한 소문은 장난 아니게 더러워져 있었다. 내가 선생님과 학교에서 하는 걸 봤다는 소문은 애교였고, 내가 선생님의 아이를 임신했다가 낙태했다는 소문도 돌았다. 다행히 실존하는 목격자도 그럴싸한 근거도 없는 소문이라 점점 사그라지긴 했지만, 나를 보는 시선들은 바뀌지 않았다.

알만한 남자애들은 죄다 나를 그렇게 봤다. 고교 진학 전 겨울방학 내내 날라리 놈들의 연락을 받았다. 집에 혼자 있지 않으냐며 놀러 오겠다는 놈도 있었다. 더러웠다. 당연한 얘기겠지만, 그런 놈들을 만날 이유가 없었다.

노는 놈들에게 나는 꽤 그럴듯한 트로피 정도로 여겨지는 것 같았다. 나를 가지면 그 바닥에서 상당히 인정받겠다는 소문이 돌았다. 중학교를 졸업하고 고등학교에 진학하는 시기라 다행이었다.

몇몇 날라리들이 같은 고등학교에 진학했지만, 그래도 중학교 때처럼 노골적으로 시비를 걸거나 하지는 않았다. 새로운 환경에서 새로운 사람이 되고 싶은 애들이 많았던 것 같다. 그러나 사람은 그렇게 쉽게 변하는 게 아니다. 시간이 좀 지나니까, 마음잡고 평범하게 살고 싶은 나를 가만히 두지 않았다.

내가 편집부에 들어가서 활동하는 사실이 고까웠던 것 같다. 그냥 조용히 공부만 하고 지냈다고 해서 달라지지는 않았을 것이다. 어차피 어떻게든 겪고 넘어가야 할 일이긴 했다. 고개를 숙이고 죽어지내거나, 다시 의자라도 던져야 했다.

이미 알 만한 애들은 죄다 내 소문을 들었을 것이다. 중학교 때처럼 볼펜이라도 이마에 박아줘서 쉽게 건들지 못할 여자애가 되거나, 고등학생답게 참고 이해하며 피할지 선택해야 했다.

날라리 계집애가 다시 입을 놀렸다.

"왜? 남자들이 죄다 널 만지고 싶은 거 같아?"

내가 노려보고 있는데도 다시 입을 놀리는 걸 보니, 중학교 때 기억은 죄다 잊은 모양이다. 아니면, 고등학생이니까 내가 중학교 때처럼 그러지는 못하리라고 생각했을지도 모른다. 그래. 지금 이 순간 저 애의 입을 찢어버리기라도 한다면, 편집부 활동은 더 이상 하지 못할 것이고 또 많은 것들을 포기해야 할 것이다.

지들끼리 깔깔거리며 나를 조롱하는 꼴을 더 보기 힘들었다. 어디 해볼 테면 해보라는 태도를 부숴버리고 싶었다. 냄새가 나는 것 같았다. 아주 더러운 냄새가 나고 있었다. 그런데, 저 날라리들이 아니라 내게서 나는 냄새 같다.

어쩔 수 없었다. 쓰레기에 파리가 꼬이는 법이다. 내가 쓰레기인 모양이다. 그래도 파리는 죽여야 한다. 저 입을 찢어줄 생각을 하는데….

"뭐야? 분위기가 왜 이래?"

같은 편집부의 유성현이었다. 별로 백마 탄 왕자처럼 나타나지는 않았지만, 친구들을 잔뜩 데리고 나타난 유성현이 다가와 나를 구했다. 아니, 저 날라리를 구했다. 유성현은 능글맞게 웃으며 두리번거리고는 다시 말했다.

"아~ 줄이 너무 기네. 효정아 너 지금 여기 줄 선 거지? 부탁 좀 하자. 초콜릿 5개만 같이 좀 사줘. 여기 돈."
"야. 유성현. 뭐야~ 줄 서."

내가 대답한 건 아니다. 내 편을 들어주지 못해서 눈치만 보던 여자애들 중의 하나가 말했다. 유성현은 미안하다며 내 손에 돈을 쥐어주고 능글맞게 웃으며 물러났다. 양아치들도 유성현에게 함부로 굴지는 못했다. 정말 거친 녀석들은 인문계 고등학교에 오질 못했다. 공부도 싸움도 어정쩡한 놈들이라 친구가 많은 유성현에게 시비를 걸진 못했다.

양아치들이 내게 한 번씩 눈길을 주며 물러났고, 유성현은 그런 내게 손을 흔들어주며 멍청한 웃음을 보였다. 난 초콜릿 5개 대신에 소시지 5개를 사서 유성현에게 건넸다. 유성현의 친구들이 입술을 삐쭉거렸지만, 유성현이 내게 또 손을 흔들었다. 좀 있다가 편집부실에서 보자고 했다.

편집부 회의에 일찍 갔고, 유성현도 일찍 나와 있었다. 유성현이 또 멍청하게 생글생글 웃으며 내게 말했다.

"중학교 때 친구들이 좀 별로네?"

"…너도 내 소문 알지."

"어~ 뭐. 글쎄~ 너 같은 애들한테는 원래 좀 그런 헛소문이 도는 편이잖아?"

"나 같은 애가 어떤 앤데?"

"성격은 까칠한데 외모는 베이글녀?"

유성현이 자신의 가슴을 들어 올리는 포즈를 취하기에, 유성현의 엉덩이를 걷어차 주려고 했다. 유성현은 그럴 줄 알았다며 잽싸게 피하며 다시 말했다.

"네가 그렇게 진지하니까 더 그러는 거 아니야. 비웃어주고 넘겨."

"웃어? 그런 걸 웃으라고?"

"흠… 그냥 웃어넘기기엔 너한테 좀 야한 냄새가 많이 나는 편이긴 하지."

턱에 손가락을 괴며 말하던 유성현의 엉덩이를 걷어찼다. 이번엔 유성현이 피하지 못했고, 유성현이 아파하는 동안 내 표정을 감출 수 있어 다행이었다.

정말 냄새가 날까.

서로의 몸이 맞물려있는 상태에서 대화를 나누는 건 불편했다.

그는 관계 도중에 자주 내게 말을 거는 편이었는데, 부끄러운 데다 머릿속이 이상해진 상태에서 나는 뭘 대답하기 어려웠다. 그가 무슨 말을 하는지 알아듣기 어려웠고 내가 어떤 대답을 하고 있는지도 걱정스러웠다.

"효정이 너한테 나는 야한 냄새가 너무 좋아."

"네?"

처음에는 그냥 의미 없는 말이라 생각했었다. 그는 맞물려있는 상태에서 내가 말할 때 전해지는 울림이 좋다고 했다. 평범한 대답보다 감정의 변화에 따른 말이 몸을 통해 더 크게 울린다고 했다.

상황이 상황인지라 일부러 야한 말을 한 것이라 생각했는데, 그 이후로도 가끔 내게 같은 얘기를 했다. 서로가 맞물려있지 않을 때도….

"이~ 야한 냄새 때문에 도무지 참을 수가 없어."

"또 하시게요?"

집에 가려고 했는데, 그가 나를 안으며 말했다. 이제 그의 가족이 돌아올 시간이었다. 나도 우리 집에 엄마가 돌아오기 전에 가봐야 할 것 같았다. 내가 총각 선생님의 집에서 너무 늦게 돌아오는 걸 엄마가 조금씩 걱정하는 눈치였다.

그런 상황에서도 그는 나를 그냥 보내주지 않았다. 내가 걱정하고 긴장하는 걸 더 좋아하는 것 같았고, 그래서 나는 그런 그를 위해 일부러 더 긴장하는 척했다. 실제로는 그렇게 긴장하지도 않았고, 혹시라도 벌어질 문제에 대해서는 나보다 선생님이 더 걱정해야 한다는 걸 알고 있었지만 말이다.

그는 나를 사랑한다는 말을 아끼지 않았다. 나중에 나하고 결혼하고 싶다는 말도 했다. 나는 그의 그런 말을 별로 믿지 않았는데, 왜 계속 그의 곁에 있고 싶었는지는 모르겠다. 사랑이 영원하지 않으리라는 걸 알고 있었지만, 그 순간 사랑받고 있다면 충분했다.

사실 나중에야 알게 되었는데, 난 그를 전혀 사랑하지 않았다. 당연한 말이지만 언제라도 헤어질 것을 준비하는 관계가 사랑일 리 없었다. 그보다 난 선생님께 궁금한 게 있었다.

"저한테 야한 냄새가 난다는 게 무슨 말이에요?"

"남자만 맡을 수 있는 그런 냄새가 있어."

"그래요? 그럼 다른 남자애들도 저한테 그런 냄새를 맡아요?"

"응? 아~ 정말 코로 맡을 수 있는 냄새가 난다는 말이 아니야. 우리 효정이 눈빛이나 몸에서 그런 야한 분위기가 느껴진다는 그런 얘기지. 그게 냄새처럼 느껴진다는 거야."

"그럼. 정말로 저한테서 냄새가 난다는 건 아니에요?"

"아니? 냄새가 나긴 나. 코로 맡을 수 있는 냄새는 아니어도 진짜 야한 냄새가 난다니까?"

"그게 무슨 소리예요? 무슨 말인지 모르겠어요."

그는 내 몸이나 몸짓에서도, 눈빛이나 말투에서도 야한 냄새가 난다고 했다. 내게서 나는 야한 냄새가 사람을 홀린다고도 했다.

결국 그의 가족에게 걸려서 우리가 헤어졌어도 난 크게 충격을 받거나 슬퍼하지는 않았다. 언젠가 이런 날이 올 것을 알았고, 솔직히 너무 길었다는 생각까지도 했다. 그런데 그는 훗날 괜찮아질 시간이 오면 내 냄새를 찾아 돌아오겠다고 했다.

야한 냄새가 난다고 했다.

이제 그 말이 무슨 의미인지 대강 알고 있다. 음식 사진으로도 냄새가 느껴지는 것과 같았다. 먹고 싶다는 얘기다.

그래서 유성현이 내게 야한 냄새가 난다고 말하는 게 처음엔 정말 싫었다. 나에게 그와의 관계를 연상케 했고, 남자들이 나를 음흉한 눈으로 보는 것처럼 성현이도 그런다는 게 싫었다. 성현이는 좀 다른 남자애라고 생각했는데, 결국 남자는 다 똑같았다.

하지만 유성현과 점점 친해지다 보면, 나와 가까워지다 보면, 선생님이 그랬던 것처럼 나를 사랑하게 될지도 모른다. 그렇게 생각하니 유성현이 내게서 야한 냄새를 맡을 수 있다는 게 나쁘지 않았다. 그러나 유성현은 선생님과 달랐다. 결코 남자들이 다 똑같진 않았다.

"야한 냄새가 난다는 게 섹시하다 뭐~ 이런 말이야?"

"응? 아~ 그렇지? 매력적이라는 얘기지."

"내가 야한 냄새가 나?"

"뭐? 풉~ 그랬지. 우리 민효정 씨가 한때는 그랬지."

"지금은 아니야?"

"아닌 듯?"

유성현이 더 이상 야한 냄새를 맡지 못하는 것 같다. 내 몸을 훔쳐보는 일도 줄었고, 공부하는 걸 돕는다며 어린애 취급하는 게 보통이었다.

같은 동아리에 있는 유성현과 가까워지는 건 어렵지 않았다. 어느새 선배들은 나랑 유성현이 사귀는 거 아니냐고 놀릴 정도로 가까워졌다. 그러나 그냥 조금 더 친한 친구일 뿐이었고, 유성현이 날 사랑할 것 같은 기미는 전혀 보이질 않았다.

혹시라도 유성현이 좋아하는 다른 여자애가 있는 건지 알아봤지만, 우리 학교에 그런 여자애는 없는 것 같았다. 점점 더 가까워지고 친해지고 있긴 한데 딱 그뿐이었다. 그러다 영화관에서 유성현의 친구라는 여자애를 만났다.

유성현이 친구들과 영화를 보러 간다는 얘기를 듣고, 유성현의 친구들에게 나오지 말라는 부탁을 했었다. 그렇게 내가 유성현을 좋아한다는 걸 공개해버렸던 그날에 유성현의 오랜 친구라는 여자애를 만났다.

냄새가 났다. 둘 사이가 심상치 않아 보였다. 그러나 그 여자애는 남자친구가 있다고 했고, 유성현을 남동생 대하듯 했다.

소풍에서 또 그 여자애를 만났다. 이제는 모두 나와 유성현이 사귀는 거로 생각했는데, 당사자인 유성현은 그냥 장난으로 여기는 것 같았다. 그런 상황에서 마주친 그 여자애는 분명히 나를 견제했다. 남자친구도 있는 게 유성현을 어장에 가두려는 걸로 보였다. 확실히 유성현과 저 여자애는 서로 마음이 있었다.

유성현은 남들이 놀리는 걸 그냥 즐겼다. 실제로는 내게 관심도 없으면서, 사귄다는 소문을 그냥 소문으로 두는 게 편하다고 생각하는 것 같았다.

불리했다. 저 여자애와 유성현은 어릴 때부터 친하게 지냈지만, 나는 이제 몇 개월 되지도 않았다. 저 여자애가 남자친구와 헤어지면, 다음에 만날 목록에 유성현이 있을 것이다. 지금 내겐 유성현 하나뿐인데, 그마저도 내 것이 아니다.

이 못된 계집애가 유성현에게 놀이기구를 같이 타자고 졸랐다. 참지 못하고 그 계집애에게 유성현을 좋아한다고 말했다. 난 솔직하게 나섰는데….

그 여자애는…. 당연히 눈치채고 있었으면서, 그래서 유성현에게 롤러코스터를 같이 타자고 한 거면서, 보란 듯이 더 친한 티를 내고 있었으면서, 놀란 표정을 지었다.

아니, 어쩌면 놀란 게 아니라 그런 얘기를 왜 하냐는 태도였는지도 모르겠다. 어쨌든 그 여자애는 나를 노려봤고, 나도 그 여자애의 눈을 피하지 않았다.

사실 나는 롤러코스터를 탈 생각이 전혀 없었다. 필요 없는 공포를 안겨주는 그런 놀이기구 따위 탈 생각은 하나도 없었다. 공포와 스릴은 이미 내 삶에 충분했다. 주말에도 일을 해야 먹고 살 수 있는 엄마에게 의존하는 내게 공포가 필요하지 않았다. 혼자 집에 있는데, 문고리를 잡아 흔들고 지나는 누군가에게도 공포는 충분히 느낄 수 있었다. 집으로 향하는 어스름한 골목에서 마주치는 낯선 사람으로도 스릴은 충분했다.

그런 내가 롤러코스터를 타겠다고 하면 어떻게 나올지 궁금했다. 그 여자애는 그럼 자기가 혼자 타야 하냐고 난리를 쳤지만, 유성현이 내게 난처한 표정을 지어줘서 다행이었다. 그래도 나를 신경 써줘서 고맙기도 했고, 유성현이 그 여자애한테 미안해하는 꼴을 보고 싶지 않아서 나는 혼자 타겠다고 했다.

롤러코스터에서 그 여자애가 유성현의 손을 잡는 걸 봤다.
추락하고 솟구치며 회전하는 롤러코스터의 스릴 따위는 느껴지지 않았다. 잡은 손을 놓지 않는 두 사람을 지켜보는 것으로 충분했다. 강한 바람에 시려 오는 눈을 감고 싶었는데 그럴 수 없었다. 내가 흐트러진 머리칼을 정리하고 눈가의 눈물을 닦아내는 중에도, 그 여자애는 유성현의 손을 놓지 않았다.

유성현의 손가락 깍지 마디마디마다 끼워진 그 여자애의 손가락이 남녀의 얽힌 다리처럼 보였다.

나는 계속 이 여자애와 같이 다녀야 할지 걱정했는데, 뜬금없이 그 여자애의 남자친구가 바람을 피운다는 소문을 듣게 되었다. 그 순간 유성현의 얼굴을 살피고 절망했다. 유성현의 표정은 분명히 걱정보다 기대로 가득했다.

어떻게든 이 여자애가 남자친구와 헤어지게 된다면 다음에는 유성현이 빈자리를 메우게 될 것이라고 확신했다.

그 여자애는 이미 그럴 준비가 되어 있는 거로 보였다. 남자친구가 다른 여자를 만난다는 얘기를 듣고도 그렇게 침착할 수 없었고, 오히려 농담으로 처음 보는 남자애를 다그치기까지 했다. 우리를 보내고 상황을 정리하려는 그 여자애의 행동은 보고도 믿기지 않았다. 선생님과 나름 침착하게 헤어졌던 나조차도 저럴 수는 없겠다는 생각이 들었다.

그와 헤어졌던 그때의 나는 모든 것이 끝났다고 생각했는데, 저 여자애는 남자친구와의 이별 후 준비된 또 다른 시작이 기다리고 있다.

세상은 언제나 이런 식이다. 없는 사람에게는 부족함을 견디는 것으로 받아들이라 하지만, 가진 사람에게는 항상 차선책이 준비되어 있다. 우리 엄마는 일요일 새벽까지도 일을 해야 하지만, 어떤 아줌마는 남편의 퇴직으로 자영업을 시작한다며 불평했다. 난 선생님과의 관계를 후회하지 않으려 노력하는 동안에, 어떤 여자애는 잘난 오빠와 사귀다가 괜찮은 동네 친구로 갈아탈 준비를 한다.

유성현에게 물었다.

"어떻게 될 거 같아?"

"뭐가?"

"쟤 남자친구가 바람피운 거 아니야?"

"아직 모르는 거잖아. 자기가 알아서 하겠지."

"너 쟤 좋아하니?"

"뭐라고? 끔찍한 소리 하지 마. 내가 송민아를? 어휴~ 됐다."

그렇게 대답하면서도 유성현은 싱긋 웃었다. 의심스럽다는 눈으로 바라보고 있으니, 그런 내게 입술을 삐쭉거리며 다시 말했다.

"난 송민아에 대해서 모르는 게 없거든. 뭔가 그 사람에 대한 호기심이 생겨야 좋아할 수 있는 거 아니야?"

"그렇구나. 그런 친구도 있고~ 정말 부럽다."

"뭐가 부럽냐? 서로를 너무 잘 아는 게 얼마나 불편한데~ 짜증 나는 게 한두 가지가 아니야. 귀찮아 죽겠어."

"잘 알고 있는 게 정말 불편할까?"

"우리는 잘 몰라서 편하잖아? 반대로 생각해 봐~."

확실히 유성현이 즐거워 보였다. 둘 사이가 불편한 이유를 말하고 있는데, 전혀 불편해 보이지 않았다.

사람이 다른 사람을 생각할 때 불편한 이유는 딱 두 가지뿐이다. 미워하거나 좋아하거나…. 관심이 없는 사람을 미워하거나 좋아할 필요는 없다. 정치인이나 연예인마저도 관심이 있어야 호불호가 생긴다.

유성현과 저 여자애 사이에 썩은 향기가 나지는 않았다. 두 사람 사이에는 좋은 냄새가 났다.

# 널 사랑하지 않아

내가 좋아하던 여자와 결혼하고, 그 여자의 친구 동생과 바람을 피우다 이혼한 사람이 있다. 나와 부모가 겹치는 데다 먼저 태어나서 형이라고 불러야 할 인간이다. 세상의 수많은 악인과 마찬가지로 건강하고 매우 평범해 보인다.

남이라면 절대로 마주치고 싶지 않겠지만, 가족이라 어쩔 수 없이 만나야 할 순간들이 있었다. 보고 싶지 않은 사람이 가족 중에 있으면, 부모님의 생신이나 조부모님들의 제사와 명절이 너무 자주 있다는 생각이 든다.

자주 만나야 한다는 끔찍한 사실보다, 점점 만나다 보면 익숙해진다는 사실에 좌절했다. 어쩐지 내가 이 인간을 가족으로 인정한다는 기분이 들기도 하고, 나와 같은 사람인 척 행세하는 모습이 당연하게 느껴졌다.

친일매국노나 반공의 이름으로 동족을 학살했던 사람들이 당대의 사람들에게는 이해받는 현상이나, 유럽의 강대국들이 히틀러는 단죄하면서 식민지 만행은 기억에서 지우는 행태랑 비슷할지도 모르겠다. 쓰레기와 같이 있어도 이상하지 않으면, 내가 쓰레기로 느껴지거나 쓰레기가 쓰레기로 보이지 않게 된다.

그래서 가능하면 말을 섞지 않으려 노력했고, 같이 있는 시간을 최소화하려고 애썼다. 비슷한 인간이 되고 싶지 않았다. 쓰레기가 되고 싶지 않았다. 그러나 그렇게 노력할 필요까지는 없었던 모양이다.

"미친 거야?"

"뭐가? 무슨 생각을 하는 거야? 쟤는 상담하러 잠깐 들른 거야."

"왜? 왜 집까지 찾아오는데? 아니! 그리고 쟤는…"

내가 집에 들어서자마자. 후다닥 나를 지나쳐 집을 나간 여자애는 셔츠의 단추를 잠그고 있었다. 게다가 방안에 가득한 열기와 침대 위의 흐트러진 흔적은 단순한 걸 설명했다.

이 쓰레기 같은 인간은 나와 확실히 달랐다. 혹시라도 내가 이 인간처럼 될 걱정은 할 필요가 없겠다. 차마 입에 담을 수 없는 일도 저지를 수 있는 발정 난 개다. 나는 살인자와 가족이라는 이유로 내가 살인자가 될 걸 걱정하고 있었다.

말 같지도 않은 변명 따위를 들어줄 이유도 없었고, 이 인간도 변명이 통하지 않겠다는 걸 알았던 것 같다. 지가 내게 저지른 일이 있었기에 절대로 변명이 통할 가능성이 없었다. 이 인간의 면상에 주먹을 날려주고 싶었지만, 더러워서 내가 집을 나왔다. 부모님에게는 갑작스러운 일이 생겼다는 거짓말을 했다.

역겨웠다. 역겨운데 정말 더 역겨운 건, 그날 집에서 내 곁을 스쳐 지나갔던 그 여학생이 자꾸 떠오르는 것이었다. 나보다 열 살이 넘게 어린 그 여자애가 머릿속에서 맴돌았다. 그 여자애는 이미 어른의 몸을 하고 있었고, 야한 냄새를 풀풀 풍기고 있었다. 상황 때문이라기엔 그 잔상이 너무 오래 남았다.

자꾸 어린 여자가 나오는 영상들을 뒤적거리는 내가 역겨웠는데도 참을 수가 없었다. 그 빌어먹을 형이라는 인간 때문에 미쳐버릴 것 같았다. 원하면 아무나 건들고 다니는 그 인간 때문에 역겨운 냄새가 내게 머물고 있었다.

대학동아리에서 알고 지내던 후배 여자애한테 연락했다. 그 여자애가 내게 호감이 있다는 건 알고 있었지만, 너무 어려 보이는 데다 실제로 어리기

도 하고, 그때까지의 내 취향과는 달랐기에 따로 만난 적은 없었던 여자애
였다.

[잘 지내?]
[와~ 웬일이에요? 준호 선배가 먼저 연락도 해?]
[네가 연락이 없어서 내가 했다. 시간 있어? 함 보자.]
[지금요? 지금은 좀 그런데~.]
[아니~ 시간 괜찮을 때 함 보자~ 내가 다시 연락할게.]

일부러 바로 약속을 잡지 않았다. 오랜만에 연락해서 대뜸 약속을 잡으
면 여자들이 불편해한다는 것쯤은 알고 있었다. 내게 호감이 있는 여자애
라도 그런 건 좋지 않다. 대신 내가 만나고 싶어 한다는 신호를 보냈으니
다음 연락이 오래 걸릴 필요도 없었다. 이틀 뒤에 연락해서 약속을 잡았
고, 만약 이때도 만나길 주저한다면 그 여자애한테 남자가 있거나 내게 전
혀 관심이 없다는 거겠지.
사실 이틀의 시간은 내게 필요한 것이었다. 내가 이 여자애를 왜 만나려
는 건지 생각할 시간이 필요했다. 이틀이 지나도 이 여자애를 만날 생각이
들면 연락하려고 했다. 이 여자애를 좋아하게 될 것 같진 않았지만, 왠지
날 만나줄 것 같았다. 게다가 혼자 살고 있었다. 이유는 그뿐이었다.

내가 좋아했던 여자애를 형에게 빼앗긴 이후로 여자에게 인간적인 호감
이 생기지 않았다. 여자랑 자고 싶다는 생각은 했어도 여자를 좋아하지는
못했다. 고백하고 싶은 사람이 없었다. 여자를 사람으로 좋아해야 고백도
하고 사귀고 싶은 생각이 들 텐데, 그저 자고 싶은 이성으로만 보였다.
그 여자애는 내가 웬일로 연락을 다 했냐며 반가워했고 난 갑자기 보고
싶어졌다고 말했다. 거짓말은 아니었다. 정말로 보고 싶기는 했으니까 거짓

말은 아니었지만, 모르겠다.

어쨌든 만나서 술을 마셨다. 하고 싶은 말이 있었는데, 할 수 있는 말이 아니라서 술을 마셨다. 용기를 낼 수 없어서 술을 마시며 쓸데없는 말들을 주고받았다. 지겨운 대화들에 지치고 술에 지칠 때 즈음에 그 여자애가 먼저 말했다.

"준호 선배~ 갑자기 내가 왜 보고 싶어진 건데?"
"뭐~ 우리 만난 지 오래됐잖아? 보고 싶어질 때도 됐지."
"그래요? 그렇구나. 선배 지금 만나는 사람 없다고 했죠?"
"내가 언제는 있었냐?"
"…그럼 됐어요."

끝내 용기를 내지는 못했다. 전에 동아리 후배들과 자주 그랬던 것처럼 술을 마시고 노래방이나 가려고 했다. 남들의 시선을 피할 수 있는 노래방에서라면 용기를 낼 수 있을지도 모르겠다는 생각을 했다. 그러나 그 여자애는….

"선배 이제 우리 집에 가죠."
"아…. 그럴래? 피곤해?"
"…네."
"데려다줄까?"

그 여자애의 집이 멀지 않았다. 그리고 그 여자애가 잠깐 들어왔다 가지 않겠냐고 했다. 여기서부터는 나도 아는 과정이었다. 문제는 그래도 괜찮은 건지 확신이 서질 않았다. 아직 이 여자애의 손을 잡아 본 적도 없었다. 게다가 가까이 있으니 더 작아 보이고 어린애 같은 이 여자애와 그럴 수 있다는 게 믿기지 않았다.

멍청히 그 여자애를 따라 들어가서 방안을 구경하고, 조금 지저분하다는 흔한 변명을 듣고, 발에 밟히는 머리핀을 조용히 차서 치우고, 엉성하게 서 있다가 앉으라는 소릴 듣고서야 작은 소파에 앉았다.

냉장고에서 물을 꺼내 마신 그 여자애가 건네주는 물을 마시는데, 그 여자애가 말했다.

"선배. 저 좋아하는 거 아니죠?"
"흐흡…! 아냐~ 내가 널 얼마나 좋아하는데~."

사레가 들려는 걸 가까스로 참아내며 대답했더니, 그 여자애가 피식 웃으며 내 곁에 앉았다. 어색하게 팔을 들어 그 여자애의 어깨를 두르고 그 여자애를 바라봤다. 그 여자애는 그런 나를 게슴츠레 보고 있었고, 나는 그 여자애의 작은 입술에 키스했다. 생각보다 건조하고 부드러운 고무 같은 입술이 느껴졌다.

촉촉하고 작은 그 여자애의 혀가 내 입안을 간질였다. 그 여자애의 팔이 내 목을 두르는 게 기분 좋았다. 나는 그 여자애의 몸을 더듬으며 계속 키스했고, 키스하며 옷을 벗기는 건 쉽지 않았다.

바지를 벗기려는데 그 여자애가 입술을 떼며 말했다.

"잠깐만요. 제가 벗을게요. 선배 불 좀 꺼줄래요?"
"불…. 안 끄면 안 될까?"
"그럼 딴 데 좀 보고 있어요. 아니, 불 좀 꺼요."

분위기를 망칠 것 같아서 불을 껐다. 나도 옷을 벗고 그 여자애의 침대 위로 올라갔다. 그 여자애의 작은 가슴을 한참 물고 있는데, 내 머리를 붙잡고 있던 그 여자애가 이제 하자고 했다.

　나도 처음은 아니었으니까, 그리 어렵지는 않았다. 그런데 이 여자애는 내 생각보다 잘했다. 귀엽게 생겨서 별로 경험이 없을 것 같았는데, 허리를 움직여 내가 편하게 들어갈 수 있도록 도우며 박자까지 맞춰줬다.

　넣으면 저항하고 빼면 잡아주는 그 여자애의 몸을 느끼고 있는데, 그 여자애가 말했다.

　"으웅. 저기 선배. 제가 위에서 할게요."
　"그럴래?"

　나를 눕힌 그 여자애가 올라와 스스로 넣고 허릴 움직였다. 찌걱거리는 소리가 점점 커졌다. 그 여자애와 내 터럭이 비벼지는 소리가 자극적이었다. 이러다 금방 끝에 도달할 것 같아서 말을 걸었다.

　"너 되게 잘한다? 한두 번이 아닌 거 같은데?"
　"으웅? 한두 번은 아니지. 왜요? 싫어요?"
　"으~ 아니. 좋아서"
　"선배도 나 좋아하지 않으면서 이러고 있잖아."

　그 여자애가 내 위에서 움직임을 멈췄다. 난 그 여자애를 올려다보다가 허릴 붙잡아 다시 눕혔다. 내 것이 그 여자애의 안에서 나오는 소리가 경쾌했다. 그 여자애가 조금 원망스러운 표정으로 나를 올려다보았다. 나는 다시 그 여자애의 안으로 들어갔다.

　다시 허리를 흔드는데, 그 여자애가 말했다.

　"선배 안에다 하면 안 돼요."

"어? 으응. 위험한 날이야?"

"아뇨. 불안하잖아요."

"그… 그럼 어디다 해?"

그럴 생각도 없었으면서 그냥 안에다 하면 안 되냐고 물어봤고, 그 여자애는 절대로 안 된다며 칭얼거렸다. 그 여자애가 허리를 비틀어 빼려고까지 했는데도 나는 또 안에다 하고 싶다는 말을 했다. 임신하면 어쩌려고 그러냐는 여자애한테 그럼 같이 키우자는 헛소릴 했더니, 말도 안 되는 소릴 한다며 짜증을 냈다.

술기운 덕분에 지치기도 했고, 이미 타이밍을 지나버려서 스스로 해결해야 했다. 티슈를 뽑아 그 여자애를 닦아주고 말했다.

"먼저 씻을래?"

"네."

나도 씻고 나와서 그 여자애의 곁에 누워 말했다.

"우리 사귈래?"

"왜요?"

대답해줄 말이 없었다. 좋아하지도 않았으면서 할 수 있었으니까 사귀자는 말을 해봤을 뿐이다. 나는 말 없이 그 여자애를 안았고, 그 여자애도 내게 안겨 왔다. 예의상 했던 말이 그래도 나쁘지는 않았던 모양이다. 입으로 해줄 수 있냐고 물었더니, 해줬다.

순진한 얼굴로 정성껏 물고 빠는 이 여자애를 나는 사랑하지 않는다.

다음날 안부 인사를 문자로 보냈는데, 그 여자애는 답장이 없었다. 그만 둘까 하려다 다시 문자를 보냈고, 그 여자애는 한참이 지난 후에야 이런저런 일들로 정신없었다는 답장을 보내왔다. 그리고 어제는 아무 일도 없었던 것처럼, 저녁은 뭘 먹었냐는 등 잡담을 해왔다.

쓸데없는 잡담을 주고받았다. 전과 달라진 것은 연락이 조금 더 잦아졌다는 것밖에 없었다. 그 여자애가 정말 궁금하거나 관심이 있어서 연락을 하진 않았다. 어쩌면 다시 기회가 있겠다는 생각에 시간을 투자했다.

그러나 그 여자애는 나를 만나주지 않았다. 이런저런 핑계를 대며 나와 만날 약속을 잡는 걸 피했다. 그 여자애도 나와 관계가 발전할 가능성이 없다는 걸 알았던 모양이다. 그러다 보니 나도 점점 연락하지 않게 되었다.

그냥 그렇게 끝난 관계라고 생각했는데, 동료들과 술을 마시고 집으로 들어가다 그 여자애가 생각났다. 전화를 걸었더니, 그 여자애도 친구들이랑 술을 마시고 있다고 했다. 멍청하게 보고 싶다는 말을 했고, 그 여자애는 한참 대답이 없다가 술 마시지 않았을 때 보자고 했다.

다음날 술이 깼을 때는 술에 취해서 멍청한 짓을 했다는 후회를 했다. 그래도 그 여자애에게 전화를 걸었고 그 여자애가 내일 만나자고 했다. 오늘이 아니라 내일이라는 말에 조금 애가 탔는데, 그래도 내일이면 할 수 있겠다는 기대를 했다.

그 여자애가 갑자기 미안하다며 다음에 보자는 문자를 보내왔다. 순간 울컥해서 전화를 걸었지만, 그 여자애는 받지 않았고 문자로 욕을 하려다가 참았다.

일주일쯤 지나서 그 여자애가 먼저 전화를 걸어왔다.

[뭐 하세요?]

[그냥 있어.]

[그냥 뭐… 하세요?]

[왜?]

[지금 만날 수 있어요?]


만나서 술을 마시게 될 줄 알았는데, 커피숍에서 보자고 했다.

평소와는 많이 다른 모습이었다. 청바지를 즐겨 입고 편하게 입고 다니는 모습만 봤던 그 여자애가 하늘거리는 원피스를 입고 나왔다.


"그렇게 입으니까 더 예쁘다."

"그래요? 선배는 요즘 어때요?"

"되게 오랜만에 보는 사람처럼 말한다?"

"…지난주에는 미안했어요. 그런데 선배는 여자 안 만나요?"

"왜? 소개팅이라도 해주게?"

"참나."

"미안."

"됐어요. 아니, 그런데 이상하잖아요. 선배 정도면 직업도 나쁘지 않고 뭐 외모도 그렇고 슬슬 결혼할 여자 만날 시기 아니에요?"

"너 나랑 결혼할래?"

"하아~."


그 여자애가 한숨을 내쉬고 음료를 마시며 나를 노려봤다. 나도 미안하다는 손짓을 하고 음료를 마셨다. 그 여자애는 잠시 창밖을 보며 뭔가 생각하는 것 같더니, 나를 지긋이 바라보며 말했다.

"선배. 나 좋아하지 않잖아요. 나도 솔직히 이제 선배한테 관심 없어요."

"왜 별로였어?"

"말장난하지 마요. 선배가 날 좋아할 가능성이 없다는 걸 알았어요."

"그렇구나. 그럼 그 전엔 날 좋아했어?"

"그러니까 만나지 않았겠어요? 그럼 내가 왜 선배를 만났다고 생각해요? 심심해서?"

미안한 마음이 들기도 했고, 딱히 대답할 말이 없기도 했다. 나는 다시 음료를 들어 마시고 창밖을 바라봤다. 환한 네온사인 간판들 아래로 지나는 사람들과 차들을 보고 있었다. 혹시라도 그 여자애가 무슨 말이라도 먼저 꺼내주길 바랐지만, 그 여자애는 나를 바라보기만 했다.

솔직하게 말해도 괜찮겠다는 생각이 들었다. 어차피 이렇게 된 마당에 괜한 소리를 할 필요도 없을 것 같았다. 이 여자애와 다시 자기는 힘들겠다는 생각이 들었어도 어쩔 수 없었다.

"선미야. 나 솔직히 누굴 좋아할 수 있을지 잘 모르겠어. 어릴 때는 좋아하는 여자도 있고 그랬는데, 이젠 누가 막 좋아지고 그럴 것 같지가 않아."

"누구나 좋아하는 사람이 생기기 전까지 하는 말이잖아요."

"내가 좋아하던 사람이 친형이랑 결혼했다가 이혼했어. 그 사람이 내가 마지막으로 좋아했던 사람인 거 같아."

"그게 언젠데요?"

"군대 가기 전이니까 오래됐지?"

선미가 씁쓸한 표정으로 나를 바라봤다. 선미는 음료를 조금 마시고 다시 나를 보며 말했다.

"정말 가망이 없네요. 그렇죠?"

"미안."

"뭐가 미안해요. 선배는 아픈 거네요. 아픈 게 죄는 아니잖아요?"

어색한 침묵이 우리를 찾아왔다. 난 고개를 숙이고 아무 말 하지 못했다. 선미도 말이 없었다. 내가 다시 고개를 들었을 땐, 선미의 눈가가 조금 젖어있는 것 같았다.

선미도 알고 있겠지만, 난 선미를 사랑할 가능성이 없다. 선미의 눈가가 젖어 있어도 내 마음이 아프진 않았다. 그저 미안한 마음이 들 뿐이었는데 더 이상 미안하다는 말도 하고 싶지 않았다. 어색한 침묵 속에서 선미가 날 바라보는 게 점점 불편해졌다.

이제 완전히 끝낸 것 같으니, 각자 갈 길을 가고 다시는 만나지 않으면 되겠다고 생각했다. 내가 먼저 일어나야 할까? 아니면 선미가 먼저 일어나길 기다려야 하는 걸까? 나는 선미의 시선을 느끼며 고개를 숙이고 있었다. 다행히 선미가 먼저 일어나며 말했다.

"그만 갈까요?"

같이 나가는 게 어색할 것 같아서 난 일어나지 않았다. 그저 알았다며 고개를 끄덕여줬다. 선미가 바로 나가지 않기에, 잘 가라는 인사라도 해주길 바라는 줄 알았는데 아니었다. 선미가 나를 내려다보며 다시 말했다.

"어때요? 선배는 어차피 하고 싶어서 만난 거잖아요?"

"…왜?"

"가요. 나 선배 만나면 하게 될 거 같아서 약도 먹었어."

모텔에 들어가자마자 선미의 속옷만 벗겼다. 선미는 원피스가 말려 올라가 허리에 걸쳤고, 나도 윗옷은 입은 채로 했다. 키스가 전처럼 달콤하진 않았지만, 난 집요하게 선미를 괴롭혔다. 배려 따윈 없는 행위에 몰두했다. 선미가 그만하라는 말을 하길 바랐는데, 선미는 좋아 죽으려는 것 같은 얼굴로 내게 매달렸다.

미친 사람처럼 행위를 끝내고 쓰러졌는데, 선미가 원피스를 벗고 내 옷을 벗겼다. 우리는 다시 섞였고 이번엔 선미가 미친 사람처럼 위에서 내 것을 뽑아낼 것처럼 움직였다. 내가 겁을 먹는 바람에 약해진 것을 선미가 핥았다. 다시 선미의 다릴 벌리고 들어가 거칠게 움직였고 선미가 내게 매달렸다. 선미는 너무 좋다고 죽을 것처럼 신음하며 내 몸에 달라붙었다.

몇 번이나 했는지 모르겠는데, 난 기절하듯 쓰러져 잠들었다. 내가 일어났을 때 선미는 없었다. 많은 것들을 닦아냈던 휴지들도 없었고, 모텔 방은 나 혼자 들어와 잤던 것처럼 깨끗했다. 내 것이 욱신거리지 않는다면 꿈이라는 생각이 들 정도였다.

휴대폰에서 선미의 번호를 지우려 했지만, 그러지 못했다. 근처의 해장국 집에서 밥을 먹고 집으로 가는 길에서야 선미의 번호를 지웠다. 아쉽다는 기분이 들었지만, 그래도 지우고 나니까 조금 시원했다. 어쩐지 죄책감이 더는 것 같다.

그제야 내가 왜 선미를 만났는지 생각했다. 단순히 하고 싶어서였긴 하지만, 왜 하필이면 선미였는지. 그리고 이 지저분한 기분은 선미를 사랑하지 않았기 때문일까.

형이 떠오르는 데엔 오래 걸리지 않았다. 그리고 그날 나를 지나쳐갔던 그 여학생을 생생하게 기억났다. 난 그토록 형 같은 인간이 되고 싶지 않았는데… 이제야 이런 생각을 할 수 있었던 나 자신이 역겨워서 짜증이 났다. 그토록 증오하는 형과 내가 별로 다를 게 없었다. 아니, 어쩌면 내가 더 나쁠지도 모른다. 난 도대체 뭘 원하고 있는 걸까.

눈에 보이는 예쁘고 어린 여자들 모두가 욕구의 대상으로 보이는 게 가장 끔찍했다. 차마 언급하기도 어려울 정도의 어린 여자도 나는 시선으로 애무하고 상상 속의 행위를 가졌다. 거리에서 지나치는 여자들뿐만 아니라 직장에서 만나는 여자들도 마찬가지였다.

나보다 어린 여직원들부터 동년배 여직원들에게까지도 말을 걸기가 어려워졌다. 내 입에서 어떤 말이 튀어나올지 겁이 났다. 내 머릿속에는 온통 음란한 상상들로 가득했고, 일을 하면서 일어날 수 있는 모든 상황이 상상의 재료가 되었다.

도무지 자제할 수 없는 내 음란한 사고가 역겨워 어린 여자들을 피했다. 어린 여자들만 보면 형과 있었던 그 여학생이 생각났고, 나와 몸을 섞었던 선미와의 행위들이 떠올랐다. 뇌가 끓어오를까 봐 어린 여자들은 만날 수 없었다.

회식에서도 남자 직원들 사이에만 머물렀다. 혹시라도 술기운에 내 상상 속의 것을 입 밖으로 꺼낼까 봐 두려웠다. 나이 많은 상사가 어린 여직원에게 찝쩍대는 모습만 봐도 토악질이 나올 것 같았다. 눈에 보이는 모든 남녀가 당장 벗고 뒹구는 모습이 상상되었다.

아무하고도 대화를 나누기 어려웠고, 항상 기분이 나빠 보였을 테니 다가오는 사람도 없었다. 가능하면 일에는 영향을 미치지 않으려 했지만, 어디에 정신을 팔고 있냐는 잔소리를 자주 들어야 했다. 어느새 나는 관리대상이 되어있었다. 업무가 잘 될 리가 없었고, 그런 나를 걱정하는 사람들도 있었다.

"차 대리. 집안에 무슨 문제라도 있어?"

"예? 아뇨."

"아니, 그런데 일도 잘하고 멀쩡하게 생긴 총각이 매일 그렇게 죽상이야? 뭐가 문제야?"

직영매장에서 일하는 여사님이 회식 자리에서 말을 걸어왔다. 이미 몇몇 사람들이 내게 관심을 보이긴 했었지만, 문제를 설명할 수 없었다. 각자의 일에만 신경 쓰기도 바쁜 직장에서 내게 더 관심을 보이긴 어려웠고, 우리 팀장이 내 문제를 직영매장에도 소문낸 모양이다. 좋은 일은 입을 단속하고 나쁜 일은 널리 알리는 게 좋다고 생각하는 팀장다웠다.

계약직이긴 하지만, 직영매장의 업무 특성상 영구계약직이나 마찬가지인 여사님의 공식 직함은 매니저였다. 그러나 여사님은 나이 어린 본사 직원들에게 매니저님이라는 소릴 듣는 걸 싫어했다. 여사님은 누나라고 불러달라고 했지만, 우린 그냥 여사님이라 부르고 과장님은 아줌마라고 부른다.

과장님보다 나이는 많지만, 훨씬 어려 보이는 외모에 평소 행동도 어린애 같아서 과장님과 친구처럼 지내는 분이셨다. 돌싱이라 더 친했던 것 같다. 아니, 그 여사님은 일과 상관없는 자리에서라면 모든 남자 직원들과 친했다.

여사님은 내가 대답이 없으니까 내 잔의 술을 마시고 내 잔에 술을 따라주면서 말했다.

"이러려면 차라리 나가자. 다른 사람들까지 불편해지잖아. 누나도 우울하니까 둘이 한잔?"

"아뇨. 전 그냥 눈치 봐서 1차 끝나고 갈게요."

"눈치를 보긴 해? 됐으니까 지금 나가자. 내가 얘기할게~"

이미 팀장님이랑 얘기가 된 모양인지, 팀장님은 나를 보고 인상을 찌푸리며 가보라고 턱짓을 했다.

여사님은 회식 자리를 나와서 아무 말도 하지 않았다. 나는 여사님을 따라서 그냥 걸었고, 여사님도 딱히 목적지가 있는 것 같지는 않았다. 사실 난 이미 여사님과 자게 될 걸 상상하고 있었다. 그러나 평소 하던 상상들 때문에 현실이 될 것이라 생각하지 못했다.

한참을 걷다가 여사님이 말했다.

"뭘 말하고 싶은 기분이 아니지? 딱히 할 말이 있는 것도 아니고? 왜 그래?"

"아⋯. 전 뭐 그냥. 모르겠네요."

"그래. 알았어. 사람이 살다 보면 그럴 수도 있는데~ 너무 이기적인 거 아니야? 주변 사람들도 생각해야지. 차 대리 요즘 엄청 거슬려. 내가 이럴 정도면, 차 대리 팀원들은 어떻겠어?"

"죄송합니다."

"뭐~ 나한테 죄송할 거까지는 없고~ 차 대리 지금 회식 자리에서 쫓겨난 거야. 다음엔 어디에서 쫓겨날 거 같아? 여태 잘해왔으니까 사람들이 봐주고 있는 거라고~ 잘 하자."

"아⋯. 예."

"내가 이런 얘기 한다고 귀에 들어올 것 같은 상황으로 보이지는 않는데~ 차 대리 팀원들이 나처럼 말해주긴 어려우니까~ 내가 대신 나선 거라고 생각해. 차 대리 팀장이 뭐 경고 같은 걸 하는 사람이 아니잖아? 그 사람 허당처럼 보여도~ 알지? 이래도 모르겠으면 어쩔 수 없고~."

아니었다. 나 혼자 여사님이랑 자게 될 것이라는 쓰레기 같은 상상을 했다. 여사님은 우리 팀원들을 대신해서 최후통첩 비슷한 걸 전달한 것이다.

내게 꽤 실망한 것 같았고, 별로 기대도 하지 않는 걸로 보였다. 이제 내 상태가 갈 데까지 간 모양이다.

어처구니가 없어서 헛웃음이 날 지경이었다. 내가 쓸쓸하게 웃으니까, 여사님이 나를 신기하다는 표정으로 바라봤다. 나보다 십 년은 넘게 더 살았던 여사님께 말했다.

"한잔할래요?"
"그럴래?"

내 틀렸던 상상을 바로잡았다. 내 쓰레기 같은 상상을 현실로 만들었다.

요즘은 흔치 않은 중년의 바텐더가 있는 술집이었다. 창가에도 테이블 대신에 밖을 내다볼 수 있는 바가 이어져 있었다. 촌스러운 티를 내느라 자리에 앉아 주문을 기다렸더니, 여사님이 바텐더에게 가서 술을 받아 들고 자리로 돌아왔다.

"블랙 러시안 화이트 러시안 어떤 거로 할래?"
"어…. 블랙으로 할게요."
"그래."

여사님은 내게 묻지도 않고 보드카 칵테일을 가져왔다. 블랙 러시안이라는 칵테일은 이미 접해본 적이 있었다. 커피향이 보드카의 향기를 거의 지워버리는 칵테일이라 양주를 별로 좋아하지 않는 나도 마실 수 있는 칵테일이다.

내가 고른 건 아니지만, 맥주를 마시기엔 부담스러운 상황에 괜찮은 선택이었다. 여사님과 난 바에 나란히 앉아 창밖을 바라보며 칵테일을 즐겼다. 아무런 대화가 없는 것도 좋았고, 창밖의 밤 풍경도 괜찮았다. 가로등과 가로수 아래를 걷는 사람들과 그 곁을 스치는 자동차들의 불빛들이 타오르다 사그라지곤 했다. 길 건너 빌딩에는 아직도 일하는 사람들이 오가는 모습이 비치고 어떤 층의 불은 지금 막 꺼졌다.

어느새 잔을 비우고 여사님이 마시는 화이트 러시안이 궁금해졌다. 여사님도 잔을 비우고 일어났다. 다시 칵테일을 가지러 가는 줄 알았는데, 여사님은 위스키 한 병과 스트레이트 잔을 두 개 들고 왔다.

멋졌다. 40 초반의 여사님은 사실 나이를 말하지 않으면 30대 초반으로도 보였다. (적당한 조명이 더해지면 그랬다는 것이다. 자연광 아래서는 아무리 그래도 무리다) 큰 키에 조금 마른 것 같아도 커다란 골반 때문에 걸음걸이가 멋졌다. 여자들이 키가 커도 하이힐을 신는 이유에는 걸음걸이가 멋지다는 점도 포함될 것이다. 짙은 감색 투피스 정장을 입은 여사님이 한 손에는 위스키병을 들고 다른 손에는 잔을 두 개 들고 걸어오는 모습이 멋졌다.

지금은 내가 마신 술과 조명 때문에 20대로 보였다. 아니, 20대의 여자 중에 저런 분위기를 낼 수 있는 여자는 별로 없을 것 같다. 단추는 언제 풀었는지, 쇄골이 보이게 열린 하얀 블라우스 깃이 조명 아래서 도드라졌다.

여사님은 잔을 던지듯 내게 건네고 위스키를 채웠다. 여사님을 따라 내가 잔을 비우니, 다시 잔을 채웠다. 여사님이 재킷을 벗어 의자에 걸치고 블라우스 차림으로 한쪽 팔을 바에 걸쳤다. 마른 몸에 어울리지 않는 가슴 때문에 블라우스가 터질 것 같다. 창밖의 밤 풍경은 이제 잊었다. 가까스로 여사님과 눈을 마주칠 수 있었다. 여사님이 무표정한 얼굴로 내게 말했다.

"이제 얘기 좀 할 수 있겠어?"

진심은 단 한마디도 꺼내지 않았다. 나는 어느새 우울증을 앓고 있는 직장인이 되어있었다. 어쩌다 그렇게 우울해졌는지 절대로 말하지 않았다. 별로 고민하지도 않았던 인생의 목표나 잃어버린 희망 따위를 떠들었다. 대단찮은 현실에 대한 고뇌나 암울한 미래를 말하고 있었다.

나는 여사님과 잘 생각에 온갖 거짓말들을 순식간에 만들고 있었다. 술은 여사님이 더 많이 마셨다. 어느새 여사님도 자신의 신세 한탄을 하고 있었다. 서로를 위한 위로와 공감이 끝도 없이 이어졌고, 조금 더 자극하면 여사님이 눈물을 보일 지경까지 몰고 갔다.

모텔 앞에서 여사님이 물었다.


"괜찮겠어?"

"전 괜찮아요. 우리가 지금 같이 있는 건 어차피 아무 의미도 없잖아요. 다들 그냥 살고 있는 거잖아요. 의미가 없으면 후회도 없고…. 그럼 없는 일이나 마찬가지잖아요. 매일 똑같은 어제처럼."

"어제처럼? 똑같은 내일처럼?"


어차피 문제 될 것은 없었다. 나보다 나이가 좀 많고, 우리 팀장과 상당히 깊은 사이이고, 같은 직장에서 자주 봐야 할 사이라는 걸 빼면 괜찮았다. 내 끈질긴 노력에도 여사님은 조금 불안해하는 것 같았고, 실수하는 것이라는 걸 강조했다.

그래도 한때는 유부녀였으며 우리 팀장과 진지한 사이라는 여사님을 안을 수 있었다. 40대 초반이라고 도무지 믿기지 않는 건 얼굴뿐만이 아니었다. 여사님은 무척 건강하고 매력적인 몸을 가지고 있었다. 게다가 무척 자극적이고 적극적이었다.


"그냥 해!"

"아니 그래도 좀"

"아~ 몰라. 그럼 마음대로 해!"

그럴 생각은 없었는데, 내 허릴 감싸고 있는 여사님의 다리를 풀어낼 수 없었다. 난 여사님에게 묶여 있는 상태였고, 깊이 먹혀있었다. 여사님이 나를 빨아들일 듯 내 머리카락을 헤집으며 입술을 찾아 키스했다. 여사님의 뜨거운 열기가 입안에 퍼졌다. 내가 다시 움직이려니까 여사님이 말했다.

"응? 또?"
"힘들어요?"
"아니, 좋아! 계속해."

꽤 격렬했고, 두 번째라 좀 더 오래 걸렸다. 덕분에 완전히 지쳐서 쓰러졌다. 여사님이 내 뺨을 조금 만지다 일어나 샤워를 하고 나왔다. 나도 샤워를 하고 나왔더니 여사님은 이미 잠들어있는 것 같았다.
나도 자려고 누웠는데, 여사님이 내 쪽으로 돌아눕더니 나를 만지작거리며 말했다.

"아까 헛소리들 하느라고 수고했어. 그러지 않아도 됐는데~."
"네?"
"사는 게 어떻고~ 인생이 어쩌고~ 의미나 후회 같은 거 말이야. 귀여웠어."
"아…."
"괜찮아. 이해해."

순간 매우 창피했지만, 대신 여사님을 안았다. 여사님이 내 품에 안겨 이제 자자고 말하며 잠들었다. 난 멍하니 어두운 천장을 바라보다 잠들었다.
내가 잠에서 깼을 때, 여사님은 이미 옷을 다 챙겨 입고 나갈 준비를 하고 있었다. 여사님이 내가 일어난 걸 보고 말했다.

"더 자."
"토요일인데 벌써 가세요?"
"너는 토요일에 쉬지만, 우리 매장은 토요일에도 열잖아."

타이트한 투피스 정장을 입은 여사님을 아침에 보니까 더 아름다웠다. 침대에서 일어나 여사님의 허리를 안았다. 여사님이 곤란하다는 듯 내 팔을 잡으며 말했다.

"늦었어."
"금방 끝낼게요."
"…알았어."

여사님이 나를 물끄러미 바라보더니, 한숨을 내쉬고 스스로 치마를 벗었다.

나는 약속을 지킨 것 같았는데, 여사님에겐 그렇지 않았던 모양이다. 여사님은 덕분에 늦겠다며 투덜거렸고, 급하게 정리하면서도 쓸데없는 소문나지 않게 입단속 잘하라 했다. 씻지도 못하고 나가면서 화장을 정리하는 여사님의 모습이 귀여웠다.

개운했다. 여태 가슴 한구석에 응어리졌던 죄책감이 사라졌다. 머릿속에 가득했던 음란한 상상들이 지워졌다. 한동안 뻐근했던 뒷골이 시원해졌고, 답답했던 눈앞이 환하게 열렸다. 어처구니없는 기분이 들면서도 상쾌했다.

세 타자 연속 볼넷을 내줬던 투수가 두 타자 연속으로 삼진을 잡고 위기를 탈출하는 것 같더니, 시원하게 만루 홈런을 맞고도 타자들의 도움으로 승리투수가 되는 기분이랄까? 나 혼자 뭘 어쩌려고 해봤자 소용없었는데, 세상은 내 생각 따위와 상관없이 돌아갔다.

윤리의 기준도, 이해의 정도도, 목적의 자유도, 관심의 대상도, 후회의 이유도 모두 내 판단과 상관없는 일이었다. 사람과 사람 사이에 생기는 일들은 저마다 가진 차이가 있을 뿐이다. 법이 허락하는 범위 안에서 스스로 책임질 수 있다면 그만이다.

하고 싶으면 하는 게 아니라, 할 수 있으면 하는 거다. 아니, 할 수 있는 것만 하겠다. 찾기도 어렵고 오지도 않는 사랑을 막연히 기다리지 않겠다.


평소에는 직영매장에 가는 게 귀찮았지만, 여사님을 만날 생각에 즐거웠다. 며칠 만에 만난 여사님의 태도가 별로 달라진 건 없었다. 전처럼 친절했고 사적인 대화는 거의 나누질 않았다. 전과 조금은 다른 반응을 원하긴 했어도 괜찮았다. 나도 사적인 관계가 일에 영향을 미치지는 않길 바랐다.

이미 평소에 했던 업무는 끝냈는데, 창고를 확인하겠다고 했다. 다른 직원이 나서서 안내하겠다고 나섰지만, 여사님이 자기가 안내하겠다고 했다. 여사님과 단둘이 창고에 들어가자마자 여사님을 뒤에서 안았다.

창고 냄새와 섞인 여사님의 향기가 좋았다. 가만히 내게 안겨 있던 여사님이 조용히 말했다.


"뭐 하는 거니?"
"으음~ 잠깐 이러고 있을게요."
"아니. 이러지 마."


여사님의 단호한 말투에 내가 떨어지니, 여사님이 팔짱을 끼고 나를 보며 한숨을 내쉬었다. 그리고 돌아서 걸어가며 따라오라는 손짓을 했다. 창고의 구석진 곳으로 걸어간 여사님이 돌아서며 말했다.

"나 질척이는 거 정말 싫어. 일하는 곳에서 껄떡대는 건 더 싫어. 너 뭐 하는 거니?"

"아~ 그럼 있다가 일 끝나고 볼까요?"

"일 끝나고 너희 팀장 만나기로 했어. 그리고 내가 왜 널 만나니?"

"우리 팀장님이요? 거래처 만나러 가신다고 했는데? 그리고 절 왜 만나다 니요? 좋았잖아요?"

"너 바보니? 하룻밤 잘 놀았으면 그만이지. 내가 너랑 사귀기라도 하겠어?"

맞는 말이다. 나도 별로 실망하지 않았다. 그래도 이대로 기죽은 모습을 보이고 싶지는 않았다. 어깨를 으쓱여 보이며 말했다.

"알아들었어요. 뭐~ 그래도 또 기회가 오겠죠."

여사님이 내게 피식 웃어 보이고는 창고를 먼저 나갔다. 이런 결말을 예 상한 건 아니었어도 이해할 수 없는 건 아니었다. 내가 창고를 나오니까, 여 사님이 내게 명함을 내밀면서 전화해보라고 했다.

자기가 잘 아는 결혼정보업체 매니저라면서 선이라도 보는 게 어떻겠냐 고 했다. 내가 입술을 삐죽거리며 웃으니까, 편하게 사람을 만날 기회가 있 는 시기를 놓치지 말라고 했다. 여사님은 그런 시기를 놓친 거냐고 물어보 고 싶었지만, 괜한 소리로 미움을 받을 필요는 없었다.

사실 지금까지 선을 보거나 하는 일에 약간의 거부감이 있었다. 여자를 그렇게까지 해서 만나고 싶진 않았다. 하지만 이제는 아무라도 더 많이 만 나보는 게 좋겠다는 생각이 들었다. 할 수 있으면 하는 것이다. 선을 볼 수 있으니까 보는 거다.

그러나, 처음 선으로 만난 여자는 조금 실망했고, 두 번째 만난 여자는 이러려면 내가 원하는 이상형은 왜 물어봤는지 궁금할 정도였다.

"왜 또 별로였어?"

"뭐~ 별로 기대하지도 않았지만, 기대보다 훨씬 별론데요?"

"원래 그런 거야. 세 번째는 괜찮을 걸? 개네들이 처음부터 연결 잘해주고 그러면 결혼정보업체들이 먹고 살겠니?"

여사님을 만나서 조금 투덜거렸더니, 최소한 세 번은 만나야 괜찮은 상대가 나오는 게 그 바닥 규칙이라고 했다. 여사님이 거래하는 업체와 관련이 있다면서 한 번은 더 만나 보라고 하기에 알았다고 했다.

그리고 나오려는데, 여사님이 따라 나왔다.

"바로 퇴근하니?"

"네. 그러라고 했어요."

"함 줄래?"

"네?"

"금방 갈 테니까. 창고에 먼저 가 있어."

오랜만에 여사님과 관계했다. 나름 열심히 했고, 덕분인지 모르겠지만 다음 선 자리에서는 상당히 마음에 드는 여자를 만날 수 있었다. 아니 그런 여자가 이런 자리에 나온다는 게 믿기지 않을 정도였다.

한수진은 놀라운 여자였다.

# 남들처럼

자기 차를 설명하는 남자는 차의 고급스러움에 전혀 어울리지 않았다. 명문사립대학교의 대학원에 재학 중이라는데, 학벌이 믿기지 않을 정도로 멍청했다. 대학은 어딜 나왔냐고 물어볼 생각도 없었는데, 이미 표정과 몸짓으로 그런 질문은 하지 말아 달라고 외치고 있었다.

나 같은 여대생들이 흔하게 끌려 나오는 파티에서 만난 다른 남자는 영화에 대한 얘기를 떠들었다. 자기가 만나본 여배우들과 감독들을 자랑스럽게 이야기하기에, 신기한 척 반응해줬다. 나에게 연기를 해볼 생각이 없냐는 헛소리에도 부끄러워하며 그 남자의 비위를 맞춰줬다.

자기에 대한 얘기는 거의 꺼내질 않았다. 그 남자는 자기가 뭘 해왔고 뭘 할 생각인지 뚜렷한 얘기를 하지도 못하면서, 내가 자신의 얘기에 빠져들고 있다고 착각하는 것 같았다. 뜬구름 잡는 헛소리에 지쳐갈 때 즈음에야 뚜쟁이 언니가 다가와 나를 구했다.

그가 입맛을 다시며 아직도 나를 보는 중에 또 다른 남자를 만났다. 이번엔 상당히 점잖은 척하는 작가였다. 내 가슴골에서 눈을 떼지도 못하면서 퇴폐한 현대문학을 걱정하고 있었다. 게다가 나를 꿰뚫어 볼 듯 바라보는 꼴이 더러웠다.

자기가 어떻게 베스트셀러 작가가 되었는지 떠들었다. 자신이 상당히 어려운 일을 해낸 것이라며 자랑스럽게 자신의 이야기만 했다. 내가 자신의 소설 속 어떤 캐릭터와 매우 닮았다며, 현실에 존재하지 않을 캐릭터를 만들었는데 이렇게 실재할 줄은 몰랐다고 내 외모를 칭찬했다. 지겹다.

고급스러운 양아치처럼 생긴 애들이 다가와 그에게 아는 척하며 내게도 인사했다. 무슨 음악을 하는 애들이라는데, 자기들을 모르냐고 하기에 난 클래식만 듣는다고 했다.

법조인들도 있었고 몇몇 의사들도 있었다. 이리저리 끌려다니며 인사를 나누고 쓸모없는 소리 들을 듣거나, 자기 자랑을 듣거나, 세상 품평하는 소리 듣다가 나왔다. 몇몇 남자들이 내게 가는 거냐고 묻기도 했고, 데려다 주겠다는 촌스러운 남자도 있었지만, 그냥 혼자 나왔다.

파티를 나오자마자 뚱쟁이 언니의 전화를 받았다.

[왜 벌써 가~ 수진 씨~.]

[좀 피곤해서요.]

[저기 있잖아. 오해하지 말고 들어. 자기 혹시 처녀야? 그럼 내가 제대로 잡아줄게.]

[네?]

[신분 상승하는 거야. 아예 차원이 다른 사람들이랑 만나볼래?]

[아~ 언니. 다음에 전화할게요. 저 오늘 너무 피곤해요.]

뚱쟁이 언니가 별로 실망한 티를 내지는 않았다. 전화를 끊자마자 몇몇 남자들의 직업과 사진 전화번호들을 메시지로 보내오긴 했어도, 딱히 만나보라는 얘기를 하지는 않았다. 나는 그들 중에 누구도 만날 생각이 없었으면서 사진들은 넘겨봤다.

기다리고 있던 택시를 타고 집으로 향했다. 도착해서 돈을 내려고 했더니, 기사님이 이미 택시비는 지불되었다면서 내게 명함을 내밀었다. 좀 전의 파티에서 만난 남자의 명함이었는데, 뚱쟁이 언니에게 메시지도 받은 남자였다.

나 말고도 다른 여자들의 택시비도 지불했을 그에게 고맙다는 연락을

하지 않았다. 나는 오늘 저녁 파티에서 만난 수많은 잘난 남자들 대신에
교생 실습에서 만났던 교사에게 전화했다.

　그는 조금 반가워하면서도 지금 너무 바쁜 일이 있어서 만나기 어렵겠다
고 했다. 재미있었다. 내가 먼저 연락한 첫 남자인데, 남자들도 바쁠 수 있
다는 게 재미있었다. 남들처럼 나도 연락했다가 까일 수 있다는 것도 재미
있었다. 그가 다음 주말에 괜찮겠냐고 내게 물어봤지만, 나는 그때 가봐야
알겠다는 유치한 대답을 했다.
　다시 금방 연락이 올 줄 알았는데, 기다려도 그에게 연락이 없었다. 이
정도라면 당연히 그가 내게 관심이 없다는 걸 알아챌 만했는데, 내가 그에
게 관심이 있다는 게 문제였다. 그동안 내가 그렇게 관심이 없다는 티를 내
도 끊임없이 접근해오던 남자들이 이해됐다. 사람은 이기적이라 타인의 불
편함보다 내 호기심이 우선이기 마련이다. 단지 대다수의 사람이 잘 참고
있을 뿐이다.
　그래도 또다시 먼저 연락하는 건 내키지 않았다. 호기심은 참으면 참을
수록 점점 더 커지게 된다는 걸 생각하지 못했다. 그에게 연락이 오는 걸
기다리는 날이 길어질수록 그를 생각하는 크기도 점점 더 커졌다.
　주말을 통째로 비워놓고 그의 연락을 기다렸지만, 그의 연락은 없었다.
대신 뚜쟁이 언니의 연락이 왔다.

　[오늘 파티 진짜 안 올 생각이야?]
　[저 이제 그런데 그만 나가려고요.]
　[오늘은 진짜 매너 있는 사람들끼리 만나는 거야. 한번만 더 나와라. 평
소 파티랑은 진짜 다르다니까, 재미있을 거라고 내가 보장할게.]

　이 뚜쟁이 언니를 알고 있는 여대생이라면, 그럭저럭 알 만한 대학에 다

니는 관리가 잘된 여자라고 볼 수 있겠다. 차마 미모의 여대생이라는 말은 못 하겠다. 변장수준의 화장으로 가면을 쓴 여자애들도 있었고, 성형으로 완성된 미모도 인정하긴 어려우니까.

연예인이 되고 싶은 여자애들에게는 다르게 불리기도 하겠는데, 보통은 뚜쟁이 언니라고 보는 게 맞다. 본인이야 뚜쟁이라고 불리는 걸 싫어하겠지만, 잘난 남자들과 예쁜 여자들의 만남을 주선하는 사람을 뭐라고 불러야 할지 마땅치가 않다.

선이나 소개팅에 지친 잘난 남자들이 여러 여자들을 한자리에 모아놓고, 또 다른 남자들과 함께하며 서로 비교우위를 즐기고 일정 수준 이상의 부를 과시하는 일종의 잘난 척 장기자랑 자리를 주선하는 게 그 언니들의 일이다.

얼핏 뚱뚱하고 뭔가 사치스러운 외모에 고집스러운 말투를 사용하는 언니를 상상할 수 있겠지만, 실제 나이를 무시하고 언니라고 부를 수 있을 정도의 외모에 교양 있는 태도로 그림자처럼 눈에 띄지 않는 중계자 역할이 가능한 사람이었다.

아마 조금씩은 다른 대접을 받겠지만, 처음엔 교통비를 받고 파티에 초대되었었다. 처음에 그랬던 것은 거부감을 없애려던 것이었고, 다음에 참석한 파티에는 상당한 금액의 용돈을 받았다. 그저 돌아다니며 남자들과 인사하고 남자들의 잘난 척을 들어주는 대가로는 꽤 컸다. 그건 다음 파티에도 나와 달라는 유혹이었다.

영화나 드라마에서처럼 잘난 남자들이 여대생들을 무시하고 그런 일은 없었다. 다들 꽤 교양 있는 태도로 서로를 대했고, 무시 받는 쪽은 타인의 눈살을 찌푸리게 하는 멍청이들이었다.

처음엔 그럭저럭 재미도 있었고, 신기한 사람들도 많이 만날 수 있는 데다 용돈도 생기니까 좋았다. 문제는 이미 만났던 사람을 또 다른 파티에서 만나는 것이었다. 서로 아는 척하며 인사하기가 여간 불편했다. 딱히 돈이 크게 필요한 것도 아닌 삶이었고, 이제는 좀 지겨워지는 거 같아서 그만 나가려고 했는데….

전에 나갔던 파티에서보다 두 배나 많은 금액이 입금되었다. 뚱쟁이 언니는 눈 딱 감고 한번만 더 나와 달라며 졸랐고, 이 언니가 이 정도로 조르게 하는 게 미안해서 알았다고 했다.

[그럼 내가 차 보낼 테니까, 와서 재미있게 놀다가.]

[차요?]

[이제 그만 나온다는데, 택시 타고 오라고 하면 미안하잖아. 그리고 오늘 비키니파티거든? 자기 사이즈에 맞춰서 내가 준비해둘게.]

[비키니파티요? 지금 겨울이잖아요.]

[에이~ 당연히 실내에서 하는 거지. 오늘 오후에 눈도 내린다더라. 밖에 눈 내리는 거 보면서 물놀이하는 거 재미있을 거야]

전에도 비키니파티에 참석한 적은 있었지만, 여름이었는데도 부끄러웠다. 겨울에 실내에서 하는 비키니파티라니, 신기하긴 하겠는데 가고 싶지는 않았다. 뚱쟁이 언니는 내가 그럴 줄 알았다는 듯, 그 몸매 평생 가겠냐며 예쁠 때 한번이라도 더 자랑하자고 했다. 그 언니는 자기가 이 정도로 조른 적이 있냐면서 마지막 압박을 했고, 뷰티샵을 예약해뒀으니 필요하면 사용하라는 말까지 했다.

알겠다고 대답하고 전화를 끊었다. 입금된 돈을 돌려보내고 전화번호를 지워버릴 생각도 잠시 했었는데, 아무리 싫어도 그러는 건 매너가 아니었다. 그동안 파티에서 만난 그 잘난 사람들도 예의는 지킬 줄 아는 사람들이었는데, 내가 뭐 대단한 사람이라고 그렇게까지 하고 싶지는 않았다.

뚜쟁이 언니가 보내준 차를 타고 도착한 곳에선 우산을 들고 마중까지 나왔다. 언니가 말했던 것처럼 눈이 내리고 있었고, 이런 날 비키니를 입고 실내수영장에서 남자들과 대화를 나눠야 한다.

그래도 거기까진 이미 각오한 거니까 견딜 수 있었다. 뚜쟁이 언니가 준비해뒀다는 비키니로 갈아입으려다가 전화를 걸어야 했다.

[여기 이 비키니 입어야 하는 거 맞아요?]

[왜? 별로야? 다른 것도 있으니까 골라 입어.]

[다른 것도 있긴 한데, 왜 디자인이 죄다 이 모양이에요?]

[그래? 그거 요즘 유행하는 디자인인데?]

[아니. 그게 아니라 이걸로 가리라는 거예요?]

왜 뷰티샵까지 예약해뒀는지 알 수 있을 정도로 작은 비키니였다. 사진에서만 보던 걸 실제로 보게 될 줄은 몰랐다. 전에 외국인 여성이 실제로 입은 걸 딱 한 번 본 적이 있었다. 이런 걸 내가 입게 될 줄이야…. 이런 비키니가 유행한다는 소문은 듣지도 본 적도 없다.

뚜쟁이 언니는 겨울 비키니파티가 원래 더 야하게 입는 거라고 했다. 다른 여자애들도 다들 그렇게 입고 있을 것이라며, 또 숄을 걸치면 괜찮을 것이라 했다. 이 반투명한 숄이 퍽이나 괜찮겠다. 일단 입고 다니다 보면 아무렇지도 않을 것이라는데, 난 나보다 이런 걸 걸치고 있는 나를 보게 될 남자들이 걱정이었다.

엉덩이는 사실상 다 노출되고 가슴 모양이 그대로 드러나는 비키니였다. 거울에 비친 내 모습을 내가 봐도 야했다. 이걸 입고 물놀이를 하지도 않겠지만, 물놀이는 불가하겠다. 얼마나 자주 위험 부위들을 잘 가리고 있는지 확인해야 할 생각에 벌써 피곤해졌다.

생각보다 넓은 수영장에 밖에 눈이 내리는 걸 통유리로 내다볼 수 있는 구조였다. 이제 막 들어온 사람들이 서로의 몸에 눈을 맞추지 않으려 노력하고 있었는데, 나만큼은 예외였던 모양이다. 남자들이 내 전신을 샅샅이 살피고 있었다.

나와 비슷한 비키니를 입은 여자애들이 당당히 다니고 있었다. 나도 남들처럼 당당하고 싶었지만, 내 시선이 자꾸 아래로 향하는 건 어쩔 수 없었다. 목이 탔다. 샴페인을 건네받자마자 마셔버리고 한잔 더 받는 걸 선택했다. 그러니 좀 나았다.

당장 내 몸을 만지고 싶다는 남자들의 눈빛들을 견디며 대화를 나눠야 했다. 내 배꼽 모양을 살피며 최근 경제 근황을 얘기하는 남자의 목소리가 떨리지 않길 바랐다. 아예 내 가슴골과 가랑이 사이를 번갈아 살피며 아무 말이나 떠들고 있는 남자도 있었다. 숄로 가리고 있지만, 그래서 더 야한 거 같았다.

두 잔의 샴페인을 다 마시고는 숄을 벗어두고 그냥 다녔다. 남자들은 끊임없이 내게 가까이 다가오고 싶어 했고, 난 남자들 사이에서 쉴 틈 없이 시선 애무를 당해야 했다. 누가 나를 만지기라도 하면 큰일 나겠다는 생각에, 나도 모르게 풀에 들어갔다. 멈추지 않는 갈증에 머리를 식히고 싶었던 것이었는데, 당연히 다른 남자들도 풀에 들어올 것이라는 생각을 못 했다.

최대한 자연스럽게 수영하며 남자들이 가까이 다가오는 걸 막았다. 대신 다른 여자애들의 엄청난 시기의 눈초리와 모든 남자의 시선을 받아야 했다.

풀에서 나왔을 땐, 상당히 그럴듯한 몸을 가진 남자와 만날 수 있었다. 프로축구 선수였다. 내년에 해외로 나가게 되었지만, 나 때문에 그냥 국내에 남고 싶다는 농담을 했다. 별로 예의 있는 태도는 아니었는데, 어린애처럼 귀여웠다. 몸은 짐승 같은데 얼굴엔 장난기가 가득했다.

남들처럼 이런 남자와 만나는 것도 괜찮다는 생각이 들었다. 처음으로 이런 파티에서 만난 남자와 같이 나가려 했다.

"밖에서 차를 대기시켜 놓고 있을게요."
"술 마시지 않았어요?"
"전 음료만 마셨어요. 우리나라가 월드컵 우승할 때까지 술과 여자는 멀리하려고요."
"월드컵 우승하는 거 힘들지 않나요? 저도 멀리하셔야 할 텐데요?"
"여자라고 했잖아요. 선녀라고 하진 않았어요."
"공은 좀 차요? 남자들이 흔히 말하는 입 축구 국가대표 아니에요?"
"골은 좀 넣죠."

그 축구선수에게는 아쉽겠지만, 당연히 옷을 갈아입고 나왔다. 파티를 나오면서 처음으로 뚜쟁이 언니의 전화를 받지 않았다.

대신, 교생 때 만난 그 교사의 전화를 받았다.

세 번째 남자다.

교생 시절 만난 교사가 내가 관계를 했던 세 번째 남자였다. 두 번째는 아직도 군대에 있을 전 남자친구였다. 첫 번째는 별로 말하고 싶지 않다.

남들에게 자신의 전력을 떠드는 애들과 비교하면 적게 느껴지는 숫자이 겠고, 관계의 가능성조차 차단당한 다수의 애와 비교하면 적잖은 숫자일 것이다. 그래서 나는 평균적인 범위에 들어간다고 생각한다. 물론 크레파스 색깔만큼이나 많은 남자를 만난 여자애들도 자신이 평균이라 생각하고, 우연히 남자친구도 아니었던 단 한 명의 남자와 관계를 하고 자신도 평균에 들 것이라 생각하는 애들도 있을 것이다.

　내가 보통 보고 듣는 평균이라는 이름의 삶은 그다지 쉬운 게 아니다. 내가 들어간 대학도 내가 만나고 TV에서 보는 사람들에게는 평균적이지 못하겠지만, 수능은 최소 5% 이내에 들어야 갈 수 있는 대학이다. 서울 시내에서 자신의 집을 가지고 남들에게 소개할 만한 직장에 다니는 사람들은 최소 10% 이내의 부를 영위하고 있겠지만, 그들은 자기가 남들처럼 살고 있지 못하다고 생각한다.

　우리가 아는 남들처럼 산다는 건, 상당히 대단한 일이다. 사람의 눈은 배꼽에 달린 게 아니라 가장 높은 머리에 달려있다. 구부릴 수도 있고 기어 다닐 수도 있는 사람의 키는 가장 높이 섰을 때를 재고, 눈은 그 몸의 가장 높은 곳에 있다. 내 눈에 먼저 보이는 것들은 죄다 높이 있는 것이다. 언제라도 허리를 구부릴 수 있으며 기어 다녀야 할지도 모르면서 보는 것은 높은 곳에 있다.

　자신의 위치가 어디에 있든 간에 남들처럼 산다는 건, 쉬운 일이 아니다. 이미 남들을 밟아 딛고 올라선 사람은 발밑이 잘 보이지 않을 테고, 밟혀 있는 사람들은 일어서는 것조차 쉽지 않을 것이다.

　모두 서로 다르니까 남들처럼 살 수는 없는데, 남들처럼 살고 싶고 남들이 신경 쓰인다. 남들처럼 살고 싶은 게 아니라 남부럽지 않게 살고 싶은 거고, 남들이 신경 쓰이는 게 아니라 남들의 부러운 시선을 받고 싶은 거겠지만, 어쨌든 타인들과 나의 비교는 멈출 수 없다.

　나는 남들처럼 살고 있을까?

　허리를 숙여 본 적도, 기어 본 적도 없는 내가 그걸 알 수는 없다. 우리

가족은 화목과 거리가 멀었고, 엄마와 아빠는 각자 애인을 두고 있었다. 그다지 공부를 열심히 할 생각이 없었는데도 성적은 괜찮은 편이었고, 딱히 누구에게 잘 보일 생각이 없어도 다들 내게 친절했다.

첫 번째 남자는 그런 나를 잘 파악했고, 두 번째 만났던 전 남자친구는 내 주변을 맴돌던 남자들 중의 하나였을 뿐이고, 세 번째 남자는 실수였다.

어쩌면 세 번째 실수였을지도 모르는 남자겠지만, 그런 식으로 자신의 멍청함을 증명하기엔 자존심이 상했다. 그래도 그 교사는 명백한 실수였고, 그도 그렇게 생각하는 것 같다. 다시 이어질 필요가 없는 관계였는데, 나는 그를 만나고 싶었다.

왜 그는 나를 평범하게 대하는 걸까. 수많은 남자가 내 앞에서 평범한 척, 아무렇지 않은 척, 우연을 가장한 인연인 척 다가왔는데 그에게 나는 그저 실수인 것 같다. 다른 수많은 친구가 하는 바보 같은 실수들처럼 말이다.

우연이 연속되면 인연이라는데, 실수가 연속되면 뭐가 될까. 나는 그 교사를 만나기로 했다.

골은 좀 넣는다는 축구선수가 웃으며 말했다.

"꼭 저를 이용해야 했나요?"

"네?"

"거기서 나오고 싶었던 거라면, 그냥 지루해 보이는 남자를 선택해서 나올 수도 있었잖아요?"

"아. 뭔가 오해를 하신 거 같은데, 정말 갑자기 약속이 생겼어요."

"저도 알아요. 당신 같은 사람한테는 갑자기 약속도 생기고 그런다는 걸. 그래도 전 이제 곧 한국을 떠나야 하는데, 이런 파티는 정말 아까운 자리거든요."

"제가 나중에 연락을 드릴게요."

"네. 감사합니다. 어디로 가세요? 모셔다드려요?"

"아니요. 그냥 택시를 탈게요. 그리고 꼭 연락할게요."

"네! 믿을게요."


그는 믿지 않는 눈치였지만, 믿게 할 방법도 없었다. 어차피 내가 먼저 연락하겠다는 말을 믿는 남자는 별로 없었다. 실제로 먼저 연락한 기억도 거의 나질 않는다.


눈이 내리는 주말 저녁의 도로는 복잡했다. 조금 전 있었던 파티 장소와는 비교하기도 민망할 정도로 평범하다 못해 소박한 커피숍 체인점에 도착한 건, 약속보다 조금 늦은 시간이었다. 그는 이미 커피를 마시며 휴대폰을 보고 있었다.

내가 다가서자 그가 웃으며 앉으라 하고 뭘 마시겠냐고 했다. 내가 말한 커피를 그가 가져와 앉았다. 그는 내게 왜 만나자고 했는지, 자기가 보고 싶었냐고 유치하게 묻지 않았다. 어떻게 지냈는지 날씨가 어떻다든지 시시한 얘기도 꺼내지 않았다.

그는 자기가 방금 보고 있던 영상이라며 휴대폰을 내밀었다. 개와 고양이가 바보 같은 장난을 치는 귀여운 동영상이었다. 그는 자기도 개나 고양이를 키우고 싶은데, 부모님이 싫어해서 그러지 못한다며 투덜거리고 내가 혹시 동물을 키우는지 물었다.


"아니요."

"그렇군요. 혹시 여유가 생기면 고양이를 키워 봐요. 바보처럼 사랑하는 법을 배우는 데 도움이 될 거에요."

"제가 그런 게 필요해 보이나요."

"필요한 게 별로 보이질 않아서요. 뭐가 필요한 게 있어야 사랑하기도 하는 거 아닌가요?"

"그래야 하나요."

"뭐~ 꼭 그럴 필요는 없겠죠. 술이라도 마시면서 시간을 낭비할까요. 아니면?"

사실 내게는 대화가 더 필요했는데, 어쩐지 그에게 지고 싶지 않았다. 그가 선택을 강요하는 기분이 들기도 해서 별로였는데, 쉬운 선택을 피할 필요도 없었다.

그다지 잘생긴 남자도 아니었고, 재력과는 별로 상관없는 교사였다. 그런 그와 모텔에 들어갔고, 그는 내게 샤워를 하고 왔냐고 물었다. 샤워하고 오긴 했는데 당신을 위한 건 아니라고 말하지 못했다. 그가 대답 없는 내게 키스했고 서로 원했던 것을 하는 데 오래 걸리지 않았다.

내가 아는 범위 안에서 그는 상당한 실력자였다. 상상했던 대부분에서 만족을 가져다줬지만, 체력이 좋은 것 같지는 않았다. 그가 나를 안고 이런저런 얘기를 꺼내는 동안 나는 언제 다시 시작할지 기다리고 있었다.

기다렸던 보람이 있긴 했는데, 씻고 나왔더니 그가 옷을 입고 있었다. 그는 숙박 대신에 대실을 했다. 남들이 흔히 그러는 것처럼 그랬을 뿐인데, 꽤 기분이 상했다. 그가 그런 내 표정을 살피며 자고 갈 생각이었냐고 물었지만, 그런 질문에 그랬다고 대답하는 여자는 없을 것이다.

모텔에서 나오는 동안 그는 아무 말도 하지 않았다. 내게 택시를 잡아주면서 다시 만나자는 인사도 하지 않았다. 지난번에 만났던 것처럼, 그리고 처음 그랬던 것처럼 그냥 스쳐 지나는 것 같았다. 그리고 또 언젠가 둘 중에 누군가 연락을 하게 될 것 같았다. 그러면 또 아무렇지 않게 만나게 될 것 같았다.

택시기사님께 물었다.

"기사님 차에서 담배 피우면 안 되죠."
"허~ 뭐. 참나~ …. 피우세요."
"기사님 담배 있어요?"

기사님이 고개를 갸웃거리더니 내게 담배를 줬다. 그리고 내가 담배를 피우며 콜록거리는 모습에 미간을 찌푸리며 창문을 열었다. 찬바람이 들이 닥치니 시원해서 좋았다. 담배를 창밖으로 던져버리니까, 기사님이 이젠 노골적으로 사나운 표정을 지으셨다.

축구선수에게 전화를 걸었다. 축구선수는 친구들과 함께 있다고 했고, 난 둘이 만나자고 했다. 축구선수는 알았다며 어디로 가면 되냐고 했지만, 내가 당신에게 가겠다고 했다. 나는 그가 있는 호텔로 향했다. 택시기사님에게는 오만 원짜리를 드리고 잔돈은 받지 않았다.

그는 술을 마시지 않겠다고 했지만, 내가 술을 마시자고 했다. 그는 다른 사람들의 눈에 띄면 위험하다고 함께 있던 친구들에게 술을 사 오라고 했다. 그의 친구들도 축구선수들이었는데, 그들은 이미 조금 취해 있었다. 그들은 내게 미안하다면서 전화번호를 가르쳐달라고 했다. 이 친구가 곧 유럽으로 가야 하는데 불미스러운 일이 생기면 안 된다고 했다. 그는 그런 친구들을 그냥 내보내려 했지만, 내가 그들에게 휴대폰을 건네 전화를 걸게 해주고 내보냈다.

안타깝게도 그는 술에 금방 취해버렸다. 내가 술기운이 올라오기도 전에 그는 이미 힘들어하고 있었다. 그는 너무 오랜만에 마시는 술이라 이러는 것 같다며 내게 무척 미안해하다가 결국 쓰러졌다. 내 생각에 그는 술을 마셔본 사람 같지 않았다.

나는 그의 친구들에게 전화를 걸었다. 그들은 근처의 나이트에 있었고, 내 연락에 당장 돌아왔다. 함께 술을 마시다가 아무나 한 명을 건질 생각을 했었는데, 그들이 술을 먹는 방법과 양이 일반적이지 않았다.

어느새 너무 취해버려서 내가 누굴 선택할 수준이 아니었다. 누가 날 선택해서 여길 나갔으면 좋겠다는 생각을 했었다. 누군가 웃으며 나를 일으켰고, 난 그가 나를 만지는 걸 딱히 거부하지 않았다.

그동안 너무 매너 있는 사람들하고만 어울렸던 모양이다. 상식 밖의 일들을 잠시 잊고 살았다. 그날 밤 난 네 번째 남자를 겪었다. 내가 본 것이 꿈이 아니라면 다섯 번째도 있었겠다. 이제 내가 가진 남자의 숫자를 세지 않기로 했다.

아침에 일어났을 때, 난 처음 들어갔던 그 호텔방에 있었다. 호텔방에는 축구선수도 그의 친구들도 없었다. 내 눈에 보이는 풍경들은 아무 일도 없었던 것 같은데, 나는 아무것도 걸치고 있지 않았다. 온몸에 느껴지는 흔적과 통증은 절대로 아무 일도 없지는 않았다는 걸 설명했다.

파티는 끝났다.

뚱쟁이 언니에게 더 이상 연락이 오지 않았고, 난 학교에서 전 남자친구가 불편해하던 선배와 만났다. 전 남자친구가 복학했을 때는 다른 학교에 다니는 남자를 사귀면서 전 남자친구와 선배의 관계를 개선해줬다.

난 학교에서 세 번 이상 남자를 갈아탄 여자애가 되어 있었다. 만족스러울 만큼 순진한 평가였다. 나는 더 이상 남들처럼 될 수 없다는 걸 알았다.

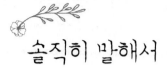

# 솔직히 말해서

솔직히 말할 수 없다.

한수진 선생님이 판서하고 있으면 드러나는 뒤태를 감상하게 된다. 나를 비롯한 모든 남학생들의 시선이 선생님의 엉덩이에 향했다. 양아치 꼴통들에서부터 하루에 열 마디도 말을 하지 않는 모범생까지 선생님의 엉덩이에서 눈을 떼지 못했다. 판서를 많이 하는 스타일도 아니라 모두 그 순간을 놓치지 않으려 했다.

옷을 야하게 입은 것도 아니고, 그저 평범한 투피스 치마에 짙은 색 블라우스를 입는 편이었다. 그러나 츄리닝을 입고 있어도 마찬가지였을 것이다. 절대로 감출 수 없는 저 몸매에서 시선을 피할 수 있다면 열반에 도전해도 괜찮겠다.

게다가 판서를 마치고 돌아서는 순간이 기다려질 정도의 미모는, 몇몇 여학생들이 연예인을 꿈꾸는 걸 포기하게 했다. 저런 외모로 교사가 되는 나라에서 연예인을 꿈꾸느니, 의사나 판사를 꿈꾸는 게 현실적이다.

동유럽에 있는 장모님의 나라들도 재평가받아야 했다. 우크라이나에서는 김태희가 감자 캔다면, 우리나라는 앤 해서웨이가 교사하는 나라라는 평가를 받아야 한다. 굉장한 일반화의 오류가 되겠지만, 이 정도의 미모를 가진 여교사가 세상에 드러나지 않을 정도의 국가라는 사실은 심각한 국뽕을 안겨줬다.

집요한 성격의 몇몇 친구들이 미녀 교생이라는 이름으로 한수진 선생님의 과거 사진을 찾아냈다. 대부분 흔적만 남아있는 사진들이었고, 본인이 퍼지는 걸 원하지 않는다는 사실이 알려지면서 한수진 선생님의 과거는 좋은 얘깃거리가 되었다. 사진 찍는 걸 극도로 꺼리며 인터넷에 절대로 올리면 안 된다는 한수진 선생님은 많은 것들을 상상하게 했다.

처음 대두되었던 한수진 선생님의 과거는, 하필이면 첫 번째 소속사를 더럽게 만난 아이돌이 연예계 생활을 청산하며 약간의 성형을 통해 과거를 세탁하고 교사가 되었다는 이야기였다. 그러나 연예인을 할 성격으로 보이질 않았고, 성형 의혹은 죄악으로 평가되어 파기되었다.

곧이어 떠오른 이야기는, 한수진 선생님이 사실은 연쇄살인범이라는 것이다. 미녀 연쇄살인마가 자신의 신분을 감추기 위해 교사가 되었고, 남학생들을 유혹해서 놀다가 간을 뽑아 먹고 미모를 유지한다는 얘기가 돌았다. 급조된 스릴러답게 무시 받는 편이었지만, 몇몇 마니아들에게 지지를 받기는 했었다.

가장 지지받은 시나리오는 한수진 선생님이 영생불멸의 선녀이며 필멸의 축복을 받아 천상으로 돌아가려면, 진정한 사랑을 천 번 겪어야 한다는 이야기였다. 때문에 이미 수천 년 전부터 이 땅에 머물며 반복된 젊음의 삶을 유지하고 있다는 것이다. 어쩐지 영화 《트와일라잇》이나 드라마 《도깨비》를 표절한 기분이 들긴 했어도 한수진 선생님이 사랑을 천 번이나 해야한다는 사실이 상당한 지지를 받았다. 인터넷에서 발견된 한수진 선생님의 과거 사진으로 변함없는 미모가 증명되기도 했고, 비인간적인 피부 색조나 빈틈없는 태도 때문이라도 정설로 인정받는 분위기였다.

그 나이에 몇 년의 정도로는 신체적 변화를 별로 겪을 일이 없다는 사실이나, 미녀들이 대체로 타인과 거리를 두기 때문에 빈틈없어 보인다는 사실은 무시되었다. 그냥 선녀 요정 혹은 엘프처럼 보인다는 게 중요했다. 같은 DNA 배열을 가진 생명체라는 사실이 믿기지 않았다.

"유성현."

"네."

"아니. 방금 내가 얘기한 부분 다시 읽어보라고."

"네."

"날 보고 있으니까 교과서를 읽을 수 없지. 교과서를 보고, 내가 방금 말한 부분을 떠올리고, 그 단락을 찾고, 읽어."

한수진 선생님의 두 번째 수업 때 있었던 일이다. 선생님이 날 불렀는데, 일어나서 선생님을 멍하니 바라보느라 친구들의 웃음거리가 되었다. 다행스러웠던 건, 내가 그러고 나서 다른 녀석도 그랬다. 그 이후로는 일부러 그런 녀석들도 있었다. 한수진 선생님은 질문을 거의 하지 않게 되었고, 대부분의 수업에 학생들과 교감을 신경 쓰지 않았다.

교사가 수업을 오롯이 홀로 진행하는 일은 상당히 피곤한 일이다. 한수진 선생님에게도 마찬가지였고, 한수진 선생님은 수업을 진행하다 말고 가끔 멍하니 창밖을 바라보는 것으로 시간을 벌기도 했다.

물론 남학생반에서만 그랬다고 한다. 여학생들과는 질문을 주고받는 정상적인 수업을 진행할 수 있었지만, 남학생반에서는 어려웠던 모양이다. 한수진 선생님이 갑자기 말을 멈추고 멍하니 창밖을 바라보거나 하더라도, 대부분 남학생이 그 사실을 별로 깨닫지 못했다.

한수진 선생님은 남학생들의 상상 속에서 혹사당했다. 이미 어떤 남학생들의 방에서 뒹굴고 있었고, 어떤 남학생들은 한수진 선생님과 옥상이나 창고에서 만나고 있었으며, 또 어떤 상상력이 풍부한 남학생은 한수진 선생님과 단둘이 우주여행을 하고 있었다. 무중력에서 관계까지 상상해내는 마당에 한수진 선생님이 잠시 창밖을 보고 있는 것 따위는 눈치챌 여력도 없었다.

"와~ 쉬벨 나 방금 한 쌤을 성에서 구출하는 상상했다!"
"건전하네. 그래서 네가 기사고~ 뭐 구출해서 떡 치는 상상했냐?"
"아니! 내가 드래건이고! 드래건의 거대한 걸로 한 쌤을!"
"그만해라. 미친넘아. 드래건이 왜 구출을 하냐? 설정 붕괴잖아"
"기사들이 너희이었거든! 공주를 변태들로부터 구출한 정의로운 드래건이지!"
"하아…. 드래건의 크기를 좀 줄여서 상상해라."
"왜?"
"내가 다시 구출하는 걸 상상할 거니까! 드래건의 것에 푹 젖은 한 쌤을 내가 구출해서!"
"에라~ 이 변태 쉐리."

한수진 선생님의 수업이 끝나면 이런 대화가 오고가는 걸 가끔 들을 수 있었다. 그래도 고등학생들답게 자제하는 편이었는데, 만약 중학교에서였더라면 상상력은 부족했을지 몰라도 훨씬 노골적이고 더러운 대화가 오고 갔을 것이다.

나는 가끔 심각한 변태 녀석들에 상상의 도구가 되기도 했다. 한수진 선생님은 편집부 담당 선생님이었고, 편집부원인 나와 가끔 단둘이 있는 장면이 목격되기라도 하는 날에는, 온갖 변태적 상상의 상황들에 내가 사용된 모양이다.

"그러니까. 갑자기 궁금한 게 생겼다고 해! 한 쌤 집에 가겠다고 하는 거야!"
"뭐가? 선생님 육체가 궁금해졌다고 할까? 내가 가겠다고 하면 어서 오라고 하겠냐?"

"너무 노골적이잖아. 그~ 아! 그렇지 고민이 생겼다고 하는 거야. 죽고 싶어졌다고 해!"

"뭐. 하고 싶은 것도 고민이냐? 죽고 싶을 정도로 하고 싶은 건 아니거든? 야동 좀 그만 봐라."

"어? 죽고 싶을 정도로 하고 싶지는 않아? 너 어디 아프냐? 난 죽고 싶을 정도인데?"

"그냥 죽어. 네가 히어로가 될 기회다. 어디 가서 죽어버려. 그럼 세계 평화를 가져오는 거야."

가끔 내가 한수진 선생님과 단둘이 대화를 나눌 기회가 있긴 했어도, 다른 녀석들에게 전해줄 만한 얘기는 전혀 없었다. 나와 선생님은 그저 편집에 관련된 대화를 나누는 게 보통이었다. 몇몇 꼴통 녀석들은 편집에 심각한 문제가 하필이면 토요일 밤늦은 시간에 발견되어 당장 해결하지 않으면 안 될 상황을 만들어 한수진 선생님과 내가 야간에 밖에서 만나는 시도가 이뤄지길 바랐지만, 그건 야동에서나 일어나는 것이다.

현실에선 선생님의 전화가 먼저 걸려왔다.

[뭐 하니?]

[어? 선생님? 저기 잠시만요. 제가 지금 게임 중이거든요? 이 판 끝나면 전화 드릴게요!]

난생처음으로 이 게임에서 한판에 40킬을 넘긴 상황이었다. 어쩌면 50킬을 넘어설지도 모르는 상황에 전화를 받을 수는 없었다. 이 역사적인 상황을 저장할 준비도 되어 있었다. 비록 48킬에 멈추긴 했지만, 뿌듯해하며 기록을 저장하고 친구들에게 자랑할 생각을 했다.

게임을 저장하려던 와중에 휴대폰이 시야에 들어왔고, 휴대폰 사진으로도 찍어서 저장해야겠다는 생각을 하다 말고 한수진 선생님에게 전화가 왔었다는 걸 떠올렸다.

그제야 스스로의 멍청함을 비난하며 선생님에게 전화를 걸었지만, 선생님은 전화를 받지 않았다. 선생님이 왜 전화했는지 몰라도, 친구들에게 이 사실을 전하기는 어렵겠다. 피살당할 가능성이 생긴다.

시간을 확인하니, 이제 집으로 돌아가도 될 것 같았다. PC방 시간이 애매하게 남아서 인터넷 창을 열어 미미한 색골 사이트에 들어갔다. 오늘도 인터넷에 거주하는 아저씨들은 괜한 시간들을 낭비하느라 열심이었다. 그냥 좀 야한 게시물들이나 클릭해서 보고 나오려다, 정부를 은근슬쩍 의심하는 게시물을 간단히 작성했다. 그냥 비난하는 건 댓글이 별로 안 달리지만, 살짝 비꼬면서 정부가 혹시 이러이러한 나쁜 의도가 있지 않겠냐는 게시물을 올리면 댓글이 많이 달린다. 정부를 욕하고 싶은 유저들은 동조하며 실체는 어쩔 것이라는 댓글을 달고, 정부를 옹호하는 유저들은 그 유저들과 소모전을 펼칠 것이다. 어차피 시간을 낭비하고 싶은 사람들이니까, 내 배려에 감사하며 신나게 치고받을 것이다. 난 뭐~ 이럴 의도는 아니었다는 둥, 아~ 그러느냐는 둥 대강 얼버무리는 댓글을 달아주면 그만이다. 자기가 똑똑한 줄 아는 아저씨들이 잘난 척하게 기회를 주는 것이다.

솔직히 내가 당신들의 반응을 보고 싶어서 이런 게시물을 올렸다는 댓글 따위는 절대로 달 필요가 없다. 주말에는 아무래도 나 같은 경쟁자들이 많은 편이라, 단문 게시물이 잔뜩 올라올 만한 타이밍을 잘 피해서 올려야 한다. 특히 PC방에서 청소년이 쫓겨나야 하는 시간대에는 내가 등록하려는 것과 유사한 목적을 가진 게시물들이 연달아 올라오기도 하기에 게시판 분위기를 잘 살펴야 했다.

아니나 다를까 내 게시물에 동조하는 첫 댓글이 달렸다. 나는 조금 놀란 척 우리 정부가 정말 그 정도냐는 댓글로 박자를 맞춰줬고, 이 정도면 충분하다 싶을 정도로 험악한 댓글도 달리기 시작했다. 만족해하며 PC방을 나왔다. 게시물은 내일 밤 삭제하면 그만이다.

집으로 향하며, 혹시나 몰라서 민아한테 전화를 걸었다. 전화를 받지 않아 메시지도 보냈다. 역시 답장이 없었다. 그렇다면 아직 집으로 돌아갈 시간이 아니라는 얘기였다. 헤어졌던 민아가 다시 남자친구를 만나고 있었고, 남자친구라는 그 형은 수능이 코앞인데 참 열심히도….

이제는 밤에 좀 추운 편이지만, 청소년이 열 시가 넘어서 어디 가 있을 만한 곳도 없었다. 근처 놀이터에 가서 뜀박질이라도 해야 하는지 고민하는데, 우리 집에서 민아와 남자친구라는 인간이 나오고 있었다. 멀어서 잘 보이진 않았어도 꼭 붙어있는 두 사람은 좋아 보였다.

전에도 우연히 봤던 것 같은데, 민아가 남자친구와 키스했다. 여태 내 방에서 뒹굴었을 남녀가 아직도 아쉬움에 몸부림치고 있었다.

솔직히 민아가 헤어졌을 때 기뻤다. 내가 야동으로 성교육을 대체하고 있을 때, 민아는 이미 남자친구와 관계를 하고 있었다. 친구들과 한수진 선생님에 대한 음란한 이야기나 떠들고 있는 동안에, 민아는 이미 이별을 경험하고 다시 만나기까지 하고 있었다. 솔직히 말해서 나도….

나도 하고 싶다. 헤어지고 나서 그렇게 슬퍼하고 괴로워하던 민아가 다시 남자친구를 만난다고 했을 때, 왜 그래야 하냐고 묻고 싶었다. 나도 할 수 있으니까 나랑 하자고 말하고 싶었다. 솔직히 그러면 왜 안 되냐고 말하고 싶었다.

학교에서 한수진 선생님을 만나자마자 왜 전화하셨냐고 물어봤다. 한수진 선생님은 그랬었냐고, '내가 왜 전화했었지?'라며 내게 되물었다. 별로 중요한 건 아니었다. 한수진 선생님은 블라우스의 단추를 두 개나 풀어둔 상태였다. 수업 중에는 분명히 단정한 모습이었는데, 나랑 있을 때는 답답했다는 듯 카디건도 벗어두고 편한 차림이었다. 저런 가슴이라면 단추를 다 채우고 있는 게 곤혹스럽긴 했겠다.

솔직히 지금 당장 한수진 선생님의 저 블라우스를 벗겨버리고 가슴에 얼굴을 파묻고 싶다. 책상 위에 펼쳐진 학생들의 수필이나 시들을 편집하는 건 집어치우고, 책상 위에서 한수진 선생님의 다리를 벌리고 싶었다.

그러는 대신, 나는 한수진 선생님에게 이런 질문이나 하고 있었다.

"선생님은 지금 남자친구가 없는 거죠?"

"아마 그럴 거야."

"아마 그렇다는 건. 만나는 사람은 있는데 애인으로 생각하지는 않는다는 그런 말인가요?"

"…음. 그렇게 들리겠구나. 아니, 난 남자친구로 생각하지 않는데, 나를 여자친구로 생각하는 남자가 있을지도 모른다는 얘기야."

"만나는 남자가 그렇게 많아요?"

"글쎄. 확실히 사랑하는 사람은 없어."

"그럼 언젠가 사랑을 하시겠네요?"

"모르겠어. 난 이제 사랑을 믿지 않아."

"…혼자 있는 게 행복한 건가요? 함께 있으면서 고독한 것보다 낫다는 말인가요?"

"음. 무슨 영화더라.《비포선셋》에서 나온 대사 맞지? 너 그런 영화도 봤니."

"중학교 때 영화감상 동아리였어요."

"그렇구나. 그럼 우리 키스할래?"

한수진 선생님이 책상 위를 넘어와 내게 키스하지는 않았다. 한수진 선생님은 무표정한 얼굴로 나를 바라보고 있었다. 어느 지점부터 내가 환청을 겪은 것인지 구분하기 힘들었다. 작은 한숨을 내쉰 한수진 선생님이 블라우스의 단추를 단정히 채우며 말했다.

"거기에 사진은 왼쪽 하단에 넣어서 넘겨. 넌 사춘기가 너무 늦은 거 같다."

"네. 네?"

"사랑은 누구에게나 오는 게 아니야. 그런 걸 기다리느니 없다고 생각하는 게 편해."

"제가 무슨 얘기를 했었죠?"

"글쎄. 내 가슴한테 얘기한 거 같아서 난 잘 모르겠다."

솔직히 내 머릿속에 있는 것들을 말할 수 없다.

# 사랑과 우정 사이

모처럼 해진이 오빠가 영화를 보자고 했다.

해진이 오빠가 수능을 망치고 우울해진 걸 좀 달래주느라 만나면 하기만 했다. 오빠가 대입원서를 쓰는 것도 포기하고 재수를 결정하고 나서는 그래도 좀 괜찮아지기는 했어도 만나면 하는 건 마찬가지였다.

언제까지 이래야 하나 심각하게 얘기 좀 해보려고 했는데, 해진이 오빠가 영화를 보러 가자고 했다. 해진이 오빠가 이제야 좀 예전 모습으로 돌아오려는 것 같아서 반가웠다. 최근 들어 음침하고 으슥한 곳만 찾아다니다가, 오랜만에 사람들이 많이 다니는 번화가에서 만나는 것도 좋았다.

나름 예쁘게 꾸미고 오빠를 만나러 나갔다. 해진이 오빠가 예쁘다는 칭찬을 해줬으면 좋겠는데, 오빠는 그냥 반갑게 인사만 했다. 그래도 살짝 안아주는 건 좋았다.

해진이 오빠에게 그런 취미가 있는 줄은 몰랐는데, 오빠가 예술영화를 보자고 했다. 이런 영화는 극장에서가 아니라면 보기 어렵다는 게 이유였다. 블록버스터들은 나중에 TV에서 봐도 재미있겠지만, 예술영화는 극장에서 봐야 재미있단다.

영화 시간이 조금 남아서 아이스크림도 사 먹으며 기다리니까, 무슨 영화를 보는지는 별로 중요하지 않았다. 오랜만에 진짜 데이트를 하는 기분이 드는 게 좋았다.

역시 관객이 별로 없었다. 다들 커플들이었고, 우리가 제일 어린 것 같았다. 영화가 시작할 무렵에는 이미 좀 예상을 하긴 했었는데, 아니나 다를까 오빠의 손이 내 허벅지 위로 올라왔다.

영화의 중반부터 볼 수 없었다. 오빠의 것을 달래느라 바빴다. 영화의 후반부에야 볼 수 있었다. 영화의 초반과 후반만 봤는데도 무슨 내용인지 알수는 있었다. 어려운 환경에서 사랑하지 못했던 주인공이 결국 사랑을 이루지 못하고 모든 걸 포기하는 내용이었다. 아마 내가 오빠의 것을 물고있는 동안에 주인공이 사랑을 이룰 수 있을 것 같다는 암시로 관객들을 낚았을 것이다. 결국 결말은 진리의 될 놈 될이었다. 성공하지 못한 감독이자신의 실패를 투영한 영화 같다.

견딜 만했다. 영화가 아니라 해진이 오빠의 그런 요구 정도는 견딜 만했다. 최근 들어 자꾸 특이한 장소에서 하고 싶어 하는 오빠였으니까, 충분히 예상할 수 있는 일이었고 나도 색다르다는 기분이 들기도 했다.

이제 어디 으슥한 노래방이나 비디오방에 가게 될 것으로 생각했다. 그러면 괜찮았다. 엄청 좋고 그런 게 아니라, 나쁘지 않다는 얘기다. 내가 오빠의 것을 물고 있는 동안 오빠도 나를 가만히 두지 않았으니까, 가능한 사고 범위에 드는 일이다. 그러나 해진이 오빠는 나를 영화관의 비상계단으로 데려갔다.

고층빌딩 중간층들을 사용하는 영화관의 비상계단을 누가 사용하는 일은 거의 없다고 했다. 게다가 계단과 사용구역 사이에 문이 두 개나 있으니까, 혹시라도 누가 오는 소리를 미리 들을 수 있단다. 소리가 울리는 편이니까 멀리 다른 층의 문이 열리더라도 들릴 것이라 했다.

우리에게 나는 소리도 멀리까지 전해질 것이라는 대꾸를 하기도 전에, 바닥에 담배꽁초의 흔적이 눈에 들어왔다. 누군가 담배를 피우러 여기에 올 수도 있다는 예상이 가능했지만, 이미 오빠는 내 안에 들어왔다. 바닥에 떨어진 담배꽁초의 흔적이 자꾸 눈에 걸렸다. 제발 담배 피우러 나오는 사람이 아무도 없길 바라며 한 손으로 내 입을 막아야 했다. 다른 손은 비상계단의 창가를 짚고 있었다.

창밖에는 다른 건물의 옥상이 내려다보였다. 그늘에는 녹지 않은 눈들이 쌓여있었고, 도로에는 차들이 신호를 기다리고 있었다. 주말의 거리에는 많은 사람들이 오가고 있었다. 짙어진 겨울의 도시풍경을 내려다보며 했다. 팬티와 스타킹은 무릎쯤에 걸려있었고, 치마는 허리까지 올라간 채로 오빠의 것을 느꼈다.

위쪽에서 문이 열리는 소리가 들렸다. 놀라며 몸을 빼려고 했는데, 해진이 오빠가 내 허릴 붙잡고 놔주질 않았다. 다행히 누군가 계단을 내려오는 소리가 들리진 않았다. 우린 계속했다.

화장실에 들렀다가 나왔더니, 해진이 오빠가 배가 고프다고 했다. 난 별로 식욕이 없었지만, 오빠를 따라 푸드코트에 갔다. 엄청나게 붐비는 푸드코트에서 간신히 자리를 잡았고, 오빠가 음식을 가져오겠다며 자리를 지키고 있으라 했다.

"민아야~ 뭐 먹고 싶은 거 정말 없어?"
"그냥. 느끼한 거만 아니면 좋겠어."

해진이 오빠가 징그럽게 웃으며 음식을 주문하러 갔다. 휴대폰이나 좀 보려는데…

"쏭!"
"유성현? 쏭이라고 부르지 말랬지."
"뭐야? 왜 혼자 있어?"

"오빠는 주문하러 갔어."

세상이 이렇게 좁았던가. 백만이 넘게 사는 도시에서 이렇게 쉽게 유성현과 마주칠 수 있다는 게 말이 되는 건가? 같은 동네에 살고 있어서 선택할 만한 영화관이 겹친다는 점이나, 겨울의 휴일에 학생들이 갈 수 있는 장소가 겹친다는 것을 고려하더라도, 영화관에서 두 번이나 민효정과 같이 있는 성현이를 만나는 건 이상했다. 우연이나 인연을 들먹이기에 나와 유성현은 지겨우리만큼 가까웠으니, 민효정과의 악연만 남았다.

성현이가 학교 편집부 친구들과 영화를 보러 왔다. 당연히 그 가슴 큰 계집애도 있었다. 성현이가 다른 친구들에게 나를 소개했는데, 그 가슴 큰 민효정이 말했다.

"우린 소풍 때 만났었지?"
"아~ 그랬나? 안녕~ 반가워~."
"응. 참~ 헤어졌던 남자친구랑 다시 만난다며?"

그냥 그렇다며 웃어 보였다. 민효정이 내게 축하한다며 웃는 게 왠지 거슬렸다. 그게 왜 네가 축하할 일이냐고 물어보진 않았다. 유성현이 민효정에게 눈치를 주는 게 더 거슬렸다. 자기가 민효정에게 내 이야기를 했던 게 신경 쓰인 모양이다.
유성현이 멋쩍게 웃으며 말했다.

"송민아. 오늘 좀 예쁘다? 남자친구랑 데이트한다고 차려입으니까 평소랑 완전 다르네?"
"평소엔 별로였냐?"

"아니~ 뭐 너 평소에는 그냥 청바지에 파카 입고 다녔잖아. 겨울인데 치마 입으면 안 추워?"

"교복도 치마거든?"

좋았다. 유성현이 내 외모를 칭찬한 것보다 민효정이 청바지에 파카를 입고 있었다는 게 좋았다. 이 멍청하고 둔한 녀석은 민효정이 자기를 보는 시선도 눈치채지 못했다.

유성현과 친구들이 뭘 먹을지 고민하며 내게 데이트 잘하라는 인사를 했다. 민효정은 다른 친구들과 함께 그냥 돌아서는 것 같더니, 마치 실수로 물을 흘리는 것처럼 내게 말했다.

"한번 깨졌던 커플들이 다시 만나면 또 같은 이유로 깨진다더라."

"응. 알아~ 일단 사귀기라도 해야 깨지기라도 하지~."

예상 못 한 민효정의 공격에 반격했을 뿐인데, 유성현이 당황하며 우리 둘을 번갈아 돌아봤다. 나는 일부러 유성현에게 웃어 보이며 어서 가보라는 손짓을 했다. 내 반격에 잠시 숨을 고르던 민효정이 뭔가 발견한 표정으로 말했다.

"너 스타킹에 뭐 묻은 거 같은데?"

"?!"

"아~ 아닌가?"

자연스럽게 내 스타킹을 확인하고 대수롭지 않다는 태도를 보였어야 했다. 당연히 그래야 했는데 잠시 얼어붙어 버렸다. 나도 모르게 좀 전에 해진이 오빠와 있었던 일들을 떠올렸다. 다리에 힘이 풀리는 것 같았다.

멍청한 유성현은 그런 내 사정도 모르고 내 스타킹을 흘낏 보고는 칠칠치 못하다고 나무랐다. 유성현의 멍청함 덕분에 어렵사리 정신을 차렸다. 간신히 어깨를 으쓱여 보일 수 있어서 다행이었다.

유성현과 친구들이 멀어질 때까지 내 종아리를 확인하지 않았다. 내 검은 스타킹에 묻었던 희고 묽은 것은 이미 화장실에서 물로 닦았다. 물로 닦은 흔적이 남아있었던 모양이긴 한데, 그런 걸 누가 볼 것이라는 생각은 별로 못했다. 아직 도로 여기저기에 눈이 쌓여있는 겨울이었으니까.

해진이 오빠가 음식을 가져왔지만, 난 거의 먹지 않았다. 해진이 오빠한테는 몸이 좀 아픈 거 같다고 말했다. 오빠는 아까 추웠냐고 물었는데, 추웠을 리가 없다. 오빠는 나랑 더 같이 있고 싶어 하는… 아니, 한 번 더 하고 싶었던 모양이지만, 어쩐지 몸이 정말 아픈 거 같아서 헤어지고 집으로 갔다.

집에 돌아오는 동안에, 집에 와서 씻고 침대에 누워서도 민효정만 생각났다. 걔가 무슨 생각으로 내 스타킹에 뭐가 묻었다고 말한 것인지 생각했다. 그냥 가슴만 큰 여자애는 아니었다. 그렇게 민효정을 생각하고 있으니 몸이 점점 더 아파 오는 것 같았다.

멍하니 천장만 바라보며 누워있는데, 메시지가 왔다. 유성현이었다.

〈아까 효정이가 좀 그랬지? 걔가 가끔 이해 못 할 말을 하고 그래. 네가 이해해.〉

〈응.〉

〈데이트 중이냐? 잘 놀다 들어가라.〉

답장하는 대신 휴대폰을 던지듯 내려놨다. 이미 액정에 실금이 생긴 휴대폰이라, 걱정돼서 다시 잡으려다 갑자기 생각이 났다. 유성현에게 전화를 걸었다.

[너 지금 민효정이랑 같이 있는데 톡 보낸 거야?]

[웅.]

[···그렇구나. 그럼 민효정 걔한테 중학교 어디 나왔는지 좀 물어봐 줄래?]

[중학교? 그래~.]

성현이가 민효정에게 물어보는 소리가 그대로 들렸다. 유성현이 그게 왜 궁금하냐고 내게 물었지만, 난 이미 다 듣고 있었다.

[아니, 그냥 내 친구들이랑 아는 거 같아서 그랬다고 전해줘~.]

[웅. 그런데 너 지금 어디냐? 조용하네? 이 근처에 있는 거 아니었어?]

[감기가 오는 거 같아서 집에 일찍 왔어.]

[아~ 그래? 몸조리 잘해~.]

[···따뜻한 우유를 먹으면 나을 거 같은데.]

[아줌마한테 해달라고 해.]

[지금 엄마 없어. 어디 나갔나 봐.]

[···네가 끓여 먹어.]

[집에 우유가 없네?]

[남자친구보고 사오라고 해!]

[지금? 집에 엄마가 언제 올지도 모르는데?]

유성현이 우유를 사오겠다고 했다. 별로 따뜻한 우유가 먹고 싶었던 것도 아니고, 엄마가 집에 없던 것도 아니다. 단지 민효정이 나와 유성현의 대화를 듣고 있다는 게 마음에 들었다.

내 오랜 친구 유성현이 좋은 사람을 만나길 바라는 거다.

그뿐이다.

# 젖과 꿀이 흐르는…

송민아와 두 번째로 헤어졌을 때가 더 아쉬웠다.

순전히 관계에 대한 아쉬움 때문이라는 건, 비약이다. 나는 민아의 몸만 좋아한 건 아니었다. 민아가 나를 대하는 태도나 말투 몸짓 모두를 좋아했다. 그래서 관계를 할 때 더 좋았던 것이고, 그런 걸 순전히 떡 치지 못하는 아쉬움이라 부르는 건 옳지 않다.

다시 용서를 빌고 어떻게든 내 태도의 변화를 약속하며 붙잡아야 했는데, 그러지 않았다. 잡으려 애쓰면 잡을 수도 있을 것 같았지만, 민아에게 미안했다. 내가 다시 매달리고 민아를 붙잡는 게 더 잘못이라는 걸 안다. 그러나 오로지 죄책감이라기엔 스스로에게 솔직하지 못하다. 다시 매달리고 용서를 비는 일을 상상만 해도 피곤했다.

게다가 난 재수생이다. 인생의 꽤 중요한 순간이라는 걸 인지할 정도의 지능은 가지고 있었다. 여자애의 몸을 탐하느라 인생을 망치고 싶진 않았다. 엄청 잘난 사람이 되기는 어렵더라도 스스로 납득할 만한 삶은 준비할 수 있어야 했다.

지금의 이 순간이 인생에 가장 자유로운 시간일 것이라는 걸 알았다면, 아마 조금 다른 삶을 살았을지도 모르겠다. 변변찮은 인간의 대단찮은 노력으로는 삶에 큰 변화를 가져오기 힘들다는 걸 그때는 몰랐다. 어차피 인생은 대강 살아도 살아가게 된다는 걸 몰랐다.

물론 나처럼 이미 가질 만큼 가진 사람들에게 해당하는 말이다. 별로 부족함이 없는 가정에서 자랐고, 특별히 미래를 걱정하지 않아도 될 정도로 여유도 있었고, 인사말로 잘생겼다는 소릴 들을 정도라면 건강에 대한 고민이나 하며 살면 되는 일이다. 부모님이 건물주는 아니었지만, 엄마가 바람을 피워도 아빠가 이혼을 생각하지 않을 정도의 가정이라면, 진지하게 평생 가져갈 취미를 준비해두는 게 생산적인 일이다.

그런데도 공부를 열심히 해야겠다는 생각을 한 건, 순전히 자존심의 문제였다. 학창시절 대부분의 시간에 공부를 못한다는 소릴 들어본 적은 없었다. 민아와 만나면서 많이 망가진 성적이라 하더라도 평균은 훨씬 상회했다. 나를 아는 주변 사람들에게 알고 보니 공부는 못했다는 소릴 듣고 싶진 않았다.

그러나 잠시 여자는 잊고 알 만한 대학에는 갈 생각으로 공부를 시작하기는커녕, 시작부터 좋지 못했다. 재수는 노량진에서 했다.

치킨 맛을 너무 잘 알고 있는 데다, 부위별 차이까지 잘 알고 있고, 또 치킨이 종류별로 그 맛이 다르다는 걸 이미 안다. 어떻게 먹으면 더 맛있는지도 알고 있으며 환경이나 상황에 따른 맛의 차이까지 알고 있다. 그런데 눈앞에 쌓인 다양한 치킨들을 두고 참을 수 있을까?

관계를 음식을 먹는 것에 비유하는데 거부감을 느끼는 사람들이 있으니, 반대로 싸는 것에도 비유를 해보겠다. 평생을 살아오면서 다양한 배설을 하며 살아온 인간이 뱃속에 신호가 왔는데, 그 쌀 때의 쾌감을 아는데, 그리고 싸고 나서의 시원함을 너무나도 잘 알고 있는데 참을 수 있을까?

노골적이라 더 거부감이 들지만, 사실이 그렇다. 고교 시절과는 달리 여학생들과 한 교실에서 수업을 듣는 데다, 바로 옆자리에 여학생이 앉아서 한숨을 내쉬기도 하고 하품을 참는 모습을 볼 수 있는 재수학원은 내게 그랬다.

참아야 조금 더 인간의 품위를 지킬 수 있겠지만, 세상이 스님과 수녀들로 가득하더라도 인류는 절대로 멸종하지 않으리라는 걸 안다. 게다가 가끔은 여자들이 먼저 말을 걸어왔다.

"혹시 스터디 하시는 거 있어요?"
"빌어먹을!"
"예?"
"아! 아뇨, 죄송해요. 저 지금 풀고 있던 문제가 짜증 났는데, 저도 모르게…."

라면을 먹을지 말지 고민하고 있는데, 아랫집에서 라면 냄새가 올라오면 견디기 힘들다. 내일 아침 얼굴이 좀 붓고 후회를 하겠지만, 이미 라면을 끓이고 있게 된다. 꼬실 만한 여자애를 탐색하고 있는데, 알아서 먼저 말을 걸어온다면 참을 방법이 없다.

정말 빌어먹을 일이었다. 이미 난 이 여자와 잘 궁리를 하고 있었다. 대학을 다니다 말고 다시 수능 준비를 하는 것이라는데, 삼수생이라는 걸 어렵게 말한다. 이 여자는 친구와 함께 공부하고 있다면서, 혹시 같이 스터디 할 친구가 있냐고 했다.

없다는 걸 알면서 물어봤다는 느낌이 들었다. 스터디를 모집한다던 그 여자들은 적당히 잘생긴 남자들만 찾는 것 같았다. 두 명의 남자를 더 모집하고는 더 이상의 인원은 너무 많다고 했다.

여자들이 남자들보다 한 살 많지만, 서로 존대를 하다가 그냥 편하게 반말을 하자고 했다. 이 여자들은 둘 다 내 취향이 아니었고, 남자 둘이 더 있다는 게 마음에 들진 않았는데, 그런 게 중요한 건 아니었다. 모든 일들처럼 시작이 중요했다.

두 번째 스터디 모임이 끝나고 스트레스도 풀 겸 소주나 한잔하자고 했는데, 한 남자가 무슨 술이냐며 빠져주는 바람에 남녀비율이 맞춰졌다. 두 여자 모두 내 취향은 아니었기에 다른 남자가 먼저 누굴 선택하길 바랐지만, 여자 둘 다 내게 보내는 시선들이 장난 아니라서 곤란했다. 난 그냥 키가 좀 더 컸던 여자애한테 접근했고, 아무런 문제 없이 각각 남녀가 커플이 됐다.

내 취향은 아니었어도 굶은 지 오래된 터라 가릴 처지가 아니었다.

"그런데~ 누나는 왜 편입 대신에 수능을 다시 보는 거야?"

"응? 너 왜 갑자기 누나라고 하니?"

"아~ 맞다. 우리 말 편하게 하기로 했지? 내가 취했나 봐~."

"에휴~ 뭐 학교를 다닐 수가 있어야 편입을 준비하던가 하지. 단 하루도 있고 싶지 않던 학교였어."

"왜? 아~ 내가 맞춰 볼게~ 남자 문제였지?"

"어머? 어떻게 알았어?"

어떻게 알긴. 당연한 거 아니겠냐. 이렇게 남자를 밝히는 주제에 다른 이유가 있긴 했겠냐. 그런 게 중요한 건 아니었으니 넘어가고, 이미 술도 좀 마셨으니까 진도를 좀 빨리 빼기로 했다.

"남자친구는 몇 번이나 사귀었어?"

"왜 갑자기 몇 번이냐는 질문이 나오니? 내가 그렇게 남자를 많이 만났을 거 같아?"

"아니~ 남자 문제로 학교도 다니기 싫을 정도였으면, 한 명은 아니었을 거 아니야?"

"세 명. 아니 사귄 건 둘인가?"

"뭐야~ 하나, 둘, 셋도 구분하기 힘든 거야?"

"히힛~ 그게 아니라~ 잤다고 다 남자친구는 아닌 거잖아?"

대박이다. 내 생각보다 너무 쉬울 거 같다. 밑밥을 던지기도 전에 물고기가 낚싯줄을 물고 올라오는 꼴이다. 이건 뭐 이제부터 대화는 집어치우고 그냥 데리고 어디 모텔로 들어가도 될 상황이었지만, 눕기 전에 이부자리는 깔아야 했다.

"뭐야~ 그럼 남자친구도 아닌데 잤어?"
"얘. 목소리 낮춰. 창피하잖아. 그런 거 있잖니. 사귀는 사이는 아닌데 어쩌다 보니 실수로 말이야…. 에휴~ 내가 왜 그랬는지."
"그럼 나하고도 실수하자."
"뭐? 안 돼~. 나 이제 맘 잡고 공부하기로 했어. 좀 멀쩡한 대학에 가야겠거든?"

웃기시네. 그 여자는 말은 그렇게 하면서도 내가 잡은 손을 뺄 생각도 안 했다. 내가 안아도 품에서 한숨을 푹 내쉬기만 했다. 모텔을 갈 필요도 없었다. 유치하게 나보고 라면을 먹고 가라 했다.

택시를 잡아타고 그 여자의 원룸에 가서 했다. 아침에 일어났을 때는 그 여자의 친구가 있어서 놀랐다. 지난밤에는 술 때문에 잘 못해서 아침에 다시 하려고 했는데…. 그래도 같은 스터디이기도 하고, 지난밤까지 술도 같이 먹었으니까 인사했다.

"아~ 안녕?"
"어~ 일어났니? 나 샤워 오래 할 거니까. 뭐 알아서 해."

알아서 하라는 얘기가 그걸 해도 된다는 얘기인가? 멍하니 화장실로 들어가는 여자를 보고 있는데, 나랑 잤던 여자가 내 목을 안아 당기고 귀를 가볍게 깨물며 말했다.

"너 잘하더라?"
"너도."

이 여자가 내 걸 잡고 만지기에 나도 이 여자의 아래를 더듬었다. 벗기고 조금 더 만져주려는데, 이 여자는 그냥 빨리하라고 했다. 바로 옆에 화장실에서 친구가 샤워를 하고 있는데, 당당히 빨리하라는 이 여자의 태도가 마음에 들었다.

내가 들어가니까, 좋다고 했다. 나도 이 여자의 친구가 바로 근처에 있는 상황이 좋았다. 그다지 예쁜 얼굴은 아니었지만, 표정이나 반응이 굉장히 적극적이고 야했다. 나랑 처음 하는 여자인데, 되게 여러 번 했던 것처럼 내 몸에 잘 맞춰줬다. 아주 흥분되고 자극적인 상황이었지만, 이상하게 신호가 오질 않았다. 그래서 거칠게 했더니, 이 여자는 더 좋아했다. 샤워를 하고 있어도 이 여자의 신음은 들을 수 있겠다. 화장실에서 다른 여자가 그 소릴 듣고 있겠다는 생각을 하니까 신호가 왔다.

우리가 마무리를 하고 속옷을 챙겨 입고 나서야, 샤워하던 여자가 나왔다. 팬티와 셔츠 차림의 나를 못 본 척 지나쳐 화장대 앞에 앉더니 말했다.

"아니 스터디를 하면 같이 공부를 해야지. 떡이나 치고 말이야~ 이게 스터디냐?"
"왜? 어제 같이 나간 남자랑 잘 안 됐어?"
"아~ 됐어! 어제 얘기 꺼내지도 마. 이런 미친 변태 새끼."
"아니~ 왜? 널 때리기라도 했어?"
"하~ 참. 어이가 없어서. 그 변태 새끼가 친구를 불렀어."

"뭐~ 그럴 수도 있지. 그럼 그냥 둘이 놀라고 하고 버리면 그만이잖아? 왜?"

"아니! 그 변태랑 이미 했는데 친구를 불렀다고!"

사실, 내가 여자 둘이랑 해보는 게 꿈이라고 말하고 싶었는데, 그런 소릴 했다가는 상당한 위험해지겠다. 아무래도 스터디는 깨질 게 분명했고, 나랑 이 여자와의 관계가 어떻게 될지 심히 걱정되었다.

술이라도 취했으면 큰일 날 뻔했다며 둘이 떠들면서도, 이 여자들은 내게 해장라면을 끓여줬다. 정말 라면을 먹긴 먹게 되어서 더 좋았다. 같이 라면을 먹다 말고 남자 둘이랑 할 뻔했던 여자가 내게 물었다.

"얘랑 어쩔 거야? 사귈 거야?"

"아~ 그게 아직 서로를 잘 모르기도 하고~ 뭐랄까 진지하게 생각하기엔 또 재수 중이기도 하고~."

"먹고 버리겠다?"

"아니~ 무슨 말을 그렇게 해. 좀 더 친해지다 보면 뭐~ 서로에 대한 친밀도? 그런 걸 높여가면서…"

"됐고~ 서로 인간관계 복잡하게나 만들지 말자. 무슨 소린지 알아? 동서나 뭐 그런 거 만들지 말자는 얘기야. 그런데, 너 진짜 재수생 맞아? 작년까지 고딩?"

"어. 민증 까?"

"요새 조기교육 쩌네. 이 논 아주 좋아 죽던데?"

궁금하면 너도 맛 좀 보겠냐는 말을 하진 않았다. 겨우 한 살 차이면서 되게 어른인 척 구는 꼴이 웃겼다. 대학 구경 좀 하면서 남자들을 꽤 섭렵했다는 얘기겠지. 나랑 잔 여자도 만난 남자가 둘이나 셋이었다는 소린 거짓말일 가능성이 컸다.

당연히 이 여자와의 관계가 오래 가진 않았다. 내가 이 여자의 룸메이트를 건든 것은 아니었고, 이 여자가 다른 남자와 만나는 걸 내게 걸려서 자연스럽게 끝났다.

이 여자들? 이름도 기억 못 하겠다.

공부를 등한시한 건 아니다. 민아와 오랫동안 만나면서 게임과 멀어졌고, 딱히 취미라고 부를 수 있는 게 없었다. 여자들만 물색하며 학원을 드나들었던 것도 아니었고, 무료함을 공부로 달렜다고 보는 게 맞겠다. 열심히 했다고 보기도 어렵겠지만, 최소한 수업을 듣고 잘 모르겠는 걸 확인하며 고민하는 정도는 했다.

그런데도 공부할 시간이 부족했던 건, 아는 사람들을 만나게 된다는 것이다. 내가 알아보는 게 아니더라도 나를 알아보는 친구들이 있었고, 나를 알아보는 여자애도 있었다.

"박해진?"
"어? 강보람?"

중학교 때 다니던 학원에서 만난 여자애였다. 좀 관심이 있었는데, 그 애한테 껄떡거리는 친구들이 너무 많아서 접근 자체가 귀찮았다. 뭐라고 말이라도 걸었다가는 순식간에 소문이 나는 것도 귀찮았던 시절이라, 그냥저냥 알고 지내다가 흐지부지 인연이 끊겼던 여자애다.

보람이는 고등학교에 진학하자마자 전학을 갔다고 했다. 마찬가지로 수능을 망쳐서 재수를 시작했는데, 노량진으로 통학하는 게 너무 힘들어서 최근에 고시원에 들어갔다고 했다.

그때도 몸매가 좋았던 걸로 기억하는데, 4년 만에 만난 보람이는 뭐라 평가하기 어려울 정도로 훌륭해져 있었다. 중학교 때도 교복 치마를 과하게 줄이고, 다리를 꼬며 앉으면 남자애들의 집중적인 시선을 받았다. 게다가 가슴도 커서, 줄인 교복 상의 단추가 터질지도 모른다는 기대가 될 정도였다.

청바지에 셔츠를 입고 있는데도 엄청난 몸매를 드러냈다. 게다가 약간의 화장도 했는지 어릴 때보다 훨씬 예뻐졌다.

오랜만에 친구를 만난 반가움보다 이런 몸매의 미녀가 나를 먼저 알아봐 줬다는 게 좋았다.

"너 중학생 여친 사귄다는 얘기는 들었어."
"언제적 얘길 하는 거야~. 그런데, 그걸 네가 어떻게 알아?"
"너 그때 좀 유명했잖아? 여자애들한테 되게 매너 있고 막 그런 걸로?"
"후훗. 내가 좀 그랬지."
"그럼 여친이랑은 헤어진 거야?"

간단히 서로의 번호를 교환하고 헤어졌다. 긴 이야기를 할 시간은 충분했다. 그날은 메시지만 간단히 보내고, 다음날은 연락하지 않았다. 그리고 주말에 시간 있냐고 연락했더니 집에 간다고 해서, 그럼 다음에 시간 나면 한번 보자고 했다.

만남을 재촉하지도 않았고, 일부러 자주 연락하지도 않았다. 그냥 오랜만에 아는 사람을 만나서 반가웠던 정도인 것처럼 보이려 했다. 그러는 이유를 논리적으로 설명하기는 어렵다. 답은 구할 수 있는데 풀이를 설명하기 어려운 수학 문제처럼 그래야만 할 것 같았다.

딱히 어느 타이밍이라고 말하기 어려운 그 순간에 약속을 잡을 수 있었고, 편하게 만나서 수다나 떨며 스트레스를 풀자고 했다.

"보람이 너 술 마셔?"

"에이~ 재수생이 무슨 술이니? 밥이나 먹자."

"오오~ 멋지네. 나도 뭐 술을 잘 마시는 건 아니야. 몇 번 마셔봤는데 별로더라."

"뭐~ 그래도 가끔 속이 답답할 때 마시면 좀 풀리긴 하지."

"이야~ 강보람. 너 술맛을 아는구나? 어른이네~ 나보다 낫다."

"누나가 술 좀 가르쳐줘?"

술이 맛있다고 생각해본 적은 아직 없다. 고등학교 때도 어쩌다 기회가 있어서 마셨지만 별로였고, 재수하면서도 몇 번 마시게 되었는데, 역시나 그냥 그랬다. 그런데 난 술에 잘 취하지 않는 것 같긴 했다. 무리해서 마셔본 적도 없긴 했지만, 그럴 생각도 없다. 그냥 술은 어른처럼 보이기 위한 상징에 가까웠고, 또…. 여자와 있을 상황에 기름칠을 해주는 도구였다.

보람이랑 밥을 먹는 동안에 일부러 좀 어정쩡한 태도를 유지했다. 괜히 이상하게 어색하다며 술 좀 가르쳐달라 했더니, 보람이가 어깨를 으쓱이며 그게 좋겠다고 했다.

배가 불러서 근처의 작은 이자카야에 갔다. 보람이는 어깨가 조금 드러나 보이는 셔츠를 입고 있었는데, 꼭 누가 옷을 뒤에서 잡아당긴 것 같은 디자인이었다. 아까 밥을 먹으면서도 신기하게 생각하고 있었지만, 술을 한 잔 마시고 나서야 칭찬을 했다.

"보람아~ 그 옷 신기하고 예쁘다. 꼭 누가 뒤에서 잡아당긴 것 같은데 이상하지 않고 예뻐."

"그래? 이 옷 이렇게 하면 되게 야해진다?"

깜짝 놀랐다. 보람이가 셔츠의 단추가 있는 부분을 잡아서 앞으로 당기니까 가슴골이 훤히 보였다. 내가 놀라서 눈을 껌뻑이고 있는 게 웃겼는지 강보람이 깔깔거리며 웃었다. 아쉽게도 옷을 아까처럼 다시 올려서 뒤로 당겨진 것처럼 정돈하며 말했다.

"뭘 그렇게 놀라? 처음 봐?"

"야~ 에이. 사람 놀리고 그러지 마라. 어휴~ 아직도 심장이 벌렁거리네."

나는 과장되게 부담스럽다는 표정을 지었고, 보람이는 그런 내 모습이 재미있어 보였던 모양이다. 아직도 눈앞에 보람이의 크고 예쁜 가슴골이 어른거리는 것 같았지만, 애써 모른척하며 서로의 옛날얘기들로 술자리를 채웠다.

보람이는 고등학교 1학년을 다니다 말고 가을에 전학을 가게 돼서 꽤 힘들었다고 했다. 그러면서 공부하던 패턴도 망가지고, 괜히 시비를 거는 애들도 있어서 괴로웠었단다. 원래 여고에 다니고 있었는데, 남녀공학으로 전학을 가서 더 힘들었다. 남녀공학이라고 해도 어차피 남녀가 반이 다르지 않으냐고 했더니, 자기가 전학 간 학교는 남녀가 합반이었단다.

"있잖아. 그~ 대강 공부는 포기한 애들 모인 학교. 거의 그런 수준이었어. 한 반에 최소 절반은 이미 중학교 때 경험한 애들이었을 걸?"

"뭘 경험해?"

"알면서 뭘 또 모르는 척하냐? 암튼 짜증 나는 애들이 엄청 많았어. 학교가 아니라 무슨 약육강식의 세계? 알지? 사바나야 사바나."

"사바나? 아~ 아프리카 사바나? 그런 건 중학교 때나 그렇지 않나?"

"동네가 구리니까~ 학교도 뭐~ 진짜 일진 행세 하던 것들도 있었다니까?"

"그래도 여자애들은 좀 낫지 않아?"

"너~ 정말 모르는구나? 여자가 더 힘들어. 남자애들은 그래도 머리 굵어지면 맞서기도 하고 뭐 점점 상식이 통하는데~. 여자애들은 상식이랑 절대 상관없어. 한번 틀어지면 끝까지 가는 거야."

보람이는 가능하면 얽히지 않고 조용히 지내고 싶었지만, 여자애들이 알게 모르게 더 시비를 걸어서 아주 짜증 나는 상황들이 많았다고 했다. 그래서 내가 말했다.

"네가 예뻐서 그랬을 거야. 남자애들이 막 너한테 접근하고 그러니까 시기했던 거잖아."

"아~ 뭐. 그랬는지 저랬는지 남친이 생기고 나니까 오히려 건들지 않더라고~."

"오오~ 그렇게 강보람이 연애를 했다는 얘기군? 어떤 남친이었기에 애들이 건들질 않았어?"

"그 학교 짱 같은 그런 놈이었어. 하도 만나달라기에 만나기만 했었는데, 이미 사귀는 걸로 소문도 나버리고 에라 모르겠다. 나도 그냥 사귄 거지. 야. 그때 그놈 얘기는 하고 싶지 않으니까 그만하자."

"고등학교에도 짱이 있었어? 뭐 그런 꼴통들이 있냐? 그럼 걔랑 한 거야?"

"박해진. 죽을래? 됐으니까. 너나 여친 사귄 얘기 좀 해봐."

별로 할 얘기가 없다고 했다. 그냥저냥 어쩌다가 보니까 사귀기 시작했고, 딱히 막 사랑하고 그런 것도 아니라서 헤어지기도 애매했다고 했다. 그냥 같이 다니고 자주 만나는 오빠 동생 사이 같은 거라고 했다. 대단찮은 추억인 것처럼 말했다.

술이 더 오고 가고 나서야, 보람이가 하도 졸라서 처음 민이랑 했던 얘기를 했다.

"뭐~ 자주 키스도 하고 그러다 보니까 서로 호기심도 생기고 그렇잖아? 그러다가 했지 뭐."

"그렇구나. 좋았겠다."

"다들 그런 거 아니야? 보람이 넌 어땠는데?"

"난 됐어. 별로 생각하고 싶지 않거든?"

"와~ 진짜 치사하다. 나만 얘기하게 하고!"

보람의 얘기를 듣는데 그리 오래 걸리진 않았다. 슬슬 술에 취해서 혀가 꼬이기 시작한 강보람이 테이블에 기대기 시작했고, 셔츠를 내리지 않아도 가슴골이 드러나곤 했다. 보람이가 이제 그만 마시자며 일어나려는데, 넌 처음에 어떻게 했는지 말해주지 않았다며 또 졸랐더니….

"술 먹고 뻗었는데 당했다. 됐냐? 참나~ 어처구니가 없어서 진짜~ 후~ 그것도 그놈 혼자가 아니었다는 거지. 다른 놈이 있었는데. 어휴~. 암튼 그러고 다음 날 종일 울었어. 후우~ 짜증 나."

"진짜? 그거 범죄잖아? 신고했어야지!"

"아~ 얘 진짜 순진한 소리 하네. 후우~ 이제 막 그 학교에 적응하려는데 또 전학 가? 사진도 막 찍혔는데? 다음에 또 협박당하고 불려 나가서 놈들이랑 하고 그랬는데. 참나~ 나중엔 할 만하더라. 하아~ 내가 신고하진 않았는데, 그놈들 강간으로 잡혀갔거든~. 나 말고도 당한 애들이 한둘이 아니라는 얘기지. 뭐 그랬다. 됐냐?"

"잡혀갔구나. 다행이네. 그걸로 끝이야? 그럼 진짜 남친은 사귄 적 없어?"

"없겠냐? 나중에 한 명 사귀어서 개하고만 했지. 뭐~ 에휴~ 내가 별소릴 다 한다."

엄청났다. 도도하면서도 백치미에 시원시원한 이미지의 강보람에게 이런 과거가 있으리라고는 상상도 못 했다. 아니, 이런 일이 내가 아는 사람에게 일어날 수 있다는 것도 믿기지 않았다. 아무리 취했어도 이런 걸 남에게 말할 수 있는 건가? 게다가 나중에는 남자친구를 만나서 했다고까지 말했다. 뭔가 트라우마를 겪는다든지 그런 줄 알았는데, 괜찮다는 얘긴가? 양아치들 사이에 도는 허세 섞인 소문이 실재하긴 했던 모양이다.

맞다. 혜주가 생각났다. 언젠가 노래방에서 나오면서 혜주가 두 녀석이랑 있는 걸 봤었다. 혜주랑 더 많은 얘기를 하지 못했던 것들이 이제야 아쉬웠다. 그럴 기회도 시간도 별로 없긴 했었지만…. 내가 순진했던 걸까, 혜주나 보람이가 특별한 걸까? 그게 중요한 게 아니다.

나중엔 할 만했다고?

지금 술자리가 끝낸다는 게 너무 아쉬웠다. 보람이한테 술을 더 마시자고 해봤자 그럴 상태가 아니었다. 술이나 깰 겸 노래방이라도 가자고 했는데, 보람이는 노래방 가는 거 싫어한다고 했다. 보람이를 붙잡긴 해야겠는데, 아무리 생각해도 좋은 방법이 떠오르질 않았다.

진상을 부리면 어떻게든 붙잡을 수 있긴 하겠는데, 그런 건 딱 일회용이었다. 초장에 진상을 부리는 건, 다시 볼 생각을 하지 말아야 했다. 저 얼굴에 저런 몸매를 가진 여자가 흔한 건 절대로 아니다. 보고 또 보고 사귀어보고도 싶었다.

몸도 잘 못 가누는 거 같아 부축했는데, 잘록한 허리에 손이 밀려 엉겁결에 가슴을 잡았다. 짧은 순간이었지만 짜릿한 감촉이 손에 남을 정도로 풍만한 가슴이었다. 보람이가 내 손을 뿌리치며 말했다.

"건들지 마! 됐어~ 집에 좀 가자. 응? 너도 나랑 그러려는 거야?"

보람이의 목소리가 작지 않았다. 지나던 사람들의 시선 느껴졌다. 더 붙잡았다가는 더러운 꼴을 보이게 될 것 같았다. 나는 일부러 미안하다는 몸짓을 과장되게 하며 조금 떨어졌다.

고시원까지 같이 걷자고 했는데, 보람이는 택시를 타겠다고 했다. 나도 같이 타고 가려는 걸 보람이가 됐다며 혼자 타고 가버렸다. 순식간에 혼자가 되었다. 좀 전에 손에 잡혔던 감촉만 남았다.

노량진 거리에는 학원수업이나 공부를 마치고 돌아가는 사람들과 술에 취해 걷는 사람들로 인산인해를 이루고 있었다. 몇몇 사람들이 나를 보긴했지만, 특별히 신경 쓰는 눈치는 아니었다. 이미 다른 곳에서도 실랑이를 벌이는 남녀가 있었다. 토하는 여자의 등을 두드려 주는 남자의 곁으로 피곤한 얼굴의 수험생이 큰 가방을 메고 지나치고 있었다.

실망하진 않았다.

여기 노량진은 흐르는 시간의 강물에 실패가 홍수처럼 넘쳐나는 곳이다.

～～♠～～

다음날 강보람에게 안부 메시지를 보냈다. 답장이 오는데 그리 오래 걸리지 않았고, 어제 일은 별로 기억하지 못하는 것 같았다. 많이 마셔서 피곤하다고 했다. 공부해야 하는데 술 마신 걸 너무 후회하고 있어서, 당분간 다시 술을 마시자는 얘기는 못 하겠다.

이런저런 얘기를 나누다 보니까, 보람이가 공부하는 방법에 문제가 보여서 약간의 도움을 줬다. 보람이가 선택한 단과 학원들도 전혀 짜임새가 없어서 몇몇 과목의 학원과 시간대를 옮기라 했다. 당연히 오후에 들을 만한 몇 개의 수업은 나와 같이 듣게끔 조절해줬다.

그렇게 보람이에게 공을 들이고 있는 와중에도 다른 여자들이 눈에 들어왔다. 날이 점점 더워지면서 짧아지고 가벼워지는 여자애들의 옷은 심각한 골칫거리였다. 과감한 민소매 셔츠를 입은 여자애가 앞자리에라도 앉는 날이면, 종일 그 여자애의 겨드랑이가 어른거렸다.

어서 보람이와 진도를 나가고 싶었는데, 사귀자는 말도 꺼내기 힘들었다. 보람이는 대학을 갈 때까지 남자는 만나지 않겠다는 말을 수시로 했다.


수학 강의를 잘하는 유명 강사의 평일 수업을 신청하지 못했다. 대신 주말 수업을 신청했고, 고등학생들과 함께 수업을 들었다. 별 차이는 느껴지지 않았다. 주말이라 교복을 입지도 않았으니까, 재수생들과 다를 게 없어 보였다.

그게 문제였다. 다를 게 없어 보여도 여고생이라는 사실 자체에 끌렸다. 보람이랑 진도를 나가지 못하고 있는 문제가 더해져서 자꾸 몇몇 여고생들이 눈에 들어오기 시작했다. 그중에 강보람과 닮은 여자애가 있었다.

백치미는 좀 덜했는데 몸매는 아주 닮아 있었다. 주말에만 만날 수 있기 때문에 지켜보고 있을 시간이 없었다. 절대로 나쁜 선택이겠지만, 음료를 건네며 말을 걸었다.


"덥죠? 이거 마셔요."

"…고마워요. 그런데 저 남자친구 있어요."

역시 좋은 선택이 아니었다. 그래도 보통은 인사나 나누며 완곡한 거절을 하는 편인데, 이 여자애는 단호했다. 그 여자애를 호시탐탐 노리던 다른 놈들이 보고 있다는 것도 창피했지만, 그래도 음료는 마시라고 건네면서 말을 더 걸어봤다.

"남자친구가 있을 거 같긴 했어요. 우리 그냥 친구 하는 것도 좀 그렇죠?"
"네. 아무래도."

아니. 좀 너무한다 싶다. 정말로 친구를 할 생각은 아니더라도, 여자들은 그냥 웃어주는 경우가 보통인데, 단호해도 너무 단호했다. 얼굴도 괜찮고 몸매도 좋긴 하지만, 입은 옷을 봐서는 사생활을 단속해야 할 만큼 그리 잘사는 집안의 여자애도 아닌 거 같았다.

뭐 어떤 여자애이기에 이렇게 단호한 건지 호기심이 생겼다. 약간의 미행을 시도했는데, 특별한 건 없었다. 데리러 오는 사람도 없었고, 그냥 수업이 끝나면 지하철로 직행하는 여자애로 보였다.

그러나 다음 주에는 그 여자애가 남자를 만나는 걸 목격할 수 있었다. 확실히 아버지는 아닐 정도로 젊었지만, 남자친구라기엔 나이 들어 보였다. 같이 있는 게 어색해 보이는 두 사람이 식당으로 들어갔다. 노량진의 물가 기준 가장 비싼 수준의 음식점에서 고기를 먹었다.

절대로 남자친구는 아니었다. 손을 잡지도 가까이서 걷지도 않았다. 식사를 마친 두 사람이 음식점을 나와 택시를 잡아탔다. 여태 손을 잡지도 가까이서 걷지도 않던 남녀가 택시를 탈 때는 남자가 그 여자애의 어깨를 감싸고 있었다.

소문으로 들었던 스폰서? 아니, 여고생이니까 원조교제라고 불러야 할까? 뒤따라가고 싶은 마음은 굴뚝 같지만, 이 방법이 없었다. 저렇게 예쁜 여고생이 저런 남자를 만나서 뭘 할지 상상하니까 괜히 열 받았다. 인류의 탄생 이래로 이어졌던 방식이겠고 절대로 사라지지 않을 현실이겠으며 나라고 저러지 않겠다는 보장은 없겠지만, 입맛을 다시게 되는 건 어쩔 수 없었다.

이제 그만 보람이는 포기하고 어울릴만한 다른 여자애를 찾아봐야겠다. 내가 보람이를 꼬시느라 미적거리는 동안에, 또 다른 예쁜 여자애가 누군가의 품에서 경험치를 늘리고 있으리라는 게 싫다. 이상한 사람 같겠지만, 솔직히 그런 생각을 했다.

민아는 어떨까. 나 덕분에 남자를 알 만큼 알았을 텐데, 지금 누군가를 만나고 있진 않을까. 혹시 어릴 때부터 친했던 그 친구라는 놈이랑…. 에이 상상하고 싶지 않다. 내가 까였던 그 여고생이 나이든 남자를 만나는 건 상상이 되는데, 민아가 친구랑 그러는 건 상상도 하기 싫다.

보람이랑 같은 수업을 듣는 날이었는데, 보람이가 원피스를 입고 나타났다. 헐렁하고 편해 보이는 원피스이긴 했어도 몸매 때문에 장난 아니었다. 평범한 여자애들이 입으면 귀여워 보일 수도 있는 원피스였는데, 지나던 모든 남자애들이 보람의 몸에 시선이 머물렀다. 가만히 있으면 잠옷 같아 보이지만, 걷기만 해도 몸매의 윤곽이 드러나며 속옷의 모양을 알 수 있을 정도였다.

그런 보람이와 아는 척을 하고 같이 다니니까, 부러운 시선들이 내 뒤통수에 꽂히는 게 느껴졌다. 부러울 거 하나도 없다고 설명해주는 대신, 시선들을 피해 제일 뒷자리에 앉았다. 보람이도 제일 뒷자리가 좋다며 말했다.

"아~ 나도 이제 뒷자리가 좋아."

"뭐야~ 공부 열심히 안 해? 오늘은 너 입은 게 좀 야해서 뒤에 앉은 거야."

"아무거나 입어도 어차피 신경 쓰이는 건 마찬가지거든? 남자애들이 자꾸 보는 거 피곤해~."

두 시간짜리 수업이었는데, 초여름의 오후수업답게 한 시간이 다 끝나기도 전에 하나둘씩 책상 위에 엎어지기 시작했다. 강사가 약간의 잔소리를 하다 말고 쉬는 시간이 되었다. 강사가 세수라도 하고 오라는 말을 했지만, 그나마 견디며 수업을 듣던 애들도 책상 위에 엎어져 잠들었다.

보람이도 마찬가지였다. 책상 위에 엎드려 자는데, 가슴이…. 제일 뒷자리였는데도 순간 누가 보는 건 아닌지 눈치를 살피게 됐다. 헐렁한 원피스임에도 윤곽이 그대로 드러나는 가슴에서 눈을 떼기 어려웠다.

미치겠다. 만져보고 싶어서 미쳐버릴 거 같았다. 하지만 만지면 범죄잖아? 게다가 보람이라면 소리라도 지를 거 같았다. 가까스로 참아내며 일어나 세수를 하고 음료수를 사서 돌아왔고, 보람이를 살살 불러봤다. 대답이 없어서 어깨를 살짝 건들며 흔들어도 봤다. 역시 아무 반응이 없었다.

만졌다. 보람의 가슴 아래서부터 아주 살짝 건드려봤다. 그래도 보람이는 미동도 없었다. 조금 가볍게 가슴을 들어 올리듯 만져보고 살짝 쥐어보기까지 했어도 보람이는 자기만 했다. 얇은 브래지어의 두께가 느껴질 정도로 주무르기 시작했고, 보람의 가슴 감촉이 완전히 내 손안에 느껴졌다.

들렸다. 거칠어진 보람의 숨소리가 들렸다. 절대로 코를 고는 소리는 아니었다. 보람이가 깨어 있다는 확신이 들 정도였다. 분명히 깨어 있는데도 가만히 있다는 사실에 자신감이 생겼다. 보람이의 가슴을 더 세게 주물렀다. 이젠 보람이의 숨소리를 누가 들을까 봐 걱정됐다.

보람이 엎드린 채로 자기 가슴을 만지고 있는 내 손목을 잡고 속삭였다.

"너. 뭐야…"

"저번에 술 마셨을 때 기억 안 나? 남자친구랑 어떻게 했는지…"

"그래서 뭐…. 하아…. 내가…"

"나가자."

보람이랑 학원을 나와서 걸었다. 보람이 나를 따라오고 있는지 확인하며 걷다가, 자꾸 뒤처지는 보람의 손목을 잡고 걸었다. 모텔 앞에 갈 때까지도 우린 아무 말 하지 않았다. 아직 대낮이었는데, 모텔 방은 불을 켜지 않으면 안 될 정도로 어두웠다. 방에 들어가자마자 창을 열었는데, 보람이 리모컨을 들어 등과 에어컨을 켰다.

창문을 다시 닫으니까, 보람이가 말했다.

"이번만이다?"

픽이나 그렇겠다. 난 보람의 원피스를 한 번에 벗기고 속옷을 벗겼다. 보람이가 입고 있던 옷은 달랑 세 개였다. 보람이랑 처음 하는 만큼 천천히 키스도 하고 만져줄 생각이었는데, 보람이 먼저 내걸 잡으며 넣으라고 했다.

넣자마자 질퍽이는 소리가 장난 아니었다. 보람이가 내 움직임에 맞춰 허릴 흔들며 말했다.

"아~ 너무 좋아. 죽을 거 같아~ 하아~"

"헉헉. 이번 한 번만이야?"

"하아~ 몰라~ 나 진짜 맘먹고 공부만 하려고 했는데! 하아~ 다 너 때문이야~"

"좋잖아? 너도 하고 싶었잖아?"

"웅! 좋아~ 너무 오랜만이라 하아~ 더 좋아~."

완전 밝히는 애였다. 남자애들에게 당하고도 나중에는 할 만했다고 했을 때 알아봤지만, 보람이는 내 생각보다 훨씬 더 밝혔다. 나도 오랜만이라 빨리 끝내는 게 아쉬워서 말을 걸어봤다.

"헉헉. 마지막으로 한 게 언젠데?"
"하아~ 하아~ 겨울에. 겨울~ 하아."
"겨울? 누구랑? 누구하고 했는데?"
"하아~ 몰라~ 왜 그런 걸~ 좋아~ 친구 오빠랑 하아~."

괜히 말을 걸었다. 보람의 대답에 더 흥분해 버렸다. 난 이제 끝나버렸는데도 보람은 내가 쏜 걸 만지작거리며 숨을 가다듬고 있었다. 그런 보람이에게 휴지를 건네며 같이 씻자고 했더니 좋다고 한다.

씻으면서 보람이가 내 걸 만져주기에 했다. 씻고 나와서 좀 쉬다가 빨아 달라고 했더니, 무서울 정도로 잘 빨았다. 나랑 그렇게 많이 했던 민아는 비교하기도 어려울 정도였다. 그렇게 또 하고 모텔을 나왔는데, 아직 노량진에는 노을도 번지지 않았다.

당연히 한 번으로 끝날 리가 없었다. 우리는 수시로 만나서 했고, 보람이는 할 때마다 자지러질 듯 좋아했다. 항상 모텔에 가서 하는 건 부담스러웠기에 고시원에서 한 적도 있는데, 보람의 신음이 너무 커서 다시는 그럴 수 없었다.

용돈이 부족한 편은 아니었는데도 모텔비 때문에 주머니가 텅텅 빌 정도였다. 전에 민아랑 그랬던 것처럼 노래방에 가서도 했다. 보람이를 노래방 탁자에 엎드려놓고 반바지만 벗겨 놓고 하다가 물어봤다.

"너 이런 데서도 해봤지?"

"응~ 응. 하아~ 누가 볼까 봐 흥분돼~."

"노래방에서는 누구랑 해봤어? 응?"

"하아~ 왜 자꾸 그런 걸 물어~."


그러면서도 보람이는 엉덩이를 들썩였다. 보람이가 대답을 안 해서, 내가 허릴 멈추고 가만히 있었다. 그러자 보람이가 손을 뻗어 내 엉덩이를 붙잡으며 해달라고 애원했다. 난 그런 보람이에게 노래방에서는 누구랑 해봤냐고 다시 물어봤다.


"하아~ 몰라. 친구들이랑. 말했잖아~ 하아. 그놈들~ 하아."

"뭐? 노래방에서 여러 놈이랑 한 거야? 몇이나?"

"두 명. 하아~ 두 명이랑 했어!"


보람의 자극적인 과거 얘기를 듣는 게 흥분되었다. 얘는 내가 야동에서나 보고 상상으로도 하기 어려웠던 일들을 이미 겪은 여자애였다. 이제 갓 스무 살이 된 여자애의 과거라고는 믿기지 않을 정도였고, 내 과거는 순진해 보일 지경이었다.

나는 보람이랑 별의별 변태 같은 짓들을 했다. 보람이보고 속옷을 입지 말고 학원에 나오라고 하기도 했고, 수업 중에 보람의 치마 속에 손을 넣고 만지작거리기도 했다. 난 팬티를 입지 말고 나오라는 거였는데, 보람이가 브라도 안 하고 나와서 큰 가슴의 윤곽이 그대로 드러나 보이기도 했다.

만나면 하기만 했으니, 성적이 잘 나올 리가 없었다. 모의고사를 봤는데, 보람의 성적은 말 그대로 처참한 수준이었다. 보람이는 꽤 충격을 받았던 모양이고, 내 연락을 받지 않다가 노량진을 떠났다.

재수를 하면서 몇몇 여자애들을 더 만났지만, 보람이 같은 여자애는 없었다. 당연히 내가 처음인 여자애도 없었다.

민아는 내가 처음이었는데….

✦

에어컨 소리에는 잠자기 좋은 주파가 섞여 있는 게 분명하다. 잠이 모자랄 정도로 공부를 하는 건 절대로 아니었는데, 항상 졸음과 싸워야 했다. 내가 하루에 자는 시간을 계산해보고 깜짝 놀랄 정도였다. 대강 하루의 절반에 가까운 시간을 자거나 졸고 있었다.

학원수업이라도 듣지 않으면 정신적으로 너무 피폐해지는 느낌이라, 일단 학원에는 나가긴 했다. 하지만 자리를 잡고 앉자마자 엎어져 잠드는 게 일상이었다. 강사의 수업 소리와 에어컨 소리는 잘 어우러진 자장가 오케스트라연주 같았다.

그날도 평소와 같이 수업도 시작하기 전에 엎드려 졸기 시작하는데, 근처에서 몇몇 놈들이 시끄럽게 떠들고 있었다. 재수까지 하면서 친구들을 만들고 몰려다니는 놈들을 도무지 이해할 수 없었다. 잠 좀 자자고 한마디 하려다가 솔깃한 얘기를 들었다.

"야. 너 그 얘기 들었어? 조기~ 저어기~ 저 여자애 장난 아니라며?"
"누구? 아~ 단발머리? 쉿 들리겠다. 쟤…. 달라고 하면 주는 애라며?"
"너도 알아? 아니. 그럼 너도 했어?"
"내가? 별명이 성녀라며~ 나도 요즘 주의 깊게 지켜보고 있다."
"쥐랄. 보기만 해도 주냐? 달라고 해야지? 그럼 내가 먼저 달라고 한다?"
"야~ 우리 인간적으로 동서가 되지는 말자."

평생 여자랑 할 가능성이 없어 보이는 녀석들이다. 저런 놈들도 면도할 때 거울을 보긴 할까? 여자에게 말 거는 것 자체에 알레르기가 있는 놈들 주제에 뒷담화로 욕구를 채우는 중이었다. 몇몇 여자애들에게 생기는 불편한 소문들은 이런 놈들이 만든다.

잠이 깼으니까 일어나서 세수도 할 겸 화장실에 다녀오며 놈들이 말한 여자애를 찾았다. 찾는데 그리 오래 걸리진 않았다. 단발머리에 놈들이 불쾌한 소문을 만들 정도로 예쁜 여자애는 한 명밖에 없었다.

어차피 머뭇거리고 고민하다 평생을 낭비할 녀석들이었으니까, 내가 먼저 나선다고 곤란할 건 없었다. 오히려 내가 그 여자애에게 말을 거는 모습만 가지고도, 다양한 상상을 동원해 자위나 할 녀석들이다.

큰 키에 말랐지만, 그래서 큰 골반이 더 도드라져 보이는 여자애였다. 미용을 했다기보다 이발을 한 것처럼 짧은 단발머리의 여자애가 나를 물끄러미 바라보고 있었다. 난 이미 시간이 있냐고 물어봤으니까 어떻다는 대답을 들어야 할 텐데, 그 여자애는 어쩐지 슬퍼 보이는 눈으로 나를 바라보다 작게 말했다.

"열한 시 반에 괜찮으면 이 학원 앞에서."

전화번호를 가르쳐주기는커녕 이름도 모르는데, 대뜸 열한 시 반에 만나자고 한다. 그 시간까지 뭘 하고 있으려는 건지 궁금했는데, 이미 그 여자애는 돌아서 걷고 있었다.

설마 내일 아침 열한 시 반은 아닐 테니까, 저녁도 먹고 공부도 좀 하며 시간을 때우다가 나왔다. 솔직히 혹시나 하는 생각으로 나왔는데, 정확히 열한 시 반에 그 여자애가 나와서 놀랐다. 큰 가방을 메고 나타난 그 여자애는 나를 만나자마자.

"밥 사줄래요."

"아. 여태 저녁 안 먹었어요?"

이름은 뭐예요. 나이는 어떻게 돼요? 재수하는 건가요? 뭐 먹을래요? 등등의 질문을 막 꺼내려는데, 그 여자애가 앞장서서 걷기 시작했다. 괜찮은 음식점에 갈 줄 알았는데, 생긴 것과 어울리지 않게 24시간 해장국집 문을 열고 들어갔다. 별로 비싸지도 않은 식당이라 부담스럽지 않게 따라 들어갔다.

나는 배가 고프지 않았지만, 술이나 마시려고 해장국을 시켰다. 그 여자애에게 술을 권했는데 마시지 못한다고 했다. 어쩐지 질문을 받아주지 않을 것 같은 표정이었지만, 가까스로 이름이 김은진이고 재수생이며 조금 전까지 공부하다가 나왔다는 걸 알 수 있었다. 그럼 동갑이니까 우리 말 편하게 하자고 했더니, 고개를 끄덕여줬다.

"은진아. 아~ 그러니까 남자도 공부할 건 다 하고 남는 시간에 만나는 스타일인 거야?"

"그 학원 열람실이 11시에 문을 닫아."

그 학원 열람실이 그렇게 좋아 보이는 건 아니었는데, 은진이 취향에 맞았던 모양이다. 웃는 모습을 상상하기 어려울 정도로 냉랭한 표정이라, 왜 날 만나줬는지 이상할 정도였다. 분위기를 개선할 궁리를 하고 있는데, 해장국이 나왔다.

처음에는 은진이가 천천히 식사했다. 틈틈이 질문해서 은진이가 인천에서 살았고, 지금은 남자친구가 없다는 정도의 대답을 들을 수 있었다. 그리고 은진이의 식사속도가 점점 빨라져서 질문하기 어려웠다. 혼자 마시는 술이라 천천히 마시긴 했어도, 내가 소주 반병을 비우기 전에 해장국을 거의 다 먹었다. 은진이는 해장국이 식을 때까지 기다렸다가 빨리 먹은 것 같다.

"…더 먹을래?"

은진이가 고개를 가로젓고 내가 먹던 해장국을 가리켰다. 내가 안주하던 해장국을 건넸더니, 은진이가 또 순식간에 먹어치웠다. 저렇게 말랐다는 게 믿기지 않는 식사속도였다. 난 밑반찬으로 나온 오이를 안주 삼아 소주를 마셨다.

내가 소주를 마시는 걸 기다리는 김은진에게 물었다.

"뭐냐?"

대답 없이 내 눈치를 보는 것 같은 김은진에게 다시 물었다.

"뭐 하는 거냐고."

김은진이 주변 사람들의 눈치를 보며 큰 가방을 짊어 메고 가게를 나갔다. 내가 계산을 마치고 나왔더니, 은진이가 기다리고 있었다. 뭔가 물어보고 싶은 말이 있지만, 차마 목구멍에서 나오질 않았다.

갑자기 짜증이 솟구치는 것 같았는데, 그냥 이대로 가버리고 싶었는데, 점심은 먹었냐는 바보 같은 질문을 했다. 은진은 대답 없이 주변에 지나가는 사람들의 눈치를 봤다.

그런 김은진을 데리고 모텔에 갔다. 나도 모르게 은진의 냄새를 맡았지만, 땀 냄새도 별로 나는 건 아니었다. 뭔가 냄새가 날 줄 알았던 내가 더 더러웠다. 은진은 그저 물끄러미 나를 바라보며 기다리고 있었다.

　내가 가만히 서서 은진을 바라보고 있으니, 은진이 가방을 내려놓고 침대에 앉아 냉랭한 목소리로 말했다.

　"아침은 먹었고, 점심은 빵이랑 우유로 때웠어. 잘 곳이 없는 건 아니고, 창문도 없고 공용 화장실을 쓰는 데다 빨래하기도 불편한 고시원에 살고 있어. 원래 가난한 부모가 이혼하며 둘 다 나를 버려서 난 더 가난해졌어. 뭐가 더 궁금하니."

　"그럼…. 너 그래서 이런 식으로 남자를?"

　내 말에 김은진이 씁쓸한 표정으로 웃다 말고 나를 노려봤다. 내가 은진의 눈을 피하지 않으니까, 은진이 한숨을 내쉬더니 말했다.

　"그래서 왜. 불쌍하니. 용돈이라도 줄래."

　"아니, 그렇게 살면 안 되는 거잖아."

　"내가 몸이라도 파는 것 같아? 너 바보야? 그러려면 내가 널 왜 만나겠니. 같이 있어주기만 해도 용돈을 주겠다는 늙은이들이 있는데. 난 그냥 가난할 뿐이야. 그리고 그냥 너랑 자고 싶은 거야. 아무리 가난하더라도 우리 부모가 이혼하며 왜 둘 다 나를 버렸을까. 가난하면 남자랑 자고 싶지 않을 거 같아? 아니, 가난하면서 남자랑 자면 죄다 몸을 파는 거야?"

　"차라리 남자친구를 사귀지."

　"누구랑? 너 나랑 사귀고 싶어? 나처럼 가난한 데다 까칠한 여자랑? 너도 그냥 나랑 하고 싶은 거 아니야?"

　"…아니 무슨 그런."

　"한 명이야. 재수하면서 딱 한 명이랑 잤어. 그날은 꼭 그게 필요했으니까. 좀 편하게 씻고 편하게 잘 잠자리가 필요했고, 덤으로 남자도 있으면 괜찮겠다 싶었어. 그런데 그 한 놈이 내가 고등학교 때 사귀던 놈이랑 아는 사이더라. 그러면 여자는 어떻게 되는 줄 알아? 걸레가 되는 거야. 난 아무하고나 자는 여자가 됐어. 알아?"

"그럼 나처럼 말 거는 애들이 없었어?"

"있겠니? 그런 소문이 돌면 오히려 보통의 남자들은 내게 접근하지 않아. 재수생들 중에 너 같은 쓰레기가 흔할 거라고 생각하니? 아~ 물론 몇몇 멍청이들이 말을 걸긴 했지만, 그런 멍청이들은 내 말투에 겁이나 먹지 않으면 다행이야."

"…지금도 편히 씻고 편히 자고 싶어서?"

"따뜻한 저녁도 먹고 싶었지. 걱정 마. 곧 주말 알바 급여가 들어오면 밥값도 충분해질 거니까. 학원에서도 알바 자리를 구했어. 게다가 주기도 적당했고 너 같은 남자애랑 뒹굴고 싶어졌으니까. 그래도 피임은 해야 해."

그러니까. 그런 게 있다. 말솜씨가 무지하게 좋은 강사의 강의를 듣고 있으면, 이해하고 있지 못하면서도 이해하고 있다는 기분이 들 때가 있다. 정치인의 단호한 연설을 듣고 있으면, 개소리라는 걸 알면서도 고개를 끄덕이게 될 때가 있다. 제멋대로 날고 있는 나비의 날갯짓을 보고 있으면, 어쩐지 확실한 목적지가 있을 것 같다.

이럴 때, 머릴 긁적이면 완벽히 설득당했다는 걸 인정하는 꼴이 되겠는데, 난 머릴 긁적이며 머릴 갸웃거리기까지 했다. 엄청나게 많은 대화가 필요하겠다는 걸 알면서도 적당한 질문을 꺼내기 곤란해졌다.

김은진이 침대에서 일어나며 말했다.

"씻어야 하니."

"응?"

"난 괜찮으니까 먼저 했으면 좋겠는데, 가방에 빨래할 거리가 조금 있거든. 그러니까 먼저 하고 나서 네가 씻으면 내가 목욕탕을 좀 오래 사용할 거란 얘기야."

차라리 내 머리에 총구를 겨누며, 당장 나랑 하지 않으면 네가 빨래 대신에 저 가방에 들어가게 될 것이라는 협박을 하는 게 어울리는 말투였다.

나를 적당히 조각내면 은진이의 저 큰 가방에 담길 수도 있겠다는 상상을 하는 동안, 은진이가 먼저 옷을 벗기 시작했다. 마치 목욕탕에 들어가기 전에 탈의하는 모습과 같았다. 간단히 홀홀 벗어버린 은진의 몸은 조금 마르긴 했어도 꽃다운 그 나이 여자애의 몸이었다. 예상대로 가슴이 별로 크진 않지만, 모양이 예쁘고 균형이 잘 잡혀 있었다.

내가 물끄러미 바라보고만 있으니까, 순간적으로 자기 몸을 가릴 것 같은 손짓을 하다 말고 은진이가 내게 다가왔다. 은진이가 내 바지를 벗기고 팬티를 벗기는 게, 마치 엄마가 어린 아들에게 쉬를 하라는 것 같았다.

모처럼 벗은 여자 앞에서 긴장하고 있었던 내 것이, 은진의 입안으로 사라지며 단단해졌다.

"깼어."

은진이는 모텔 방에 있는 작은 탁자에서 책을 보고 있었다. 열린 창문에서 쏟아지는 햇살이 은진이를 반짝이게 했다. 지금 여기가 노량진의 모텔이라기보다 어느 가정집의 침실처럼 느껴졌다. 은진이는 멍하니 자기를 바라보고 있는 나를 보며 입에 볼펜을 물었다. 입술로 볼펜을 까딱거리며 흔들던 은진이가 보고 있던 책을 덮고 일어났다.

그제야 모텔 방안의 다른 사물들이 눈에 들어오기 시작했다. 뭔가 걸치거나 걸 수 있는 모든 사물에는 은진이의 세탁물들이 걸려있었다. 은진이가 옷걸이에 걸어 말리던 셔츠를 만져보고는 내게 말했다.

"조금 더 있으면 잘 마르겠다. 내 방에는 창문이 없어서 빨래가 잘 안 말라. 네 속옷도 빨아뒀어. 그럼 할래?"

은진이가 창문을 열어둔 채로 셔츠와 팬티를 벗고 침대로 올라왔다.
지난밤 두 번 하고 내가 씻고 나오자마자, 은진이가 빨래걸이를 가지고 화장실에 들어갔다. 은진이가 빨래하는 소리를 듣다 말고 잠이 들었는데, 은진이가 내 품에 안겨서 잠깐 잠이 깼었다. 다시 하자는 건 줄 알고 은진이를 안으려니까, 은진이가 피곤하다며 아침에 하자고 했다.
솔직히 아침에 일어나면 은진이가 사라져도 이상할 게 없다 생각했는데, 은진이는 빨래를 했고 빨래가 마를 시간이 필요했다.

"아. 잠깐 아프다고~."
"미안. 남자는 그냥 해도 괜찮은 거 아니었어?"
"아니야!"

어쩐지 내가 투정 부리는 기분이 들었지만, 은진이가 빼서 다시 내 걸 주물러주고 말했다.

"이제 해도 괜찮아?"
"어!"

해도 괜찮으냐는 질문을 들었을 때, 어떤 기분인지 조금은 알 거 같다.

도시의 소음들과 새들이 지저귀는 소리, 노량진 특유의 냄새와 도심의 지저분한 향기. 창문을 좀 닫았으면 좋겠는데, 빨래가 잘 말라야 한다며 창문을 닫지 못하게 했다. 모텔의 적절한 각도와 작은 창문 때문에 밖의 다른 건물에서 보일 일은 거의 없겠지만, 어차피 누가 보는 건 상관없었다. 그냥 지금 불편한 건….

"너 잘한다."
"너도."
"또 할 수 있지."
"아마."

은진이가 질문하고 내가 대답했다. 리드를 당하고 있다는 사실이 불편했던 모양인데, 내 것은 내 의지와 별 상관없이 은진의 안에서 은진의 의지대로 은진이가 사용하기 용이하게 작동했다.

오랜만에 너무 좋았다는 은진이 나를 칭찬하는 것도 마음에 들지 않았고, 좋다는 애가 신음 한 번 크게 내지 않고 맛있는 음식을 음미하는 표정을 짓는 것도 불편했다.

각자 샤워를 하고 은진이가 빨래를 정리해 가방에 담아 모텔을 나왔다. 은진이가 아침을 사줄 수 있겠냐는 말에, 네가 나를 먹여야 하는 게 맞지 않겠냐고 대답하고 싶었다. 온몸에 힘이 하나도 없어서 식욕이 별로 없었지만, 은진이랑 노량진의 수험생들이 북적이는 식당에서 아침을 먹었다.

김은진은 수업을 듣겠다며 학원으로 향했고, 난 쓰러질 거 같아서 고시원에 들어가 잠을 잤다. 점심 무렵 가까스로 일어나 멍하니 앉아 있으니까, 지난밤 은진이와 있었던 일은 꿈을 꾼 거 같았다. 김은진의 휴대폰 번호도 모른다는 사실이 그제야 떠올랐다.

학원으로 갔다. 김은진은 앞자리에 앉아 수업을 기다리고 있었다. 나와 눈이 마주치고는 그저 가볍게 고개를 끄덕이더니 다시 책으로 시선을 옮겼다. 어제 은진이를 험담하던 녀석들이 나를 보는 시선들이 심상치 않더니, 한 놈이 조심스럽게 다가와 내게 말을 걸었다.

"저기… 혹시 어제 저기 그러니까…."
"뭐요?"

은진이가 앉아있는 쪽으로 시선을 힐끗거리면서 내게 뭔가 질문하려는 듯했지만, 내가 퉁명스럽게 대답하니까 이내 포기하고 죄송하다며 물러났다.

수업이 끝나고 김은진에게 다가가 말을 걸려고 했는데, 김은진이 미간을 찌푸려 보이며 고개를 가로저었다. 다른 놈들의 시선도 있고 하니까, 차마 붙잡고 얘기할 상황은 아니었다.

공부를 하는 둥 마는 둥 시간을 때우다 열한 시에 학원 앞에 가서 김은진을 기다렸다. 김은진은 열한 시 이십 분쯤에 학원에서 나왔고, 기다리는 나를 보고 별로 놀라진 않았다. 김은진이 피곤하다는 표정으로 내게 말했다.

"왜?"
"궁금해서 그런데, 전에 한 놈은 원나잇으로 끝난 거야?"
"…내가 빨래한다니까 어이없어하더니 내가 빨래하는 동안 나가버렸어."
"아. 그랬군. 밥 먹을래?"
"너 밥 안 먹었어? 난 먹었는데, 이거 먹을래?"

김은진이 가방에서 주섬주섬 삼각 김밥이랑 편의점 김밥을 꺼냈다. 아까 학원 청소를 하고 나왔는데, 학원 총무가 밥 안 먹었으면 먹으라며 줬다고 했다. 그 말을 듣고 놀라서 물었다.

"그럼 학원 총무랑?"

나도 말하자마자 멍청한 소리라는 걸 알았다. 김은진이 어이없다는 얼굴로 한숨을 내쉬었고, 내가 미안하다며 실수라고 어깨를 으쓱여 보였다. 김은진이 씁쓸한 표정으로 잠시 딴 곳을 보다 말고 말했다.

"너 담배 안 피우더라?"
"몇 번 피워보긴 했어."
"나 담배 좀 사줘라. 이건 너 먹고."

라이터는 있다고 했다. 편의점에서 김은진이 사달라는 종류의 담배랑 음료수를 사서 나왔다. 편의점 테이블에 앉아 나는 삼각 김밥을 먹었고, 김은진은 담배를 피웠다. 편의점 알바는 내가 다른 매장의 삼각 김밥을 먹고 있어도 신경 쓰지 않았다.
김은진이 담배를 한 대 다 피우고, 다시 불을 붙이며 말했다.

"너 나한테 신경 꺼라. 남는 돈으로 나 먹여 살릴 수 있는 거 아니잖아."
"…뭐 그런 소릴 하냐."
"너, 내 과거나 내 미래 아무것도 상상하지 못해. 그냥 서로 모른 척 살아가는 게 서로 편해. 내가 너한테 기대고 싶어지면 어쩔 생각이냐. 피곤해. 나 혼자 어떻게든 살아갈 수 있는데, 너 때문에 미끄러지고 싶진 않아."
"그냥 얘기나 좀 나누면서 친해질 수도 있잖아? 위로도 받고."
"박해진. 네 호기심이 나를 죽일 수도 있다고 말하면 과장 같지? 아니야.

난 지금 조금이라도 실수하면 차라리 죽고 싶어질지도 몰라. 내가 좀 나아지면 그때…. 아니다. 그래도 과거는 바꾸지 못하니까. 나를 그냥 둬."

"…뭐 좀 가난한 거 가지고 겁나게 개폼 잡네."

김은진이 처음으로 웃었다. 어이없다는 미소이긴 했어도 분명히 웃긴 웃었다. 김은진은 잠시 거리에 지나는 사람들을 지켜보다 담배 연기를 길게 내뿜고 말했다.

"그래. 너도 제정신은 아닌 거 같으니까, 내가 하고 싶어지면 너랑 할게."

"내가 하고 싶으면?"

"널린 게 계집애들인데, 그 얼굴로 못하는 게 쪼다지."

그날 이후로 김은진과 다시 잘 일은 없었다. 몇몇 여자애들을 더 만났었지만, 그런 얘기들을 죄다 떠들려면 책을 한 권 내야겠다. 나중에 김은진이 어떤 남자랑 사귀는 것 같긴 했어도 모른 척했다. 생활이 좀 나아진 거 같았고 새 셔츠도 생긴 거 같았다.

공부도 잘 안 되고 송민아가 보고 싶어졌다. 뜬금없이 송민아가 보고 싶어진 건 아니다. 송민아는…. 어쨌거나 내 첫사랑이나 마찬가지다. 민아를 정말 사랑하긴 했었는지 고민하면 어려운 문제이긴 하지만, 내가 가장 오래 사귄 여자친구였다. 아니, 내가 여러 여자들을 만나긴 했어도 여자친구라고 부를 수 있었던 여자는 송민아뿐이다.

아직도 길을 가다 횡단보도의 신호를 기다릴 때면, 민아가 생각났다. 횡단보도의 신호 순서를 외워놓고는, 자기가 마술을 보여주겠다며 신호등이 켜질 타이밍까지 숫자를 세어 보이곤 했다. 민아 때문에 사거리를 만나면 신호 순서를 파악하고 타이밍을 맞추는 버릇이 생겼다.

편의점에 진열된 딸기우유를 만났을 때나, 사계절 잎이 붉은 단풍나무를 만났을 때, 나도 모르게 지하철 개찰구의 왼편만 사용하게 될 때마다 민아가 떠오르곤 했다.

어떤 놈들은 다른 여자랑 잘 때마다 전에 잤던 다른 여자들이 생각난다던데, 난 그렇지는 않았다. 나중에 문득 차이가 있었다는 걸 떠올릴 수 있기는 했어도, 다른 여자랑 자면서 민아랑 비교하지는 않았다. 아니, 했던가. 모르겠다. 별로 중요하게 생각하지 않은 걸 봐서, 딱히 비교할 생각은 없었던 건 확실하다.

그냥 가끔 민아와 함께 있던 시간이 생각났다. 함께 있던 시간의 상당 부분을 관계에 투자했으니까. 여러 상황이나 환경들에 떠오르는 생각들이 행위들과 연관되었을 뿐이다. 그런 식으로 민아를 떠올리면 가슴이 답답해지고 마음이 불편해졌다.

민아를 보러 갔다. 모자를 눌러쓰고 지하철을 탔다. 지하철로도 한참을 가야 하고 버스도 갈아타야 하는데, 출발하자마자 가슴이 두근거렸다. 민아를 멀리서만 보고 올 생각이었으면서도, 혹시라도 마주치게 되면 무슨 말을 할지 생각했다. 셀 수도 없을 만큼 많은 상황을 떠올리고, 후회하고 또 반복했다.

금요일 저녁에 민아가 집에 돌아오는 시간에 맞춰서 갔다. 민아와 자주 만났던 그 동네 놀이터 근처에서 기다릴 생각이었는데, 모자 쓴 남자가 혼자 놀이터 근처를 배회하는 게 굉장히 위험해 보인다는 사실을 깨달았다. 지나는 어른들이 죄다 날 보는 거 같아서 모자를 벗어야 했다.

그냥 조금 걸었다. 민아네 집으로 향하는 길목이 보이는 방향으로 걸었고, 여고생이 나타나기만 하면 숨을 궁리부터 했었다.

민아는 어떤 남자애와 함께 나타났다. 멀어서 남자애의 얼굴이 잘 보이지는 않았지만, 여자애가 민아라는 건 확신할 수 있었다. 남자애와 같이 있는 민아의 모습에 심장이 녹아 흐르는 기분이 들었다.

처음엔 새 남자친구라고 생각했는데, 지켜보니 남자친구처럼 보이지 않았다. 아무리 집 근처라지만 저렇게 멀리 떨어져 다니는 남자친구는 없을 것이다. 그냥 친구도 저렇게 떨어져 걷진 않겠다. 민아는 항상 내 곁에 붙어 다니는 게 보통이었다.

게다가 민아가 남자애의 엉덩이를 걷어차고…. 남자애가 손을 벌리니까 가방을 뒤적거려서 돈을 꺼내줬다. 민아에게 남동생이 있지는 않았는데, 아무리 봐도 남동생을 다루는 누나 같은 모습이었다. 근처로 이사 온 사촌 동생 같은 걸까? 아~ 민아의 소꿉친구라는 그 녀석인 모양이다. 녀석의 방에서도 민아랑 그랬으니, 호기심이 생겼다.

민아가 집으로 들어갔고 난 녀석을 따라가 봤다. 민아에게 돈을 받은 남자애는 PC방으로 들어가다가 말고 나오면서 전화를 받았다. 민아에게 걸려온 전화일까? 궁금했다. 녀석이 다시 움직이기에 멀리서 따라가 봤다. 다행히 녀석이 택시를 타지는 않았다.

녀석은 민아가 아니라 다른 여자애를 만나고 있었다. 저녁이라 어둑어둑하기도 했고, 멀어서 잘 보이지는 않았는데, 녀석이 만나는 여자애의 몸매가 상당히 훌륭해 보였다. 왠지 어디선가 본 거 같은 기분이 들 정도로 괜찮은 몸매였다. 교복을 별로 타이트하게 입은 것도 아닌데 마치…. 강보람 같은 몸매였다.


확실히 민아의 남자친구는 아닌 모양이다. 기뻐야 하는데 별로 기쁘지는 않았다. 내가 왜 이런 짓을 했는지 한심한 기분만 들었다. 이왕 내려온 김에 집에 들를 생각을 했다. 이번 주말은 집에서 보내려고 했는데, 부모님들 중에 아무도 전화를 받지 않았다.

그냥 다시 노량진으로 돌아가려고 지하철을 탔는데, 아버지에게서 메시지가 왔다. 용돈이 필요하냐는 메시지였다. 난 그냥 그렇다는 답장을 보냈고, 아버지는 알았다면서 좀 아껴 쓰라고 했다.

재수하면서 보낸 주말 중에 유일하게 공부를 열심히 했던 것 같다. 누구나 가끔은 그렇게 몰두할 수 있는 날이 오기 마련인데, 내겐 사실상 거의 유일한 시간이었다. 물론, 계획을 짜는 데 많은 시간을 보내긴 했어도 나쁘진 않았다.

거의 처음으로 고시원 식당에서 혼자 밥을 먹는데, 공시생 누나가 말을 걸어왔다.

"재수생이죠? 맞죠? 와~ 요즘은 재수생도 고시원 생활을 해요? 제가 잘못 짚은 거 아니죠? 어려 보이는데~ 그 얼굴로 공시생이면 사기잖아요. 무슨 과 생각하고 있어요? 설마 문과는 아니죠? 무조건 공대로 가요. 그래야 해. 아니다. 얼굴이~ 연영과나 이런 거 준비하는 거예요? 와~ 어려서 좋겠다."

별로 외로워 보일 외모로 보이지 않는 그 누나가 내게 말을 걸지 않았다면, 그 주말에 준비했던 계획을 조금 더 진행할 수 있었을지 모르겠다. 큰 눈에 귀여운 얼굴과 어울리지 않는 몸매를 가진 그 누나도 외로울 수 있는 곳이 노량진이었다.

노량진은 외로움이라는 호수가 바다처럼 넓어지는 곳이다. 작은 돌멩이 하나라도 던져지면 외로움의 호수에도 파도가 일었다.

결국 원하는 수준의 대학에 진학하지는 못했다. 지방으로 내려가지 않아도 괜찮아서 다행일 정도였다. 원한다면 삼수도 할 수 있었겠지만, 여자나 더 만났을 것이다. 딱히 뚜렷한 목표가 있었던 것도 아니라서 그냥 점수에 맞춰 진학했다.

부모님은 별 대단찮은 대학에 진학한 내게 수고했다고 원룸을 얻어주신다고 했다. 노량진보다는 집에서 대학이 더 가까워졌는데, 내가 집에 들어가는 걸 별로 원하지 않으시는 것 같았다. 여러모로 참 도움이 되는 부모님이시다.

대학입학을 기다리면서 심심풀이로 아르바이트도 잠시 했었고, 당연히 뭐 여자들과 좀 엮이다 문제가 생겨서 그만뒀다. 대학에 가서도 마찬가지였다.

대강 살 수 있어서 대강 살았다.

# 부디

무슨 꿈을 꿨는지 전혀 기억나질 않는데, 나는 눈물을 흘리고 있었다.

알람이 울리기 전에 눈을 떴다. 엄마가 일 때문에 나보다 일찍 나가느라 들을 수 없던 소리가 들렸다. 눈물을 닦고 방을 나갔더니 엄마가 음식을 하고 계셨다. 오랜만에 좋은 음식 냄새를 맡는 아침이었다. 엄마가 나를 보고 어서 씻고 와서 밥 먹으라 해서 좋았다.

아침은 항상 플라스틱 통에 담긴 반찬과 밥이었다. 엄마는 일찍 일을 나가셨고, 난 밥솥에서 밥을 뜨고 냉장고에서 반찬통을 꺼내 아침을 해결했다. 집에서 국이나 찌개를 먹는 건 정말 드문 일이었다. 그래서 난 국이 있는 학교 급식을 좋아했다.

엄마가 내 생일이라며 미역국을 끓였다고 했다. 출근은 안 하냐고 했더니, 오늘 내 생일이라 좀 늦게 출근하겠다고 했단다. 내가 항상 밥을 먹던 둥근 밥상이 반찬들로 가득했다. 넓어 보이던 밥상이 오늘따라 좁았다. 엄마는 생일인데 케이크가 없어서 미안하다고 했지만, 고기반찬도 있었다. 엄마는 또 혼자 먹게 해서 미안하다며 급하게 출근하셨다.

밥을 먹고 있는데, 엄마한테 휴대폰에 메시지가 왔다. 엄마가 용돈과 함께 선물을 사놓으셨단다. 이제 곧 추워진다며 파카를 사주셨다. 유명 메이커의 제품은 아니었지만 좋았다. 중학교 때 입던 파카가 좀 낡아서, 엄청 춥지 않으면 그냥 교복 차림으로 등교했는데, 이젠 별로 춥지 않아도 입고 싶어질 거 같다.

학교에 가려고 집에서 나오는데, 선배들에게 생일 축하한다는 메시지를 받았다. 딱히 생일을 알리지는 않았지만, 편집부 인명록에 내 생일이 기재되어 있었다. 곧이어 친구들에게도 축하 메시지를 받았다. 고등학교에 와서는 좋은 친구들이 많이 생긴 거 같다.

버스정류장에 도착하자마자 내가 탈 버스가 왔고, 학교에 도착하자마자 몇몇 친구들이 '너 오늘 생일이라며?'라고 말하고 내 엉덩이를 때리고 도망가는 장난을 쳤다. 알고 지내던 남자애들이 자기들도 때리고 싶다고 정중히 요구하다가 내게 맞았다.

날씨도 좋았고 우울해 보이던 선생님들도 오늘따라 기분 좋아 보였다. 생일 축하한다는 친구들을 매점으로 데려가 군것질도 했다. 매점에서 한 친구가 말했다.

"효정이 너 아직 유성현 그 소식 모르지?"
"유성현이 왜?"
"아니~ 유성현이 아니라~ 유성현 소꿉친구 있잖아. 그 여자애. 전 남친이랑 다시 만난다더라?"
"아~ 그 잘나간다는 오빠랑 사귀던 여자애?"
"모르는 척하기는? 헤어졌다고 했잖아? 다시 만난다더라고~ 몰랐구나?"
"뭐 내가 그런 걸 알 수가…."
"뭐야~ 그러면서 왜 웃고 있어? 그럼 이게 내 생일선물이다?"

내가 유성현을 좋아한다는 건 다들 아는 사실이었고, 유성현의 소꿉친구가 다시 전 남친과 만난다는 사실은 내게 그 어떤 선물보다 좋았다. 엄마가 사준 파카보다도 더 좋았다.

점심시간에 편집부 회의가 있다고 했는데, 내 생일축하를 해줄 것이라는 예상은 할 수 있었다. 그래도 꽤 놀라며 기뻐해서 축하해준 편집부원들을 만족시켰다. 선배들이 생일을 축하한다며 봉투를 줘서 정말 놀랐었다. 아무리 내 형편이 어렵다고 해도 현금을 선물로 줄 것이라는 건 상상도 못했고, 솔직히 많이 불편한 일이었다.

그러나 봉투에 든 것은 현금이 아니었다. 노량진 학원의 등록증이었다. 내가 그동안 성적을 올리려고 노력을 많이 한다는 걸 알았던 선배들이 유명 수학 강사의 주말수업을 등록해줬다. 아무래도 수학은 좋은 강사에게 배우는 게 도움이 될 것이라 했다. 지켜보던 유성현이 말했다.

"내 아이디어야. 좀 멀어도 주말뿐이니까 잘 다녀봐. 네가 자꾸 선배들에게 어려운 수학 문제 질문하는 걸 봤거든. 큰 줄기를 잘 정리해주는 강사라니까, 이해 못 해도 어느 정도 정리가 될 거야. 단순한 우리 선배들처럼 문제만 풀어주는 것보다는 훨씬 낫겠지."

유성현이 선배들에게 두들겨 맞는 동안 목이 메어오려는 걸 가까스로 넘길 수 있었다. 여자 선배들은, 내가 유성현이랑 같이 학원 다니게 해주지 못한 건 미안하다며 조금 놀렸지만, 그래도 자신들의 사람 보는 눈이 정확했다며 칭찬했다. 편집부에는 나처럼 독한 여자애가 필요했단다.

케이크를 자르고 적당히 간식을 나눠 먹었다. 선배들이 진짜 선물은 이제부터라고 했다. 편집실에 유성현과 나만 남겨두고 나가며 말했다.

"신성한 학교니까. 적당한 선까지만 허락할게. 유성현! 효정이가 덮치면 비명을 질러!"

유성현은 어깨를 으쓱여 보이며 정말 재미없는 선배들이라고 투덜거렸다. 선배들이 나가고 내가 자리에서 일어나며 말했다.

"진짜 네가 내 선물이면 좋겠다."
"어~ 더 가까이 오면 소리 지를 거야."

내가 유성현의 옆자리에 앉았어도 유성현이 소릴 지르진 않았다. 멋쩍게 과자를 집더니 내 입에 집어넣었다. 편집부 일 때문에 단둘이 있었던 적도 많은데, 지금 상황은 어색했다. 우리는 나란히 앉아 과자를 오물거리며, 천장의 무늬나 창에서 쏟아져 내리는 햇살이 그리는 그림자들을 살폈다.
말을 할까 말까 망설이다 꺼냈다.

"그~ 두 사람 다시 만난다며?"
"누구? 아~ 쏭? 그렇다더라? 뭐 여러 가지 오해가 있었던 모양이야."

대수롭다는 듯 말했지만, 유성현의 표정은 조금 씁쓸해 보였다. 잠시 창가를 바라보던 유성현이 문득 생각이 났다는 것처럼 말했다.

"너는~ 뭐 그런 소문을 내고 다니냐?"
"내가 무슨 소문을 냈는데?"
"별로 사귀고 싶은 남자애가 없다는 건 알겠는데, 그렇다고 나를 좋아한다는 소문을 내버리면 당사자는 조금 곤란하다는 말이지."
"아니. 나 진짜 너 좋아하는 거 알잖아?"
"그래? 하루살이들의 접근을 막으려는 거 아니었어?"

잠시 미쳤거나, 오늘이 생일이라 너무 들떴던 것 같다. 어쩌면 계속 좋은 일들만 생겨서 자신감이 생겼을지도 모르겠다. 유성현에게 대놓고 좋아한다는 말을 또 해버렸는데, 유성현이 놀란 거 같진 않았다. 차라리 다행이다.

유성현은 그냥 새로운 사실을 알게 되었다는 얼굴로 고개를 끄덕였다. 마치 새로운 수학 공식을 알게 되었다는 정도의 반응이었다. 그리고 고개를 갸웃거리더니 말했다.

"내가 좋아?"
"머저리."
"너? 민효정 나 좋아하는구나?"

유성현의 뺨을 후려치거나 발로 걸어찰 필요는 없었다. 유성현은 앉아있던 의자를 뒤로 까딱이다 알아서 자빠졌다. 유성현이 허리를 붙잡으며 일어나 앉더니 심각한 표정으로 나를 바라보기 시작했다. 그러다 굉장히 놀랍다는 말투로 말했다.

"왜?"

이번엔 주먹을 힘껏 날려주고 싶다는 생각을 했는데, 유성현이 내 생각을 알아챘는지 의자에서 일어나 창가로 걸어갔다. 오늘 너무 좋은 일들만 있었다. 오늘의 운뿐만 아니라 상당 세월의 운을 죄다 가져다 쓴 정도였으니까, 이제 좀 힘들어져도 견딜 수 있겠다는 생각을 했다.

그리고 왜 하필 이런 순간에 그런 슬픈 예상을 하게 되었는지 억울했다. 언제나 슬픈 예상은 틀리지 않았다는 사실도 싫었다. 돌아서는 유성현의 덤덤한 표정이 두려웠다. 유성현이 다시 의자에 앉더니 말했다.

"우리 친하게 지내자."

"지금은 아니야?"

"더 친해지다 보면 재미있는 일도 생기고 그럴 거 같아."

"친구라도 되는 것에 만족하라는 얘기니?"

"친구부터 시작하자는 얘기지."

"같은 얘기잖아."

갑자기 편집실 문이 열렸다. 누군가 점심시간이 끝나간다는 얘기를 해주러 온 줄 알았는데, 한수진 선생님이었다. 선생님이 문을 열고 들어와서 우릴 발견하고는 눈동자를 이리저리 굴리기 시작했다. 어색한 분위기를 느낀 선생님이 말했다.

"아. 노크를 했어야 하니?"

"여긴 편집실이고~ 선생님이 편집부 담당이신데요."

"그런데. 이 숨 막히는 어색함은 뭐니."

"이런 거 때문인가요?"

유성현이 대답하며 한수진 선생님에게 보란 듯이 내 손을 잡고 흔들었다. 한수진 선생님은 그 모습에서 잠시 시선을 돌려 창밖을 보다 말고 말했다.

"차라리 안아주거나 키스라도 해. 아~ 이건 효정이한테 하는 말이야. 성현이는 아직 애잖아."

"그런가요?"

"응. 내가 나가고~ 잠시만?"

한수진 선생님이 서류 선반으로 걸어가 서류를 하나 찾아 들고 돌아섰다. 그냥 서 있어도 모델 같은 선생님이 걷는 모습은 마치 선녀 같았다. 또 각또각 걸어나가던 선생님이 문 앞에 멈추더니, 뭔가    아내듯 서류를 허공에 휘휘 흔들어 보이고는 나갔다.

경쟁자가 유성현의 소꿉친구라서 차라리 다행이다. 만약에 저런 여자와 경쟁해야 한다면 아무런 희망도 없겠다. 유성현은 한수진 선생님의 걷는 모습에서 눈을 떼지 못했고, 선생님이 나간 문을 바라보고 있었다.

혹시나 하며 유성현에게 물었다.

"한 쌤 모델 같지?"
"우리랑 같은 인종이 아닌 거 같아."
"세상 모든 남자들이 쌤 같은 여자를 좋아하겠지?"
"대부분 부담스러워 할 걸? 현실적인 남자들은 감당하기 힘들겠다는 걱정도 할 거야~. 보통은 뭐랄까 평균적이고 균형 잡힌 친근한 스타일들이 더 인기 있을 걸?"
"네 소꿉친구 같은?"
"쏭? 그렇지~ 쏭 같은 애가 그렇긴 한데~ 난 가슴 큰 여자가 좋아."

유성현이 내 가슴을 바라보며 말했다. 남은 케이크를 유성현의 얼굴에 칠해주고 일어났다.

괜찮은 하루였다. 일생에 좋았던 날들이 얼마나 될까? 아무리 생각해도 오늘처럼 좋았던 날이 떠오르지 않았다. 삶이 대체로 행복한 날들보다 불행한 날들이 더 많다는데, 그래서 오늘의 행복이 조금은 불안했다.

오후 보충수업이 끝나고, 유성현이 나보고 체육복으로 갈아입고 운동장으로 나오라고 했다. 축구를 하던 남자애들이 나를 데리고 나온 유성현에게 물었다.

"앤 뭐야?"
"얘 민효정. 오늘 생일이래."
"아~ 그래?"

남자애가 축구공을 내게 살짝 굴려줬다. 내가 뭘 어쩌라는 거냐는 표정
으로 유성현을 보고 있으니까, 남자애들이 어서 차라고 소리 질렀다. 나름
세게 차봤는데 별로 멀리 날아가진 않았다. 유성현이 이제는 골대를 향해
서 차면 된다고 했다.

나보고 골대 앞에 있으라고 했다. 누가 우리 편인지는 잘 모르겠는데, 남
자애들이 열심히 공을 뺏어서 내게 살살 패스했다. 보통은 헛발질했고, 어
쩌다 발에 맞아도 빗맞았다. 골키퍼를 보던 남자애가 내게 온 패스를 잡아
땅에 정지시켜주고 말했다.

"골대를 향해 차. 내가 막을 거야."

찼다기보다는 굴렸다는 게 어울릴 것이다. 내 발밑을 떠난 공이 골대를
향했고, 축구공을 바닥에 정지시켜줬던 남자애가 내가 찬 공이 굴러가는
반대 방향으로 몸을 날렸다. 공이 축구 골대 그물망을 갈랐다. 내 평생에
처음으로 골을 넣었다.

남자애들이 환호하며 달려와 나랑 하이파이브했다. 몇몇 애들이 나를 안
아주려 해서 놀랐는데, 포즈를 취하려다 말고 자기들끼리 얼싸안고 축구
공을 중앙으로 가져갔다. 축구하는 걸 구경하던 여자애들도 내 이름을 크
게 연호했다.

나도 모르게 눈물이 글썽였는데, 유성현이 다가와 말했다.

"첫 골이 감격스럽긴 하지. 첫 경험도 그럴까?"

유성현을 발로 차주고 동료 폭행으로 퇴장당했다.

괜찮았다. 몇몇 여자애들이 유성현을 칭찬하며 나를 부러워하는 것도 좋았고, 전교 1등 녀석이 자긴 남자인데도 평생 축구 골대에 공을 넣어본 일이 없다며 내게 말하는 것도 좋았다. 나는 오후 자유 시간의 운동장에서 골을 기록한 여자애가 되었다. 말은 많은데 재미없는 개그 콤비 여자애들이 내게 사인을 요구해서 평생 처음 사인도 해봤다. 내 사인은 즉시 코팅되어 교실 뒤에 붙었다.

좋은데 불안했다. 영화나 소설에서처럼 불행이 닥치기 전에 행복하고 즐거운 시간이 주어지는 게 아니길 바랐다. 평생 삶 자체를 걱정하며 살아온 사람에게 즐거움은 감정의 과소비이며 낭비된 꿈이다.

부디…

⋘ 🎋 ⋙

버스에서 내려 마을버스로 갈아타기 전에 시간이 상당히 비는 경우가 있다. 이젠 거리를 걷기에 상당히 추워진 계절이지만, 좋아하는 장소가 있어서 조금 걸었다. 근처의 큰 아파트 단지에는 커다란 나무들이 많이 있어서 마치 공원 같았다.

그곳을 걷고 있으면 나도 여기 사는 사람 같은 기분이 들어 좋았다. 어쩐지 지나는 아이들이나 어른들도 몸짓이나 걸음걸이가 행복해 보여서 좋은 기운을 받는 것 같았다. 마을버스가 도착할 시간에 맞춰 돌아가는 길은 조금 쓸쓸하지만, 잠시나마 다른 세상에 발을 들인 기분이 들어 괜찮았다.

그럴 때마다 마을버스를 타고 집으로 향하는 길은 마치 꿈에서 현실로 돌아오는 것 같았다. 어쩐지 가로등 불빛도 점점 약해지는 것 같았고, 거리를 지나는 사람들도 힘겹고 피로해 보였다. 마을버스에서 내려 지저분한 좁은 계단을 오르고 있으면, 나만 다른 세상에 살고 있는 기분이 든다.

야자를 마치고 집에 왔는데, 엄마가 빨래하고 있었다. 이른 아침부터 늦은 저녁까지 일하는 엄마가 밤에 빨래하는 건 이상하지 않았지만, 세탁기에 넣고 돌릴 만한 빨래까지 손빨래를 했다.

"엄마. 저런 빨래는 좀 세탁기에 넣어."
"괜찮아 뭐~ 얼마나 된다고~."

겨울옷들이라 가짓수가 적어도 크고 무거워서 힘들어 보였다. 내가 도와주겠다고 했더니, 들어가서 공부나 하란다.

오래된 세탁기가 고장 났다는 건 며칠이 지나서야 알게 되었다. 중고 세탁기라도 구매할 여력이 없다는 건지 신경이 쓰였다. 그제야 엄마를 관찰하게 되었고, 엄마가 전보다 훨씬 피로해 보였다. 언제나 부모는 모든 관심을 자녀에게 두기에 당장의 변화를 알아채기 마련인데, 우리는 부모의 변화를 늦게 알고 후회한다. 때론 돌이킬 수 없는 시간이 지나고 나서야 알아채기도 하고, 영원히 모르고 지나치는 것들은 항상 우리의 몫이다.

좁은 집이라 어쩌다 엄마가 전화 통화하는 걸 엿듣기는 쉬웠다. 엄마는 최근에 공장에 나가고 계신 거 같았다. 마트에서 일하셨는데 왜 그만뒀는지 궁금했다. 엄마한테 물어봐도 알려주지 않을 테니까, 나는 엄마가 일하던 매장에 가서 물어봤다.

여기서 일하시던 아줌마 어디 갔냐고 했다. 그 아줌마한테 얘기해 둔 옷이 있는데 들어오지 않았냐고 했다. 점원이 무슨 옷을 찾는 거냐고 물어보기에, 대강 아무 옷이나 골라서 다른 색상을 말했다. 점원이 그 옷에 그런 색상은 없다고 했지만, 난 전에 있던 아줌마가 분명히 준비해준다고 말했다며 우겼다. 당황한 점원이 그 아줌마는 그만둔 지 오래되었다고 해서, 막무가내로 왜냐고 물었다.

"아니. 너? 네가 그 언니 딸이니?"
"우리 엄마 알아요?"

점원이 한숨을 내쉬더니 내게 말해줬다. 이혼한 우리 아빠가 매장에 와서 엄마한테 행패를 부렸단다. 마트에서 그런 걸 용납하긴 어려웠고, 마침 근태에 약간의 문제가 생긴 걸 트집 삼아 잘렸단다. 뭐가 진짜 사유가 되었는지는 자기도 잘 모르겠다고 했다.

"근태가 뭐예요?"
"결근 안 하고 출퇴근 시간 잘 지키는 거 말이야. 네 엄마가 사정도 얘기하고 딱 한 번 늦은 거 같은데, 참~ 그걸로 사람을 자르더라."

내가 기억하는 엄마는 늦게 출근하는 법이 없는 사람이었다. 딱 한 번 늦었을 날은 내 생일뿐이다.

엄마가 이사를 가야 한다고 했다. 학교에서 멀어지게 되었다며 미안해했지만, 난 아무 불평하지 않았다. 이사를 하며 중고 세탁기를 샀다. 새로 이사 간 집은 마을버스에서 내려 10분은 걸어야 하는 언덕 위에 있었다.
밀린 고지서들을 정리하는 엄마에게 용돈이 필요하다는 얘기는 차마 할 수 없었다. 엄마 몰래 주말 알바를 구했다. 생일날 편집부원들에게 받았던 학원등록증은 환불받았다. 당장 필요한 문제집들을 사는 게 더 급했다. 엄마는 문제집 살 돈이 필요하지 않으냐고 했지만, 학교에서 나 같은 애들에게 지원해주는 게 있다고 거짓말했다.

사실 정말로 지원받을 방법이 있긴 했는데, 자존심 때문에 그러지 않았다. 다른 친구들이, 특히 유성현이 나를 불쌍하게 생각하는 건 견딜 수 없을 거 같았다. 고등학교에 와서 오랜만에 좋은 친구들도 많이 생겼고, 공부도 열심히 하면서 무시당하지도 않았는데, 그 모든 것들을 망치고 싶지 않았다. 동정받는 애가 되긴 싫었다.

어쩌다 친구들과 영화라도 보러 가고 적당히 공평하게 간식거리도 사 먹으려면 돈이 필요했다. 혹시라도 친구들과 마주치지 않으려고 번화가 당구장 주말 아르바이트를 구했다. 역시 당구장에는 아저씨들만 가득했다.

당구장 사장님은 고등학생이 이런 아르바이트를 하는 게 기특하다며 말했다.


"너 예쁘니까 시급 구천 원. 한 달 동안 토요일 일요일 전부 다 나오면 시급 만 원으로 계산해줄게."

"한두 번 빠지더라도 시급이 구천 원이요?"

"응. 혹시 평일 저녁에도 나올 수 있으면 너 좋을 때 나와. 좋지?"

"진짜요? 혹시…. 근로 계약서 써 주실 수 있어요?"

"똘똘하네. 그런데 내가 그런 걸 써 본 적이 없어서, 네가 준비해 올래?"


진짜였다. 계약서에 시급 구천 원으로 적혀있는 걸 똑똑히 확인했다. 대신 당구장에서 제공하는 유니폼을 입어야 한다는 게 문제였는데, 아니나 다를까 짧은 치마에 타이트한 데다 가슴까지 깊게 파인 셔츠였다. 유니폼을 보고 못 하겠다는 말을 했더니, 위에는 입고 싶은 옷을 입으라 하셨다.

유니폼 치마가 짧은 것보다 내겐 좀 작은 게 문제였다. 내가 골반이 커서 치마가 터질 것 같아 불안할 지경이었다. 일부러 좀 큰 상의를 입으면 오히려 하의실종으로 보여서 더 야했다.

당구장 일은 별로 할 게 없었다. 손님들에게 음료를 가져다주고 계산을 하는 정도였다. 당구 테이블은 사장님이 직접 닦으셨고, 난 테이블의 주변이나 바닥을 틈틈이 청소했다. 아저씨들이 나를 자꾸 보는 게 처음엔 신경 쓰였지만, 급여를 생각하면 견딜 수 있었다.

솔직히 성추행 같은 게 있을까 봐 걱정했는데, 당구장 손님 중에 그런 사람은 전혀 없었다. 가끔 내 다리를 노골적으로 보는 손님은 있어도, 보통은 공이 어떻게 굴러가는지에 훨씬 관심들이 많았다.

사장님도 마찬가지였다. 점점 청소를 자주 시키더라도 딱히 내게 가까이 오지도 않았다. 혹시라도 자기가 실수할까 봐 그러는 것처럼, 나와 일정 거리 이상 떨어져 주는 게 보통이었다.

내게는 꽤 큰돈이 생겼지만, 엄마한테 걸릴까 봐 옷을 사거나 하지는 못했다. 돈을 모아서 편집부원들이 생일에 줬던 학원증의 학원에 다닐 생각을 했다. 학원은 한 달만 일해도 충분했다. 대충 계산해보니까, 한 서너 달만 주말 알바를 해도 고등학교를 졸업할 때까지 용돈은 충분할 거 같았다. 그때는 돈이 생길수록 더 쓸 곳이 많아진다는 걸 몰랐다.

"영화 보러 가자고? 너 학원 안 가?"

"하루 정도는 빠지고 싶어. 고맙기도 하고 그러니까 은혜를 갚아야지."

"그게 무슨 은혜까지…. 공부 안 해?"

"아~ 잔소리 좀 그만해. 나 성적 많이 올랐어."

내 성적에 관심이 생긴 이래로 가장 높은 석차를 기록하고 있었다. 아직 우리 편집부원들에게는 부끄러운 성적이지만, 내 기준에는 상당한 성과였다. 사실 유성현과 단둘이 영화를 보고 싶었는데, 생일 때 받은 선물을 핑계로 내가 편집부원들에게 영화를 보여주겠다고 했다.

시급 만 원을 포기하고서라도 하고 싶은 일이었다. 다들 유복해 보이는 편집부원들에게 나도 비슷하게 살고 있다는 걸 보여주고 싶었다. 당구장 사장님은 좀 실망한 눈치였지만, 알겠다며 영화 재미있게 보라고 했다.


엄마가 사준 파카를 입고 나갔는데, 선배 언니들은 다들 예쁜 코트를 입고 나왔다. 이럴 줄 알았으면 엄마 몰래라도 옷을 사둘 걸 후회했다. 그래도 내가 영화를 보여준다는 사실에 뿌듯했다.

편집부원들이 다 같이 볼 수 있는 좌석이 남아있는 영화는 시간이 한참 남아있었다. 선배들이 밥은 자기들이 사겠다고 푸드 코트에 가자고 했다. 예매를 해본 적이 없어서 예매를 못 했는데, 아무도 그런 걸 나무라지는 않았다.

푸드 코트에서 일하는 아주머니들을 보며 엄마가 생각났다. 엄마에게 미안하다는 생각이 들려는데 유성현의 소꿉친구 송민아를 또 만났다.


유성현이 너무 반가워하는 모습에 피곤해졌다. 나랑 많이 친해졌다고 하지만, 아직 저렇게 편하게 인사하지는 못했다. 유성현은 스스럼없이 송민아를 놀리기도 하고 여자가 들으면 기쁠 칭찬을 대수롭지 않게 건넸다.

송민아는 예쁜 여자애였다. 남자친구랑 데이트하러 나와서인지, 오늘은 더 예뻐 보였다. 하늘색 코트에 감색 치마가 잘 어울렸고, 구두도 예뻤다. 그런데 구두 굽에 뭔가 묻어 있었다. 그냥 밖에 흔한 눈이 여태 묻어 있을 가능성은 없었다. 이런 실내라면 벌써 녹았어야 했다. 이상해서 좀 더 보니까 스타킹은 뭔가 젖은 흔적이 있었다. 스타킹은 자기 눈에 보이는 부분이니까 닦은 거 같고, 자기 구두 굽은 발을 들지 않으면 잘 보이지 않는다.

뭔가 먹다가 흘린 거 같았다. 대단찮은 흔적일 뿐인데, 송민아가 너무 예쁘니까 내게는 괜찮은 흠으로 보였다. 그만큼 송민아는 잘 꾸미고 있었다. 그냥 모른 척해도 괜찮을 만한 흠이었는데…

"송민아 너 평소에는 그냥 파카에 청바지만 입고 다녔잖아."

유성현이 송민아에게 말했다. 내가 파카에 청바지를 입고 있다는 사실은 유성현의 머릿속에 없었던 모양이다. 난 없는 살림의 엄마가 무리해서 사준 파카를 입고 나왔는데, 송민아는 그런 파카가 평소에나 입는 옷이었다.

그런 것보다 유성현과 송민아의 인사가 길어지는 게 싫었다. 나도 모르게 한번 헤어졌던 커플이 같은 이유로 헤어진다는 괜한 소릴 했더니, 송민아가 날 사귀어본 적이 없어서 헤어질 일도 없는 여자애로 만들었다. 속좁은 나는 겨우 발견한 작은 흠을 떠들고 말았다.

"너 스타킹에 뭐 묻은 거 같은데?"

스타킹이 아니라 구두 굽이었지만, 내가 송민아의 구두 굽까지 관심 있게 보고 있었다는 걸 알리고 싶지는 않았다. 어쨌든 스타킹에도 젖은 흔적이 있었으니까, 그냥 그렇게 말했을 뿐인데 송민아가 꽤 당황한 표정이었다.

얼마나 잘 꾸미고 자신을 모습에 많은 신경을 쓰고 있으면, 그런 작은 흠에도 저렇게 당황할 수 있을까? 송민아가 부러웠다. 아니, 내가 한심했다.

나는 겨우 새 파카를 입는 것으로, 낡은 운동화도 별로 신경 쓰지 않았다는 게 창피했다. 내겐 그 정도의 여유가 없다는 게 싫었다. 완벽하게 꾸미고 남들에게 내 모습을 자랑할 생각 자체를 해 본 적이 없다는 게….

차라리 유성현과 단둘이 영화를 보러 왔었다면 나았겠다. 둘이 있다가 송민아를 만났다면 괜찮을지 모르겠다. 아니, 그랬으면 내가 더 비교되어 비참했을지도 모른다. 여럿이라 어쩌면 비참함이 덜했는지 모른다. 한심한 생각들로 머릿속을 채우느라 영화는 거의 볼 수 없었다. 영화를 보고 나오자마자 유성현이 메시지를 보내고 있었다. 누구에게 메시지를 보내는지 아는 데 오래 걸리진 않았다.

유성현이 내게 중학교를 어디 나왔냐고 물어봤다. 이미 전에 말해줬었는데 유성현이 기억할 만한 것은 아니었던 모양이다. 그보다 송민아는 내가 나온 중학교를 왜 궁금해하는지 이해할 수 없었다.

내가 대답도 하지 않았는데, 유성현이 송민아와 살갑게 통화하기 시작했다. 남자친구도 있는 송민아가 유성현에게 우유를 사다 달라는 어처구니없는 부탁을 하는 거 같았다. 유성현은 우유를 사다 주겠다고 했다.

그런 부탁은 상상도 못 하겠다. 집에다 우유를 사다 놓고 먹어 본 기억도 오래되었다. 아니, 우리 집에 유성현을 부르는 건 절대로 할 수 없다. 마을버스에서 내려서 10분이나 언덕길을 올라와야 하는 우리 집에 누굴 부를 수 없다. 세탁기가 화장실에 있고 엄마랑 같이 자는 방 하나에 두 사람이 서 있기도 좁은 주방이 딸린 우리 집에….

그런 내가 편집부원들에게 영화를 보여줬는데, 선배들은 정기적으로 영화를 같이 보는 것도 좋겠다며 다음엔 누가 영화를 쏠지 얘기하고 있었다.

나만 다른 세상에 살고 있다.

나는 엄마가 내 성적에 전혀 관심이 없는 줄 알았다. 그저 먹고 살기에도 바빠서 내가 어떻게 하고 다녀도 상관하지 않는 줄 알았다. 별로 삐뚤어질 생각은 없었지만, 중학교 때 날라리들이랑 문제가 생겼을 때도 엄마가 나를 크게 걱정하는 눈치는 아니었다. 당신께서 너무 피곤하고 힘들어서 딸을 걱정할 여유가 없다고 생각했다.

엄마가 내 성적표를 살펴본다는 사실을 고등학생이 되고 나서야 알게 되었다. 아니, 1학년이 다 지나가고 나서야 알았다.

당구장 아르바이트를 가기 전에 쓰레기들을 분리해서 내어놓으려는데, 주인집 아주머니가 내게 말했다.

"주말에도 공부하러 가는 거야? 예쁜데 공부도 잘한다며?"
"예? 아~ 감사합니다."

공부를 잘한다니, 무슨 소리인가 했는데 밤에 일하고 돌아온 엄마가 내게 조심스럽게 말했다.

"딸~ 어디 학원이라도 다녀야 하는 거 아니야?"
"응? 무슨 소리야?"
"그~ 요즘 성적이 좀 멈춘 거 같더라? 계속 오르는 거 같더니…."
"내 성적표 봤어?"

엄마가 딸 성적표도 보면 안 되냐고 했다. 아니, 그러면 보여 달라고 해야지 몰래 보는 게 어디 있냐고 따지려다, 엄마가 너무 미안해서 그만뒀다. 엄마는 내게 요즘 학원비가 얼마나 하냐고 물어보면서 이십만 원을 줬지만, 나는 됐다면서 그런 돈이 있으면 월셋집이나 옮기자고 했다.

곧 목돈이 생겨서 전세로 옮길 수 있을 것이라 했다. 어디서 목돈이 생기냐고 물었더니, 엄마가 조금 머뭇거리시다 아빠에게 받을 돈이 있다고 했다. 상당히 길게 진행되던 소송이 이제 마무리되면서 곧 받을 수 있다고 했다. 그러니 내가 학원도 다니고 그랬으면 좋겠다고 했지만, 난 괜찮으니까 살림에나 보태라고 했다.

엄마의 얼굴이 갑자기 더 늙은 것 같고, 피곤해 보였다. 엄마는 몇 번이나 말을 삼키시다 조심스럽게 말했다.

"용돈이 있어야 하잖아. 너 돈이 어디에서 생긴 거니?"
"…아르바이트하고 있어."

내 대답에 엄마의 얼굴이 편해진 거 같았다. 도대체 무슨 걱정을 하고 있었기에 그렇게나 조심스럽게 물어보는 것인지 답답했다. 내가 설마 무슨 나쁜 짓이라도 하고 다니는 걸로 걱정하셨던 모양이다.

솔직하게 당구장 아르바이트를 하고 있다고 말했다. 엄마는 그래서 성적이 정체된 거 아니냐고 걱정했지만, 성적은 이미 정체되고 있었고 아르바이트는 2학년이 시작되기 전까지만 하겠다고 약속했다. 나보다 더 잘사는 집 애들도 아르바이트하는 애들이 있다고 거짓말을 했는데 엄마가 믿는 거 같았다.

오랜만에 엄마랑 많은 대화를 하느라 늦게 잤다. 엄마도 피곤할 텐데 내가 어떤 친구들과 사귀는지 편집부는 재미있는지 궁금해하셨고, 내 생일에 남자애들과 축구한 얘기를 너무 좋아하셨다.

유성현 이름은 전혀 꺼내지 않았다. 한마디라도 꺼냈다가는 뭔가 들킬 것 같았다. 그냥 편집부 남자애. 어떤 남자애 등으로 설명했고, 엄마가 이름을 물어보면 '누구더라?' 하거나 아무 이름이나 가져다 썼다.

더 못사는 사람들도 있으니까, 엄마랑 나 정도면 괜찮은 거라고 생각했다. 엄마가 눈길에 미끄러져 다치기 전까지는….

엄마는 곧 받을 목돈이 있으니까, 팔이 나을 때까지 잠시 돈을 빌려서 융통하면 된다고 했지만, 나도 우리가 1금융권에서 돈을 빌릴 수 없다는 건 알았다. 대부업체에서 돈을 빌리는 게 얼마나 위험한지는 중학생들도 알고 있다.

마침 겨울방학이고 내가 아르바이트를 조금 더 열심히 해서 생활비를 대겠다고 했다. 엄마는 미안해하면서도 다른 방법이 없다는 걸 알고 계셨다.

방학 보충수업이랑 자율학습이 끝나면 평일 저녁에도 당구장 아르바이트를 나가기 시작했고, 사장님이 무척 좋아하셨다. 내 덕에 장사가 잘된다고 하셨지만, 원래 장사가 잘되는 곳이었다. 평일에도 저녁에는 당구 테이블이 거의 비지 않아서 기다리는 손님도 있었다. 이렇게 벌면 빠듯하게나마 월세를 내고 엄마랑 내가 살아가는 데 문제는 없을 거 같았다.

대신….

"주말에 편집부 회식 할 건데 와야지?"
"미안. 나 집에 일이 있어서."
"오늘 애들이랑 영화 보러 가기로 했는데 어때?"
"오늘 몸이 좀 안 좋아서."

성현이가 먼저 내게 만날 기회를 줘도 붙잡을 수 없었다. 당구장 사장님은 평일에도 매일 나오면 시급 만 원으로 계산해주겠다고 했다. 내겐 방학이 얼마 남지 않았고, 언제 나올지 모르는 엄마 대신 생활비를 벌려면 하루도 시간이 아까웠다.

사는 게 피곤해지니까 성현이에 대한 감정도 옅어지는 거 같았다. 사람이 여유가 좀 있어야 연애도 할 수 있는 모양이다. 그래도 유성현이 내게 꾸준히 관심을 주는 건 고마웠다.

"민효정. 학원은 잘 다니고 있어?"

"이제 그만 다니려고. 너무 멀기도 하고…. 좀 어려운 거 같아."

"그럴 리가. 내가 지금 너 수준을 아는데?"

"…요즘 영어가 더 부족한 거 같아."

"그건 아니라는 거 서로 아니까 됐고~. 너 저녁에 알바 하냐?"

"어…. 응."

"역시 그렇군. 그런데~ 너 같은 애는 꼭 좋은 옷을 입지 않아도 괜찮은 거 같아. 패션의 완성은 얼굴이라는데~ 내 생각에는 몸인 거 같아. 특히 너를 보면…."

또 내 가슴과 대화하는 유성현의 눈을 찔러주려 했지만, 유성현이 재빨리 코앞으로 손날을 가져가 막았다. 유성현이 내가 좋은 옷 같은 것을 사고 싶어서 아르바이트하는 거로 이해한 것 같아 다행이었다. 어디에서 아르바이트를 하냐고 물어봤는데, 당연히 가르쳐주지 않았다. 그런 치마를 입고 있는 모습을 보이고 싶진 않았다.

치마가 너무 작은 데다 짧았다. 아저씨들의 음흉한 시선들이 한참을 머물곤 했었다. 당구를 치는 남자들이 서로 네 차례라고 가르쳐주는 일이 흔했다. 다리에만 시선이 머무는 게 아니었다. 어쩌다 조금 덜 헐렁한 옷이라도 입고 나가는 날에는 내 가슴의 모양을 외우겠다는 정도의 시선들이 고정되기도 했다.

높은 아르바이트 급여가 눈요기의 대가라는 건 이미 알고 있었다. 그래서 견디려 했었고 다른 요구는 없어서 견딜 만했다. 그때까지는 그랬다.

"아가씨가 너무 예뻐서 그런데, 전화번호 좀 가르쳐 줄 수 있어요?"
"저 고등학생인데요?"

놀랐다는 표정으로 웃으며 미안하다는 아저씨가 그냥 물러나는 줄 알았는데, 계산하고 나갔다가 술을 마시고 다시 와서는 학생이랑 그냥 친구하고 싶다는 말을 했다. 그 아저씨의 친구들이 정신 차리라며 놀렸는데도, 그냥 친하게 지내고 싶은 건데 뭐 어떠냐고 진상을 부렸다.

사장님이 나서서 이러면 안 된다고 하니까, 알았다며 당구를 치다 말고 사장님께 친한 척하면서 술이나 한잔하자고 졸랐다. 사장님은 이미 많이 드신 거 같다고 다음에 같이 마시자고 그 아저씨를 달랬다.

그 아저씨는 하루가 멀다 하고 당구장에 찾아왔다. 늦은 시간에 찾아와 사장님에게 술을 사겠다고 졸랐고, 몇 번은 탕수육에 소주를 시켜서 먹기도 했다. 그 아저씨가 나를 불러서 탕수육이라도 먹으라고 했지만, 다행히 사장님이 막아주셨다.

나랑 열 살 정도밖에 차이 나지 않는다며 오빠라 불러달라고 했다. 사장님이 내게 눈치를 주면서 그래 주라고 고개를 끄덕이기에 오빠라고 불러줬다. 그 아저씨는 여고생이 자기를 오빠라고 불러줬다며 좋아했지만, 난 역겨워서 토하고 싶었다.

그러다 한동안 그 아저씨가 나타나지 않아서 좋았다. 그런데 사장님이 나를 불러서 정말 피곤하다는 표정으로…

"한 번만 그 인간이랑 같이 밥 먹어주면 안 되겠지?"

"네."

"그 또라이가 자꾸 자리 좀 만들어 달라고 조르는데 아주 죽겠다."

"…"

생각해보면, 그 아저씨는 내가 중학교 때 만났던 그 선생님보다 어렸다. 그러나 만난 환경이나 더러웠던 첫인상 때문에 절대로 만나고 싶은 생각이 없었다. 눈요깃거리가 되다 보니까 이런 일도 생겼다는 생각에 마음이 아프기도 했다.

9시 반에 아르바이트를 끝내고 나왔는데, 그 아저씨가 나를 기다리고 있었다. 다시 들어가서 사장님께 도움을 요청하려다가, 거리에 사람들이 많이 다니고 있어서 그냥 얘기만 들어보기로 했다.

한 번만 만나주면 오백만 원을 주겠단다. 그런 돈을 대가로 남자를 만난다는 게 무슨 의미인지 알기 때문에 그냥 다시 당구장으로 올라가려고 했는데, 그 아저씨가 얘기를 조금만 더 들어보라며 팔목을 잡았다.

"소리 지를 거예요."

"소리를 지르려면 지금 그냥 질렀어야지. 그러지 않았다는 건, 지금 여기에서 하는 일이 너한테 중요하다는 거겠지. 너희 사장에게 몇 가지 얘기를 들었는데, 형편이 좀 어렵다며. 엄마는 아프고? 네가 어디 사는지도 알 수 있어. 내가 무슨 짓을 할지 나도 잘 모르겠는데, 꼭 범죄를 저지르지 않더라도 널 불안하게 하고 불편하게 할 수는 있을 거야."

무서워서 내 치아들이 부딪치는 소리가 들릴 지경이었다. 그 아저씨는 벌벌 떨고 있는 내 팔을 놓아주며 다시 말했다.

"너 처녀야? 에이 똥 밟았네. 됐다. 됐어. 요즘 세상에도 너 같은 애가 있냐?"

그 아저씨는 미안하다며 그냥 돌아서 갔지만, 난 한동안 그 자리에서 움직이지 못했다. 잠시 후에 사장님이 내려와서 무슨 일이냐고 했다. 사장님이 괜찮으냐고 몇 번이나 물어보시고는 택시를 타고 가라고 이만 원을 주셨다.

다음날 아르바이트를 나가지 못했다. 엄마가 걱정할까 봐 집에서 일단 나왔는데, 갈 곳이 없었다. 성현이한테 전화해볼 생각도 잠깐은 했지만, 이런 상황에 유성현을 만나는 건 좋지 않을 거 같았다. 추워서 근처의 PC방에 들어가 헤드폰을 쓰고 슬픈 노래들을 실컷 들었다.
그다음 날에는 아르바이트를 나갔다. 사장님은 어제 빠진 시간도 일한 것으로 쳐주겠다고 했다. 그리고 그 인간이 또 이 근처에 나타나면 혼내주겠다고 했다. 다행히 그 아저씨가 다시 나타나지는 않았다.

사장님은 내가 예쁘니까 앞으로도 이런 일이 생길 수 있다고 했다. 이런 일이 생기면 단호하게 거부를 해야 한다는데, 더 이상 어떻게 단호하게 거부하느냐고 묻지는 않았다. 그리고 단호하게 거부할 게 아니라면, 적당히 남자를 다룰 줄 알아야 한단다. 그냥 밥 정도는 같이 먹어주면서, 나이 때문이 아니라 당신 자체가 정말 별로라는 티를 좀 내주는 게 차라리 좋다고 했다.

"싫은데 어떻게 그래요."
"아~ 그런 거 몰라? 효정이 아직 남자 안 만나봤구나?"

나는 사장님의 말이 '너 처녀야?'라는 말로 들렸다.

당장 아르바이트를 그만두지는 않았다. 혹시라도 사장님의 태도가 변할까 봐 두렵기도 했고, 내가 일한 만큼은 확실히 돈을 받고 싶었다. 그 아저씨와의 일 때문에 힘들다는 티를 적당히 내다가 그만두겠다는 말을 했다.
그래, 난 처녀가 아니다.

남자들이 뭘 할 수 있는지 잘 알고, 어떤 걸 원하는지 잘 알고, 무슨 생각을 하는지 잘 알아서 피할 수 있었다. 그래서 다행이다. 그래서 다행이길 바란다. 그래….

부디…

～✦～

괜찮았다. 당장 돈이 부족하지 않았고, 내가 어떤 아르바이트를 구하면 쉽게 돈을 벌 수 있을지 알겠다. 거울에 비친 나를 조금만 포기할 수 있다면 금전적 어려움은 쉽게 해결할 수 있다. 얼마나 끔찍해질지 알긴 어려워도 그런 가치를 가질 수 있다는 건 다행이다. 내가 나를 조금만 더 포기할 수 있다면, 그럴 수만 있다면 괜찮을 수 있다.

자존심이나 도덕적 혐오를 버릴 수 있을까, 내가 정말 그럴 수 있을지 고민하느라 시간을 낭비할 수는 없었다. 다른 건 다 포기해도 시간을 포기할 수는 없다. 어떻게 살아야 할지 고민하기보다 지금 당장 살아야 한다.
어떤 각오를 하거나 구체적인 목표를 세우진 않았다. 물에 빠진 사람이 물 밖으로 나오려는 것처럼, 무작정 돈이 될 만한 아르바이트를 알아보고 있었다.

　누구에게나 당연한 일이겠지만, 다짐과 실천은 별개의 문제였다. 인증해야 공고를 볼 수 있는 아르바이트들을 찾으면서도 선뜻 전화를 걸진 못했다. 내가 아직 성인이 아니라는 사실도 걸림돌이었다. 원한다고 할 수 있는 게 많지는 않았다. 이미 내가 했었던 당구장 아르바이트 정도가 최선이었다는 걸 깨닫는 데 그리 오래 걸리지 않았다.

　시급 만 이천 원짜리 여자 아르바이트를 구한다는 당구장이 눈에 띄었다. 이미 당구장에서 일을 해봤다는 자신감에 전화를 걸 수 있었다. 당연히 일단 와서 면접을 보자는 얘기를 들었다.

　"뭐야, 고등학생이야?"
　"네…"
　"그럼 시급 만 원밖에 못 줘. 너 저런 옷 입을 수 없잖아."

　전에 일했던 사장이 특별히 너그러웠던 건 아니었다. 원래 이 바닥 시급이 정해져 있던 모양이고, 나를 생각해줘서 시급 만 원을 줬던 게 아니었다. 사장이 말한 저런 옷은 전에 일하던 당구장과 마찬가지로 짧은 치마는 같았지만, 상의가 배꼽이 드러나는 민소매 셔츠였다.

　"입으면 시급 만 이천 원이죠? 입을게요."
　"그래? 그럼 입고 나와 볼래? 저기 창고 문 열고 들어가서 갈아입어."

　창고라고 했는데, 들어가 보니까 한쪽은 작은 쪽방처럼 꾸며져 있었다. 벽에는 음료들이 쌓여있긴 했어도 깨끗한 창고였다. 더러운 건 그 민소매 셔츠였다. 겉보기에 깨끗해 보여도 옷에서 나는 진한 여자 화장품 냄새가 역겨울 정도였다.

내가 입고 나오니까, 당구를 치던 몇몇 남자들이 내게서 눈을 떼지 않았다. 사장은 꽤 만족스럽다는 표정으로 소파에 와서 좀 앉아보라고 했다. 저렇게 낮은 소파에 앉으면 내가 입은 치마로는 속옷을 가릴 수 없었다. 어렵게 앉았더니, 어차피 이제부터 할 일이라며 음료를 따라서 가져오라고 했다. 나를 다시 소파에 앉게 했다. 내가 움직이는 내내 남자들의 시선이 화살처럼 꽂혔다.

사장이 내 가슴과 다리 사이로 시선을 번갈아 옮기며 말했다.

"오늘부터 일해라~ 그럼 시급은 아까 여기 들어온 시간부터 해줄게~."
"아. 오늘은 할 일이 있어서요. 내일 올게요."
"그럴래? 참! 넌 특별히 주말 시급 만 오천 원에 해줄게."

알았다며 다시 옷을 갈아입으러 들어가는데, 사장이 따라 들어와서 깜짝 놀랐다. 내가 긴장한 눈빛으로 보니까, 사장이 피식 웃으면서 내 어깨를 툭툭 두드리고 음료박스를 하나 들고 나갔다.

사장이 나가고 옷걸이에 걸려있던 내 바지를 쪽방 이불 위에 떨어뜨렸다. 바지를 다시 주워 입으려다 이불을 조금 밀어냈다. 밀려난 이불과 베개 사이에 여자 속옷이 있었다. 베개를 들고 다시 봐도 분명히 여자 속옷이었다. 깨끗해 보였던 쪽방 창고가 무척 더러워 보이기 시작했다.

그래도 난 여기에서 일하기로 마음먹었다. 더러워도 그럴 생각이었다.

세상이 나보고 아직 그러지 말라는 모양이다. 엄마가 아빠에게 돈을 받았다. 게다가 엄마가 이제 팔이 괜찮다며 다시 공장에 나가신다고 했다. 엄마는 아르바이트는 그만두고 공부나 더 열심히 하라고 했다. 정말 다행이었는데…

편집부실에 들어가려다 유성현과 한수진 선생님이 대화하는 걸 들었다.

"민아가 다시 남자친구랑 헤어졌어요."
"왜. 또 남자친구가 바람피웠니."
"아뇨. 말을 안 해요. 위로해주고 싶은데…."
"그냥 두는 게 위로해주는 거야. 그래도 넌 계속 민아 친구잖아."
"계속 친구일까요?"
"그게 불만이구나."

엿들으려 한 건 아니다. 편집실 문이 열려 있어서 들어가려다가 유성현이 송민아의 얘길 꺼내는 걸 듣고 멈춰 섰다. 유성현이 한수진 선생님에게 송민아가 헤어졌다는 얘길 하고 있었다.

왜 유성현이 한수진 선생님과 저런 대화를 나누고 있는지 이해할 수 없다. 차라리 나랑 얘기하는 게 어울리는 거 아닌가? 여태 알고 있던 한수진 선생님이 맞는지 의심이 될 정도로 친근해 보이는 것도 이해할 수 없었다. 이미 서로 많은 대화를 나눴던 사이로 보인다.

아무리 떼어놓고 봐도 누나 동생쯤으로 보였다. 아니, 한수진 선생님이 유성현을 대하는 태도는…. 나였다. 내가 유성현을 대하는 태도와 별반 다르지 않았다. 유성현을 바라보는 눈빛과 몸짓 하나하나가 내 모습을 거울로 보는 것 같다. 끊임없이 유성현의 시선을 쫓는 한수진 선생님의 눈길, 유성현을 향해 기울어진 한수진 선생님의 어깨와 조금 더 가까이 다가가려는 팔꿈치. 게다가 뒤꿈치까지 유성현을 향하느라 발목이 돌아갈 지경이다.

다행이다.

내가 계속 알바를 찾아봐야 했고, 엄마가 여전히 아파서 일을 못 하는 상황이었더라면 도무지 견딜 수 없었겠다. 정말 다행이다. 지금 송민아가 다시 남자친구랑 헤어졌고, 한수진 선생님이 유성현에게 호감을 느낀다는 걸 알 수 있어서 다행이다.

유성현이 송민아와 가까워지는 걸 볼 수 없고, 한수진 선생님과 가까워지는 건 더더욱 볼 수 없다.

노크를 했다.

한수진 선생님이 등을 펴며 의자에 기대앉았다. 평소라면 한수진 선생님의 옆자리에 앉았겠지만, 유성현의 옆자리에 앉았다. 괜히 책상 위에 뭐가 놓여있는지 보려는 것처럼 유성현에게 기대듯 앉았다.

당연히 별로 관심을 둘 만한 게 있지 않았다. 유성현은 어떤 학우가 제출한 수필 위에 낙서하고 있었고, 한수진 선생님은 편집과 상관없는 수업 관련 출력물에 줄을 긋고 있었다. 나는 눈빛으로 왜 이렇게 어색한 분위기냐고 질문했지만, 두 사람 모두 반응이 없었다. 유성현이 이미 정리가 다 된 이번 달 학보를 내게 건네며 조금 떨어져 앉았다. 한수진 선생님은 출력물들을 주워들고 일어나며 말했다.

"별로 수정할 게 없는 거 같으니까, 둘이 확인하고 마무리해."

"선생님. 한번 헤어졌던 사람들은 다시 만나도 결국 헤어지는 게 맞나요?"

한수진 선생님이 편집실을 나가려다 내 질문에 가만히 서서 생각하는 것 같더니 대답했다.

"다시 잘 만나는 사람들은 헤어졌던 얘기를 남들에게 하지 않겠지. 다시 헤어진 사람들만 남들에게 얘기할 테니까. 나쁜 얘기들만 멀리 퍼져서 그렇다고들 하는 거겠지. 그런데, 한 번 헤어진 건 그냥 이별로 남겠지만, 두 번 헤어지면 세 번 네 번도 헤어질 수 있는 거 아닐까."

"그럼~ 반대로 다시 만났던 사람들은 또다시 만날 수 있다는 얘긴가요?"

"성현이 친구 얘기라면. 그 아이는 또다시 만나게 될 거야. 성현이는 송민아 걔랑 가망이 없어."

"왜요?"

"너도 지금 내가 더 신경 쓰이잖아. 엿보는 건 좋지 않아 민효정."

"선생님은요. 선생님은 어떤데요?"

"너도 별로 가망이 없어 보이니까. 내가 제일 선두에 있는 걸까. 재미있네."

한수진 선생님이 그렇게 말하고는 편집실을 나갔다. 대낮에 구미호를 본 것 같다. 구미호가 나간 문을 노려보고 있느라, 유성현이 이 자리에 같이 있다는 사실을 잊고 있었다.

유성현이 멍청한 얼굴로 나를 보며 물었다.

"방금…. 무슨 얘기들을 한 거야? 내 이름이 나온 거 보니까 나랑 상관이 있는 거 같은데, 내가 무슨 소리인지 모르겠거든?"

"너 되게 재미있는 애야."

"…내가 개그에 소질이 있다는 소린 못 들었는데…."

"바보 같은데 별로 멍청하진 않고, 나쁜 녀석은 아닌 거 같은데 별로 착하지도 않고, 못생긴 건 아닌데 잘생기지도 않았고, 안심되는 얼굴인데 인기가 있다니…."

"안심되는 얼굴이라는 게 친근하고 편한 인상이라는 거지?"

"웃음으로 때우지 마. 너 꼭 애 같아."

유성현은 애 같았다. 애들처럼 바보 같으면서 착하지도 않고 잘생기지
않더라도 인기가 많았다. 그게 얘의 매력일까. 내가 유성현의 그런 점을 좋
아하게 된 걸까. 아무리 생각해도 그런 건 아니었다. 난 유성현의 매력 같
은 걸 생각해본 적이 없었다. 그저 유성현의 평화가 부럽고 좋았다.

송민아는 이미 유성현과 가까워질 기회가 있었다. 유성현은 누구보다 송
민아와 가까운 곳에 있는 남자애였다. 송민아가 남자친구와 다시 헤어졌다
는 사실이 유성현과 가까워지는 걸 의미하지는 않는다는 얘기다.
문제는 송민아에게 주어진 유성현의 시간과 한수진 선생님이었다. 한수
진 선생님이라니! 유성현과 평생을 어울려온 소꿉친구 송민아도 버거운데,
구미호가 나타났다.

사람에게 업보가 있는 거라면 난 미래에 얼마나 잘살려고 지금 이럴까.
그래, 내가 한때 어른을 만났던 것 때문에 구미호가 나타난 것이라면, 내
삶에 반대급부는 어디에서 찾아야 하는 걸까. 내가 뭘 얼마나 잘못했다고
이렇게 될까.
포기하면 편해질까. 뭘 얼마나 더 포기해야 하나. 나는 이미 겨우 살아가
고 있는데, 생존 이외의 것은 가질 수 없는 걸까.

"유성현!"
"응."
"나한테 키스해줘."
"와~ 진짜?"
"싫어?"
"…더 가까이 오면 소리 지를 거야."

유성현이 여자애처럼 두 팔로 자신을 감싸며 뒷걸음쳤다. 유성현은 내가 장난을 치는 줄 아는 모양이다. 아쉬운 일이다. 지금 유성현이 내게 키스할 수 있었다면, 모든 걸 끝낼 수도 있었겠는데…. 대신 유성현의 허릴 안았다. 유성현이 소릴 지르지는 않았다.

내가 유성현의 허릴 안은 채 미안하다고 했다. 유성현은 내 등을 조심스럽게 토닥여주고 내 어깨를 잡았다. 아쉽지만 유성현에게서 떨어져야 했다. 유성현의 얼굴을 볼 수 없어서 그대로 고개를 숙인 채 편집실을 나왔다.

"민효정."
"선생님…. 엿들은 건가요?"
"너도 그랬잖아."
"아니, 저는…."
"괜찮아. 고마워하지 않아도 돼."
"네?"
"내 덕에 유성현을 안아봤잖아. 그렇게 차근차근 시작하는 거야. 급하겠지만 별로 급할 게 없다고 하면 믿을까. 이런 말 하면 너무 늙어 보이겠지. 천천히 따라가 봐 그러다 보면 만날 날도 올 거야."
"그럼 선생님은…."
"나? 저런 어린애는 내 취향이 아니야."

편집실 앞에서 나를 기다리고 있던 한수진 선생님이 돌아서 계단을 내려갔다. 어쩐지 안심이 될 얘기였는데, 한수진 선생님의 치마 밑에 꼬리가 감춰진 것 같다. 내 눈에는 아직도 구미호로 보였다. 그런 내 마음을 눈치챘는지, 계단을 내려가던 구미호가 돌아서며 내게 말했다.

"내 말을 믿는 게 편하지 않아? 의심해도 네가 할 수 있는 게 없는 건 의심할 가치가 없어."

"아…"

"길게 보라고~ 길게. 이제 열여덟 살이 되는 거잖아. 그래도 시간이 모자라면 대학도 따라가고 그 이후로도 시간은 충분해."

"…선생님은! 선생님도 그랬어요?"

"아니. 난 그러지 못해서. 그래서 네가 부러워."

구미호의 말을 믿어도 되는 걸까? 인간이 되고 싶어서 사람의 심장을 꺼내 먹는 구미호잖아. 그래서 내가 유성현을 좋아하는 걸 부러워하는 걸까. 구미호는 누굴 좋아할 수 없으니까. 내가 유성현을 좋아하는 마음을 꺼내 먹으려는 걸까, 아니면 내 심장 같은 유성현을 잡아먹으려는 걸까.

한수진 선생님이 내려간 계단을 멍하니 내려다보고 있었다. 조금 전까지 계단을 내려가는 소리가 들렸는데, 갑자기 사라져버린 거 같다. 정말 구미호였는지 의심이 들 정도로 순식간에 사라져버렸다. 계단 아래를 두리번거리고 있는데…. 깜짝이야.

"뭐야? 유성현."

"너야말로 뭐 하냐?"

"내가 왜?"

"멍하니 아래를 보고 있다가 갑자기 두리번거리는 건 뭐냐? 귀신이라도 봤어?"

"엿들었어?"

"무슨 소리야? 너 혼자 있잖아. 너 무슨 말을 하긴 했냐?"

"아…"

"나 생각해봤는데, 진짜 키스해도 돼?"

유성현의 명치를 세게 때려주려 했는데, 잽싸게 피한 유성현이 계단을 뛰어 내려갔다.

나도 유성현을 잡으려 계단을 내려갔다. 내가 잡기엔 무리였지만, 딱히 다른 곳으로 갈 곳도 없었다. 어디를 가려든 일단은 내려가야 했다.

그래 따라가 봐야겠다. 따라가 봐야 어떻게 될지도 알 수 있겠지.

　　＊ ＊ ＊

다 잘되고 있었다. 우리는 아버지에게 받은 돈으로 달동네에서 내려왔다. 엄마는 약간의 여유가 생겨서 공장을 그만두고 좀 더 편한 일자리를 구했다. 내 학교 생활도 나쁘지 않고 유성현이 송민아랑 사귄다는 얘기는 듣지 못했다.

나도 유성현과 별 진전이 없었다. 유성현이 딱히 내게 거리를 두려는 것 같지는 않았지만, 더 가까이 다가오지도 않았다. 유성현에게 나는 그냥 친구 중에 좀 더 가까운 정도였다.

단둘이 있어도 어색함이 없었고, 유성현이 내게 설레는 감정 따위는 없어 보였다. 편집부 일 때문에 둘이 어디 인터뷰를 다녀올 일이 있어도, 나 혼자 데이트하는 기분이 들었다. 유성현은 나와 둘이 있는 게⋯. 그냥 편해 보였다.

졸업생 유명인의 인터뷰를 하러 가려고 같이 버스를 타서 자리에 앉자마자, 유성현이 귀에 이어폰을 꽂고 잠들어버렸다. 내가 그런 유성현의 어깨에 기대니까, 조금 불편한 듯 꿈틀거렸다. 버스에서 내려 한적한 길을 걷다가 내가 팔짱을 꼈더니 유성현이 말했다.

"아~ 고마워."

"뭐가?"

"네 가슴이 내 팔에 닿게 해줘서 고마워."

"…그게 좋아?"

"당연하지."

"그럼 만질래?"

"응!"


축구를 좋아하는 유성현은 꽤 빠른 편이다. 내가 발로 차 주려는 걸 알아채고 미리 도망가 버렸다. 이런 애랑 어떻게 더 가까워질 수 있을까. 유성현이 더 성장하길 기다려야 하는 걸까. 친구라도 될 수 있다는 사실에 만족해야 할까. 그러다가 유성현이 다른 여자를 만나 사랑에 빠진다면, 나는 견딜 수 있을까.


유성현의 이런 모습이 송민아 때문이라는 사실이 나를 아프게 했다. 어릴 때부터 가족처럼 친하게 지내온 여자애가 있었기에 이런 모습일 것이라는 게 마음에 걸렸다. 이렇게나 가까워지고 친근해졌는데도 내가 송민아보다 친근해질 가능성은 없을 것이다.


"송민아는 어떻게 지내."

"민아? 민아는 그냥 뭐 우울증 환자 같다가도 마녀처럼 행동하고 그렇지. 남자친구 사귀느라 좀 늦어진 공부 때문에 좀 날카로워진 느낌?"

"나는 어떤 거 같아."

"너? 너는 네가 더 잘 알잖아?"

"그럴까. 송민아도 네가 아는 만큼 자기 자신에 대해 잘 알고 있을까."

"효정아."

"응."

"민아가 날 좋아할 가능성은 없을 거야."

그런 말을 하면서 우울한 표정을 짓는 건 바르지 않다. 유성현은 내가 송민아의 얘기를 꺼내는 걸 좋아하지 않았지만, 내가 그러는 걸 이해해주는 것 같았다. 어린애처럼 굴다가도 송민아에 대한 얘기만 나오면 어른스러워지는 유성현이었다.

얼마나 길어질지 걱정됐다. 나는 유성현에게 어떤 여자이고 어떤 여자가 될지 걱정됐다. 그저 따라가기만 하는 것도 불안했다. 더 멀어지지나 않으면 다행이겠다. 그래도 유성현이 내 이름을 불러줬다는 사실 하나로도 좋았다. 보통은 '야.'나 '어이.'라고 부르던 유성현이 진지한 얘기를 할 때마다 내 이름을 불러줬다. 유성현이 내 이름을 불러주는 목소리를 녹음해서 다시 듣고 싶을 정도로 좋았다.

고등학교에 진학한 이후로 나름 노력한 덕분에, 중학교 때랑은 비교하기 힘들 정도로 성적이 올랐다. 엄마도 사정이 좋아지자마자 내가 알바 같은 건 그만두고 공부를 더 열심히 했으면 좋겠다고 했다. 성적이 좋아지니까 양아치 같은 애들이 나를 건들지 않는다는 것도 신기했다. 선생님들의 보호를 더 받을 수 있다는 것도 알게 되었고, 중학교 때는 왜 그런 걸 몰랐는지 후회했다.

그런데도 아직 유성현의 성적에는 미치지 못하는 것으로 알고 있다. 편집부의 일 때문에 혹은 교무실 청소 때문에 교무실에 들락거리다 보면, 남자애들의 성적도 알 방법이 있었다. 여자애들이 교무실 청소를 했기 때문에, 여자애들은 상위권 남자애들이 누군지 대강 알고 있었다.

유성현보다 훨씬 더 좋은 성적이 필요했다. 유성현의 뒤를 따라가기엔 내 형편이 좋지 않았다. 유성현을 따라붙으려면 더 좋은 성적을 받아야 했다. 누가 들으면 그런 게 가능하겠냐며 의지의 문제가 아니라는 걸 가르치려 들겠지만, 내겐 꼭 필요한 일이었다.

뒤늦게 성적을 끌어올린 많은 애처럼 나도 수학이 문제였다. 공식을 외우고 풀이를 반복하는 것으로는 도무지 넘을 수 없는 벽이 있었다. 이해를 포기하고는 한 발짝도 내디딜 수 없는 벽이 존재했다. 내 나쁜 머리로는 이해하기 어려운 것들에 화가 날 지경이었다.

작년에 편집부원들이 챙겨줬던 학원에 다녀볼 생각을 했다. 인터넷 강의로는 얻을 수 없는 게 있다는 말을 믿어보기로 했다. 가장 유명한 강사들이 녹화한 인터넷 강의보다 실제 학원 수업이 얼마나 나을지 궁금했다.

첫 수업을 듣고 다르다는 걸 알았다. 전자기기를 거쳐 들리는 목소리와 전혀 다른 익숙함이 이해를 도왔고, 같이 수업을 듣는 다른 학생들의 분위기가 집중에 도움을 줬다. 주말에만 듣는 3개월간의 강의로 얼마나 많은 것을 얻을 수 있을지 상상하기 어려울 정도였다. 지하철을 갈아타며 다녀올 가치가 있었다.

장점만 있는 건 아니었다.


"덥죠? 이거 마셔요."


3주가 지나기 전에 음료수를 두 번 받았고, 스터디 제안도 받았다. 남자친구가 있다고 둘러대도 다시 친구라도 하자는 놈도 있었다. 친구라도 하는 게 얼마나 중요하고 큰 제안인지 모르는 녀석들이었다. 개중에는 멀리서 나를 따라다니는 놈도 있었지만, 다행히 지하철까지 따라서 타는 정신 나간 녀석은 없었다.

그런 일들은 괜찮았다. 절대로 여지를 주지 않으면 포기하는 게 보통이었다. 그것보다 아는 사람과 마주치는 게 더 불편했다. 우리 학교 친구 중에도 학원을 다는 애들이 있었고, 내가 이제야 학원을 다니고 있다는 소문이 나는 게 싫었다.

그런 것도 괜찮았다. 둘러댈 만한 변명을 만들기도 용이했고, 학원에 다니는 걸 비밀로 하자고 먼저 말하는 애들도 있었다. 내 사정이야 편집부 때문에 그렇다 해도 지들이 학원 다니는 걸 숨길 이유를 모르겠다.

보고 싶지 않은 사람을 만났다.

중학교 때 잤던 그 교사를 만났다. 내 첫 남자이자 첫 경험의 상대. 세상은 내게 베풀어진 친절만큼 내 것을 가져간다는 걸 가르쳐 준 사람. 고통은 구덩이처럼 깊어지지만, 행복에는 슬픔의 저울이 있다는 걸 알게 해준 사람. 그래서 미련이 남지 않았던 그를 만났다.

그가 나를 오랜만에 만난 제자로 대하는 건 나쁘지 않았다. 맛있는 음식을 사주고 학업에 대해 상담을 해준 것도 좋았다. 그는 그의 친구가 노량진 수학 강사로 있다면서 나를 소개해주겠다고 했다. 자신의 부탁이라면 내게 개인 교습도 가능할 것이라고 했다. 그러나 난 그렇게 좋은 제안이 내게 원하는 걸 알고 있었다.

"왜요?"

"조금 섭섭했어. 효정이가 한번은 연락할 줄 알았거든."

"전…. 혹시라도 선생님이 연락할까 봐 걱정했어요."

"미안하다. 내가 그래서는 안 되는 거였지."

"아니요. 그러시면 제가 비참해져요. 우린 그런 게 아니었어요."

"다행이네. 효정이도 2년이 지나면 성인이지?"

"선생님. 저 좋은 대학에 가고 싶어요."

그는 내가 최근 받은 성적 얘기를 듣고 놀라워했다. 선생님은 나를 돕고 싶다며 조용한 곳에 가서 얘기를 좀 더 나누자고 했다. 식당을 나와 택시를 잡아타는데, 선생님이 내 어깨에 손을 올려서 놀랐다. 나도 모르게 몸을 움츠리니 그가 내 어깨에서 손을 뗐다.

사실 나는 갈등하고 있었다. 그에게 매몰차게 굴어야 할지 설득해야 할지 고민했다. 그리고 둘 다 포기하게 된다면 그와 하게 될 걸 알았다. 나는 그의 몸을 잘 알았고, 그도 나에 대해서 마찬가지였다. 그러나 막상 그의 손이 닿으니 내 몸이 강렬하게 거부했다.

택시에 내린 곳 근처에 모텔 간판들만 눈에 들어왔다. 그는 내 손을 잡으려다 내 손이 떨리고 있다는 걸 알고는 그만뒀다. 선생님은 나를 한참 바라보다가 근처의 커피숍으로 데려갔다. 선생님은 음료를 시키고 오랜만에 만난 스승 같은 대화들을 시작했다.

내가 다니는 고등학교에 관심을 보였고, 선생님들의 수업 방식을 물었다. 어떤 계기가 있었냐고, 어떤 방식으로 성적을 그렇게 빨리 올린 거냐는 질문도 했다. 어머니와는 어떻게 지내냐고 궁금해하며, 그와 헤어지고 지금까지 내가 어떻게 지냈는지 낱낱이 알고 싶어 했다. 담담하게 대답하는 내게 끈질기게 말을 걸던 그가 말했다.

"좋아하는 남자애가 생겼구나."

"…네."

"질투가 나는 건 어쩔 수 없네. 모든 설명의 비는 부분들에 그 남자애가 있는 거지?"

"선생님한테는 별로 말하고 싶지 않아요."

"그렇구나. 그럼 기다릴게."

"뭘요? 아니. 왜요? 그러지 마요."

"그 정도야?"

차라리 지금 당신과 자고 모든 걸 끝낼 수 있다면 그러겠다고 말하고 싶을 정도였다. 그의 앞에서 유성현의 아무것도 꺼내고 싶지 않았다. 나는 자리에서 일어나 커피숍을 나왔고, 그가 나를 붙잡지 않아서 다행이었다.

그가 나를 다시 붙잡았다면 아마도 그와 자게 되었을 것이다. 그가 내 눈앞에 나타나자마자 내 몸이 알았고 느꼈던 기분들이 내 몸을 저리게 했다. 다시 거부할 수 있으리란 확신이 없었다. 마지막일 수 있다는 스스로에 대한 거짓으로 그와 잘 수 있었다. 그러나 그는 나를 붙잡지 않았다. 다행이다.

그가 다시 나타나지는 않았다. 나는 수학 성적을 상당히 극복할 수 있었고, 어느 시점부터인가 내가 유성현의 성적을 넘어서기 시작했다. 유성현이 편집부장의 타이틀과 이런저런 경력으로 학생부 전형 수시 진학한 대학을, 나는 수능 성적으로 장학금을 지원받으며 입학할 수 있었다. 유성현을 조금 더 따라갈 수 있겠다.

"뭐야? 진짜? 민효정! 와~ 대학도 나랑 같이 다니는 거야? 지겨워!"
"죽는다. 유성현? 진짜~ 누군 좋은 줄 알아?"
"나 미팅도 하고 소개팅도 나가고 여자들도 만나고 그럴 거야!"
"누가 뭐래니?"
"진짜? 진짜지? 나 정말 다 할 거야?"
"뭐~ 지금까진 나 때문에 참은 것처럼 들린다?"
"와~ 진짜. 민효정 너. 와~. 와. 와우~ 와. 우."
"시끄러워."

고등학교 내내 유성현을 좋아하는 다른 여자애가 없었던 건 아니었다. 1학년 때는 어떤 여자애가 유성현의 임자가 있는지 알아보기도 했었다. 그러나 내가 유성현을 좋아한다는 소문이 금방 나버렸고, 그런 소문과 더불어 내 중학교 때의 소문이 더해졌다.

날라리 여자애의 입에 슬리퍼를 집어넣은 일이나 의자를 던졌던 내 과거는…. 아무튼 다른 여자애들이 함부로 유성현을 넘볼 수 없었다. 돌이켜보면 몇몇 착한 애들은 나랑 어울리면서도 내 눈치를 꽤 봤던 것 같다. 어머! 미안해라….

유성현도 그런 소문을 전혀 모르진 않았다. 그래도 딱히 자신의 상황을 개선하려는 노력은 하지 않았다. 그 이유가 나 때문일 수도 있겠지만, 송민아의 존재 때문일지도 모른다. 어쨌든 내가 유성현과 실제로 사귄 건 아니더라도 다른 친구들은 우리가 사귄다고 생각해줬다. 충분하진 않았지만 괜찮았다.

괜찮았다. 따라갈 수 있고, 더 기다릴 수 있다면 괜찮을 줄 알았다. 그런 기회를 가질 수 있으니 괜찮다고 생각했다. 그런 줄 알았는데….

우리 엄마는 내가 대학에 입학하는 걸 볼 수 없었다. 갑자기 쓰러지셨고, 심혈 관계 질환이 복합적으로 더해진 상태였다. 대학에 입학하고 한 달쯤 지나서 엄마가 세상을 떠났다. 내가 유성현을 기다리고 따라가는 동안, 엄마는 나를 기다리지 못했다.

내가 대학에 갈 것을 대비하시느라 무리해서 일하셨던 거 같다. 그런 건 예상할 수 있었으니 아무래도 견딜 수 있었다. 생계의 위험을 간신히 이겨낼 삶을 살아가는 사람들은 최악을 염두에 두기 마련이라, 이런 일이 생길 가능성이 있다는 걸 잊지 않는다. 세상이 제발 내게 그러지 말길 바랐을 뿐이다. 괜찮지는 않았어도 견뎌낼 마음의 준비는 하고 있었다.

그러나 슬픔은 언제나 준비하지 못한 것들로부터 찾아온다.

엄마가 마지막 날까지 내게 미안해하는 걸 견디기 힘들었다.

# 유유상종

과거 유명 헤비급 권투선수였던 마이크 타이슨이 말하길 '누구나 한 방 맞기 전까지는 그럴싸한 계획을 갖고 있다'라고 했다. 프로 2군을 지배하던 고졸 최대 신인 투수는 1군에 올라오자마자 멀티홈런에 녹다운됐다. 월드컵 예선을 일찌감치 통과한 어느 나라는 월드컵 본선 첫 경기에서 3점을 내주고 다음 경기에서 5점을 내주며 연패했다. 힙합 가수로 데뷔 10년을 넘긴 래퍼가 랩 배틀에서 가사를 잊었다.

우물 안 개구리를 가져오지 않더라도 오만함이 뭉개지고 자존심이 박살 나는 일은 흔히 겪을 수 있었다. 중학교 과정에서 공부 좀 한다는 소릴 듣다가 고교에 진학하며 겪기도 하고, 왜 이런 천재가 나와 같은 대학을 다니고 있는 건지 의문이 들기도 했고, 나를 선택해서 운이 좋은 줄 알았던 직장의 상사가 신으로 보였다.

개인이 겪을 수 있는 경험과 상상할 수 있는 세상의 크기는 언제나 보잘것없다지만, 누구나 새로운 경험을 대비하며 계획한다지만, 막상 겪으면 도무지 넘을 수 없는 벽을 하나 더 추가할 일들이 생기기 마련이다.

다양한 실패를 토대로 그런 벽들을 피하거나 돌아가거나 포기하는 방법들을 익히는 게 인생이라는데, 그런데도 넘을 수 없는 벽이 예상치 못한 순간에 나타나고 또 하나 더해지며 나를 괴롭힌다. 가장 큰 문제는 돌아가고 싶지도 포기할 수도 없는 벽이 있다는 것이다.

나는 잘하는 줄 알았다.

잘하는 줄 알았는데, 전혀 그렇지 않다는 것을 깨닫는 일은 언제나 충격적이고 스스로 실망하며 가끔은 죄책감까지 생긴다. 차라리 어릴 때 겪었다면 괜찮을 수 있었을지 모르겠다. 그러나 이미 충분히 경험했다고 믿었던 일인 데다 별로 중요하지 않은 것이라 여겼고 다른 훨씬 중요한 것들에 비해 하찮다고까지 생각했던 일이었다면….

당연히 잘하는 줄 알았다. 나랑 관계했던 여자들의 만족을 느낄 수 있었고, 나도 그 만족에 충분히 교감하며 만족했으니까 잘하는 줄 알았다. 중요한 건 상호 간의 정신적 교감이나 관계의 전후에 가질 수 있는 소통의 문제라고 생각했다.

벌써 끝났냐고 물어보는 것 같은 한수진의 표정에 좌절했다. 그녀는 아무 말 없이 그저 무표정한 얼굴로 나를 보고 있었을 뿐이었는데, 나는 어쩐지 사과해야 할 거 같았다.

"아. 미… 미안해요. 그러니까 제가…. 하아."
"괜찮아요. 처음이었나요?"
"예? 아~ 아뇨. 저기 다시 할게요."
"천천히 하세요."

할 수 있을 리가 없다. 차라리 코끼리 발밑에서 하라면 하겠다. 그녀가 내게 처음이냐고 물었다. 내가 그런 소릴 들었다는 걸 도무지 믿을 수 없었다. 나름 여자를 상대하는 방법을 알고 있다고 생각한 데다, 여자들의 저마다 다른 차이를 느끼기까지 한다고 생각했는데 나보고 처음….

게다가 그녀는 내가 긴장하고 있다고 생각한 모양이다. 너그러운 표정으로 내 뺨을 어루만져주고 다른 손으로는 긴장하고 있는 그걸 쓰다듬었다. 그녀의 안에서 채 3분도 버티지 못했던 몹쓸 내 것을 위로해줬다.

세상 소중해 보일 정도로 아름다운 그녀의 입술에 다시 입을 맞췄다. 그녀의 혀가 내게 스며들었다. 다행히 긴장을 풀어낼 수 있었고, 그녀는 그녀의 손 안에서 단단해진 내 것의 목적지를 찾아줬다.

그녀의 입에서 새어나온 신음이 내 입안으로 번졌다.

"하아."
"잘할게요."
"네…. 아…."
"약속해요. 잘할게요."
"괜찮아요."

괜찮다고 했다. 그녀를 두 번째 만났을 때, 나는 그녀를 멍하니 바라보기만 했다. 처음 그녀를 만났을 때 너무 횡설수설거렸다는 후회를 했고, 그녀가 다시 기회를 준다면 그녀의 이야기를 듣겠다는 다짐을 했다. 그런 강박이 너무 심했던 모양이다. 다시 만날 기회를 준 그녀 앞에서 벙어리가 되었었다.

그런 나를 차분하게 바라보던 그녀가 말했다.

"무슨 얘기를 해볼까요?"
"네? 아. 죄송합니다. 제가 멍하니 있었죠?"
"분명히 저를 보고 있었으니, 멍하니 있는 것과는 조금 달라요."
"아무래도 한수진 씨에게 반한 거 같아요."
"괜찮아요. 무리하실 필요 없어요."
"아니. 정말이에요. 제가 어떻게 해야 할지 모르겠어요."
"지난번에 만났을 때 직장 얘기랑 학창 시절 얘기를 많이 하셨어요. 큰 꿈은 꾸지 못해도 성실함이 자신의 무기라고 했고~ 어떤 환경이든 잘 적응하는 편이라고 했어요. 또 무슨 얘기를 했더라. 사람들이 해 질 녘에 처음 만나는 일이 전략적인 선택이라고 하셨던가. 제게 교사 일이 힘들지는 않으냐고 물었죠."

"…지루했겠군요."

"아니요. 정말로 괜찮았어요. 자극적이지도 싱겁지도 않았어요. 너무 애쓴다는 느낌이 들면 조금 피곤해지기도 하고 부담스러우니까요."

"…저. 괜찮은 사람이 될게요. 약속해요. 수진 씨에게 괜찮은 사람이 되고 싶어요."

"그럼 일단 식사해요. 저만 보고 있으니까, 먹기가 조금 어렵네요. 여기 스테이크 맛있거든요."

마치 이런 미녀를 처음 만난 사람처럼 행동했다. 아니, 수진 씨에게는 여자를 처음 만난 사람처럼 보였을지도 모르겠다. 내가 여자를 잘 아는 남자라는 것처럼 보이려는 건 애초에 포기해버렸고, 정신이 온전한 사람으로 보이는 데 최선을 다했다. 내가 왜 이러는지 이해하기 어려울 만큼 그녀가 어려웠다.

내가 처음 좋아했던 여자애와 친형이 결혼했던 이후로 사랑 따윈 믿지 않았었다. 그리고 형이 이혼하고 나서는 신의 존재를 의심했다. 여자를 사랑하지도 못하면서 욕구는 멈추지 못하는 걸 자책하기도 했다. 결국 같이 잘 수 있는 여자라면 아무하고라도 자기도 했고, 욕구를 위해서라면 감정 따윈 중요하게 생각하지 않았었다.

내게 굉장한 행운이 찾아왔다는 걸 뒤늦게 알았다. 마음이 심장에 담겼다면, 누군가 내 심장을 쥐고 흔들어버린 것 같은 기분이 드는 사람을 만난 것이다. 이런 기회가 다시 찾아올 줄 몰랐는데, 포기했었는데, 기다리지도 않았는데 나타났다. 게다가 그녀는 내게 매우 친절하고, 놀라울 정도로 적극적이었다.

세 번째 만난 날 그녀가 말했다.


"전에 요리를 잘하신다고 했었죠. 자랑은 별로 안 하시는 분이 그런 말을 꺼낸 건, 저를 초대하고 싶다는 얘기 아니었나요?"

"아~ 네. 언제가 괜찮으세요?"

"오늘은 어때요?"


당연히 좋았다. 내 방이 예상보다 더럽지 않길 걱정했지만, 그녀는 별로 정리되지 않은 내 집을 마음에 들어 했다. 내 눈에는 그녀가 내 집에 있는 게 어울리지 않을 정도였는데, 그녀는 전혀 어색하지 않은 태도로 창문을 열고 내가 요리하는 동안 청소를 해주겠다고 했다.

꿈이라도 이 정도라면 괜찮겠다. 나는 그냥 앉아서 기다려달라고 했지만, 그녀는 괜찮다며 진공청소기를 찾아 바닥의 먼지까지 치웠다. 진공청소기 소리가 음악처럼 들렸으니, 아무래도 내가 환각을 겪고 있는 모양이다. 꿈에서는 언제나 꿈을 깨기 직전에야 소리가 들리기 마련이다. 아직 깨지 못하고 있으니, 꿈은 확실히 아니었다.


나는 일생일대의 파스타를 조리하고 있었다. 당연히 처음으로 시도하는 짓은 전혀 하지 않았고, 이미 충분히 검증된 내 인생 최고의 요리를 만들었다. 누구나 쉽게 만들 수 있는 그런 수준의 하찮은 파스타가 아니었다. 그동안 대강 청소를 마친 그녀가 내 침대에 앉아 내 요리를 기다리고 있었다.

완성된 파스타를 맛본 그녀가 말했다.


"정말 맛있어요. 매일 먹고 싶을 정도로 맛있어요."

"매일 만들어주고 싶어요…. 아! 흠…. 평생 먹게 해주고 싶어요."

"약속할 수 있어요?"

내가 약속할 수 있는 문제가 아니라고 말해주고 싶었다. 당신이 내 곁에 있어주겠다는 약속을 해줘야 한다고 말하고 싶었다. 나도 모르게 그녀의 곁에 앉았더니 그녀가 일어나며 말했다.

"우리 오늘이 세 번째 만난 거죠?"
"네."
"그럼 너무 빠르지 않나요?"
"뭐가요?"
"지금부터 우리가 하게 될…."

그녀의 입술에서는 내가 만든 파스타 맛이 났다. 그녀는 세 번째 만남에 이러는 건 별로 좋지 못하다고 말했지만, 그렇게 차분한 얼굴로 내 뺨을 만지며 하는 말을 거부하는 것이라 보기는 어려웠다.

약속을 지킬 수 있었다.
처음에는 마치 소년처럼 흥분하는 바람에 실수하고 말았는데, 약속했던 것처럼 두 번째는 확실히 자신감을 찾을 수 있었다. 그리고 세 번째에는 그녀가 내게 약속을 지켜줘서 고맙다고 했다.

나는 그녀 덕분에 행복했다. 나도 다시 사랑을 할 수 있다는 걸 알았다. 사랑은 기다리거나 찾는 걸 포기하더라도 결국 찾아오게 된다는 걸 배웠다. 다시는 사랑 따위 하지 못하리라는 오만한 생각은 그녀를 통해 잊을 수 있었다. 삶은 겪어봐야 아는 것이었다.
이제 그녀에게 괜찮은 사람이 되겠다는 약속을 지키고 싶었다.

한수진이 내 첫사랑과 결혼했다가 이혼한 친형과 만났었다는 사실을 알기 전까지는 그랬다. 내가 평생에 정말로 사랑했다고 믿은 두 여자와의 관계가 모두 이 꼴이 될 가능성이 얼마나 되는지는 상관없었다. 빌어먹을 우연이나 운명 따윈 아무래도 좋았다.

누구도 사랑할 수 없다. 내가 사랑한 사람은 형이랑 관계가 있는지부터 확인해야 한다. 말도 안 되는 일이지만 나는 그래야만 한다. 내 첫사랑과 형의 관계는 끔찍한 우연이며 형의 죄악을 비난할 수 있겠어도, 한수진과 형의 관계는 도무지 뭐라 평가할 엄두도 나질 않는다.

때려죽이고 싶은 걸 참으려 수없이 욕하고 비난하기를 멈추지 않았다. 그 모든 것을 누구에게도 말하지 못하며 혼자 뱉어내는 욕설들은 메아리처럼 끊임없이 내게 돌아왔다. 머릿속에서 맴돌던 욕설들과 역겨운 토악질들에 어느새 나도 더러워져 있었다.


직장에서 멀쩡한 척 연기하느라 피폐해진 정신을 다스리느라, 주말에는 집 밖을 나서지 않았다. 술을 마시다 잠들고 깨면 다시 술로 머릿속을 채우고 게워냈다.

부족했다. 이 더러움을 죄다 뽑아내길 원했다. 한수진을 만나게 해준 여사님께 전화를 걸었지만 받질 않았다. 주말이라 매장 일이 바빠서 받지 않는 줄 알았는데, 이미 시간은 오후가 한참 지나 곧 매장의 문을 닫을 시간이었다. 매장으로 전화를 걸었더니, 여사님 대신 어떤 여직원이 전화를 받았다.

여사님은 손님이 와서 먼저 퇴근했다고 했다. 그냥 끊으려다 미친 척하고 물었다.


"매니저님? 제가 누군지 아시죠? 저 차 대린데요. 잠깐 만날 수 있나요?"

"저장되어 있네요. 본사 차 대리님. 알아요. 그런데 저랑 만나자고요? 왜요?"

"…매니저님. 아니, 김혜주 씨. 죄송합니다. 제가 실수했네요. 저도 모르게 그만 이상한 소릴 했어요. 일하시는데 죄송합니다."

"아~ 네. 그런데 저 이번 달까지만 일하고 그만둬요."

"왜요?"

"…개인적인 이유이긴 한데~ 우리 사장님이 좀 평범하지 않죠?"

"그런가요? 저는 잘…."

"그렇겠죠. 차 대리님은 우리 사장님이랑~ 좀~ 아닌가요?"

"아뇨. 혜주 씨. 업무로만 만났습니다."

"아~ 그래요? 그럼 오늘은 왜 전화했어요? 아니다. 만날래요? 저 8시면 매장 정리가 끝나요."

여사님 때문에 매장에 방문할 때마다 인사만 나눴던 김혜주 매니저와 만나서 잤다. 혜주 씨 같은 여자들이 세상에 흔한 건 아니겠지만, 세상엔 혜주 씨 같은 여자들도 있었다.

그날 혜주 씨와 그런 행운이 생기지 않았다면 내 삶이 조금 달라졌을지도 모른다. 그러나 난 혜주 씨를 만났고, 어처구니없는 자신감을 얻게 되었다. 주변의 모든 여자들에게 가능성을 열어두고 만났고, 생각보다 높은 성공률에 놀라워했다.

그 끝에 신입사원 민효정이 있었다.

# 남다르다

애초에 인간관계를 중요하게 생각하지 않았다. 대부분의 사람들은 내가 관심을 보이기만 해도 쉽게 가까워질 수 있었다. 남자들은 말할 것도 없었고, 여자들도 내가 약간의 친절을 베풀거나 편하게 대하기만 하면 충분했다. 게다가 언제라도 나에 대한 평가를 바꿀 자신이 있었으니, 남들이 나를 뭐라고 부르든 간에 별로 상관하지 않았다.

타인의 사생활에 관심이 많은 사람들일수록 별로 중요하지 않은 사람일 가능성이 컸다. 주인공들은 조연들의 삶에 관심을 두지 않았다. 내가 내 삶의 주인공이라 믿을 수 있다면, 조연들의 평가에 신경 쓸 필요가 없었다.

호기심 많은 남자애들은 조심성도 많은 편이라 다루기 편했다. 임용을 준비하는 모임에서 가까워진 남자 선배가 내게 물었다.

"수진아. 남자친구가 다른 학교 다닌다고?"

"헤어졌어요."

"아. 그래? 벌써? 그렇구나. 괜찮아?"

"…내가 남자친구와 헤어졌다는 사실을 선배가 걱정할 이유는 없겠죠. 다른 학교에 다니는 애랑 사귀었다는 것까지 아는 사람이니까, 내가 우리 학교 남자애들하고 사귀었던 것도 이미 알고 있다는 얘긴데, 그런 선배가 내 남자친구의 안부를 물어본다는 건, 이미 헤어졌다는 소문을 듣고 확인하려는 거잖아요. 선배가 왜 그걸 확인하고 싶어진 걸까요."

"한수진. 역시 머리 좋아. 그런데 꼭 그렇게 겨울이 끝나면 봄이 온다고 얘기해줄 필요가 있어? 아니잖아. 다들 이미 알고 있잖아. 그냥 따뜻해졌다고 말해주면 이상하냐? 그러면 날씨도 좋아졌으니까 드라이브나 같이 가자고 물어볼 수 있는 거 아니야?"

"선배하고 드라이브하고 싶은 마음이 전혀 없으니까요. 당분간 누굴 만날 생각이 없거나 그런 건 아니지만, 선배하고 만나보고 싶은 생각은 없어요."

"이야~ 그래. 좋아. 그런데 왜? 내가 많이 빠지길 하냐. 집안이 부족하냐? 임용? 나 이거 너 때문에 준비하고 있는 거야. 나는 지금 당장이라도 선생하고 싶으면 할 수 있어. 당연히 너도 마찬가지야. 내가 새로 산 차에 네가 타겠다고 말하기만 하면 돼. 그런 임용준비 같은 거 당장 그만둬도 된다니까? 아니, 그보다 말이야. 너 같은 애가 왜 교사가 되려는 거야?"

"…이렇게까지 나오시니까 대답해드릴게요. 본인의 외모를 조금 더 객관적으로 볼 필요가 있겠고요. 전 남자의 집안에 관심이 없어요. 교사가 되려는 건 하고 싶고, 할 수 있으니까 하려는 거예요. 특별한 이유는 없어요. 선배는 살고 싶어서 숨을 쉬잖아요. 저도 그냥 살려고 교사가 되려는 거예요. 상처받지 않길 바라요."

"야, 한수진. 참나~ 이미 이놈 저놈 만나고 다녔으면서. 그래 뭐 그렇게 비싸게 구는 건데? 내가 이렇게까지 나오면 좀 만나줄 수도 있는 거 아니야? 일단 만나보고 아니면 말 수도 있는 거잖아?"

"상처받았군요. 싸게 구시니까 저도 맞춰드릴게요. 선배는 저랑 한번 자고 싶어서 이러는 거죠. 이미 나랑 잤던 애들이 좋았다고 자랑하던가요. 그렇다고 제가 선배랑 잘 생각은 없어요. 남들이 가졌다고 해서 본인도 가질 수 있는 건 아니에요."

사귀었던 남자친구랑, 사귀었던 남자친구의 선배 덕분에 내 소문은 그럭저럭 지저분해져 있었다. 게다가 또 다른 남자랑 사귀었다는 소문이 더해지면서 귀찮은 접근이 늘어났다. 이왕 이렇게 된 마당에 차라리 소문을 화끈하게 만들어 줄 생각도 했었지만, 나는 내게 필요하지 않는 남자와 만나고 싶지 않았다.

내 필요와 상관없이 만난 사람은 첫 남자친구뿐이었다. 그의 선배와 사귄 건, 그와 헤어지고 싶어서였다. 또 다른 남자랑 만났던 것은 그의 선배와 그의 관계가 개선되길 바랐기 때문이었다. 교생 실습 중에 만난 교사도 내게 필요했던 남자였고, 다른 남자들도 내가 필요해서 만났다. 남자들이 나를 원한다고 만나줄 생각은 없었다. 어차피 대부분의 남자가 나를 원한다.

교사가 되는 일이 어렵지는 않았다. 내가 다른 걸 원하더라도 그리 어렵지는 않았을 것 같다. 교사가 되는 일보다 선생님이 되는 게 어려웠다. 학생들과의 관계뿐만 아니라 다른 교사들 사이에서 함께 어울리는 게 쉽지 않았다.

사실 진작 포기하고 자유를 되찾으려 했다. 어차피 쉽게 자르기는 힘들 테니까, 내 멋대로 굴어서 모두가 나를 포기하게 하고 싶었다. 학생들을 상대하는 일 따위는 아무래도 좋았다. 다른 교사들 모두를 따돌리고 적당한 시점에 그만두려 했다.

유성현을 만나기 전까지는 그랬다.

"그러니까 선생님은 다 가진 사람이잖아요. 부족한 게 전혀 없으니까, 아쉬운 게 하나도 없으니까요. 그래서 남들한테 덜 친절할 수밖에 없어요. 누구라도 그럴 거예요. 자기는 아니라고 해봤자 소용없어요. 갖고 싶은 게 있어야 뭘 내줄 수도 있는 거 아닐까요?"

"모든 걸 다 가진 사람은 세상에 없어."

"갖고 싶은 게 없는 사람이랑 모든 걸 다 가진 사람의 차이가 있나요? 선생님이 뭔가 꼭 갖고 싶은 게 있을 거 같지 않아요. 약간의 노력만으로 가질 수 있는 것들은 원하는 게 아니죠. 제 눈에만 그렇게 보이는 게 아니니까, 사람들이 선생님을 시기할 수밖에 없어요. 친절을 베풀 수 없는 선생님과 선생님을 시기하는 사람들 사이가 편하기는 어렵겠죠."

"왜 원하는 게 없을 거로 생각하니?"

"음~ 선생님이 원하는 게 있더라도 제가 알 수 있거나 상상할 수 있는 건 아닐 거예요. 선생님이 세상을 정복하거나 세계평화를 원한다고 하더라도 그런 걸 제가 이해할 수 있지는 않잖아요. 다른 사람들도 마찬가지일 거예요. 내가 경험하거나 최소한 상상할 수 있는 게 아니라면, 그런 걸 원하는 사람에게 뭐가 필요한지 전혀 알 수 없을 거예요."

"내가 불친절하다고 생각하지 않아."

"먼저 인사하고 타인의 실수를 돕고 남들에게 피해를 주지 않는 게 친절한 건 아닌 거 같아요. 선생님은 다른 사람들에게 관심이 없으니까 그 사람이 무슨 생각을 어떻게 하고 있는지 전혀 관심이 없잖아요. 그 사람들에게 원하는 게 없으니까요. 하지만 다른 사람들은 선생님의 친절을 원하기 때문에 선생님이 뭘 생각하는지 궁금해하거든요. 그런데 전혀 알 수 없죠. 선생님을 잘 모르겠거든요. 선생님은 잘 모르는 사람을 친절하다고 생각할 수 있나요?"

"사람들이 내게 뭘 원한다고 생각하지 않는데."

"모든 사람이 서로에게 원하는 게 있지는 않겠죠. 하지만 어느 순간 위기가 찾아오거나 문제가 생겼을 때 나를 도울 수 있을지도 모르는 사람에게 친절을 베풀어 두는 게 보통이거든요. 물론 그렇게 치밀한 계획을 세워서 친절하려고 노력하는 사람은 없겠지만, 오랜 시간 인류가 진화하는 동안에 익숙해진 습관이라고 생각해요. 그게 서로에게 편리하잖아요. 타인에게 친절을 베풀면~ 남들도 내게 친절할 거라는 예상이 이상한가요?"

"언젠가 대학에서 어떤 수업시간에 들었던 이야기와 비슷한데, 그걸 유성현 네게서 들을 수 있을 줄은 몰랐다. 난 그때도 그런 이야기를 이해하기 어려웠어. 진화가 계속되고 있다면 가능한 모든 편의를 받을 수 있는 현재에 습관적인 친절을 베풀 필요는 없는 거 아니겠니."

"제가 말씀드렸잖아요. 선생님은 다 가진 사람이라서 그래요. 과거에도 귀족이나 양반들은 타인에게 별로 친절하지 않았겠죠? 선생님이 그래요. 노예들이 주인과 친해지기는 어려운 일이잖아요? 선생님이 지금까지 친구를 만들려면 어떻게 해왔는지 생각해봐요. 자세를 많이 낮춰야 하지 않았나요?"

"바보처럼 굴었지."

"정답을 이미 알고 계시네요."

성현이는 내가 담당한 동아리의 제자인데, 가끔은 친구 같았다. 성현이가 하는 얘기들이 새롭거나 하지는 않았다. 이미 알고 있었던 사실들에 가까웠지만, 누구도 성현이처럼 솔직하게 얘기해주는 사람은 없었다. 내가 잘 알고 있는 사실이라도 누군가에게 설명을 들을 수 있으면 이해가 쉬웠다. 알고 있는 것과 이해는 분명히 다르다.

게다가 난 바보처럼 굴었을 때 불편해지는 문제점들까지 잘 알고 있었다. 이미 많은 관계 사이에서 멍청하게 행동해봤고 때로는 순진하게 가끔은 덤벙거리기까지 해봤었다. 그러면 사람들과 가까워지는 게 쉬웠다. 그리고 내가 쉬워진 만큼 남들도 나를 쉽게 생각하게 된다는 게 문제였다.

그래도 성현과의 대화를 통해 얻을 수 있는 게 있었다. 사람들 사이에 정도의 차이가 있을 뿐, 사람들은 스스로 멍청해지는 노력을 통해 타인과 가까워지려 한다는 것이다. 가만히 있으면 잘난 척을 하는 것으로 보이는 사람에게는 바보가 되려는 노력이 필요했다. 다른 사람들이 바보라서 그런 게 아니라, 다들 그런 노력을 통해 관계들을 유지하기 때문이다.

내가 남들처럼 원만한 관계를 유지하려면, 내가 쉬운 사람이 되어야 한다는 문제점을 해결할 노력이 필요했다. 아무래도 평생 마녀와 천사 사이에서 갈등해야겠다. 거울 속의 내 모습은 아무리 평범하게 봐줘도 구미호나 선녀에 가까울 만큼 남달랐다. 자신의 그런 모습을 스스로 알아차리지 못하는 여자는 세상에 없다. 평생 사용해온 자신의 미모를 모른척한다는 얘기는 지나치게 멍청해지려고 노력했거나, 정말 바보일 것이다.

성현이가 내게 좋은 대화 상대이긴 했어도 아직 어린 남자애였다. 성현이는 내가 잠시 생각에 잠긴 동안에 내 가슴에서 눈을 떼지 못하고 있었다. 손가락을 튕겨 정신을 차리게 해주고 블라우스의 단추를 정리하려다 그냥 됐다. 이 블라우스는 단추를 두 개 이상 풀어야 답답해 보이지 않는다. 단추를 잠그면 바보처럼 보일 것이다.

단추를 잠그고 일어났다. 더 얘기가 길어지면 문밖에서 기다리는 효정이에게 미안해진다. 똑똑한 척하지만 결국 17살짜리 남자애일 뿐인 유성현을 짝사랑하는 여자애를 위해 자리를 비켜줘야겠다.

멍청해져야 한다.

'한 선생님. 만나는 사람 없어? 내가 괜찮은 남자 소개해줄게 만나봐~' 정도의 얘기를 듣는 데 오래 걸리지 않았다. '저녁에 식사나 같이하실래요?'라는 말을 유일한 총각 교사에게 들었고, 나중에는 '한 선생. 골프 배워볼래?'라는 얘기까지 중년 교사에게 듣게 되었다.

마지못해 소개를 받기는 했어도 만난 남자가 마음에 들지는 않았고, 총각 교사와 저녁을 같이 먹지는 않아도 연락에 답장은 했다. 골프나 등산을 같이하자던 중년 교사들에게는 가급적 여지를 남기지는 않았어도, 웃으며 이런저런 핑계를 댔다.

멍청해지니까 귀찮은 일들이 많아진 대신에, 다른 교사들이나 학생들과 관계가 원만해졌다. 내가 담당하는 편집부의 일도 재미있었고, 남녀학생들이 이성 문제로 갈등하는 모습을 지켜보는 일도 즐거웠다. 유성현처럼 가깝게 지내는 남학생이 성장해가는 모습을 보는 것도 좋았다.

틈만 나면 내 가슴에서 눈을 떼지 못하던 녀석이 어느새 내 눈을 보고 얘기하고 있었고, 언젠가부터 성현이의 눈동자에 비친 나를 볼 수 있을 정도였다. 소년이 남자가 되어가는 모습을 볼 수 있다는 게 신기했다. 가끔은 송민아라는 친구가 부럽기도 하고, 유성현과 점점 가까워지는 효정이에게 질투가 나기도 했다.

바짝 붙어 앉아 대화를 나누는 성현이와 효정이를 발견하고 내가 그랬다.

"조금만 더 가까워지면 뽀뽀해도 어색하지 않겠어."
"유성현이 그럴 수 있는 남자애라면 뽀뽀만 했겠어요?"

민효정. 이 귀엽고 가슴 큰 아이는 보통내기가 아니었다. 내가 보는 앞에서 유성현의 팔짱까지 껴 보이는 여우 짓을 했다. 내가 어금니를 꽉 물었던 걸 들키지는 않았겠지만, 웃어 보이려 노력하며 효정이의 가슴에 녹아내릴 유성현의 팔뚝을 구해야 했다.

성현이에게 학생들이 제출한 논술 페이퍼를 가져오라고 했다. 하지만 교무실의 내 자리에 그런 건 존재하지 않았기에, 나도 성현이를 따라나서며 계획을 변경할 궁리를 했다. 성현이의 팔뚝에 가슴을 비빈 죄로 민효정은 편집실에서 우릴 기다려야 할 것이다.

나는 앞장서고 있는 성현이의 어깨를 '툭' 치며 커피나 마시자고 했다.

"논술 페이퍼는요? 아니, 효정이는요?"
"괜찮아. 효정이도 멍청해지는 법을 좀 배워야지."

"네?"

유성현의 어깨가 상당히 넓어진 것 같다. 내가 기대도 될 만큼….

한 달쯤 전에 교생 시절 만났던 그 교사에게서 연락이 왔었다. 뻔한 이유로 만나고 싶었던 모양이지만, 나는 한참 멍청해지는 중이라 답하지 않았다. 캔 커피를 두 개 사서 하나는 효정이 주라 하고 유성현을 편집실로 돌려보냈다.

그에게 메시지를 보냈다. 커피보다 남자가 필요했다. 유성현을 대신할.

딱히 트집을 잡지 않는다면, 이 남자는 내게 잘 맞았다. 그럭저럭 준수하지만 튀지 않는 외모에 적당히 체격도 괜찮았고, 나를 가볍게 대해주는 태도나 필요한 순간에 예의를 줄타기하는 법도 나쁘지 않았다. 곁의 사람들을 희생시켜야 할 정도의 야망이 있는 사람도 아니었고, 불편함을 느낄 정도로 부족하지도 않았다.

단지 나 말고 다른 여자도 만나고 있다는 게 확실하다는 점이나, 나를 필요로 하기보다 자신의 필요에 따라 타인을 고르는 방식 정도가 마음에 들진 않았지만, 보통의 여자들에게 쓸모 있는 남자라는 것들이 대체로 그런 편이라는 걸 인정해야 했다. 순종적이고 순애보 같은 남자는 소녀이거나 소녀처럼 살길 원하거나 지갑이 필요한 여자들에게나 필요했다.

그는 다른 다양한 단점들을 떠올리지 않게 될 정도로 나랑 잘 맞았다. 그는 딱히 노력하는 모습을 보이지 않으면서도 내가 원하는 곳에 입 맞추고 손잡아주며 긁어줄 수 있는 남자였다. 게다가 매번 새로운 경험을 하도록 유도하는 일이 자연스러웠다. 물론, 내가 원했던 걸 알아챘을 가능성이 더 크겠다.

나는 순종적인 것과 거리가 먼 여자라고 생각했는데, 자신이 스스로를 판단하는 일이 얼마나 어리석은 일인지 다시 한번 깨닫게 해줬다.

"이 차의 선팅이 그다지 진하다고 보긴 어려운데요. 꼭 정면에서가 아니더라도 지나던 사람이 시선만 돌려도 차 안이 전부 보일걸요."

"수진 씨. 선팅이 진하다면 제가 그런 요구를 했을 필요가 없잖아요. 벗어 봐요. 재미있을 거예요."

그가 차를 렌트해 와서 어딘가 여행이라도 가려는 줄 알았다. 만나면 호텔이나 모텔로 직행했던 관계에 변화가 생기는 줄 알았는데, 그는 그냥 시내를 운전하며 내게 벗어보라고 했다. 노출에 대한 호기심이 없던 것은 아니었지만, 그냥 걷기만 해도 내게 쏟아지는 시선들 때문에 시도할 생각은 없었다. 야한 옷을 입지 않아도 야해 보이는 외모라면 필요 없는 일이다.

꽤 단정해 보이려고 노력하지 않는다면, 어차피 남자들의 음란한 시선은 충분할 지경이었다. 위험할 것 같았고 사고를 유발할 수 있겠다는 생각에 스스로 조심했다는 게 재미있었다. 내가 왜 그렇게 조심했을까.

그는 내게 별로 조르지도 않았고, 딱히 어떻게 얼마나 벗으라는 요구를 하지 않았다. 천천히 운전하며 내게 시선을 보내지도 않았다. 마치 내가 벗지 않으면 영원히 멈추지 않을 운전을 하겠다는 협박을 하는 것으로 보였다. 협박은 통했고 나는 벗었다.

하나씩 벗은 옷들을 뒷좌석에 내려놓는 동안에도 그는 착실하게 운전에만 집중했다. 내가 속옷만 남겨뒀을 때야 슬쩍 나를 보며 재미있지 않으냐고 물었다. 차가 신호에 걸려 대기하는 중이라 옆에 정차한 차가 신경 쓰였는데, 운전자는 전방만 바라보고 있었다.

내게 남은 나머지 옷들을 벗어버렸다. 마지막 한 장의 천 조각을 뒷좌석에 내려놓고 옆에 차의 운전자와 눈이 마주쳤다. 그의 눈동자가 엄청 커져 있었고 그가 차창 밖으로 튀어나올 것처럼 몸을 내미는 순간 그가 차를 출발시켰다. 신호가 바뀌었다.

혹시라도 옆에 있던 차가 따라오지 않을까 걱정했지만, 그러지는 않았다. 주행 중에는 근처의 차들을 신경 쓸 필요가 없었다. 그의 만족스러운 시선만 가끔 내 몸에 머물렀다. 그가 미소 지으며 다시 운전에 집중하는 모습을 방해하고 싶었다. 나는 의자를 뒤로 최대한 밀어 눕히고 긴 다리를 뻗어 벌렸다.

그의 손이 내 가랑이 사이로 들어오려는 걸 막았다. 시선으로 만지는 것만 허락했다.

다시 신호에 걸렸고, 옆 차선에 버스가 정차했다. 우리는 버스의 후미에 나란히 섰다. 승객들에게 노출될 순간이었는데, 그가 재빨리 뒷좌석에서 내 외투를 들어 알몸을 덮었다. 내가 외투를 치워내려고 하니까, 그가 내 가슴을 손으로 덮으며 말했다.

"누가 사진이라도 찍으면 어쩌려고 그래요. 적당히 해야죠."
"누워있으면 얼굴은 찍히지 않겠고, 창문 때문에 빛이 반사될 걸요."
"하핫. 그러면 찍혀도 괜찮다는 얘기에요? 제가 과소평가했나요?"
"긴장했군요."

손을 뻗어 바지 위로 불룩해진 그의 것을 쥐었다. 차가 다시 출발했고, 난 그의 지퍼를 열고 벨트를 풀어 그의 것을 꺼내 쥐었다. 그가 덮어줬던 외투가 흘러내려 다리만 가리고 있었지만, 난 그를 향해 몸을 숙였다. 그의 것에 입 맞추자 그가 신음을 흘렸다.

입안 가득히 그를 넣었다가 빼고 다시 자리에 앉았다. 그가 아쉬운 목소리로 말했다.

"아니, 왜 하다 말아요."

"접촉사고라도 나면 상당히 곤란해져요. 그리고 더 이러고 있을 필요가 없겠어요."

주도권을 가져왔다고 생각했다. 이제 잔뜩 흥분한 그를 실컷 사용하면 될 줄 알았다. 다시 옷을 입으려는데 그가 내 손목을 잡으며 말했다.

"배고파요. 밥 먹고 가요. 그리고 옷은 두 개만 입는 게 어때요?"

이 인간이 내게 주도권을 넘기고 싶지 않았던 모양이다. 그리고 난 그런 그의 태도가 좋았다. 옷을 두 개만 골라 입는 것도 재미있었다. 치마와 블라우스만 입으려고 보니까 블라우스가 너무 얇았다. 아래 속옷을 입지 않는 것도 여러모로 불편했다. 팬티를 입고 외투를 걸쳤다. 얇은 가을 외투는 간신히 팬티를 가릴 수 있었다.

그런 상태로 그와 주차장이 있는 식당에 들어갔다. 차라리 손님이 많아서 다행이었다. 어차피 주목을 받는다면 사람이 많은 쪽이 나았다. 서로들 눈치를 보느라 오히려 내게 시선을 오래 머무르지 못했다.

나는 겉보기에 짧은 반바지나 치마를 입고 외투를 입은 여자로 보였을 것이다. 내가 속옷 하나에 외투만 걸쳤다고 상상할 수 있는 사람도 있겠지만, 상상은 내가 상관할 일이 아니다. 대다수의 남자가 나를 상대로 어떤 상상을 하고 있는지 이미 알고 있다.

자리에 앉은 다음부터가 문제였다. 외투만 입었기에 위에서 내려다보면 내 가슴골이 훤히 보일 것이다. 어쩌면 속에 아무것도 입지 않았다는 걸 눈치챌 수도 있다. 그보다 더 큰 문제는, 서 있어도 간신히 팬티를 가려줬던 외투가 앉으면 말려 올라간다. 내 다리가 훤히 드러나고, 자칫 속옷이 드러나 보일 수도 있었다.

부끄럽지 않았다. 애초에 그럴 생각으로 들어왔기에 난 당당히 다리를 꼬고 앉았다. 그가 나의 태도를 유심히 관찰하고 있는 걸 보는 게 재미있었다. 몇몇 남자들의 시선이 훤히 드러난 내 허벅지에 머무는 걸 느낄 수 있었고, 나쁘지 않았다.

아는 사람을 발견하기 전까지는 그랬다.
학생 주임이 있었다. 너무 많은 남자의 시선들을 느끼느라 의식하지 못했다. 이미 나와 몇 번의 잠자리를 가졌던 학생 주임이었다. 그가 나와 시선을 마주치고 징그럽게 웃었다.

어쩌다 학생 주임과 잤었더라.

부임하고 첫 회식이 있던 날이었다. 1차에서 식사를 마치고 대다수의 여교사가 집에 갔다. 남교사들은 내가 2차에 가겠다는 말에 상당수가 따라왔다. 술에 조금씩 취하니까 어떤 말 많은 여교사가 학생 주임을 조심하라는 말을 했다. 나는 학생 주임만 조심하면 되냐고 물어서 그녀를 웃겼고, 그녀는 내게 안심하는 것 같았다. 그리고 3차에는 여자가 나만 남았다.
3차는 노래방보다 가라오케에 가까운 주점이었다. 나는 어느새 학생 주임의 옆자리에 앉아 있었고, 다들 내가 노래하길 원했다. 다른 자리에 앉으려고 일부러 일어나서 노래를 불렀다. 그래도 어느새 학생 주임이 내 옆 자리에 와 있었다. 난 학생 주임에게 실수인 척 기댔다가 일어나서 집에 가야겠다고 했다. 그렇게 내가 회식을 끝냈다.

가라오케에서 나오다 아빠를 만났다. 아빠는 나보다 두 살이 많은 여자 친구와 팔짱을 끼고 있었다. 아빠의 여자친구는 나를 알아보고도 팔짱을 풀지 않았다. 서로 멋쩍게 인사를 하려다가 다른 교사들이 따라 나오는 바람에 그만뒀다. 학생 주임이 젊은 교사를 시켜 나를 데려다주라 했지만, 나는 애써 사양하고 혼자 택시를 탔다.

집에 가고 있는데, 학생 주임에게서 잘 들어갔냐고 전화가 왔다. 나는 아직 가는 중이라고 했더니 학생 주임도 그렇다고 했다. 우리 아빠보다는 어린 학생 주임에게 한잔 더할 수 있겠냐고 했다. 그날 학생 주임과 잤다.

걱정을 했고 다양한 해결 방안들도 준비해뒀었지만, 학생 주임이 건든 여교사가 내가 처음은 아니었던 모양이다. 그런 인간이 곧 교감이 될 사람 이라는 건. 내가 걱정할 사람이 아니라는 얘기다. 적당한 타이밍에 학생 주임에게 기회를 줬고, 그 정도면 충분했다. 학생 주임은 내게 조를 정도로 멍청한 인간은 아니었다.

내가 멍청해지면서 다른 교사들이나 학생들과의 관계가 원만해졌고, 학생 주임에게 기회를 줄 필요가 줄었다. 내가 얻을 수 있는 필요가 사실상 거의 사라진 마당이라, 학생 주임도 내게 딱히 만나자는 뉘앙스를 풍기지 않았었다. 아니, 섭섭해 했던 거 같긴 하다.

그런 학생 주임이 나와 눈이 마주치고 호기심 어린 눈빛을 감추지 못했다. 그리고 학생 주임이 왜 내게 딱히 뉘앙스를 풍기지 않았는지도 알겠다. 학생 주임에게 애인이 생긴 모양이다. 기러기 아빠인 학생 주임의 아내는 절대로 아닐 여자와 함께 있었다.

재미있었다. 학생 주임과 함께 있는 여자는 내게 등을 보였지만, 나와 비슷한 체형의 여자였다. 헤어스타일이나 액세서리는 조금 나이가 있는 것 같아도 분위기는 나와 비슷했다.

음식이 나오고 식사를 시작하려는데 그가 말했다.

"너무 익숙해 보이는데, 혹시 이미 이런 놀이를 혼자 하고 있었어요?"
"그럴 리가요. 엄청 긴장하고 있다는 티를 내고 싶지 않은 거예요."
"얼굴색도 변하지 않으니까 재미없다. 뭔가 해보는 건 어때요?"
"그럴까요."

외투 깃을 잡아서 내렸다가 올렸다. 찰나였지만 내 가슴이 사람들로 가득한 식당에서 드러났었다. 그가 당황한 것 같았지만 매우 만족스러워 보였다. 학생 주임도 마찬가지였던 모양이다. 학생 주임이 휴대폰을 바닥에 떨어뜨리는 걸 볼 수 있었다. 다른 누군가도 봤을지 모르겠지만, 아마도 음란한 생각으로 가득한 자신의 뇌가 일으킨 환각이라 생각할 것이다.

학생 주임이 떨어뜨린 휴대폰을 주우려고 식탁 밑으로 허리를 숙이는 순간에, 내가 다리를 벌려 보였다. 속옷을 입긴 했지만, 다른 옷을 입지는 않았다는 걸 학생 주임이 알았을 것이다. 학생 주임은 식탁 밑에서 잠시 일어나지 못했다.

그가 놀란 듯 나지막이 충분하다며 그만하라 했다. 다른 사람들의 시선을 의식하지 않았다. 몇몇 남자들이 음식을 흘리고 수저를 떨어뜨렸다. 그가 이제 식사나 하자며 웃었지만, 난 틈틈이 학생 주임의 시선을 의식하며 다리를 꼬았다 풀기를 반복했다.

음식을 거의 먹지 않았다. 그도 별로 식욕이 있던 건 아니었던 모양이다. 그보다 급한 게 있을 테니까, 그에게 먼저 나가서 주차된 차를 꺼내라 했다. 그가 일어나 계산하고 있으니, 학생 주임이 일어나 내 곁을 지나며 화장실로 가는 거 같았다.

나도 학생 주임을 따라 화장실로 향했다. 남녀공용은 아니었지만, 상관하지 않았다. 남자 화장실로 들어가 기다리고 있는 학생 주임과 함께 변기 칸으로 들어갔다.

"3분 내에는 어렵겠죠."
"알잖아."
"그래요. 그럼 맛만 보고 애인한테 써요."
"고마워, 욱!"

어렵긴 했지만, 학생 주임이 쏟아낸 것을 변기에 뱉어내고 나왔다. 3분을 넘기진 않았을 것 같다. 학생 주임의 애인에게 미안해해야 할까, 아니 그녀가 내게 고마워해야 할까.

그보다, 이제 내가 급해졌다. 그에게 차를 빨리 출발하라 했다.

〜🦋〜

남녀의 동침을 관계라 표현하는 것만큼 적절한 게 있을까. 상상 속에서라면 뭘 해도 문제가 되질 않는다. 도무지 입 밖으로 낼 수 없는 상대와 불가능할 행위를 상상해도 괜찮다. 자위는 그래도 괜찮다. 현실과 혼동하지 않을 정도의 일반적인 사고 능력만 있어도 그럴 수 있다. 아니, 지능이 높을수록 다양한 상상력으로 더 괜찮은 만족을 얻는다.

관계는 다르다. 혼자만의 상상이었다면 괜찮았을 일들이 범죄가 될 수 있고, 설득과 믿음을 통한 신용이 만족보다 중요한 위치에 놓인다. 타인의 만족을 통해 얻을 수 있는 쾌감도 있겠지만, 타인의 만족을 위해 포기해야 할 것들이 더 많다. 내가 가질 수 있는 쾌감이나 만족을 관계에서 우선하긴 어렵다.

사랑으로 모든 걸 설명하거나 이해하려는 좋은 사람들에겐 어려운 일이겠지만, 세상에 얼마나 많은 좋은 사람들이 있는지 둘러보길 바란다. 주변이 그렇게 좋은 사람들로 둘러싸인 사람은 분명히 당신도 좋은 사람이기 때문이다. 보통의 대다수를 차지하는 사람들은 스스로를 좋은 사람이라고 생각하지도 못하고, 주위에는 악인들로 가득한 편이다.

좋은 사람들에게는 믿기 어려운 일이겠지만, 사랑은 가진 자들이 만든 허상이다. 평민들을 비롯한 노예들이 서로 사랑하고 번식해야 가진 자들의 풍요를 유지하게 한다. 인류의 문명이 일정 수준 이상 올라선 이후로 상위계층은 서로 사랑하지 않았다. 번식은 부의 유지를 위한 도구였을 뿐 쾌락과 만족에만 집중했다. 지나친 쾌락에만 몰두하느라 문명이 몰락하는 걸 방지하려고 만든 게 도덕이고, 그 윤리들마저도 자신들보다 평민들과 노예들에게 강요했다.

서로 사랑하라고 했다. 평민들과 노예들이 서로 싸우는 건, 중요한 노동력의 상실이다. 남녀가 사랑하는 수많은 이야기는 노동력의 증대와 밀접한 관계가 있다. 과거의 사랑 이야기에 등장하는 주인공들은 지금보다 영양이 부족했던 당시 기준에도 어린 나이였다. 번식할 수 있는 나이가 되면 어서 노동력을 생산해내라는 설득에 가깝다.

귀족들과 현대의 부자들이 서로 사랑해서 자기들끼리 혼인하고 부를 유지했을까. 평민과 귀족의 사랑 이야기들은 육체적으로 건강한 유전자의 필요에 의한 것이다. 수많은 신데렐라 이야기들은 그렇게 탄생했다.

사랑하지 말라는 얘기는 아니다. 그래서 내가 사랑하지 않는다고 변명하는 것도 아니다. 사랑이라는 건, 평민과 노예를 위해 만들어진 덕분에 제약이 너무 많다. 남편 이외의 남자를 만나는 건 사랑이 아니라 불륜으로 부르고, 여러 남자를 만나고 다니는 여자는 걸레 취급을 받는다. 임신과 양육을 통한 노동력의 생산에 적합하지 않다는 얘기다.

그런 사랑을 그만두고 쾌락에만 몰두하기도 쉽지 않다. 귀족들처럼 노예를 다루는 게 아니기에 관계에도 수많은 제약이 따르기 마련인데, 사랑까지 원하는 건 자신을 너무 가혹하게 통제하는 게 아닌가 싶다.

그래서 관계를 한다. 사회적 통념에 따른 신용을 지켜야 한다. 차마 사랑은 하지 못하더라도 쾌락에 대한 요구와 만족에 대한 믿음이 서로를 지켜주는 관계를 했다. 서로가 서로에 대한 노예가 될 수 없다면, 사랑보다는 관계를 맺는 게 맞다.

그들은 내 노예가 아니었고, 나도 그들의 노예가 아니었다. 우리가 절대로 연인은 아니었으며, 쾌락을 담보로 한 신용관계에 가까웠다. 한번 믿음이 깨지면 회복 불가능한 신용관계였다.

"나 말고 다른 사람이랑 해보는 건 어때? 나 말고도 있었을 거 아니야. 수진 씨가 다른 사람이랑 하는 거 보고 싶어. 상상만 해도 장난 아니잖아?"

"그 변태적인 뇌에는 한계가 없군요. 연구라도 하는 건가요."

그가 내 안에서 움직이는 중에 떠들었던 말이라 심각하게 생각하지 않았다. 조금 전에는 전라로 거리를 걸어보는 게 어떠냐는 제안도 했다. 음란한 대화는 쾌락을 위한 향신료가 될 수 있었으니까, 적당히 그에게 맞춰주며 나도 나체로 거리를 걷는 걸 상상했다.

차를 렌트해서 노출을 즐기는 것도 모자라, 심야 고속버스에서도 관계를 시도했다. 그런 그와의 만남을 조절하느라 애먹을 정도였다. 내가 그의 변태적인 요구에 만족하고 있다는 걸 그가 이용하게 둘 수는 없었지만, 전보다 만나는 간격이 줄어든 건 어쩔 수 없었다. 참고 참다가 내가 먼저 연락하기도 했다. 일 년에 한두 번 만나던 그를 계절마다 만났다.

인적이 드문 공원의 화장실에서 관계를 갖거나 눈을 가리고 팔을 묶이는 것도 새로웠다. 걱정했던 것보다 두렵지 않았으며 예상보다 굉장했다. 자극은 언제나 새로운 자극을 원했다. 인간의 신경이 무뎌지지 않았다면, 인류는 지금도 생고기를 먹는 일에 만족했을지 모른다.

성현이가 고3이 되면서 편집부 일로 만나기가 어려워졌다. 어리광부리거나 까부는 신입생들을 상대하던 와중에 그와 만남이 잦아졌다. 학교에서 인기 있는 교사의 역할을 유지하느라 피폐해진 정신을 그와의 만남으로 풀곤 했다.

그래서 그에게 맞춰주곤 했던 게 문제가 됐다. 딱히 맞춰주지 않더라도, 어차피 만족에 도달할 수 있는 남자들에게 그럴 필요가 없다는 사실을 잠시 잊었다. 호텔에서 기다리던 그가 채찍과 양초를 비롯한 도구들을 준비하고 있었다.

"내가 피학적 취향이 있다는 생각은 할 수 없으니까 나를 위한 준비물들이라고 볼 수는 없겠군요. 당신에게 가학적 취미가 있다는 얘기인데, 손에 들고 있는 그게 몽둥이라도 위험하고 다른 용도라면 더욱 위험하겠네요."

"아~ 이거요? 설마 제가 이걸 수진 씨에게 사용하겠어요? 이런 것도 있다는 걸 보여주고 싶어서요. 재미있는 장난감 같은 거예요. 장난감 차에 정말로 탈 생각을 하는 건 아니잖아요?"

그냥 돌아갔어야 했던 게 맞다. 위험에 따른 선택의 기로에 섰을 때, 가장 먼저 떠오른 판단이 가장 자신에게 유리한 게 사실이다. 오랜 세월 유전자에 쌓인 본능이 가르쳐 준 판단이다. 강아지처럼 위험을 감지하고 꼬리를 감추며 돌아야 했는데, 멍청한 고양이의 호기심이 내 발목을 잡았다. 긴 시간 위험에 노출되지 않았던 고양이는 호기심 때문에 위험해진다. 고양이처럼 자신의 능력을 과신하고 말았다.

전에도 침대에 팔을 묶고 눈을 가렸던 경험이 있으니까, 이번엔 뭘 원할지 궁금했다. 그가 들고 있던 몽둥이로 뭘 하길 바라지는 않았지만, 붓이나 젤 같은 걸 어떻게 활용할지 호기심이 생겼다. 내 몸에 상처가 나길 원하지는 않았기에, 성냥과 라이터는 양초와 함께 세면대에 넣고 물에 담갔다.

죽을 뻔했다.
그가 나를 간지럽 태우지는 않았다. 그는 나를 도화지 삼아 욕망을 그리고 쾌락을 색칠했다. 어느 순간 내 몸에 느껴지는 감각들이 뇌를 태우기 시작하며 참았던 내 신음이 어떻게 터져 나왔는지 기억하지 못한다. 안대로 내 눈을 가려서 오히려 다행이었고, 두 팔이 묶여 있어서 저항하지 못했다는 사실에 안도했다.
내 귀에 들리는 짐승의 소리가 내 목에서 나온 소리라는 게 믿기지 않았다. 천천히 이성이 돌아오려는 무렵에 그가 천천히 내 안으로 들어왔다. 서서히 잦아지는 줄 알았던 폭풍이 다시 몰아치기 시작했다. 거리의 가로수를 뽑아내고 자동차들을 날려버릴 것 같은 폭풍이 나를 감쌌다.

사실 금방 알아챌 수 있었다. 다양한 향수나 화장품들로도 감출 수 없는 사람의 체취가 다르다는 걸 알았다. 내 몸에 닿는 피부와 근육들의 움직임도 달랐다. 내 안에서 움직이는 그것도 미묘한 차이가 느껴질 정도로 나는 민감해져 버린 상태였다.

발을 빼지 않았다. 아니, 그럴 수 없었다. 나는 허벅지로 그의 허리를 감싸며 빨아들였다. 내 허리를 들어 더 깊게 맞아들였다. 그가 아니라는 걸 알았지만, 그 순간만큼은 상관하지 않았다. 그리고 그가 들어왔을 때 다시 시작하는 것처럼 반갑게 맞이했다. 또 마지막인 것처럼 물고 늘어졌다.

마지막이었다. 이제 그를 믿을 수 없었고, 그에게 맡겨진 나를 믿을 수 없었다. 그와의 만남은 이게 끝이었다. 사람이 예민해지면 더 심하게 오해할 수 있는 것처럼, 어쩌면 그때 그가 혼자였는지도 모른다. 그에게 들었던 말 때문에 생긴 의심 때문에 착각했을지도 모른다. 그러나 사실이 중요하지 않다. 내가 그를 오해하거나 의심하게 했다는 게 문제였다. 믿음이 깨졌고, 우리 사이에 다른 건 존재하지 않았으니까 끝났다.

그가 전혀 매달리지 않은 건 아니었다. 약간의 설득을 시도하기도 했었고, 가끔은 전화를 받으라는 메시지를 보내기도 했다. 나도 그가 전혀 그립지 않은 건 아니었다. 약간은 아쉽다는 생각도 했었고, 가끔은 예전처럼 일 년에 한두 번쯤은 괜찮지 않을까 생각도 했다.

고3이라 자연스럽게 만나기는 힘들었던 유성현을 불렀다. 편집부 신입부원에 대한 얘기를 하겠다는 명분이었지만….

"성현아. 너랑 그 오랜 친구라는 민아 말이야. 만약에 둘 사이에 믿음이 깨질 만한 큰 사건이 생긴다면 어떻게 될까."

"네? 저랑 민아요? 우리 사이에 그럴 만한 게 없는데요? 친구끼리 뭘 믿고 말고 하지는 않잖아요. 그냥 민아는 민아고 저는 저죠. 서로 뭘 실망할 게 있어야 믿음이 깨지기도 하겠죠."

"…그래도 너를 배신하거나 힘들게 해서 실망시킬 수 있잖아. 그런 실망이나 믿음이 깨지는 일을 예상하기도 힘든 일이고."

"맞아요. 그럴 수도 있겠죠. 그런데 그러면 먼저 민아에게 무슨 이유가 있겠다는 생각을 하게 될 거 같아요. 그리고 선생님 말씀처럼 예상하기 힘든 일이니까, 상상조차 어려워요. 상상하기도 어려운 불안한 미래를 걱정할 수는 없잖아요?"

"하긴. 그런 걸 걱정하는 사이를 친구라고 부르기는 어렵겠네."

"왜요? 선생님 남친이 무슨 큰 거짓말이라도 했어요? 그럼 헤어져요. 그리고 용서할 수 있으면 또 만나면 되잖아요. 믿음이 깨질 만한 사건이라면 심각한 일이겠죠? 선생님이랑 별로 어울리지 않는 사람 같으니까 헤어져요."

"…민아랑 그 남자친구처럼. 그래. 그런데 나랑 별로 어울리지 않는 사람이라는 건 무슨 얘기니."

"아니죠?"

"뭐가"

"흠. 선생님이 학주랑 만난다는 소문이 좀 돌았거든요. 차라리 이 근처에서 두 분이 계신 걸 누가 봤으면 의심도 안 했을 거예요. 후배 중에 친척이 양평에서 식당 하는 녀석이 있나 봐요. 후배가 놀러 갔다가 거기서 학주랑 있는 선생님을 봤대요. 학주도 선생님도 착각할 만한 외모가 아니잖아요. 일단은 다들 그놈 말을 믿지 않는 눈치긴 하지만, 그놈이 워낙…"

"내가 만약에 학생 주임 선생님을 만나고 있다면 어떻게 생각하니?"

"…여자들을 잘 모르겠어요. 왜 이상한 남자만 골라서 만나는 걸까요? 선생님이 정말 그렇다면, 예쁜 여자들이 이상한 걸 모으는 취미가 있다고밖에 생각하기 어렵겠네요. 뭐~ 그럼 내게도 기회가 있다는 얘기니까 실망할 일은 아니겠지만, 그래도 이해하긴 어려워요."

"민아가 그 남자친구랑 또다시 만나는구나. 그런데 난 학생 주임 선생님이랑 만나고 있지 않아."

"알아요. 선생님이 워낙 예뻐서 헛소문도 많은 편이잖아요."

학생 주임과 양평에 갔다. 전에 그와 노출 놀이를 즐기다가 학생 주임과 마주쳤던 사건 덕분에 만날 이유가 생겼다. 조심스럽게 그때의 일을 물어보려는 학생 주임에게 내가 만나자고 했다. 나는 별로 질문을 듣고 싶은 일이 아니라고 했지만, 학생 주임이 호기심을 떨치지 못하는 것 같아서 단호하게 정리했다.

사생활에 간섭한다면 이렇게 가끔 만나는 일도 없겠다고 했다. 상호 간에 편의를 제공하기 위한 만남 이상의 것이 되지 않길 바란다고 했다. 그러자 학생 주임은 계속 편집부 담당교사를 하는 게 괜찮으냐고 물었다. 자기는 곧 교감이 된다며 뭐 불편한 게 없냐고 했다. 애인도 있으면서 욕심도 많은 인간이다.

사실 이젠 나도 당신이 필요 없다는 말을 해주고 싶었다. 담임을 시켜도 괜찮고 뭐가 부당한 일을 내가 당하기라도 하면 당신에게 위험이 더 크다는 말을 해주고 싶었지만, 그럴 필요까지는 없는 데다 내 편의에 도움이 되는 게 사실이었다.

문제는 학생 주임이 그때의 그 일을 잊지 못하는 것 같았다. 서서히 정리할 생각을 해야 했다. 유성현이 졸업하고 나면 그럴 생각이었다.

지루해졌다. 성현이가 졸업하고 교사 생활이 지루했다. 이상한 일이었다. 딱히 성현이와 보낸 시간이 길지도 않았고, 어린 남자애는 내 취향도 아니었다. 그저 친구 같은 제자였는데, 그뿐이었는데…

내겐 친구가 없다.

성현이 같은 새로운 친구를 만들기 위해, 유쾌하면서 어딘가 조금은 부족하지만, 미인인 교사 역할을 자청했다. 그러느라 선도 보고 남자들을 만나다가 차준호를 만났다.

　괜찮았다. 어딘가 귀여운 모습도 있었고, 나쁘지 않았다. 아니 평범함의
정점인 결혼까지 생각했다. 차준호의 형이 그였다는 사실을 알기 전까지는
그랬었다. 차준호에게 왜 그렇게 쉽게 익숙해졌는지 이해할 수 있었다. 별
로 특별할 게 없는 차준호와 쉽게 가까워졌던 이유가 설명되었다. 그 형제
는 어딘가 닮아 있었다.

　이제 성인인 유성현을 만났다.

# 침전

　사람이 살면서 가장 많은 변화를 겪는 시기가 10대 후반에서 20대 초반일 거 같다. 그 이후에 어떤 일들이 일어날지 잘은 몰라도, 더 많이 살아본 사람들도 그렇게들 이야기하는 걸 들었다. 평생에 걸쳐서 새로운 것들을 경험하게 되겠지만, 그래도 10대에서 20대가 끔찍할 정도로 새로운 경험을 하게 되는 건 맞겠다.

　준비가 되었든 안 되었든 간에 끊임없이 결정을 강요당했다. 당연히 인문계 고등학교에 입학해야 하는 줄 알았던 것부터 시작하자마자 문과와 이과로 나뉘었다. 어느새 진로를 결정해야 했고 점수에 맞춰 대학에 진학하자마자 남자애들은 입대 시기를 정해야 했다. 그리고 그 시기에 꽤 많은 이성을 경험하게 된다. 역시 준비가 되었는지는 상관없다.

　몇몇 준비된 친구들은 다양한 기회들을 괜찮은 추억으로 남기겠지만, 상당수는 기회를 놓치거나 아예 알아채지도 못하거나 실수를 연발하는 바람에 평생 이불 걷어찰 기억을 남기게 된다.

　대학이 결정되고 입학하기 전까지 이성을 만날 수많은 기회가 생겼다. 앞으로 만나기 힘들어질 것이라는 아쉬움과 다시는 만날 일이 없겠다는 홀가분함이 더해져 상당히 자유로운 만남이 가능한 시기였다.

　게다가 남녀공학이라 따로 다른 여학교와 미팅을 물색할 필요도 없었다. 고교 시절 내내 같은 학교 학생이 맞았는지 궁금할 정도로 모른 척했던 여학생들과도 어울릴 기회가 있었다. 그 와중에 다른 학교 여학생들까지 만나고 다니는 녀석들도 있었고, 누가 누구와 만난다는 소문은 대단찮았다.

하도 많은 친구가 만나고 헤어지기를 반복하던 시절이라 사귄다? 어쩐다는 중요하지 않았다. 무수한 첫 경험담들이 쏟아지고 있었다. 혐오감이 생길 정도가 아닐 외모라면 꽤 많은 녀석이 어른 되었다는 소식들을 쏟아냈다.

당연히 모두에게 열린 기회들은 아니다.

"썽현! 지영이네 반 여자애들이랑 미팅 좀 하자는데~ 콜?"

"거의 다 아는 애들인데 무슨 미팅이야~ 그냥 만나서 노는 거지!"

"아! 역시 너에게는 효정이가 있다 이거냐? 이수정도 나온다는데~ 그냥 와서 놀다 가지? 수정이가 효정이보다 가슴 더 크지 않냐? 크크큭~ 걔 요즘 장난 아니라던데?"

"걔 가슴이야 원래 장난 아니었지. 뭐가 요즘 장난 아니야?"

"태준이랑 사귀다 헤어졌잖아. 그 뭐랄까 최고의 상황 아니겠냐?"

"둘이 사귄 것도 몰랐는데 벌써 헤어졌냐? 어차피 대학 가면 못 볼 건데 헤어지려고 또 만나?"

"그러니까 최고의 상황이지! 책임 없는 쾌락이랄까?"

"발정 났냐? 콘돔이나 써라~ 난 바빠."

난 게임을 했다. 그동안 참았던 게임을 실컷 했다. 다행히 혼자만 게임을 했던 건 아니다. 나처럼 미뤄뒀던 게임을 같이 했던 한심한 녀석들이 많아서 다행이다. 우리는 실컷 게임을 하다가 다른 몇몇 친구들의 첫 경험 소식을 듣고 잠시 부러워했으나, 우리에게는 꼭 이뤄야 하는 목적이 눈앞에 있었다. 부러움은 잠시 접어두고 게임 전략을 수정하고 연습을 통해 실력을 향상했다.

유명 길드에 당당히 가입하고 우리가 그런 길드에서 형님들의 칭찬을 듣는 에이스가 되었다. 프로게이머가 될 것도 아니면서, 어쩌면 꽤 좋은 추억들을 만들 수도 있을 시간을 게임으로 가득 채웠다. 불과 몇 주가 지나지도 않아 대학에 입학하고 나면, 그 시절에 게임을 같이 했던 사람들을 거의 기억도 하지 못하게 되리라는 걸 몰랐다. 그때는 마치 그들과 의형제가 된 기분으로 평생을 함께할 줄 알았지만, 한두 번 길드 술자리에 나갔다가 여자만 찾는 형들에게 실망하며 현실을 깨달았다.

나 같은 녀석들이 뒤늦게 여자애들에게 기웃거리기 시작했을 때는, 이미 몇 번의 만남과 헤어짐을 반복했거나 애초에 이성을 만나는 일에 관심 없는 여자애들만 남아있었다. 그래도 나는 만날 여자애들이 있긴 했는데, 한 명은 이미 몇 번이나 헤어지고도 다시 만나는 남자친구가 있는 평생지기 동네 친구였고, 다른 한 명은 나랑 같은 대학에 진학하게 된 동아리 친구였다.

실수가 생기면 관계 개선에 상당한 노력을 기울여야 하는 친구들뿐이다. 앞으로도 꽤 긴 시간을 보게 될 이성 친구라는 게 원래 그렇다. 동성 친구들이야 개나 고양이를 키우는 것처럼 내가 제공하는 편의에 대한 대가보다 훨씬 큰 기쁨을 주기도 하지만, 이성 친구는 식물을 키우는 것과 비슷했다. 어느새 혼자 자라있기도 하고 물을 너무 많이 주거나 주지 않아도 죽어버린다. 일단 문제가 발생하면 회복이 불가능하기도 하지만, 스스로 회복해버리기도 한다. 운이 좋으면 꽃을 피우기도 하는데, 열매의 주인이 나라는 보장은 없다.

평생지기 동네 친구인 송민아가 그랬다.

"너 요즘 집에 항상 늦게 들어온다며? 아주 신났구나? 효정이 걔랑은 대학도 같은 곳으로 간다며? 이제 곧 둘이 살림도 차리겠네? 적당히 해라, 그러다 금방 지친다."

"아니. 난 별로 걔랑 만난 적이 없는데. 그냥 친구들이랑 게임하느라 늦게 들어간 거야. 그리고 참. 남친이랑 몇 번이나 헤어졌는지 세기도 어려운 애가 할 말이냐?"

"아~ 걔가 그렇게 말하래? 효정이 걔 내가 봐도 좀 장난 아닌 거 같아. 무슨 애가 눈치 보는 게 습관이야. 나한테 둘 사이 말해주는 게 뭐 어때서 그런데?"

"야! 쏭민아! 네가 남친이랑 만날 때마다 나를 PC방에 보냈잖아. 게임을 좋아하게 된 가장 큰 이유를 제공한 당사자가! 게임 하는 걸 의심하는 거야? 와~ 그럼 너는 남친이랑 자주 헤어져서 덜 지쳐?"

"오오~ 우리 유성현 많이 컸네? 다 컸어. 메시지에 반박을 못 하니까 메신저를 공격하는 거야? 효정이 걔가 가르쳐줬어? 내가 남친이랑 자주 헤어지면서도 또 만나는 걸 비아냥거리라고?"

"효정이 진짜 그런 애 아니야."

"워~ 이제 편도 들어. 그렇지 평생 친구보다는 애인이 먼저지. 암~ 그렇지."


내가 먼저 만나자고 한 것도 아니다. 송민아가 갑자기 연락해서는 우리 집 근처라며 나오라 했다. 오랜만이라 반갑게 나갔다가 싸웠다. 민아랑 싸우는 일도 오랜만이라 급격히 피곤해져 대강 핑계를 대고 도망가려는데, 자기가 먼저 남친이랑 약속이 있다며 가겠다고 했다. 약속 시간까지 애매하게 남은 김에 나를 만났단다.

이제 슬슬 열 받으려는데, 민아가 내 어깨를 툭툭 건들며 피임은 꼭 하라고 했다. 내가 3년 전쯤에 하고 싶었던 말을 민아가 했다. 난 아무리 친해도 여자애에게 그런 말을 하긴 어렵다고 생각했다. 그런데 민아는, 관계는 커녕 여자를 만나지도 않는 내게 피임을 하란다. 내가 자웅동체 생물이냐.

송민아는 그 남자친구라는 인간과 얼마나 많이 했을까. 젠장.

수능이 끝나고 대입원서를 넣던 기간에 효정이를 딱 세 번 만났다. 그나마도 두 번은 편집부 회식이었고, 따로 둘이 만난 건 한 번이었다. 게임을 하고 있는데 효정이가 잠깐 만나자고 했다. 같이 밥을 먹거나 영화라도 보자는 줄 알았는데, 추운 집 앞 놀이터에서 정말 잠깐 만났다. 효정이 엄마가 많이 편찮으신지 걱정을 많이 하는 것 같았다. 어떻게 위로해줘야 할지 잘 몰라서 그냥 좀 어깨를 토닥여주다가 집에 들어가는 민아에게 걸렸다.

게다가 (민아네 엄마가 또 위장병이 도져서) 우리 엄마가 민아네 집에 반찬을 가져다주고 오는 길에 민아를 만났다. 이집 저집 엄마들이 편찮으신 중에 나는 뜬금없이 여자친구가 생긴 남자애가 돼버렸다. 민아가 몇 년이나 만나는 남자친구가 있었을 때도 별말이 없었던 부모님들까지 내가 여자친구가 생겼다며 좋아하셨다.

내가 아무리 아니라고 해봤자, 나는 소꿉친구 민아에게 아직 마음이 있어서 여자친구를 감추는 녀석으로 보였던 모양이다. 게임을 하러 다니는 걸 여자친구를 만나러 다니는 걸로 오해받았다. 세상에 이렇게 억울한 오해가 있겠나 싶다.

차라리 효정이를 진지하게 만나보는 게 낫겠다. 그러나 효정이에게 내가 먼저 연락하기가 좀 애매했다. 나를 좋아한다는 생각이 들 정도로 내게 먼저 다가오던 여자애가 연락이 뜸하니까, 효정이에게 다른 남자가 생긴 줄 알았다. 아니면 내가 애매하게 구니까 이젠 마음이 떠난 줄 알았다.

효정이에게 오랜만에 연락이 왔을 때 무척 기뻤다. 하지만, 아무 말이 없어서 전화가 끊긴 줄 알았다. 내가 효정이를 몇 번 불러도 대답이 없던 효정이는 울고 있었다. 효정이네 엄마가 많이 편찮으시단다.

일단 병원을 물어서 찾아갔다. 대화를 할 수 있는 상태가 아닌 거 같았다. 병원으로 가면서 편집부 선배들에게 연락하고, 한수진 선생님에게도 연락했다.

효정이 엄마가 수술 중이라 했다. 아무리 뒤져도 보호자가 없어서 수술이 늦어졌단다. 울음을 참느라 숨을 내쉬기가 힘들어 보이는 효정이의 어깨를 안아줬다. 효정이가 내 가슴에 이마를 기댔다. 선배 두 명이 도착했을 때, 수술이 끝났다.

의사 선생님이 일단은 수술이 잘되었다고 했다. 그러나 표정은 어두웠고 지켜보자는 얘기를 했다.

아직 오지 않은 사람들에게 괜찮다고 연락하려고 했는데, 선배들이 그냥 오게 하라고 했다. 내가 효정이를 달래는 동안 선배들은 병원비를 걱정하고 있었던 모양이다. 보호자를 찾기 힘들 정도라면 병원비를 걱정해야 하는 게 당연했다.

한수진 선생님도 도착하고 다른 선배들도 왔다. 한수진 선생님은 효정이가 아직 졸업한 건 아니니까 도울 방법이 있을 것이라 했다. 다른 선배는 지원받을 방법을 찾아보겠다고 했고, 우리 편집부원들끼리라도 최대한 돈을 모아보기로 했다.

사람이 아프면, 가장 큰 문제는 항상 돈이다. 효정이 엄마가 건강을 회복하고 얼마나 더 살 수 있을지를 걱정하는 시간은 무척 짧았다. 돈을 걱정하는 시간이 훨씬 길었다. 아직 대학에 다니고 있는 선배들도 마찬가지였고, 한수진 선생님도 효정이가 병원비를 지불할 능력이 되는지 걱정했다.

어딘가에 전화를 몇 번 걸었던 한수진 선생님이 효정이에게 걱정하지 말라고 했다. 그래도 우리 편집부에서는 모금을 진행하기로 했고, 한수진 선생님은 어차피 어머니가 중환자실에 계시니까 나가서 좀 쉬다가 오라고 했다. 효정이는 그냥 병원에 있겠다고 했지만, 한수진 선생님은 병원 근처에 있는 거랑 무슨 차이가 있겠냐며 나를 따로 불러 말했다.

"어쩔래. 네가 데리고 있을래. 다른 여자애랑 있으라고 할까."

"효정이는 어느 쪽이 편할까요?"

"네가 더 잘 알겠지. 나는 일단 애들 데리고 나갈 테니까 네가 같이 있다가 데리고 나가서 밥이라도 먹여. 너 돈 없지. 자."

한수진 선생님이 지갑에서 10만 원을 꺼내줬다. 겨우 밥이나 먹기에는 너무 많은 돈이라고 하니까 선생님이 말했다.

"급하게 움직이려면 택시비가 필요할 수도 있겠고, 효정이는 좀 씻고 자야 하니까."

"아. 그러면 다른 여자 선배가 낫겠는데요."

"아니, 그러려면 네 쪽이 낫겠다. 다른 여자애들이 더 불편할 거야. 너는 괜찮아"

다른 선배들과 선생님이 함께 병원을 나가면서 선배 한 명이 내게 또 돈을 줬다. 한수진 선생님에게 이미 돈을 받았다고 했지만, 일단 받아두고 남으면 나중에 알아서 하라고 했다.

오늘 밤 집에 들어가긴 힘들 것 같아서 엄마한테 미리 전화했다. 친구 엄마가 수술했는데 걱정되어서 같이 있어 줘야겠다고 얘기했다. 엄마는 알았다며 오늘 민아네 집에서 고기를 구워 먹기로 했단다.

[민아네 엄마 다시 위장병 왔다고 하지 않았어요?]

[응~ 그래서 좋은 고기로 골랐어. 민아 엄마는 어차피 술 안 먹잖아~]

[…네.]

효정이는 나도 집에 가보라고 했다. 자기 혼자 기다려도 괜찮다고 했다.

우리는 서로 고집을 피웠고, 바람도 쐴 겸 밥을 밖에서 먹고 병원에 함께 있는 것으로 타협했다. 그리고 밥을 먹고 와서 내가 말했다.

"내가 자리 지키고 있을 테니까 씻고 옷도 좀 갈아입고 와."
"응."

이렇게 간단히 말을 들을 줄 알았다면, 진작 씻고 오라고 말해줄 걸 그랬다. 나는 천천히 와도 괜찮다는 쓸데없는 얘길 했고, 효정이는 남자 기준으로도 상당히 빨리 돌아왔다.

효정이 엄마가 깨어났을 때, 효정이도 잠에서 깼다. 덕분에 내 어깨는 상당히 뻐근했고, 효정이가 흘린 침도 좀 묻었다. 한참을 기다린 후에야 효정이가 나와서 이제 괜찮다며 고맙다고 했다.

난 집에서 씻고 좀 쉬다가 다시 병원으로 갔다. 효정이를 집에 다녀오게 했고 밥을 먹였다. 효정이랑 며칠 동안 그렇게 같이 보냈지만, 진지한 대화는 별로 나누지 못했다. 가끔 쓸모없는 얘기들로 시간을 채웠다. 다행히 효정이 엄마의 상태가 좋아지면서 퇴원을 할 수 있었다.

병원비는 한수진 선생님이 지불하셨는데, 어떤 과정을 통해 그런 돈이 생겼는지 설명은 안 해줬다. 편집부에서 모은 돈은 효정이가 엄마를 간병하는 데 보태 쓰라고 전달했다.

나랑 효정이는 같은 대학에 진학했지만, 효정이가 엄마를 간병하느라 고교 시절보다도 어울리지 못했다. 가끔 마주치는 효정이의 낯빛이 점점 어두워지고 있었다. 휴학 규정에 따른 신입생 장학금 때문에 억지로 학교에 나오는 효정이가 힘겨워 보였다.

효정이 엄마는 효정이가 평범한 대학 생활을 하길 원했던 것 같다. 교정의 꽃들이 몽우리 질 무렵에 세상을 떠나셨다.

><—•**—<

효정이는 엄마를 간병하느라 많이 힘들었겠지만, 나는 가끔 효정이를 도왔을 뿐이다. 나름 새로운 친구들도 사귀고 술도 마시러 다니고 할 건 다 했다. 효정이도 학교에서 일부러 내게 별로 아는 척을 하지 않았다. 내가 자기 때문에 우울해지지 않길 바란다고 했다.

난 그런 효정이를 별로 위로하지 못했다. 나도 효정이 때문에 우울해지고 싶지 않았다. 미안한 마음이 들긴 했어도 애써 피하며 평범한 신입생이 되고 싶었다. 그런 게 얼마나 이기적인 일인지 몰랐다.

"어이~ 유성현. 나의 오랜 벗이여. 신의 축복을 몰아서 받은 것 같은 소녀와 어떤 친분을 갖고 계신가?"

"…흠. 미안한데 솔직히 나 아직 너 이름 모르겠다. 우리가 안 지 3주도 채 된 거 같지 않은데?"

"아니. 아니. 그건 중요하지 않지. 저 완벽한 바디를 가진 소녀의 이름이 중요하지. 그리고 네가 저 소녀와 절대로 진지한 사이는 아니라는 대답이 중요하지. 또 저 소녀에게 남친이 없다는 사실이 중요해."

"민효정. 고교동창이야. 남자친구가 없다는 걸 내가 확신할 정도의 사이?"

"오오~ 설마 네가 효정이를 좋아하는 거냐? 이런. 이런~ 대학 생활의 시작이 삼각관계라니, 안타까운 일이 아닐 수 없구나. 이제부터 너는 내 연적이다. 경쟁은 공평해야 하지 않겠나. 나의 연적. 우리 효정이의 정보를 공유해주길 요청한다!"

이야기의 전개가 빠른 걸 싫어하는 사람이 별로 없다지만, 이 녀석과 내가 오랜 벗에서 연적이 되는 데 5분도 걸리지 않았다. 언젠가 이름을 듣기는 했어도, 전혀 기억나지 않는 녀석이 효정이 전화번호를 달라고 졸랐다. 내가 학교에서 효정이와 몇 번 아는 척하지도 않았는데 이런 일이 벌써 세 번째다.

효정이의 상황을 설명을 설명해주려면, 효정이의 허락이 필요할 것 같았다. 내가 효정이와 동창이라는 사실 이외의 것을 말해주긴 어려웠고, 그런 내 태도는 상당한 의심을 사게 되었다.

사실은 내가 효정이와 사귀고 있을 것이라는 시시한 소문에서부터 사촌이거나 배다른 남매라는 소문까지 돌았고, 효정이에 대한 더 불쾌한 추측들이 돌기 전에 효정이 엄마가 돌아가셨다.

빈소는 사실상 우리 편집부원들이 돌아가며 지켰다. 손님은 거의 없었고 효정이 엄마의 친구 분이 가장 많이 울다 가셨다. 우리는 효정이의 상태를 많이 걱정했는데, 생각보다 담담하게 견디는 것 같아서 더 걱정했다. 차라리 터진 둑처럼 엉엉 울며 슬퍼했더라면 나았겠다. 단단한 둑일수록 더 많은 물을 저수한다. 효정이의 슬픔이 얼마나 많이 저수되었을지 걱정되었다.

발인하고 장례를 지내는 와중에도 효정이는 흐트러짐이 없었다. 한수진 선생님이 필요한 어른의 역할로 끝까지 자리를 지켜주셨다. 불과 삼일이었다는 게 믿기지 않을 만큼 길었던 절차들이 모두 끝나고 한수진 선생님이 나를 불렀다.

"효정이는 걱정하지 않아도 괜찮을 거야. 그보다 네가 더 걱정이다."
"제가 왜요?"
"효정이가 널 좋아한다는 걸 모르지는 않겠지. 그런데도 너는 지금까지 효정이랑 아무런 발전이 없었잖아. 지금 효정이의 상황이 걱정되는 마음이랑 호감이랑 헷갈리지 말라는 얘기야. 네가 이럴 때 효정이를 대하는 태도 때문에 서로에게 큰 상처가 될 수도 있으니까."

"그건 효정이를 걱정하는 거 아닌가요?"

"아니. 너를 걱정하는 거야. 효정이는 지금까지 널 좋아하면서도 견딘 아이지만, 넌 누굴 좋아해 본 적도 없잖아. 효정이가 뭘 원하는지 알게 되더라도 그게 네게 어떤 의미인지 잘 생각해보고 판단해."

"솔직히 무슨 말인지 잘 모르겠어요. 어려운데요?"

"괜찮아. 나도 잘 모르는 부분이니까. 난, 단지…. 네가 바보 같은 행동을 하지 않길 바라."

"뭘 하면 바보 같은 행동이 될까요?"

"아니다. 어차피 일어날 일이라면, 막을 수 없는 일이라는 걸 내가 잘못 생각한 거 같아. 앞으로 무슨 일이 있더라도 후회하지 않으면 되겠지."

"선생님. 사람이 바보 같은 행동을 하지도 않고, 후회하지도 않으며 살 수 있나요?"

"없구나."

당장은 이해하기 힘든 대화였지만, 효정이가 나보고 같이 있어주면 좋겠다는 말을 했을 때 조금은 알 수도 있을 것 같았다. 나와 효정이는 바보 같아져야 했고, 후회하지 않도록 노력해야 할 상황에 놓였다.

효정이네 집에서 효정이와 단둘이 있게 되었다. 효정이가 어려운 부탁을 했다는 걸 알기 때문에, 딱히 서로에게 이 상황을 설명하거나 들을 필요는 없었다. 효정이네 집에 가자마자 집 청소를 하며 바쁘게 움직였고, 효정이가 엄마를 추억할 만한 물건들을 치우는 데 노력했다. 효정이도 내게 별로 시키는 게 없었고, 나도 효정이에게 의견을 묻지 않고 내 방식대로 집안을 치웠다.

뭔가 먹어야 하고 쉬어야 한다는 생각을 전혀 하지 않았다. 더 이상 치울 것이 없을 때까지 움직이던 우리는 방 안에 어둠이 가득해지고 나서야 멈췄다. 뱃속에서 나는 개구리 소리에 종일 굶었다는 걸 떠올렸다. 효정이도 내 배 속에 있는 개구리 소리를 들은 모양이다.

"유성현. 뭐 좀 먹어야지?"

"뭐 먹을래?"

"치킨 먹자. 소주랑 맥주도 사 오자."

"괜찮아?"

"엄마랑 치맥을 하고 싶었어. 대학에 가면 그럴 생각이었는데, 그냥 일찍 할 걸 그랬나 봐."

"그런 얘기는 좀 슬픈데."

"오늘 아침에 엄마를 땅에 묻었으니까, 좀 슬퍼도 괜찮은 날이잖아."

"…그럼 좀 씻고 있어. 내가 주문하고 술 사 올게."

밤이 된 줄 알았는데, 효정이네 집이 그늘져서 그랬다. 아직 하늘엔 노을이 걸려 있었고 낮 동안에 따스해졌던 도로가 이제 막 식어가고 있었다. 치킨을 주문하고 술을 사러 갔다. 꽤 긴 하루였다.

술을 사 가지고 돌아왔을 때도 효정이는 아직 씻고 있었다. 좁은 집이라 씻는 소리가 다 들린다는 민망함 때문에 TV를 켰다. 츄리닝을 입은 효정이가 나오면서 나도 좀 씻으라고 했다. 내가 욕탕에서 나왔더니 이미 도착한 치킨을 효정이가 펼쳐놓았다.

효정이는 멍하니 TV 뉴스를 보고 있었다. 내가 자리에 앉으니까, 그제야 돌아보며 먹자고 했다. 내가 캔 맥주 뚜껑을 따면서 말했다.

"우리 둘이 술 마시는 건 처음이지?"

"둘이 먹는 건 처음이지."

"오늘 같은 날 술을 마셔도 괜찮은 건가?"

"상관없잖아. 우리 둘이 술 마신 걸 누가 알까? 돌아가신 엄마가 알까?"

괜한 질문은 하지 않기로 했다. 내가 따라준 술을 효정이가 시원하게 마셨다. 무척 갈증이 난 사람처럼 순식간에 잔을 비워버렸다. 내 잔에도 술을 따르면서 천천히 마시라고 했더니, 빈 잔을 내밀며 다시 채워달라고 했다. 난 효정이의 잔을 채우는 대신 닭 다리를 내밀며 먹으라고 했다.

효정이가 닭 다리를 먹는 모습을 보며 효정이의 잔을 채웠다. 효정이는 닭 다리의 살코기를 다 뜯기도 전에 다시 채워진 잔을 비우고 말했다.

"학교는 좀 어때? 잘 적응하고 있어? 뭐 우리 유성현이야 어딜 가든 잘 지내겠지."

"너도 이제 친구들도 만나고 해야지. 너 궁금해 하는 남자애들이 많아."

"지금 나랑 있는 거 부담스럽지?"

적당한 대답을 찾는 대신에 효정이의 잔을 다시 채웠다. 효정이가 이제 술을 들이켜지는 않았다. 조금 입을 대더니 쓰다며 인상을 찌푸렸다. 좀 전에 그렇게 벌컥벌컥 마셨던 애가 갑자기 얼굴이 빨개지며 무릎을 가슴 앞에 모아 앉았다.

이제는 천천히 치킨을 안주 삼아 맥주를 마셨다. 할 말이 별로 떠오르지 않았고, 효정이도 내게 뭘 기대하지는 않는 것 같았다. 효정이가 TV를 보며 잔을 마저 비우더니 일어나 욕탕에 들어갔다. 효정이는 이를 닦는 것 같았다. 욕탕에서 나온 효정이가 말했다.

"난 이제 자야겠어. 넌 더 먹든지 알아서 해."

"잘 자."

"…그래."

효정이가 벽을 보고 누웠다. 나는 술병의 뚜껑을 열고 내 잔을 채웠다. TV에선 광고가 나오고 있었다. 채널을 바꿀 생각은 없었고, 광고가 멈추더니 한참 동안 뉴스가 나왔다. 그러다 또 광고가 나오고 뉴스가 나오는 채널이었다. 나쁘지 않았다. 오롯이 술에 집중할 수 있었고 취하는 데 오래 걸리지 않았다.

벽을 보고 누운 효정의 뒤에 내가 누웠지만, 효정은 잠든 것처럼 미동도 없었다. 그런 효정의 등에 몸을 바짝 붙이고 안았다. 효정의 목 아래로 한 팔을 넣었을 때, 효정이 목을 들어 편하게 해줬다. 효정이 내 품에 안겼고, 내 다른 손은 효정의 허리를 안았다.

효정이 내쉬는 숨이 내 뺨을 간질였다. 그렇게 가만히 효정의 체온을 느끼고 있었다. 효정이 내 품에 더 파고드는 것 같더니, 허리를 안고 있던 내 손을 잡았다. 효정이가 잡은 내 손을 자기 팬티 속으로 당겼다. 손가락에 닿는 까슬까슬한 느낌을 따라 더 깊은 곳의 축축한 곳에 도착했다.

손가락을 넣으니까, 효정이가 내 품으로 더욱 파고들었다. 다른 손으로는 효정의 풍만한 가슴을 만졌다. 손가락을 움직이는 동안 내 손을 잡고 있던 효정의 손이 떨리며 호흡이 거칠어졌다. 손가락을 깊게 넣었더니, 효정이 내 손목을 꽉 쥐어서 그만뒀는데, 효정이 곧 내 손목을 놓아줬다. 내 손목을 놓아준 효정의 손이 내 바지 속으로 들어와 내 것을 쥐었다.

잠시 그렇게 서로의 것을 만져주다 아래옷들을 벗고 효정의 하의를 벗겼다. 효정의 가랑이 사이로 들어가 셔츠를 들어 벗겼다. 효정은 스스로 브라를 벗고 누웠고, 난 효정의 가슴에 얼굴을 파묻고 핥았다. 작은 젖꼭지를 입안에 넣고 빨았다. 효정의 허리가 들리며 숨을 참는 소리가 들렸다.

처음 하게 될 줄 알았다. 효정의 갈라진 틈에 내 것을 비비고 있었는데, 들어갈 수 없었다.

오전에 있었던 장례식부터 거슬러 올라간 기억들이 학교에서 효정이와 처음 만나던 시절까지 이어졌다. 억지로 하려고 해봐도 되질 않았다. 효정이 내 것을 쥐고 주물러줬어도 소용없었다. 난 지쳤고 효정의 가슴에 안겼다. 효정이 그런 내 머리칼을 헤집으며 안아줬다.

다시 옷을 입은 효정은 잠들었던 것 같고, 난 거의 잘 수 없었다. 효정의 가슴을 만지다가 잠깐 잠들긴 했었는데 다시 하려고 시도해도 괜찮은지 고민하느라 잠들기 어려웠다.

꿈에서 효정이가 그러지 말라고 앙탈을 부렸다. 이미 꿈이라는 걸 알고 있었지만, 효정이와 뒹굴고 있는 게 마음에 들어서 최대한 버티고 있었다. 깨지 않으려 버티는 중에도 효정이의 가슴을 만지고 있었다. 그리고 어제 무슨 일이 있었는지 떠올리며 꿈을 깼다.

"일어나. 학교 가야지."
"…오랜만에 들어보는 소린데, 네 목소리와는 별로 어울리지 않네."
"난 네 엄마가 아니니까. 이제 그만 일어나. 학교 안 가?"
"으~ 효정아. 오늘 하루 정도는 젖혀도 괜찮은 거 아니야?"

그러면 알아서 하라고 말하고 효정이가 나갔다. 어제 마신 술의 흔적은 이미 다 치워진 상태였다. 난 다시 잠들고 싶었지만, 그러지 못했다. 어디서부터 꿈이었는지 뚜렷이 기억나질 않았다.

일어나서 대강 씻고 효정이네 집을 나왔다. 버스를 탔다가 지하철을 타고 또 지하철을 갈아타서 학교에 왔다. 학교에 가려고 온 건 아니었다. 내 자취방에 오려고 했다.

옷을 갈아입고 수업에 들어갈지 말지 고민하다가 수업에 조금 늦었다. 근처에서 자취하는 애들이 원래 더 수업에 자주 늦는다는 잔소리들을 조금 듣고, 수업을 듣는다기보다 시간을 때우고 나왔다. 효정이에게 연락은 없었다. 학교에서도 마주치지 못했다. 대신 민아에게 연락이 왔다.

민아에게 전화를 받자마자 또 헤어졌다는 걸 알 수 있었다. 민아가 그런 얘길 꺼낸 건 아니었어도, 그 형이랑 헤어지지 않았다면 내게 만나자고 할 이유가 없었다. 몇 번째 헤어진 것인지 세기도 귀찮았다. 그리고 또 분명히 다시 만나게 될 거 같았다.

"그럼 이번엔 어떤 이유로 다시 만날 건데?"

"야~ 이. 진짜. 자취하는 여자의 집에 들락거렸다니까? 그런 놈이랑 어떻게 다시 만나?"

"…그게 뭐. 너도 우리 집에 들락거리잖아."

"야~ 이. 진짜. 이거랑 그거랑 같아? 어휴~ 하긴 네가 뭘 알겠냐?"

"정말 헤어졌으면 번호표 줘."

"이건 또 무슨 강아지풀 뜯어 먹는 소리니?"

"친구가 뭘 모르는 거 같으면 가르쳐줘야 하지 않겠냐?"

"…응? 꺼져"

나도 꽤 뻔뻔해졌다. 민아가 나를 애 취급하는 걸 별로 신경 쓰지 않았는데, 최근에 효정이와 일들을 겪고 나니까 내가 그런 취급을 받을 필요는 없는 것 같았다. 민아가 정말 헤어졌다면 다른 남자라도 만나라는 의미로 번호표를 달라고 했지만, 오해해도 좋다는 생각이었다.

역시나 민아는 내 그런 태도를 무시했다. 정말 헤어졌다면 내게도 기회를 줄 수 있는 거 아니냐는 말을 꺼내고 싶었는데, 아직 그 정도로 뻔뻔해지려면 어렵겠다.

　그러고 보니 대학에 입학하고 나서 민아를 처음 만나는 거였다. 민아가 다니는 대학도 근처에 있었고 민아도 자취하고 있었지만, 남자친구가 있는 민아와 만날 일이 없었다. 근처에서 살고 있으니 어쩌면 또 자주 만날 수 있겠다는 생각을 하는데, 민아가 물었다.

　"민효정이랑은 어때? 같은 대학이잖아. 아직 별 진전 없어?"
　"뭘 그렇게 조심스럽게 물어보냐? 왜? 별 사이 아니면 네가 나랑 놀아주게?"
　"됐다. 별 사이 아니니까 내가 불러도 나왔겠지."
　"지가 남자친구 있을 때는 내가 당연히 효정이 만난다고 의심하더니 헤어지니까 아니야?"
　"넌 원래 뭐든지 느리잖아?"

　맞다. 난 느렸다. 특히 민아에 비하면 무척 느렸다. 씁쓸한 생각을 덮으려 쓴 술을 마시려는데 목에 자꾸 걸렸다. 어제도 마신 술이 문제인가 보다. 혹시나 효정이에게 연락이 오지는 않았는지 휴대폰을 확인하려는데 전화가 울려서 놀랐다.

　한수진 선생님이었다.

　대학에 입학한 지 어느새 한 달이 다 되어 간다. 벌써 눈이 맞아 사귀기 시작한 애들도 있었고, 이미 헤어지고 다른 사람과 또 사귀는 부지런한 애들도 있었다. 별로 부럽지는 않았다. 나만 못하는 건 아니니까 괜찮았다. 대부분의 친구들은 다른 세상의 일이라 생각하고 (포기하고) 주량을 늘리거나 남자들의 우정을 쌓는 일에 몰두했다.

쉽게 만나며 연애하고 헤어지는 일들은 극히 소수에게 일어나는 일이지만, 우리 모두가 그걸 지켜보고 떠들어대는 통에 마치 대학에선 그런 일들이 흔해 보이기까지 한다. 도로에 정신 나간 운전자들은 극히 소수이지만, 우리 모두가 그런 운전자들을 욕하고 공유하느라 도로는 위험한 세계처럼 느껴진다. 세상은 교정의 빈 곳을 조용히 채우는 우리와 도로를 조용히 달리는 운전자들 덕분에 완성된다.

쉬지 않고 연애하는 친구들이나 도로를 질주하는 운전자들만 세상에 이야기를 제공하는 건 아니다. 나 같은 녀석도 하루에 미녀를 셋이나 만나는 일이 생겼다.

이미 오래전부터 알고 지냈던 사람들이라는 게 문제라면 문제겠지만, 나만큼의 기회는커녕 상상으로도 만날 사람이 없는 친구들을 떠올리며 감사하기로 했다.

게다가 아침에는 친구들이 안부를 물어보는 여자애가 깨워서 일어났고, 남자친구와 이별하자마자 나를 찾는 여자애와 술을 마시고, 늦은 밤의 거리에서도 빛이 나는 미녀와 만나는 일이라면, 아무리 사실이 가능성의 문제로 훼손되더라도 꽤 괜찮다고 평가할 만했다.

한수진 선생님이 내게 뭐하냐고 했다. 좋은 질문이다. 내가 미녀에게 들을 수 있는 질문 중에 가장 좋지 않을까.

[친구랑 술 마시고 있어요. 어쩐 일이세요?]
[나도 술 마시고 있어. 도움이 필요해.]

지구를 파괴하거나 우주의 절반을 없애거나 신을 납치하라는 게 아니라면, 돕고 싶었다. 민아가 누구에게 전화 온 거냐고 물었다. 창피한 일이지만, 잠깐이나마 나는 민아와 한수진 선생님을 두고 고르는 고민을 했다. 두 사람이 알게 되면 매우 어이없어하겠지.

"뭐야? 누군데 존대를 해?"
"응. 있어. 흠~ 우리 그만 마셔야겠다. 나 누구 좀 만나야겠어."
"죽을래? 안주도 아직 많이 남았잖아!"
"미안. 너도 이런 거 좀 겪어봐. 남자친구 만나러 간다고 횡~ 하니 가버린 게 한두 번이냐?"
"여자구나? 아직 존대하는 사이인 거야? 이야~ 나는?"

내가 계산하고 나오는 중에도 민아는 정말 가는 거냐고 재차 물었다. 내가 이런 행동을 한다는 게 도무지 믿기지 않는다는 표정이었고, 내가 먼저 택시까지 잡아타니까 턱이 빠질 지경이었다.
민아는 나를 조각내서 믹서에 넣겠다는 둥 험한 말을 아끼지 않았다. 내가 답장이 없으니까 다시는 나를 안 보겠다는 문자까지 보내왔다. 당연히 신경 쓸 일은 아니다. 민아는 뇌를 거치지 않고 내게 말하는 데 익숙했고, 나는 민아의 말을 무시하는 일에 익숙했다. 아니, 서로가 서로에게 그랬다.
그래도 나는 예의를 아는 사람답게 간단한 답장을 했다.

[다른 남자도 좀 만나고 그래. 소개팅이라도 시켜줄까?]

그러자 나는 민아에게 삶의 의지를 평가받아야 했다. 민아가 꽤 흥분했는지 보낸 메시지의 철자도 많이 틀렸고 문법도 엉망이었다. 대강 내 생을 마감시키겠다는 의지를 표현하고 있었으나, 정확히 알아듣긴 어려웠다.

택시를 타고 가면서 한수진 선생님에게 전화를 걸었다. 한수진 선생님은 택시기사님에게 위치를 설명하기 어려운 곳에 있었다. 대강 근처의 큰 빌딩 앞에서 내려 찾아가는 일도 어려웠다. 번화가의 뒷골목에 있는 근사한 술집에 들어갔다.

이런 술집은 밖에서 보는 것도 처음이었다. 입구부터 무슨 백화점 명품 매장처럼 꾸며져 있었고, 상당히 심플하면서 고급스러워 보이는 디자인은 나와 전혀 어울리지 않았다.

순전히 실용성에만 집착한 주머니 많은 봄 점퍼에 티셔츠와 청바지, 운동화에 백 팩을 멘 내가 들어갈 만한 곳이 아니었다. 좀 전에 민아와 있을 때는 전혀 생각하지 못했는데, 내가 걸친 것들이 좀 창피했다.

무슨 던전에 처음 들어가는 용사처럼 심호흡 크게 하고 들어갔다. 내가 두리번거리며 한수진 선생님을 찾기도 전에 멀끔하게 차려입은 남자가 다가와 누굴 찾느냐고 했다. 내 모습을 보고도 당연히 누굴 찾는다는 걸 예상하지 못하는 걸까? 아마도 찾는 사람이 있는 게 아니라면, 여기와 어울리지 않으니까 나가달라는 의미겠지.

대답하는 대신에 휴대폰을 들어 선생님에게 전화를 걸었고, 한수진 선생님이 전화를 받으며 내게 손짓하는 걸 볼 수 있었다. 한수진 선생님은 중년의 남성과 함께 바에 있었다. 그럭저럭 점잖아 보이는 외모의 남자가 내게 웃으며 말했다.

"이 아가씨의 친구시군요? 생각보다 어린 분이라 놀랐습니다. 같이 한잔 하시겠습니까?"

"아~ 아뇨. 전⋯ 음. 누나를 데리러 왔어요."

중년의 남자가 뭔가 다시 말하려는데, 한수진 선생님이 자리에서 일어나며 그에게 인사했다. 그는 아쉽다는 표정으로 얼굴을 가득 채우며 한수진 선생님을 보내줘야 했다. 한수진 선생님이 아주 약간 비틀거리기는 했으나, 부축이 필요한 정도는 아니었다.

좀 전에 나를 막아섰던 남자가 다가와 계산은 이미 다른 분이 했다며 손으로 가리켰고, 멀리 앉아 있어서 얼굴도 잘 보이지 않는 남자가 가볍게 손을 들어 한수진 선생님에게 인사했다. 한수진 선생님은 그쪽으로 간단히 손을 들어 보이고는 나와 함께 술집을 나왔다. 우리를 보는 시선들이 뜨거웠다.

술집을 나오자마자 한수진 선생님이 말했다.

"나를 누나라고 부른 건 잘했어."

"왜 저런 아저씨랑 술을 마시고 있었어요?"

"이런 곳에 오는 젊은 애들은 예의가 없는 경우가 좀 있으니까. 차라리 저런 아저씨랑 있는 게 여러모로 편하지."

"처음 만난 사람이랑 그렇게 술을 마신 거예요?"

"여기 오기 전에 그 아저씨보다 더 나이 많은 사람과 만났으니까, 저런 아저씨랑 술을 마시는 정도는 괜찮아. 더 젊은 남자랑 술을 마시면 더러운 기분이 들 것 같았으니까."

"그럼 저는요?"

한수진 선생님은 내 질문에 의아하다는 표정을 지어 보이고 대답했다.

"너랑 술을 마실 생각은 아니니까. 참 어제 효정이는 어땠어."

"먼저 잠든 거 보고 저도 잤어요. 오늘 아침에 일어나서 학교에도 간 거 같은데, 제가 먼저 연락하기가 좀 그래요. 나이 많은 남자는 누굴 만난 거예요?"

"우리 아빠. 효정이는 기다리면 괜찮아질 거야. 그래도 위로해줄 기회가 생기면 도와줘. 네가 먼저 다가갈 생각은 하지 않아도 돼."

"선생님 아빠를 만났는데 왜요? 그리고 제가 도와드려야 할 정도로 취한 거 같진 않으신데요?"

"사생활이야. 그리고 나 지금 이래 보여도 상당히 취했어."

택시를 타고 한수진 선생님의 댁으로 향했다. 선생님은 택시에 타자마자 잠든 것 같았는데, 도착할 무렵에 일어나 택시비를 계산했다. 택시에서 내린 선생님이 한숨을 푹 내쉬더니 나를 지긋이 바라보며 말했다.

"아이스크림 먹자."

"선생님 집에서요?"

"음. 너라면 괜찮겠지만, 내가 문제가 될 거 같아."

아이스크림을 사서 근처 작은 공터의 벤치에 앉았다. 인적이 드물지만, 조명이 밝고 깨끗해서 안심되는 그런 곳이었다. 선생님은 내게 좀 기대자며 가까이 앉으라고 했다. 내 어깨에 기댄 선생님이 아이스크림을 먹다 말고 말했다.

"그럼 어제 효정이랑 잤겠네."

"네? 아~ 뭐 같이 잔 건 맞는데. 에이~ 무슨 어제 효정이한테 무슨 일이 있었는지 아시잖아요."

"그래. 수십 수백 년 동안 변함없던 산도…. 단 한 번의 폭우로 산사태가 나기도 하고 그러면 없던 계곡이 생기고 또 새로운 길이 생기기도 하잖아. 큰 변화는 또 다른 새로운 변화들을 가져다주니까. 오히려 어제라면 이해할 수 있지."

"에이~ 저 그런 애 아니에요. 선생님이 그런 말 하니까 웃기네요."

"그래서 다행이야. 내가 아직 네 선생님이구나."

"한번 스승은 영원한 스승이라잖아요."

"그럼. 이 아이스크림도 먹어라. 난 다 못 먹겠어."

한번 스승은 영원한 스승이라는 것과 스승이 먹다 남은 아이스크림을 먹는 것의 상관관계를 이해하긴 어려웠지만, 선생님이 머리를 내 어깨에 기댔다. 내 아이스크림과 선생님이 거의 입에도 대지 않은 아이스크림을 먹는 동안에도 선생님은 계속 내 어깨에 기대고 있었다.

잠든 것 같은 선생님의 숨소리가 들렸다. 아직 밖에서 잠자도 괜찮을 정도의 날씨는 아니었어도, 내 어깨를 통해 전해지는 체온이 있으니까 괜찮을지 모르겠다. 머리를 기대고 있던 선생님이 볼을 내 어깨에 기대는 바람에 조금 놀랐다. 선생님이 내쉬는 호흡이 내 가슴에 느껴졌다.

그 느낌이 너무 좋아서 당혹스러웠다. 나도 모르게 몸을 조금 움츠리게 되었는데, 선생님이 깬 모양이다.

"나 잠든 거 아니야. 그냥 좀 이러고 있을게."

"네."

"일일이 대답하지 마."

대답은 안 했지만, 내 휴대폰의 진동이 울렸다. 선생님이 한숨을 내쉬고 내 어깨에서 머릴 뗐다. 난 주머니에 손을 넣어 확인도 안 하고 휴대폰을 끄며 말했다.

"아마 민아일 거예요. 아까 민아랑 있었거든요."
"아. 또 헤어졌구나. 그 애랑 있다고 했으면 부르지 않았을 텐데."
"괜찮아요. 어차피 이제 또 자주 만나겠죠. 지가 심심하면 날 부를 거예요."
"부르면 만날 수 있는 친구가 있는 그 애가 부러워."
"어? 전 민아랑 있다가도 선생님이 부르니까 왔는데요?"
"그래. 조금 죄책감이 드네."
"아뇨~ 진짜 괜찮아요. 민아랑 선생님이 동시에 절 부르면 전 선생님을 만나러 갈 거예요."
"그렇지는 않을 거야. 힘들다. 이제 들어가야겠어."

조금 전까지 술에 취해 내 어깨에 기댔던 사람이 맞는지 의심스러울 정도로 몸놀림이 자연스러웠다. 저렇게 가볍게 일어나며 걷기 시작하는 사람이 힘들다고 말하는 건, 몸이 힘들다는 얘기는 아닌 거 같다. 뭔가 마음에 힘든 일이 있는 것 같긴 한데, 평생을 알아온 여자애의 마음도 모르는 내가 알 방법이 없다.

선생님이 내게 잘 들어가라며 인사하고 돌아서다 말했다.

"참. 아까 누나라고 부른 거 괜찮았어."
"잘 자요. 누나~."
"…하지 마."

그냥 보고 있으면 기분이 좋아지는 선생님의 뒷모습을 지켜봤다. 학교 다닐 때도 그랬지만, 졸업하고 나니까 한수진 선생님을 만나기만 해도 기분이 좋아진다는 사실을 새삼 깨달았다. 별로 웃지도 않고 재미있는 사람도 아닌데, 같이 있으면 생기는 약간의 긴장감도 좋았고 편한 것인지 불편한 것인지 헷갈리게 하는 말투도 좋았다.

이제 돌아갈 걱정을 하다가 휴대폰을 확인했다. 민아가 얼마나 창의적인 욕들을 개발했는지 기대했는데, 효정이에게서 전화가 왔었다.

통화 버튼을 누르려다 그만뒀다.

✦

교정에 벚꽃 잎이 흩날렸다. 초속 5센티는 확실히 아니다. 대강 측정해도 초속 50센티는 충분히 되는 것 같다. 1초는 생각보다 짧지 않은 시간이다. 빠른 육상선수는 10미터를 이동하고 빛은 30만 킬로미터를 움직이며, 이 문장을 읽기에도 충분한 시간이다.

어쨌거나 봄이 무르익었고 새내기 대학생들의 가슴에는 알싸한 아쉬움이 가득했다. 젊은이들이 시간을 낭비하는 줄 아는 어른들이 간혹 있는데, 젊음을 낭비하는 순간순간마다 아쉬움으로 가득했던 자신의 추억을 떠올리지 못한다. 당장의 순간이 소중한 걸 모르는 사람은 없다. 최소한 살기 위해 숨을 내쉬는 사람들은 모두 그렇다.

소중한 기억들로 지금을 채우고 싶고, 재미있는 일들로 추억을 만들고 싶었다. 해가 뜨면 오늘은 어떤 일들이 생길지 기대하고, 노을이 지면 또 저무는 하루를 아쉬워했다. 아침에 계획했던 일들의 반도 이루지 못했고, 또 아쉬움에 저녁 바람을 안주 삼아 한잔 기울이겠지만, 순간을 소중히 했다.

효정이를 피한 건 아니다. 효정이에게 칠해진 슬픈 색감이 두려웠다. 효정이 형편이 어떤지 알게 되었고, 또 가족 사정을 알고 나니까 안타까운 마음이 드는 건 당연한 일인데, 나도 함께 어두워지고 싶지는 않았다. 아픔을 나누고 싶었고 위로하고 싶었지만, 같이 있으면 힘겨워지는 건 어쩔 수 없었다. 슬픔이 내게 묻을까 봐… 그리고 부끄러웠다.

내 그런 태도를 효정이도 알았던 것 같다.

"괜찮아. 잘 지내고 있어. 시간이 지나면 더 괜찮아질 거야. 친구들이랑 놀아. 난 그냥 연락했어. 괜찮아."

"미안. 오늘 애들이랑은 전에 약속한 거여서. 내일 점심 같이 먹을래?"

"그럴래?"

사실 효정이는 별로 어두워 보이지 않았다. 평소보다 더 밝게 행동하려고 노력하는 것 같았다. 효정이가 자신의 그림자를 길게 드리우지는 않았지만, 나는 효정이의 그림자를 밟고 있었다.

효정이랑 같이 밥을 먹거나 어울리면서 꺼낼 만한 적당한 이야기들이 없었다. 그냥 수업을 듣는 게 어떤지 이야기하고 특이한 친구들을 화제 삼아 떠들 수도 있겠는데, 나는 자꾸 혼자 지내고 있는 효정이를 돕지도 못할 걱정을 하고 있었다. 괜히 이사는 언제 할 거냐는 질문이나 하고 어련히 찾아 먹었을 끼니를 걱정하는 말을 꺼냈다.

"정말 괜찮다니까? 어제는 내가 직접 국도 끓였어. 너도 한번 먹어보면 깜짝 놀랄걸? 아직 이사는 별로 생각하지 않고 있어. 좀 천천히 하려고…"

"그렇구나…"

"그런 얘기는 그만하고~ 저번에 너 목 조른 애랑 친한 거야? 요즘 자주 같이 다니더라?"

"아~ 그 자식? 아니, 그냥 같이 게임을 하다 보니까 친해졌어. 참! 너 걔랑 한번 만나볼래? 그 자식이 너한테 관심이…."

또 멍청한 얘기를 꺼내다가 그만뒀다. 효정이가 미묘하게 우울해졌다가 힘겹게 웃으려는 표정을 읽을 수 있었다. 이건 멍청함을 넘어선 잔인함이 아닌가 싶다.

무수한 실패들과 마찬가지로, 누군가 만나서 대화에 실패하는 일도 회복이 쉽지 않다. 더구나 실패가 계속해서 이어진다면 더더욱 회복하기 어려울뿐더러 사람이 사람을 실패로 각인하는 죄를 짓게 된다. 누군가 나를 암울한 기억으로 각인했다고 생각해보자. 인간 관계에 있어 그보다 끔찍해지는 걸 상상하기도 곤란하다.

나를 바꾸는 일은 어렵겠지만, 주변을 바꾸는 건 그리 어렵지 않다. 많은 사람이 곤란에 처했을 때 주변을 정리한다. 가볍게 방을 청소하거나 집 안의 분위기를 바꾸는 것부터 시작해서 자주 만나는 사람들을 바꾸기까지 한다.

같은 학교에 다니는 효정이 대신에 민아를 자주 만났다. 남자친구랑 또 헤어진 민아가 언제 다시 남자친구를 만나게 될지는 몰라도, 당장에 내가 편하고 쉽게 만날 수 있는 민아를 만났다. 나보다 내 가족을 더 잘 아는 민아를 만나면 편했다.

여전히 술은 잘 못 마시면서 같이 술 마시는 일에 재미가 들린 민아랑 술을 마셨다.

"야! 유성현 요즘 어른들 분위기 심상찮은 거 같던데 뭐 들은 거 없어?"
"왜? 또 부모님 싸우셨냐? 난 요즘 집에 잘 안 가니까 몰라."
"그렇지 뭐~ 그런데 너희 부모님 얘기도 좀 나오는 거 같더라고~ 뭐 들은 거? 아니다. 하여간 아들놈들 키워봤자 아무 소용없는 거겠지. 가족한테 관심이라고는 없으니 에혀~."

"…너 남친 있을 때. 너희 아버지 생신 내가 가르쳐 준 거 기억 못 하는 구나."

"기억하고 있었거든?"

"아~ 그랬구나. 그래서 너희 집에 우리 부모님도 모인다고 하니까, 나보고 집 좀 비워달라고 했구나. 너희 아버지 생신인데~ 너는 내 방에서 남자친구랑…."

젓가락을 양손에 나눠 쥐고 있는 상대를 더 자극하지 말아야 한다는 것쯤은 알고 있다. 더 떠들다가는, 민아의 양손에 쥐어진 젓가락들 중의 하나가 혹은 둘 다 내 신체에 삽입될 수 있기에 입을 닫았다. 민아는 이미 몇 번이나 헤어진 남자친구 얘기를 꺼내는 걸 싫어했다.

민아가 오랜만에 놀이공원에 가고 싶다고 했다. 중고교 시절에는 소풍을 놀이공원으로 가서 좋았는데, 왜 대학은 소풍 대신에 MT를 가서 술이나 퍼마시는 거냐고 불평했다. 약속을 잡고 할인해서 예매할 방법들을 찾아야 했다. 중고교 시절의 단체 입장이 좋았다.

놀이공원에 가게 되는 걸 나도 기대했는데, 민아가 뜬금없이 바다가 보고 싶다고 했다. 바다를 보러 가는 건 나쁘지 않았지만, 돌아오는 길에 민아가 남자친구랑 다시 만난다고 고백했다. 그럴 줄 알았다고 스스로에게 설명하기엔 아쉬웠다. 우리가 손은 왜 잡았던 걸까.

허전해진 마음으로 효정이를 만나기엔 미안했고, 마음을 고독으로 채우기엔 내가 아직 어린 데다 친구가 많았다. 무수히 많은 단어들로 가장 적은 내용의 대화가 가능한 친구들을 만났다.

"야, 유성현. 너하고 고등학교 동창이라는 민효정. 걔 있잖아. 별명이 호두까기 인형이라는 거 알고 있냐? 지금까지 걔한테 까인 애들이 지하철 한 칸은 충분히 채울 지경이라는데, 걔 취향이나 정보라도 좀 공유해줘야 하는 거 아니야? 우리가 쥐들도 아니고 말이야. 이 정도 까였다 싶으면 민효정이 과거에 만난 남자의 정보나 호감을 보였던 연예인이라도 가르쳐줘야지."

"아아…. 호두까기 인형이랑 쥐는 뭐냐? 지하철 한 칸에 몇 명이나 들어가는지는 아냐? 넌 고등학교 동창 취향까지 아냐?"

"뭐야. 호두까기 인형 줄거리도 몰라? 그렇게 무식하니까 지하철 한 칸을 채운다는 게 과장된 비유를 통한 강조법이라는 것도 모르지. 우리 대학은 어떻게 왔냐? 그리고 너 인마 민효정이랑 같은 동아리였다는 것도 이미 다 알고 있거든? 민효정 걔 숨겨둔 남친이라도 있는 거냐?"

"…흠. 그래, 나~ 수시다. 민효정? 효정이는 콰지모도야. 콰지모도가 누굴 숨겨주든 그게 무슨 상관이냐?"

"콰지모도? 콰지모도가 뭐야?"

"노트르담의 꼽추도 모르냐? 고등학교는 어떻게 졸업한 거야?"

"아니~ 콰지모도는 꼽추잖아. 자식아~ 민효정을 어떻게 꼽추에 비교하냐?"

"상황이 그렇다는 비유잖아. 효정이 지금 상황이 콰지모도라고~ 에스메랄다가 앞에 있어도 모습을 드러낼 수 없는 콰지모도! 무슨 소린지는 알아먹겠냐?"

"헐~ 아니. 어떻게? 효정이 가슴이 세 개야? 에스메랄다가 있어?"

"에스메랄다가 가슴이 세 개야?"

"…."

언제나 주제와 상관없는 비유로 이야기가 산이나 강으로 향하는 것뿐만 아니라, 가끔은 우주에서도 떠돌곤 했다. 고전 SF영화에서 가슴이 세 개인 여자가 나온 장면을 이야기하느라 효정이는 잊혔다. 서로 자신의 얕고 넓은 지식을 뽐내느라 정신없었다.

여자 셋이 모이면 접시가 깨진다는 말은 소극적인 표현이다. 남자가 셋이 모이면 우주를 파괴하는 것도 모자라 마른안주가 테이블 위를 날아다닌다. 가끔은 스타워즈의 제다이 기사와 마블의 아이언맨을 대결시키다가 욕설이 오고 가기도 했다.

누군가 엉뚱한 곳으로 발사된 이야기의 화살을 간신히 붙잡아 와도 이미 반대 방향으로 쏟아진 이야기의 화살을 발견하고 망연자실할 수밖에 없었다. SF 세계관과 판타지 세계관이 충돌을 일으키는 와중에 대화가 스포츠로 넘어가는 순간 전쟁이 발발하는 편이었고, 친구가 응원하는 팀의 과거 행적을 꺼내와 비난하기 시작하면 핵무기 투하나 최소 생화학무기를 사용한 대가를 치러야 했다.

민아를 머릿속에서 지워내고 집에 돌아와 누워도, 또 내가 뿜어낸 허전함으로 방안을 채웠다. 즐거움은 순간이지만, 고독은 삶의 배경이 된다. 인간은 원래 고독한 존재라는데, 나는 그런 사실이 특히 자주 떠오르는 것 같다. 내가 멍청하다는 사실이 이렇게 자주 생각나진 않았다.

효정이가 정말 콰지모도는 아니다. 친구들에게 떠들어댄 수많은 헛소리 중에 하나였을 뿐이다. 내가 사용하는 모든 단어들에 진지하게 반응하는 친구들이었다면 꺼내지도 않았을 말이었고, 별생각 없이 사용한 단어로 내가 평가받는다면 꽤 섭섭하겠다. 효정이가 처한 상황이나 환경이 꼽추라고 부를 수 있을 정도로 끔찍하지는 않다. 게다가 효정의 외모는 에스메랄다가 어울릴 것이다. 거기에 가슴이 큰.

문제는 내가 효정이의 환경을 몰랐다는 것이다. 그 정도로 가난한 줄 알 방법도 없었고 그래서 아무렇게나 내뱉었을 말들이 효정이에게 상처가 되었을지도 모른다는 점이다. 지금 효정이를 만났다면 별로 상관하지 않았을 것들이지만, 난 이미 효정이를 고교 시절 내내 알고 지내왔다. 효정이가 나를 좋아한다는 사실도 이미 알고 있었다.

　사람이 사람을 만날 때 매번 미안한 마음이 들면 어렵다.
　편하게 만날 수 있는 친구들이 좋았던 모양이다. 평생을 알아온 민아처럼 편하기는 어렵겠지만, 아무런 걱정도 의미도 두지 않아도 괜찮은 친구들을 만났다. 거기에 금전적인 걱정까지 덜어줬던 사람이 있었다.
　아무리 선배들이 술을 사주고 친구들과 싸구려 술집들을 배회하더라도 돈이 넉넉하지는 않았다. 궁색하게 주머니의 돈을 확인하고 사람을 만나는 대신에 언제라도 걱정 없이 만날 수 있는 사람이 있었다. 내가 먼저 연락하긴 어렵다는 게 문제였는데, 그녀와 자고 나서는 연락하기도 편해졌다.

　한수진 선생님이 내 첫 경험이었다. 어디 하나 부족한 곳이라고는 찾을 수 없는 여자가 내 첫 경험이라는 건 축복이었는데, 세상에서 가장 아름다운 곳을 이미 발견한 사람이 다시는 그 장소에 들를 수 없다는 사실은 지옥이다.
　금방 다시 잘 기회가 생길 줄 알았지만, 한수진 선생님은 그날의 기억을 실수로 생각하는 것 같았다. 돌부리에 걸려 넘어지거나 게임을 하다가 마우스를 놓치거나 정답을 알면서도 오답에 체크하는 일 같은 것만 실수여야 했다. 천국을 보여주고 세상에 내버려 두는 일은 지옥에 던져 넣는 것과 별반 다르지 않다.

　그렇다고 조를 수는 없었다. '제가 지금 무척 흥분한 탓에 선생님과 다시 하고 싶어요.'라고 말하는 건 상상만 해도 꼴사나웠다.

[선생님 술 좀 사줘요. 술이 엄청 땅기는데 주머니가 텅텅 비었어요.]

[그래. 술은 사줄 수 있어. 그런데 난 '당신이랑 자고 싶어요.'라고 들린다. 방법을 잘 모르면 솔직해지는 게 차라리 낫지.]

[…그런가요?]

[응. 우리 사이엔 어울리지 않는 일이니까, 너랑 어울리는 사람을 찾는 게 더 가능성이 높겠지. 너랑 나랑은 한번 잤을 뿐이잖아. 그냥 그뿐이었다는 걸 이해해봐.]

[그러면 또 그럴 수 있는 거 아니에요?]

[그렇지 않다는 걸 네가 알아야 해. 너도 누굴 사랑하지 못하는 것 같으니까. 다른 사람을 만날 수 있을 거야. 쉽게 사랑하는 사람들보다는 네가 쉽겠지. 어차피 하지도 못할 사랑은 치워두고 자고 싶은 여자를 찾으면 되잖아.]

[이미 찾은 거 같은데요?]

[내가 아니라고 하잖아. 그러면 아닌 거야. 서로 원해야 하는 거니까. 너를 원하는 사람을 찾으면 돼.]

[사랑하지도 않으면서요?]

[이미 사랑 같은 건 할 생각도 없잖아.]


이해하는 척 대화는 했지만, 솔직히 한수진 선생님이 무슨 소릴 하는 건지 모르겠다. 내가 사랑도 없이 여자랑 자고 싶어 하는 걸 비난하는 건지, 아니면 자신에게 껄떡거리지 말라는 건지 알아듣기 어려웠다.


한수진 선생님과 전화를 끊고 술 사줄 만한 친구를 골랐다. 민효정을 술자리에 불러주면 술을 사주겠다는 녀석이 있었다. 덕분에 나는 민효정과 잘 수 있을지 상상하고 후회했다. 나도…. 하고는 싶은데 책임은 지고 싶지 않은 평범한 쓰레기다. 실수를 만회하는 기회가 될 것이라는 쓰레기 같은 생각도 싫었다.

민효정을 술자리에 부를 생각은 없었지만, 어차피 술을 마시면 지키지 못할 약속들을 무수히 주고받을 사이라 괜찮았다. 다음에 내가 술 한 잔 사면 죄다 해결될 일이다. 게다가 이 녀석은 오늘 밤 꼬시고 싶은 여자도 있다고 했다. 이놈도 누굴 꼭 만나 사귀거나 사랑하고 싶은 마음보다는 여자랑 자고 싶은 거다.

녀석이 꼬시고 싶은 알바가 있다는 학교 근처 술집에 갔는데, 내가 그 알바를 꼬시고 싶어졌다. 녀석이 머뭇거리는 사이에 내가 먼저 말을 걸었다.

"여기 알바 몇 시에 끝나세요?"
"12시."
"아. 어~ 이름이 뭐예요."
"김은진."
"이 술집 콘셉인가요? 김은진 씨가 그냥 건방지신 건가요?"
"내가 당신들 선배라서."
"네. 선배님."

친구가 내 목을 조르려다 그만두고 같이 인사했다.

⟡

따스한 바람이 불기 시작하는 학기 초 대학 근처의 저녁은 설렘의 경쟁이 치열했다. 어쩐지 나만 빼고 다들 바쁘고 즐겁게 지내는 것 같다는 생각에 경쟁적으로 서로 어울렸다. 대부분의 사람이 지루한 대화들 속에서 하찮은 주제를 난도질하고 있겠지만, 그 틈바구니에서 자신만은 의미 있는 만남으로 청춘을 채우고 있다고 믿고 싶었다.

적당히 섞인 술기운들은 처녀들의 마음을 순결과 모험 사이에서 저울질하게 했고, 총각들의 심장을 사랑과 본능 사이에서 번뇌하게 했다. 이들에게 정조를 지키라는 요구는 고양이에게서 생선을 빼앗는 일이며 청춘들의 생명력을 짓밟는 것이다.

사실은 대부분의 친구가 강제된 절개를 지키고 있겠지만, 다른 의미가 있는 절개라는 단어의 뜻을 기억하는 친구들은 째거나 갈라서 벌리고 채우고 싶었다. 남녀의 차이는 있더라도 최종적인 목적의 차이는 별로 없다.

늦은 봄의 밤은 서슴없이 뿜어내던 꽃들의 향기만큼이나 성급하게 여름의 열기를 불러왔다. 너무 성급한 나머지 타인의 시선도 의식하지 못하고 남자친구의 바지 속으로 손을 넣은 여자애나, 애인의 치마 속으로 손을 넣다가 옆구리를 꼬집히는 남자애들 모두에게 이미 여름이 시작된 것 같다.

헛기침을 몇 번이나 해줬음에도 듣지 못했던 남녀는 내 목소리를 듣고서야 서둘러 옷매무새를 정리했다.

"이제 뭐 거의 여름 날씨네. 그렇지?"

술집에서 같이 나온 친구 녀석은 왜 좋은 구경거리를 멈추게 하냐는 힐난의 눈빛을 보냈고, 급하게 남자친구의 바지에서 손을 빼느라 팔뚝을 조금 긁힌 여자애는 짜증스러운 눈빛을, 치마 속에서 꺼낸 손에 뭐가 묻은 남자애는 벌게진 얼굴로 시선을 피했다.

호기로운 남녀에게 조금 더 좋은 장소를 물색하길 권고하려다 참았다. 아무리 가로등 불빛을 피해 어두컴컴한 골목 술집 근처의 구석진 곳이라지만, 인적이 드문 곳도 아닌 장소에서 서로의 소중한 것을 가지고 노는 행위는 근절되어야 했다.

남녀가 대범하게 별일 아니라는 태도로 자리를 피하자마자 친구 녀석이 툴툴거리며 말했다.

"그냥 됐으면 어디까지 갔을지도 모르는데, 좀!"
"그래 봤자 어두워서 뭐가 보이지도 않았을 텐데 뭐~ 됐고! 우리한테 중요한 게 있잖아."
"야, 우리 선배라는데 상관없어?"
"그럼 넌 그만 가봐. 나 혼자 기다릴게."
"에이~ 말이 그렇다는 얘기지. 혹시라도 모를 기회를 선배라고 그냥 버리기엔 너무 아깝지."

여태 모르고 지냈다는 게 아까운 외모의 여자 선배였다. 큰 키에 보기 좋은 몸매였고 조금 날카로워 보이긴 해도 예쁜 얼굴이었다. 좁은 골목에 있어서 찾아오기도 힘든 술집을 남학생들로 북적이게 할 정도니까 미인이 확실했다.

우리는 이미 술집에서 몇몇 남학생들이 그 선배에게 전화번호를 요구하다가 까이는 장면을 목격했기에, 그 선배가 일하는 걸 방해하지 않기로 했다. 대신 아르바이트가 끝나는 시간까지 기다렸다가 우리 둘 중 하나를 선택할 기회를 주기로 했다.
물론, 우리 둘 모두를 선택하지 않을 가능성이 가장 크다는 걸 부정하긴 어렵겠지만, 밑져야 본전이고 우리가 후배라는 사실로 그냥 귀엽게 봐줄 수도 있길 기대했다. 가장 높은 가능성은 이미 남자친구가 있으리라는 것이었고, 가장 낮은 가능성은 그 선배가 내 친구 녀석을 선택하는 것이다. 굉장히 이상한 걸 모으는 취미가 있는 게 아니라면 그럴 가능성은 없는 것과 같다.

12시가 조금 넘어서 그 선배가 나왔다. 그 선배는 우리를 발견하고 한숨을 내쉬더니 혼자 기다릴 용기도 없어서 둘이 기다리고 있는 거냐고 했다.

"아니요. 우리 둘 중에 하나를 선택해주세요."
"응?"

다행히 은진 선배가 살짝 웃었다. 조금 어이없다는 표정이었어도 우리가 귀엽게 보인 건 다행스러운 일이었다. 예상대로 모든 일이 망하더라도 덜 창피할 수 있겠다싶었는데, 친구 녀석이 갑자기 무리수를 뒀다.

"둘 다 선택해주셔도 괜찮아요!"
"뭐?"
"아~ 아니에요. 농담이에요. 아니 실수에요. 아니 실수로 한 농담이요…"
"너 가라."
"네."

친구 녀석은 마치 모든 결과를 이미 알고 있었다는 태도로 단호하게 돌아서 빠른 걸음으로 골목을 빠져나갔다. 은진 선배가 나를 선택한 것이라는 기쁜 표정을 감추지 않았다. 미소로 얼굴을 가득 채운 나를 향해 은진 선배가 손가락을 들어 올렸다.

"너."
"아아. 저도 가요?"
"방금 걔랑 얼마나 친해?"
"어~ 우정을 말하는 거라면, 모든 사소한 일들까지 다 치워두고 한가해서 어쩔 줄 모르겠는 순간이나 만날 생각이 가끔 나는 친구요."

"그래 그럼 왜 나를 기다린 거야?"

"그야 당연히."

할 말이 없다. 마음에 드는 여자에게 처음 말을 거는 남자들의 의도는 무엇일까. 처음 만난 남자와 만나는 여자가 원하는 건 무얼까. 예뻐서? 딱히 편견을 갖지 않더라도 한수진 선생님이 더 미인이다. 아니면 몸매? 키는 좀 작아도 효정이가 더…. 무슨 생각이지. 난 왜 은진 선배를 기다려서 만나고 싶었던 걸까.

난 이미 답을 알고 있지만 말할 수 없었고, 말할 필요도 없었다. 은진 선배가 말했다.

"나랑 자고 싶은 거잖아. 너는 나랑 얘기하면서 쉬지 않고 내 몸을 훑어보고 있어. 하지만 내가 기분 나빠할까 봐 그런 말을 하진 못하겠지. 이미 나랑 자는 상상도 했을 거야. 그게 진실이야. 진실은 항상 불편해."

"아니. 전…"

"세상의 모든 남자가 진실만 말했더라면 꽤 끔찍해질 거야. 하지만 그럴 일은 없겠지. 진실을 말하면 여자가 자기랑 자주지 않을 거라는 걸 너무 잘 아니까. 너를 탓하는 게 아니야. 이미 꽤 오래전부터 나를 만난 남자들의 대부분이 나랑 자는 상상을 했을 테니까."

"…세상은 거짓으로 가득하군요."

"진실을 말하지 않는 게 거짓은 아니잖아."

"그럼 선배는 왜 지금 저랑 만나주고 있는 거죠?"

"왜일까?"

오늘 처음 만난 김은진이라는 선배와 밤길을 걸었다. 선배는 학교에서 이미 나를 본 적이 있다고 했지만, 내가 선배 같은 여자를 보고도 기억 못 할

리는 없다고 했다. 그러자 선배가 묶고 있던 머리카락을 풀고 안경을 꺼내 썼다.

기억난다. 지금처럼 달라붙는 청바지 대신에 넉넉한 면바지를 입고 남학생들이나 입고 다닐 커다란 남방을 걸친 키 큰 여학생이 떠올랐다. 혼자 다녀서 소심한 성격의 동급생인 줄 알았는데….

"아니. 왜 선배가 개론 수업을 들어요?"

"나만 다시 듣는 게 아닐 텐데?"

"아. 그 교수님이 좀 짜다는 소문은 들었어요. 그래도 뭔가 성적에 문제가 있을 것 같지 않은 이미지인데."

"나를 만난 지 한 시간도 안 됐는데, 내 이미지를 결정했니? 조별 과제를 망쳤어."

"아~ 조원들이 도움이 안 됐군요?"

"아니. 내가 거의 참석을 안 했어. 조원들이 내 시간에 맞춰줄 수 없었거든."

"방법이 전혀 없었나요?"

"나 혼자 과제를 제출하고 발표했더니, 교수가 C를 줬어."

"헐. C를 받으면 재수강을 하는 건가요?"

"내 경우에는 그래. 문제는 이번에도 조별 과제가 있을 거고, 난 참석하기 힘들겠다는 거야."

"그럼…."

"꼭 그래서 너를 만나는 건 아니야."

도심의 매캐한 매연과 골목상권에 알코올의 짙은 향기, 그리고 여자들의 화장품과 향수 냄새에 섞인 담배 냄새들, 저녁내 먹은 것들을 쏟아낼 것 같은 남자들의 거친 체취들이 희미해지고 있는 시간이었다.

나는 아직 어디로 가냐고 묻지 않았고, 은진 선배도 그냥 나와 걷고 있었다. 심야버스를 기다리는 사람들을 지나쳐 내 자취방으로 향하고 있었다.

별로 대화가 멈추지는 않았다. 선배는 조별 과제 모임에 참석하기 어려울 정도로 많은 알바를 하고 있었다. 과외를 다니며 남는 시간에 알바를 하려고 직접 가게들을 방문해 시간을 협상할 정도였으며 지금 남자친구는 없다고 했다.

"전 여기에서 자취해요."

"그래. 이제 와서 내가 머뭇거리거나 어색해하는 게 더 이상하겠지."

"…흠. 아닌 거 같아요. 선배. 제가 데려다드릴게요. 어디 사세요?"

"아아."

"조별 과제는 어떻게든 제가 도와드릴게요. 그렇게 많은 알바를 하는 것보다 장학금을 노리는 게 좋지 않을까요?"

"너 착각하고 있구나. 우리 과에서 전액 장학금을 받으려면 얼마나 많은 것들을 포기해야 하는지 알아?"

"이미 장학금을 받고 있어요?"

"약간은. 그리고 전액 장학금을 받을 정도로 노력할 생각도 없고 내가 원하는 재미를 포기할 생각도 없어. 과외를 세 개나 하고 있는 내가 아까 그런 작은 술집에서 그 시간에 일하고 있는 이유가 뭘까? 시간당 급여가 괜찮기도 하지만, 조금만 신경 쓰면 남자애들을 골라 만날 수 있다는 재미가 있지."

"…아아. 어떤 부분을 신경 써서 만나요?"

"우리 학교에 과가 몇 개나 되는지 알아? 우리 과는 네가 처음이야. 딱히 대외적이지 않을 것 같은 녀석이면 충분하지."

"…제가 몇 번째 녀석인지 물어봐도 돼요?"

은진 선배가 손가락을 두 개 펴서 보였다. 마치 승리의 브이 자처럼 보였지만, 은진 선배가 개그에 욕심이 있는 사람으로는 전혀 볼 수 없었다. 스무 명일지도 모른다는 생각에 내가 눈을 휘둥그레 뜨는 모습을 선배가 알아챈 모양이다.

"뭘 상상하는 거냐. 네가 두 번째야. 이런 일을 쉽게 저지를 수 있다고 생각해?"
"왠지 안심되면서도 아쉽네요. 남자친구를 사귀는 게 낫지 않아요?"
"귀찮게 하더라."

나도 은진 선배가 두 번째였다.
그 술집에서 고른 남자 중에 내가 두 번째였다는 사실은 조금 늦게 떠올랐다. 아무래도 내가 좀 급했던 모양이다. 그럭저럭 상식적인 태도를 유지하려 노력했지만, 내 방에 들어오자마자 먼저 씻겠다며 옷을 벗는 은진 선배의 모습을 보고 그럴 수 없었다.
내가 사는 방이다. 지금까지 나만 혼자 사용해왔던 방이다. 어릴 때 민아랑 남자친구에게 빌려주던 그 방이 아니다. 몇 개월 되진 않았지만 애써 찾아오겠다는 친구들을 거부하며 나만의 공간으로 지켜오던 방이었다.
불을 끄지도 않고 딱 달라붙는 청바지를 내리는 은진 선배를 뒤에서 지켜봤다. 하얗고 예쁜 엉덩이가 드러나자마자 은진 선배는 셔츠를 벗고 있었다. 이제 속옷만 걸친 선배가 잠시 멈추고 나를 힐끗 돌아보는 것 같았지만, 곧 손을 등으로 돌려 브라를 풀었다. 나만의 공간에서 한 여자가 곧 전라가 될 것이다.

뒤에서 선배를 안으며 가슴을 만졌다. 그래도 될 것 같았는데, 선배가 부드럽게 내 손을 잡고 돌아서더니 말했다.

"처음이야?"
"아니요!"
"급해?"
"네!"

선배가 엎드렸다. 남은 한 조각은 내가 벗길 수 있었다. 그보다 내 옷들을 벗는 게 더 급했다. 급했지만, 혹시나 해서 물었다.

"그냥 해도 돼요?"
"응."

은진 선배의 하얀 엉덩이 위에 소름이 돋았다.

아직은 햇살이 어깨를 토닥이고 있다. 이제 곧 심각한 열기로 세상의 모든 것들을 후려칠 햇살이 아직은 부드럽게 애무해주고 있었다. 학교 앞 횡단보도의 신호를 기다리는 학생들을 부드럽게 감싸고, 테이크아웃 커피를 기다리는 사람들의 눈살을 간질였다.

이제 막 서쪽으로 기울기 시작한 태양 아래 세상이 점점 더 분주해지는 시간이었다. 난 그 시간에 은진 선배와 섞여 있다. 따가운 햇살을 피한 그늘이긴 했어도 머리 위엔 새하얀 구름이 떠 있었다. 어쩌다 지나는 새들이 훔쳐볼 수 있는 장소에서, 은진 선배의 허릴 붙잡고 새하얀 엉덩이를 내려다보며 넣었다.

은진 선배와 내 자취방에서 네 번이나 했다. 두 번은 내 의지였는데, 세 번째는 은진 선배가 더러워진 내 것을 잡아 세우며 더 할 수 있냐고 했다. 네 번째는 아침에 눈 뜨자마자 은진 선배가 내 걸 넣고 있었다.

아침부터 쥐어짜진 것 같은 쾌감에 당혹스러워하는 와중에, 은진 선배가 아침 수업이 있다며 나갔다. 샤워하며 정신을 차렸고, 나도 아침 수업이 있다는 걸 떠올렸다. 지각했다.

쉬는 시간에, 어제 같이 은진 선배가 일하는 술집에 갔던 녀석이 싸늘한 눈초리로 내게 말했다.

"유성현, 지각한 이유가 은진 선배 때문이라는 말은 하지 마라."

"…그럼 무슨 다른 이유가 있겠냐."

"뭐 했냐?"

"술 좀 마시면서 얘기 좀 하다 헤어졌다."

"아~ 그래서? 어쩌기로 했는데? 그 선배가 너 마음에 들어 한 거 아니었어?"

"야, 이수길. 넌 언제 철들래? 남녀가 그렇게 쉽게 가까워지고 그러는 게 아니라는 걸 몰라?"

"그래? 대학생들은 원래 그렇게 눈 맞으면 화끈하게 근처 모텔에 가서 가까워지고 그러는 거 아니었어?"

"…네놈은 대학 생활을 뭐라고 상상한 거냐?"

"하~ 그래서 내가 여친이 없나?"

"아니. 그건 그냥 거울 봐라."

수길이 이 녀석이 심하게 못나거나 하진 않았다. 그럭저럭 멀쩡하게 생기긴 했는데 뭐랄까 고대 북아시아 전사와 같은 얼굴이라고 해야 하나? (몸도 전사에 가깝다) 조금 촌스럽게 생긴 녀석이다. 특정 취향을 가진 사람들에게 어필할 수 있는 외모라고 볼 수도 있겠지만, 특정 취향이 흔하지 않다는 게 문제겠다.

게다가 이 녀석이 남중남고를 나와서 여자라고는 엄마와 여동생밖에 몰랐고 연애는 이상한 만화책으로 배운 녀석이다. 차라리 드라마나 소설이라도 즐겨 봤다면 나았을지도 모르겠다는 생각이 들 정도로 연애의 현실감각이 떨어졌다.

친구들이 하나둘씩 연애를 시작하는 모습을 보며 몸을 달아있었는데 혼자 해결하는 것 말고는 방법이 없는 녀석이었다. 사실 대부분의 친구가 자신과 같다는 현실은 외면한 채, 누구나 연애를 할 수 있다고 생각하는 것 같다. 그래서 여자와 자연스럽게 대화하는 친구들에게 관심이 많았다.

특히 내가 여자애들과 편하게 지내는 모습을 부러워했다. 더구나 효정이처럼 예쁜 여자애와 친구라는 사실에는 존경스러워하기까지 했다.

"어떻게 저런 애랑 그냥 친구일 수 있는 거냐?"

"그럼?"

"사귀든가 아니면 차였든가? 둘 중 하나여야 하는 거 아니냐? 게다가!"

"게다가 뭐?"

"지금 방금 쟤가 너를 보는 눈빛이! 그랬잖아! 배고픈 고양이! 아니! 그~ 뭐야! 아! 생각이 안 나! 있잖아! 내 성적표를 기다리는 엄마 눈빛? 아…. 아닌데."

"소리 지르지 마라. 고작 생각해낸 게 엄마냐? 무슨 말인지 알겠는데, 아니야. 저마다 다 사정이 있는 거란다."

내가 효정이랑 친구라는 건, 수길이뿐만 아니라 다른 녀석들에게도 논란의 대상이었다. 내가 봐도 대학생이 된 효정이는 상당히 예뻐졌다. 힘든 일을 겪고 더 예뻐진 거 같다. 그런 효정이와 내가 그냥 친구라는 사실이 남학생들을 불편하게 했다. 게다가 이미 접근했던 모든 남학생이 거부당한 터라, 나에 대한 의심이 깊어졌다.

문제는 내게도 있었다. 정말 그냥 아무런 사이도 아닌 것으로 남아야 했다. 내가 마음이 없다면 더 스스럼없이 대하고 깔끔하게 정리했어야 하는 게 맞다. 사실 그럴 생각도 있었고 효정이의 마음을 아프게 하지 않을 방법을 고민하기도 했었다.

어차피 효정이가 내게 노골적으로 고백해온 것도 아니고, 매달리거나 하는 그런 성격도 아닌 거 같으니까 그럴 수 있을 줄 알았다. 그러나 그러지 못했다.

한수진 선생님과 첫 경험을 하고, 또 은진 선배를 통해 여자를 알았다. 전에 볼 수 없던 것들이 보이기 시작했고, 더 많은 것들을 상상하게 됐다. 그냥 티셔츠에 청바지만 입고 있어도 터질 것 같은 효정이의 몸매를 보고 있으면, 효정이와 멀어질 생각은 머릿속에서 지워버리게 됐다.

효정이를 대상으로 이미 많은 상상을 했지만, 전보다 훨씬 사실적인 상상이 가능해졌다. 게다가 나 자신의 마음을 외면할 수만 있다면, 실제로 가능할지도 모르겠다는 상상이 나를 괴롭혔다. 그래서 서로 더 어색해져 버렸다.

효정이에게 메시지가 왔다.

〈오랜만에 술이나 한잔할래?〉

방금 만나서 인사하고 헤어졌는데, 효정이가 메시지를 보냈다. 전 같으면 그냥 앞에서 얘기할 만한 건데, 내가 얼마나 어색하게 굴었으면….

어쨌든 좋다고 답장을 보내려 했다. 효정이에 대한 인간적인 관심이나 호감 따위는 아무래도 좋았다. 효정이의 상황이 가져다줄 골치 아픈 문제들이나 걱정들도 접어뒀다. 방금 인사하며 마주쳤던 효정이의 커다란 가슴만 눈앞에 어른거렸다. 남자친구와 다시 만난다는 송민아는 머릿속에서 지워버린 지 오래다.


"은진 선배다. 안녕하세요!"

"어 안녕."


수길이 녀석이 먼저 은진 선배를 발견하고 인사했다. 나는 효정이에게 메시지를 보내려다 말고 은진 선배에게 인사했다. 은진 선배는 그 특유의 무표정한 얼굴로 대강 고개를 끄덕여줬다. 내게 눈길도 주지 않았다.

170은 충분히 넘을 훤칠한 키에 보기 좋은 은진 선배의 뒷모습을 감상하고 있는데, 수길이 녀석이 내 멱살을 잡고 말했다.


"뭐야? 왜 저 선배가 어제랑 같은 옷을 입고 있냐?"

"윽! 놔! 놓으라고! 멍청아. 뭐가 같아! 바지만 어제랑 같잖아! 티셔츠는 다른 거잖아 이 눈썰미 없는 자식아!"


수길이 녀석이 내 멱살을 놔줬지만, 은진 선배는 어제와 같은 옷을 입고 있던 게 맞다. 내 자취방에서 자고 나왔으니 당연한 일이겠는데, 수길이 이 녀석이 눈썰미가 없는 건 확실하다. 내가 티셔츠가 다르다고 했더니 믿었다.


효정이에게 답장을 보내려다 말고 은진 선배에게 시간이 있냐는 메시지를 보냈다. 은진 선배는 바쁘다며 점심시간 지나서 혼자 있을 때 전화하라고 했다.

어렵게 친구 놈들을 떨어뜨려 내고 은진 선배에게 전화했더니, 대뜸.

[말했니?]

[아뇨. 그냥 술 한 잔 마시고 헤어졌다고 했어요.]

[그래. 그럼 이제 네가 고백했다가 차였다고 해. 그리고 넌 내게 인사도 하지 마.]

[왜요?]

[…너 나랑 하고 싶잖아? 그럼 그렇게 해.]

[제가 선배 좋아하면 안 되나요?]

[…까불지 마. 너 지금 어디니?]


은진 선배가 우리 학교에서 버스정류장으로 두 정거장 지나 있는 편의점 앞으로 나오라고 했다. 선배는 나를 만나자마자 따라오라 했고, 저녁이 되어서야 영업을 시작할 노래방이나 유흥주점들이 있는 건물로 들어갔다. 6층짜리 건물이었는데 엘리베이터를 타고 4층에서 내려 5층을 지나 옥상까지 계단으로 올라갔다.

가까이에 더 높은 건물은 없었지만, 대낮의 환한 옥상에서 선배가 바지를 벗었다. 내가 멍하니 보고만 있으니까, 선배가 내 바지도 벗기고 무릎을 꿇었다.

꼬리꼬리

눈부신 햇살 아래 눈부시게 하얀 엉덩이를 바라보며 한참을 들락거리는데 벽에 기대 엎드린 선배가 말했다.

"하아~ 나를 좋아하면 안 되냐고? 안 돼. 알겠어? 나를 좋아한다면 이럴 수 있겠어?"

"헉헉. 왜요! 이렇게 좋아하면 안 되나요? 선배도 이런 내가 좋은 거잖아!"

"그래! 이게 좋은 거야! 네가 좋은 게 아니라고~ 아아."

"좋아요? 이게 좋아요! 으윽~."


은진 선배는 바지를 올리지도 않고 가방에서 물티슈를 꺼냈다. 그늘이긴 했어도 옥상의 복사열 때문에 땀을 많이 흘려서 땀도 좀 닦아야 했다. 은진 선배가 바지의 단추를 잠그며 바닥에 흘린 것들을 발로 쓱쓱 닦아냈다.

대강 정리하고 내려가려는데, 은진 선배가 담배를 꺼내 물며 내게도 권했다. 나는 괜찮다고 했더니 선배가 담배에 불을 붙이고 말했다.


"멍청하게 굴지 마. 한심한 소유욕 때문에 기회를 날려버린 수많은 남자와 똑같아질 필요는 없어."

"그런 남자들 때문에 세상이 발전한 걸로 아는데요."

"세상을 발전시킨 그런 자들은 평범한 사람들도 자기들처럼 살길 원했지. 다양한 세상의 법칙들을 찾아낸 자들은 그 순간에 쾌감을 느꼈을 거야. 뉴턴은 힘을 예수는 사랑을 부처는 진리를 발견하고 끝내주는 기분을 느꼈겠지만, 너는? 너는 뭐로 그럴 수 있는데? 가질 수 없으면 포기할 줄 알아야지. 그들이 다 가지려고 했겠니?"

"아니. 제가 뭐 대단한 걸 원하는 게 아니잖아요. 선배가 내 여자라면 좋겠다는 게 그렇게 큰 바람인가요? 제가 지구를 정복하겠다는 것도 아니잖아요."

"그러니까 의미가 없다는 얘기야. 사람이 사랑을 한다고? 그냥 뇌에서 일어나는 화학반응이야. 생육하려는 본능이라고. 본능대로 살고 싶어? 사는 게 그렇게 편해? 아니 한가해?"

"뭔가 바뀐 거 같은데요. 지금 우리가 본능대로 하고 있는 거 아닌가요?"

"아니야. 사람이 사람을 만나서 사랑하고 결혼해서 아이를 낳고 기르는 게 본능이야. 사랑 따윈 접어두고 피임할 수 있는 게 문명인이지. 날 가지려 하지 마."

"…선배는 갖고 싶은 남자가 없었어요?"

"…간단히 말할게. 날 원하면 너랑 하지 않을 거야."

모순으로 가득한 말장난이다. 술자리에서 만난 선배들의 개똥철학들처럼 들렸다. 교복을 벗고 처음으로 생각다운 생각을 할 수 있는 여유가 아직 정리되기 전이었다. 순수의 비릿한 흔적이 세상에 녹아들어 사라지기 전이었다. 세상을 용납할 만큼 겸손해지기 전이었다.

아무렴 어떻겠나. 반론하고 내 나름의 철학을 만들 날들은 무수히 많이 남아있었다. 이제 막 성인이 된 주제에 참고 고민할 필요가 느껴지지 않았다. 진리가 중요했다면 절에 들어가 스님이 되거나 신학교에 들어가 신부가 될 생각을 했을 것이다.

내가 사랑했을지 모를 송민아나 나를 사랑하는지 모를 민효정이 나보다 중요하진 않았다. 내 눈을 뜨게 해준 한수진 선생님도 예수님은 아니었다. 더구나 난 이제 막 스무 살이다.

뭘 할 수 있을지를 고민하기보다 할 수 있는 걸 하기로 했었다.

아버지가 민아 아버지의 권유로 시작한 사업이 망하고, 뇌졸중으로 쓰러지기 전까지 그럴 수 있을 줄 알았다. 그 모든 일이 불과 몇 주 사이에 일어나리라는 예상 같은 건 불가능했다. 내 대부분의 기억이 담긴 우리 집을 팔고 작은 집으로 이사했다. 자취는 언감생심 고시원도 구하기 어려워졌고, 집에서 학교까지 2시간 가까이 통학해야 할 지경이다.

용돈이 아닌 삶을 위해 아르바이트를 구해야 했다. 내가 할 수 있는 것 보다 많은 게 필요하다는 걸 알게 되었다. 다른 좋은 것들처럼 좋은 날들 도 그리 길진 못했던 것 같다.

삶의 의미를 찾아야 했다.

# 침운

높다란 아파트 옥상에 창백하게 빛나는 달이 걸쳐 있다.

오랜만에 만난 달의 근처에는 희미하게 빛나는 구름이 지나고 있었다. 바람이 많이 불어서 달을 바라보고 있기 어려웠지만, 눈을 질끈 감았다가 다시 뜨고 달을 바라봤다. 눈이 시릴 때까지 달을 바라보다 눈물이 났다. 눈물을 닦아내고 다시 달을 찾았더니 어느새 달이 아파트 옥상 너머로 숨었다.

유성현에게 전화를 걸려다 그만뒀다. 성현이는 아직 일하고 있을 시간이다. 최근 닥치는 대로 아르바이트를 구하고 있는 성현이는 지금 택배 상하차를 하고 있었다. 5시간을 일하는 파트타임이라고 해도 들리는 소문이 장난 아니었다.

자취를 포기하고 2시간이 걸려 통학을 하던 유성현이 학교 근처 고시원에서라도 살아야겠다고 했다. 시간 대비 효율이 좋은 아르바이트 자리가 필요했던 유성현이 과외 자리를 구했지만, 과외 자리가 그렇게 쉽게 생기진 않았다. 유성현이 택배 상하차라는 아르바이트를 하겠다고 했을 땐, 내가 하는 과외 자리라도 넘겨주고 싶었다.

[유성현. 내가 너 과외 자리 좀 알아봐줄게.]
[괜찮아. 너희 집도 사정이 좋은 건 아니잖아. 네 탓도 아니니까 너무 신경 쓰지 마.]

[아니. 난 그래도 부모님이 방값은 주고 있어. 과외 자리 생기면 꼭 소개해줄게.]

내가 과외 하는 학생의 부모님이 과외를 더 하고 싶으면 소개해주겠다고 했다. 해진이 오빠가 군대에 가고 나면 과외를 더 할 생각이었는데, 그 과외 자리를 성현이에게 소개해주려고 했다. 하지만, 과외를 시키려는 부모님들이 여선생님을 원했다. 아니, 정확히는 내가 해주길 바랐다.

성현이에게 넘겨주진 못했어도 내가 마다할 처지는 아니었다. 그리고 과외 알바를 더 열심히 해야 유성현에게 줄 만한 자리도 생길 것이다. 새로하게 된 과외는 남자 고등학생인 데다 거리도 조금 멀었지만, 일단 해보기로 했다.

귀여운 남학생이길 바랐는데, 덩치가 족히 내 두 배는 될 것 같은 징그러운 녀석이었다. 녀석의 부모님과 마주한 자리에서 바로 일어나 나가고 싶었는데 참았다. 외모만 보고 사람을 판단하면 안 되겠지만, 숨소리가 거슬리는 건 어쩔 수 없었다. 사람과 같이 있는 것 같지 않았다. 게다가 쉴 새 없이 내 몸을 훑는 눈빛은 정말 괴로웠다. 첫 수업을 가까스로 마치고 포기할 생각을 했는데, 이 녀석의 부모님이 잘 부탁한다며 봉투를 주셨다. 조금 더 넣으셨단다.

이미 과외하고 있던 여학생보다 10만 원이 더 들어 있었다. 일부러 현금을 준비하신 거 같았다. 아마도 이미 다른 과외교사들을 구해봤던 모양이다. 그 집을 나와 엘리베이터를 타고 내려오면서 녀석의 숨소리는 잊었다. 내 손에 들려 있던 돈 봉투를 가방에 넣었다. 밖에 나오니 달이 밝았다.

유성현을 걱정하고 있었는데, 해진이 오빠에게 문자가 왔다.

〈과외 끝났어?〉

〈응. 이제 집에 가.〉

〈치킨 시킬게.〉


입대 때문에 휴학한 해진이 오빠는 요즘 거의 매일 내 자취방에 찾아왔다. 몇 번이나 헤어지기를 반복하면서 오빠가 점점 좋은 사람이 되려고 노력하고 있었다. 보통은 군대 가기 전엔 엉망이 된다던데, 해진이 오빠는 달랐다.


전처럼 만나자마자 하려고 하지도 않았고, 자극적인 말들과 이상한 요구를 하지도 않았다. 몇 번이나 헤어지고 나서도 용서해준 내게 진심으로 감사하는 것 같았다. 결국 나밖에 없다고 말하는 오빠에게 나도 고마우면서도 조금 섭섭했다.

얼마나 많은 여자를 만나고 다녔기에 나밖에 없다는 말을 하는 건지 마음이 쓰렸다. 내가 알고 있는 것들만 해도 한 둘은 아니었다. 그런 사람이 이제 와서 나밖에 없다고 말하는 것에 감동할 수는 없었다. 나는 어차피 오빠밖에 없었다.

몇 번이나 헤어지면서도 다른 남자를 만나지 않았다. 외로움을 채워줄 유성현이 있어서 그랬는지도 모르지만, 절대로 이성적인 관계는 아니었다. 유성현은 그냥 친구였다.


씻고 나왔더니 오빠가 치킨을 먹다 말고 말했다.


"과외 꼭 해야 해? 나 곧 군대 가는데, 우리 좀 더 같이 있으면 좋겠어."

"하던 과외는 계속해야지 미안하잖아."

"그렇겠지? 역시 우리 민아는 착해. 너무 착해서 탈이야."

"뭐가 착해. 내가 아쉬우니까 그렇지."

"아~ 맞아 민아 너 요즘 옷도 잘 안 사더라? 집에 무슨 일 있어?"

해진이 오빠한테 집안 사정을 얘기하지 않았다. 말을 꺼내면 스스로 불편해지는 일이고 도움이 필요한 정도는 아니라서 말하지 않았다. 정작 도움이 필요한 성현이도 주변에 도움을 요청하지는 않는 것 같은데, 내가 곧 군대 갈 오빠에게 말할 필요는 없다고 생각했다.

일부러 오빠 앞에서는 어두운 티를 내지 않으려고 했다. 아빠가 하는 사업이 요즘 별로 좋지 못한 거 같지만, 나는 그냥 잘 모르겠다고 했다. 그래도 티가 나기 마련이라, 내 자취방에 먹을 만한 것들이 별로 남지 않았고, 과하게 사뒀서 남아돌던 생필품도 조금 부족했다.

"민아야~ 샴푸가 별로 안 남은 거 같아서 같은 걸로 사 왔어. 캔 참치랑 티슈도 사 왔는데, 뭐 더 필요한 거 없어? 요즘 내가 자주 오니까 사다 줄게."

"그럴래? 음~ 뭐 그냥 군것질거리나 사 와."

가끔은 해진이 오빠가 용돈도 줬다. 적당히 마다하면서도 받을 수밖에 없었다. 내 부족함을 채우려기보단 내게 생긴 여유를 성현에게 주고 싶었다. 그동안에는 내가 풍족해서 몰랐는데, 해진이 오빠가 좀 잘사는 것 같다.

나도 치킨을 먹으려고 오빠의 곁에 앉았더니, 오빠가 내 침대 밑에 뒀던 쇼핑백을 꺼냈다. 비싸고 예쁜 가방이었다. 좋았지만 난 이런 걸 어떻게 들고 다니겠냐고 했다. 이런 가방과 어울리는 옷이 내게 없었다. 오빠가 환하게 웃으며 말했다.

"내가 군대 갔다가 오면, 너도 이런 가방이 어울릴 거야. 그리고 또 선물이 있지!"

해진이 오빠가 내게 카드를 줬다. 이 가방과 어울리는 옷을 사라고 했다. 내가 부담스럽다고 했더니, 막 웃으면서 그 카드에 100만 원밖에 없다고 했다. 자긴 군대 갈 때까지 쓸 돈이 충분하다며 이 체크카드는 내가 쓰라고 했다. 오빠는 내게 주는 돈이 적다고 생각하는 모양이다.

"미안해~ 그 가방 진짜 비싸더라. 내가 무리 좀 했어. 그래서 돈이 그거밖에 안 남았어!"
"뭐야~ 그렇다고 나한테 이 돈을 왜 줘."
"거기다 좀 보태서 그 가방에 어울리는 옷 좀 사 입고 면회 와~ 그럼 진짜 좋을 거 같아."
"그냥 청바지에 티셔츠 입고 이 가방에 김밥 담아서 갈 거야."
"그래도 좋지~ 네가 뭔들 안 어울리겠냐. 아~ 뭐 조르면 아빠한테 돈을 더 받아낼 수 있겠는데~ 뭐든 적당해야겠지 않겠어? 군대 가기 전에 친구들이랑 실컷 놀라고 준 돈이거든."

고마웠고 좋았는데 뭐라 표현하기 힘들었다. 오빠에게 받기만 하면서 성현이를 걱정하는 내가 미안했다. 치킨을 먹는 대신 오빠의 입술에 키스했다. 오빠의 입에서 치킨 맛이 났다. 팔을 뻗어 오빠의 반바지 속으로 손을 넣었다. 내겐 너무 익숙한 그것을 쥐고 주물렀다.
한참을 키스하다 내가 먼저 오빠의 반바지를 벗기고 입에 물었다. 오빠가 내 머리카락을 헤집으며 크게 한숨을 내쉬었다. 정성껏 물고 빨다가 줄기를 핥으며 오빠를 올려다봤다. 오빠가 눈을 감고 있기에 나도 다시 눈을 감고 혀로 감쌌다.

오빠가 가만히 있어서 좀 더 그렇게 물고 있었다. 혀로 끝의 틈을 찌르기도 하고 이어지는 부위를 핥기도 하는데, 오빠가 다시 크게 한숨을 내쉬고 말했다.

"요즘 그 동네 친구랑 자주 연락하는 거 같더라. 하아."

입에 물고 있는 것이 있으니 대답할 수도 없었고 별로 대답할 말도 없었다. 내가 가만히 계속 입안의 것에 집중하고 있으니까, 오빠가 다시 말했다.

"전에 보니까 그 친구도 여자친구 있는 거 같더니, 헤어진 거야? 너도…. 나랑 헤어졌을 때, 그 친구랑 자주 만나게 됐지?"
"…"
"괜찮아. 난. 너 믿어. 그래도 내가 군대 가야 하니까 조금 걱정된다."

뭔가 대답하려다가 그만뒀다. 그냥 계속 오빠를 기분 좋게 했다.

다음날 유성현에게 전화했다. 잠깐 만나자고 했지만, 저녁에 알바를 하는 성현이랑 시간을 맞추기가 어려웠다. 내가 줄 게 있어서 유성현의 고시원 방 비밀번호를 가르쳐달라고 했다. 우리는 전에 집 비밀번호도 공유하던 사이라, 성현이가 고민도 안 하고 내게 비밀번호를 가르쳐줬다.

성현이가 사는 고시원 방은 정말 작고 낡은 방이었다. 창문도 없어 방안에서 냄새가 좀 났다. 쌓여있는 옷가지들 위에 들고 온 참치캔 박스를 올려놨는데, 옷들을 세탁하지 않은 것 같았다. 남자 속옷은 좀 부담스러워서 티셔츠들과 바지들만 들고 근처 빨래방에 다녀왔는데, 결국 성현의의 속옷도 빨아줘야 했다. 성현이에게 내가 세탁을 해주고 간다는 문자를 남겼더니, 간단히 고맙다는 답장이 왔다. 미안해하거나 그러는 것보다 더 마음 아팠다.

지갑에서 현금을 모두 꺼내 베개 위에 두고 나왔다. 현금을 좀 찾아올 걸 그랬다.


오늘도 해진이 오빠가 내 자취방으로 오겠다고 했다. 어차피 거의 매일 오고 있으면서 미리 연락도 해주고 뭐 필요한 게 없냐고 한다. 나도 모르게 내가 필요한 것보다 성현에게 뭐가 필요할지 떠올렸지만, 해진이 오빠에게는 필요한 게 없다고 대답했다.


오랜만에 해진이 오빠와 영화를 보러 다녀왔다. 해진이 오빠가 전처럼 영화관에서 날 건들거나 그러지 않았다. 얌전히 영화만 볼 수 있었는데도 영화의 내용이 별로 기억나질 않는다. 오빠가 나보고 재미없었냐고 물어보기에 그냥 몸이 좀 아픈 거 같다고 했다.

몸이 아프다는 생각을 하니까, 실제로 아파졌다. 아직 그 날짜가 아닌데도 몸이 불편하고 몸살이 오는 것 비슷하게 아팠다. 오빠가 병원에 가자고 했지만, 그냥 좀 쉬면 괜찮아질 것 같았는데, 다음 날 아침에는 변기에 구토까지 했다. 오빠랑 병원에 가서 진찰을 받았다. 의사 선생님이 이유를 모르겠다며 큰 병원에 예약을 해주셨다.


성현이에게서 전화가 왔다.


[쏭! 뭐 나한테 용돈까지 주고 갔냐?]
[사는 꼬락서니가 하도 거지 같아서 던져놓고 왔다. 더 필요해?]
[됐거든? 나 이제 창문도 있고 좀 더 큰 방으로 옮길 수 있거든? 내가 요

즘 매일 일 나가잖아. 돈 걱정은 안 해도 괜찮아!]

[매일? 거기 엄청 힘들다고 그러지 않았어?]

[그랬지. 그런데 이제 내가 분류 쪽으로 빠져서 괜찮아~ 여기 반장님이 날 좋아하는 거 같아.]

[그래? 그건 좀 쉬워? 다행이네. 그럼 돈 도로 내놔!]

[어? 쏭! 치지직 치칙 치지직~ 잘 안 들려! 뭐라고? 치치직~ 끊을게!]

유성현이 입으로 잡음 소리를 내며 전화를 끊었다.

예약해뒀던 큰 병원은 가지 않아도 괜찮아졌다. 덩치 크고 징그러운 녀석의 과외도 걱정보다 괜찮았다. 숨소리만 좀 참을 수 있으면 될 만큼 순진한 녀석이었다. 녀석은 나보다 엄마가 가져다주는 간식에 더 관심이 많은 것 같았다.

해진이 오빠는 나랑 지금까지 만났던 기간들 중에 가장 연인 같은 기분이 들게 해줬다. 오빠가 입대하는 날에는 눈물을 참지 못할 정도였다. 유성현은 정말로 더 크고 괜찮은 고시원 방을 얻었고, 곧 다시 원룸을 구할 수도 있겠다고 했다.

최악의 시간은 지난 줄 알았다.

많이 가벼워진 화장품의 뚜껑을 열어 바깥쪽에서 안쪽으로 살짝 찍어 손가락에 묻혔다. 다른 것들은 몰라도 화장품은 항상 미리 사두는 편이었는데, 이번에는 조금 늦었다. 가볍게 화장하려고 해도 립스틱은 포기할 수 없다. 어느새 립스틱도 다 닳았다.

"민아야, 어디 아파?"
"예? 아니요?"
"남자친구 군대 갔다며? 그래서 아픈 거 아니야? 그러니까~ 사랑을 받지 못해서?"

학교에서 대강 알고 지내던 복학생 선배가 말한 게 신경 쓰였다. 그렇지 않아도 나를 보는 눈빛이 음흉해서 신경 쓰였는데, 그런 사람의 말이라 성추행처럼 느껴졌다. 아침을 학교에서 먹으려고 조금 서두르다 립스틱도 바르지 않고 나왔을 뿐이었는데….

전에는 아침을 거르는 게 일쑤였는데, 이상하게 요즘엔 아침을 먹지 않으면 허전했다. 끼니 따위를 딱히 신경 쓰지 않았고, 어쩐지 식사를 거르면 다이어트를 한 기분이 들어 가볍기도 했었다. 배가 부르도록 음식을 먹고 나면 후회 때문에 기분이 상할 정도였는데, 이젠 든든히 먹는 게 좋았다.
가끔 수업에 늦으면 자취방에서 코앞의 학교까지 콜택시를 불러 가기도 했지만, 이제 그런 일이 사치라는 걸 알고 서두른다. 하루에 쓰는 돈을 꼼꼼히 예상하고 최적의 방법을 찾았다. 그래도 항상 조금 모자랐다.

친구들이 학교 근처에 즉석떡볶이 집이 새로 생겼다며 같이 가자고 했다. 내가 오늘은 떡볶이가 별로 끌리지 않는다고 했더니, 외계생명체를 발견한 표정으로 내게 괜찮으냐고 물었다. 그냥 좀 기운이 없어서 학교 식당에서 점심을 때우자고 했다. 애들이 그럴 수도 있다며 고개를 끄덕이고 가끔 그렇게 양도 많고 좀 심한 날이 있단다. 여자나 남자나 모든 문제를 생리적인 이유로 몰고 가는 이유를 모르겠다. 학교 식당에서 내가 밥을 많이 뜨니까, 자기는 그날에 식욕이 없다는 애도 있었고 그럴수록 든든히 먹어야 한다는 애도 있었다. 참 잘도….

밥을 먹고 나오는데 엄마한테 전화가 왔다.

[점심 먹었어?]

[응~ 엄마는?]

[먹었어. 딸~ 요즘 성현이랑 연락해?]

[가끔?]

[아니~ 요즘 엄마가 성현이네 엄마랑 같이 일 다니고 있잖아? 그런데 성현이네 엄마가 오늘 일을 안 나왔네? 전화도 안 받고~ 무슨 일 있는 건지….]

[내가 성현이한테 연락해볼게]

[응. 엄마가 좀 전에 연락했는데 성현이도 전화 안 받더라고~ 내 전화번호가 저장 안 돼서 그럴지도 모르니까. 네가 한번 전화해볼래?]

성현이네 아빠 사업이 망한 것에는 우리 아빠의 책임이 컸다. 우리 집도 상황이 많이 나빠졌지만, 성현이네는 아빠가 쓰러지셔서 상황이 훨씬 나빴다. 그래도 너그러운 성현이네 엄마 덕분에 두 집안 사이가 심각해지지는 않았다. 우리 엄마와 성현이네 엄마가 같이 공장에서 일했다.

엄마의 말뿐일지도 모르지만, 아는 사람의 소개로 일하는 공장이라 많이 힘들진 않다고 했다. 내가 걱정할까 봐 그렇게 말했을 것이다. 평소에 집 안 청소나 빨래하는 것만 가지고도 항상 투덜거리던 엄마가 괜찮다고 말하는 건 어울리지 않았다. 사실상 두 집안의 사업을 복구하려 정신없는 아빠가 집안일을 도울 수 없으니까, 엄마가 괜찮을 리 없다.

성현에게 전화했는데 받지 않았다. 수업 중인 거 같아서 문자를 남겼는데도 답장이 없었다. 내가 수업이 다 끝나고도 연락이 없어서 다시 전화했는데 받질 않았다. 걱정되기 시작했다. 성현이가 사는 고시원에 가봤는데 성현이는 없었다. 다시 또 전화하고 문자도 남겼다.

징그러운 녀석의 과외를 하러 가야 하는 날인데, 성현이가 걱정되어서 도무지 과외를 하기 어려울 것 같았다. 녀석의 엄마에게 전화를 걸어 갑자기 몸이 안 좋아져서 과외를 하기 힘들겠다고 했다. 과외를 할 때 가장 꼭 지켜야 할 일이 수업시간을 지켜주는 건데, 처음으로 그걸 어겼다. 당연히 징그러운 녀석의 엄마 목소리는 기분이 나쁘게 들렸다.

[그럼 언제 보충해주실 건가요?]
[내일 괜찮으세요?]
[내일은 내가 일이 있어서 집을 비워요. 토요일 3시쯤이 좋을 거 같은데.]
[아. 제가 그 시간에 다른 과외가 있어서요. 일요일은 어떠세요?]
[일요일엔 가족 모임이 있어서 어려워요. 차라리 다음 주 시간에 더해서 하는 게 편하겠네요.]
[…그냥 제가 내일 하는 게 좋을 거 같은데, 내일 늦으시나요?]
[음. 가봐야 알 거 같은데, 그래요. 그럼 내일 오세요. 내가 좀 일찍 들어오죠.]
[정말 죄송합니다.]

대답 없이 전화가 끊겼다. 성현이한테 다시 전화를 걸려다가 엄마에게 먼저 전화를 걸었다. 이젠 우리 엄마도 전활 받지 않았다. 가슴이 답답해지다가 머리까지 아파오려는데 엄마한테서 전화가 왔다.

[전화했어? 엄마 방금 들어와서 씻고 있었어. 저녁은 먹었어?]

[지금 밥이 중요해? 성현이 엄마는? 연락됐어?]

[응? 아~ 성현이랑 통화 못 했니? 엄마는 연락받았어. 성현이 엄마 계단에서 넘어져서 다리를 좀 다쳤다더라? 많이 다친 건 아니래~. 그보다 휴대폰이 망가져서 성현이랑 같이 병원에 갔다가 휴대폰 새로 사서 집에 갔다던데? 뼈에는 이상이 없다더라고~.]

대답 없이 전화를 끊었다. 나도 모르게 휴대폰을 던지려던 걸 가까스로 참았다. 다시 유성현에게 전화를 걸었지만, 여전히 받지 않았다. 아마 지금은 일하고 있느라 받지 못하는 것 같았다. 휴대폰을 부술 듯 붙잡고 있다가 유성현에게 문자를 보냈다. 할 말이 있으니까 전화 좀 하라고 메시지를 보냈다.

유성현에게 전화가 온 건 그러고도 한참이 지나서였다. 방안의 그 어느 것도 부수지 않았고, 혼자 고함을 지르거나 화병으로 쓰러지지 않은 자신을 칭찬하며 유성현의 전화를 받았다.

[쏭~ 미안! 오늘 좀 바빴다. 걱정했지? 별일 아니야~. 엄마가 조금 다치셨는데~ 하루나 이틀 정도 쉬면 괜찮을 거래~. 내가 하필 엄마를 데리러 가는 길에 휴대폰을 버스에 놓고 내렸잖아~. 휴~ 오늘 일 다 얘기하면 진짜 정신없다. 내 휴대폰도 찾았고 우리 엄마도 괜찮아! 참! 좋은 소식! 우리 아버지 곧 퇴원할 수 있을 거 같아. 뭐~ 집에서도 쉬긴 해야겠지만, 천천히 움직일 수 있나 봐~. 어이~ 쏭 듣고 있어?]

대답하지 못하고 전화를 끊었다. 잠시 뒤에 유성현이 미안하다는 둥 삐졌냐는 둥 나를 달래는 메시지들을 보내왔지만, 울고 있느라 확인한 건 한참이 지나서였다. 성현에게 나가 죽으라는 의미의 욕설을 메시지로 보내려다 그만뒀다.

스트레스 때문에 피곤했는지, 걱정이 해소되어 긴장이 풀린 탓인지, 잠은 아주 잘 잤다. 오랜만에 꿈도 꿨다. 해진이 오빠의 품에 안겨 있는 꿈을 꿨는데 아침에 집에서 나오다가 우편함에 편지가 있는 걸 발견했다. 해진이 오빠가 훈련소에서 보낸 편지였다.

처음 보낸 편지는 주소를 잘못 적어 반송되었다는 이야기로 시작된 편지는….

해진이 오빠의 글씨가 엄청 예쁘고 그렇지는 않았다. 편지의 내용도 조리 있게 잘 쓰진 않았다. 야간에 근무를 서다가 창밖으로 보이는 달을 보며 나를 생각했다는 내용은 유치하기 짝이 없었다. 몇 번이나 반복해서 내가 보고 싶다는 이야기가 두서없이 적힌 편지였다.

평생에 유일하게 만나온 남자다. 그러면서도 아직 서로를 전부 알지 못하고 몇 번이나 헤어졌다 만나기를 반복했던 남자다. 그 남자가 나도 보고 싶었다. 더 없이 외로워 곁에 있는 해진이 오빠를 상상했다.

수업시간 내내 해진이 오빠와 함께 있던 시간을 떠올리고 있었다. 오빠와 같이 있는 시간의 대부분에 뭘 했는지….

"송민아! 뭐해? 수업 끝났어! 점심 먹으러 안 가?"

"응?"

"뭐야~ 어디 아파? 얼굴이 엄청 빨간데?"

오늘은 꼭 떡볶이를 먹으러 가자는 친구들에게 미안하다 말하고 학교를 나왔다. 오후에 교양수업이 있지만, 오늘은 별로 듣고 싶지 않았다. 밥맛도 없었다. 어서 자취방에 가서 하고 싶은 게 있었다. 방에 들어가자마자 휴대폰을 끄고 옷을 벗어 던지며 침대에 누웠다.

샤워하고 나와 휴대폰을 켰는데 유성현에게 메시지가 와 있었다. 어제 일이 미안했다며 저녁이라도 같이 먹자고 했다. 머릴 말리고 유성현에게 전화를 걸어서 약속을 잡았다. 유성현이랑 그렇게 오랫동안 알아왔지만 오늘처럼 기대되는 날은 처음이었던 것 같다.

유성현을 만날 때 일부러 옷을 골라 입은 적은 없었는데, 요즘엔 자주 입지 않았던 치마도 입고 해진이 오빠가 사줬는데 딱 한 번만 입었던 셔츠도 입었다. 조금만 고개를 숙이면 브라 끈이 보일 지경이라 입지 않았는데, 다시 다른 옷으로 갈아입으려다 그냥 입고 나왔다.

"유성현. 오늘은 일 안 나가?"

"오늘 학교 일 때문에 좀 늦을 거 같다고 했어. 나 이제 거기서 꽤 인정받는다니까? 나 없으면 여러 사람 힘들어지거든~."

"뭐야~ 너 없으면 여러 사람 힘들어진다면서 늦어도 괜찮아?"

"이렇게 한 번씩 빠져줘야 내가 소중한 줄 알지. 내가 해주는 일을 당연하게 생각한다니까?"

"참나~ 유성현이 이제 제법 어른들 흉내도 내고 그러는 거야?"

"쏭~ 너도 저녁에 과외 있지 않아? 오늘은 없어?"

있다. 어제 못한 징그러운 녀석의 과외를 가야 한다. 우리가 언제부터 저녁을 먹으며 이후의 스케줄을 걱정했던가. 유성현이 아무리 이제 편하다지만 택배 상하차를 가야 하고, 난 잠시도 같이 있고 싶지 않은 녀석의 과외를 하러 간다.

이 허름한 고깃집에서 삼겹살을 구워 먹는 시간이 너무 아쉬웠다. 아마도 이렇게 소주가 간절히 필요했던 적이 있었을까? 유성현이 그런 내 마음을 알아챘는지 피식 웃으며 말했다.

"소주는 좀 그렇고~ 아쉬운데 우리 딱~ 맥주 한 잔만 마시고 일어날까?"

내가 너무 빨리 고개를 끄덕이지나 않았으면 다행이겠다. 세상세상 그렇게 시원한 맥주는 처음 마셔본 것 같았다. 우리는 순식간에 병맥주 한 병을 비웠고, 서로 괜찮겠냐며 한 병을 더 주문해서 마셨다.
당연히 그 정도로 취하지는 않았지만, 술기운이 없지도 않았다. 덕분에 둘 다 조금씩 서둘러야 했다.

"쏭. 너 그러고 과외 갈 거야?"

유성현이 내 옷차림을 살피며 말했다. 평소에는 내가 입은 차림새를 잘도 칭찬해주던 녀석이 오늘따라 아무 말도 꺼내지 않더니, 헤어질 무렵에서야 내 걱정을 했다.

"왜? 쫌 쩔어?"
"아니, 진짜 좀 그렇지 않아? 괜찮아? 그 애 부모님이 보면."
"으이그~ 별 걸 다 걱정한다!"

그제야 그 징그러운 녀석의 부모님이 오늘 늦는다는 걸 떠올렸고, 이런 차림새로 녀석과 단둘이 있어야 한다는 걱정을 했다. 나는 괜찮다고 했지만, 유성현이 조금만 기다리라 말하고는 길거리에서 파는 티셔츠를 하나 사서 돌아왔다.

"어머. 유성현. 내 가슴이 문제였어? 그럼 다리는?"

"그거라도 걸쳐. 치마는…. 아 몰라 나 늦었어. 간다~ 수고해!"

유성현이 사다 준 티셔츠를 입으니까 치마가 짧아서 하의 실종 패션처럼 보였지만, 이 정도면 괜찮겠다는 생각으로 과외를 하러 갔다. 지하철에서 내릴 즈음에는 내 차림새보다 고기 냄새가 더 문제라는 걸 깨달을 수 있었다.

초인종을 누르니 그 징그러운 녀석이 현관문을 열어줬다. 녀석은 나를 보자마자 눈이 휘둥그레져서 말했다.

"와~ 쌤? 저 한 번만 안아주면 안 돼요?"
"뭐?"
"쌤 고기 먹었죠? 장난 아니다~ 와 고기 냄새 너무 좋아~"

이 돼지 인간의 부모님이 요즘 먹을거리를 단속하고 있단다. 이 녀석의 식습관을 고치려는 것 같은데, 덕분에 이 녀석은 나를 고기 냄새로 가득한 고기로 대했다.

"고기가 그렇게 좋니?"
"네!"
"안아줘?"

실수다.

동년배 남자애들을 조금 무시했다. 해진이 오빠와 조금 일찍 시작했던 것도 그렇고, 항상 곁에 있었던 성현이 때문이라도 그랬다. 무시했다기보다 어리게 봤다는 게 어울리겠지만, 별반 다르진 않다. 그렇다고 꼭 내가 가진 환경적 특징들 때문에 그런 건 아니다. 주변의 다른 여자애들도 대체로 남자애들을 무시하는 편이었다.

정확히 어떤 이유로 무시하고 있는지 설명하기 시작하면 내 수준을 스스로 끌어내리는 기분이 들었다. 딱히 무시할 만한 이성적인 이유는 떠오르지 않지만, 남자애들은 분명히 철없어 보였고 어리석은 행동을 마다하지 않았다.

곰곰이 생각해볼 것도 없이 남자애들의 행동이나 말들이 무시당할 만한 것들은 아니라는 걸 알고 있었다. 남자애들의 이해하기 어려운 승부욕이나 어처구니없이 급격한 행동 패턴에도 죄다 이유가 있다는 것쯤은 알 수 있었다. 여자애들의 식욕이나 반짝거리는 걸 좋아하는 것 정도로도 충분히 비교 이해가 가능했다. 본능적인 차이를 비난하거나 무시해서는 안 된다는 걸 알았지만, 남자애들을 무시했다.

기나긴 세월 동안 진화과정에서 만들어졌거나, 신이 그렇게 제작한 걸 거스르긴 힘들었다. 남자들을 두려워하지 않으려면 어쩔 수 없었다. 세상의 반이나 차지하고 있는 존재들 때문에 겁에 질려 살 수는 없다.

소극적인 저항이자 거대한 파도를 막기 위한 방파제였다.

문제는 소극적인 저항일 뿐이라는 것과 때론 파도가 방파제를 넘는다는 점이다. 적극적으로 저항하기 위해선 결과에 대한 공포를 분명히 인지하고 있어야 하며, 방파제를 넘는 파도가 두렵다면 파도가 닿지 않는 곳을 찾아야 했다.

이 징그러운 녀석을 안아주는 순간 가능해질 수 있는 공포를 인지했다.

방파제를 넘는 파도가 눈앞에 있었다.

장난이었던 것처럼 녀석을 떼어내고 싸늘하게 웃어주는 게 최선이라는 걸 알았다. 방파제가 되어줄 책상을 사이에 두고 떨어져 앉아야 했다. 그러나 녀석의 가슴에서 뛰는 심장 소리를 들을 수 있었고, 내 등을 감싸 안는 녀석의 두 팔 안에서 작은 숨을 내쉬었다. 뚱뚱하고 징그러운 녀석의 가슴에 내 숨이 번져 내 뺨에 느껴졌다.

"으~ 자~ 이제 좀 떨어져."
"쌤 좀만 더요. 아~ 냄새 너무 좋다."

이젠 안다. 녀석이 내게서 나는 고기 냄새가 좋아서 이러는 게 아니라는 걸 안다. 아니, 이미 알았는지 모른다. 그러나 나는 이미 알았다는 건 거부하며 자신의 행동을 납득시켜야 했다. 녀석을 안아주자마자 나는 허릴 뒤로 빼야 한다는 걸 알았지만, 더 이상 어색해지는 걸 피하려고 가만히 있었다. 애써 내 배에 닿는 걸 무시했다.

"떨어져!"

녀석을 밀치고 떨어지며 안도했다. 다행히 이제 다시 녀석을 무시할 수 있게 되었다. 내 힘으로는 녀석이 강제하려는 힘을 당해낼 수 없다. 그다지 힘껏 밀친 게 아니었지만, 녀석이 힘없이 떨어져 줬다.

좀 전에 들었던 녀석의 심장 소리 때문이었는지, 내 심장이 너무 빨리 뛰는 걸 진정시켜야 했다. 애써 침착한 표정을 지으며 평소에 앉았던 녀석의 책상 모서리에 있는 의자에 앉았다. 가까스로 말을 해도 될 만큼 침착성을 되찾고 말했다.

"어서 앉아. 공부 열심히 하면 선생님이 나중에 고기 사줄게."

"진짜요?"

"그래! 그리고 너 선생님을 그렇게 세게 안으면 어떡해! 아프잖아!"

"아~ 죄송해요. 그런데 선생님이 저 과외비 받아서 고기 사주면 남는 게 있어요?"

"네가 걱정할 일이 아니거든?"

"제가 얼마나 많이 먹는지 모르시는구나? 그리고~ 얼마나 열심히 해야 고기 사주는데요?"

"그건~ 그래! 그럼 너 다음 모의고사 때 반 등수 10등 올리면 고기 사줄게"

"네? 그럼 저보고 10등 안에 들라는 건데~ 안 사주겠다는 얘기랑 같잖아요?"

"알았어! 그럼 5등 올려. 그 정도는 해야지."

"좋아요. 그런데 저 진짜 많이 먹거든요?"

"알았어. 알았으니까, 이제 책 펴."


녀석이 의욕적인 태도로 책을 펴며 내가 앉아있는 책상 모서리 쪽으로 가까이 다가왔다. 녀석의 무릎이 내 다리에 닿았고, 내가 다리를 피하느라 비스듬하게 앉아야 했다. 좀 떨어지라는 말을 하는 게 나았겠지만, 애써 공부 쪽으로 분위기를 가져왔는데 다시 좀 전의 분위기가 되는 게 싫었다.

꽤 간단한 공식이 만들어진 이유를 설명하기 시작하자마자, 녀석의 시선이 책 대신에 내 다리에 있다는 걸 알았다. 녀석의 다리에 닿는 게 싫어 비스듬하게 앉는 바람에, 녀석은 고개만 돌려도 짧은 치마 아래로 드러난 내 다리를 볼 수 있었다. 그런 시선을 느끼지 못하는 여자는 없다.

"너 뭐 하니?"

"아. 죄송해요. 쌤 다리가 너무 예뻐요."

"뭐?"

한계를 넘었다. 이제 더 이해해줬다가는 내가 녀석을 무시하는 대신, 녀석이 나를 무시하게 될 것이다. 난 곧바로 자리에서 일어나 가방을 챙겼다. 녀석이 죄송하다며 내 팔목을 잡았는데, 힘껏 풀어냈다. 어설프게 휘둘러선 녀석의 힘을 이겨내기 힘들다.

방문을 열고 나가려는데 녀석이 내 두 어깨를 잡아 돌려세웠다. 그대로 녀석의 뺨을 후려치는 게 가장 적당한 대응이겠지만, 녀석의 거대한 가슴 팍이 시야에 들어왔고 그 위에 달린 얼굴을 보며 그런 용기를 내긴 어려웠다. 이놈이 이성을 잃었을지도 모르는 상황에 그럴 수는 없었다.

"죄송해요! 쌤! 다신 안 그럴게요!"

"놔."

최대한 침착한 목소리로 말하려 했지만, 울먹이지나 않으면 다행이겠다. 이젠 녀석의 가랑이 사이를 힘껏 차주고 도망갈 궁리까지 했는데, 녀석이 내 두 어깨를 놓으며 무릎을 꿇고 말했다.

"제가 미쳤어요. 정말 죄송해요. 한 번만 봐주세요."

다행이다. 이제 그냥 나갈 수 있겠는데, 혹시라도 이 녀석의 마음이 바뀌지 않을까 두려웠다. 녀석에게 일어나라고 했다. 녀석이 무릎을 꿇고 올려다보는 시선이 닿는 곳이 싫었다. 가방을 앞으로 들어 다리 사이를 가리긴 했어도 당당해 보이지 못하는 내 자세가 싫었다.

"자리에 앉아."

녀석이 순순히 자리에 앉으니까 나도 다시 앉아야 했다. 이 상황이 너무 싫었지만, 어쨌거나 난 이 녀석의 선생님이고 잘못된 가르쳐야 했다. 다행히 녀석은 온몸으로 잘못을 반성하고 있다는 태도를 보여주고 있었다(그 커다란 몸을 최대한 움츠리고 두 손은 다리 사이에 모았다).

"너 무슨 잘못을 했는지 알지? 난 여자이기 전에 선생님이야. 알았어?"
"네. 죄송해요. 제발 우리 엄마한테만 말하지 말아 주세요. 다신 안 그럴게요."
"왜 그랬어?"

엉망이다. 내가 여자이기 전에 선생님이라는 말부터 잘못되었다. 흥분을 가라앉히지도 못하고 위엄을 보이느라 멍청하게 시작한 대화는 '왜 그랬냐?'는 한심한 대화로 이어졌다. 이미 답을 알고 있는 질문은 할 필요도 없고 해서도 안 된다.
스스로 상황을 꼬이게 하는 일이다. 그러나 녀석은 변명할 기회를 얻었고, 난 막지 못했다.

"저도 제가 왜 그랬는지 모르겠어요. 안 그러려고 그랬는데 또."
"또?"
"전에 과외 해주던 선생님도 그래서 그만뒀어요. 아버지한테 죽도록 맞고 한동안 남자 선생님한테만 배웠는데… 성적이 더 떨어지니까… 죄송합니다."
"그럼 이제 나도 그만둘 차례겠네. 너도 이해하지?"
"아뇨! 제발요. 제가 정말 죄송해요. 다신 안 그럴 테니까 그만두지만 말아 주세요."

"두 번이나 그랬던 너를 어떻게 믿니?"

"절 안아준 건 선생님이 처음이에요. 전에는 제가 안았다가 선생님이 그만뒀는데, 쌤은 먼저 안아줘서⋯. 그래서 괜찮은 줄 알았어요. 아니. 죄송해요. 괜찮은 게 아니라⋯. 모르겠네요. 죄송해요."

"내가 널 안아준 건! 하~ 그럴 수도 있는 거야. 하지만 넌 나한테 그런 말을 하면 안 돼."

수렁으로 발을 넣은 격이다. 이 녀석은 내게 다리가 예쁘다는 말을 했을 뿐이다. 게다가 안아준 건 나였다. 딱히 잘못을 나무라고 과외를 그만두겠다는 말을 얘 부모에게 말하기 어렵다. 이미 논리는 내 곁을 떠난 상태였다.

"죄송해요. 솔직하게 말해도 괜찮을 줄 알았어요."

"그래. 알았어. 하지만, 여자친구가 아니라면 절대로 그런 말을 하면 안 되는 거야."

"⋯그럼 저 같은 인간은 평생 해선 안 될 말을 한 거네요."

"아냐. 너도 공부 열심히 해서 대학에 가면 여자친구도 사귀고 그럴 수 있어. 살은 좀 빼야겠지만⋯."

"거짓말하지 마요. 선생님도 제가 짐승처럼 보이잖아요. 여자애들은 제가 근처에만 가도 싫어해요. 아니. 우리 엄마도 제가 가까이 있으면 피하는데요."

"아니야. 엄마는 네가 오해한 걸 거야. 엄마도 널 생각해서 식단을 조절해주는 거잖아."

"징그러워서 그런 거예요. 절 보기만 해도 징그러우니까요. 친엄마가 아니니까요!"

벗어나고 싶다. 이미 이 자리를 떠나고 싶다는 생각을 수없이 했었다. 그러나 이젠 이 녀석의 우울한 과거를 들어주고 위로해줘야 할지도 모른다. 생각만 해도 피곤한 일인데, 나는 이미 이 녀석을 불쌍하게 생각하기 시작했다.

이 녀석은 외모 때문에 누구에게도 호감을 얻긴 힘들었을 것이다. 부모의 사랑이라도 충분히 받아야겠는데, 엄마가 친모가 아니란다. 이 녀석의 아버지란 사람은 내가 본 적도 없으니까, 분명히 매일 일하느라 늦는 사람이겠지. 꽤 외롭게 살아왔겠다.

"그래도 언젠가 때가 되면 너를 사랑해주고 네가 사랑하는 사람을 만나게 될 거야. 다들 그렇게 믿고 살잖아."

"사랑이요? 그런 건 선생님처럼 예쁘고 잘생긴 사람들이나 하는 거잖아요. 아니. 정말 내게 그런 사람이 있더라도. 그게 언제일지도 모르면서 기다려야 하나요? 저 같은 인간은?"

사랑이 그런 거였나. 해진이 오빠는 내가 기다린 사랑이었던가. 왜 사랑을 떠올려야 하는데 지금 유성현이 생각날까. 유성현은 어땠을까? 유성현과 함께 있던 그 여교사와 유성현은 사랑했을까. 난 해진이 오빠를 얼마나 사랑하나.

지루해졌다. 피곤하다. 이 녀석이 문제가 아니라, 나에 대한 문제도 해결하지 못하고 살아왔다. 그저 오로지 해진이 오빠가 내 전부라 생각했던 것 같은데, 내 곁에는 항상 유성현도 있었다. 왜 난 여태 유성현에게 한 번도 그 여교사에 대해 물어보질 않았을까. 왜 그때 강릉에서 만난 일을 없던 일로 취급했을까.

이 녀석은 이제 이글이글거리는 눈으로 내게 대답을 요구하고 있었다.

더 이상 녀석이 징그럽게 보이지 않았다. 나랑 같은 인간인데 포장이 그럴 듯하지 못할 뿐이다. 내용물이 뭔지 궁금하지도 않을 정도이긴 하지만, 거친 가시의 밤송이 속에 알밤일지도 모른다.

가엾다. 나는 이미 녀석을 차별하고 있었다. 녀석이 내게 다리가 예쁘다는 말을 했을 뿐인데 기겁하며 과외를 그만두려 했다. 유성현이 내게 그런 말을 해줬다면 즐거웠겠지. 아니, 이런 녀석이 아닌 다른 평범한 아이였다면 내가 이 정도로 반응했을까?

미안해졌다.


의자를 당겨 녀석에게 가까이 다가갔다. 죄인처럼 고개를 푹 숙인 채 두 손을 다리 사이에 모으고 있는 녀석의 어깨를 토닥여줬다. 뭔가 말을 꺼내기는 어려웠다. 위로의 말을 하는 것도 이상했고 조언은 더 어려웠다. 대신 조금 토닥여주다 등을 쓰다듬었는데, 녀석이 내게 안겼다.

이렇게 커다란 아이가 내게 안기기는 어려웠다. 내 쇄골 부근에 이마를 대고 기대는 정도였지만, 부담스러울 정도로 이 아이가 컸다. 얘가 내쉬는 숨이 내 가슴에 닿는 게 느껴지니까 더 부담스러워서 최대한 자연스럽게 밀어내려 했는데…


"잠시만요…"
"괜찮아."


뭐가 괜찮다는 건지 나 자신도 모르는 대답을 했다. 이제 이 아이는 뺨을 내 어깨에 기대며 안겨 왔다. 이 아이의 어깨가 넓어서 난 자연스레 팔을 벌려줘야 했다. 얘는 마치 엄마의 품에 안긴 아이처럼 내게 안겨 왔고 목 부근에 이 아이의 숨이 닿았다.

이 아이가 내뱉는 호흡 때문에 잊고 있었는데, 내가 지금 뭘 하고 있는 건지 걱정될 만큼 내 숨소리도 거칠어졌던 것 같다. 내 어깨에 뺨을 대고 있는 이 아이가 빨라진 내 심장 소리를 듣지 않았을까 걱정했다.

그런 걸 걱정할 시간은 없었다. 이 아이가 내 가슴을 쥐었다.

⌒⌒•⌒⌒

살면서 무지개를 딱 한 번 봤다. 비가 갠 오후의 학교에서 창밖을 바라보다 무지개를 발견했다. 멀리 아파트들 위에 희미한 무지개가 떠 있었다. 친구들을 불러 무지개를 보라고 외치려다 말았다. 잠깐 나 혼자 몰래 보고 싶어서 그랬다. 금방 친구들이 몰려와 무지개를 연발하며 소란스럽게 굴었지만, 아주 잠시나마 신비한 비밀을 가진 기분이 들어 좋았다.

언젠가 머리 위의 하늘에 무지개를 보고 싶었지만, 하늘을 보고 다닌 시간은 일생에 극히 짧았다. 원하는 것과 할 수 있는 것이 많이 겹칠수록 삶이 편하다던데, 도무지 할 수 있을 가능성조차 떠오르지 않는 것들은 원하더라도 그다지 불편진 않았다.

게다가 필요에 대한 의문은 가치를 떨어뜨릴 수 있었다. 단지 호기심뿐이었다는 변명으로 자신을 만족시킬 수도 있었다. 세상을 가득 채운 도덕과 윤리의 틀에 나를 넣으면 참을 수 있는 것들도 많았다. 꼭 머리 위의 무지개를 볼 수 없더라도 상관없었다.

해진이 오빠 이외의 다른 남자를 상상해 보기도 했었다. 해진이 오빠와 관계가 잦아지고 그런 관계들이 일상처럼 느껴졌던 틈바구니에 가끔은 머리 위의 무지개를 상상하기도 했다. 물론 가까이에 있는 성현이 같은 친구를 상상하진 않았다. 상당히 많은 죄책감이 따르는 데다 상상을 방해할 요소가 많은 성현이는 쉽게 만날 수 있는 구름 같은 친구였다. 가끔은 하늘이 비어 아쉽긴 했어도 내일은 볼 수도 있었다.

창피한 일이지만, 무지개 같은 연예인이나 혹은 부끄러운 대상을 떠올려 보곤 했다. 단지 그뿐이었고 정말 머리 위에 무지개가 나타날 것이라는 생각은 하지 않았다.

다른 남자의 손에 만져지는 내 몸이 어떨지 궁금하긴 했었다. 스스로에게 그럴 일은 없다고 말해두긴 했지만, 자신에게 하는 말들이 늘 그렇듯 아무도 기억해줄 일이 없다.

어느새 이 아이의 손이 셔츠 안으로 들어와 맨살에 닿았다. 얼마나 오랫동안 내 가슴을 만지다가 그랬는지 분간이 어려웠다. 따스한 기운이 내 허리를 통해 온몸으로 번지며 닭살이 돋았다. 그제야 이 아이의 팔목을 잡으며 밀어냈다. 이 아이는 무지개도 아니었고, 설사 무지개를 만난다 하더라도 만질 수는 없다.

"죄송합니다."
"아냐. 나도 미안해."

얼굴이 벌게진 이 아이의 손은 떨리고 있었다. 아직도 자신이 내 가슴을 만졌다는 사실을 믿지 못하는 눈치였다. 미안하다면서도 벌게진 얼굴로 나를 응시하고 있는 이 아이의 눈을 피하지 않았다. 내가 이 아이의 나이였을 때, 나는 어땠던가. 해진이 오빠와 내가 어땠었는지 떠올랐다.

이젠 정말 위험하다는 신호가 끊임없이 머릿속을 두드리고 있었지만, 다시 당장 돌아서 나가야 하겠다는 생각과 이 아이가 흥분을 참지 못하고 나를 강제할지도 모른다는 걱정들이 뒤엉켰다. 내가 상황을 통제하지 못할지도 모른다는 게 싫었다.

화를 내야 할 타이밍은 이미 예전에 놓쳤으니, 어떻게든 타일러 봐야겠는데 적당한 말이 떠오르지 않았다. 나와 눈싸움을 하듯이 서로를 응시하고 있던 이 아이가 먼저 입을 열었다.

"제발요! 쌤. 제발 한번만 보여주시면 안 돼요?"
"뭐? 뭘? 안 돼!"

이 아이가 갑자기 내게 다가오는 바람에 뒤로 넘어질 뻔했다. 그러나 이 아이는 내 코앞에 서서 붉어진 눈으로 다시 제발 부탁한다고 말했다. 당연히 허락할 수 없는 일이다. 어쩌면 보여주는 게 대단찮은 일이 아닐지도 모르고, 장난삼아 유성현에게는 보여주겠다는 말을 하기도 했었다.

그래도 아니다. 남자에게 하나를 허락하면 모든 걸 원하게 된다는 것쯤은 알고 있었다.

대신 나는 이 아이의 바지가 터질 듯 불룩해진 그걸 쥐었다. 내가 왜 그런 무모한 짓을 했는지 판단할 겨를은 이미 없었다. 어서 지금의 상황을 통제하고 있어야 했다.

"안 돼. 절대로 안 돼. 만져줄 테니까 좀 참아"

이 아이가 대답하진 않았지만, 충분했던 거 같다. 똥 마려운 강아지 같은 얼굴로 어쩔 줄 몰라 했다. 오래전에 난 하기 싫은데 해진이 오빠가 자꾸 조를 때 그냥 만져주는 걸로 대신하기도 했었다. 아마도 이 아이의 나이쯤이었던 거 같은데, 거의 매일 관계를 했던 해진이 오빠가 군대에 간 이후로 지난 시간이 더 오래된 기분이 든다.

이제부터는 내가 저지른 사건이 되어가는 상황이 통제하는 기분이 들어 마음에 들기도 했고, 정신 나간 짓이 아닐까 걱정도 되었다. 그 와중에 쥐고 있는 이 아이의 것이 무척 크다는 생각도 했다. 해진이 오빠가 아닌 다른 남자의 것이다.

아무런 죄의식도 없이 이 아이의 물건을 쥐고 주물러 줬는데, 갑자기 이 아이가 바지와 팬티를 동시에 내리며 그걸 꺼냈다. 난 놀랐지만, 애써 진정하며 인상을 찌푸리고 하찮다는 표정을 지으려 노력했다. 이 아이는 그런 내 눈치를 보며 내 손목을 잡아 자기 걸 다시 잡게 했다.

이젠 내 심장이 터질 것 같았다. 맨손에 닿는 녀석의 것이 징그럽고 두려웠다. 일부러 좀 약하게 주무르던 걸 세게 주물러줬더니, 내 심장 대신 이 녀석의 것이 터졌다.

이 아이와 난 잠시 멍하니 바닥에 흘린 것들을 보고 있었다. 이 아이의 것이 여전히 줄어들지 않은 걸 보고 미간을 찌푸리며 애써 당당하게 말했다.

"어서 치워. 됐지? 이제 말 잘 들으면 알지?"

이런 말을 지껄이는 내가 마치 창녀 같았지만, 지금 이 순간을 모면하려는 최선의 선택이었던 것 같다. 다음 기회가 있다는 말로 이 아이가 나를 다시 잡을지도 모른다는 공포를 피하려 했다. 그리고 다시 눈에 들어오는 이 아이의 물건에서 시선을 피하며 되도록 천천히 방을 나왔다.

혹시라도 이 아이가 따라 나올지도 모른다는 공포 때문에 다리가 후들거렸지만, 이 아이는 메인 목소리로 안녕히 가시라는 인사를 했다. 집 밖으로 나와서는 거의 뛰는 걸음으로 최대한 멀리 달아났다.

과외는 그만둘 것이다. 혹시라도 문제가 생기면 내가 먼저 신고를 할 생각까지 하느라 심장이 터져버릴 것 같았다. 그 녀석을 다시는 볼 생각이 없는데 내 손안에는 아직도 그 감촉이 떠나질 않았다.

갑자기 휴대폰이 울려서 꺼내다가 떨어뜨렸다. 제발 액정이 깨지지 않았길 바라며 휴대폰을 줍는데, 하필 지하철 계단의 위였고 난 너무 짧은 치마를 입고 있었다. 휴대폰을 주워들었을 땐 이미 지나던 몇몇 남자들이 내 다리를 보고 있었다.

모르는 번호로 전화가 왔었다. 휴대폰은 조금 상처가 생기긴 했어도 괜찮은 거 같다. 상태를 확인하려고 이리저리 휴대폰을 만지작거리고 작동시키느라, 그렇지 않아도 짧은 치마가 말려 올라간 걸 늦게 알았다. 아직도 내게 모인 시선들이 떨어지지 않는 걸 알아채고서야 치마를 정리했다.

지하철은 끔찍할 정도로 붐볐다. 택시를 탈 걸 후회했지만, 이미 사람들에 밀려 지하철에 타고 있었다. 아직도 떨리는 두 손으로 휴대폰을 꼭 쥐고 사람들 사이에 꼈다.

대부분의 남자는 오해를 피하고자 팔짱을 끼고 앞사람과의 간격을 유지하거나 어려운 자세로도 휴대폰을 보는 편이었는데, 내 뒤에 남자는 아니었던 것 같다. 내 다리에 가죽가방이 닿는 게 느껴졌다.

분명히 가방일 뿐이었다. 좀 전의 일 때문에 내가 지금 많이 흥분된 상태라도 내 다리에 닿는 가방이 불편하다고 불평하긴 어려웠다. 이상하게 노골적으로 허벅지를 스치는 것 같은 기분이 드는 건, 내게 있었던 상황 때문이라고 스스로에게 설명했다.

사람들 사이에서 부대끼느라 진정이 되질 않았다. 그래서 허벅지에 닿고 있는 게 가방이 아니라는 걸 알아채는 데 조금 늦었던 것 같다.

분명히 가방이 아니었다. 어서 빨리 의사 표현을 해야 한다는 걸 알고 있었다. 창피함을 무릅쓰고 소릴 지르거나 해야 했다. 알고 있었지만, 알고 있다고 해서 뭐든 할 수 있는 게 아니다. 자기 전에 군것질하는 게 나쁘다는 걸 모르는 사람은 없겠지만, 참는 건 쉬운 게 아니다.

처음 당하는 일도 아니었고, 그때처럼 놀라서 어쩔 줄 몰랐던 것도 아니다. 그래서 더 문제였는지도 모르겠다. 피하고 대처할 방법을 알고 있는 게 문제였다. 어릴 때 처음 당했던 것처럼 뭔지 모르다가 놀랐을 때도 달아날 수 있었다. 물론 마음을 진정시키는 데 오래 걸리긴 했어도 이젠 어쩌면 되는지 알고 있었다.

일단 움직여 피해 보려 했지만, 조금도 움직이기 힘들 정도로 비좁았다. 이제 화를 내거나 손을 쳐내는 적극적인 저항을 하는 게 맞는데, 난 전혀 움직이지 못했다. 손가락이 분명한 것이 내 허벅지를 스치다가 손바닥 전체가 닿고 있다는 걸 알면서도 꼼짝하지 못했다.

고양이 앞에서 얼어붙어 버린 생쥐처럼 굳었다. 달아나는 게 최선의 선택이라는 걸 알면서 그러지 못했다. 이제 내 엉덩이에 비비고 있는 걸 알고 있는데도 움직이지 못했다. 허벅지를 스치던 손이 감싸듯 다리를 만지기 시작할 무렵에 지하철이 역에 도착하며 내리려는 사람들과 함께 나도 피할 수 있었다.

두 정거장을 더 가야 하지만, 내려서 택시를 잡아탔다. 울고 싶어졌지만, 집에 들어갈 때까지 참았다. 들어가자마자 울게 될 줄 알았는데, 눈물이 나진 않았다. 대신 해진이 오빠의 흔적을 찾아 품에 안고 잠들었다.

과외는 당연히 그만두기로 했다. 그 녀석의 엄마에게 전화를 걸었더니.

[혹시 불쾌한 일이 있었다면, 미안해요. 내가 같이 있었어야 하는데.]

[아뇨. 제가 죄송해요. 과외비는 돌려드릴게요.]

[걔가 전에도 쓰레기 같은 짓을 했었으니까 하는 말이에요. 과외비는 됐으니까 그냥 써요. 나중에라도 마음이 바뀌면 말해도 괜찮아요. 보상해 드리죠.]

[아뇨. 괜찮아요.]

[…오해하지 말고 들어요. 혹시라도 계속 과외해주면 두 배 드리죠.]


마치 무슨 일들이 일어났는지 모든 걸 알고 있다는 듯 대답하던 사람이, 다시 과외를 계속하면 두 배를 주겠단다. 뭘 가르치라는 건지 역겨워서 구역질이 나올 것 같았다. 확실히 친엄마는 아닌 모양이다.



날이 상당히 더워졌다. 태양은 정수리를 찍어 누르듯 내리쬐고 바람은 습기를 가득 담아 피부에 붙었다. 언제나 그렇듯 그날 입을 옷을 고민하느라 아침이 바빴다. 과외를 더 구하지 못하면 다른 아르바이트라도 할 생각으로, 지난밤 늦게까지 구직사이트를 뒤적이느라 아침에 조금 늦게 일어난 것도 이유가 되었다.

거기에 더해서 더운 날씨를 핑계 삼아 짧은 치마와 민소매 셔츠를 골라 입었다. 며칠 전에 지하철에서의 불쾌한 일이 잠깐 떠올랐지만, 다시 다른 옷을 고르기엔 시간이 없었다. 수업시간에 촉박했어도 거울 앞에서 한참을 고민할 시간은 있었다. 결국 갈아입지 않고 집을 나섰다.

내 편의를 위해 입긴 했어도 사람들의 시선이 의식되긴 했다. 괜히 지나는 남자들과 멀찌감치 떨어지려 애썼다. 그런 상황에 상관없이 아는 사람들을 만나게 된다는 것도 문제였다. 당연히 학교에는 아는 사람들이 있다.


"송민아? 내가 아는 그 송민아가 맞지? 오늘 좀 쩌는데?"

"시끄러워. 어딜 보고 떠드는 거야?"

"난 평소에도 여름을 사랑하긴 했지만, 이제 여름에 감사하려고~"

학교에서 알고 지내던 남자애들 몇몇이 노골적으로 친한 척을 해왔다. 내게 남자친구가 있다는 사실 때문에 조금은 편하게 지내왔던 남자애들이, 내 남자친구가 군대 갔다는 얘기를 듣고는 주변을 맴도는 것 같더니, 오늘은 마치 자석이 붙은 것처럼 가까이 다가왔다.

학교에 입고 오기엔 너무 과감한 패션이었으니까 남자애들의 태도도 이해할 수 있었다. 오르막길에서나 계단을 오를 때마다 부담스러웠어도 시간이 지날수록 익숙해지는 것 같았다. 노골적으로 눈살을 찌푸리는 다른 여자애들의 시선도 괜찮아졌다.

오늘 저녁에 술이나 한잔하자는 소리를 수없이 들어야 했다. 오늘은 과외도 없는 날이니까 모처럼 남자애들이랑 술을 마실 생각도 잠깐 했었는데, 엄마한테 전화가 왔다.

[얘기 들었니? 성현이 팔 다쳤다며?]

듣지 못했다. 아니 엄마가 내게 말해주지 않았다면 알 수 있을 리가 없다. 유성현은 그런 걸 내게 말해줄 녀석이 아니다. 멍청한 데다 자존심만 세서 뭐든 혼자 잘 할 수 있을 줄 안다. 이 답답한 인간에게 전화를 걸었다.

[야! 이~ 둔탱이 팔 다쳤다며? 뭐하다 그랬냐?]

[아~ 그냥 좀 실수한 거야. 남자들이 밖에서 일하다 보면 이런 일도 있는 거 아니겠냐. 괜찮아.]

[어~ 그러서? 팔 잘리거나 뭐 그런 건 아니면 징징거리지 마라.]

[야. 오른손이라고~ 오른손을 다쳐서 여간 불편한 게 아니거든? 좀 징징거리고 싶거든?]

[그럼 뭐. 산업재해 같은 그렇게 되는 거냐? 뭐 어떻게 되는 거야?]

[당연하지. 산재 아니겠냐. 다 절차대로 보상해주게 되어 있어. 그나저나 너 한가하냐? 한가하면 좀 와서 내 빨래 좀 해줘. 왼손만 가지고는 뭘 하기가 참 힘들다 야.]

[웃기네. 내가 네 식모냐?]

[쏭~ 우리 우정이 겨우 이 정도야?]

[시끄러워!]


집에 가서 옷을 갈아입고 유성현에게 갔다.


유성현의 꼴이 장난 아니었다. 빨래뿐만 아니라 설거지도 쌓여있었다. 혹시나 해서 보상받을 때까지 버틸 돈은 있냐고 했더니, 당연히 괜찮다는 대답만 했다. 그 와중에 왼손만 가지고 과제를 하는 게 기특하긴 했다.


"씻긴 하냐?"

"응. 이것만 좀 마무리하고 빨래하고 설거지하고 청소도 좀 하고 씻고 잘 생각이었다."

"잘 수 있겠냐?"

"희망을 버릴 순 없지."


유성현이 과제를 마무리하기 전에 빨래와 설거지는 끝냈다. 유성현이 한 손으로 미니청소기를 돌리는 동안 내가 걸레를 빨아서 먼지들을 닦고 쓰레기들을 정리했다. 적당히 정리를 끝내니까 시간도 늦었고 배도 고팠다.

난 컵라면을 끓였고 유성현은 손 때문에 불편하다며 빵으로 저녁을 때우겠다고 했다.

내가 아무 말 하지 않으니까 유성현도 무슨 말을 꺼내지 않았다. 컵라면을 다 먹고 일어났다. 신발을 신으며 말했다.

"너 여기 방 빼서 우리 집으로 와. 같이 살자."

"에이~ 아무리 그래도 그건 아니지. 이제 당분간 일은 못 하니까 집에서 통학이나 해야겠어."

"아픈 너희 아빠는. 일 다니는 너희 엄마는?"

"⋯난 왼손만으로도 꽤 많은 것들을 할 수 있지."

"짐이나 싸."


유성현과 같이 살게 되었다.

이미 저질러버린 일을 수습하느라 정신없이 바빴다. 유성현과 같이 생활하게 될 공간을 만들어야 했다. 해진이 오빠와 한동안 같이 지낸 방이긴 했어도, 아예 함께 지내게 될 사람의 자리를 만드는 건 골치 아팠다.

비좁은 방을 최대한 활용할 궁리를 하고 청소를 하며 정신없어지려 애썼다. 거의 평생을 알고 지내온 남자애와 한 방에서 지내게 될 것이라는 현실을 잠시라도 잊어야 했다. 자꾸 입안의 침이 마르고 가슴이 두근거리는 통에 손까지 떨리는 것 같다.

만약에 유성현이 이건 아닌 것 같다며 다시 거부했다면, 나도 유성현의 의견에 적극 동조했겠다. 유성현은 그러지 않았고, 그럴 수밖에 없는 유성현의 사정에 마음이 아팠다. 유성현은, 절대로 신세 지고 싶지 않았을 내가 내민 도움의 손길을 잡을 수밖에 없었다.

"쏭! 서랍 하나만 쓰자. 아무리 내 짐이 적다고 해도 다 쌓아놓고 살 수는 없는 거잖아."

"서랍 하나는 줄 생각인데! 꼭 필요한 옷가지 같은 것들만 남기고 죄다 집으로 가져가."

"와~ 벌써 꼽박이 대단한데? 나~ 숨은 쉬고 살아도 괜찮아?"

"시끄러워. 너! 팔 다 나을 때까지만 내가 돌봐주는 거야. 숨도 크게 쉬지 마!"

아무리 대단찮은 일이라고 스스로 최면을 걸어봤자 소용없다. 유성현의 몇몇 옷들과 부피가 나가는 짐들은 박스에 담아 집으로 택배를 보냈다. 유성현이 내 방으로 이사 오는 일은 순식간에 끝나버렸고, 나는 유성현에게 침략당한 내 방안을 살펴야 했다.

유성현이 입을 옷가지들은 내 옷장의 비워둔 자리에 넣었다. 이미 비워뒀던 서랍을 유성현의 자질구레한 것들로 채웠다. 유성현의 소지품 중에 관심이 생기는 건 전혀 없었다. 유성현도 내가 자신의 소지품들을 정리하는 걸 신경 쓰지 않았다. 담배도 피우지 않는 녀석이 라이터는 왜 갖고 있는 건지….

"야. 너 담배 피워?"

"응? 어~ 가끔?"

"담배를 피우면 피우는 거지. 가끔이 뭐야?"

"아~ 일하다가 쉴 때 다들 담배를 피우더라고~ 그럼 나도 같이 피워야 쉴 수 있거든~ 담배를 피우지 않으면 뭔가 일하고 있어야 하는 기분이 들어서."

유성현은 이사했으니까 자장면을 시켜 먹자고 했지만, 내가 자장 라면을 끓였다. 설거지는 유성현에게 시키려고 했는데 팔이 저 모양이니 설거지도 내가 해야겠다.

"야. 다음부터 조리는 네가 해. 하필 다쳐도 오른손을 다쳐? 밥은 어떻게 먹었어?"
"빵이나 햄버거 토스트 등등 먹을 수 있는 게 많지."

나가서 밥을 먹을 걸 그랬다. 그래도 유성현은 포크로 자장 라면을 아주 맛있게 먹었다. 유성현의 손은 무슨 기계에 끼어서 살갗이 완전히 벗겨진 상태란다. 다행히 뼈는 다치지 않았는데 나으려면 족히 한 달은 넘게 걸릴 것이란다.
왼손잡이가 아닌 이상에야 모든 게 어색할 수밖에 없었다. 유성현은 양치질도 엉성하게 했고 씻는 것도 오래 걸릴 것이라며 나보고 먼저 씻으라고 했다. 나도 어색하게 옷을 입고 욕실에 들어가야 했다. 무릎까지 오는 원피스 같은 티셔츠를 들고 들어가서 씻고 갈아입고 나왔다. 브라는 벗고 있으려다 다시 입었다.

당연한 얘기겠지만, 유성현이 어린애는 아니다. 내가 해진이 오빠와 어떤 관계일지 이미 충분히 알고 있을 것이고, 지난봄에는 유성현이 자기 선생님이었던 여자와 모텔에서 나오는 걸 봤다. 두 사람이 손만 잡고 잤을 것이라는 상상이 오히려 힘들다.
유성현이 씻으러 들어가려고 낑낑거리며 옷을 벗고 있었다.

"뭐야~ 유성현. 욕실에 들어가서 벗어."

"한 손으로? 저 좁은 욕실에서? 겉옷만 좀 벗고 들어가자. 눈 감아"

"뭘 눈까지 감아. 도와줘?"

"됐거든?"


껑껑거리긴 했어도 한 손으로 겉옷을 벗은 유성현이 팬티차림이 되었다. 뭔가 놀려줄 생각이었는데 별로 떠오르지 않아서 그냥 TV를 틀었다. 유성현은 정말 오래 씻고 있었다. 앉아서 TV를 보다가 누웠는데 좀 불편해서 브라를 풀러 치우고 다시 누워서 TV를 봤다. 흰색이라 자세히 보면 좀 티가 나겠지만, 이제 곧 잘 생각이고 내가 일어나지 않으면 그만이다.

욕실 안에서 약간의 덜컹거리는 소리와 달그락거리는 소리가 들리더니 유성현이 나왔다. 팬티만 입고 있을 게 분명한 유성현을 보는 대신에 계속 TV를 보고 있었다. 유성현이 부스럭거리며 옷을 입는 것 같았다.


"쏭! 뭐 그런 걸 보고 있냐? 재미있어?"

"응."


TV에선 어떤 여자가 보험 상품을 경쾌한 목소리로 소개하고 있었다. 그제야 내가 뭘 보고 있었는지 알 수 있었다. 채널을 돌리는 대신 TV를 끄고 매트리스 위에 누우며 말했다.


"거기 자리 펴고 자라. 불 끄고~"

"냉정하네. 나도 같이 매트리스 위에서 자면 안 될까?"

"그러든가~"


내가 왜 그런 대답을 했는지 모르겠는데, 유성현은 피식 웃는 것 같더니 바닥에 자리를 펴고 불을 껐다. 유성현이 잘 자라고 하기에 알았다고 대답했는데 잠들진 못했다.

멍하니 컴컴한 천장을 바라보다 물었다.

"자냐?"

대답이 없었다. 귀를 기울여보니 유성현이 깊게 내쉬는 숨소리가 들렸다.

조용히 일어나 커튼을 열었다. 밤하늘의 달을 찾기 어려웠고 별들도 당연히 보이질 않았다. 내 방에선 하늘이 너무 작았다. 해진이 오빠는 지금 근무를 서며 밤하늘을 보고 있을까? 해진이 오빠가 날 생각하고 있을까? 지금 이 순간 해진이 오빠가 너무 보고 싶었다.

내가 잠을 잤는지 잘 모르겠다. 어느새 날이 밝았고 내가 씻고 나오는데 유성현이 일어났다.

"난 학교에 가서 아침 먹을 거야. 넌 어쩔래?"
"뭐야 쏭~ 밥 안 차려 줘?"

예전에 해진이 오빠가 뽑아줬던 인형을 던졌다. 유성현은 내가 던진 인형을 잡아 머릴 쓰다듬어 주고 욕실에 들어갔다. 유성현의 소변 보는 소리가 무척 시끄럽다.

나보다 한참 늦게 일어난 유성현이지만, 집에서 같이 나왔다. 난 학교까지 걸어서도 갈 수 있는 거리인데, 유성현과 함께 버스정류장으로 나왔다. 유성현의 학교로 향하는 버스가 먼저 도착했고, 유성현이 내게 손을 흔들어주며 버스에 올랐다.

자연스러웠다. 마치 우리가 오래전부터 같이 살았던 것 같다. 성현이랑 내가 오래 알고 지내긴 했어도 이건 이상했다. 해진이 오빠랑 같이 지내던 시간에 익숙해졌을지도 모르겠다. 이럴 때마다 자꾸 해진이 오빠가 생각난다.

아침을 학교 식당에서 해결하려고 일찍 나왔는데, 막상 학교에 오니까 이상하게 식욕이 없다. 강의 시간은 아직 한참 남아서 도서관으로 향했다. 딱히 공부를 하려기보다는 그냥 조용히 시간 때우기 좋을 것 같았다.

"송민아~ 무슨 1학년이 아침부터 도서관이냐? 살벌하게~."
"아~ 그냥 일찍 일어난 김에 와봤어요."

요즘 부쩍 자주 말을 거는 선배다. 키도 크고 그럭저럭 불편하지 않은 외모 때문에 벽을 치지 않았더니, 점점 더 친한 척을 해왔다.

"그래? 참 근처에서 자취한다고 했지? 그럼 지금은 혼자 사는 거야? 어라? 오늘은 얼굴이 좋아 보이네? 커피 마실래?"
"아~ 네. 네?"

질문을 한꺼번에 여러 개 해오는 통에 나도 모르게 커피를 같이 마시게 되었다. 요즘 마주치면 내 얼굴이 좋아 보이지 않는다는 둥 군대 간 남자 친구가 걱정되냐고 떠들던 선배가 오늘은 내게 좋아 보인단다. 잠을 거의 잘 수 없어서 약간은 몽롱한 상태인데, 오늘따라 내가 예뻐 보인다는 칭찬을 했다.

"좀 있으면 남친 첫 휴가 나온다는 생각에 기분이 좋아진 거야?"
"아직 멀었어요. 이제 몇 주나 지났다고요."

"뭐가~ 한 달은 넘었잖아. 그럼 금방이야. 처음 휴가 때나 반갑지 그다음부터는 시간 엄청 잘 간다? 뭐~ 군대에 있는 사람이야 그렇지 않겠지만, 나중에는 네가 귀찮을 정도로 휴가 나올걸?"

"뭐가 귀찮아져요. 남자친구인데~."

"딱 일 년 뒤에 다시 얘기하면 달라질걸? 나랑 내기할래?"

"일 년 뒤에는 선배 졸업 아닌가요?"

"와~ 너무하네. 송민아. 너 내가 지금 졸업반인 줄 안 거야? 그러고 보니까 우리 같이 밥 한번 먹은 적 없잖아? 야 내가 밥 한 번 살게~. 저녁에 뭐하냐?"

"저녁에 과외 가요."

"과외는 밥도 안 먹고 가? 과외 가기 전에 밥이나 먹고 가~."


뭔가 인사치레로 그러자는 대답을 한 것 같은데, 선배는 마치 이미 약속을 잡은 것 같았다.


수업이 끝나고 친구들과 떡볶이를 먹으러 갔다. 한 애가 나보고 오늘 아침에 도서관 앞에서 나를 봤다고 했다. 그러면서 그 선배랑 얼마나 친해진 거냐고 했다.


"뭐가 친해져. 그냥 하도 아는 척하니까 인사만 하는 사이지."

"그래? 그 선배 눈빛은 장난 아니던데? 눈에서 하트가 뿅뿅~."

"에휴~ 그래 그래서 내가 그 선배랑 밥 한 번 같이 먹어주기로 했다. 됐어?"

"어머~ 밥만?"

"뭐래니? 말이 그렇다는 거지~ 내가 왜 그 선배랑 둘이 밥을 먹니?"

"아~ 아직 군대 간 남친을 기다리는 절개 있는 여자라 이거야?"

오늘은 애들이랑 떡볶이도 같이 먹고 커피도 마셨다. 이런저런 수다를 떨다가 몇몇 애들이 톡을 확인하고 남자친구인지 남자사람친구인지에게 연락을 주고받고 있었다. 어쩌다 보니 나만 빼고 다들 휴대폰을 만지작거리느라 바빠 보였다.

나도 예전에 해진 오빠랑 주고받던 메시지들을 읽다가 유성현에게 뭐 하냐고 메시지를 보냈지만, 역시 곧바로 답장을 해주는 녀석은 아니었다.

다른 애들은 아직도 정신없이 메시지를 주고받느라 바빴다. 약간 짜증이 나려는 것 같아 자리에서 일어났다.

"어디가?"

"웅. 갑자기 약속이 생겨서. 나 좀 다녀올게~."

"수업은?"

"아직 두 시간이나 남았잖아? 금방 다녀올 거야~."

"우리 송민아는 남친이 군대를 가건 말건 항상 바빠? 너 남자 만나러 가지?"

"됐거든?"

무작정 지하철을 타고 유성현이 다니는 학교에 갔다. 알고는 있었지만, 막상 도착하니까 우연히라도 유성현을 마주치면 정말 대단한 인연이겠다.

물론 나랑 유성현의 인연이라면 충분히 대단하긴 했다. 거의 평생을 알아온 사이보다 더 대단한 인연이 어디 있을까. 여기까지 온 김에 얼굴이나 보고 갈 생각으로 메시지를 보내려는데, 유성현을 발견했다.

유성현이 민효정과 함께 있었다. 맞다 민효정과 유성현은 같은 대학에 다니고 있다. 몰랐던 사실도 아니고 잊지도 않았다. 그런데 왜 둘이 같이 다니고 있으리란 생각을 떠올리지 못했을까. 아니 일부러 그런 생각을 하지 않았던 것 같다. 전에 강릉에서 봤던 그 선생님이라는 사람 때문이기도 했고, 그동안 우리에게 너무 많은 일이 일어났다.

나무 그늘 아래서 대화를 나누는 두 사람이 연인으로 보이진 않았다. 그다지 가까이 있지도 않았고, 곧 다른 남자애들도 같이 있는 게 보였다. 그냥 그뿐이었는데 어쩐지 다행스러웠다.

유성현과 눈을 마주칠 것 같은 기분이 들었다. 그대로 돌아서서 우리 학교로 돌아가는데, 지하철에서 유성현의 답장을 받았다.

〈미안 지금 봤어.〉
〈휴대폰은 왜 들고 다녀?〉
〈주머니가 남아서. 너 오늘 우리 학교에 왔냐?〉
〈내가 왜?〉
〈아니지?〉

강의 시간 내내 유성현과 같이 있는 민효정이 떠올랐고 둘 사이가 어느 정도인지 상상했다. 그동안 자존심 때문에 시시콜콜 물어볼 수 없었지만, 난 항상 유성현이 민효정과 어떻게 지내는지 궁금했다. 고등학교에 이어 대학까지 같이 다니게 되면 나보다 더 가까워진 게 아닐까 생각도 들었다. 내가 유성현과 같이 학교를 다닌 건 초등학교 때뿐이다. 하지만 지금 내가 유성현과 같이 살고 있다는 사실이 위안이 되었다.

내겐 해진이 오빠가 있는데 민효정을 질투하고 있다는 것도 자존심 상했다. 난 그런 사람이 아닌데, 민효정 때문에 내가 자꾸 유성현에게 아쉬운 마음을 갖는 것 같았다.

이런저런 생각을 하다 짜증이 났다. 유성현은 그냥 내 친구일 뿐이다. 내가 유성현을 남자로 생각하는 건 절대로 아니다. 난 그래야 했다. 한 방에서 같이 지내고 있는 유성현을 남자로 생각하면 많이 어려워진다.

오전의 그 선배에게 저녁에 만나는 거냐고 메시지를 보냈는데, 선배는 미안하다며 갑자기 급한 일이 생겼다고 했다. 선배가 내일 점심은 어떠냐고 했지만, 답장을 보내진 않았다.

짜증 나게 배가 고파졌다. 라면이라도 끓여 먹을 생각으로 집에 들어갔는데, 유성현이 부랴부랴 바지와 팬티를 동시에 올리며 컴퓨터를 끄고 있었다.
유성현이 뭔가 어버버거리는 동안 문을 닫고 나왔다.

그냥 좀 걸었다. 산책하기에 이젠 더운 날씨였지만 그래도 걸었다. 메시지가 와서 유성현인 줄 알았는데, 오늘 과외 하는 학생의 어머니였다.
과외를 그만두겠다는 메시지였다. 오늘까지는 과외 해주는 게 맞겠지만, 그냥 오지 않아도 괜찮겠다는 메시지를 보내왔다.
덥고 배고프고 짜증 났다.

이마에서 땀이 흐를 정도로 빠른 걸음을 걸어 집으로 향했다. 욕실에서 유성현이 샤워하는 소리가 들렸다. 욕실 문은 잠겨있지 않았다. 문을 열어봤더니, 다친 팔을 높이 들고 한 손으로 샤워하던 유성현이 놀란 눈으로 나를 보고 있었다.

문을 닫았다.

욕실 안쪽에서.

✁ ✾ ✃

욕실 안의 시원한 공기에 정신이 들었다. 당장 유성현을 밀치고 차가운 샤워기 물줄기 아래로 들어가고 싶었다. 발가벗은 유성현의 뒷모습이 눈에 들어왔지만, 딱히 놀랍거나 하진 않았다. 휘둥그레진 눈으로 부끄러워하던 유성현이 메이는 목소리로 말했다.

"뭐⋯. 크흠! 뭐야?"
"창피하냐?"

난 해진이 오빠가 아닌 다른 남자애의 것을 만져줬다. 그래서 벌을 받고 있다. 지금 난 벌을 받는 거다. 유성현이 내게 나가라고 한 것 같은데, 부끄러워하는 남자애의 말을 듣고 싶지 않다. 치마 속으로 손을 넣어 팬티를 내리고 좌변기 위에 앉았다.

"소! 송! 송민아? 뭐 하는 거야?"
"왜? 넌 내 방에서 자위까지 했으면서 소변 좀 보는 게 이상해?"

소변을 봤다. 샤워기 물줄기 소리를 뚫고 내가 소변 보는 소리가 욕실에 울리는 것 같다. 시원했다. 욕실의 공기도 시원했고 뱃속과 함께 머릿속도 시원해졌다.
유성현이 나를 볼 수 없다는 걸 알고 있지만, 나도 유성현을 볼 수 없다. 휴지로 정리하고 일어나 팬티를 올려 입으며 말했다.

"빨리해. 나도 샤워하고 싶어. 아니다. 같이 할래?"

"아이 씨. 나가!"


짜증 섞인 목소리로 소릴 지르는 유성현을 비웃어주며 욕실을 나왔다. 잠깐 시원했지만 땀은 전혀 식지 않았고 방 안에는 아직도 열기로 가득했다. 멍하니 열기를 느끼다가, 조금 전에 유성현이 자위했을 자리에 앉았다. 유성현은 내가 나가고 다시 했을까?


궁금했다. 해진이 오빠는 나랑 오래 사귀면서 야한 얘기들을 엄청 많이 했다. 그런 대화들과 해진이 오빠와의 경험들을 통해서 알게 된 확실한 진실은, 남자들은 참기 어려워한다는 것이다. 아니, 언제나 참고 있다는 것이다. 때때로 야한 것을 떠올리고 있는 게 아니라, 항상 떠오르는 야한 생각을 잊으려 애쓰며 산다.

당연히 해진이 오빠에게만 해당하는 이야기일 수도 있겠고, 존경받을 만한 많은 분들과 또 우리 아빠를 떠올리면 믿기 불편해지는 진실이 된다.

유성현은 어떨까?


아직 한여름도 아닌데, 여태 땀이 식지 않았다. 아직도 덥고 답답하고 끈적거려서 일어나 옷을 벗었다. 창문이 열려 있었고 성현이가 언제 나올지 모르는데 나는 금방 알몸이 되었다. 어차피 걸친 옷도 별로 없었다.

좀 시원해진 거 같다. 혼자 살고 있을 때도 이렇게 알몸인 상태로 가만히 서 있었던 적은 별로 없었다. 아주 조금의 바람도 불지 않았지만, 내 피부의 솜털들이 미묘하게 흔들리는 게 느껴진다.

타월을 들어 몸에 감았다가 다시 풀어 앞만 가리고 들었다. 나오는 성현이를 스칠 듯 지나 욕실에 들어갔다. 성현의 커다래진 눈과 마주치긴 했는데, 알몸의 내 뒷모습을 보고 어떤 표정을 지었을지 볼 수 없는 건 아쉬웠다.

차가운 샤워기 물줄기 아래로 몸을 넣었지만, 열기가 식지 않았다. 아직 냉수로 샤워해도 될 만큼 더운 날씨는 아니다. 금방 손이 떨리고 입술이 파래지는 것 같은데 몸의 열기가 식지 않았다. 차가워져 떨리는 손을 지금 가장 따뜻한 곳으로 가져갔다. 뜨거웠다. 차가운 샤워기 물줄기로 식혀주고 싶었다.

욕실 문을 두드리는 소리에 정신이 들었다. 난 욕실 바닥에 주저앉아 있었고, 유성현의 목소리가 들렸다.

"야! 쏭! 괜찮아? 울어?"

내가 울었던가. 모르겠다. 문을 좀 더 세게 두드리는 소리가 들리더니 문이 열렸다. 유성현이 나를 보고 있었다. 유성현은 다시 걱정스러운 목소리로 괜찮은지 물었고, 난 그제야 부끄러움에 알몸의 몸을 손으로 가렸다.

샤워기 물줄기 소리가 욕실을 채우고 있었다. 알몸의 나를 보고 있을 게 분명한 유성현의 시간이 길게 이어지는 것 같다. 이 시간이 끝나지 않을 것 같았는데, 욕실의 문이 다시 닫혔다.

내가 타월을 두르고 욕실을 나왔을 때, 유성현은 방에 없었다.

멍하니 TV를 보다 말고 알바 사이트를 뒤적거리고 있는데, 유성현이 돌아왔다. 유성현의 왼손에는 봉투가 들려있었다. 유성현은 마치 좀 전에 아무 일도 없었던 것 같은 태도를 보이며 말했다.

"우리 룸메이트기념 파티 해야지?"
"뭐 사 왔어?"
"응~ 맥주랑 소주랑 튀김이랑~ 떡볶이."

"야채 튀김 많이 섞었어?"

"설마 내가 그걸 모르겠냐?"

"하긴."

튀김은 오로지 야채 튀김만 있었다. 작은 탁자에 안주들을 펼치며 종이
컵에 맥주를 따르다 말고 유성현에게 물었다.

"소맥으로 마실까?"

"그럴래?"

맥주를 반쯤 채운 종이컵에 나머지 반을 소주로 채우고 엉성하게 섞어
유성현에게 건넸다. 내 잔도 엉성하게 말아서 유성현과 건배를 했다. 비어
있던 속을 알코올이 긁고 지나는 기분이 들었다. 튀김이나 떡볶이는 건들
지도 않고 다시 서로의 잔을 채웠다. 이번엔 소주가 더 많이 섞인 것 같지
만 상관없다. 내 몸이 술에 취하고 있다는 걸 확실히 느낄 수 있었다.

두 번째 잔을 비우고 유성현에게 물었다.

"그때 강릉에서 만난 여자. 선생님이라고 했지? 만나?"

"아니."

다시 내 잔을 채우고 유성현의 잔도 채웠다. 그리고 또 물었다.

"민효정. 걔하고는 어때?"

"…같은 학교니까 자주 만나지."

세 번째 잔을 비웠다. 내가 마시는 모습을 지켜보던 유성현도 잔을 비웠

다. 또 질문했다.

"걔랑 했어?"
"…아니."
"그 선생님이랑은…."
"…."
"튀김 먹어."

TV를 틀어 채널을 돌리다 영화 채널에서 멈췄다. 오래된 영화 《비포 선라이즈》가 중간쯤 진행되고 있었다. 전에도 TV에서 해주는 걸 중간쯤부터 봤었는데 끝까지 본 적은 없다. 그래도 내용은 대강 알고 있었다. 멍하니 보고 있으니까 성현이 말했다.

"이 영화 본 적 있어?"
"응. 조금. 넌?"
"봤어."
"우연히 만난 남녀가 사랑하게 되는 내용이지?"
"뭐. 꼭 그런 건 아니야."

이미 취해버려서 술을 더 마시긴 어려웠다. 술에서 물맛이 조금 느껴지기도 했다. 영화는 어느새 끝나고 광고가 나오기 시작했지만, 난 여전히 TV를 보고 있었다. 언제부터였는지 우린 매트리스에 등을 기대고 나란히 앉아 있었다.
유성현이 리모컨을 들어 채널을 돌렸고, 동물들이 나오는 다큐멘터리 채널에서 멈췄다. 내가 콧방귀를 끼며 유성현을 돌아봤더니, 유성현이 내 뺨을 만졌다. 그런 유성현을 바라보다 말했다.

"하고 싶어?"

솔직히 대답하면 어땠을까? 성현이는 대답하는 대신 일어나 욕실에 들어가 소변을 봤다. TV에선 사자들이 커다란 물소를 사냥하느라 고군분투하고 있었다.

욕실에서 나온 유성현이 술자리를 치우기 시작했다. 한 손으로 치우는 게 불편해 보여서 나도 같이 치워야 했다. 술자리를 다 치우고 나면 우리가 뭘 하게 될지 궁금했는데 유성현이 양치질을 하기에 나도 양치를 했다. 토할 것 같은 기분과 술이 깨는 기분이 동시에 들었다.

내가 양치를 마치고 돌아왔더니, 유성현이 내 매트리스 위에 누워 있다가 말했다.

"나 오늘 여기서 잘래."
"나는?"
"알아서 해."

유성현이 옆에 가서 누웠다. 유성현의 팔을 당겨 팔베개하고 다시 물었다.

"하고 싶지?"
"송민아."
"응."
"내가 지금 얼마나 하고 싶은지 모를걸? 지금 하면 수능 다시 봐야 한다고 해도 하고 싶어."
"…너 수시잖아."

"…그런데. 우리가 그래도 괜찮을까? 우리 앞으로 어떻게 될 거 같아? 넌 남자친구도 있잖아."

"…"

"내가 그래도 괜찮아?"

"…아 취한다."

"자라. 송민아."

"잘 참네, 유성현."

"힘들어."

"유성현 파이팅."

잠결에 그 선생님이랑은 그때 사귄 거냐고 물었던 것 같다. 잠결이었는지 꿈속이었는지 잘 기억은 안 나는데 유성현이 뭔가 대답하긴 했었다. 어떻게 잠을 자긴 했는지 모르겠다. 잔 것 같기도 하고 꿈을 꾼 거 같기도 하고 자다 깨다 반복했다.

더워서 깼다. 내가 이불을 돌돌 말고 바닥에 있었다. 이불에서 빠져나와 보니까 유성현은 매트리스를 혼자 차지하고 대자로 뻗어있었다. 덥고 답답하고 머리도 아픈 와중에 대자로 뻗은 유성현의 가운데 솟은 게 눈에 들어왔다.

그리 오래 보고만 있지는 않았다. 대자로 뻗어있는 유성현의 다리 사이에 내가 어느새 앉아 있었다. 별로 오래 고민하지도 않고 유성현의 반바지 아래쪽 틈으로 손을 넣어 만졌다. 처음엔 가만히 쥐고만 있다가 해진이 오빠에게 해주던 것처럼 이리저리 주물렀다.

"으… 뭐 해?"

"싫어?"

"아니. 계속. 계속 좀."

성현이의 반바지와 팬티를 동시에 벗기고 꺼내서 만졌다. 유성현이 믿기지 않는다는 표정으로 나를 보더니 베개를 들어 자기 얼굴을 덮고 말했다.

"으으~ 왜 이러는 거야."
"잘 참아서 상 주는 거야. 난 벌을 받고…."
"무… 무슨 소리. 야…. 으."

그래 난 벌을 받는 거다.

해진이 오빠가 군대 간지 채 두 달도 되지 않아서 남자를 찾았다. 난 그러지 않았다고 생각했지만, 내가 저지른 일들은 결과적으로 그랬다. 내가 왜 그 뚱뚱한 녀석에게 그렇게까지 그랬을까. 내가 어쩌다 유성현과 같이 살 생각을 했을까. 내가 왜 그 선배와 밥 먹으려 했을까.

내가 해진이 오빠를 사랑하는지 항상 궁금했다. 해진이 오빠와 헤어지면 항상 그리워지는 이유가 사랑이라 믿었다. 해진이 오빠에게 사랑받는 게 사랑이라 생각했다. 그렇게나 많이 헤어지고도 또 해진이 오빠를 그리워하는 이유를 그런 식으로 합리화했다.

해진이 오빠하고만 만나면 다른 남자들을 만나지 않아도 괜찮으니까.

난 그런 애였다. 내가 얼마나 밝히는지 감추고 싶어 해진이 오빠만 만났던 모양이다. 내가 어떤 여자인지 부정하려고 해진이 오빠만 만났다.

"으윽."

유성현이 신음을 뱉으며 내 손안의 것이 부풀었다. 난 이걸 너무 잘 안다. 해진이 오빠와 별로 다르지 않았다. 손으로 덮어 다른 곳으로 튀지 않게 막았다. 덮고 있는 손바닥에 뜨거운 게 쏟아졌고 잡고 있는 손에도 잔뜩 흘러내렸지만, 잡고 있는 손아귀에 더 힘을 줘서 뽑아냈다.

베개에 얼굴을 파묻고 신음을 흘리는 유성현의 몸이 늘어질 때까지 놓지 않았다. 잔뜩 흘러내린 것이 내 손을 타고 흘러 이불에도 떨어졌다. 그제야 놓고 휴지를 가져와 닦았다.

평생을 알아온 유성현의 저런 표정은 처음 보았다. 뭐라 설명할 수 없는 눈빛으로 멍하니 나를 보고 있었다. 그 말 많은 유성현이 내게 아무 말도 하지 못했다.

미끄덩거리고 휴짓조각이 달라붙은 유성현의 그것을 세심히 닦아냈다. 유성현의 그것은 여전히 처음과 같은 그 상태로 보였다. 아니 더 딱딱해진 것 같다.

하고 싶다.

⌒⌒⌒

초여름의 햇살이 방안 구석구석 자릴 잡았다. 유성현이 베개를 덮어쓰고 있어서 다행이다. 너무 밝은 데다 열린 창문으로 들리는 바깥의 소음들은 일상의 평범한 아침처럼 느끼게 했다. 그래서 더 창피하다.

하고 싶다는 생각이 떠올랐다는 사실이 창피하고 더럽다.

그럴 수 없다. 난 벌을 받는 중이며 유성현을 사랑할 수도 없고 해진이 오빠와 헤어질 수도 없다. 지금 그런다면 내가 어떤 사람이 될지 도무지 상상도 할 수 없다. 얼마나 지저분해질지는 치워두더라도 지금까지 살아온

삶들이 전부 아무것도 아니게 된다. 그럴 수는 없다.

대신 성현의 것을 머금었다. 죗값을 치른다.


우리는 한동안 꽤 서먹했다. 유성현은 내 눈을 피했고, 나도 성현에게 무슨 말을 꺼낼 수는 없었다. 우리는 그날 아침의 일이 마치 없었던 것처럼 행동했지만, 서로가 서로를 대하는 태도는 절대로 지울 수 없는 일이었다.


내가 학교에서 좀 떨어진 번화가의 술집에 아르바이트를 구했을 때도, 유성현이 내게 아무런 말도 하지 않았다. 아르바이트를 며칠 나가고 나서야 과외는 어떻게 되었냐는 질문을 했다. 내가 별 대답을 하지 않으니까, 유성현도 더 묻지 않았다.

대신 잠은 잘 잤다. 유성현이 바로 곁에 자고 있어도 잘 잘 수 있었다. 날은 점점 더 더워지고 유성현의 팔에 감긴 붕대는 점점 얇아졌다. 해진이 오빠가 이제 점점 전화를 자주 걸어왔고 첫 휴가를 나온다고 했다.


"성현아. 해진이 오빠 휴가 나온대."

"아. 그럼 나갈게."

"아니. 휴가가 길진 않으니까. 며칠만 어디서 머물 수 있겠어?"

"…그래."


해진이 오빠는 휴가를 나오자마자 군복차림으로 우리 학교로 왔다. 친구들이 다들 보는 앞에서 나를 안아주고, 내 방으로 갔다. 이미 성현의 흔적은 죄다 치우고 지웠어도 불안했는데, 괜한 걱정이었다. 해진이 오빠는 나랑 할 생각으로만 가득했다.

전에 오빠와 헤어졌다가 다시 만났을 때보다 더 굉장했다. 해진이 오빠는 도무지 쉴 생각이 없어 보였다. 좋았지만 아플 정도였다. 점심때 만난 해진이 오빠랑 어느새 해가 질 때까지 뒹굴고 있었다.

"오빠 집에는 안 가?"
"지금 몇 시야?"
"8시."
"아침?"
"저녁…"

해진이 오빠가 다행이라며 부랴부랴 옷을 챙겨 입고 내 방을 나갔다. 해진이 오빠랑 뒹군 흔적들은 나 혼자 치워야 했다. 사실 그리 급하게 치울 것도 아니었고, 전에 해진이 오빠랑 같이 지낼 때는 그리 꼼꼼하게 치우진 않았다. 어차피 해진이 오빠는 내일도 온다.

성현이랑 같이 머물던 장소라는 게 마음에 걸렸다. 철없을 땐 성현이 방에서도 했으면서, 어제만 해도 성현이랑 같이 있던 자리라는 게 마음이 쓰였다. 지금 성현이는 어디에서 지내고 있는지 걱정됐다.

어쩌고 있는지 유성현 톡이라도 보낼 생각으로 휴대폰을 만지는데, 해진이 오빠한테서 전화가 왔다. 곧 다시 오겠단다.

[오늘은 부모님이랑 있는 거 아니야?]
[밥이나 같이 먹었으면 됐지. 나랑 있는 거 불편해하서. 금방 갈게. 뭐 먹고 싶은 거 있어?]

난 괜찮다고 했지만, 해진이 오빠는 빵이랑 우유 같은 걸 잔뜩 사가지고 왔다. 내 냉장고가 너무 비었다며 내일은 장을 좀 보자고 했다. 그리고 또 이런저런 얘기들을 했는데, 별로 들리지 않았고 서로에게 중요하지도 않았다. 난 기다리고 있었다. 오빠는 내게 키스하면서야 알아챈 거 같다.

"민아야. 너 나 많이 보고 싶었구나?"
"응."

새벽녘에야 잠들 수 있었다. 아침에 일어났을 땐 이미 강의 시간에 늦었는데, 오빠는 다시 하려고 했다. 이젠 아프고 힘들었지만, 또 하느라 오전 강의를 결석했다. 점심 무렵에야 해진이 오빠랑 나가서 밥을 먹고 나는 학교에 가야 한다고 했다.

해진이 오빠도 따라오겠다고 했다. 내가 강의를 듣는 중에는 근처 PC방에서 기다리겠다고 했다. 우리 학교에 가서 조금 걷다가 난 강의실에 들어가고, 해진이 오빠는 PC방에 갔다. 친구들은 휴가 나온 남자친구랑 얼마나 뜨거운 밤을 보냈기에 오전에 결석했냐고 놀렸다.

강의가 끝나고 나오니까 해진이 오빠가 기다리고 있었다. 친구들이 피식거리며 좋은 시간을 보내라고 자리를 비켜줬다. 해진이 오빠랑 곧바로 내 방으로 가게 될 줄 알았는데, 해진이 오빠가 학교를 좀 더 구경하고 싶다고 했다.

조금은 예상했던 일이지만, 해진이 오빠가 으슥한 건물의 화장실을 찾아 나를 데려갔다. 이런 일이 처음도 아니라 별로 거부하지 않았다. 해진이 오빠는 가끔 이런 장소에서 하는 걸 좋아했고, 나도 이젠 뭔가…. 모르겠다.

더운 날씨라 땀이 많이 나는 게 가장 문제였다.

"오빠 나 오늘은 아르바이트 가야 한다고 말했잖아."
"응. 난 친구들 좀 만나고 있다가 밤에 올게."

어제는 사정을 얘기하고 쉬었지만, 오늘은 꼭 가야 했다. 그런데 이렇게 땀을 많이 흘렸으니 다시 샤워하고 준비하려면 시간이 촉박하겠다.

부랴부랴 집에서 샤워하고 화장은 거의 하지도 못하고 아르바이트를 갔다. 사장님은 화장을 안 한 게 더 좋아 보인다며, 어제 남자친구랑은 재미있게 놀았냐고 했다. 그런 말을 하는 게 어쩐지 성희롱처럼 느껴졌지만, 모른 척하고 일을 했다.

이른 시간엔 손님이 거의 없었다. 다른 알바 언니랑 사장님이랑 셋이서 영업 준비를 하는 게 일이었다. 안줏거리를 준비하는 건 다른 알바 언니랑 사장님이 거의 다 하고, 난 보통 청소를 했다.

청소하고 있는데, 사장님이 근처에 채소 트럭이 왔을 거라며 채소 좀 사 오라고 메모와 돈을 줬다. 가게를 나와서 채소 트럭을 찾았지만, 아무리 찾아도 보이질 않았다. 근처 과일가게 아주머니께 물어봤더니 자기도 모르겠다며 오늘 안 오는 거 같다고 했다.

가게로 돌아가 사장님께 말하려고 했는데, 주방에서 사장님이 알바 언니랑 내 이야기를 하는 걸 들었다.

"야. 민아 쟤 남자친구 휴가 나왔다더라. 넌 남자친구 휴가 나왔을 때 어땠어?"

"알잖아요. 남자친구 같은 거 만들지 않는 거요."

"캬~ 그렇지. 우리 은진이는 남친 같은 거 없지? 대신 나 같은 애인만 있는 거잖아? 그렇지?"

"자꾸 그런 식으로 말하면 그만둔다고 했죠."

"까칠하긴~ 야~ 은진아. 그래도 민아 저 귀여운 애가 휴가 나온 남자친구랑 밤새 했을 거 생각하면 흥분되지 않냐?"

"됐어요. 그리고 그 손 그만 떼시죠. 민아 곧 올 거예요."

"아~ 죽겠다. 은진아. 창고에 가서 빨리 한 번만 하자. 응? 금방 끝낼게."

"이러면 그만두겠다고 이미 말한 거 같은데요."

"한 번만. 쫌~ 응?"

"…손으로 해줄게요."

"입으로 해주라. 응? 내가 참을게. 응?"


두 사람이 창고로 들어가는 소리까지 엿들었다. 다시 나와 동네를 좀 돌아다녀 보니까 채소 트럭이 보였다. 오늘 늦었다며 덤도 좀 받아서 돌아왔을 땐 입구에서 알바 언니가 담배를 피우고 있었다.

그 언니가 날 보는 눈빛이 심상치 않았지만, 별로 친해지지도 않았고 친해질 거 같지도 않아 무시했다. 사장님은 주방에서 노랠 흥얼거리며 안줏거리를 준비하고 있었다.


알바를 하는 내내 해진이 오빠만 생각했다. 사실 자꾸 성현이가 떠오르는 걸 억누르려 해진이 오빠를 생각했다. 작은 가게에 손님이 꽤 많았다. 대부분 남자끼리 온 손님들이라, 오늘도 전화번호를 두 개 받았다. 물론 남자친구가 있다고 해서 그랬다. 알바 언니는 몇 번이나 전번을 받았는지 세기도 어렵겠다.

알바를 마치고 방으로 돌아왔더니, 해진이 오빠가 친구랑 같이 와 있었다. 어제부터 오늘까지 오랜만에 너무 많이 해서 아팠으니까 다행이라는 생각도 들었지만, 다른 남자가 와 있다는 게 너무 불편하고 싫었다.


"민아야. 미안. 정말~ 미안. 이놈이 너 한 번만 보고 싶다고 해서 데려왔다. 밖에서 보려고 했는데 너 알바 하고 또 밖에서 만나면 힘들잖아."

"안녕하세요."


해진이 오빠한테 대답하는 대신 그 오빠에게 인사했다. 해진이 오빠는 과장된 몸짓으로 그 오빠에게 일어나 인사하라고 손짓했고, 그 오빠가 비틀거리며 일어나 내게 미인이라는 둥 해진이가 부럽다는 둥 떠들며 인사했다.

샤워하고 싶지만, 이 오빠가 나갈 때까지 기다려야 했다. 성현이랑 지낼 때는 아직 틀어본 적 없던 에어컨이 신나게 돌아가고 있는 것도 마음에 들지 않았다. 해진이 오빠는 이 오빠를 바로 보낼 생각이 없어 보였다. 두 사람의 술자리에 나도 낄 수밖에 없었다.

결국 민호라는 오빠는 돌아가지 않았다. 완전히 취해서 뻗어버렸고, 성현이가 자던 바닥에 자리를 만들어서 자게 했다. 해진이 오빠도 내 매트리스 위에 누워서 씻지도 않고 잠들어버렸다. 그제야 샤워할 수 있었다.

그동안 성현이랑 생활했던 덕분에, 샤워하고 옷을 챙겨 입고 나오는 게 익숙해져 다행이다. 문을 열었더니, 민호 오빠가 굉장히 곤란한 표정으로 욕실 문 앞에 서 있었다. 내가 나오자마자 그 오빠가 비틀거리며 들어가더니 소변을 보는 소리가 들렸다.

내가 누울 자리가 마땅치 않았다. 매트리스 위의 해진이 오빠를 조금 밀어내고 옆에 누웠다. 쪼그리고 누워 잠을 청해보려 했는데, 욕실에서 해진이 오빠 친구가 나오질 않았다. 그냥 자려고 했지만, 신경이 쓰여서 잠이 오질 않았다. 소변을 보고 욕실에 쓰러져 있는 건 아닌가 걱정이 되었다. 해진이 오빠를 흔들어 깨워보려고 했는데 어지간해서는 깰 거 같지 않았다.

욕실 문을 열어봤더니, 민호 오빠가 좌변기 뚜껑에 기대 쓰러져 있었다. 바지와 팬티가 내려간 채라서 흔들어 깨울 수도 없었다. 아까 변기 물 내려가는 소리는 들렸던 거 같은데, 변기 뚜껑을 다시 내리는 것까지가 이 사람의 한계였던 모양이다.

어차피 여름이라 욕실에서 자도 큰 문제는 없을 것 같았다. 문제는 내가 소변이 마렵다는 것이었다. 별로 소변 볼 생각이 없다가도 누군가 소변을 보는 소릴 듣거나, 물소리를 들으면 나도 반응이 온다. 누가 하품을 하면 나도 하품이 나오는 것처럼 그랬다.

　민호 오빠를 좌변기에서 치워야 했다. 그냥 밀었다가는 머리부터 바닥에 떨어질지도 몰라 머리를 받치고 밀었다. 다행히 부드럽게 욕실 바닥에 쓰러졌고 여전히 잠에서 깨진 않았다.


　이제 소변을 보려고 앉았는데, 욕실 바닥에 쓰러진 오빠의 그게 눈에 들어왔다. 사실 보려고 한 건 아니었는데, 얼핏 보고 놀라서 다시 보게 되었다. 내가 본 게 그게 맞는지 의심이 들 정도였다.

　너무 놀라서 대강 정리하고 민호 오빠가 깰까 봐 변기 물도 내리지 않고 나왔다. 씻지도 않고 잠든 해진이 오빠의 품을 파고들었지만, 놀란 가슴 때문에 금방 잠들지 못했다. 해진이 오빠의 품속에서 나와 한참을 뒤척거리는데, 욕실에서 민호 오빠가 끙끙거리며 나오는 소리가 들렸다.

　난 아무런 잘못도 없는데 심장이 너무 크게 뛰어서 숨죽여야 했다. 곧 민호 오빠의 코 고는 소리가 들리고 나서야 나도 겨우 잠들 수 있었다.

　잠을 자긴 했는지 모르는 상태였는데, 해진이 오빠가 내 반바지를 벗기고 있었다.


　"…오빠 뭐 해?"

　"쉿."

　"아니. 민호 오빠 깨면 어쩌려고…"

　"그러니까 조용히…"


　해진이 오빠의 입으로 내 입이 막혔다. 약간의 저항 비슷하게 해봤지만, 내 티셔츠를 벗기는 것만 막았다. 들킬까 봐 걱정하는 와중에 이미 우리는 하고 있었다.

매트리스가 들썩이는 소리보다 내 입에서 나오는 신음이 더 문제였다. 난 두 손으로 내 입을 막고 해진이 오빠가 빨리 끝내기만을 기다렸는데, 해진이 오빠는 내 허릴 붙잡고 위에서 하게 했다. 이러다 정말 저 오빠가 깨기라도 하면 숨길 수 없다.

해진이 오빠 위에서 허릴 움직이며 차마 민호 오빠가 자는 쪽으로 고갤 돌릴 수 없었는데, 또 그 오빠가 자고 있는지 걱정되고 궁금했다.

민호 오빠와 눈이 마주쳤다.

✂ ✳ ✂

예전에도 비슷한 경험을 했다. 해진이 오빠는 남들이 볼 수 있는 노래방에서 그랬던 적이 있다. 그때도 누군가에게 보였는데, 전혀 모르는 사람이었다. 머릿속이 끓어버리는 것 같은 기분에 죽을 뻔했다. 해진이 오빠에게 다시는 그러지 말라고 했지만, 가끔 그날의 일이 떠올랐다. 사실 엄청 불쾌하고 역겹지는 않았다.

지금은 내 방인 데다 새벽까지 같이 술을 마신 민호 오빠와 눈이 마주쳤다. 노래방처럼 유리창을 사이에 둔 것도 아니고, 모든 소리가 그대로 전달될 공간이다. 아주 짧은 순간이었어도 그 눈빛을 잊을 수 없다.

해진이 오빠가 끝날 때까지 민호 오빠는 계속 자는 척했다. 우리가 정리하고 내가 욕실에 들어갈 때는 민호 오빠가 나를 보고 있는 것 같았다. 씻고 있는데 누가 문을 두드려서 놀랐다. 당연히 해진이 오빠일 텐데 민호 오빠일지도 몰라 긴장했다.

"민아야~ 나야. 소변 좀 보자."

조심스럽게 문을 열어주자마자 해진이 오빠가 들어와서 소변을 봤다. 그리고 들어온 김에 같이 샤워를 하자고 했다. 샤워를 하다말고 또 하려는 해진이 오빠에게 힘들다고 사정해야 했다.

우리가 욕실에서 나왔더니, 민호 오빠는 조금 전까지 자고 있던 사람처럼 연기하고 있었다.

"와~ 같이 샤워하고 나온 거야? 박해진 야~ 진짜 부럽다."

"아~ 자식. 더 자기나 하지. 우리 민아 부끄럽게 뭘 벌써 깼냐?"

"에이~ 요즘 세상에 뭘 그런 거 가지고 창피해하냐?"

난 민호 오빠와 눈도 마주치지 못했다. 해진이 오빠가 내 얼굴이 빨개졌다고 놀릴 때는 정말 화도 났다. 다행히 해진이 오빠가 내 기분을 눈치채고 해장이나 하러 나가자고 했다. 당연히 난 싫다며 집에 남았다.

학교에 가려고 준비를 하는데 손이 떨려서 힘들었다. 학교에 가는 동안에도 진정이 되질 않았고 친구들은 남자친구랑 뭘 하고 다녔기에 얼굴이 핼쑥해졌냐고 놀렸다.

수업을 듣고 있는데, 해진이 오빠가 학교 앞에서 기다린다고 했다. 수업이 끝나고 나와 해진이 오빠에게 전화를 걸었다.

[오빠. 혼자 있어?]

[당연하지. 왜?]

[아니야. 나 지금 수업 끝났어. 어디야?]

해진이 오빠랑 만나서 장을 봤다. 오빠가 냉장고 좀 채우라며 이것저것 많이 사줬다. 그리고 또 내 방에 와서 하고 좀 쉬다가 난 아르바이트를 가겠다고 했다.

"민아야. 내일 나 복권데 오늘 하루만 더 빠지면 안 돼?"
"안 돼. 작은 가게란 말이야. 오늘 금요일인데 내가 빠지면 어떻게 해?"

좀 삐진 거 같아서 달래주느라 또 해야 했다. 알바 시간엔 조금 늦을 거 같았다. 가면서 사장님께 메시지를 보냈다.

〈조금 늦어요. 금방 갈게요.〉
〈알았어. 오늘 같은 날 다들 왜 이래? 은진이 얘도 이런 애가 아닌데 짜증 나네.〉
〈은진이 언니도 늦는데요?〉
〈오고 있대.〉

택시를 탈 걸 그랬다. 사장님이 화가 좀 난 것 같다. 지하철에서 내려 빠른 걸음으로 가게로 향하는데, 누가 아는 척을 해서 깜짝 놀랐다. 유성현이다.

"송민아? 너 이 근처에서 알바 해?"
"응. 넌 여기 웬일이야? 나 지금 좀 늦어서 바쁜데~ 어떻게 잘… 아니다. 나중에 연락할게."

이런 곳에서 유성현을 마주칠 줄은 몰랐다. 그때의 그 일 덕분에 아직 서먹해서 내가 어디에서 알바 하는지 말해주지도 못했다. 유성현의 학교에서 멀리 떨어진 곳은 아니지만, 그렇다고 유성현이 이곳을 돌아다닐 이유를 떠올릴 수 없었다. 금요일이라고 친구들과 번화가에서 어울릴 형편도 아니다.

　어떻게 밥은 잘 먹고 다니는지도 걱정되었지만, 내가 지금 좀 바빴다. 가게에 도착했더니, 알바 언니도 조금 전에 도착했다고 했다. 영업 준비를 하느라 유성현에게 전화한 건 한참이 지나서였다.

　유성현은 이 근처에서 선배를 만났다고 했다. 오늘 밤 신세 좀 지려고 부탁을 했다는데, 다행히 괜찮다고 허락해줬단다. 유성현이 이 사람 저 사람의 집을 떠돌고 있다는 게 마음 아팠다. 유성현은 한 친구의 집에서 계속 머물면 민폐 같아서 그랬다는데, 나는 괜찮은가 보다. 그건 다행스러웠다.

　간단히 식사를 마치고 이제 가게를 오픈하며 손님을 받을 준비가 되었지만, 금요일 밤이라고 일찍부터 손님들이 모이는 술집은 아니었다. 사장님이 알바 언니랑 뭔가 이야기하는 동안 해진이 오빠에게 전화를 걸었더니, 해진이 오빠는 친구들이랑 방금 만나서 밥을 먹는다고 했다. 술을 조금만 마시라고 얘기해주려다 소용없을 것 같아 그만뒀다.

　사장님이 이제 곧 바빠질 테니까 아이스크림이라도 먹으면서 힘내자고 했다. 그러면서 나보고 31가지 종류의 아이스크림을 파는 가게에서 사 오라고 했다. 그 가게가 그리 가깝지는 않았다. 다녀오는데 족히 20분은 걸릴 것이다. 알바 언니의 표정이 꽤 심상찮아 보였지만, 난 천천히 다녀오기로 했다.
　아이스크림을 사 왔는데, 사장님도 알바 언니도 먹지 않았다. 사장님은 조금 기운 없는 목소리로 나보고 퇴근할 때 가져가라고 했다. 알바 언니가 많이 화가 난 것처럼 보였어도 일을 하는 중에는 티를 내지 않았다.
　퇴근할 시간이 다 되어서 사장님이 주변에 알바 할 사람 없냐고 했다.

알바 언니가 오늘까지만 하고 그만두겠다고 했단다. 그러면서 오늘 마무리는 좀 같이 부탁한다며 알바 언니를 먼저 퇴근시켰다.

　내일은 주말 알바가 나오니까 청소는 됐다며 쓰레기만 정리하자고 했다. 쓰레기를 모아서 들고 나오다가 또 유성현을 만났다. 알바 언니랑 같이 있는…:

　나도 모르게 벽 뒤로 몸을 숨겼다. 알바 언니는 담배를 피우며 유성현과 대화를 나누고 있었다. 무슨 얘기를 하고 있는지 잘 들리진 않았어도 두 사람 사이가 매우 친근해 보였다. 민효정과 같이 있는 유성현보다 지금의 유성현이 훨씬 더 자연스러워 보였다. 커다란 가방을 메고 있는 유성현에게 알바 언니가 뭐라 나무라는 것 같기도 했는데, 두 사람이 함께 큰길로 걸어나갔다.

　유성현에게 또 다른 여자가 있었다. 어쩌면 우리가 그럴 나이일지도 모르지만, 저 여자는…:

　그럼 오늘 신세를 지겠다고 허락받는 선배가 알바 언니란 얘기가 된다. 왜 하필 만나도 저런 여자만 골라 만나는 걸까. 저 언니는…:

　난 다른가. 나는…:

　유성현이 어제는 누구의 집에서 머물렀을까. 그 선생님이라는 여자의 집이었을까. 민효정의 집에서 머문 것은 아닐까. 유성현이 내 곁에서 그렇게 참을 수 있었던 이유가 설명되는 걸까. 나는 유성현을 얼마나 알고 있는 걸까.

　자신에게 그런 걸 해준 나를 어떻게 생각할까 두려웠다. 이미 많은 여자들을 만나면서 나를 비교하진 않았을까 두려웠다. 내가 많은 남자들을 만나고 다녀서 그랬을 것이라 생각할까 봐 두려웠다.

성현이는 이 여자 저 여자 만나고 다니면서도, 내가 헤퍼 보일 거라는 게 너무 싫었다. 내가 사실은 해진이 오빠만 만나왔는데 유성현의 눈에는 그저 헤픈 여자로 보일지도 모른다는 게 화가 났다. 그리고 우린 그냥 친구라서 이런 걱정이 아무 의미가 없다는 게 답답했다.

역겹다.

유성현은 이제 내가 아는 그 유성현이 아니다. 어쩌면 훨씬 이전부터 그랬을지 모른다. 내가 해진이 오빠와 함께 하는 동안, 그렇게 여러 번 헤어지고 다시 만나기를 반복하는 동안, 유성현은 다른 여자들과 헤어지고 만나고 있었을지 모른다.

아니잖아. 유성현에게 아니라는 대답을 듣고 싶은데, 질문할 수도 없다.


아이스크림을 들고 방으로 돌아갔더니, 해진이 오빠와 지난밤 그 친구가 같이 있었다. 민호 오빠는 나를 보고 반갑게 인사했지만, 난 눈도 마주치지 못했다. 해진이 오빠는 어제보다 훨씬 많이 취해서 내가 아이스크림을 사 왔다며 좋아했다.

"오빠 너무 취했어. 내일 복귀라며."
"으약~ 그러니까 취했지. 이렇게 예쁜 민아를 두고 또 어떻게 들어가!"

해진이 오빠가 내게 키스하려 했지만, 어렵게 뿌리쳤다. 해진이 오빠가 툴툴거리며 민호 오빠에게 말했다.

"야~ 오늘은 너 그만 가라~. 나 내 여친이랑 마지막 밤 좀 불사르게!"
"알았어~ 자식. 딱 한 잔만 더 하고 갈게."

"하~ 이 자식~ 여태 안 마시다가 막판에 달리네?"

그 마지막 한잔이 해진이 오빠의 한계였다. 해진이 오빠는 옆으로 쓰러져버렸고, 민호 오빠가 깨워도 소용없었다. 민호 오빠는 해진이 오빠를 가볍게 들어 매트리스로 옮겼다. 해진이 오빠가 그리 작은 체구도 아닌데, 힘이 장난 아니다. 그래서 더 두려워졌다.

이제 그만 가줬으면 좋겠는데, 민호 오빠가 다시 자리에 앉더니 내게 말했다.

"우리끼리 한잔할래?"
"아뇨. 그만 가세요…."
"와서 좀 앉아 봐~ 오늘 아침에는 너 대단했다?"
"…아이 씨."
"아이 씨?"
"그래서. 뭐. 어쩌자고. 함 달라고?"
"응."
"싫어!"
"알았으니까 소리 지르지 마라. 해진이 깬다. 난 뭐 줄 수도 있다고 생각했지.~ 오해해서 미안."

어이가 없었다. 민호 오빠가 자리에서 일어났는데, 나도 모르게 거길 보게 되었다. 헐렁한 반바지를 입고 있는데도 뭔가 그랬다. 재빨리 시선을 옮겼는데도 민호 오빠가 눈치를 챈 거 같아 짜증 났다. 일어선 민호 오빠가 피식 웃으며 말했다.

"어제 새벽에 말이야. 나 밀어내고 소변 봤잖아. 정신이 조금은 있었어."

"…알았으니까 그만 가요."

"좀 웃기지 않냐? 해진이는 이 여자 저 여자 다 만나고 다니다가 지 아쉬울 때만 너 찾는 건데~ 넌 해진이만 보고 사는 거냐?"

"…뭘 안다고 그래요?"

"뭐. 그렇단 얘기야. 됐다. 또 보자~."

민호 오빠가 방을 나가고 문의 보조 열쇠까지 잠갔다. 그리고 바닥에 바로 주저앉았다. 너무 많은 것들이 머릿속을 채우고 지나느라 터져버릴 것 같았다. 가랑이 사이에 두 손을 모으고 숨을 좀 골라야 했다. 그러나 그럴수록 숨이 더 가빠지고 답답해졌다.

만약에 민호 오빠가 내 손목이라도 잡았더라면 내가 저항할 수 있었을지 장담하기 어렵다. 어른거리는 그걸 내가 쥐고 있는 걸 이미 상상했다. 그런 게 내 몸에 들어올 수 있을지 상상도 했다. 잠들어 있는 해진이 오빠 옆에서 민호 오빠와 뒹굴고 있는 나를 상상하고 토할 것 같았다.

술자리를 치우고 정신없이 아이스크림을 먹었다. 이미 충분히 먹었지만, 다시 스푼을 들어 또 아이스크림을 폈다. 입안에 아이스크림을 아직 다 삼키기도 전에 또 입에 넣었다. 입안의 녹은 아이스크림이 떨어져 턱을 타고 흐르고 바닥에도 떨어졌다. 입가와 턱에 묻은 아이스크림을 손으로 닦아 먹고, 바닥에 떨어진 아이스크림을 게걸스럽게 혀로 핥아 먹었다.

아이스크림 한 통을 다 비우고 샤워를 하려다 구역질이 나왔다. 방금 먹은 아이스크림을 변기에 토해냈다. 내가 뱉은 하얀 아이스크림이 지저분하게 번졌다.

변기 속에 소릴 질렀다. 떠오르는 모든 욕들을 쏟아부었다. 변기 물을 내리면서 비명을 질렀다. 날카로운 것을 찾아 내 허벅지를 찌르는 대신 나를 향해 욕했다.

왜 욕들이 죄다 성을 비하하는 의미를 가지고 있는지 이해했다.

～✿～

해진이 오빠는 아침에 눈을 뜨자마자 해장을 하겠다며 아이스크림을 찾았다. 아이스크림으로 해장이 가능한지 모르겠지만, 난 아이스크림 대신 다른 걸 줬다. 해진이 오빠는 만족하며 이제 정말 해장을 해야겠다고 했는데, 난 다시 또 다른 걸 줬다. 해진이 오빠는 다시 만족했지만, 난 그렇지 못했다.

라면이라도 끓여먹어야겠다는 해진 오빠를 기다렸다. 오빠가 라면을 다 먹기도 전에 난 오빠 걸 만지고 있었다. 오빠의 입에서 라면 맛이 나는 게 짭조름해 차라리 나았다.

"민아야, 나 무서워."
"나도."

버스터미널에서 휴가 복귀하는 오빠를 보냈다. 성현이에게 전화를 걸었는데 받지 않아 메시지를 남겼다. 알바를 다녀왔더니 유성현이 선풍기 바람을 쐬며 TV로 축구를 보고 있었다.

"언제 왔어?"
"아까."
"무슨 경기야?"
"친선경기."

유성현이 과자를 먹고 있기에 나도 옆에 앉아서 과자를 집어 먹었다. 유성현이 선풍기를 돌려 바람이 나한테 오게 했다. 경기는 거의 끝나고 있었다. 어디 먼 나라의 원정경기인지 관중도 별로 없었다. 0 대 0으로 경기가 끝나고 유성현이 일어나며 말했다.

"난 손만 씻으면 되니까 먼저 좀 씻을게."
"응."

욕실에서 유성현이 소변보는 소리가 들렸다. 난 일어나 셔츠를 벗고 바지도 벗었다. 유성현이 손을 씻고 나오다가 속옷 차림의 나를 보고 눈살을 찌푸리며 말했다.

"쏭. 그 형이랑 있는 거 아니야. 나랑 있잖아. 신경 좀 써라."
"네가 신경을 쓰지 마."

샤워를 하고 나오면서도 그냥 속옷 차림으로 나왔는데, 유성현은 이미 바닥에 자릴 펴고 누워 있었다. 잘 때만 입는 셔츠를 입으며 속으로 브라를 벗어 던지고 선풍기 바람과 드라이기로 머릴 말렸다. 머리카락을 말리고 매트리스 위에 누웠는데 선풍기 바람이 내 쪽으로 오지 않았다.

"선풍기 바람 좀 내 쪽으로 오게 해줘."
"나 자고 있어, 쏭."

일어나 선풍기를 내 쪽으로 돌리는 대신 바닥의 유성현 곁에 누웠다. 타월로 배만 덮고 있는 유성현은 그런 나를 신경 쓰지 않았다. 내가 유성현의 팔을 당겨 베고 나서야 입을 열었다.

"덥잖아."
"바닥에 누우니까 좀 시원하네. 네가 매트리스로 올라가 자."

유성현이 정말 일어나려는 걸 내가 팔을 잡아당겼다. 다시 누운 유성현의 팔을 베고 가까이 누웠더니, 유성현의 숨소리가 들렸다. 내가 유성현의 배에 손을 올렸다. 유성현이 깊은 한숨을 내쉬며 말했다.

"하지 마."
"왜?"
"왜는 뭐야"
"너 어제 누구랑 잤어? 아니. 은진 언니랑은 어떤 사이야?"

유성현이 자리에서 벌떡 일어나 앉았다. 난 여전히 바닥에 누워있었고, 유성현이 나를 내려다보며 말했다.

"은진 선배를 어떻게 알아?"
"그러게. 우리 참 재밌지. 나 그 언니랑 같은 가게에서 알바 했어. 뭐 지금은 그 언니가 그만뒀지만."
"그만뒀어? 왜? 우리 얘길 했어? 아니 어떻게? 뭐야? 설명 좀 해봐."
"아니. 어제 그 언니가 알바 그만두고 너랑 같이 있는 걸 가게 입구에서 봤어. 왜? 그 언니 알바 그만둔 게 걱정돼? 그 언니가 그렇게 좋아?"

심각한 표정으로 나를 보고 있는 유성현이 대답하지 않았다. 나도 일어나 앉으며 다시 말했다.

"유성현. 너 생각보다 꽤 난잡하더라?"

"…"

"도대체 몇 명이나 만나고 다니는 거야? 그 선생님에다 민효정, 그리고 은진 언니까지. 내가 아는 사람만 셋이네. 더 있니?"

"아니야. 그때 선생님은…. 아무튼 아니었고, 효정이는 정말 아니야. 은진 선배는 정말 어제 잘 곳이 필요했어. 아무하고도 만나고 있는 건 아니야."

"아~ 그래? 그럼 그 여자들이랑 아무 일도 없었어? 그냥 같이 강릉에서 하룻밤 자고 학교에서 어울리고 집에 가서 잠만 자고?"

"송민아. 내가 왜 너한테 그런 걸 설명해야 하냐."

"뭐?"

어이가 없었다. 유성현이 내 눈을 똑바로 보며 그런 말을 할 수 있다는 게 화가 났다. 간신히 화를 억누르며 말했다.

"제자랑 하룻밤 여행을 가는 여자. 대학까지 너를 따라가는 여자애. 가게 사장이랑 붙어먹다 그만둔 여자랑 어울리는 너를 아는데 모른 척해? 우리가 그냥 그 정도야?"

"그러는 너는? 넌 내 방에서도 남자친구랑 했잖아. 그런 네가 나를 나무랄 수 있냐?"

"야. 유성현."

"알았어. 나갈게. 미안하다."

유성현이 일어나 옷을 찾아 입으려 했다. 그런 유성현을 지켜보다 나도 일어났다. 바지를 입으려는 유성현을 뒤에서 안았다. 유성현이 내게 안긴 채 가만히 서 있었다. 유성현의 등에 기대 말했다.

"그래서 내가… 내가 그 여자들보다 더러워? 그래?"

"누가 더러워. 서로 비밀로 하고 싶은 것들이 있는 거잖아. 일일이 설명하기 힘든 것들이 있잖아. 우리가 어떻게 서로 다 알 수 있겠어?"

"우린 다 알고 지냈잖아. 모르는 게 있으면 너도 궁금하잖아. 너도 나 알고 싶잖아."

"미안해."

뭐가 미안한지 묻고 싶은데 유성현이 돌아서 나를 안아줬다. 한참을 그렇게 안고 있었어도 우리가 할 수 있는 건 없었다. 난 유성현의 등을 쓰다듬었고, 유성현은 그런 나를 꼭 안고만 있었다.

내가 고개를 들어 유성현을 올려다봤지만, 유성현은 그런 나를 가만히 바라보기만 했다. 아래쪽에선 유성현의 것이 단단해지는 게 느껴지는데도 유성현은 꼼짝하지 않았다. 답답해서 내가 말했다.

"숨 막혀."

"아. 미안."

내가 먼저 자리에 누우니까, 유성현도 내 곁에 누웠다.

여름이라 우린 별로 걸친 게 없었다. 나는 아까 브라를 벗었으니, 걸친 옷가지가 아마도 유성현보다 적지 않을까. 이제 선풍기를 꺼도 덥지 않을 것 같았는데, 선풍기를 끄는 대신 유성현의 품에 안겼다. 유성현의 몸이 긴장하는 게 느껴진다.

"성현아."

"응."

"우리가 사귀었으면 어땠을까?"

"…"

대답하지 않는 유성현의 배를 살살 문질렀다. 유성현의 몸이 움찔거리는 걸 느끼다 천천히 성현의 반바지 속으로 손을 넣었다. 유성현의 저항은 없었다.

우리는 하진 않았다. 유성현이 내게 키스라도 했으면 어찌 되었을지 모르겠는데, 유성현은 그러지 않았다. 서로 아무 말도 하지 않았다. 난 다시 양치하고 자야 했다.

전처럼 서먹해지지 않았다. 아침에 일어나 각자 할 일을 했다.

"야. 유성현 한 손으로도 속옷 정도는 빨 수 있잖아!"
"뭐~ 자주 빨고 있잖아."
"그럼 이건 뭐야~? 이게 네 빤스지 티셔츠냐?"
"아이~ 진짜. 그건! 지난밤에 그런 거잖아!"
"뭐? 아~ 야! 그래도 빨아 놓고 잤어야지!"
"하아…. 그게 되겠냐?"

유성현의 팬티를 유성현에게 집어 던졌고, 유성현이 잡아 다시 빨래통에 넣었다. 유성현이 욕실에 들어가며 괜히 나를 툭 치고 지나기에, 난 유성현의 엉덩이를 발로 찼다.

일요일인데 좀 일찍 일어난 편이다. 내가 침구류를 털고 정리하는 동안 유성현이 청소기를 돌렸다. 더워지기 전에 대강 청소와 빨래를 마치고 늦은 아침을 먹기로 했다.

"쏭! 일요일은 뭐 먹는지 알지?"

"네가 끓여! 설거지 내가 하잖아!"
"짜라짜짜 짜짜짜~ 3개 끓인다?"

자장 라면을 먹고 설거지를 하고 나니까 슬슬 더워지고 있었다. 우리는 선풍기 바람을 쐬며 TV를 봤다. 별로 재미있는 채널이 없어서 이리저리 채널을 넘겼는데, 유성현이 시비를 걸기에 리모컨을 넘겼다. 유성현이 《포레스트 검프》가 나오는 영화 채널에서 멈췄다.

"뭐야. 유성현. 저 영화 못 봤어?"
"봤지. 뭐~ 별로 볼 만한 것도 없잖아?"

이미 다 알고 있는 내용인데, 그냥 멍하니 영화를 봤다. 전에도 봤을 때 느꼈던 거지만 제니 저 여자는 참. 뭔가 고전 영화 느낌이 나는 영화인데도 그럭저럭 보고 있을 만은 했다. 영화는 어느새 중반쯤 도착했고, 검프를 찾아온 제니가 하룻밤을 보내는 장면이 나오고 있었다.
유성현의 표정이 궁금해서 바라봤더니, 유성현이 인상을 쓰며 손가락으로 내 볼을 밀었다. 겨우 이런 장면에서 저러는 유성현이 웃겨서 말했다.

"야. 우리 사이에 뭘~ 아니. 저런 거 보고도 그래?"
"당연히 아니지."
"그런데 왜~ 응? 뭐가 아니냐?"

반바지가 부풀어 올라 있던 유성현이 양반다리로 자세를 고쳐 앉으며 말했다.

"저런 장면에도 그러는 게 아니라~ 지금 너랑 있으니까~ 다른 상상이 가능해진 거잖아. 혼자 봤으면 아무 생각 없었을 걸?"

"아~ 그렇구나. 나 때문이구나?"

내가 유성현의 반바지를 내리려고 하니까, 유성현이 기를 쓰며 내 손을 붙잡고 막았다. 지난밤에는 얌전했던 녀석이 호들갑을 떤다.

"가만히 있어 봐."

"뭐야~ 이게."

뭐긴. 이 복 받은 녀석이 마지못해 그러는 것처럼 내 손을 놔줬다. 그러면서 반바지를 벗기기 편하게 엉덩이까지 들어주는 게 웃겼다. 유성현은 침을 삼키며 천장을 보고 있었다. 그런 유성현의 걸 꺼내 머금었다.

우리가 하진 않았지만, 내가 가끔 유성현을 도와줬다. 유성현이 붕대를 풀고 이제 다시 일을 나갈 수 있게 되었을 즈음엔, 대단히 심각한 표정의 유성현이 먼저 해달라고도 했다. 그때까지도 우리는 키스는커녕 서로를 안아주지도 않았다.

이상한 일이지만, 내가 유성현에게 그걸 해주면 안심이 되었다. 우리가 하지는 않았다는 게 죄책감을 덜어줬다. 기말고사 기간에는 아침에 집을 나가면서도 해달라고 하는 통에 귀찮기도 했다. 프로야구 경기를 보다가 유성현이 응원하는 팀이 초반에 박살나니까, 내 손을 잡아 자기 걸 쥐게 했다.

"야. 유성현."

"응."

"너도 나 만져줘."

"웅."

유성현이 내 셔츠 속으로 손을 넣어 내 가슴을 만졌다. 난 셔츠 대신 반바지를 벗고 유성현의 손을 아래로 당겼다. 유성현이 조금 멈칫하긴 했어도 손가락이 닿았다. 내가 숨을 삼키며 유성현의 품으로 파고드니까, 유성현의 손가락이 살며시 틈을 비집었다.

"아으으~. 유성현. 그만해."

말을 듣지 않았다. 유성현은 계속 비집던 손가락으로 헤집기 시작했고, 손바닥 전체로 덮었다가 아래서부터 긁고 올라오기도 하고 파고들어 왔다. 그런 유성현의 손목을 잡았더니, 그제야 멈추고 날 안았다.

이제부터 어떻게 될지 잘 알고 있었다. 내가 멈출 수 없다. 유성현을 더 말릴 수 없었다. 내 두 다리 사이에 들어앉은 유성현을 올려다봤더니, 유성현의 얼굴이 가까이 다가오고 있었다.

아주 어릴 때였다. 초등학교 저학년 때였는데, 내 머리카락을 잡아당기는 남자애들과 유성현이 싸웠다. 유성현이 별로 잘 싸우는 편은 아니었던 것 같다. 초등학교 고학년으로 넘어가며 간혹 남자애들이 여자애들의 치마를 들치는 장난을 쳤다. 그러나 나에게는 아무도 그런 장난을 치지 않았다.

중학교 때 유성현이 내 생일 선물로 사준 전자시계를 아직도 갖고 있다. 그 전자시계를 사려고 유성현이 거의 한 달 치 용돈을 모았다는 걸 알고 있었다. 유성현의 앞에서는 한 번도 찬 적이 없는 시계였지만, 학교에는 매일 차고 다녔다.

유성현의 집에서 해진이 오빠와 나오다가 유성현이 놀이터에서 책을 읽고 있는 걸 봤었다. 해진이 오빠와 걸으면서도 몇 번이나 놀이터 쪽을 돌아봤다. 유성현이 무슨 책을 읽고 있었는지 궁금했는데 물어볼 수 없었다.

"유성현"
"…응."
"나 샤워하고 싶어."
"…"

샤워하고 나왔을 땐, 유성현이 방에 없었다. 어느새 시끄럽게 울기 시작한 매미울음 소리만 가득했다. 선풍기에 무슨 충격이 있었는지 조금 덜컹거리는 것 같다.

\* \* \*

정신없던 대학생의 첫 학기가 끝났다. 몇몇 친구들은 여름 방학에 여행을 준비하겠지만, 대부분의 친구는 아르바이트를 이미 시작했거나 알아보고 있었다. 이제 유성현은 정상적인 생활에 아무런 문제가 없었고, 방학동안 오전에도 택배 상하차 일을 나가겠다고 했다.

성현이네 아빠가 많이 좋아지신 모양이다. 우리 아빠랑 같이 새로 인수한 공장에 나오셔서 조금씩 일을 보시기 시작했다는 얘기를 들었다.

엄마를 통해서 새로 과외 할 자리를 소개받았는데, 이제 과외는 하기 어렵겠다고 했다. 저녁에 술집에서 하는 알바로 버는 만큼 과외로 벌기도 어렵겠고, 아무튼 당분간 과외는 별로 하고 싶지 않았다.

유성현과 나 사이에 딱히 문제가 생기진 않았다. 가끔 내게 먼저 요구하기도 했던 유성현이 선풍기가 고장 나버린 그날부터 요구하지 않았다. 우리는 어렸을 때 같이 어울렸던 것처럼 남매같이 지냈다. 물론 내가 누나에 가까웠다.

"야! 유성현! 양말이랑 티셔츠 같이 세탁기에 넣지 말라고 했지!"
"아~ 상관없다니까~ 세제랑 섞이면 다 똑같이!"
"그럼 따로 빨아! 너는 네 것만 빨아!"
"그냥 네가 다 빨아주면 안 되겠니?"
"뭐? 장난해? 너 먹은 거 바로바로 안 치울래? 누가 밤에 와서 혼자 맥주 마시래!"
"야~ 여름에 밖에서 일하고 들어와 봐. 맥주라도 못 마시면 잠이 오겠냐?"

그냥 그저 나눌 만한 대화가 부족해 싸우는 부부들처럼, 사소한 것들로 아웅다웅하며 잘 지내는 편이었다.
방학인데 더 만나기 어려웠다. 평일 동안에는 유성현이 새벽부터 나가서 밤늦게 들어왔다. 나도 밤에는 유성현보다 더 늦게 들어와서 씻고 잠들기 바빴다. 그래서 주말이면 더욱 티격태격거렸던 것 같다. 반가워서.
주말 오후에는 같이 시간을 보낼 수 있었는데, 유성현이 자주 외출하기 시작하면서 그러지도 못했다. 유성현이 나가서 누굴 만나는지 무척 궁금했지만, 차마 물어볼 수 없어서 답답했다. 대신 나도 친구들을 만날 약속을 잡고 친구들과 어울렸다.

해진이 오빠를 면회도 갔다. 처음 갔을 때는 외박을 나올 수 없다고 외출을 나왔다. 점심을 먹고 근처 여관에서 4시간 쉬었다가 들여보냈다. 해진이 오빠가 너무 거칠었지만, 이해했다. 아니 나쁘진 않은데, 대신 돌아오는 길에 버스에서 내내 얼얼한 상태라 불편했다.
두 번째 면회를 갔을 때는 해진이 오빠가 외박을 나왔다. 전에 외출을 나왔을 때도 다른 선임 병사들과 인사를 나누고 그랬으니까, 다른 선임 병사가 함께 있는 걸 이해했는데 오늘은 한 선임 병사가 자릴 비켜주지 않았다. 점심도 그 선임 병사와 같이 먹었다. 그 선임이 화장실 간 사이에 해진이 오빠에게 말했다.

"저 사람은 언제가?"
"좀 기다려봐. 우리 내무실 실세야. 나 저 고참한테 잘 보여야 해. 눈치 없는 사람은 아니니까 좀 있으면 가겠지."
"저 사람은 누가 면회도 안 왔는데 외박을 나온 거야?"
"꼭 누가 면회 와야 외박 나오는 건 아니야."

눈치 없는 사람은 아니라고 했는데, 점심을 먹고 나와서도 그 선임은 자릴 뜨지 않았다. 해진이 오빠에게 예쁜 여자친구가 있어서 좋겠다는 둥, 나보고 소개 좀 시켜달라는 얘기를 몇 번이나 했다. 이미 알았다는 대답을 했는데도….

"민아 씨. 지금 누구 친구한테 연락할 수 있는 사람 없어요? 제가 올해 겨울에는 전역을 하거든요."
"지금 당장 연락하면 좀 부담스러워할 수도 있으니까요. 제가 천천히 얘기해서 괜찮은 군인이 있다고 소문 좀 내볼게요."

괜찮은 군인이 있다고 말하면 좋아할 여자애가 있을지나 모르겠지만, 일단은 내가 진지하게 생각하고 있다는 반응을 보여줘야 했다. 해진이 오빠가 너무 애처로운 표정이라 어쩔 수 없었다.

아직 이른 시간인데, 그 선임이 자기가 술을 사겠다고 했다. 어이가 없었지만, 술이랑 고기까지 사겠다며 나랑 해진이 오빠를 데려가는 그 선임에게 싫다고 말할 수는 없었다.

지겨운 군대 이야기를 실컷 들었다. 나는 관심이 전혀 없는 축구 한 이야기를 두 사람은 신나게 이야기했다. 해진이 오빠는 그 선임의 말에 맞춰주느라 정신이 없는 건지, 아니면 정말 재미있어서 그러는 건지 알 수 없을 정도로 재미있어 보였다.

가끔 나를 신경 써주는 것 같긴 했다.

"민아 씨. 이런 얘기 재미없죠? 해진이랑은 중학교 때부터 사귀었다면서요? 와~ 지겹지 않아요?"

"조금~ 뭐 지겨워도 어떻게요. 참고 살아야지~."

"와~ 완전 부부 사이네. 둘이 그렇게 오래 사귀면 얼마나 해봤어요?"

"네?"

"아! 죄송! 죄송해요. 제가 농담이 심했죠?"

내가 어이없어서 해진이 오빠를 돌아봤지만, 해진이 오빠는 멋쩍게 웃으며 선임의 눈치를 보고 있었다. 이 정도 사이라면, 군대에서 둘이 나에 대한 이야기를 할 말 못 할 말 가리지 않고 했으리라는 생각이 들었다.

그런 생각을 하니까 뭔가 발가벗고 있는 기분이 들어 창피해졌다. 내 얼굴이 빨개진 모양이다.

"에이~ 민아 씨 생각보다 순진하시네. 뭐 이런 얘기로 얼굴까지 빨개져요. 박해진! 너 뭐야? 나한테 떠든 얘기 죄다 구라지?"

"이병 박해진. 반성하겠습니다."

"뭘 반성해 인마~ 군인들이 자기 얘기에 구라 섞는 게 당연하지. 됐어! 고기도 다 먹었는데 우리 다른 데 가서 한잔 더 하자~."

반쯤 포기한 상태라 그러려니 했는데, 여관방을 잡고 마시자는 얘기에 정말 화가 났다. 해진이 오빠에게 눈총을 줬지만, 해진이 오빠도 울상이 되어서는 내게 제발 부탁한다는 표정으로 내 손을 잡았다.

술이랑 안줏거리를 잔뜩 사서 여관방에 들어갔다. 방을 두 개 잡아서 다행이긴 했는데, 어차피 셋이 모여서 술을 마셔야 했다. 테이블도 없는 여관방이라 치마를 입고 방바닥에 앉아 있는 게 너무 불편했다.

막상 이렇게 되니깐 포기하게 되었다. 해진이 오빠의 면회에 맞춰서 약까지 먹고 있었는데, 저 눈치 없는 인간은 밤새 우리랑 술을 마시게 될 것 같다. 그러면 차라리 저 인간이 취하거나 내가 취해서 잠들어 버리는 게 났겠다. 문제는 내가 술이 좀 취하니까 노골적인 이야기들을 꺼내기 시작했다.

"아니. 내가 진짜 진짜 궁금해서 그런데, 아~ 먼저 미안해요. 딸꾹~ 흐이구~ 너무 미안하니까 딸꾹질이 다 나오네요. 아무튼 그~ 있잖아. 민아 씨. 진짜로 해진이랑 영화관 계단에서도? 아~ 죄송해요. 아무래도 구라 같아서 말이지. 미안! 내가 미안해!"

"했어요. 했다고요~ 됐어요?"

"우와~ 진짜구나? 빡해진! 너 진짜였구나? 너 인마 이제 군 생활 폈어. 아~ 이미 폈지?"

해진이 오빠가 이 인간에게 별 이야기들을 다 했던 모양이다. 노래방에서도 해봤다는 얘기부터 건물 옥상에서 했던 게 정말 고등학교 시절 얘기가 사실이냐고 물어왔다. 내가 좀 짜증을 내면서 그렇다고 대답을 해도 되레 좋아하는 꼴이 보기 싫었지만, 해진이 오빠를 봐서 참았다.

술 때문이기도 했고, 내가 많이 짜증이 난 상태라서 그랬는지 모르겠다.

여관방 바닥에 주저앉아 있다 보니까, 그리 길지 않은 얇은 여름 치마가 많이 말려 올라간 줄도 몰랐다. 허벅지는 거의 다 드러내고 팬티가 보일 정도였을 때, 해진이 오빠의 선임이 내 가랑이 사이에서 시선을 떼지 못하고 있다는 걸 알아차렸다.

말려 올라간 치마를 내려야겠는데, 나도 모르게 콧방귀가 나왔다. 이 눈치도 없고 한심한 인간이 내게 들킨 줄도 모르고 정신없이 내 다리만 보는 꼴이 우스웠다. 내버려두고 계속 술을 마셨다.

이미 다 같이 취했는데, 이 인간은 이제 거의 허리춤까지 말려 올라간 치마 아래를 보느라 내 쪽으로 쓰러질 지경이었다. 소변이 마려워서 내가 일어나는데도 내 다리를 보느라 정신없었다.

취한 와중에도 좌변기 물을 먼저 내리고 일을 봤다. 다시 좌변기 물을 내리고 나오려는데, 해진이 오빠가 들어오면서 나를 데리고 화장실로 들어갔다.

"오빠 왜?"
"민아야 나 죽겠다. 지금 한 번만 하자 응?"
"뭔 소리야. 밖에 오빠 선임 있잖아"
"너 화장실 들어가자마자 쓰러졌어. 봐봐. 코까지 골잖아."

해진이 오빠가 화장실 문을 다시 열면서 그 인간을 보라고 했다. 좀 전까지 내 다리를 보느라 정신을 잡고 있던 사람이 널브러져서 코를 골고 있었다.

전에 민호 오빠와 있었던 일 때문에 그 인간이 확실히 자고 있는지 확인하고 싶었는데, 해진이 오빠는 이미 나를 엎드리게 하고 들어오고 있었다.

"아. 좀 살살."

"응? 어 미안."

세면대에 기대 숙인 채 그러고 있는데, 보니까 뒤쪽에 화장실 문이 조금 열려 있었다.

"문. 오빠 문 좀 닫아."

해진이 오빠가 빼지 않은 채 내 허릴 붙잡고 조금 움직여 화장실 문을 닫았다. 그리고 다시 거칠어졌지만, 난 내 입을 막고 있느라 정신없었다. 밖에 그 선임은 잊고 좀 느끼려는데 오빠가 벌써 끝내고 내게 키스했다. 내 남은 옷가지들을 죄다 벗기며 키스하다가 다시 했다.

샤워하고 나와 원래는 선임이 혼자 자려고 했던 방으로 가서 해진이 오빠랑 잤다.

그 선임에게 당하는 꿈을 꿨다. 자고 있는 나를 그 선임이 막 벗기고 하려는데 배경이 여관방이 아니라 내 방이었다. 그리고 문틈으로 나를 지켜보는 유성현을 발견하고 잠에서 깼다. 놀라서 주변을 돌아봤는데, 해진이 오빠가 없었다.

해진이 오빠는 그 선임이 혼자 자다가 깨면 삐질까 봐 그 선임이 있는 방에 가서 잤단다. 뭘 그렇게까지 했냐는 선임이 나를 보고 웃는 게 징그러워서 토할 것 같았다. 그럼에도 아침 해장도 우리 셋이 같이하고, 결국 해진이 오빠가 복귀할 때까지 그 선임이랑 같이 있어야 했다. 내 전번까지 알려 달라고 해서 알려줬다.

시도 때도 없이 전화가 왔었다. 해진이 오빠도 내게 정말 미안하다며 전화가 왔다. 일부러 저녁에는 알바 한다고 전화를 받지 않으면, 어떻게 한밤중에도 전화가 걸려왔다. 잠자던 유성현이 내가 통화하는 소릴 듣다가 전화를 끊으니까 말했다.

"누굴 소개라도 시켜주지 않으면 끝나지 않겠네."
"아. 미안 깼어?"
"잘 수 있겠냐?"

어렵게 한 친구를 소개를 해주겠다고 했다. 내가 그 친구에게 들인 공을 생각하면 정말… 그랬더니 나중에 휴가를 해진이 오빠와 같이 나오겠다고 했다. 해진이 오빠는 덕분에 휴가가 좀 늦어질 것이라며 힘들어했다.

나도 해진이 오빠의 휴가를 기다렸는데, 늦어질 것이라는 말에 아쉬웠다. 혹시라도 소개해 줄 그 친구에게도 자주 전화를 걸까 봐 걱정했지만, 다행히 그러지는 않는다고 했다. 해진이 오빠가 그 인간이랑 같이 휴가 나올 때까지는 홀가분하게 지낼 수 있을 것 같았다.

성현이랑 처음으로 생필품을 사러 같이 나왔다가 민호 오빠를 만났다. 민호 오빠는 어머니 같은 분이랑 같이 있었는데, 내게 반갑게 인사했다.

"어? 송민아? 잘 지내? 이 친구는 누구야?"
"그냥 친구요."
"아~ 그냥 친구? 그냥 친구랑 장도 같이 보고 좋네~"

비꼬는 것 같은 말투였지만, 옆에 민호 오빠의 어머니하고도 인사시키고 그러니까 괜찮을 줄 알았다. 나를 보는 눈빛은 여전히 음흉했어도 별일은 없을 줄 알았다. 내게 걱정거리는 나중에 해진이 오빠와 같이 휴가 나오게 될 그 선임이었다.

해진이 오빠가 예상보다 빨리 휴가를 나오기 전까지 그랬다. 연락도 없이 갑자기 휴가를 나온 해진이 오빠는 내가 유성현과 동거하는 걸 알고 있었다.

"오빠! 진짜로 오빠가 생각하는 그런 사이가 아니야!"
"그걸 나보고 믿으라고! 네가 나하고만 하는 여자라는 걸 믿으라고!"

말문이 막혔다. 나는 해진이 오빠만 생각하며 많은 것들을 참아왔다. 충분히 그럴 기회가 있었고 그럴 뻔도 했었지만, 난 그러지 않았다.
해진이 오빠가 진절머리가 난다는 표정으로 나를 노려봤다. 내가 억울함에 아무 말 못 하고 해진이 오빠만 보고 있으니까, 해진이 오빠가 더럽다는 듯 방바닥에 침을 뱉고 돌아섰다. 해진이 오빠가 나가고 한참이 지난 후에야 주저앉아 울었다. 눈물도 나오지 않는데 목 놓아 울었다.

시간이 얼마나 흘렀는지 모르겠다. 방안에 멍하니 앉아 있는데 유성현이 돌아왔다. 유성현은 들어오자마자 자기 짐을 챙기기 시작했다. 그런 유성현을 멍하니 바라보고 있었는데, 유성현이 짐을 챙기다 말고 말했다.

"나머지 짐은 너 없을 때 와서 가져갈게. 그동안 미안했다."

내가 대답이 없으니까, 유성현이 잠깐 나를 보다가 고개를 숙이곤 다시 미안하다는 말을 중얼거리더니 나갔다.

아르바이트는 가지 못했다. 온몸이 너무 아프고 나중엔 열도 나고 몸살 감기가 오는 것 같았다. 하루 넘게 아무것도 먹지 못하고 방안에 누워만 있었다. 그러다 너무 배가 고파서 유성현과 같이 장을 보며 샀던 빵과 우유를 급하게 먹다가 토했다.

자다가 누가 나를 만지는 것 같아 깼다. 해진이 오빠였다. 너무 놀라서 비명을 질렀다. 해진이 오빠가 진정하라고 하는데도 비명을 멈추지 않았다. 가까스로 말을 할 수 있게 되었을 땐 해진이 오빠에게 나가라고 외쳤다.

해진이 오빠가 나가고 보조키도 잠갔다.

이번엔 정말 해진이 오빠와 끝났다.

# 함침

가을 오후의 대공초소는 근무시간이 잘 지켜지지 않았다. 교대해야 할 인원들이 늦어져 어느새 저녁식사 시간이 지나고 있었다. 다음 근무자가 누군지 알고 있어서 예상했던 일이지만, 배가 고파오는 건 참을 수 없다.

"야, 배고프지."
"일병 박해진. 괜찮습니다."
"너 씨~ 아니. 그 인간이 너무한 거지. 그래도 넌 헤어진 건데, 자기 소개팅 취소되었다고 이러는 건 내가 봐도 정말 아니다."
"괜찮습니다."
"야 이거라도 좀 먹어."

같이 근무 서던 상병이 내게 초코바를 건넸다. 근무지에 먹을 걸 가져오는 건 절대로 안 될 일이지만, 상병 정도 되면 위험을 감수할 정도로 간이 커진다. 너무 배가 고팠기에 초코바를 건네받자마자 입에 물었다. 혹시라도 누가 올까 두려워 입안에 잔뜩 집어넣고 씹는 중인데 다음 근무자가 대공초소로 올라오는 게 보였다.

민아가 소개팅을 시켜주기로 했었던 그 선임과 이등병이 같이 올라오고 있었다.

"야! 빨리 먹어. 온다. 삼켜!"

상병이 삼키라고 해서 삼켰다. 하지만 다음 근무자들이 도착할 때까지도 입안의 잔해들을 완전히 정리하지는 못했다. 민아가 소개팅을 시켜주기로 했던 그 선임이 도착하자마자 근무 교대 절차를 하지도 않고 내게 말했다.

"어이 박해진. 입 벌려봐."
"일병 박해진. 아~."

같이 근무를 서던 상병과 함께 엎드려뻗쳐서 잔소리를 들어야 했다. 군기 교육대에 보내버리는 대신에 벌을 좀 받는 거니까 정신 차리라며 잔소리를 했다. 어딜 씹다 버릴 상병 따위가 일병이랑 초소에서 군것질하느냐고 한참을 잔소리하며 발로 툭툭 차기까지 했다.

얼차려는 괜찮았다. 두고두고 괴롭힘을 당할 게 문제였다. 내게 초코바를 줬던 상병도 그걸 잘 알기에 자기는 신경 쓰지 말라고 했다. 아니나 다를까 취사반에서 남겨준 늦은 저녁을 먹고 나오자마자 대공초소로 올라오라고 했다.

이등병이 보는 앞에서 그 선임의 근무가 끝나기 직전까지 잔소리를 들어야 했다. 군 규율에 대한 잔소리는 그래도 괜찮았다.

"야~ 고참이 옆에서 자고 있는데 화장실에서도 떡 치는 애가 그럼 널 기다렸겠냐고~."

군대고 나발이고 당장에 면상을 날려버리고 싶었다. 전투화를 신고 있는데다 총까지 들고 있는 사람을 상대로 그러는 게 멍청한 짓이라는 걸 알기에 참았다.

그 선임이 나를 찍어서 괴롭힌다는 걸 다른 선임들도 알고 있었다. 덕분에 청소시간에 늦어도 이해해줬고, 개인정비 시간에는 불러서 허튼짓하지 말라는 위로도 받았다.

"야. 그 인간은 정신이 아픈 사람이야. 그런 인간이 널 괴롭힌다고 해서 이상한 생각하고 그러면 안 돼. 너 인생 앞으로 길잖아. 군 생활은 이제 기껏 일 년 좀 넘게 남았냐? 아니다. 저 인간 전역하려면 얼마 남지도 않았잖아. 참아. 참는 게 이기는 거야. 알았지?"

"예, 알겠습니다."

"너 힘든 거 다들 알고 있으니까. 너무 티 내지 말고 응? 너 잘생겼잖아. 나가면 또 생길 거 아니냐? 원래 군대 오면 다들 헤어진다잖아. 네가 좀 일찍 헤어진 것뿐이야. 알았지?"

"예, 알겠습니다."

"그래. 힘내고 표정 죽이고 다니는 것도 좀 적당히 하고 말이야. 집에 전화도 좀 하고~ 집에서 걱정하지 않겠냐?"

"괜찮습니다. 그…. 김진호 상병님은 언제 헤어지셨습니까?"

"나? 난 사귀어 본 적이 없는데?"

"…"

원래 타인의 괴로움은 이해할 수 없다. 같은 일에도 저마다 가지는 상처의 크기가 달라서 온전히 이해해주긴 어렵다. 그저 어렴풋이 공감하는 정도로 사회적 감각을 동원할 뿐이다. 타인의 고통이 내 불편이 되는 게 싫기 때문에 도우려고 노력도 한다.

내가 사고 칠까 봐 불안한 선임들이 꽤 있었지만, 문제를 일으킬 생각은 없었다. 단지 나를 찍어 괴롭히는 그 선임을 피하고 싶었다. 그러나 군대라는 곳이 피하고 싶은 걸 피할 수 있는 게 아니다. 피할 수 없으면 즐기라는데, 그건 확실히 헛소리다. 괴롭힘을 즐기는 건 정신에 문제가 있는 게 분명하다.

오랜만에 또 민아에게 전화를 걸었지만, 역시 받지 않았다. 대신 민호에게 전화를 걸었다.

[요즘 민아 어떻게 지내냐?]

[야~ 됐다. 그만해. 자식아~ 미련 버려. 다 끝났어.]

[뭐야. 민아 뒤 좀 캐달라고 내가 돈도 줬잖아. 새로운 소식 없어?]

[다 썼다. 그거 얼마나 된다고 생색이냐? 민아 걔. 너 못지않다니까?]

[아이~ 씨. 걔 그런 애 아니라니까 자식이.]

[뭐가 아니야~ 야. 나 참. 어이 털려서. 민아 걔 그 친구 놈 그놈 하나가 아니야. 며칠 전에 내가 민아 걔 알바 하는 데 갔거든? 듣고 있냐?]

[말해봐.]

[느낌이 이상하더라고~ 뭔가 그~ 있잖아. 끈적거리는 분위기 알지? 너 자식아, 다른 여자랑 붙어먹을 때 그~ 주변에 막 오로라 같은 거 생기고 그러잖아?]

[시끄럽고 본론만 말해.]

[민아 걔가 알바 하는 가게 사장이랑 분위기가 심상찮더라고~ 내가 일부러 좀 일찍 가봤거든? 민아 걔가 가게에 들어가는 걸 분명히 봤는데, 좀 있으니까 가게 문이 잠겨 있더라고~. 야. 장사할 가게가 준비 중이라고 해서 문을 잠가두는 거 봤냐? 캬~ 대강 그림 나오지 않냐? 야 듣고 있어?]

[듣고 있다니까.]

[근처 PC방 가서 죽 좀 때리다가 영식이 불러서 그 가게에 들어갔더니, 민아 걔가 날 보고 엄청 놀라더라고~ 그러더니 얼굴도 막 빨개지고 그랬는

데, 내가 유심히 지켜보니까 사장이랑 사이가 보통이 아닌 거 같더라니까? 야~ 아무리 친해도 사장이 알바생 엉덩이 툭툭 때릴 수 있다는 게 말이 되냐? 요즘 세상에]

[진짜야?]

[야 내 모가지 걸게. 그뿐인 줄 알아? 영식이랑 가게 닫을 때쯤에 나와서 ~ 그 있잖아. 영화에서 보면 경찰들이 웅? 잠복 그래~ 잠복했잖아. 그런데 ~ 사장이랑 민아 걔가 같이 나오더라고~ 둘이 거의 팔짱 껴도 될 것처럼 가까이서 걷다가 사장 차에 둘이 같이 타고 갔다니까]

"적당히 하지?"

내가 말한 게 아니다. 민호랑 통화하는 중에 그 선임이 나타났다. 민아에게 소개팅을 부탁했던 그 선임이 전화부스 앞에 서서 찌뿌듯한 표정으로 나를 보고 있었다.

"일병 박해진."
"야~ 전화 혼자 쓰냐? 전세 냈어?"

전화를 끊었다. 당장 저 짜증 나는 얼굴을 뭉개주고 싶었다. 내가 싸워서 이길 수 없더라도 꼭 그러고 싶었다. 다른 병사들이 보는 앞에서 일병에게 하극상 당한 병장으로 만들어주고 싶었다. 그러나 그럴 수 없다.

순간의 통쾌함으로 대가를 치르기는 싫었다. 어쩌면 영창에 가야 할 수도 있다. 저 인간을 비난하며 나를 위로해주던 다른 선임들까지 적으로 돌리게 된다. 조금 더 버텨야 한다. 내가 언젠가 저 인간을 두들겨 패려면, 더 확실한 상황을 만들어야 했다. 지금은 아니다.

그보다 민호에게 듣지 못한 것들이 궁금했다. 그날 이후로 민아의 그 친구라는 놈도 같이 살고 있지 않는 것 같다고 했는데, 지금도 그런지 궁금했다. 민아가 알바 하는 가게의 사장과는 민호 이 녀석의 상상이 더해졌을 가능성이 높다. 지난번에는 자기가 대신 복수해주겠다며 자기가 민아를 꼬셔보겠다는 헛소리를 했던 녀석이다.

답답하다. 군대에서는 뭐든 상상으로만 가능했다. 민아가 어떻게 지내는지 민호에게 듣는 것도 한계가 있었다. 게다가 민호도 영장이 나왔단다. 이제 곧 민호가 군대에 가면…

"야, 박해진!"

"일병 박해진."

"너 지금 수 쓰냐? 왜? 나 좀 괴롭혀주고 싶어? 야. 내가 너 싫어하는 거 다들 알고 있는데, 쉬는 시간에 혼자 멍하니 있으면, 다들 내 탓 하겠지? 내가 이상한 놈이라서 너만 괴롭히는 줄 알 거 아냐? 불쌍한 척 그러고 있지 말라니까? 와서 TV 봐~ 응? 힘들어?"

멍하니 있는 것도 방해받는다. 혹시라도 불똥이 자기에게 튈까 봐 다른 선임들이 시선을 피한다. 담배에 취미가 별로 없었는데, 군대에 와서 많이 피우게 됐다. 몇몇 착한 선임들은 그 소개팅에 실패한 선임의 눈을 피해 나를 데리고 담배를 피우러 가곤 했다.

희한한 일이지만, 담배를 피우는 동안에는 별로 방해받지 않았다. 나를 괴롭히던 그 선임도 내가 담배를 피우는 동안에는 참았다가 나중에 시비를 걸었다. 담배가 점점 늘었다.

민아가 요즘 그 동네 친구 놈과 어울리지 않는 것 같단다. 민호가 몇 번이나 주변을 찾아가도 그 동네 친구 놈을 볼 수는 없었단다. 민호는 민아가 알바 하는 가게의 사장에 대한 이야기를 또 떠들어 댔지만, 난 그런 더러운 상상에 대한 진실의 여부보다 민아가 그 동네 친구라는 놈과 아직도 어울리는지 그게 궁금했다.

영원히 멈춰있는 것 같은 군대의 시간도 간다. 어느새 다시 휴가를 나갈 시간이 되었고, 예정되었던 대로 그 빌어먹을 선임과 같이 휴가를 나오게 되었다.

"야, 박해진."
"일병 박해진."
"너도 이제 곧 상병인데, 알아서 잘 하고~ 사고 치지 말고 복귀해라. 너 사고 치면 내가 곤란해지지 않겠냐? 참~ 재미있을 뻔했던 휴가였는데~ 난 뭐하지? 넌 뭐 할 거냐?"
"···이제 말년이신데~ 사회에 적응하셔야지 말입니다."
"그렇지? 뭐 어차피 아는 여자도 없었고~ 원래 없었으니까 원래대로 돌아가는 건가?"
"제가 여자애들 만날 자리 좀 만들어 드려도 되겠습니까?"
"뭐? 어이~ 씨. 진작 좀 그렇게 나오지 그랬냐? 오래 사귄 여친이랑 헤어져서 정신없는 거 아니었어? 아는 여자애들이라도 있어?"
"오늘 당장은 어렵겠고 말입니다. 제가 좀 여기저기 털어서 내일 자리를 만들어 보겠습니다."
"진짜? 나 이제 말년이라고 엿 먹이려는 거 아니지?"
"아직 3개월이나 남지 않으셨습니까?"
"그렇지? 조올~라 많이 남았지?"

그 선임이랑 헤어지자마자 대강 알던 여자애들부터 재수할 때 만난 여자애들까지 연락을 돌렸다. 다행히 몇몇 여자애들이 연락되었고, 민호랑 영식이를 불렀다. 오늘 나올 수 있다는 여자애에게 소개팅을 시켜준다고 했더니…

[뭐야. 나 보고 싶어서 연락한 거 아니었어?]
[보고는 싶었지. 그런데 나한테 여자 좀 소개시켜달라는 친구들이 너무 많아서 그래. 너 이틀 연속 소개팅 가능하냐?]
[장난해?]
[싫어?]
[삼일 연속도 가능해.]

학교 근처 술집에서 만난 여자애인데, 만난 지 이틀 만에 노래방에 가서 자기 치마 속에 내 손을 넣었던 여자애다. 바로 그 자리에서 하고 몇 번 더 만나서 하기만 하다가 다른 놈이랑 만나는 걸 보고 손절했다.
엄청 헤프다는 걸 알았으니까, 걔 친구들도 만만치 않을 것이라 생각했다. 그 여자애의 친구도 한 명 데리고 나오라고 해서 민호랑 영식이를 만나게 해줬다.

생각보다 분위기는 좋지 않았다. 내가 빠지는 것에 불만인 것 같았지만, 그래도 어렵사리 술도 먹이고 자리를 지켜줘서 민호랑 영식이와 놀 수 있게 했다. 솔직히 걔들이 짝짝이 눈이 맞아 서로 모텔이라도 갔으면 좋았겠는데, 그 여자애들도 남자를 고르는 모양이다. 실망한 민호랑 영식이는 나중에 내가 다른 여자애들을 또 소개해주겠다고 했다.
다음날 또 소개팅이 있다니까 참았는지도 모르겠다. 그래서 이번엔 내가 다른 형이랑 같이 나가겠다고 했다.

[뭐야. 그럼 박해진 네가 우리 둘 중에 고르겠다고?]

[아니. 나랑 같이 나가는 형이 우리 부대에서 꽤 중요한 사람이거든~ 잘 좀 부탁해. 너희들이 잘해주면 나 전역하고 나와서 괜찮은 애들 소개해줄 게. 그리고 또 중요한 게 있거든?]

나랑 그 선임이 그 여자애들과 만났다. 나를 괴롭히는 일에만 몰두하던 그 선임의 표정이 아주 볼 만했다. 항상 썩어있던 얼굴이 활짝 피었다. 내가 미리 얘기해뒀던 대로 그 여자애들은 선임에게 꽤 친절하게 대했다. 적당히 분위기가 무르익을 무렵 민호랑 영식이가 나타났다.

민호랑 영식이는 나를 보자마자 내가 시킨 대로 욕을 하고 시비를 걸었다.

"뭐냐 박해진? 애들을 또 소개해준 거냐? 너도 인간이야?"
"아니~ 그게 아니라. 그냥 우리 선임이랑 잠깐 만나는 거야."
"와~ 장난 아니네. 박해진 이거 미친 거 아니야?"

영식이의 연기는 좀 과했다. 맥주를 내 머리 위에 부을 필요까진 없었는데, 이 자식이 평소에 내게 불만이 좀 있었던 모양이다. 정말 짜증 나서 싸울 듯 일어났는데, 그 선임이 일어나 나를 말렸다. 술집의 사람들이 모두 우릴 보고 있었고 분위기는 고조되었다.

민호가 나오라고 했다. 나도 좋아 나가자고 대답하며 호기롭게 앞장섰다. 그 선임이 당황한 표정으로 따라 나와서 다행이다. 당연히 여자애들은 우리가 나가고 주변에 사과하며 그냥 앉아 남은 술을 마시고 나왔단다.

난 거의 도움이 되질 않았으니, 그 선임이 민호랑 영식이를 상대해야 했다. 적당히 하려던 몸싸움은, 내가 멋지게 쓰러진 연기를 완성한 이후로 그 선임을 밟는 거로 이어졌다. 민호와 영식이는 나도 밟는 연기를 해야 했는데, 거의 실제로 밟아서 짜증 났다. 그래도 그 선임이 훨씬 많이 밟혔다.

적당한 타이밍에 민호랑 영식이가 도망가고 내가 신음하듯 연기하며 말했다.

"으~ 경찰에 신고하겠습니다."

"야이~ 씨. 장난해? 말년에 헌병이랑 놀라고? 다쳤냐? 다치지 않았으면 됐어!"

"죄송합니다."

"됐다니까! 야~ 좀 여자애들 좀 다양하게 만나고 그래~ 뭐냐 이게 복귀하면 비밀로 해!"

사람 사이에 비밀이 생기면 여러모로 사이가 돈독해진다. 나는 사귀던 여자애에게 차이고 겨우 알던 여자애들까지 선임에게 소개해줬다가 같이 두들겨 맞은 사이가 되었다. 그 선임의 뺨에 상처가 좀 생겨서 밴드를 사다가 붙여줬더니 나보고 술이나 한잔하자고 했다.

곧 입대해야 하는 민호랑 영식이도 내게 아무런 대가를 원하지 않았다. 이상한 일이지만, 그 일이 있고 나서 그 여자애들이 민호랑 영식이를 먼저 만나자고 했단다.

다행히 내 휴가가 아직 이틀이나 남았다. 민아를 만나고 싶다.

⌒⌒✿⌒⌒

이제 가을이 꽤 깊어져 거리에 낙엽들이 굴렀다. 민아가 사는 방의 근처

길목에 서 있은 지도 어느새 한 시간이 넘게 흘렀다. 민아가 그 가게에서 아직 알바를 하고 있다면 지금쯤은 집에 돌아와야 하는 게 맞는데, 여태 민아가 오질 않았다.

아무래도 학교에서 곧바로 알바를 간 것 같다. 어디서 몸 좀 녹이고 민아가 알바 하는 가게를 찾아가야겠다. 민호에게 전화를 걸었다.

[야, 너 어디냐?]
[응? 나 지금 좀 바빠]
[곧 입대할 놈이 뭐가 바빠?]
[들어볼래?]

소개해줬던 그 여자애의 간드러진 목소리가 들렸다. 뭘 하지 말라는 여자애의 목소리와 민호가 낄낄거리며 철벅거리는 소리가 들린다. 여자애가 죽겠다고 한다. 짜증 나서 전화를 끊으려는데 다시 민호 목소리가 들렸다.

[이제 우리 동서냐?]
[됐고~ 민아 알바 하는 데가 어디냐?]

설명을 듣고 민아가 알바 하는 가게로 찾아갔다. 동네에 흔한 작은 선술집이었는데 아직 영업을 시작하기엔 이른 시간이었다. 혹시나 하고 문을 당겨봤더니, 민호가 말했던 것처럼 잠겨있었다.

잠깐 지저분한 냄새가 나는 것 같았는데, 여긴 더러운 냄새들이 버무려진 도심의 한가운데라는 사실을 떠올렸다. 휴가 나온 장병이 버스터미널에서 가장 처음 느끼는 게 서울의 냄새였다. 각종 매연과 악취로 코가 매웠다. 조금만 시간이 지나면 둔감해지겠지만, 도시는 항상 냄새로 넘쳐난다.

아니, 사람이 모이는 곳은 그렇다.

　그냥 정문만 잠겨있을 수도 있는 일이다. 골목으로 들어가 보니 가게 뒤쪽에도 작은 문이 있었다. 민호 이 자식은 겨우 이런 것도 확인하지 않은 모양이다. 잠시 서서 어쩔까 고민하며 담배를 한 대 피웠다. 담배를 다 피울 때까지 아무런 인기척이 없었다.

　조심스럽게 가게로 들어갔다. 창고 같은 곳에 들어섰지만 역시 인기척은 없었다. 조금 더 안으로 들어가려는데, 주방으로 보이는 곳에서 민아의 목소리가 들렸다.

　"사장님. 자꾸 이러시면 저 그만둘래요."

　"뭐가~ 내가 뭐 했냐? 이제 시급도 두 배로 준다고 했잖아~ 그냥 좀 가만히 있어봐."

　"됐어요. 그만해요. 차라리 그만둘래요."

　"에이~ 알았어. 알았다. 됐어. 미안! 그럼 그날은 왜 그랬냐? 사람 설레게?"

　"미안해요. 제가 그날은 좀 이상했어요. 그래서 실수라고 했잖아요."

　"그렇지~ 사람이 실수할 수도 있는 거잖아~ 그럼 또 실수할 수도 있는 거 아니야?"

　"하지 마요. 그만둘게요."

　"미안! 알았어! 미안해. 진짜 미안해. 알았으니까~ 그럼 좀만~ 응? 난 안 할게! 가만히 있을게~."

　다리가 후들거려서 서 있기 힘들었다. 그것보다 내 떨리는 다리 때문에 소리가 들킬까 봐 걱정됐다. 주저앉으며 천천히 고개를 내밀어봤다. 주방에 커튼이 있어서 쉽게 들키진 않을 거 같았다.

커튼 때문에 두 사람의 허리 위에는 볼 수 없었지만, 청바지에 앞치마를 두른 게 민아고 반바지에 앞치마를 두른 게 사장이라는 걸 쉽게 알 수 있었다. 사장의 앞치마 속에 민아의 손이 들어가 있는 것도….

민아는 손만 뻗어 사장의 앞치마 속에 넣고 주무르고 있었다. 민아의 표정을 보고 싶지만, 그럴 수 없었다. 사장이 갑자기 앞치마를 푸르고 반바지와 팬티를 내렸다. 그러는 동안에도 민아는 사장의 그걸 손에 쥐고 있었다.

가게를 나와 담배를 물었다.

왜 그랬는지 담배를 한 대 더 꺼내 피우고 나서야 그 가게 앞을 떠났다. 어제 연락이 되었던 여자애 중에 제일 먼저 보이는 이름을 골라 통화버튼을 눌렀다.

[웬일이야? 천하의 박해진이 이틀 연속 전화를 걸어? 외롭구나?]
[군인이 뭐 별거 있겠냐. 좀 놀아줘]
[와~ 그래도 박해진은 다를 줄 알았는데~ 군대 가면 다 똑같네?]
[왜? 더럽게 질척거려?]
[뭘~ 또 그렇게 말해. 그런데 나 지금 수원인데.]
[네가 수원은 왜?]
[응~ 알바 좀 하느라.]
[무슨 알바를 수원까지 가서 하냐? 그럼 언제 올라오는데?]
[아니. 알바는 저녁에 하는데 오늘 쉬려고 했거든~ 네가 좀 오면 안 되겠니? 내가 술 살게.]

너무 멀었지만, 또 다른 여자애를 물색하기도 귀찮았고 기억을 더듬어 보면 애 몸매가 꽤 괜찮았다.

어떻게 만났던 애더라.

소개팅으로 만나긴 했었는데, 첫인상이 별로 좋진 않았다. 조금 시건 방진 표정으로 시간이나 때우다 가겠다는 태도였다. 이러려면 왜 소개팅을 나왔는지도 모르겠고 나도 그다지 굶주린 편은 아니라 시큰둥하게 대했다.

그리 비싼 편은 아니었어도 스테이크값이 아까워지려는데 얘가 클럽이나 가자고 했다. 소개팅 자리에서 클럽을 가자는 여자애가 황당했지만, 별로 할 일도 없으니까 그냥 따라갔다.

그렇게 이른 시간에 클럽을 간 것도 처음이었는데, 얘는 술도 별로 마시지 않고 혼자 잘 놀았다. 나를 데리고 다니는 건, 접근해오는 남자애들을 막으려는 목적이었다. 얘는 일부러 나를 끌고 다니고 내 근처를 맴돌며 춤을 춰서 다른 남자들의 접근을 차단했다. 자연스레 부비부비하게 되니까 좋긴 했다.

얘가 땀을 좀 빼더니, 이제 막 사람들이 붐비기 시작하니까 나가자고 했다.

"너 나랑 사귀고 싶어?"
"응? 오늘 처음 만났는데?"
"뭐 더 만나보면 알겠니? 갈래?"

가까운 모텔에 들어가서 했다. 다음날 연락을 했을 때는 받지 않더니, 나중에 먼저 연락이 와서 또 했었다. 그날도 클럽에 들렀다가 모텔을 갔다. 이젠 나도 좀 시간이 지나고 나서 연락을 했는데, 이번엔 받긴 했지만 만나는 건 그 여자애가 선택한 날이었다. 그렇게 몇 번 더 만나다가 내가 다른 여자애를 만나게 되면서 자연스레 연락이 끊겼었다.

수원역에서 그 여자애를 만났다. 전에 봤을 때는 꽤 화끈하게 몸매가 드러나는 차림새였는데, 오늘은 야구 모자를 쓰고 후드 티에 청바지 차림이었다. 대학가 근처에서 만날 수 있는 평범한 여대생의 모습이었다. 뭐 여대생이 맞긴 하지만, 아무튼 오히려 좀 새로웠다.

"오늘은 클럽 안 가?"
"이러고? 밥이나 먹자~."
"술은?"
"술은 뭐 너 마시려면 마시고~."

애가 원래 술을 별로 마시는 애는 아니었던 거 같긴 했는데, 얼큰한 걸 먹고 싶다며 뼈 해장국을 먹으면서도 술을 마시지 않는 건 이상했다. 그래도 전보다 태도는 많이 좋아져서 이런저런 대화를 나눌 수 있었다. 술은 나 혼자 마셨다.

한참 대화를 나누다 보니까, 어쩐지 내 이야기만 하는 것 같았다. 어쩌다 보니까 민아와 헤어진 이야기도 하게 되었고 얘는 내 이야기를 무척 잘 들어줬다.

"그러고도 미련이 남는 거야?"
"내가 미련이 남는다고 했어? 아니야. 이제 정말 정떨어졌어. 끝이지. 어떻게 다시 만나냐?"
"그렇지. 거기까지 찾아간 게 마지막 미련이었구나. 뭐 그런 걸 봤다면 이제 힘들겠지."
"그런데 너 정말 얘기 잘 들어준다. 어디서 대화학원이라도 다녀?"
"그런 학원도 있어? 글쎄~"

내가 기억하는 그 애가 맞는지 의심이 들 정도였다. 어쨌든 내 이야기도 잘 들어주고, 공감도 해주고, 계속 추임새를 넣어주는 게 편하다 보니까 술을 좀 마시게 되었다. 내가 너무 잘 먹어서 계산하려고 했는데, 자기가 계산하기로 했다며 계산까지 해주고 나왔다.

"이제 어디 가?"
"술 한 잔 더 할래?"
"너 술 안 마시고 있잖아."
"이제 좀 마셔보려고~"
"뭐야~ 여태 나만 먹게 하고 이제 너도 마시겠다고?"
"그럼 이제 네가 좀 쉴래?"

내가 술을 좀 마시기도 했고, 당연히 전처럼 애가 쿨하게 모텔이나 가자고 할 줄 알았다. 북적이는 수원역 앞의 술집 골목을 좀 걷다가 대강 고른 술집에 들어가 또 술을 마시게 되었다. 해장국 집에서는 술잔을 건들지도 않았던 애가 잔을 좀 만지작거리며 고민하는 것 같더니, 내게 술을 따라 달라고 했다.

"뭘 그렇게 고민해? 마시면 마시는 거지~"
"요즘 좀 많이 마셔서~"

그냥 그런가 보다 하고 이젠 같이 술을 마시며 대화를 나눴다. 얘는 계속 좋은 대화 상대였고, 생각보다 박식해서 놀랄 정도였다. 요즘 세상이 돌아가는 일에도 관심이 많았고, 경제나 정치도 나보다 훨씬 잘 알았다.
얘가 일단 마시기 시작하니까 꽤 빨리 마시는데도 별로 취하는 것 같진 않았다. 오히려 내가 취할까 봐 조절하며 마셔야 했다. 아니, 어느 시점부터 난 거의 마시지 않았다. 얘는 오래 사귀던 여자친구와 헤어진 나를 위로하기도 하고, 다른 화제로 자연스럽게 넘기며 분위기가 불편하지 않게 잘 유도했다. 이러다 얘한테 반할 것 같았다.

아니, 이미 상당한 호감이 생겼다. 내가 지금까지 만난 여자애 중에 이런 애가 없었다. 동갑인데도 어른스럽고 친절하고 사람을 편하게 해줬다. 이제 그냥 얘랑 하고 싶은 게 아니라, 얘랑 사귀고 싶다는 생각이 들 정도였다. 불운의 끝에는 행운이 있는 걸까?

"너 그럼 해외축구를 보는 여자애라는 거야?"
"아니, 그냥 주변 남자애들이 하도 좋아하니까, 가끔 결과도 알고 어쩌다 보니까 시청도 하고~."

프로야구뿐만 아니라 해외축구까지 섭렵하고 있었다. 세상에 이런 여자애가 있다는 게 놀라울 정도였다. 게다가 그런 여자애와 오늘 같은 날 만나게 되었다는 사실에 감사했다. 여자애랑 대화를 나누는 게 이렇게 즐거운 일일 수도 있다는 생각을 하고 있는데, 누가 얘한테 아는 척을 했다.

"수정 씨? 수정 씨 맞죠? 와~ 이런 데서 만나네? 반가워요~ 나 알지? 와~ 진짜 못 알아볼 뻔했다~."

술에 잔뜩 취한 중년의 아저씨가 이 여자애에게 아는 척을 했다. 그냥 취한 남자가 실수하는 것이라 생각했다. 얘, 이름이 수정이는 아니니까. 당연히 그런 줄 알았는데 얘가 멋쩍어하며 인사를 했다.
대단히 공손하게 인사하며 친절하게 반가워하고 그 남자를 자리로 돌려보냈다. 내가 의아한 표정으로 진희를 보고 있으니까, 진희가 내게 그냥 조용히 하라는 눈치를 줬다. 내가 고개를 갸우뚱거리며 잔을 들어 한 잔 마시는데, 좀 전의 그 아저씨가 다시 다가왔다.

"수정 씨! 우리가 이런 데서 만난 게 너무 반가워서 그런데~ 내가 한 잔 따라주고 싶어~ 항상 수정 씨가 따라줬잖아? 오늘은 내가 따라줄게~."
"아~ 예, 감사합니다."
"참! 그러면 오늘 쉬는 거야? 이야~ 나 지금 이 친구랑 여기 마무리하고 택시 잡아서 거기로 넘어가려고 했는데~ 수정 씨가 없으면 갈 필요가 없잖아. 아니네? 수정 씨가 여기 있으니까 여기 있으면 되겠네?"

여태 술에는 전혀 취하지 않는 것 같던 진희가 얼굴이 빨개져서, 그 아저씨에게 매우 공손하게 인사하며 일어났다. 나도 같이 일어나니까 그 아저씨가 내게 물었다.

"남자친구야? 이야~ 할 건 다하고 사는구나? 수정 씨 어디 가게? 단골관리 안 해?"

진희가 술집을 나가버렸고, 나도 급하게 계산을 하고 술집을 나왔다. 벌써 멀리 걸어가고 있는 진희를 따라잡으려고 좀 뛰어야 했다. 내가 숨을 고르며 진희의 팔을 붙잡으니, 진희가 말했다.

"모르겠어? 나 술집에서 알바해. 그래서 수원까지 내려와 있는 거고~ 가게 사장이랑 붙어먹은 네 여자친구? 순진하네. 놔! 너랑 놀아줄 기분 아니야."

도심은 냄새로 가득하고, 세상은 더러웠다.

기상나팔 소리에 일어나 구보를 했다. 이제 익숙해진 군대의 아침식사를 마치고 훈련이나 작업을 할 인원으로 나뉘었다. 적당히 시간을 때우다 보면 어느새 점심을 먹어야 했고, 또 오전과 비슷한 오후의 일과를 계속하거나 축구를 했다. 저녁을 먹고 개인정비를 하거나 밀린 작업에 동원되기도 했다. 야간근무 일지를 확인하고 TV를 좀 보다가 청소를 하면 하루가 끝나간다.

그런 비슷한 일상을 계속 버티다 보니 어느새 상병이 되어 있었고, 선임들보다 후임이 더 많아졌다. 특별히 군 생활에 적응을 잘하고 있다는 생각은 하지 못했는데, 별로 욕을 먹거나 칭찬을 듣지도 않았다. 군대에서는 중간만 하라는 명언을 충실히 따르고 있었다.

"야! 빡!"

"쌍~병 박해진."

"너 외박 신청 안 하냐? 이제 휴가에 외박 더 붙이지도 못해. 왜~ 신청을 안 하는 거야~ 너희 좀 산다며. 너 같은 놈이 나가서 지역경제도 살려주고 그래야 하는 거 아니냐?"

딱히 나가서 할 게 없었다. 친구들도 대부분 군대 가서 면회를 오라고 부를 놈도 없었다. 그렇다고 대강 만나던 여자애들을 부른다고 올 것 같지도 않았다. 위수지역 내의 주점이나 다방에 누님들은 도대체 얼마나 많은 군인을 동서로 만들어 줬는지 상상도 하기 어려워 싫었다.

나처럼 외박을 신청하지 않았던 일병 놈 하나를 데리고 나가라 했다. 항상 나보다 선임이랑 같이 나가던 외출이나 외박을 내가 선임이 되어 나가게 되었다.


"야, 조명훈."

"일병 조명훈."

"너 뭐 먹고 싶은 거 있으면 미리 생각해 둬. 하고 싶은 것들도 있으면 다 생각해놔. 나는 너 따라다니면서 돈만 낼게."

"저 여자친구가 면회 오기로 했습니다."

"뭐?"

"여자친구를 오라고 불렀습니다."

"네가?"

"예. 그렇습니다."

"여자친구를?"

"예, 그렇습니다."

"나랑 같이 외박 나가는데 너만 혼자 여자친구랑 만나겠다는 거잖아? 이야~ 멋지네. 부럽네. 짜증 나네. 피곤하네. 열 받네. 네 여자친구는 친구 없어?"

"아, 그게…."

"됐어. 누가 자기 남친도 아닌데 이런 곳까지 따라오겠냐?"


민아가 면회 왔을 때가 생각났다. 그때 나를 따라다니며 진상을 부리던 그 선임이 생각났다. 이제 그 인간이 전역한 지도 꽤 시간이 지났는데, 그날의 일들을 잊을 리가 없다. 그 선임이 깨어있는 줄도 모르고 민아랑 화장실에서 하던….


나도 진상을 부려보고 싶었다. 명훈이 이 녀석이 딱히 미워서 그런 것도 아니고, 내가 당한 것들은 괜한 놈에게 돌려주려는 것도 아니었다. 이 녀석이 여자친구의 사진을 보여줬는데, 민아랑 너무 닮았다.

잠깐 놀라서 자세히 봤지만, 확실히 민아는 아니었다. 요즘 사진이라는 게 여자애들을 비슷비슷하게 보이게도 한다. 어쨌든 예쁘다는 얘기다. 물론 사진을 다 믿기는 어렵다.

외박을 나와서 명훈이의 여자친구를 실제로 보니까, 사진이 별로 거짓말을 하진 않았다. 정말 민아랑 많이 닮았고, 키는 민아보다 더 컸다. 명훈이가 나를 소개해주니까 그 여자애가 활짝 웃으며 인사했다.

"안녕하세요? 말씀 많이 들었어요. 상병님이 저희 맛있는 거 사주신다고 했다고요~."

"네~ 명훈이랑은 처음 같이 외박 나오는 거라 맛있는 거 사주겠다고 했어요. 오랜만에 여자친구랑 만나는 건데~ 제가 방해하는 건 아닌지 모르겠네요."

"에이~ 아녜요. 소개팅 부탁하다셨는데~ 제가 친구가 별로 없어서요."

"그런데 사진으로 보던 것보다 훨씬 예쁘시네요."

"앗! 고맙습니다. 그런데~ 상병님이 진짜 잘생기셨는데요? 누굴 소개해주기 부담스러울 정도시네요~."

김다혜라는 이 여자애는 민아보다 키만 큰 게 아니라, 성격도 밝았다. 아니, 내가 민아랑 헤어져서 그렇게 느끼는지도 모르겠다. 민아도 충분히 밝은 여자애였다. 내가 같이 있어도 별로 부담을 느끼는 것 같지 않았고, 횟집을 데려갔더니 너무 좋아했다.

명훈이랑 다혜는 대학에서 만났단다.

다혜를 처음 봤을 때부터 좋아했는데, 다혜가 다른 선배랑 사귀기 시작했단다. 신입생 때 커플이 된 다른 많은 커플들처럼 오래 가지 못했고, 다혜가 헤어져서 많이 힘들어 했다. 그때 위로해주다가 점점 가까워졌고, 군대 가기 3개월 전부터 사귀었다고 했다.

"별로 오래 사귄 건 아니네?"

"에이~ 요즘 3개월이면 살림 차려야지 말입니다."

"야~ 그래도 선배랑 사귀었던 여자앤데 좀 신경 쓰이지 않냐? 서로 할 거 다 했지 않겠냐?"

"그런 거 신경 쓰면 누구랑 사귀겠습니까?"

"그건 그래."

외박을 나오기 전에 명훈이랑 대화를 좀 많이 나눴다. 민아랑 닮은 다혜라는 여자애가 궁금했다. 별로 친한 편은 아니었는데, 같이 외박을 나오기로 한 시점부터, 급하게 친해졌다. 군대에서 선임이 후임이랑 친해지는 건 너무 쉽고 간단하다. 후임 처지에서 6개월 정도의 선임과 친분이 생기는 건 좋은 일이다.

일부러 명훈이에게 외롭다는 티를 많이 냈다. 여자친구랑 헤어지고 그동안 많이 힘들어하느라 부대 내에서 따로 떠도는 기분이었다고 했다. 친한 친구에게만 하는 얘기 같은 걸 많이 떠들었다. 괜히 너에게만 터놓고 말한다는 느낌으로 주절거린 게 통했다.

"명훈아. 군대에서 이런 얘기하는 게 웃기긴 한데~ 나가면 우리 형 동생 사이로 지내도 좋겠다."

"실제로 한 살 형 아니십니까. 저도 군대에서 이런 친분이 생길 줄은 몰랐습니다."

"뭐~ 군대도 사람 사는 곳이잖아."


외박을 나와서 자기 여자친구랑 대낮에 횟집에서 같이 술을 마실 수 있는 선임이 되어 있었다. 다혜는 술을 별로 마시지 않았고, 난 매너 있게 다혜에게는 술을 권하지 않았다. 명훈이게만 적당히 술을 권하며 즐거운 시간이 되도록 했다.

처음엔 명훈이랑 다혜가 만난 과정이나 그런 이야기들을 듣다가, 내가 민아랑 만나다가 헤어졌던 얘기도 하게 되었다.


"와~ 그럼 진짜 오래 사귄 거네요? 그런데 어떻게 헤어진 거예요? 아! 죄송해요~."

"괜찮아요. 뭐 이젠 좀 많이 지난 얘긴데요 뭘~ 음. 그런데 그 얘기는 술을 더 마셔야 할 수 있겠어요."


이런저런 사는 얘기들을 나누고 군대를 전역하면 뭘 할지에 대해 떠들었다. 전혀 가능성 없는 얘기들부터 현실적인 어려움까지 참 많이도 떠들었다. 명훈이가 술이 좀 적당히 취한 거 같아 말했다.


"조명훈."

"일병 조명훈."

"야~ 됐어. 이 마당에 무슨 관등성명이야. 너 복귀할 때까지 나한테 형이라고 불러. 아니다. 복귀해서도 둘이 있을 때는 그냥 형이라고 해. 넌 그래도 돼."

"형?"

"이야~ 듣기 좋다! 마셔!"

꽤 마시고 횟집을 나왔는데, 아직 겨울의 짧은 해도 떨어지지 않았다. 애들이랑 그냥 더 같이 있을 수도 있겠지만, 내가 경험해 봤기에 좋지 않다는 걸 안다.

"야~ 내가 눈치 없이 너무 오래 같이 있었지? 너희 데이트도 좀 해야 하잖아? 그런데~ 난 이제 뭐 하지?"
"아~ 왜 이러십니까. 오늘은 그냥 우리 같이 놀아도 좋을 거 같습니다. 다혜야, 괜찮지?"

김다혜는 조금 머뭇거렸지만, 애써 웃으며 내게 그러자고 했다. 이 느낌 나도 안다. 전에 민아도 나를 면회 올 때 어떤 마음으로 왔는지 알고 있다. 다혜 애도 어쩌면 피임약까지 먹고 왔을 수 있다.
내가 됐다고 웃으며 말했다.

"어? 다혜 씨? 지금 망설였죠? 아이~ 망설였어. 난 봤어. 아~ 됐어. 나~ 갈래~."
"아니에요~ 아~ 왜 이러세요. 진짜 같이 놀아요!"

말은 그렇게 해도 마음은 그게 아니라는 걸 잘 안다. 이제 술도 적당히 들어갔겠다. 어서 둘이 방이나 잡고 놀고 싶을 것이다. 나는 마지못해 그러는 것처럼 조금 떨어져 서며 말했다.

"아니야. 진짜 이제 난 혼자 놀아볼 테니까. 둘이 좋은 시간 보내~."
"아~ 형!"

"뭐? 아~ 자식. 마음 약해지게 왜 이래~."

솔직히 이번엔 긴장했다. 애들이 그냥 알았다며 가버릴까 걱정했다. 다행히 명훈이가 마지막 떡밥을 물어줬고 난 이제 낚싯대를 당기기로 했다.

"그러지 말고~ 둘이 좀 놀고 있어 봐. 나 혼자 바닷가를 걸으며 술도 좀 깨고 옛 여친도 생각하고 게임도 좀 하고 그러고 싶어. 남자는 혼자 있을 시간이 필요한 거 알지? 다들 술 깨고~ 있다가 밤 9시쯤 다시 만나서 다시 마시자~ 어때?"
"9시 말입니까?"
"그래~ 9시에 여기 사거리에 만나자."

민아가 처음 면회를 왔을 때 4시간 대실을 이용했다. 그날은 외박이 아니라 외출이라서 그랬다. 오랜만에 만난 두 사람에게 4시간은 부족하겠지만, 내가 계속 붙어 다니는 것보다는 낫겠지.

이 추운 날씨에 바닷가를 걸을 생각도 없었고, 게임에는 원래 취미가 없다. 난 근처 목욕탕에 가서 씻고 술을 깨며 잠도 좀 잤다.

애들이 나오지 않을 가능성은 없었다. 명훈이가 날 배신할 가능성은 전혀 없는 것이나 마찬가지다. 일부러 살짝 늦게 사거리에 도착했더니, 명훈이랑 다혜가 꼭 껴안고 있다가 떨어지며 나를 반겼다.

"안 오시는 줄 알았습니다. 고독을 너무 오래 씹으신 거 아닙니까?"
"아니~ 걷다가 보니까 너무 추워서 목욕탕에 좀 다녀왔어. 고독이고 나발이고 얼어 죽겠다."

술을 마셨을 때보다 얼굴이 더 발개진 다혜가 까르르 웃으며 말했다.

"고독은 목욕탕에서도 씹을 수 있잖아요~."
"목욕탕이 훨씬 좋아! 바닷가고 나발이고 다 필요 없어. 처음부터 그냥 목욕탕에 갈걸 그랬다니까?"
"으~ 우리도 여기서 이러고 있지 말고~ 어디 들어가요~."

난 당연하다는 듯 가게에서 안줏거리랑 술을 사서 여관으로 갔다. 다혜가 좀 걱정하는 눈치였지만, 나도 방을 두 개 잡았다.

"난 이제 술 실컷 마시고 쓰러질 테니까~ 나 잠들면 두 사람은 알지?"
"넵!"

두 사람이 밝은 목소리로 동시에 대답했다.

난 목욕탕에서 꽤 잘 자고 나왔지만, 얘들은 분명히 바쁜 시간을 보냈을 것이다. 특히 명훈이는 몇 잔 마시지도 않고 취해서 혀가 꼬이고 있었다. 다혜도 얼굴에 홍조가 더 짙어지고 있어서 말했다.

"조명훈."
"일병 조명훈."
"야. 내가 형이라고 부르라고 했잖아. 아~ 자식 취했냐?"
"아닙니다. 형?"
"그게 뭐냐?"

우리의 이상한 대화방식에 다혜가 웃었고, 난 명훈이에게 좋은 시간

보내고 왔냐고 물었다. 명훈이는 부끄러워하는 다혜를 꼭 껴안으며 대답했다.

"형! 고맙습니다!"
"뭐가?"
"그~ 있잖습니까?"
"야~ 사재 말로 해! 사재 말~."
"솔직히 계속 형이랑 놀아야 하는 줄 알고 걱정했습니다?"
"엉성하네~ 내가 그렇게 눈치가 없겠냐?"

이제 내가 취할 타이밍이었지만, 난 취할 생각이 없었다. 기분이 좋아 보이는 명훈이에게 술을 계속 먹였고, 명훈이가 꾸벅꾸벅 졸더니 쓰러져 잠들었다. 다혜도 좀 취했는지 명훈이를 데리고 나갈 생각도 못 하고 있었다.

다혜와 함께 낑낑거리며 명훈이를 옮겼다. 내가 다른 방에 가면 간단히 해결될 일이지만, 그러면 내가 생각했던 일이 꼬인다. 다행히 다혜도 이상함을 느끼지 못하고 함께 명훈이를 옮겼다.

명훈이를 방에 눕히고, 다혜에게 내가 취할 때까지 조금만 더 마셔달라고 했다. 좀 어색해하긴 했어도 술을 마시던 방으로 돌아와 같이 좀 더 마셨다.

"다혜 씨. 제가 어떻게 헤어졌냐고 물어봤었죠?"
"아~ 맞다. 술 더 마시면 얘기해준다고 했잖아요!"
"좀 야한 얘기라서 그랬어요. 다혜 씨 야한 얘기 좋아해요?"
"좋아~ 하죠?"

난 민아가 다른 남자랑 하는 걸 보게 되었다고 얘기했다. 민아가 알바 하는 곳을 찾아갔다가 민아가 가게 사장이랑 하는 걸 봤다고 했다. 조금은 맞는 얘기기도 하지만, 사실은 절대로 아니다.

일부러 상황을 디테일하게 묘사하며 말했다. 가게의 뒷문으로 몰래 들어간 것부터 주방에서 커튼 너머로 민아가 가게 사장이랑 하고 있는 모습을 보게 된 과정을 설명했다. 물론 사실과 다르지만, 이야기는 원래 사실만 전하면 재미가 없다.

다혜가 눈이 똥그래져서 말했다.

"와~ 어떻게 그럴 수가?"

"그렇게 헤어졌죠. 참 이상해요. 이 비슷한 일을 다른 친구도 겪었거든요. 물론 저처럼 직접 목격한 건 아니지만, 그 친구 여친이 다른 남자랑 잔 걸 들킨 거예요. 다혜 씨는 혹시 친구 중에 그런 친구 없었어요? 남친이 있는데 다른 남자랑 어울리는?"

"왜~ 없겠어요. 있지."

"아~ 괜히 얘기했다. 기분만 우울해지네요. 잠깐 TV 좀 틀게요~."

일부러 성인방송 채널을 찾았다. 다혜는 좀 놀란 거 같았지만, 난 능청맞게 남자들은 원래 기분 상하면 이런 거 봐야 풀린다고 떠들었다. 다혜가 이제 그만 돌아가 보겠다고 일어나기라도 하면 다 끝나는 일이지만, 일부러 대수롭지 않은 일이라는 듯 술도 마시고 다혜에게 술도 권하며 자리를 지키게 했다.

거의 10분 이상 다혜랑 성인방송을 봤다. 처음 본 후임의 여친이랑 이런 걸 같이 보고 있으니까 엄청 흥분되었다. 연기자의 신음을 들으며 얼핏 다혜를 보니까 다혜의 얼굴이 더 빨개졌다.

"다혜 씨. 아까 명훈이랑 몇 번 했어요?"

"네? 뭘 그런 걸 물어요…."

"에이~ 다 성인인데 뭐 어때요? 이런 거 보고 있으니까 궁금해져서 그래요."

"두 번이요."

내가 다혜의 곁에 가서 앉아도 다혜는 TV만 보고 있었다. 조심스럽게 다혜의 허벅지에 손을 올려봤다. 아주 천천히 손을 가져가 닿을 듯 말 듯 거리에서 망설이다 다혜의 허벅지 위에 손을 내려놨다. 다혜가 가만히 있었다.

됐다.

~~~🎋~~~

대부분의 사람은 선인과 악인으로 구분할 수 없다. 간혹 누구나 인정할 수 있는 선인이 존재하기도 하고 악인도 있긴 하지만, 대다수의 사람은 그렇게 나누기 어려워진다. 우리가 정한 법이나 도덕으로 선인과 악인을 나눌 수 없고, 보통은 선과 악이 균형을 이룬다.

정말 선과 악이 균형을 이루고 있다면, 나는 어느 쪽 추에 서서 세상의 균형을 유지하게 하고 있을까. 보통의 사람들은 선의의 쪽에 서려고 하며, 어떤 사람들은 자신이 악의의 쪽에 있다고 생각해 반성하고, 가끔은 스스로 악인이라는 걸 알지만 개선할 의지가 없다.

나는 내가 악인이라는 걸 안다.

세상을 위한 그 어떤 사소한 일도 하지 않는다. 담배꽁초는 길바닥에 그냥 버리고, 가끔 무단횡단도 하고, 불쌍한 사람들을 도울 생각도 안 했다.

친구들을 동원해 나를 괴롭히는 인간을 때려주기도 했으며 후임의 여자친구를 넘보고 있다.

　TV에서 못생긴 여배우가 과장된 몸짓으로 내뱉는 신음이 작은 여관방을 채우고 있었다. 불그스름한 조명 아래 짙은 화장의 저 여배우보다 훨씬 예쁜 다혜는 눈꺼풀만 깜박이며 TV를 응시하고 있었다.
　다혜의 허벅지 위에 올린 내 손을 천천히 움직여봤다. 만지거나 하는 느낌으로 손가락에 힘을 주진 않았다. 손바닥을 편 채 다혜의 청바지 위로 미끄러지듯 살며시 움직였다. 다혜는 여전히 TV에서 나오는 연기자들의 성행위 장면을 보고 있었다.

　"다혜 씨. 저런 거 본 적 있어요?"
　"네? 네…"

　내가 갑자기 말을 걸었더니, 조금 놀란 듯 몸을 뒤로 빼긴 했어도 내 손이 놓인 다리를 빼진 않았다. 난 계속 다혜의 허벅지 위에 손을 놓은 채 말을 걸었다.

　"아니~ 저런 영상 말고요~ 남들이 진짜로 하는 거요."
　"예? 아뇨?"
　"전 아까 말했죠? 여자친구가 다른 사람이랑 하는 거 봤다고…"
　"아~ 그건…. 커튼이 있어서 잘 보이진 않았다고…"
　"그러네요. 저렇게 노골적인 모습을 본 건 아니죠."

　확실히 기억하고 있었다. 좀 전에 내가 자세히 설명했던 이야기들을 다혜는 잘 기억하고 있었다. 내가 아는 여자들은 야한 이야기를 듣는 걸로도 상당히 흥분하곤 했다.

민아도 그랬다. 실제로 일어날 수는 없는 일이라도, 내가 민아에게 야한 이야기들을 해주면 흥분했다. 내가 꿈에서 민아가 다른 친구와 하는 걸 봤다는 얘기만 해도 흥분하는 것 같았다. 내게 좀 짜증을 내면서도 확실히 민아의 표정이나 몸은 반응하고 있었다.

"다혜 씨 화장실에서 해본 적 있어요?"
"네?"
"에이~ 뭐 어때요. 어른들끼리 서로 궁금하잖아요. 전 해봤어요."
"아…. 저도."
"명훈이하고요?"
"…."

아니구나. 그럼 그 전에 사귀었던 선배라는 인간이었거나, 뭐 또 다른 누군가가 있었을지도 모른다. 일단은 명훈이가 아닌 다른 사람과의 관계를 말하게 하는 데 절반쯤 성공했다.

"괜찮아요. 명훈이도 이해할 거예요. 명훈이도 다혜 씨가 처음은 아닐걸요?"
"아니. 명훈이는 제가 처음이라고…"
"아~ 그래요. 전 화장실 밖에 아는 사람이 있는데도 해본 적 있어요."
"예? 어떻게…"
"처음엔 몰랐죠. 나중에 알았던 거예요."
"아…"

이런 얘기들을 하면서도 여전히 내 손은 다혜의 허벅지 위에 있었다. 다혜는 마치 내 손이 없는 것처럼 행동하고 있었고, 시선은 계속 TV에서 나오는 성인방송에 두고 있었다. 더 기다릴 필요가 없을 것 같아도, 지금 서두르다 망칠 필요는 없었다.

"화장실에 해봤을 때 어땠어요?"
"예? 뭐…."
"어때요? 좀 다른가요?"
"좀…. 스릴 있었던 거 같기도 하고~."

다혜가 곤란하다는 듯 살짝 웃은 거 같다. 입가에 그 미소의 흔적이 사라지기 전에 말했다.

"와~ 미치겠네요."
"왜요?"
"이런 얘기 하고 있으니까 흥분되잖아요."

부끄러운지 다혜가 고개를 살짝 숙이며 돌렸다. 여태 다혜의 허벅지 위에 있던 내 손이 조금 안쪽으로 들어갔다. 다혜가 모른척하며 내 손 위에 손을 덮긴 했지만, 딱히 힘이 들어가진 않았다.

"여자들은 어때요? 아니, 다혜 씨는 어때요? 이런 얘기하면?"
"그냥~ 뭐. 좀…."
"좀 흥분돼요?"
"에이~ 그만해요."

그만하라는 애가 내 손이 이제 가랑이 사이로 파고들어도 몸만 조금 뒤로 빼고 있었다. 아니, 다리 사이가 조금 벌어지기도 했다. 그러면서도 다시 TV에서 나오는 성인영화를 보며 내게 시선을 주진 않았다.

이젠 다른 팔로 다혜의 어깨를 안으며 기댔다. 다혜는 여전히 내 쪽으로 몸을 돌리지 않았지만, 그런 다혜의 손을 잡아 내 다리 사이로 가져왔다. 약간 거부하는 것 같았는데, 이내 힘을 빼며 내가 원하는 곳을 만졌다.

"다혜 씨. 다혜 씨?"
"하아~ 네?"
"우리 그냥 조금만 놀아요. 하지만 않으면 되잖아요?"

당연히 마음에도 없는 소리였고, 다혜도 알 것이다. 겨울이라 껴입은 옷을 벗기려면 동의를 받는 게 편하다. 게다가 꽉 낀 청바지를 벗기는 게 얼마나 힘든지 알고 있다. 키스하고 싶었지만, 일부러 키스도 하지 않았다. 이미 선을 넘었다는 걸 알려 줄 필요는 없었다. 우리는 아직 줄타기하고 있다고 생각하게 해주는 게 편하다. 스릴은 관계에 꽤 중요한 요소다.

자신의 몸에서 나는 찌걱거리는 소리에, 내 걸 쥔 다혜가 안겨왔다. 충분히 기다려 왔고 이 정도 애썼으면 나도 상을 받을 자격이 있었다. 내가 일어나 다혜를 내려다보고 있으니, 다혜는 내가 원하는 것을 해줬다.

저 부끄러워하는 표정과 어울리지 않는 입술과 혀에 녹아내릴 지경이다.

다혜는 새벽이 오기 전에 명훈이가 자고 있는 방으로 돌아갔다. 나하고는 세 번이나 했다. 두 번째는 내 위에 올라타 허릴 흔들기도 하더니, 세 번째는 더러워진 걸 입안에 넣고 세워줬다. 명훈이랑 두 번 했다고 해서 세 번을 한 건 아니다. 다혜의 연락처를 받았다.

스스로도 지금까지 무척 쓰레기같이 살아왔다는 걸 알지만, 오늘의 일은 내가 악인이라는 걸 확실히 알게 해줬다. 다혜가 샤워하고 불편한 걸음으로 방을 옮겨가는 모습을 보며 아무 죄책감을 느끼지 못했다.

아침에 잠에서 깼는데, 옆방에서 다혜의 목소리가 들렸다. 이 정도로 방음이 안 되는 줄은 몰랐다. 눈을 뜨자마자 명훈이가 덮친 모양인데, 다혜는 아프다며 낑낑거리고 있었다. 아프겠지…

아무래도 두 사람은 퇴실 시간까지 여관에 있을 거 같으니까, 다혜가 고생이 많겠다. 먼저 나와서 혼자 해장을 하고 근처 목욕탕에서 시간을 죽였다. 몸을 녹이는 것도 지루해 목욕탕을 나와 PC방에서 시간을 때웠다. 다혜에게 전화를 했지만 받지 않았다.

명훈이랑은 복귀하기 직전에 버스터미널에 만났다.

"박해진 상병님! 왜 먼저 가셨습니까? 저희가 해장국이라도 사드렸어야 하는데~."

"야. 옆방에서 다 들리더라~ 내가 어떻게 거기에 있겠냐?"

"앗. 죄송합니다."

"다혜 씨는 잘 들여보냈어?"

"아까 점심만 먹고 갔습니다. 오랜만이라 그런지 엄청 피곤해 하는 것 같아서."

"어지간히 괴롭히지 그랬냐. 오전 내내 했어?"

"크흡! 뭐 그런 건 아닙니다. 오랜만이라 그런지 많이 좀. 그랬습니다."

"좋았겠네~."

부대에 복귀해서도 명훈이랑은 잘 지냈다. 실제로 명훈이는 꽤 괜찮

군인이자 후임이었다. 내가 형, 동생 하자고 했는데도 군기를 지킬 줄 알았고, 딱히 나무랄 만한 일을 저지르지도 않았다.

다음 휴가를 나가서도 다혜에게 연락하진 않았다. 물론 민아를 찾아가지도 않았다. 대강 만나기 쉬운 여자애들과 어울리다 복귀했다.

내가 병장이 되었을 때, 명훈이가 다혜랑 헤어졌다. 힘들어하는 명훈이를 위로해주고 병장 휴가를 나와 다혜에게 전화를 걸었다. 받지 않을 가능성이 크긴 했어도, 지금이 최소한의 가능성이라도 생겼을 것 같았다.

다혜가 전화를 받았다.

[다혜 씨. 어떻게 지내요?]
[⋯오랜만이네요.]
[명훈이랑 헤어졌다는 얘기 들었어요.]
[⋯명훈이는 잘 지내요?]
[네. 처음엔 많이 힘들어 했는데~ 지금은 그래도 잘 버티고 있어요.]
[상병님.]
[이제 병장이에요. 병장 박해진.]
[하아. 진짜 나쁜 사람이네요.]
[⋯미안해요. 다혜 씨를 처음 보자마자 너무 좋았어요. 그러면 안 된다는 걸 알지만, 다혜 씨를 뺏고 싶었어요. 그래서 명훈이에게 너무 미안해서 명훈이에게는 더 잘해줬어요. 저도 제가 왜 그랬는지 왜 이러는지 모르겠어요. 미안해요.]
[그런 말을 믿으라고요.]
[믿지 못할 걸 알아요. 제가 한 행동이 있으니까요. 하지만 전 방법이 없

었어요. 제가 할 수 있는 게 없었어요. 정말 고민 많이 하다가 다시 전화했어요. 다혜 씨 미안해요.]

[…]

[다혜 씨. 한번만 다시 보고 싶어요.]


계속 대답이 없는 다혜에게 약속 장소와 시간을 정해주고 전화를 끊었다. 난 약속 장소에 나가 거의 한 시간 가까이 기다렸고, 다혜가 약속 장소에 나타났다.

온갖 감언이설을 떠들어댄 보람이 있었다. 사실 두 시간은 기다려 볼 생각도 했었다. 꽤 그럴싸한 커피숍이었고, 다혜는 하얀 블라우스에 하늘거리는 핑크색 치마를 입고 나왔다. 한겨울의 그날 봤을 때보다 훨씬 예뻤다.

미리 가져간 꽃을 건네고 조금 멋쩍어하며 말했다.


"아. 이건 사실 준비한 건 아니고~ 터미널 앞에서 뽑았어요."


사실 인형 뽑기로 뽑은 인형은 아니다. 난 인형 뽑기에 재주가 없어서 액세서리 가게에서 인형을 샀다. 어쩐지 인형 뽑기로 뽑아온 인형이라고 말하는 게 괜찮을 거 같았다. 조금은 어설픈 티를 내줄 필요가 있었다.


어이없어하는 웃음이긴 했어도 다혜가 조금 웃었다. 늦어서 미안하다고까지 했다. 나는 괜찮다며 수수하게 웃어 보이려 애썼다. 다혜가 나보고 군복을 벗으니 못 알아보겠다고 했다. 이번엔 환하게 웃으며 나도 다혜 씨가 너무 예뻐서 못 알아볼 뻔했다고 대답했다.


"다혜 씨. 우리 밥 먹고 영화 보러 갈래요?"

"영화요?"

"어쩌면 오늘이 마지막이 될 수도 있으니까, 다혜 씨랑 영화 한 편 보고 싶어요."

그날 얘기는 전혀 꺼내지 않았다. 마치 처음 소개팅으로 만난 사람처럼 서로의 학교 얘기도 하고 사는 얘기들을 했다. 당연히 명훈이 얘기도 꺼내지 않았다. 우리는 밥을 먹고 영화도 봤다. 물론, 나는 그런 사는 얘기들이나 영화에 전혀 관심이 없었다.

영화가 끝나고 나와서 조금 걷다가 말했다.

"다혜야."
"…."
"미안해. 이런 식으로 너랑 만나서."

대답은 없었지만, 이제 난 다혜에게 존대하지 않았다. 다혜를 데리고 모텔에 가는 동안에도 다혜는 아무런 말이 없었다.

휴가 내내 다혜랑 지냈다. 복귀 전날에는 초저녁부터 모텔에 들어가 밥을 시켜 먹으며 다혜랑 뒹굴었다. 복귀하는 날 아침에 다혜에게 말했다.

"나…. 들어가서 명훈이 어떻게 보냐."
"미안해, 오빠."
"내가 미안하지. 명훈이 생각하면 너무 괴롭다."

처음이자 마지막으로 명훈이 얘기를 꺼냈다. 복귀해서는 명훈이랑 아무렇지 않게 잘 지냈다. 전역하기 전까지 휴가를 나오면 다혜를 만났다.

군대를 전역하고 다혜와 끝냈다.

～✿～

　세상을 끓이던 여름의 열기가 아직 남아있다. 햇볕이 따가워 그늘을 찾
았고 낮에는 어디서라도 에어컨이 돌아갔다. 서쪽 하늘이 붉게 물들고 흐
릿한 달이 어렴풋이 하늘에 걸리면, 시원한 바람이 반갑게 불어줬다. 기나
긴 여름이 이제 막 끝나가고 있었다.

　여름의 막바지에 우리는 이제 막 새로운 연애의 장을 열고 있었다. 가끔
손을 잡는 것으로도 서로 부끄러워하며 좋았던 우리가 오늘 뭘 하게 될지
서로 알고 있었다.

　민아의 방이었다. 민아가 공부하고 자고 또 다른 많은 것들을 하는 민아
의 공간이다. 열린 창문으로 스며드는 저녁노을이 부끄러워 커튼을 쳤다.
어둑해진 방안에서 우리는 불을 켤 생각도 하지 않았다. 내 눈에는 민아만
보였고, 민아도 그랬을 것이다.
　우리가 맞잡은 손은 서로의 땀으로 축축해졌지만, 서로의 손을 놓아줄
수 없었다. 내 다른 손이 민아의 어깨를 잡았는데, 민아는 그 손도 잡아 가
뒀다. 내 시야가 닿는 모든 곳에 민아의 얼굴이 있었다. 점점 가까워졌고,
내가 고개를 어느 쪽으로 돌릴지는 이미 합의가 되어있었다.
　내 입술이 민아의 입술에 닿는 순간 숨을 참았다. 민아도 그랬던 것 같
다. 그래서 우리의 첫 키스는 짧았고 짜릿한 아쉬움에 부끄러운 미소를 지
었다. 내 눈을 한참 동안 들여다보던 민아가 다시 내게 다가왔다. 두 번째
는 숨을 쉴 수 있었다.

초인종이 울렸다. 놀라서 벌떡 일어나 현관으로 달려갔더니, 중대장이 입영통지서를 들고 있었다. 뭔가 이상함을 느끼며 잠에서 깼다.

전화가 울리고 있었다. 복학해서 최근에 알게 된 후배 놈이다.

[뭐냐?]

[웅? 자고 있었어요? 오늘 조별 과제 모임 있는 거 아시죠?]

[지금 몇 시냐?]

[점심 먹기엔 조금 이른 시간이에요. 있다가 봐요. 선배님. 재수강인데 학점은 받으셔야죠.]

군대 가기 전에 대학을 대충 다닌 덕분에 재수강해야 할 과목이 꽤 많았다. 이런 어중간한 대학을 나와서 뭐하겠냐는 생각이 들긴 했어도, 아버지에게 용돈이라도 받으려면 대학 졸업장은 받아야 했다.

조별 과제 같은 건 그리 어려울 게 없었다. 적당히 간식거리나 지원해주거나 술을 사주면 내가 참석하지 않아도 괜찮았다. 나 혼자 감당해야 할 다른 강의들로도 벅찼다. 조별 과제 따위에 참석할 시간 같은 건 없었다.

지난밤. 간신히 리포트를 정리하고 머리 좀 식힐 겸 클럽에 갔었다. 딱히 여자를 만날 생각이 있었던 것은 아니다. 여자를 만나려면 클럽보다 나은 곳들을 알고 있다. 정말 머리를 식히려고 갔다.

별로 괜찮아 보이는 애들도 없었고, 남자들을 장난감 취급하는 여자애들만 가득했다. 맥주나 좀 마시다 나가려는데, 검은 셔츠에 검은 바지를 입은 누나가 나를 붙잡았다.

"왜? 별로야?"

"네?"

"담배 있어?"


시끄러워서 자연스럽게 가까이 다가가 대화를 나누게 된다. 이 누나는 이미 내 허릴 붙잡고 가랑이 사이를 내 다리에 비비고 있었다. 나가자고 해서 같이 나왔고, 모텔값도 누나가 지급했다.

아! 지금 여긴 모텔이다.


그제야 등에 예쁜 날개 문신이 그려진 누나가 엎드려있는 게 보였다. 리포트를 제출해야 하는 강의가 오후에 있어서 다행이다. 아니, 그 전에 조별 과제 모임도 참석해야 한다. 집에 갔다가 학교까지 가는 시간을 계산해봤다. 촉박했다.


침대에서 나오다가 콘돔을 밟았다. 저 누나랑 내가 몇 번이나 했더라? 아무튼 내가 그만 좀 하자는 말을 하고 한 번 더했었다. 내 몸에서 저 누나의 향수 냄새가 진동했지만, 씻지도 못하고 집에 들러 옷만 갈아입고 나왔다.


어정쩡한 대학에 다니는 주제에 깐깐하게 구는 후배 놈 때문에 이 조별 과제는 꼭 참석해야 했다. 술이고 간식이고 다 필요 없단다. 여자를 소개해준다고 해도 과제나 잘 준비하자는 무서운 녀석이다.


"선배님 조금 늦으셨네요. 먼저 도착한 사람들이 각자 자기가 할 걸 골랐거든요? 그래서 선배님은 발표를 해주셔야겠어요. 뭐~ 보통 조별 과제 할 때 선배가 끼면, 선배들이 발표하는 게 보통이니까 괜찮으시죠?"

"내가? 발표를? 그 수업 발표할 때 질문도 받고 그러지 않나?"
"네. 그러니까 우리가 발표하는 내용에 대해 잘 숙지하셔야 해요."

미치겠다. 대강 학점만 받으려 했는데 어쩌다가 발표까지 하게 되었다. 후배들 앞이라 심하게 따지지도 못하겠다. 굉장히 곤란하다는 표정으로 녀석을 노려봤어도 소용없었다. 녀석은 단호한 얼굴로 각자 분담해야 할 일들을 정했으니, 이제 발표 주제에 관해 토론하자고 했다.

지난밤 이름 모를 누님에게 기까지 빨린 마당이라 급히 피곤이 몰려왔다. 잠깐 세수 좀 하고 오겠다고 했더니, 제일 중요한 발표자가 돌아올 때까지 기다리겠단다.

세수를 하기 전에 밖에 나와 담배를 한 대 물었다. 머리가 띵하게 울려오는데….

"발표 제가 대신 할게요."
"웅?"

커다란 안경에 얼굴의 반쯤은 머리카락으로 덮고 있는 조그마한 여자애가 자판기 커피를 내밀며 말했다.

"진짜?"
"네. 대신 자료 모으는 것 저랑 같이해요."
"아…."
"싫어요?"

이름은 함지혜. 신입생인 주제에 학점을 잔뜩 모으고 있단다. 자료를 나 혼자 모아오라는 것도 아니고 같이 하는 대신 발표를 해주겠다는데, 싫다고 말할 수는 없었다. 유행 때문이 아닌, 그냥 편해서 큰 옷을 입고 있는 것 같은 작은 여자애가 고개를 끄덕이며 들어갔다.

간신히 조별 과제모임을 끝내고 리포트를 제출해야 하는 강의를 마치자마자, 함지혜에게 연락이 왔다.

[선배. 어디에서 만날까요?]
[저기 숨 좀 쉬자. 저녁 안 먹니?]
[…몇 시에 만날까요?]
[8시!]
[너무 늦지 않나요? 어디에서요?]
[우리 집으로 와!]
[어딘데요?]

뭐 이런 애가 다 있나 싶다. 남자 무서운 것도 모르는 여자애인가? 아무리 그래도 저녁 8시에 남자 선배 집으로 순순히 오겠다는 여자애가 있을 줄은 몰랐다. 그러거나 말거나 일단 근처 중국집에 들러 배를 채우고 집으로 들어가 씻자마자 침대에 누웠다.

후배 여자애가 온다는데 방을 치울 생각조차 안 했다. 베개에 머릴 대자마자 잠들었고, 잠들자마자 초인종 소리가 울린 것 같다.

"왔냐?"
"지저분하네요."
"대강 치우고 앉아."

욕실에 들어가 소변을 보고 얼굴에 물 좀 묻히고 나왔더니, 지혜가 양손에 스타킹을 들고 갸우뚱한 얼굴로 내게 말했다.

"하나는 팬티스타킹이고 하나는 아니네요."
"…쓰레기통에 버려."
"아까워라."

테이블 근처의 쓰레기들을 대강 발로 밀어 치우고 앉으라 했더니, 지혜는 고개를 절레절레 흔들며 물티슈를 꺼내 바닥을 닦았다. 그리고 내 수건으로 바닥에 물기를 닦아내고서야 앉았다.

"이제 다 됐냐?"
"창문 좀 열어줘요."

창문을 활짝 열고 돌아와 앉아서 서로의 노트북을 폈다. 나는 마주 앉았지만, 지혜가 일어나 내 옆에 와서 앉으며 말했다.

"같이 자료를 찾는 건데, 서로의 모니터를 확인하지 못하면 무슨 소용이에요."
"나 안 무섭냐?"

함지혜가 나를 물끄러미 바라보더니, 손가락으로 내 팔뚝을 쿡 찍어 입으로 가져가 맛을 보듯 빨았다. 그리고 고개를 갸웃하며 말했다.

"인간 남자 맛이네. 괴물이나 유령도 아닌데 뭐가 무서워요."
"…야. 너! 하아~ 아니다 됐다. 뭐부터 하면 돼?"

얘가 신입생이 맞는지 확인하고 싶어졌다. 아무리 학점을 모으고 있다지만, 무슨 신입생이 자료를 준비하는 게 마치 컴퓨터 같다. 알파고가 바둑을 두듯 정확히 필요한 지점을 내게 지시했고, 내가 검색해서 확인을 요구하면 첫 줄만 읽고도 다른 검색요건을 지시했다. 파일을 정리하는 게 마치 군대의 행정병 병장처럼 보였다.

시간이 가는 줄도 모르고 함지혜의 수족이 되어 검색하고 결과를 확인받고 자료를 모으고 내일 도서관에서 찾아볼 책들의 리스트를 작성했다.

"너 어쩌다 우리 대학에 온 거냐"

"장학금. 교직 이수를 위한 학점 취득의 편의성. 임용고시준비를 위한 학교 측의 지원."

"사범대를 가지!"

"…장학금. 학점 취득의 편의성. 통학 거리?"

"됐다. 거의 다 했지? 빨리 끝내자."

"오늘 할 수 있는 건 다 했어요. 내일은 도서관에서 만나요."

지혜의 말과 동시에 뒤로 드러누웠다. 머리에 뭔가 깔려서 치우고 두 팔을 펴며 대자로 누웠다. 지혜가 노트북을 챙기며 정리하는 소리가 들렸다. 알아서 치우고 인사하면 잘 가라는 말이나 해줄 생각이었다. 일어나 마중을 해줄 생각 따윈 없었다.

한참 동안 천장을 바라보고 있는데, 지혜가 일어나는 소리가 들리지 않았다. 크게 한숨을 내쉬고 말했다.

"안 가? 뭐 또 할 거 있어?"

"제가 이 대학을 오게 된 다른 이유가 또 있어요."

"안 궁금하거든?"

"그럼 저 좀 씻어도 괜찮아요?"

"마음대로~."

뭐? 씻는다고? 왜? 집에 가서 씻지? 뒤늦게 든 의문을 확인하려 몸을 일으켰다.

처음 보는 광경은 아니다. 여자가 옷을 벗는 모습을 보는 게 절대로 처음은 아니지만, 늘 새롭다. 게다가 처음 만난 여자라면 더욱….

지혜가 일어나 돌아서 옷을 벗고 있었다. 보면서도 이해가 되질 않았다. 지혜는 펑퍼짐한 셔츠를 벗어 내리고 몸매를 감추기 용이했을 바지를 벗었다. 마치 자기 집에서 옷을 갈아입는 사람처럼 편안한 태도였다. 그리고 속옷을 벗는 데도 오래 걸리지 않았다.

비록 뒷모습이지만, 나체가 된 지혜가 욕실에 들어갔다. 또 꿈을 꾸고 있는지 확인하려 내 뺨을 살짝 때려봤더니 아팠다. 당황하긴 했어도 지혜의 뒷모습은 충분히 감상했다. 작은 체구에 어울리지 않는 굉장히 좋은 몸매였다.

멍하니 지혜가 들어간 욕실 문을 바라보다 일어났다. 욕실 앞에 가지 않아도 분명히 샤워하는 소리가 들리고 있었다. 도무지 이해할 수 없는 상황이긴 했어도 설   다. 갑작스러운 일에 놀란 심장을 달래려 담배를 물었다.

여자가 샤워하는 시간을 기다리는 게 이렇게 지루했던 건 오랜만이다. 샤워기 물줄기 소리가 끊기고도 왜 나오지 않는 것인지 물어보고 싶을 정도였다.

드디어 욕실 문이 열리고 함지혜가 나왔다.

지혜는 수건으로 머리를 감은 채 몸은 전혀 가리지 않고 욕실에서 나왔다. 부끄럽지 않은 몸매를 가리는 것보다 머리카락이 젖지 않는 게 중요했나 보다. 창피하게 입을 조금 벌리고 바라봤다. 자연스럽게 침을 삼키며 입을 닫았다.

평퍼짐한 옷을 입고 있어도 가슴이 클 것이라는 것 정도는 예상할 수 있었다. 그러나 하고 다니는 차림새나 태도 때문에 별 관심이 생기지 않았다. 지금 보고 있는 지혜의 몸매는 작은 키가 전혀 생각나지 않을 정도로 엄청났다. 저 가슴과 엉덩이에 허리가 저렇게 잘록할 수 있는 건가? 게다가 하늘을 향한 가슴과 아래에…. 없다. 제모를 했나?

어디 하나 흠잡을 곳 없는 몸을 바라보느라, 지혜가 입을 열었을 때는 좀 놀랐다.

"이제 좀 궁금해요?"
"으응? 뭐… 뭐가?"
"제가 이 대학에 오게 된 이유?"
"아…."
"제게 취미가 좀 특별해서요. 시간을 많이 뺏기거든요."

지혜의 나체를 멍청하게 감상만 하고 있는 나를 비웃어주거나 쓰게 웃어도 괜찮을 것 같은데, 지혜는 조금의 미소를 보이거나 찌푸리지 않았다. 여전히 무표정한 얼굴로 저 대담한 몸을 가릴 생각도 안 하고 내 곁으로 다가와 앉았다. 그제야 지혜가 안경을 벗었다는 걸 알았다.

지혜가 나체만 아니었으면, 다시 조별 과제 자료조사를 시작해도 괜찮을 태도였다. 가까이서 보이는 지혜의 몸은…. 만져도 괜찮을지 걱정될 정도로 매끈한 피부에 작은 점도 하나 없었다. 몸에 털 같은 게 없는 걸까?

"우리 나이에 선배 같은 남자가 흔하진 않으니까요. 입이 무거우면서 사랑에 빠지지 않을 남자는 흔하지 않잖아요."

"아…. 그래서 날 고른 거야?"

"제가 아무것도 몰라서 남자 혼자 사는 자취방에 찾아왔다고 생각하세요? 제 머리가 나빠 보였나요?"

아니다. 내가 대답하지 못하고 고개만 절레절레 흔드니까, 지혜가 내 손을 잡으며 말했다.

"그럼 안심해요."

진정하라는 말로 들렸다.

아무리 어려운 게임이라도 일정 수준에 올라서면 모든 게 쉬워진단다. 새로운 임무가 주어지고 업데이트를 통해 난이도가 조정되더라도 쉽다고 한다. 최고가 되려고 하는 것처럼 새로운 목표를 갖지 않으면 모든 게 쉬워진다.

돈을 버는 것도 그렇다고들 한다. 어느 정도의 현금을 보유하게 되면 이후에 돈을 모으는 일은 그리 어렵지 않다고 했다. 죽을 때까지 다 쓰지 못할 정도의 돈을 모으려 하거나 권력에 욕심이 생기지 않는 이상, 단순히 돈을 모으는 일은 쉬워진다.

공부를 하는 것도 일정 수준에 도달하기가 어려운 것이란다. 특정한 수준에 도달하면 공부하는 게 즐거워질 뿐만 아니라, 한계에 겸손해진다. 가질 수 있는 지식과 활용의 범위에 자각하는 단계에 다다르면 공부가 가장 쉽단다.

전부 내가 알 수 없는 것들이다.

나는 여자들을 만나는 일이 쉬웠다. 재수할 때 겪었던 여자들은 대단찮은 경험들이었다. 민아에게 미련이 남기 전에 만났던 여자애들은 그래도 최소한의 갈등이 있었다. 군대를 전역하고 여자들을 만나면서 어려움이라곤 하나도 없다.

처음 보는 여자에게 말을 거는 게 아무렇지 않고, 여자들에게 까이는 일에 두려움이 없어지면 여자를 만나는 일이 너무 쉽다.

게다가 내 그런 태도가 주변에 알려지면서, 나를 만나는 여자들도 나에 대한 부담이 없어졌다. 바람둥이, 날라리, 기생오라비 등등의 수식어에 불편해하지 않으면, 여자들이 나를 정확히 남성성으로만 대했다. 만나서 사귀고 대화하며 갈등하고 함께 미래를 걱정하는 남자로 대하는 대신에 거리를 함께 걸으며 대화도 가능한 딜도쯤으로 평가했다.

내게 먼저 접근하는 애들도 있었다. 일종의 타이틀 획득과 비슷한 의미로 나를 만나는 애들도 정말 있었다. 간혹 그런 애들의 상태에 문제가 있긴 했어도 나를 소유하려는 목적만 없다면 딱히 거부하지 않았다. 먼저 접근한 여자애들의 자존심을 상하게 했다가 맞이할 후폭풍을 피하려면 적당히 조심스럽게 대할 줄 알아야 했다.

자존심을 지켜주는 일이 가장 중요하다. 주변에 소문이 나지 않게 해주는 것도 필요했지만, 그보다 지금 이 순간만큼은 네가 널 간절히 원한다고 믿게 해줘야 했다. 말은 대단찮다는 듯 그냥 너랑 자고 싶었다고 던지더라도, 눈빛이나 손길은 절대로 그래선 안 됐다. 농담처럼 스치는 인연이라 말하더라도, 그 순간만큼은 영원히 멈췄으면 좋겠다는 태도를 보였다.

전혀 어렵지 않았다. 내가 연기를 한 것도 아니고 그 순간을 완성하기 위한 노력을 하지도 않았다. 그저 내게 필요한 의지에 따르면 여자애들은 만족했다. 고양이가 쥐를 잡는 일에 어려움을 느낄까? 고양이는 그저 보이는 쥐를 잡고 만족할 뿐이다. 내가 그랬다.

비슷한 사람들끼리만 어울리게 된다는 게 유일한 문제였다. 아무리 난잡하고 방탕하게 살아봤자, 결국 유유상종이라는 얘기다. 고민 없는 만남은 결국 그런 사람들하고만 만나게 하고, 실제의 세상과 동떨어진 다른 세상을 갖게 된다.

조금 전까지 내 위에서 자기 가슴을 쥐고 신나게 허릴 흔들던 지혜가 말했다.

"역시 좀 피곤하죠? 지난밤에도 누군가와 뒹굴었던 티가 나네요."
"아. 미안."
"괜찮아요. 어차피 제게 필요했던 순간이고, 내일 도서관에서 만나기로 했잖아요."

이런 말을 할 때라도 표정의 변화가 있으면 좋으련만, 지혜는 내 아래서 가랑이를 벌리고 있을 때도, 내 위에서 허릴 흔들고 있을 때도 무표정했다.

아무래도 조금 전의 행위에서 내게 실망한 것처럼 보였다. 오기가 생겨서 만회해보려고 했는데, 지혜가 내 가슴을 살짝 밀며 말했다.

"쉬세요. 급할 필요 없다는 걸 알 텐데요. 다시 실망하고 싶진 않아요. 내일 도서관에서 봐요."

사실이다. 아무리 의지가 육체를 지배한다고 해도, 떨어진 체력으로는 무리였다. 오후에 조금이라도 자 두지 않았다면, 오늘 지혜와 내가 처음이 아니었다면, 더 엉망이었겠다.

지혜는 아까 욕실에 들어갈 때처럼 당당히 들어가서 씻고 또 전혀 가리지 않고 나와 자연스럽게 옷들을 입었다. 내가 멍하니 그 모습을 지켜보고 있는데도, 전혀 신경 쓰지 않고 차분하게 차림새를 단정히 했다.

처음 내 방에 왔을 때처럼 패션에는 전혀 관심도 없을 거 같은 작은 여자애가 되었다. 겉에 걸친 옷들이 죄다 두 치수는 크게 고른 옷들 같았다. 조금 전 내가 봤던 그 몸매의 여자애라는 게 믿기지 않을 정도였다. 마지막으로 안경을 쓰고 거울을 보며 머리칼을 정돈하고 나서야 나를 돌아보고 말했다.

"갈게요. 수고했어요."
"…"

나는 여전히 아무 말 못 했고, 지혜는 그런 나를 물끄러미 바라보다 내게 다가왔다. 옷을 다 입고 있는 지혜는 그냥 작고 귀여운 여자애였는데, 다가오는 지혜를 보며 나도 모르게 침을 삼켰다. 지혜가 내게 다가오며 주머니에서 머리끈을 꺼냈다. 지혜는 머리끈으로 머리를 뒤로 묶더니, 내 팬티를 내리고 꺼내 입에 담았다.

커다란 안경을 낀 채 가끔 무표정한 눈으로 나를 보며 정성껏 입술과 혀를 놀리던 지혜가 입을 뗐다. 잔뜩 화가 난 걸 손으로 천천히 쓰다듬던 지혜가 일어났다. 지혜는 가방에서 물티슈를 꺼내 손을 닦고, 다시 머리끈을 풀더니 내 방을 나갔다.

그제야 지혜가 날 가지고 놀았다는 걸 알았다.

분하고 아쉬운 마음에 깊은 잠을 잘 수 없을 줄 알았는데, 되레 엄청 깊은 잠을 잤다. 감정적인 요인보다 신체적 피로가 먼저였다. 일어나자마자 지혜를 생각하긴 했어도 학교에 도착해서 첫 강의가 끝날 즈음에는 평소의 나로 돌아와 있었다.

지혜에게 전화를 걸었다.

[점심 먹었냐?]

[지금 먹고 있어요. 선배 오후 강의는 3시에 있죠? 그럼 1시에 도서관에서 만나요.]

강의 시간을 아는 게 별거 아니긴 해도, 어쩐지 관리당하는 기분이 든다.

도서관에서 만나자고 했을 때, 사실 도서관 근처의 어떤 한적하고 은밀한 곳에서 관계를 맺게 될 줄 알았다. 지혜는 도서관에서 만나 어제 준비하기로 한 자료들을 같이 찾고 책들을 빌렸다.

"그럼 저녁에 만나서 자료 정리를 마무리하죠. 선배 집으로 갈게요. 몇 시까지 갈까요?"

그럼 이제 집에서 만나자마자 하게 될 줄 알았다. 내 방에 온 지혜가 당연하다는 태도로 함께 자료 정리를 마무리할 때까지도 곧 관계할 줄 알았는데, 자료 정리를 마무리한 지혜가 그냥 일어나며 인사했다.

"그럼 이제 나머지는 제가 준비해서 발표할게요."

"…가는 거야?"

"좀 더 쉬는 게 낫지 않겠어요?"

"장난해?"

처음으로 민아 아닌 여자를 덮치고 싶었다. 여자를 강제한 적은 없다고 자부했는데, 지금 난 지혜를 당장 안고 싶었다. 지혜는 그런 내 눈을 찬찬히 들여다보다가 말했다.

"참아 봐요. 더 달콤할 테니까. 내일이면 주말이잖아요."

나랑 하기 싫다는 얘기도 아닌데, 참지 않을 수가 없었다. 내일이면 기회를 주겠다는 얘기처럼 들렸다. 아니 내일 하자는 얘기로 들었다. 그러나 토요일 내내 지혜의 휴대폰은 꺼져있었다.

집 앞에 가로등에 불빛들이 켜질 때까지도 지혜의 휴대폰은 꺼져있었다. 이제 참기 어려워졌다. 지혜에게 어떤 문제가 생겼는지, 마음이 변한 건지 알 수 없어도 난 하고 싶어 미칠 지경이었다. 정말 오랜만에 끓는다는 기분이 들었다.

지난달에 만났던 여자애한테 전화를 걸려다 그만뒀다. 토요일 오후의 이 시간에 갑자기 만나자고 하는 건 자존심이 상한다. 자위라도 하려다 샤워를 하고 후배 녀석에게 전화를 걸었다. 가끔 술도 같이 마시고 클럽도 데려갔던 녀석이다. 반반하게 생겨서 길을 내줬더니 아주 잘 활용하는 녀석이었다.

이미 다른 녀석이랑 만나 시간을 죽이고 있다고 했다. 여자를 만나기 좋은 시간이 올 때까지 쉬고 있다는 얘기다. 나도 같이 놀자고 했더니 좋다고 했는데….

지혜가 왔다.

"어디 가세요?"

"…후배들 만나러."

"그래요? 같이 가도 돼요?"

"뭐?"

"같이 놀자고요."

이게 사람을 가지고 놀려는 거 같아 짜증 났는데, 지혜의 차림새가 눈에 들어왔다. 평소 지혜가 입고 다니던 치수 큰 옷들이 아니다. 안경도 쓰지 않았다. 얼핏 몸매가 드러나는 재킷에 짧은 치마는 하의실종 패션 같았다. 살짝 보이는 가슴골 깊이 파인 니트 셔츠는 재킷을 벗은 모습을 상상하게 했다.

머리도 미용실에 다녀온 것처럼 정리되어 있었고, 화장도 평소와 달랐다. 구두는 또 어찌나 높은 걸 신었는지 전혀 작다는 생각이 들지 않았다. 지혜는 자신을 훑어보는 내 팔짱을 끼며 나가자고 했다.

"뭐야. 너 처음부터 이럴 생각이었어?"

"즐기기도 해야죠. 짧은 젊음인데."

"이제 너 조금 무서워진다?"

"안심해요."

"그런 말이 더 무서워. 너 안경은 변장 같은 거냐?"

"지금 렌즈 꼈어요."

우리 둘이 놀자고 했지만, 지혜는 내 후배들과 만나고 싶다고 했다. 자신에게는 동기인데 상관없냐고 했더니, 알아보겠냐며 나를 빤히 바라봤다. 절대 알아볼 수 없다.

지혜를 데려갔더니 후배 놈들이 당황했다. 셋이 모여서 여자들이나 만나러 다니게 될 줄 알았는데, 화끈한 차림새의 미녀를 보고 당황한 눈치였다. 그리고 곧 투덜거렸다.

"뭐야~ 형 여자친구 자랑하려고 만나자고 했어요?"
"응. 같이 놀자."

녀석들은 역시 지혜를 전혀 알아볼 수 없었다. 잠깐 투덜거리긴 했어도, 지혜가 재킷을 벗어 놓으며 앉으니까 눈들이 돌아가는 소리가 들릴 지경이다. 녀석들을 만나러 가기 전에 지혜가 하루 여자친구 역할을 하고 싶다고 했다. 그러라고 했더니, 재미있겠단다.

그나저나 나도 눈이 돌아갈 정도였다. 재킷을 벗은 지혜의 니트는 어깨를 완전히 노출하며 가슴골이 파여 있어서, 조금만 과장된 몸짓을 하면 흘러내릴 것처럼 아슬아슬했다.

이 녀석들이 지혜에게 매우 친절했다. 내가 남자친구라는 데도 아랑곳하지 않고 살갑게 술을 권하며 어쩌다 이런 형을 만났냐며 장난도 쳤다. 아무래도 너무 잘 가르친 것 같다.

지혜는 술도 잘 마셨다. 별로 취하지도 않았고, 분위기를 깰 만큼 빼지도 않았다. 다음에는 친구들을 소개해주겠다는 거짓말로 녀석들을 즐겁게 해줄 줄도 알았고, 가끔 일부러 옷을 흘러내려 브래지어가 드러나게 하는 것처럼 보였다.

"우리 노래방 갈래요?"
"에이~ 남자는 셋인데~ 무슨 재미로 가요~."
"뭐 어때요? 제가 재미있게 해드릴게요~."

나랑 있을 때는 표정 변화 한 번 없었으면서, 이 녀석들에게는 과장되게 웃으며 목소리 톤까지 높아졌다. 난 노래방에 가는 게 별로였지만, (빨리 지혜랑…) 이 녀석들과 같이 노래방을 갔다.

술을 마실 수 있는 룸으로 된 노래방을 갔는데, 토요일이라 기다려야 한다고 했다. 기다리는 동안 한 녀석과 담배를 피우고 돌아왔더니, 지혜가 다른 녀석의 어깨에 기대고 앉아 있다가 나를 발견하고 손을 흔들어 줬다. 지혜보다 어깨를 빌려준 녀석이 좀 멋쩍어했다.

별로 상관하지 않고 곁에 가서 앉았더니, 지혜가 다른 녀석을 자기 옆으로 와서 앉게 하며 말했다.

"해진이 오빠~ 오늘은 내가 이 친구들에게 서비스 좀 할게~ 여자친구도 없다니까~."
"야~ 적당히 해라. 얘들 너한테 반하겠다."

후배 녀석들은 내가 어디서 날라리 같은 애를 데려온 것이라 생각하는 모양이다. 내가 별로 신경 쓰지 않는 태도를 보이며 놀아주니까, 지혜가 양옆에 앉은 두 녀석의 팔짱까지 꼈다. 저러면 팔에 가슴이 닿을 텐데…. 저게 스무 살짜리 여자애가 할 행동인가 생각이 들다가도, 전에 만났던 혜주나 그런 여자애들을 떠올리게 되었다. 아무래도 지혜의 평소 태도 때문에 거슬렸다.

노래방에 들어가서는 더 가관이었다. 처음엔 나랑 블루스를 추자더니, 누군가 발라드를 부르면 아무 녀석이나 붙잡고 블루스를 췄다. 아니, 블루스라기엔 그냥 꼭 껴안고 서 있는 것에 가깝다.

당연히 녀석들의 바지춤이 불편해 보였다. 내가 화장실 좀 다녀오겠다며 나왔더니, 지혜가 따라 나와서 말했다.

"더 흥분되죠?"

"뭐?"

"화장실 다녀와서 어디 좀 급하게 다녀오겠다고 해요. 삼십 분이면 다녀
온다고 말하고 갑자기 문을 열어봐요."

친했던 군대 선임을 만났다며, 요 앞에 술집에 잠깐 있다가 오겠다고 했
다. 지혜가 말했던 것처럼 삼십 분만 있다가 오겠다고 했더니, 녀석들이 어
서 다녀오라면서도 아쉬움은 전혀 없어 보였다.

그 근처를 한 바퀴 돌고 돌아와 노래방 문을 열었다.

지혜는 두 녀석의 사이에 끼어 있었다. 두 사람과 동시에 블루스를 출
수 있겠다는 생각이 들 정도였다. 지혜는 한 녀석의 목에 팔을 두르고 매
달려 있었고, 마이크를 들고 노래를 부르는 녀석은 지혜의 뒤에서 온몸을
밀착한 채 비비고 있었다. 게다가 지혜의 짧은 치마가 거의 엉덩이까지 말
려 올라가 있었다.

분명히 문이 열리기 직전까지 지혜의 엉덩이에 누군가의 손이 닿아 있었
다는 걸 알겠다. 아니, 엉덩이가 아닌 곳일 수도 있고 두 녀석 모두일지 모
른다.

노래를 부르던 녀석이 어정쩡하게 떨어지며 열창을 하기 시작했고, 지혜
에게 목이 감긴 녀석은 괜히 장난스럽게 지혜의 허릴 붙잡고 춤을 췄다.

난 별로 신경 쓰이지 않는다는 태도로 소파에 앉았다. 지혜도 대수롭지
않다는 태도로 치마를 내리며 내 곁에 앉아 말했다.

"오빠~ 우리 다 같이 오빠네 집에 가서 한 잔 더하자~."

이제 얘가 무섭다.

✥

술과 안주를 사는 건 녀석들에게 맡겼다. 집 근처 편의점에 들어간 녀석들이 이것저것 고르는 동안 지혜와 밖에서 기다렸다. 담배를 꺼내 물며 말했다.

"뭐하자는 거야?"
"…솔직히 지금 더 기대되죠?"
"아니?"
"거짓말."

거짓말이다. 오래전 민아와 노래방에서 관계할 때 창밖에서 누군가 지켜보던 일이 생각났다. 계단 바로 아래서 민아네 부모님이 엘리베이터를 기다릴 때 비상계단에서 민아를 괴롭히던 일도 생각났다. 화장실 밖에 선임이 있는데 민아랑 관계했던 일이 생각난다.

내가 대답 없이 담배만 피우고 있으니까, 지혜가 내 담배를 빼앗아 두어 번 빨더니 버렸다. 평소 담배를 피우는 애처럼 보이진 않았다. 녀석들이 술과 안줏거리들을 사서 편의점을 나왔다.

여전히 지저분한 내방에 네 사람이 앉을 자리가 마땅찮았다. 이리저리 쓰레기들을 치우고 대강 술자리를 만들어 앉았는데, 지혜의 차림새가 문제였다. 방바닥에 앉기에 저 짧은 치마는 어울리지 않았다. 남자들이 모두 훤히 드러난 지혜의 허벅지에서 눈을 떼지 못하는데도 지혜는 가릴 생각이 없었다.

당연히 녀석들이 술에 금방 취하지 않았다. 저런 걸 보면서 쉽게 취하기는 어렵겠다. 나는 지혜가 어쩌려나 보려고 지혜의 허벅지 위에 손을 올려 봤다. 지혜는 자기 허벅지에 올라온 내 손을 전혀 신경 쓰지 않았다. 녀석들도 나를 부러워하는 눈빛만 보낼 뿐이었다.

이렇게 계속 마시다간, 내가 먼저 취하겠다. 일단 TV를 켜서 볼륨을 좀 높이고 말했다.

"야. 형이 지혜랑 볼일 좀 볼 테니까~ 떠들고 있어?"
"예에?"

내가 지혜의 손을 잡고 일어나는 모습에 놀라면서도 곧 낄낄거리며 '왜요?' '우리는요?'라고 깐죽거렸다. 내가 장난을 치는 걸로 아는 것 같다. 지혜도 어깨를 으쓱이며 말했다.

"엿듣기 있기 없기?"
"아~ 그럼 우리 갈래~."

가지 말라는 말은 꺼내지 못했다. 지혜를 데리고 욕실에 들어가자마자 TV 소리가 꺼졌다. 녀석들이 욕실 문에 달라붙어 엿듣고 있을 것이다. 잔뜩 상기된 내 표정을 보고도 지혜는 긴장하는 대신 침을 삼켰다.

지혜의 어깨를 눌러 내 앞에 무릎 꿇게 했다. 지혜가 알아서 벗기고 입에 머금었다. 상당히 오래 참았는데도 술 때문에 쉽게 끝나지 않았다. 지혜를 일으켜 세우고 변기에 기대 엎드리게 했다. 지혜가 숨을 삼키는 소리가 욕실에 울렸지만, 곧 철떡거리는 소리에 잠겼다.

밖에서 녀석들이 우릴 놀리는 야유소리가 들렸다. 욕실 문을 몇 번이나 쿵쿵거리더니, 가겠다며 떠들고 현관문이 열리고 닫히는 소리가 들렸다.

욕실에서 우리가 나왔을 때, 녀석들은 가고 없었다. 이상하게 아쉬운 생각이 들었는데, 지혜가 더 아쉬웠던 모양이다.

"선배랑 어울리는 친구들이라 기대했는데, 그냥 보통 애들이네요."

"뭘 기대했는데? 너 쟤들하고도 하고 싶었냐?"

"왜요? 그런 걸 생각했어요?"

"미쳤냐?"

상상했다. 지혜가 성인 동영상에서처럼 녀석들과 엉키는 걸 상상했다. 상상이 현실로 되는 건 끔찍하다는 기분이 들면서도 그런 상상을 하는 건….

지혜의 옷들을 벗기며 침대로 갔다. 지혜가 두 다릴 벌리며 나를 받아들이고 두 팔로 내 목을 감으며 말했다.

"나~ 다음엔 쟤들이랑 할 거야. 그래도 돼?"

"해! 마음대로 해!"

"질투해줘~ 그래야 해. 아니! 따라와서 몰래 지켜봐줘!"

"야! 이! 미친! 너 미쳤구나!"

지혜를 박살낼 것처럼 했다. 부술 듯 움직였다. 작지만 육감적인 지혜의 몸을 들고 흔들며 또 비틀어 후벼 팠다.

오랜만에 뇌를 주물러준 기분이 들었다. 척수가 뽑혀서 당겨지는 것 같았다. 지혜가 뭔가 더 떠들어댔는데 들리지 않았다. 간신히 지혜를 깔아뭉개지 않고 쓰러져 잠들 수 있었다.

아침에 지혜는 없었다.

주말이 지나고 조별 과제 수업에서 지혜가 발표했다. 차분하고 담담한 목소리로 설명하며 몇몇 학생들의 질문도 순조롭게 대답했다. 수업이 끝나고도 지혜가 딱히 나를 아는 척하진 않았다. 내 오후 강의가 끝나고 지혜한테 전화가 왔다.

학교 근처 커피숍에 만난 지혜는… 도무지 지난 주말의 모습을 상상할 수 없었다. 고등학생 언니의 옷을 빌려 입은 중학생 같았다. 지혜가 커피를 한 모금 마시는 것도 어색해 보일 지경이다. 지혜가 나를 무표정하게 지켜보다 말했다.

"이번 주말에는 내 친구랑 같이 만나요. 선배는 그 후배들 다시 불러줘요."

"뭘 하게?"

"뭘 하고 싶으세요? 괜찮아요. 뭐든 말해도 괜찮을 거예요."

"…너, 네가 데리고 나온다는 친구도 너 같은 애야?"

"나 같다…. 글쎄요. 그게 중요해요? 나 같은 애가 둘이면 더 재미있겠어요?"

"세상에 너 같은 애랑 어울릴 수 있는 여자애가 있다는 게 신기하다."

"만나면 더 재미있을 거예요. 아니다. 지금 좀 얘기를 해주면 주말이 더 재미있겠네요."

지혜가 데리고 나온다는 그 여자애는 지혜에게 연인 같은 언니라고 했다. 나이는 한 살 많지만, 지혜가 많은 것들을 가르쳐줬단다. 좋은 대학에 다니는 여자애였는데, 지혜랑은 어떻게 알게 된 사이냐고 물었다.

"제가 우리 학교 학생을 만난 건 선배가 처음이에요. 그 후배들이 두 번째가 되겠네요. 그 전에는 다른 학교에서 적당한 남자를 만났죠. 한 남자애를 만났는데 재미있었거든요. 그런데 그 남자애가 다른 여자랑 있는 걸 본 거예요. 신기했어요. 나를 만나면서도 다른 여자를 만난다는 게. 질투가 났어요. 일부러 그 여자랑 같이 있을 때 찾아갔거든요. 그랬는데, 그 여자는 전혀 놀라지 않는 거예요. 그 남자애보고 나랑 같이 있으라며 다음에 보자고 인사했어요. 분명히 연인처럼 보였는데. 그 남자애한테 물어보니까, 그 언니가 만나는 남자가 한둘이 아니라고 했어요. 게다가 같은 학교에서 말이에요."

"그런 대학에도 그런 여자애가 있어?"

"…좋은 대학에 다닌다고 본능에 차이가 있을까요? 어쨌든 그 언니에게 호기심이 생기더라고요. 일부러 그 남자애가 그 언니랑 만나고 있을 때 찾아갔어요. 그 언니는 또 자기가 자릴 비켜주겠다고 했지만, 내가 같이 놀자고 했죠."

"셋이?"

"아뇨 둘이."

"같이 놀자고 했다며?"

"그 남자애를 보냈어요."

"…너 레즈야? 아니네. 참. 양성애자?"

"이해가 빠르시네. 어때요? 재미있겠죠?"


확실히 제정신이 아니다. 내가 감당할 수 있는 여자애가 아니다. 이런 애랑 어울리다 어떤 미래를 함께하게 될지 상상하기도 불편했다. 물론 굉장히 흥분되고 엄청난 호기심이 생겼지만, 거부감도 생겼다.

지혜를 만난 게 엄청난 기회일지도 모른다는 걸 알지만, 나도 다른 많은 사람들처럼 평범함을 원했다. 어차피 지혜가 아니더라도 내가 만날 수 있는 여자애는 많다. 게다가 이런 말을 아무렇지도 않게 하는 지혜가 무섭기도 했다.

주말에 만나기로 했지만, 난 나가지 않았다. 갑자기 아프다는 핑계를 댔다. 지혜는 조금 실망한 목소리로 알았다며 전화를 끊었다.

솔직히 엄청 후회했다. 몇 번이나 다시 나가겠다는 전화를 걸려다 그만 뒀다. 후배 녀석들이 먼저 전화를 걸어왔다.

"형. 왜 안 나왔어요? 우리끼리 놀아?"

"나 감기 기운이 좀 있는 거 같다. 너희끼리 놀아."

"고마워!"

"뭐가?"

"형. 지혜. 형 여친 아니지?"

"어."

"그래서 고맙다고~ 형! 나중에 나도 새끼 칠게~."

"시끄러워."

이젠 나가고 싶어도 나갈 수 없다. 이럴 때 이상하게 민아가 생각났다. 더 짜증 나고 심란한 마음을 달래려 전에 먹다 남은 술을 마시며 TV를 봤다. 일부러 웃긴 걸 찾아봤는데 별로 재미있는 것도 없다. 휴대폰 동영상들에서 재미있는 것들을 찾아봐도 볼 만한 건 없었다.

고통에 지속적으로 노출되면 익숙해지는 것처럼, 쾌락이나 즐거움도 익숙해지는 걸까. 더 자극적이고 끔찍한 걸 찾아야 재미있을까. 아무리 그래도 추운 건 추운 거고, 더위에 익숙해지지는 않았다.

술도 그랬다. 혼자 늘어져 마시는 술은 언제나 빨리 취했다. 취기가 오르며 TV의 개그프로그램들이 재미있어졌고, 중간부터 보기 시작한 스릴러 영화도 낄낄거리며 봤다. 다행히 많은 것들을 머릿속에서 지우고 잠들 수 있었다.

지혜와 그 친구를 만난 후배 녀석들은 나중에 학교에서 만났다.


"와~ 난 해진이 형한테 그런 취미가 있는 줄 몰랐어."

"뭐 인마~."

"도대체 그런 애들은 어디서 만나는 거예요? 완전 감당 안 되던데?"

"적당히 놀아."

"지혜도 그렇지만~ 효정? 민효정인가 걔도 장난 아니더라고요. 아니 무슨 몸매가 폭발할 거 같아."

"지혜 친구 이름이 민효정이야?"

"아~ 형도 걔는 못 봤어? 장난 아니었다니까? 우리가 먹힌 거 같아."


민효정? 혼한 이름인가? 어디서 들었던 것 같다. 아니, 내가 언젠가 만났던 여자애였나? 하도 많은 여자애를 만났더니 얼굴이 떠오르지 않는다. 민씨가 혼한 성은 아니니까 기억을 할 만도 한데, 모르겠다. 최근에 만난 여자애는 아닌 모양이다.

이 녀석들이 처음에는 조금 머뭇거리며 무슨 대단한 모험을 한 것처럼 뜸을 들이더니, 몇 마디 꺼내기 시작하고 나서는 내가 믿지 못할 말들을 떠들었다.


"우리 넷이 이놈 집으로 갔거든. 뭐~ 하게 될 거 같긴 했는데 애매하잖아. 우리가 아무리 그래도 한 방에서 그러긴 좀 그렇잖아요."

"웃기네~ 전에 너희 노래방에서 만난 애들이랑 그러지 않았어?"

"에이~ 형. 그때는 그래도 테이블 밑으로 장난 좀 치다가 따로 그런 거나 마찬가지지. 암튼 걔들이랑 같이 방에 들어가자마자 지혜가 불을 딱 꺼버린 거야. 서로 민망하니까 조용히 놀자는데~ 이야. 진짜 소리는 다 들리잖아. 웃기는 게 이 인간이랑 경쟁의식이 생기는 거야. 막 열심히 하고 쓰러졌는데~ 참 내가 지혜랑 했거든? 그런데~ 또 하자고 덤비는데~ 지혜가 아닌 거야."

"불 껐다며?"

"참나~ 불 끄면 모르나? 사람이 바뀌었는데? 뭐야? 형도 안 해본 거야?"

"아니~ 참나. 지혜 걔가 그럴 거 같아서 안 갔다. 더러워~."

"더럽지. 우리도 더러웠지. 더러운데~ 끝내주더라고~ 와. 나 이제 어떻게 사나?"

"좋았으면 됐지. 뭘 어떻게 살아~ 정신 나간 놈들."

"아니, 그래도 뭔가 있잖아요. 형. 금기를 깬 거 같은 웅? 그런데 형, 지혜 얘가 전화를 안 받는다? 어떻게 된 건지 알아요?"


나도 모른다. 오늘 강의 시간에도 마주쳤지만, 무표정한 얼굴로 인사하고 지나쳐버렸다. 이놈들은 근처에 지혜가 지나가도 전혀 못 알아봤다. 내가 먼저 전화를 하기도 어색했다.

그래도 한동안 지나다 마주치면 인사는 나눴다. 강의가 끝나고 나오다가 지혜가 나를 불러 세웠다.


"서로 인사를 나누기도 불편하죠?"

"그랬냐?"

"아는 척하지 마요."


내 대답은 필요 없었던 모양이다. 커다란 후드 티에 야구점퍼까지 걸쳐 입은 지혜가 돌아서 가버렸다. 커다란 안경에 얼굴을 반쯤 가린 덥수룩한 머리카락도 여전했다. 난 지혜가 돌아서 걸어가는 뒷모습을 한참이나 지켜봤다.

저 아이가 남자애들과 난교를 즐기는 양성애자라는 사실을 누가 믿어줄까. 아니, 지혜랑 놀았던 그놈들에게 쟤가 지혜라고 말해줘도 믿지 않을 것 같다.

정말 오랜만에 앞으로 어떻게 살아야 할지 어렴풋이 떠올리게 되었다. 세상에 보이는 것들을 얼마나 믿을 수 있을지 걱정스러웠다. 보이는 게 전부가 아니었다.

그럭저럭 학업에 집중하며 졸업 후의 진로를 고민하는 평범한 대학생이 돼보려고 했는데, 용돈이 끊겼다. 아버지가 매달 꼬박꼬박 넣어주던 용돈이 들어오지 않았다. 전화를 걸었더니, 요즘 정신이 없어서 그랬단다.

[너 정말 엄마하고는 전혀 연락도 안 하는구나?]
[왜요?]
[우리 이혼 소송 중이다.]
[아. 예.]


그냥 드디어 때가 된 줄 알았다.